梁晓声知青小说精品系列 | 水墨插图版 |

王燕民　绘

年轮

梁晓声 著

中国青年出版社

出版说明

自上世纪 80 年代以来，如果缺失了“知青文学”，中国的文学现象是绝对不完整的文学现象；那样的文学现象将注定是令人遗憾的，也将是不可思议的。

而如果“知青文学”中缺失了梁晓声的北大荒兵团知青小说系列，那么几乎可以说缺失了极其厚重的一部分；同样将是令人遗憾的，不完整的。

梁晓声的北大荒兵团知青小说系列构成了“知青文学”中一道气势宏大、场面壮阔、人物众多、时间跨度很长、视域特别广袤的独特风景线。几乎每一部长篇作品都具有以上鲜明的特征，而组合一起则总体上更加具有“史诗性”的魅力。

梁晓声的北大荒兵团知青小说系列使“北大荒”三个字在国内更加广为人知，在国外具有了相当快的传播度；梁晓声的北大荒兵团知青小说系列使当年的“黑龙江生产建设兵团”以及“兵团知青”在文学词典中成为经久不衰的词汇；梁晓声的北大荒兵团知青小说系列既具史性的认识价值，亦具有诗性的欣赏价值——在当代题材的中国文学中，因而具有史性与诗性相结合的文学经典性。

难能可贵的是，梁晓声不但在他的北大荒兵团知青小说中刻画了众多“兵团知青”在特殊年代“是怎样的”，而且寄托了他叩问“人应该是怎样的”这一重要人文母题的理想。

而以上的叩问和理想应是中国当代文学长期的文学使命。

梁晓声的北大荒兵团知青小说系列，闪耀着令人无法不肃然对待的“人应该是怎样的”人性光芒、人格之美——这使他的北大荒兵团知青小说具有浓厚的人文色彩。

为此，我们约请多位知名画家为梁晓声的北大荒兵团知青小说系列配图，推出梁晓声知青小说精品系列的水墨插图版，计有长篇小说《雪城》《年轮》《知青》《返城年代》和中短篇小说集《今夜有暴风雪》等五种，以飨广大读者；同时，也希望能为馆藏和个人收藏爱好者们实现一次责无旁贷的热忱服务。

自序

我和我的那些“知青小说”

“知青小说”四字乃姑妄言之；从概念上说是模糊的——知青写的小说？写知青的小说？抑或曾是知情者写的知青小说？

莫衷一是。

何况，“知青”这一概念也多种多样。它曾是知青的当年青年仅有经历的共同点、类似点；在人品、家教、学业程度、文化影响以及心灵的善恶方面千差万别，不能同日而语。

古今中外没有什么统一的称谓能像相同的帽子一样——任何人戴在头上便都是同一种人了。

我曾是黑龙江生产建设兵团的一名知青。我笔下的所谓“北大荒知青小说”，大抵写的是黑龙江生产建设兵团的知青，当年又叫“兵团战士”。

军队编制、半军营化的集体生活方式以及管理方式、老战士们（他们曾是真正的兵，有的兵团干部还是经历过枪林弹雨考验的人）对知青们的军人作风的影响——诸种因素使黑龙江生产建设兵团的知青在当年与插队知青、农场知青总体“气质”上大为不同。

“气质”一词也是姑妄言之。

所以——当然的，我的“知青小说”中的知青们，也与别人笔下的“知青小说”之“气质”不同；这是由笔下知青人物们的不同所决定的。

如果我不曾是黑龙江生产建设兵团的一名知青，断不会写那么多“知青小说”。

起初我写“知青小说”，当然很受所谓“知青情结”的促使。

怎么会不那样呢?

但后来就不是了。

应该说，从《雪城》开始就不是了——那时我已十分明了，我笔下塑造的只不过是一批曾是知青、返城后人生几乎要从零开始的青年人。知青返城了，知青经历不论对他们的人生影响有多么深——他们，不，我们也不再是知青了。这是常识。

是的，自《雪城》后，我只不过在将笔下的知青人物视为具体的“人”来塑造，这后来一直是我对自己的要求。

某作家笔下的一个或一些工人，不代表“中国工人”；

某作家笔下的一个或一些农民，不代表“中国农民”；

同样，任何文学作品中的兵、学生、商人、干部，都不可能对“全体”具有公认之代表性。

反过来看就对了，就符合文学词典的本意了，即——作家们只不过在写是工人；是农民；是兵、学生、商人和干部的——“人”。

身份不是文学作品中“人”的主要特征；

文学作品中“人”的主要特征乃是由人性怎样、人品怎样、人对自己有无做人准则来决定的。

我笔下的许多知青人物寄托了我对人性、人品、人格的理想——若言理想主义，这才是我身为作家的理想主义，与其他什么“理想主义”风马牛不相及的。

在极特殊的年代，在人性很容易被扭曲的情况下，是青年的一些人，能在多大程度上守住做人底线，并在做人的底线上尽量提升自己的精神坐标和心灵标杆的层级——这才是我后来一再写“知青小说”的原因。

我将我的作品中表现没表现此点，一直当成我写得有价值或没价值的标准之一种。

绝不是唯一标准。但在我，也绝不是可有可无的标准。

这是理解我“知青小说”的一把钥匙。

现在我将它交给读者，相信许多读者读后会有如下感受——我爱书中的许多人物；原来做一个心灵中多一些真善美、少一些假丑恶的人是如此值得的事。

我相信许多人读过后，会乐于将我的书推荐给自己的儿女。

有谁不希望自己的儿女将来是受人尊敬的好人呢?

让做人的坏法似乎反而令人着迷的可恶现象见鬼去吧!

中国需要补上好人文化这一课。

2015 年 10 月 2 日　北京

目录

第一章

一

黑板前，三个少年皆在弯腰系鞋带。

他们都是小学五年级学生，一律将左脚或右脚踏在讲台边上……

斯时，教室里静悄悄的，只有这三个少年。

在北方最北的这一座省会城市里，九月上午的阳光依然温暖。为迎接国庆，教室的窗子已被擦得明明亮亮。如果没有窗框，一眼望去，像是不存在似的。

前几天，班主任曲老师在班会上说：“国庆前，学校照例要进行卫生评比。去年咱们班因为窗子擦得不太仔细，扣了两分，所以没评上第一。我希望今年咱们班是第一。”

曲老师说话总是很轻柔，那一番话她也说得很淡然。似乎得第一虽是她的希望，但如果竟还是没得第一，那她也不会感到多么沮丧。又似乎，那纯粹是学校领导要求每位班主任必须对学生们说的话，否则她也许就不说了。

近两个月以来，曲老师的面容一天比一天憔悴。每一个同学都能看出，曲老师肯定是生了重病了，她是在每天坚持着给同学们上课。连班里最调皮捣蛋的男生，近两个月以来也守纪律了。

那是一个中国人最能够将心比心的年代。因为那一年是一九六一年。从一九六〇年起，无论农村还是城市，百分之九十九以上的人都在不同程度地挨饿。有的省份，正成百上千地饿死着人。

饥饿居然使中国人之间都有那么点儿惺惺相惜。因为只有这样，才会觉得自己活得还算容易点儿。无论在小学、中学还是大学，老师们对学生们的要求已不甚严格；在学生们眼里，老师们也都变了。以往动辄板着脸对学生们大加训斥的老师分明已饿得没有精气神像以往那样了。而使同学们感到亲切的老师，自然是对学生们更加亲切了——比如曲老师。她站在黑板前望着同学们时，眼里往往充满了怜爱。虽然她面对的只不过是小学五年级学生，但他们却全都能够从她眼里读懂那一份怜爱。

那一代中国的小学生，无论在家里还是在学校里，都太渴望被怜爱了。

想获得什么就会对什么格外敏感。

连动物亦如此。

胃里终日空空荡荡的，心里边不能也一样啊！

曲老师毕竟是老师，对于同学们的胃，她无法给予什么；她所能给予的，仅仅是同学们的心里边需要的。尽管，那种给予根本不能等于食物，却能对胃起到一点儿麻醉的作用。

就曲老师那么几句话，班里的女生们便当成了是她们的神圣的任务。她们用了一个星期天的下午认认真真地完成了那一任务。有的女生甚至为将玻璃擦得更透明而牺牲了自己的小手绢。

那是一个只有少数小学女生才有手绢的年代。大多数的她们上学前只不过往兜里揣一卷裁剪成手绢大小的报纸而已。

正因为女生们将玻璃擦得那么明亮，这三个正在系鞋带的男生才将黑板也擦得极为干净。

明明都正饿得饥肠辘辘，却还有心情尽好值日生的责任，这在今天的孩子们肯定是难以理解的——然而那正是当年的小学生们的特征。

学习不好没什么，但是思想绝对不可以比“集体”所要求的差——这种意识早已印在他们的头脑之中了。卫生值日的态度与学习好坏无关，但是肯定会与思想怎样被别人连在一起来评说。小小年龄的他们，心里都是明白这一点的。

阳光透过窗子，将教室照耀得暖洋洋的。他们中的一个，用手背抹了下额头。他已经出汗了。

他们的鞋带竟还没有系好——且慢！咦？原来他们都不是在系鞋带，而是在用粉笔涂他们脚上的破胶鞋。是的。正是这样，他们都企图将他们脚上的破胶鞋涂成白色的。

当年，一双白色的胶鞋比一双黑色的或蓝色的胶鞋贵一元多钱，叫中国少先队员的“队鞋”。由于是特种鞋，生产的少，所以贵。而他们脚上穿的都不是队鞋。他们的家长从没舍得多花一元多钱为他们买双“队鞋”。以前他们参加少先队的活动，都得提前几天说尽好话磨薄了嘴唇向有“队鞋”的小学生去借。普遍的人家都很穷；他们是更穷的人家的孩子。

然而，一九六一年的国庆即将来临，市里指示，为了加强人们度过饥饿年代的精神力量，这一年的庆祝游行一定要比往年的规模更为盛大。小学生是祖国的花朵，是历年国庆游行队伍中不可缺少的阵容。这一年每一所小学校参加国庆游行的人数都空前的多；而这一所小学校的这一间教室里的三名男生，他们已无处再能借到“队鞋”了……

他们的胃每天所消化的粮食是少而又少的。国家通过城市购粮证这一种方式每天限供给他们的口粮是七两。在副食极为丰富的今天也许不算少了，但对于当年的他们，副食仅仅意味着是自家腌的咸菜而已。正在长身体的年龄，胃里完全没有副食的摄入，甚至也几乎没有油水的滋润，对于口粮的消化就反而变得特别剧烈。他们只有每天再往口中塞入榆树钱儿、柳树芽儿、各种野菜……而那也只能是季节性的有限的补充。

事实上，他们都在发愁——过了“十一”，冬季转眼就会来临的，那时还有什么可吃的东西是他们能往胃里补给的呢？

但脚上是否穿着一双“队鞋”，却是眼前就躲避不开的一件愁事儿。

去年国庆节，他们就曾因为没有“队鞋”而被取消了参加庆祝游行的资格。今年他们已经是五年级学生了。他们的自尊心都不允许自己重蹈去年的覆辙。

他们此刻的做法，是向别的班的学生们学到的宝贵经验。经他们各自“加工”后的鞋，俨然白色，几可“以假乱真”……

但一个孩子的鞋早就破了，大脚趾顶在鞋外，用粉笔涂大脚趾，怎么也涂不白——他叫王小嵩。

“笨蛋，”另一个孩子看见，立刻给他出主意，“把粉笔弄湿。”他一边说，一边继续对自己的鞋“加工”不止——他叫徐克。

“可是，哪有水啊？”王小嵩急得快哭了。

第三个孩子叫吴振庆，他在三个少年之中显得大一点儿，这时，吴振庆已经涂完了自己的一双鞋，立刻帮王小嵩“化妆”脚趾甲，他以老大哥的口吻说：“这还不容易？来点人造水儿就得了呗！”

他说罢，就往粉笔上吐了一口唾沫，替王小嵩涂起来。

动作虽然麻利，毕竟有点儿心慌，他们耗费了多半盒粉笔。

这时，外面操场上，队号队鼓声一阵高过一阵，口号此起彼伏：

“高高兴兴，欢度国庆！”

“毛主席万岁，万岁万岁万万岁……”

一名女生忽然推开教室门，急迫地说：“你们三个在这儿干什么哪？还不快走！马上就该咱们班操练啦。”——她叫张萌，是个小队长，“一道杠”。

张萌说完，转身而去。

三个好朋友低头看自己的鞋，看对方的鞋，继而抬起头来互相看着，显然都不那么自信。

吴振庆一挥手，说：“快走！”

在楼阶前，吴振庆不放心，又扯住两个好伙伴，依然摆出一副老大哥的模样，替他们正了正领口，紧了紧红领巾，又替王小嵩将露在外面的一角白上衣掖入裤腰里。

而徐克，则用手指抹了点儿唾沫，将吴振庆一绺翘着的鸡冠似的头发抚平……

吴振庆鼓励地说：“咱们够合格的啦！”

于是，三个小伙伴趁一组队列从楼口经过，机灵地窜了出去。

他们借着别的班队列的掩护，迂回到自己班的队列。

三束纸花，经由几只手，从张萌手里，传递到了他们手里……

他们班的队列通过操练台——他们排在一横列，挥舞着花束，跟别人齐声喊：

“高高兴兴，欢度国庆！好好学习，天天向上！……”

通过操练台，他们互相挤眉弄眼，庆幸他们所获得的成功……

上课的铃声响了，同学们都端正地坐在各自的座位上。

张萌发现了讲台边上和地上的一片粉笔末；她不能容忍值日生这种不负责任的行为，赶紧前去扫尽。

她刚归座，班主任走入了教室。她就是四十岁左右的女教师——同学们爱戴的曲老师。

张萌喊口令：“立、礼、坐！”

同学们按口令整齐地站起，整齐地行礼，整齐地坐下。

老师说：“同学们，今天这一节语文课，我们学《神笔马良》，大家翻开课本……”

曲老师一边说，一边探手到粉笔盒中取粉笔——拿出了三分之一截粉笔。她似乎有些奇怪，索性连粉笔盒也拿起来……

粉笔盒内只剩下不多的几截断粉笔了，有的还磨成了三角体或半圆体。

她严肃地扫视着全班同学……

端坐的同学们莫名其妙地望着她……

曲老师问：“哪个同学从粉笔盒中拿粉笔了？”

没人举手。没人回答。吴振庆、王小嵩、徐克也装出一副事不关己的样子，坐得比别的同学更端正，望着老师的目光比别的同学更坦然。

老师又问："大家知不知道，每位老师，每月只发一盒粉笔？"

同学们齐声回答："知道！"

老师再问："知不知道，如果提前用完了，连能买到的地方都没有，老师只得向别的老师借？"

同学们回答："知道！"

老师生气了："看来你们什么都知道！那么，老师的半盒粉笔哪儿去了？嗯？"

张萌倏地站起来大声说："老师，不关别的同学的事，是吴振庆、王小嵩，还有徐克……"

三个好朋友，经当众揭发，不得不依次站了起来……

张萌坐下后，老师克制地说："你们把粉笔还给老师。"

同学们的目光从四面八方投到三个好朋友身上。

王小嵩和徐克低头不语。

吴振庆毕竟是老大哥，他鼓起勇气说："没了……我们……我们用粉笔当鞋粉……"

王小嵩讷讷地想说明原因："没有白胶鞋，就不能参加国庆活动，可我们都想参加……"

和王小嵩同座的一个女生站起来说："老师，他们家里都挺困难的；去年他们就因为没有白胶鞋，不能参加国庆活动。您就原谅他们这一次吧……"她叫郝梅。

老师问吴振庆："真的吗？"

吴振庆说："老师，我们都是穷人的孩子……"

张萌倏地回过头高声说："胡说！社会主义新中国没有穷人！"

徐克猛地抬起头，瞪着张萌反驳："有！就有！"

张萌生气了，大喊：“你反动！”

王小嵩说：“反动怎么啦？我揍你！”并且威吓地举起了拳头。

张萌不示弱：“你敢！”

吴振庆：“你说穷人反动，你才反动哪！”

郝梅极富正义感地拿起了王小嵩的铅笔盒（那是牙膏盒做的），倒出了里边的几截铅笔让张萌看：“你看你看，连铅笔盒都买不起，这么短的铅笔头都舍不得扔，不是穷人，还是富人啊？”

张萌眼泪汪汪地、委屈地向老师求援：“老师！”

老师说：“好啦好啦，都不要争论了。粉笔的事，老师不再追究就是了！”

她示意三个站着的同学坐下，开始在黑板上写课题。

老师背过身去时，王小嵩又扭头对张萌示了示拳。

粉笔掉在地上，老师蹲下身捡。她并没有马上站起——她一手撑地，一手扶墙，蹲了一会儿才捡粉笔，才站起……

因为有讲课桌挡着，没有同学发现这一点……

老师一手撑着讲课桌，站在讲台上，领大家读课文……

“从前，有一个穷人家的孩子叫马良……”

同学们跟着读……

有一个男同学，用竖立在桌上的课本挡着自己，偷偷拿小刀刻块什么坚硬的东西，他叫韩德宝。

他将刻下的东西，用纸包成一个个小包，趁老师不注意时，分抛给别的座位的男同学。

“有一天，马良遇到了一位白胡子老爷爷。老爷爷说：‘孩子，我快饿死了，给我点儿吃的吧！’马良便毫不犹豫地将自己仅有的一块饼子，送给了白胡子老爷爷，尽管他自己也非常饿……”

老师的声音很微弱……

可同学们并未觉得异常，齐声跟读……

王小嵩得到了一个小纸包，打开一看，是一点儿豆饼屑。他分了一半儿，倒在同桌郝梅的桌面上。

郝梅无动于衷。

王小嵩将纸包里剩下的豆饼屑，全部舔在嘴里，津津有味地嚼着……

他再看郝梅的桌面时，豆饼屑已不复存在，桌面上留下了一道用舌头舔过的、湿漉漉的痕迹，仿佛一只蜗牛刚刚爬过……

他看郝梅，她目不斜视地盯着课本，却紧闭着嘴。

吴振庆也得到了一个小纸包。他打开后，见纸上还写着字——“这不是一般的豆饼，是喂军马的豆饼。我爸爸一位在骑兵团当连长的战友，托人捎来的。”

“白胡子老爷爷，临走时送给了马良一支笔……”

老师的领读声更微弱了……

同学们的跟读声也微弱了——差不多只有女同学的声音在读。几乎每一个男同学嘴里都有了豆饼，都在津津有味地嚼着。

老师问：“男同学都怎么了？为什么……都不……读？”

男同学们都默不作声。

老师说：“男同学，都……站起来……”

老师说话的声音之微弱，终于使同学们觉得不对劲儿。

女同学们谴责地望着男同学们。

老师又领着男同学读，但男同学们仍一个个紧闭着嘴，都含着豆饼，怎么张得开口呢？

老师举起了一下手臂，似乎还想说什么。可一句话也没说出来，只不过张了张嘴……

她双膝一弯，跪倒在讲台上——但她的一只手还扳着讲课桌的边缘。她试图努力站起，却没成功……

同学们一时都呆住了……

老师抬起头望了同学们一眼，连那只扳着讲课桌边缘的手也无力地垂下了——她倒在讲台上……

教室里肃静了一瞬间——仿佛听到远处有火车到站的泄气声。

“老师。”第一个叫起来的是张萌，她叫得很轻很轻，完全是一种下意识。后面几排同学站了起来，向讲台上望。

吴振庆离开了座位，蹑足走到老师跟前，仿佛他认为老师只不过是睡着了，怕惊醒她似的……

同学们望着他扶老师——可他扶不动……

他抬头求援地望着同学们……

同学们此时才呼啦一下全都离开座位，拥向讲台，团团围住了吴振庆和老师……

“老师！”

“老师！”

“老师你怎么啦？”

他们呼唤着，张萌和几名女同学哭了……

教室门开了，几位别的班的老师出现……

泪眼汪汪的、惊慌失措的同学们，望着他们的老师被一位男老师背着，由两位女老师左右护着离开了教室……

张萌停止哭，指着王小嵩恨恨地说：“是你把老师气的！”

王小嵩似乎也认为是自己的罪过，他内疚地、惴惴不安地靠向了墙，如同当众被抓住的小偷……

吴振庆护住王小嵩：“不关他的事……”——一副好汉做事好汉当的模样……

张萌说：“当然还有你的责任！”

“还有徐克！”

徐克正想溜，被一个女同学推到了吴振庆和王小嵩一块儿……

“揍他们！”

说这句话的，是分给他们豆饼吃的韩德宝。

于是几个男同学对他们拳脚相加……

张萌又一指韩德宝：“你也不是好东西！你上课不但自己吃东西，还分给别人吃！所以你们都读不出课文！揍他们这些臭男生！”

看来张萌在女同学中还是有一定号召力的，她的话几乎将所有的女同学都发动了起来。她们开始挥着小拳头打所有的男同学，或者踢他们，或者啐他们……

男同学们一个个抱着头，往一起缩……

只有郝梅一个女同学没有参与对男同学们的惩罚，她闪在一旁，默默地望着……

讲课桌被碰了一下，粉笔盒掉在了地上……

粉笔盒被踩扁了，几截粉笔被踩来踩去……

郝梅立刻蹲下身捡粉笔，她的手也被踩来踩去……

女生们出够了气，忽然大家又想起老师来，老师到底怎么啦？于是一齐拥至教员室门外……

教员室内传来老师们的说话声：

“我看是饿的……”

“这半个月来，一到中午吃饭时，她就借故躲出去，有一天我发现她端着饭盒站在楼梯口那儿吃，饭盒里除了野菜没别的……”

“她公公婆婆在农村饿得活不下去了，到城里来住在她家了。她丈夫也是当老师的，咱们当老师的才二十八斤半定量，唉……”

“她也不说，说了咱们能让她每天中午光吃野菜么……”

“她那么自尊，就是咱们每天中午分给她吃，她也不会接受啊！”

“脸色这么难看，嘴唇发青，会不会是野菜中毒啊？”

“喂，喂，人一直昏迷不醒，请快一点派救护车来行不行啊？什么？没车？有辆车也没有汽油？喂喂……”

教员室的门忽然开了，走出来一位男老师，就是背曲老师那位，看上去挺年轻，二十七八岁的样子。

吴振庆走上前，鞠了一个躬，说：“老师，请您转告我们老师，我们错了……”

男老师有些困惑：“你们怎么了？”

王小嵩说：“我也错了……”

徐克说：“还有我……”

男同学们七言八语：

“我们都错了……”

“我们上课吃东西来着……”

“我们以后再也不了……”

韩德宝手拿一块豆饼递给男老师说：“老师，一会儿我们老师要是清醒过来，请您将这点儿吃的给我们老师吃了吧。就说是韩德宝给她的……”

豆饼黑乎乎的，看不出喂军马的豆饼是多么高级的豆饼。

男老师没有马上接，问：“那是什么？”

“豆饼……”

男老师犹豫着，似乎不知该不该接。

韩德宝庄重地说：“这不是一般的豆饼，这是喂军马的豆饼。”

男老师终于接过去了。

他又问：“真是……喂军马的豆饼么？”

他也问得那么庄重。

韩德宝信誓旦旦地道：“真是喂军马的豆饼，我以红领巾的名义发誓！”

男女同学纷纷说：

“老师，我们保证他没撒谎……”

“老师，你就替他转给我们老师吧！”

韩德宝有点骄傲地说："我明天要给我们老师带一大块来！"

男老师受了感动："好吧好吧，同学们，韩德宝，我一定替你，也是替你们大家，转给你们的班主任老师。我想，她一定会因为有你们这么关心她的学生感到安慰的。今天，你们就提前放学吧。走时，脚步都要轻些，要悄悄地，别影响别的班级上课……"

吴振庆、王小嵩、徐克走在回家的路上，在他们身后不远处跟着张萌和郝梅。她们边走边说话，还在讨论着今天上课时发生的事情。

张萌说："反正你根本就不应该替他们三个后进生说话。"

郝梅说："可我家原先和他们住一块儿，他们三个家里真的挺困难的。"

"那你也不该替他们说话。"张萌说，"我爸爸嘱咐过我，一个人从小就应该思想进步，多靠拢思想比自己更进步的同学，帮助思想落后的同学。"

"那你为什么不帮助他们？"郝梅不解地问。

张萌说："他们从来也不虚心接受我的帮助啊！如果对思想落后的同学帮助不了，起码应该疏远他们——这也是我爸爸嘱咐我的。"

郝梅一边走，一边低头思考着她的话。

张萌说："我爸爸是区委书记。这也不是什么秘密，你早就知道的。"那意思是——一位区委书记爸爸的话，还能不对么？

张萌最后的话，显然对郝梅发生了作用。

她赶紧说："张萌，我可是愿意虚心接受你帮助的啊！"

张萌故作大人的矜持，望着她点点头，表示相信她的话。

郝梅想起了什么，说："放学时，王小嵩还偷偷塞给我纸条呢，你想不想看？"

张萌站住了："我看！"

郝梅从兜里掏出一个小纸团儿，十分神秘地慢慢剥开。

"你自己还没看过？"

郝梅说："我能没看过么？可是我不知拿它怎么办好，就揉成团了。"

纸团展开，上有一行一笔一画写的，但是却有肥有瘦的字——“郝梅同学，谢谢你为我们‘丈义执言’。”“仗义”的“仗”写错了，写成了“丈”字，自己也觉得不对，涂了几层圈儿，在后面用“zhang”代表……

张萌说：“都五年级了，连仗义的仗还不会写，真丢人！”

郝梅问：“你说我该怎么办呢？”

“我要是你，当时就不会接。”

张萌的语调酸溜溜的。她的表情透露出，她内心里分明不无嫉妒……

郝梅说：“那，我现在把它撕了吧？”

“别，应该交给老师才对。”

郝梅困惑地望着她，似乎在问——为什么？

张萌说：“你不是刚才还表示愿意接受我的帮助么？”

那意思是——你听我的没错儿。

张萌又说：“你要是不愿交给老师，我替你交！”

“不，要交，我就自己交。”

她们又往前走——刚走进一条胡同口，吴振庆等三个男同学突然出现，团团围住了她们。

张萌一愣，说：“你们想干什么？”

吴振庆说：“干什么？想教训教训你。你专爱向老师打小报告！好像别人都是坏学生，就你自己是好学生！你哪好？你说你究竟哪一点比我们好？”

郝梅插进来说：“她学习就比你们好！”

“去去去，没你什么事儿！”徐克一下子将郝梅推开。

王小嵩赶忙上前护着郝梅，对徐克说：“你别对谁都来气哇，郝梅可是自己人！”

徐克一下接一下地推张萌：“你还发动全班同学打我们，打人犯法你知道不知道？你爸是区委书记又怎么样？你爸没教育过你打人犯法呀？”

郝梅不管自己是不是自己人，说：“那你现在推人家就可以啦？”她欲上前护着张萌，被装出一副大人似的严峻模样的吴振庆伸出一条胳膊拦住了。

王小嵩说：“行了行了，警告她一下就行了……”

“行了？没那么便宜！”

张萌此时确实害怕了，怯怯地说：“是韩德宝，不是我……”

郝梅两只手忽然分别拽住吴振庆和徐克的书包带，喊道：“张萌快跑！”

张萌拔腿就跑……

吴振庆一挣，书包带儿断了——他生气了，将郝梅推得一下子坐在地上。

王小嵩赶紧扶起她，对吴振庆不满地说：“你干什么你！”

郝梅推开王小嵩：“你们坏！你们欺负女同学，今后再也不理你们了！”分明地，她尤其对王小嵩来气，瞪着他，从兜里掏出小纸团，扔在王小嵩的脸上：“呸，还给你！”

她一转身走了。

王小嵩呆呆望着她的背影……

徐克捡起小纸团，刚欲展开看，被王小嵩一把夺了过去。

王小嵩说：“哼，这你们就高兴了？”

他也不理两个好朋友，一转身气咻咻地向另一个方向走去。

吴振庆拎着断了背带的书包，一时茫然地望着王小嵩的背影。徐克也不无惭愧地望着郝梅的背影……

他们对望……

吴振庆从兜里掏出两个玻璃球，慷慨地说：“给你吧！”

徐克并不稀罕：“我早就不玩这个了！”

他们的表情告诉我们，他们都觉得挺索然……

二

一片城市贫民居住区。这样的区域如今正在被大面积地推平，建设为小区。可以相信，若干年后，将在城市之中彻底铲除。低矮的小泥土房布局毫无规则，也无院落可言，而且大抵是平顶或一面坡顶的；压住房顶油毡纸的砖头触目皆是，仿佛围棋盘上抚乱的棋子。

王小嵩的家是最边缘的一幢小泥土房。不知为什么，它和大多数人家之间隔开了一段距离，似乎也更低矮，显得有些孤零零的。

王小嵩正向家里走来。

他路过一处垃圾堆，见一老妪正在那儿捡什么，捡了便用衣襟兜着。王小嵩该叫她“三奶”，她是个饱经风霜，然而身体还硬朗的老太婆。

三奶一抬头看见他，说：“怎么放学这么早哇小嵩？”

王小嵩回答：“我们老师上课时饿昏过去了。三奶你捡什么呀？”

“唉，还能捡什么呢？今天早晨我刚排长队买回来一些大头菜，你广义哥却把菜根都给剁掉扔了！能吃的东西扔了多让人心疼啊，不捡回来不是罪过么……”陶广义是三奶的孙子，是这一带的高才生，也是三奶的骄傲。

三奶伸着衣襟让王小嵩看，又说：“小嵩，给你几个吧。洗净了，蒸一蒸，土豆似的好吃。可别让你妈腌成咸菜。腌成咸菜就可惜了……”

王小嵩说：“三奶，我不要。你们家没人排队买菜，买到一次菜怪不容易的。”

三奶说：“哎，三奶诚心给你，你就要。你广义哥住校后，你常帮三奶干这干那的，三奶也没给过你什么好吃的。”

“我广义哥以前还经常帮我家挑水哪。”

他说罢要走。

“这孩子，别走别走。”三奶忙拦住他说，“要不，你拿几个，明天替我送给你们曲老师吧。她教过你广义哥，挺好的老师，家访时总是和颜悦色的。不管怎么的，算我对她的一点儿心意呗……”

王小嵩犹犹豫豫地从三奶衣襟里拿了几个菜根塞入书包。

三奶冲他的背影嘱咐：“别忘了告诉曲老师，是陶广义他奶奶送给她的……”

王小嵩回头应着：“放心吧三奶，忘不了的！”

他快走到家门口时，有两个女工从他家里出来，其中一个打量着他问：“你是不是小嵩啊？”

他迟疑地点了一下头。

另一个女工拉起他一只手说：“你妈今天腿被砸了一下，我们把她送回来了……”

他一听，不待对方说完，挣脱手就往家跑。

那女工一把扯住了他：“别担心，伤得不重。单位给你妈买了十个鸡蛋，算是工伤补养品。你要每天给你妈煮一个吃，会么？”

王小嵩点了点头。

猜测到他是谁的那个女工说：“你是你们家老大，你可要学会心疼你妈啊！翻砂是重活，一个女人，干男人的活，不吃饱是不行的。宁可你和弟弟妹妹们少吃一口，今后也要保证你妈带够了饭。你爸在外地工作，你妈要是有个好歹，你们怎么办？”

他“嗯”了一声，再次挣脱手，冲入家门。

母亲躺在床上，弟弟和妹妹依偎在母亲身旁。弟弟五岁，妹妹才三岁多一点。

家中只有几样简陋的破旧家具。墙上贴着几排奖状，是他父亲获得的，一九五八年的、一九五九年的、一九六〇年的、一九六一年的。早年的已旧了，一九六一年的还新。旁边是他母亲最新获得的奖状。

母亲奇怪地问道：“怎么这么早就放学了？”

“老师第二节课时饿昏了，我们班提前放学。”

他说着放下书包，要捋起母亲的裤筒看母亲腿上的伤。

母亲制止住他：“没撒谎么？”

“妈，我没有！”

“你要是不学好，敢逃学，我可饶不了你！”

王小嵩：“妈！”

母亲相信了他的话，不再制止。

他轻捋起母亲的裤筒，见母亲腿上缠着厚厚的纱布。

“疼吗？妈……”

母亲点点头，随即摇摇头：“疼是有点儿疼的，不过妈能忍住。”

妹妹说：“妈，我饿。”

弟弟说：“我也饿。”

妹妹和弟弟的眼睛盯向桌上——盘子里放着十个鸡蛋。

母亲搂过妹妹亲了一下，又抚摸着弟弟的头说：“好孩子们，鸡蛋留着‘十一’吃行么？”

弟弟妹妹同时听话地“嗯”了一声。

母亲说：“小嵩，午饭煮苞米面粥吧。妈今天早晨已经把菜叶切好了，可以少放一点菜叶，可以煮得稠一些。”

王小嵩答应着，从书包里取出了那几个大头菜根。

母亲看见菜根问道：“你哪儿弄来的？”

小嵩说：“三奶给的，托我明天捎给我们老师。”

“你们曲老师是位好老师，明天你给她带两个鸡蛋去吧。”母亲说，“不，带三个吧。替你三奶把大头菜根洗干净了再捎给你们老师。”

王小嵩高兴地说：“哎。妈你睡会儿吧。睡着了，就不觉得疼了。”

他拿起斧头，抱起几块柴，到外面去劈……

鸡蛋已经收起来了，盘子里放的是几块洗后的大头菜根。

母亲睡着了……

王小嵩对弟弟妹妹说："缸里没水了。哥去挑水，你们不许闹醒妈妈啊！"

弟弟问："哥你能挑动么？"

"能。"

"振庆哥哥不是每天都来帮你抬水的么？"

王小嵩不理睬弟弟，将毛巾垫在衣服里……

"你们不是好朋友了么？"

王小嵩狠狠瞪了弟弟一眼，弟弟什么都不问了。

王小嵩一出门，看见吴振庆走来。他装作没看见，从房檐下摘取了扁担……

吴振庆徘徊在别处，目光却在望着他……

扁担钩太长，王小嵩担不起桶……

他将扁担钩链在扁担上绕了一下，才勉强使水桶离开地面。可刚走两步，后桶掉了，前桶磕在地上……

吴振庆终于走过来，替他拎起桶："我都挑不动一担水，你就能挑动了？"

王小嵩说："挑不动一担，我挑半担。"

吴振庆从他肩上取下扁担说："你不是总怕自己将来是个小个子男人么？现在越压，将来越矮！"

王小嵩说："一边去！矮就矮，我愿意！"

二人争夺扁担。

吴振庆忽然一只手捂另一只手，背过身"哎哟"不止……

王小嵩一愣，绕到他对面，讷讷地问："怎么了？怎么了？"

吴振庆抬头一笑，像大人摩挲小孩子的头一样，在王小嵩头上摩挲了一下："逗你玩呢！"

王小嵩也不禁笑了，擂了他一拳："你这家伙！"

二人抬着水桶走远了。

抬回水，二人蹲下抽扁担时，王小嵩一回头，发现水桶并未在中间，而是非常靠近吴振庆那一端……

“你就不怕压成个小个子呀？”

吴振庆说：“我爸个子高，我怎么压将来也矮不了！”

二人合拎着水桶进屋，倒进缸里。

王小嵩搅面准备煮粥。

吴振庆替他倒水，一边和他的弟弟妹妹们逗：“你们今天怎么变得这么老实呀？嘴里吃什么好东西呢？”

王小嵩一听，望向弟弟妹妹——弟弟妹妹紧闭着嘴，都将一只手背在身后……

王小嵩猜想到了什么，望向桌上的盘子——盘子里只剩下一个大头菜根了……

王小嵩火了：“好哇，你们偷吃，都给我！”

弟弟妹妹伸出了手——手里是吃剩一小点儿的大头菜根……

王小嵩放下搅面的碗，扑向弟弟妹妹，要打他们……

母亲惊醒了，一边用双臂拦他，一边喝道：“小嵩你干什么？！”

“他们把大头菜根都吃了！”

吴振庆说：“嗨，我还当他们吃‘人造肉’什么的呢！大头菜根，偷吃就偷吃了吧！”说着，将盘子里剩下的那个大头菜根拿起，也咬了一口，一边津津有味地嚼着，一边又说：“还真挺好吃的，像小萝卜。”

王小嵩说：“你！……这是吴三奶托我捎给咱们老师的。”

吴振庆一听，把大头菜根默默又放回盘子里了……

母亲说：“你就再给你们老师一个鸡蛋吧。两个算你给你们老师的，两个算三奶托你捎给你们老师的，行了吧？”

王小嵩这才息怒，一边继续搅面，一边狠狠瞪着弟弟妹妹。

弟弟妹妹哭了……

母亲一手搂过弟弟，一手搂过妹妹，问吴振庆："小庆，又帮小嵩抬水来了？我们家可真亏了你，要不连水都吃不上了。我认你个干儿子吧，愿意不？"

吴振庆看看王小嵩，痛快地说："愿意！"揭开锅盖看了看，又说："水开了！"

于是王小嵩往锅里倒面糊，吴振庆用勺子搅……

母亲慈祥地望着他们……

锅里冒泡儿的菜粥……

同一个时间，徐克正在菜店门前排队买菜，他趁人不注意，悄悄插了队。

一名妇女冲他大喊："哎，你这小孩儿，怎么在我旁边站着站着，就夹到前边去了？"

徐克说："我是在这儿的嘛！"

妇女说："不讲理！"说着侧过身让他看见自己袖子上用粉笔写的号。

徐克说："我也有号啊！"也侧过身让对方看号。

妇女来气了："我是三十一号，你怎么也是三十一号？肯定是你自己写的！"

徐克说："不是！"

后面的几个人嚷起来："这孩子是夹进来的，把他挤出去！"

"不许他买。都夹塞，排队的什么时候能买到？"

妇女身后一位知识分子模样的老者息事宁人地说："算了算了，一个孩子，夹就夹了吧。孩子，你到我前边来吧！"

徐克乖乖站到了老者前边。

妇女回身对老者说："不是我跟一个孩子一般见识。您看我这购菜证上，三天没买到菜啦！又不给补……"

忽然传来卖菜人的声音："别排了别排了，卖光了！"

排队的人们顿时乱了，都往前拥——许多只手，伸向菜案，抓抢一些掉下的菜帮菜叶……

人们终于都散去了——买到的一脸庆幸，没买到的表情怏怏……

有人问："明天什么时候来菜？"

卖菜的说："不知道。"

"那，究竟能不能来菜呢？"

"不知道。"

"说是每户每天三斤菜，可一个星期才来一两次菜，这购菜本不是等于白发么？"

卖菜的说："不想要了？不想要给我！"

那人悻悻无言地走了……

一个抱着菜戴着眼镜的人掉了几根小青菜……

刚才说徐克夹塞那个妇女见了，上前捡起，转身便走……

有人告诉那个掉菜的男人："掉菜了！"

他立刻回头寻找，仿佛掉的是钱包，或什么贵重之物。

告诉他的人指指那女人的背影——她已匆匆走出了挺远。

他却不肯罢休，喊着追："哎，那位女同志，等等，等等！"

那妇女反而走得更快了……

他又掉了一根菜，被一个孩子捡起来就跑……

他顿了下脚，继续追那妇女，终于追上。

妇女难为情地回头一看，居然认识："哟，严科长，我……我不知道你喊的是我……"

那男人也极不好意思："没什么没什么，你没买上？"

但他的眼睛却不由自主地望着妇女手中的那几棵小青菜……

妇女说："可不没买上呗！您掉的吧？从背后我也没看出是您来，要是看出来，我捡了就给您了……”

“不不不，不是我掉的……今天天气，怪好的啊？”

妇女说：“给你吧给你吧！”

“何必呢何必呢，不就是几棵菜嘛！”

一个执意要还给，一个执意不收受……

徐克两手空空，站在不远处望着，一副失落得很的样子……

徐克的目光忽然被什么东西吸引住了——一个车老板闭着双眼躺在马车上，也不知睡着了没有。他头下竟枕着四分之一块豆饼！

徐克的双脚不由自主地走到马车跟前……

车老板睁开眼睛：“你看我干什么？”

他离去……

待车老板闭上眼睛，徐克又回来……

他蹑足绕着马车转，伺机下手……

他猝然从车老板头下抽出那四分之一块豆饼……

车老板的头咚地在车板上撞了一响……

车老板睁开眼，发愣地瞅他……

他也瞅着车老板发愣……

车老板的手下意识地摸向头底下，摸不着豆饼，霍地坐了起来……

徐克抱着豆饼撒腿就跑……

车老板跃下车，操着鞭子喊：“嗨，站住！你站住！他妈的小兔崽子，大白天就动抢！还不站住？看老子抓住你不抽你一顿！”

他跑过马路，一辆卡车急刹车……

车老板追过马路……

这时王小嵩已经煮好了菜粥，吴振庆替他往桌上端。

弟弟妹妹已然在喝……

母亲说："小庆，你也在这儿吃吧！"

"不。我回家吃……"

母亲说："都是我干儿子啦，还客气什么？你回家就能吃上山珍海味呀？"

吴振庆眼睛瞥向锅里。

王小嵩说："吃吧，够……"

吴振庆说："那好，我吃！"

他坐下不客气地喝起来……

母亲背靠着墙，双手也捧碗喝……

顿时一片喝粥的响声。

小炕桌上除了粥碗，还有一个大盘子，也许就是刚才用来装过大头菜根的那个盘子。盘子正中是一块豆腐乳。不，它原先是一块，此时已不完整了……

三个自家的加上一个外家的孩子，不时用筷子在豆腐乳上沾一沾，然后放在口中咂几咂，那庄重的神态，像贵族子弟吃西餐一样。

从他们喝粥的声音就听得出来——他们觉得那掺了菜的苞谷面粥好喝极了！

吴振庆望望母亲，忽然想起了什么："大婶儿……"

母亲嗔怪地说："嗯？怎么叫我？"

吴振庆改口："干妈，我妈……我妈说……说……"

"别吭吭哧哧的，快说吧！"

他正欲说，徐克突然闯了进来，他跑得气喘吁吁，上气儿不接下气儿，怀中紧抱着豆饼，目光四处瞧，寻找藏的地方。最后将豆饼放入一口旧箱子（那是装冬天的鞋的），而且一屁股坐在箱子上，指着门："关！关！……关上门！"

众人都惊愕地望着他……

徐克说："如果有人追来，你们就一口咬定我根本没出过屋！"

他匆匆脱下外衣，掖在箱后，光着上身又说："给我盛碗粥！我光着脊梁，喝着粥，他就不敢认我了！"

这时，外面传来了吼声：“小兔崽子，你给我滚出来！今天你不还我豆饼，不管你躲到哪儿，我也要把你找出来！”

没人给徐克盛粥。

徐克夺过吴振庆的粥碗，喝起来……

吴振庆忐忑地站起来，走到外面去看……

母亲说：“小嵩，扶我出去……”

王小嵩说：“妈，你躺着吧，又不是我干的事儿！”

徐克说:“对,大婶你老老实实躺着吧。那人找不见我,一会儿就会走的！”

母亲没理睬徐克，对儿子说：“扶我出去！”

王小嵩只好扶母亲走了出去。

车老板来到家门口，一手攥着鞭子，问：“大嫂，看见一个小孩子过来没有？”不待母亲回答，又恼怒地自言自语：“我这么大的人，倒被一个小毛孩子抢了！他抢我那块豆饼，是我三天的口粮啊！我舍不得吃，想省下来带回家给老婆孩子的……”

他说罢，无处发泄地狠狠甩了一记响鞭……

母亲说：“大兄弟，是我的孩子抢了你。”

车老板不禁一怔，接着竟显出几分不知所措的局促不安的甚至有点儿可怜的样子——那是老实巴交的农村人在城里人面前习惯性的自卑心理。

屋里，弟弟对徐克说：“小克哥哥，我给你换个地方藏！藏被子里，他保证不会翻我家被子！”

徐克从箱子里将豆饼拿出来，交给他藏在被子里——

弟弟妹妹藏好豆饼，也溜下了床，缩在母亲身后，探头探脑地望着车老板……

母亲对王小嵩说：“把他给我叫出来！把豆饼也拿出来！”

徐克捧着豆饼，畏畏缩缩地，羞愧难当地，也有几分不那么情愿地被王小嵩和吴振庆从屋里推了出来……

母亲说："还给这位叔叔，向这位叔叔道歉！"

徐克一声不吭，捧着豆饼相还，之后退到了母亲身旁。

母亲严厉地说："还不道歉！"

徐克说："我……错了……"

母亲回头对车老板说："我教子不严，让你耻笑了，我给你鞠个躬，算是请你原谅吧！"

在孩子们的注视之下，母亲向车老板深鞠一躬……

车老板瞅瞅母亲，又瞅瞅徐克，说："这……大嫂，我可一点没有想难为孩子的意思啊！还我，我就感激不尽了！这年月，你这么多孩子，也真够你替他们操心的啊！"

他瞥见斧头就在门口，被劈柴夹住，走过去，将鞭子插在后腰上，将豆饼垫在门槛上，拔出斧头，只一斧，那块豆饼分为两半……

车老板站起，一半豆饼给徐克，苦笑道："咱俩可都跑得够呛，你若朝我要，我还真舍不得给你！现在呢，叫我怎么好意思不留下一半啊？拿着吧！"

徐克更加羞愧，低着头接过了那块豆饼……

车老板正欲转身走，被母亲叫住了："等等……"

母亲对王小嵩耳语了几句……

王小嵩进屋去，转瞬出来，用纱布兜儿包了些东西给母亲……

母亲递给车老板："唉，家里也没什么送得出手的，这是两个窝头，我今天上班带的没吃，和几个生土豆，你别嫌弃……"

车老板说："这……这怎么行！这怎么行！我这不是反过来占便宜了么？我不能收！不能收！"

母亲和车老板推来拒去，最终，东西还是到了车老板手里……

车老板说："大嫂，我忘不了你。年头好了，我一定从农村给你拉一车菜送来！"

母亲笑笑，转过身，沉着脸对孩子们说："扶我回屋。"

王小嵩和吴振庆将母亲扶进了屋。

弟弟妹妹也往屋里扯徐克。

妹妹说："小克哥哥你别不高兴，要不连这一块豆饼还没有呢！"

母亲说："都继续吃饭吧，也给他盛碗粥。"——"他"，当然指的是徐克。

王小嵩给徐克盛了碗粥，徐克不客气地一屁股坐在炕沿，捧着碗低下头便喝……

又是一阵喝粥声，仿佛刚才什么不愉快的事情也没发生。

徐克说："再来一碗！"看得出来，他认为自己在这儿根本不是外人。

王小嵩又给他盛了一碗。

吴振庆说："干妈，我给你盛！"

母亲说："我不喝了，不上班，喝一碗就喝不下了。"

徐克说："我也叫你干妈吧？"

"你么，等一会儿再说。"

徐克讨了个没趣，觉得有点儿不自在。

母亲说："小庆，你刚才想对我说什么来着？"

吴振庆说："我妈说，我家粮食明天就吃完了，可还差三四天才到买粮的日子呢，我妈让我问问，先用你家的粮本买十斤粮行不行？"

"那有什么不行的，我家不是也用你家的粮本买过么？幸亏买粮的日子差隔着，互相接济着买呗！"

各自的碗空了，锅空了，盘子里的腐乳也不存在了。

母亲问徐克："喝饱了？"

徐克拍拍肚子："饱了。"

母亲说："你过来，我有话对你说。"

徐克走到了母亲跟前，母亲一把抓住了他的一只手，同时对王小嵩和吴振庆说："小嵩，小庆，你们把门插上，给我守着门。"

徐克开始觉得有些不妙，嗫嚅地说："大婶……"

母亲说："抢了别人的东西，不往自己家跑，倒往我家跑，你说该对你怎么办吧？"

"我下次不敢了……"

"该不该打你？"

"该……"

母亲说："你妈瘫在床上，你爸平日没工夫管教你，你说我有没有权利替他们管教你？"

徐克低声说："有……"

"那好，把裤子褪下来……"

徐克一只手解开了皮带……

"趴下……"

徐克乖乖地趴在炕沿……

母亲一手按住他，一手抓住笤帚疙瘩，在他屁股上打起来，打得并不太重，可也不能说太轻……

徐克咬牙忍受……

王小嵩说："妈！"

吴振庆说："干妈！"

他们赶快过来替徐克求饶。

母亲说："你从小就敢抢，不管教你，长大还了得么？"

徐克默默流着泪说："我错了……"

母亲这才扔了笤帚，脸色异常严肃地说："你们都是穷人家的孩子，我和你们的母亲，除了一张脸面，再也没有什么重要的东西了。你们若从小就学坏，我们当妈的，还有什么指望？"

徐克泪流满面地系着裤子，他忽然哇地大哭起来。

母亲说："我打你，你感到委屈了？你觉得我没资格替你妈管教你？"

徐克说："有。"

“那你还哭得多么冤屈似的？”

徐克说：“不是冤屈，是……是……我把购菜证弄丢了！”

他哭得更难过了，更绝望了……

大小孩子们，包括母亲，顿时以一种同情的目光看待他了……

晚上。

母亲手拿一只鸡蛋，摩挲着，遗憾地说：“可惜现在不是春天，如果是春天，这几个蛋中，兴许能孵出一只小母鸡呢。有一只母鸡的话，我们就会常有鸡蛋吃了……”

王小嵩和弟弟妹妹趴在被窝里，都双手捧着下颏，向往地听着……

母亲将鸡蛋凑近灯光——它显得半透明了，内中似乎有生命在蠕动着似的……

王小嵩和弟弟妹妹入睡了……

王小嵩做梦了，梦见满炕的小鸡……

在梦里他和母亲及弟弟妹妹置身于小鸡中，喜笑颜开，无数小鸡变成无数大鸡，生出了满炕蛋，捡也捡不过来……

王小嵩向人们分送鸡蛋，人们中有他的老师和同学们——吴振庆、徐克、郝梅、张萌、韩德宝……

第二天早晨。

王小嵩离开家走在上学的路上，他的书包里装着要送给老师的鸡蛋。

王小嵩在徐克家门前站住。徐克的爸爸正在给自行车打气。

王小嵩说：“大叔，徐克在屋吗？”

徐父说：“他早走了，和振庆一块儿走的，说是今天卫生值日……”

王小嵩满脸困惑地离开了……

他心里高兴，蹦蹦跳跳的……

一个骑自行车的男人喊："小孩儿，东西从书包里掉出来啦！"

他站住，回头看。走过的路上，有一个手绢包儿，他傻眼了，因为手绢里包的就是鸡蛋……

他往回跑去捡……

有辆泔水车停在路边。拉车的老马瘦骨嶙峋，老马比他离手绢包近；马拉动车，伸长脖子，在他跑到之前，竟将那手绢包一口叼起，吞下去了……

王小嵩瞪着老马呆住了……

赶车的老头儿从一幢房后转出来高喊："倒泔水！倒泔水！倒……"

王小嵩一下子冲到老头儿跟前，哭嚷："你还我鸡蛋！还我鸡蛋！还我鸡蛋！"

老头丈二和尚摸不着头脑："什么鸡蛋？我干吗要还你鸡蛋？"

"我的鸡蛋掉在地上，被你的马吃了，一共四个！你今天不还我就不行！"

老头望望老马——老马若无其事。

老头说："一匹拉泔水车的老马，都快饿死了，你怎么能往它头上栽赃呢！孩子，冤枉不会开口说话的牲口，是罪孽呀！就算是它吃的，那也该你倒霉。我都忘了鸡蛋是圆的还是方的了，这年头让我上哪儿找四个鸡蛋还你？"

一个倒泔水的青年说："是你自己太想鸡蛋吃了，编出来的故事吧？"

老头儿转身走了，又敲起梆子："倒泔水！倒泔水！……"

趁没人看着，王小嵩从地上捡起了一块大石头，仇恨地瞪着老马，高高举起……

老马望着他——它的目光似乎很善良，也很忧郁……

梆声……

王小嵩的手臂垂落，将石头扔了……

他沮丧地走了，不时抹眼泪，不时回头望那老马……

梆声……梆声……梆声……

王小嵩无精打采地来到学校，他走在走廊里——一间教室的门刚打开，正要拥入教室的学生们却被一张课桌从里面挡住了……

另一个班的一名学生说："我们班教室门打开时，也是这样的！"

"看，通风窗开了！哎呀，老师的粉笔怎么就剩这么几支了？！"

"准是有人从上面爬进去，又蹬着课桌爬出来！"

"那除了小偷，还能是什么人呢？"

"报告校长去！"

学生们议论纷纷。

在王小嵩他们班的教室里，老师的讲课桌上摆满了各种各样的东西：一棵菜啦、两棵胡萝卜啦、几个土豆啦、一个窝头什么的。当然，还有一大块豆饼，不消说，是韩德宝给老师带来的……

粉笔盒里，粉笔满了出来，都是整根的，还有彩色的。

张萌说："咦，怎么变出来这么多粉笔？"

有几个同学将目光望向吴振庆和徐克……

他们各自坐在自己的座位上，似乎在认认真真地看课文……

王小嵩一走入教室，几个同学立刻围住他，七言八语地发问：

"王小嵩，你给老师带来点儿什么？"

"怎么不说话？他肯定什么也没带！"

"这家伙，老师辛辛苦苦教了你五年，换不来你一点点感情么？你有良心没有？"

郝梅说："你们别乱嚷嚷，王小嵩生病的时候，老师几乎天天晚上到他家去给他补课，他才不会像你们说的那么没有良心哪！"

她说完，注视着王小嵩，期待着他拿出什么比别人更好的东西……

王小嵩低声说："我带了四个鸡蛋！"

同学们一片惊讶：

"哇！鸡蛋吗？！"

“王小嵩，你真了不起！”

“我已经很久很久没见过鸡蛋了，都快忘了世界上还有鸡蛋！”

“王小嵩，我刚才说的话，你可别生气啊！”

“要是有谁再带来点儿‘人造肉’，老师回家和鸡蛋一炒，那可多香啊！”

“鸡蛋”二字使同学们都咽起口水来……

张萌说：“王小嵩，那你快拿出来吧！”

王小嵩说：“让马吃了……”

顿时一片沉静。同学们面面相觑，接着，都盯住他的脸看他，显然没有一个人相信他的话……

韩德宝突然说：“你骗人！”

王小嵩说：“我没骗人！我掉在路上，被拉泔水车的老马吃了，连包鸡蛋的手绢一块儿吃了……”

一个男同学哈哈大笑：“哈，哈，闹了半天，他还是两手空空啊！被马吃了！”他转动着头问周围的同学，“马吃鸡蛋么？你们听说过马吃鸡蛋的事儿么？”

郝梅生气地说：“王小嵩，我总以为你很诚实。原来你这么会撒谎！今后我再也不相信你的话了……”

她感到自己对他的信任被捉弄了，气呼呼地一转身走向自己的座位……

张萌说：“王小嵩，没带就没带，那也没什么，反正大家都是自愿的。可是你编瞎话，撒谎捉弄大家可不对。”

王小嵩干张了几下嘴，不知说什么好……

吴振庆离开座位走了过去……

他说：“我作证，他没骗人。”

张萌不满地望着他——那意思是，你们总是互相包庇。但她也敢怒不敢言……

吴振庆作证：“他妈妈昨天让他捎四个鸡蛋给咱们老师，当时我在他家。”

那个男同学说："可你能作证不是被他在路上自己喝了么？我喝过生鸡蛋，好喝着哪！"

吴振庆张了张嘴，也语塞了。他目不转睛地瞪着王小嵩，仿佛在问——小嵩，你不会吧？

王小嵩突然扑向那男同学，两人扭打起来……

上课铃响了……

上课了，同学们都坐好了。

王小嵩鼻子被打破了，用纸塞着，唇上有少许血……

教室门开了……

张萌喊："立！"

同学们全体站起……

走入教室的却不是班主任曲老师——而是一位男老师，就是昨天将曲老师背到教员室的那位男老师。

张萌的声音变低了："礼。"

没有同学行礼……

"坐。"

也没有同学坐下，他们仍呆呆地站着，愣愣地望着那男老师……

男老师说："同学们都坐下……"

大家终于先后坐下。

男老师说："同学们，讲课桌上这些东西，说明你们非常关心你们曲老师，正如……你们曲老师，非常喜爱你们一样，这，使我很受感动……"

他沉吟了一下，似乎一时间不知说什么好——竟说出了两个充满孩子气的字："真的……"

教室里很静、很静……

他继续说："从今天起，由我来做你们的班主任。昨天，有些同学已经认识我了，让我再自我介绍一下……我姓赵……是的……我姓赵……”

“那，我们曲老师呢？”郝梅轻轻发问。

“她……调走了……”

韩德宝说：“这不可能！”他望着左右的同学，又说，“这太不可能了！大家说是不是？”

众同学呼应：

“不可能！”

“不可能！”

张萌说：“我们曲老师要真是调走了，一定会和我们告别的。她怎么会不和我们告别呢？”

赵老师说：“是啊是啊，她怎么会不和你们告别呢……”他搓着双手，吞吞吐吐地说：“让我怎么和你们讲呢？野菜中毒……常常是有生命危险的……我们老师，都很难过……但是……但是……我们都得面对现实，是不是？”

韩德宝问：“我们老师她……她……她死了么？”

他的问话，越说越轻。最后几个字，勉强听得到。

赵老师注视着他，点了一下头……

一片异样的肃静——远处似有梆声传来……

梆声来自王小嵩的主观幻觉……

他眼中渐渐涌满了眼泪……

“现在……我们开始上课……”

赵老师拿起了一支粉笔……

“不许你动！”

他吃惊地抬起头，并且，不由得放下了粉笔……

徐克离开座位，跑到前边，双手捧起粉笔盒，又跑回座位，将粉笔盒放在他课桌上，双手护着，仿佛怕被人抢去……

他忽然双手护着粉笔盒，伏在桌上哭了……

于是许多同学都哭了起来……

赵老师迈下讲台，背靠窗子，面向同学们，非常理解地望着大家……

王小嵩默默流泪不止……

哭声渐弱，消失……

梆声……来自王小嵩脑子里的梆声。

尽管周围的同学们都在哭，但王小嵩听到的似乎仅只是梆声……

三

王小嵩家。母亲坐在炕上补衣服。

王小嵩伏在小炕桌上写作业。

弟弟妹妹在炕的另一角互相逗闹。

王小嵩皱眉扫他们一眼……

母亲说："你们别闹了，没见哥哥在写作业么？"

"小嵩！小嵩！"外面传来三奶的声音。

母亲对小嵩说："你三奶来了，快去迎她进来！"

王小嵩放下笔，去开了门。

三奶搂抱着一个旧枕套进来："小嵩，我给你送好东西来了！"

母亲说："他三奶，谁家口粮都不够吃，您可别有点儿什么东西就忘不了我们……"一边说一边让出地方请三奶坐下。

弟弟妹妹像小狗嗅到骨头似的凑过来……

三奶挥手："去去，没你们的事儿！"她又对母亲说，"这次不是吃的，我哪有这么多吃的送来呀！"

王小嵩问："那是什么？"

“你猜！”

“地瓜干！”

三奶说：“这孩子！我明明说了不是吃的，还偏偏往吃的方面猜，让三奶多不自在！”

母亲一笑：“他心里成天光想着吃的东西！”

王小嵩有几分索然：“不是吃的东西，我就猜不着了！”

三奶说：“谅你也猜不着。”她将旧枕套里的东西往炕上一倒，原来是一些小人书……

王小嵩喜出望外，顿时眉开眼笑……

弟弟妹妹又凑过来……

王小嵩说：“别动，等你们上学了再让你们看！”赶快又将小人书收入枕套里，坐到箱子盖上，一人翻看……

母亲说：“还不谢谢三奶！”

三奶说：“这可是他广义哥的财宝呢！都不愿借给同学看。广义明年不是要上高中了么？在班里学习又一直挺拔尖的，自个儿发奋一定要考上一所名牌大学，所以就不敢看闲书了，让我给小嵩送来……当时他那样儿还万分舍不得呢。小嵩，你广义哥让我嘱咐你，一定要爱惜地看。这可都是他从小一分钱一分钱攒钱买的啊！”

母亲冲王小嵩说：“你听到你三奶的话没有？”

王小嵩仍头也不抬：“嗯……”

母亲说：“你看这孩子，拿起来就放不下了！”

三奶笑了：“我们广义小学时也这样儿，他老师说，他一准能考上一所名牌大学，你看呢？”

母亲说：“三奶您放心吧！广义那么聪明又那么知道用功的孩子如果都考不上，那谁家的孩子还能考上呢？您就等着得您那大孙子的好消息吧！”

三奶内心充满喜悦：“那我就借你的吉言啦！”

晚上。

母亲和弟弟妹妹都酣然入睡了……

王小嵩仰躺在床上看《钢铁是怎样炼成的》。

像放电影一样，王小嵩看书时，脑子里闪过一个个的镜头！

奔腾的马蹄，挥舞的军刀，军旗猎猎，杀声阵阵……

马背上勇猛冲锋陷阵的保尔……

马蹄、军刀、军旗、保尔……一切一切如定格一般。

“乌啦”声、喊杀声逐渐隐去。

他睡着了，手中还拿着书……

当年，在这样一些孩子中，有十本小人书的，就可以算得上“富农”了，有几十本的，则不啻是“资本家”了。尽管是那样的年代，他们哪一个没有过积累这种财富的奢望呢?

第二天，王小嵩背着他的全部小人书，来到火车站，他在地上铺一块白布，把书摆在布上，身旁还放着一个瓶子，他要出租小人书，那瓶子是用来收取钢镚儿的。

王小嵩招徕：“谁看小人书？谁看小人书？厚的两分钱看一本，薄的一分钱看一本。要上火车没看完的不收钱呀！……”

他周围蹲着一些候车人……

王小嵩喊：“《野火春风斗古城》《狼牙山五壮士》《苦菜花》《红旗谱》《十二把椅子》《印度王冠上的钻石》……”

他脚上仍穿着那双露出大脚趾的鞋……

一双黑色的皮鞋来到他面前。

他缓缓抬起头——是位年轻的警察，警帽略斜地扣在头上，一副权力无限的神气……

警察抓住布的四角，将小人书全部兜着拎了起来，接着从那些看小人书的人手中一一夺下小人书，转身便走。

王小嵩喊：“你干什么呀你！”起身就追……

警察将布包背在身后说：“干什么？谁允许你在这儿租小人书？还大喊大叫的！小小孩儿，不好好上学，赚钱的头脑倒挺活！你妨碍公共秩序知道不知道？没收了！”

王小嵩无言可答，夺布包，警察转着身子，使他夺不成。

他急了，抓住警察的手便咬……

警察“哎哟”一声，一掌推得他向后趔趄数步，低头看手背，已然留下几个深深的牙印。他怒了，举起巴掌，却没打，缓缓地垂下了……

警察说：“你属狗的呀？我要不是人民警察，非……”他正了正警帽，悻悻而去……

王小嵩呆呆站在原地，他忽然想起了什么，回头看，那些没看完小人书的人，正从他摆在地上的一个阔口瓶子里取走自己的钢镚儿……

最后一个人的手大，伸进了瓶子里，却怎么也拿不出来了……

王小嵩呆呆地望着他……

那人将被瓶子“含”住的手对他举了举，无可奈何地说：“对不起了啊小孩儿，不是我想占你的小便宜，我该上火车了！”

他连瓶子也带走了——当然包括瓶子里的钱……

王小嵩回到家后，号啕大哭，用头撞墙。痛不欲生地哭着说：“他全都没收了！四十多本呐！我的小人书啊……”

母亲嗔怒地训斥：“谁叫你去租小人书的！”

王小嵩可怜兮兮地乞求：“妈，妈呀，你去给我要回来吧！我再也不去租了呀……”

母亲答应了。

王小嵩低着头，搀扶着母亲，踏上火车站派出所的台阶……

没收他小人书的警察正巧走出来。

王小嵩一指，怯怯地说："就是他……"

警察瞥母亲一眼："是我怎么样？"

母亲不卑不亢地说："同志，还他吧！我再不许他租小人书了。"

警察说："你当妈的让我还，我就得还？"

母亲一笑，平心静气地说："我是在请求你啊！家里生活困难，没钱给他买，是别人家送的……"

警察说："说什么也没用，不给就是不给！"

母亲正色道："你不给，我可不走。"

"谁管你！"

警察转身进了派出所，砰地关上门。

母亲怔怔地望着门。

王小嵩仰脸看母亲，讷讷地说："妈，我不要了……"

母亲拉着他的手，转过了身，他以为母亲要拉着他走，没想到母亲在台阶上坐下了，也将他轻轻拉着坐下，坚定地说："妈一定给你要回来……"

派出所的门又开了，走出两位警察，将门推开一道缝，探出头来看看他们又缩了回去……

车站大楼挡住了夕阳。

母亲搂着王小嵩的肩膀在台阶上坐着。

天黑了。派出所门顶的红灯亮了，台阶将王小嵩和母亲的影子折成三段，变形地印在地上……

没收他小人书的警察终于跨出来，站在他们身后，搭讪地说："还坐这儿？"

母亲不动，不吭声。

王小嵩也不动，也不吭声。

“嘿，静坐示威……”警察反而感到没趣了，嘟哝着又进去了……

火车站报时的大钟敲了八下……

警察复又走出，一手背后，一手摸下巴，有些不知所措地瞪着他们：“哎，我说你们想住在这儿呀？”

母亲仍不动，仍不吭声，将王小嵩搂得更紧了……

王小嵩也仍不动，仍不吭声……

警察将背在身后的手移到身前，手中拎着包小人书的布包：“给你！”布包落在王小嵩怀里。

母亲低声说：“数数。”

王小嵩解开布包，快速地点数：“少三本儿。”

母亲扯着他站起，直视警察：“少三本儿。”

警察不情愿地分别从两个兜里掏出了三本小人书还给王小嵩，之后不好意思地笑了，自言自语：“嘿，跟我来这套！”

母亲说：“谢谢叔叔。”

“谢谢叔叔。”

母亲说：“走吧。”

王小嵩一手拎着布包，一手搀扶着母亲，走下台阶……

警察站在台阶上望着他们的背影——母亲的腿显然尚未痊愈，走得缓慢而跛……

警察突然喊了一声：“站住！”

王小嵩和母亲站住，回过头来，只见警察快步踏下台阶：“想就这么走了？给我老老实实待在这儿别动！”——说完匆匆走开，不知干什么去了……

王小嵩不安地仰起脸望母亲，母亲镇定地说：“别怕……”

一辆“上海”牌小汽车驶到他们跟前停下，警察从车中钻出，吩咐司机：“送他们回家，不许收他们钱！”

司机问：“往哪儿送啊？”

母亲扯着王小嵩站起，直视警察……

警察说：“我怎么知道？问他们！”走了几步，回头又说，“你可要对我负责，把他们送到家门口！”

王小嵩和母亲，包括司机，望着警察的背影……

警察一边走一边正了正警帽，还吹起了口哨，吹的是《喀秋莎》。

回到学校，吴振庆和徐克听王小嵩讲了“出租小人书”事件后，都不以为然。

徐克说：“租小人书每天能收……”他忘记某个新名词了，问吴振庆：“收什么来着？”

“收入。最后一次告诉你，再别忘了啊！”

“对对，收入。那每天能收入多少钱啊？我俩有更好的打算，每人每天下午至少都挣两三毛！”

王小嵩赶忙问：“什么打算？”

徐克吊他胃口：“你想想，每天下午至少两三毛，一个月就会是多少钱？别说一双白胶鞋了，咱们三个的钱要是凑一起，买‘三大件’，全套的队服也买下来了！”

王小嵩问：“到底怎么挣呀？”

徐克站住，看看吴振庆说：“拿出来让他看吧？”

吴振庆从书包里掏出了三条带铁钩子的绳子。

王小嵩明白了：“拉小套？”就是帮助大人拉板车。

吴振庆说：“不管你加入不加入，反正我心里有你，给你做了。谁叫我是你妈干儿子呢！”

徐克说：“咱们从今天就开始，怎么样？”

王小嵩抬头望望天——阴云正往一块儿聚……

吴振庆说：“要自己挣钱，就不能怕什么刮风下雨的。大人们还不是风里来雨里去才挣到钱的？”

三个少年信心百倍地出发了，在一座桥头，他们发现了一辆正在上坡的人力车，于是立即迎上去“拉小套”。

两个在一左一右帮着拉，王小嵩在后面推。他们都那么卖力气。

拉车人五十来岁了。他在坡顶停住车，回头望着他们感激地说：“三位同学，多谢啦！”忽然他对他们的绳套发生了挺大的兴趣，又说，“让我看看！”

吴振庆将自己的绳套递过去。

拉车人：“这钩子是大人替你们做的吧？”

吴振庆自负地说：“我自己做的！”

徐克说：“他可行啦！我们三个的钩子都是他给做的！”

“做得不错！相当不错！”拉车人说，他打量着他们，夸奖道，“不但学雷锋，而且还自己预备了工具，真是好孩子！”

他们被夸奖得不好意思起来。

拉车人说：“我还真觉得光说谢谢挺不够的呢……”

三个孩子满怀希冀地期待着下文……

拉车人说：“路上掉了一箱货，摔碎了些，一人给你们一小块儿吧，多了我也不敢做主！……”

于是他从一个盖着纸的箱子里拿出了三小块儿什么东西，给了他们一人一小块儿……

三个少年刚一接到手，几乎同时往嘴里送。

拉车人赶忙说：“哎哎，孩子们，别吃啊，是肥皂！”

王小嵩已咬了一口，皱起眉，呸呸地吐。

拉车人说：“孩子们，再见了！”

三个孩子异口同声地喊：“再见……”

望着拉车人的车子下了坡，三个少年低头看手中的碎肥皂块儿……

徐克埋怨吴振庆：“你怎么不开口要钱？”

吴振庆说：“他一个劲儿谢咱们，还夸奖咱们，让我怎么开口要钱啊？”

“哼，夸奖有什么用啊！给咱们的还是肥皂！”徐克说。

王小嵩说："那也行啊！我家肥皂票月月不够用……"

天更阴了。雷声隆隆。不久下起雨来。雨下得很大。

孩子们躲在一个楼洞里。他们的视野内不见人，也不见车。他们的衣服已淋得半湿不干的。

徐克瞧瞧手中的碎肥皂块儿，十分扫兴："我不稀罕，给你吧！"他把肥皂块儿塞进了王小嵩的书包……

"今天真倒霉，算是白来了！"

吴振庆说："这雨不会老下。从火车站拉出来的人力车差不多都经过这儿。得有耐心。钱是那么容易挣的？"

王小嵩忽然一指："看！看！……"

迷蒙的雨烟中，隐约可见一辆人力车的影子，车上的货物显然很沉重。拉车人低着头，俯着身，步子吃力地一步步往前迈。

徐克看看吴振庆——那意思是，怎么样？这桩买卖值不值得干？

吴振庆说："反正衣服已经湿了，出发！"

徐克说："那你可得开口要钱！"

吴振庆已经跑出门洞去了。

"等我一步！"徐克也跑出去了。

王小嵩犹豫一下，追去。

拉车人已将车拉上了桥坡，但又坚持不住，车往下滑退。

吴振庆说："快，别用绳套了，都从后面推！"

三个孩子从后面卖力地推，终于将车推上坡。可是拉车人收不住脚，车凭惯性冲下了另一面桥坡。王小嵩和徐克，被闪得一个坐在地上，一个扑在地上。

吴振庆说："快起来，追上去要钱！"

王小嵩和徐克迅速站起来，跟着吴振庆去追车。

车在坡下停住时，他们气喘吁吁地追上了。

吴振庆向拉车人伸出一只手:“我们不是学雷锋,不能白帮你,你得给钱!”

拉车人正低着头大口喘气，听到他的话，缓缓地抬起了头。

“爸爸……”吴振庆意外地瞪大了眼睛。

“你……”老吴的脸由于愤怒而扭歪了。他弃了车,抓住吴振庆便打:“好哇！你敢逃学！你不用功读书，出来干这种事！”

王小嵩和徐克愣了愣，赶快拉着吴振庆的爸爸说：

“大叔，别打！别打！我们没逃学！……”

“大叔，我们这是第一次呀！不关他的事，是我俩出的主意……”

吴振庆趁机跑开了。

老吴重新驾起车，望着儿子吼：“等我回家再跟你算账……”

他拉起车走了。

他拉得那么吃力。

王小嵩和徐克凑到吴振庆身旁，三个孩子在雨中望着缓缓向前的车。

王小嵩说：“我们还是去帮帮你爸爸吧……”

吴振庆大声说：“不许！”他简直是在喊叫。

他们就在那儿呆呆地望着。雨将他们淋得像落汤鸡一样。

车影拐个弯，消失了……

吴振庆抹了一把脸，又抹了一把脸——抹去了雨水，也抹去了泪水……

晚上，王小嵩家。

母亲仍在补衣服，弟弟妹妹在看小人书，王小嵩闯进了家门。

母亲抱怨地说：“你怎么今天又回来得这么晚？”

王小嵩嗫嚅地说：“我……学雷锋来着。”

母亲说：“快把湿衣服换了，正巧妈刚给你补好一件。”

他却一头扎进母亲怀里，哭了。

母亲问：“怎么了？挨批评了？”

“没有。”

母亲说："那你哭什么？别把我衣服都弄湿了……"欲推开他。

他却将母亲抱得更紧了："我就是心里难过……就是想哭……"

他哭得更悲哀了。

弟弟妹妹也不看小人书了，惊愕地瞪着他。

他一边哭一边说："妈，我想我爸！我真想我爸呀！"

"爸爸，我要爸爸。"

"我也想爸爸。"

弟弟妹妹也哭了，向母亲围拢过来……

母亲张开手臂搂住三个孩子："别哭别哭，也许今年春节，你们的爸爸会回来探家的……"

四

白茫茫一片大地真干净。

放学路上，吴振庆、王小嵩、徐克一伙，和另一伙男同学打雪仗。

郝梅远远观战，不时躲避雪球。

王小嵩被对方的一个男同学从背后推倒在地。

郝梅跑过去，扶起他，替他拍打身上的雪。

王小嵩抓起一捧雪，攥成雪团，要投出去……

郝梅说："别打了！你能跟我上我家去一次么？"

王小嵩扔了雪球，点一下头，跟在郝梅身后走了。

开战双方停火了。

男孩子们都以一种羡慕的眼光望着郝梅和王小嵩——尽管他们并没有并肩走，而是一个在前，一个在后。

徐克朝吴振庆挤眉弄眼。

吴振庆说："郝梅还送给过我一支铅笔呢！"唯恐别人不信，从书包里取出铅笔盒，拿出一支铅笔给大家看："就是这一支！"

没人看他。男孩子们的目光仍都望着郝梅和王小嵩……

吴振庆挺没趣地收起了铅笔盒。

郝梅的家是一幢带小栅栏院儿的俄式住房——从斜掩窗子的窗帘看，她生活在一个较富足的家庭。

他们在院门外站住了。

郝梅说："跟我进去吧。"

王小嵩摇头。

"那……我一会儿就出来，你可一定在这儿等着！"

郝梅奔上台阶，按门铃，门一开，她就闪进去了。

王小嵩望着郝梅家窗子出神。窗台摆着盆花儿。

在他的想象中——仿佛是自己的母亲正在这个家里，正在窗前补衣服。

那想象中的情形，多像一幅画啊！

郝梅不知何时出来了，推他一下，破坏了他的想象。

她怀抱着一条半大的小花狗。

王小嵩高兴地说："小狗！它叫什么？"

"它叫'小朋友'，你喜欢么？"

"喜欢！"

郝梅说："那你替我养着吧？行不行？"

王小嵩刚要抱过小狗，一听这话，手臂缩回去了。

"这……"

郝梅说："这是医院里用来做试验的小狗。和我妈妈有了感情，我妈妈就没舍得用它做试验，抱回家来了。可我爸爸烦狗，不许养它，总和我妈妈吵……"

王小嵩仍很为难地犹豫着。

郝梅说："吴振庆和徐克，说你妈妈对你可好了，从来也不反对你的愿望！我会经常给你东西喂它的。"

最后一句话起了作用。"好吧，我替你养着！"王小嵩终于抱过了小狗。

回到家，王小嵩把小狗放在炕上，弟弟妹妹快乐地围观它。

母亲下班回家了。

母亲愕然地问："这是什么？"

"狗。"

母亲说："我还不知道这是狗么？扔出去！快给我扔出去！"

"不……"

三个小儿女异口同声。

母亲抓起了笤帚，高举着威吓："都不听话啦？我挨个儿打你们！"

弟弟妹妹高喊：

"我们喜欢么！"

"我们喜欢么！"

母亲说："人都吃糠咽菜的年月，喂它什么？"

弟弟说．"我那份儿饭分它吃！"

妹妹说："还有我的……"

王小嵩说："妈，这是郝梅求我替她养的。她说会经常送东西来给它吃！没人养它，它活得了么？"

母亲这才同意了。

在一个建筑工地的雪地上，王小嵩、弟弟妹妹和小狗在快乐玩耍。

吴振庆和徐克陪伴着郝梅来给小狗送东西吃。

小狗朝郝梅身上扑，和她亲。

六个孩子开始和小狗一块儿玩耍。

雪地上留下一片生动的足迹——孩子们的和狗的。

不远处，建筑工地上，几个建筑工人在看。

他们走了过来。

弟弟说："哥，他们会不会抢咱们的狗？"

王小嵩警惕地望望他们，抱起小狗跑回了家。

在家里，他将妹妹抱到箱子盖上坐着，小狗被藏在箱子里。

孩子们严阵以待地望着门。

一阵敲门声，几个大汉推门进了屋。为首的一个说："我们是打狗的！"

王小嵩说："我们家没养狗。"

那汉子说："没养？刚才还看见你们和狗在一起玩来！你们都是少先队员吧？少先队员可不兴撒谎骗人啊！那小狗呢？"

徐克说："跑了！"

"跑了？"

王小嵩说："你们不信就搜！"

他们未敢搜，这儿瞧瞧，那儿望望。

郝梅说："大人撒谎就不觉得可耻了么？你们才不是打狗的呢！"

吴振庆说："你们是盖楼的工人！我都熟悉你们了！你们出去！"

他们面面相觑，扫兴地走了。

晚上，王小嵩一家为"小朋友"发愁。

王小嵩说："妈，你想想办法救它一命吧！"

母亲说："那些人不会善罢甘休的。你们都不愿它死吧？"

王小嵩和弟弟妹妹点头。

狗也望着他们……

母亲默默将箱子腾空，铺一些烂棉絮，放进两个窝头，最后抱起狗，抚摸了一下，放入箱内。

王小嵩盖上箱盖，往箱盖上贴了一张纸。纸上写的是“别害它命，它是我们的‘小朋友’”，后面还用蜡笔描了两个很大很触目的惊叹号——看来只能采取这样的办法了，希望“小朋友”可以找到能够养活得起它的大朋友。当天晚上，王小嵩和母亲用绳子拖着箱子在雪地上走，半路，王小嵩又拣了一块冰坨，放进箱子里，他心中说：“小朋友”，你要是渴了，就舔舔冰吧，对不起了。

早晨，王小嵩母子在梦乡中被外面传来的兴奋的喊叫声惊醒：“堵住它！别让它往那人家跑！”

“打呀！打呀！”

“给它一铁锹！给它一铁锹！”

随后是狗的哀叫声。

王小嵩一下子坐起，急推母亲：“妈，妈！你听！你听！”

有人打狗！是“小朋友”吗？！母亲率领着衣帽不整的孩子们，一边扣衣扣，一边奔出家门，见大楼角那儿，围着一群工人。

母亲最先赶过去，她看见——吊在脚手架上的狗，皮已被剥下了一半儿，一个工人还在剥。

母亲倏地一下转过身，将孩子们的头拢在一起，搂紧，并用身体挡住他们的视线。

她说：“不是你们的狗！不是！孩子们，别看，那不是你们的‘小朋友’……”

母亲抱起妹妹，领着弟弟，匆匆往家走。

狗的足迹在离家不远处中断了，一摊血仿佛是一个句号……

当天一个工人来到王小嵩家，将用报纸包着的什么东西默默放在桌上。他低声说：“我们饿急眼了，这是两条后腿……”

母亲喊道："滚！"

他垂了头往外便走。

母亲说："带走你拿来的东西！"

他头垂得更低，转身匆匆拿起他送来的东西，在母亲和孩子们的怒视之下，像一个罪犯似的走了。

王小嵩一个人来到了那个建筑工地，他扒开滴血的雪，在楼角那儿寻找。

他找到狗的颈圈儿，用袄袖揩净它。

当！当！当……

一段铁轨在他头顶敲响。

他抬起头，看到了由方块木板组成的标语——大干苦干拼命干，争取早日实现共产主义。

王小嵩来到郝梅家，告诉她"小朋友"死了。

郝梅给了他一记耳光。

他和她相互瞪视着。

他从兜里掏出狗颈圈儿还给她。她一把夺下，捧在胸口，转身哭了。

王小嵩呆呆地愣着。

郝梅奔上台阶，跑进家去。

王小嵩低下头，缓缓地转过身，缓缓地走了。

在课堂上，全班同学端坐收听有线广播。

广播里是一个中年女性的声音，热情而具有充满信心的鼓舞性："总之，在这一次捐献活动中，每一名少先队员，每一名同学，都要树立多捐光荣的态度。我们学校，一定要争取突破定额。只要我们争得了这一种集体的光荣，我校评上区模范小学就毫无问题了，评上市模范小学就指日可待了……"

赵老师——新的班主任，站在窗口那儿，和同学们一起背着手倾听。安在教室门上方的喇叭箱安静了，他以为广播结束了，走上讲台，刚要开口说话，不料喇叭箱又传出了声音——一个男人的声音：

“刚才，校党支部书记，为我们作了一个……非常重要的……非常明白的……非常……好的……这个这个……动员报告！下面，校长为大家讲几句话……”

赵老师只好又踏下讲台，仍走到窗口那儿，背着手倾听。

一个刻板的，仿佛底气不足的男人的声音：

“我，没什么可说的。但是，没什么可说的，也是要说几句的。我认为，孙书记的报告，阐述了一个态度，两个愿望。一个态度是什么呢？那就是——多捐光荣。两个愿望是什么呢？那就是——争取评上区模范小学……和（喝水声、呛水声、咳嗽声）争取评上市模范小学……我……完了！”

赵老师第二次踏上讲台，刚欲开口，喇叭箱里又传出了声音：

“我再补充两句——同学们态度端正不端正，行动积极不积极，首先决定于老师们。所以，各班主任老师，要很认真负责地，进一步动员动员（喝水声、呛水声、咳嗽声……）我……彻底完了……”

赵老师望望喇叭箱，并不急于开口说话了，耐心地静默着。

同学们的表情都异常庄重——尽管刚才有可笑处，却似乎没有一个人觉得可笑。

赵老师问：“都听明白了么？”

同学们沉默不语。

赵老师说：“那么就举手报一下数吧。”

一名男同学鼓足勇气，站起来小声说：“老师，我……我爸爸在单位捐，我妈妈在单位也得捐，我姐姐在中学还得捐，我妹妹也在咱校，三年级的……我……我回家怎么和爸爸妈妈开口哇？”

张萌说：“刚才书记的讲话不是说了么？兄弟姐妹中有一个在咱们学校的，那也要各捐各的，不能互相代替。”

那男同学回头瞪张萌。

赵老师："你先坐下。你的问题，我会替你向学校反映的。"

韩德宝说："老师，我……只能捐一棵冻白菜什么的，还是我们家平时舍不得吃，要留着过年包饺子的！"

"一棵冻白菜什么的也可以。"

徐克说："你应该捐半块豆饼。"

韩德宝说："没有啦！早吃光了！你以为我爸的战友还老给我家送哇？"

赵老师说："这样吧，肯定能捐点什么东西的，把手举起来，我心中好有个数。"

张萌、郝梅和七八个男女同学先后举起了手。

赵老师说："大家都知道，我们的国家，遇到了连年的自然灾害。有些农村，正在饿死人，正在发生像旧社会一样的逃荒。我们城市人，毕竟还有一份口粮保证。我们省一口什么吃的，捐给我们那些快饿死的、四处逃荒的同胞，的确也是完全应该的。"

又有两个同学举起了手。

赵老师期待地望着大家。

王小嵩、徐克频频望吴振庆，仿佛他足以代表他们两个似的。

吴振庆犹犹豫豫地举起了手。

赵老师："嗯，又多了一个同学。"

不料吴振庆急忙站起来声明："老师，我家没什么可捐的。我爸是拉货车的，吃得多。全家的口粮只有先可着他吃饱了，他才有力气拉车，才能挣钱养活我们全家。"

赵老师不解地问："那你为什么举手呢？"

吴振庆说："我……我有个想法，能保证……保证我们班不拖学校的后腿，而且……超额……"

"噢？什么想法？说说看。"

吴振庆说："老师，你别犯愁，星期天你带我们到郊区去捡菜怎么样？

那不就解决难题了么？”

“捡菜？能捡到么？”

“能！一定能！”

首先是男同学们兴奋起来，一时七言八语：

“有的大人，一天能捡一袋子呢！”

徐克说：“我举双手支持吴振庆的想法！”

王小嵩说：“我也支持！”

韩德宝回头朝吴振庆竖起大拇指：“高！高家庄的干活！”

赵老师说：“可……怎么去呢？”

吴振庆说：“坐闷罐火车！到郊区捡菜的都坐闷罐火车！没人验票。一个多小时就到了。”

赵老师沉吟着，思忖着，良久，问：“那么，哪些同学愿意星期天跟老师去捡菜？”

全体同学都把手高高地举了起来。

赵老师说：“女同学全放下手，用不着你们去！我点名的男同学可以去，不点名的也不许去！”

他点了十几个身体结实的男同学后，又说：“吴振庆当小组长，韩德宝当副小组长。咱们这些同学，就和老师成立一个捡菜小组吧！正副组长到时候，都要负责地帮老师组织好同学。”

星期天，全班同学在车站会合了。女同学也差不多全来了。

赵老师将女同学召集在一起，说：“你们怎么来了？”生气地批评她们；她们个个拿着袋子，拿着小铲子什么的，显然，她们都不打算回去，好像她们谁都能满载而归似的。

在站台上，果然还有不少拿着袋子的大人，看来也是捡菜的。

一辆郊区火车开来，张萌和郝梅向女同学使眼色，她们首先朝火车一拥而上，其他人跟着也上去了。

赵老师急得直跺脚。

车开了，同学们还热情饱满地唱歌，张萌熟练地舞双臂指挥——仿佛他们不是去捡菜，而是去春游。

赵老师也被感染地跟着唱。

郝梅挤到王小嵩身旁，悄悄塞给他一双手套。

王小嵩又塞还给她。

郝梅让他看自己戴手套的双手，悄悄说："这一双是我特意给你带的。估计你就没有手套戴。"

王小嵩不忍拒绝，戴上了。

郝梅说："我向你认错。"

王小嵩困惑。

"那天，我不该因为'小朋友'打你耳光，那也不是你的错。"

徐克和吴振庆坐在一起，他暗中捅捅吴振庆，让他注意王小嵩和郝梅。

吴振庆故意偏不看他们，偏看窗外。

郝梅刚才的话是故意低着头说的。她一边说一边摆弄自己戴手套的手指。说完一抬头，见王小嵩已挤到徐克和吴振庆那儿去了。

她不高兴地噘起了嘴，赌气向别处转过脸。

郊区的田野，被大雪覆盖得严严实实。无数"坟"包隆起，那是一时不能从地里运走，直接用土培在地里的土豆、萝卜、甜菜疙瘩之类。

它们便成了饥饿的市民们到郊区进行"大扫荡"的目标。

火车停下了，车里"吐"出了无数饥民，他们潮水一般涌向田野，奔向那些被雪覆盖的严严实实的"坟"包。

不知所措的同学们和赵老师站在车下。

赵老师不禁看看吴振庆，自言自语："天啊，这哪是捡菜啊，明明是抢么！"

同学们身临其境，受到心理上、情绪上无形的感染，却早已个个摩拳擦掌，跃跃欲试。

吴振庆说："老师，来都来了，我们总不能一个个空手回去吧！同学们，冲啊！"

他振臂大呼，于是同学们发出一片喊，也紧随市民们之后，奔向田野，扑向那些银色的"坟"包。

赵老师大喊："同学们，同学们，那些不能动呀！咱们是来捡菜的，咱们不能这样！"

张萌和郝梅身边仍聚着几个守纪律的女生。

张萌说："老师，连个菜叶都看不见，捡什么呀？"

赵老师没听见她的话，只顾对跑散的同学们喊。

郝梅说："咱们也别傻站着了，该怎么样就怎么样吧！"

于是带头奔向田野。

赵老师在田野里奔来奔去，大声喊叫，企图制止学生们。哪能制止得了呢？他们像一群小狗见了骨头。

农民们从村里冲出来，手中持着各种各样的"武器"，为了捍卫自己的劳动果实，他们凶猛地驱赶饿急眼了的市民们。

市民们仗着人多，奋不顾身，很勇敢。于是田野各处展开了搏斗。农民们彻底被激怒了，一个个下狠手，棍棒无情地朝市民打。

有人头破血流了，有人倒地了。

同学们被这种始料不及的"战斗场面"吓蒙了，骇声尖叫，像一只只小兔子在田野里窜来窜去。

一个青年农民丧失理智地骂着："连你们城里人的小崽子也来抢我们啦，还让不让我们乡下人活啦？非打死你们几个不可！"

他竟挥舞着棒子追起同学们来。

几个女同学高呼："老师！老师！"

“老师快来救我们呀！”

赵老师像一只兔妈妈，顾此失彼，疲于奔命，竭尽全力保护同学们不受伤害。

徐克被一个青年农民抓住，拳脚交加。

赵老师赶过去高声喊道：“要打，你们打我！打我呀！我是老师，是我带他们来的！狗东西，你还打我的学生！”他向那青年农民扑去。

于是他们扭打成一团，在雪地上滚来滚去。

同学们当然不会袖手旁观，小拳头小脚对那青年农民又打又踢。

青年农民骂赵老师：“带领学生来抢我们！还骂老子！打你就打你！”

他捡起了棍子。

赵老师刚欲爬起来，头上挨了一棍子。

田野渐渐寂静了——一些“坟”包被扒平了。

只有同学们围着躺在地上一动不动的赵老师。他们或站，或跪，或伏在他身上，哭着，喊着，叫着。

“老师！老师！”

“老师！你可别死呀！”

一些农民，见此情形惶惶不安，也聚拢来。

一位老农急急忙忙走过来，分开同学们，将赵老师从地上扶起来，让赵教师靠在自己怀里。接着他解开棉袄，从衬衣上撕下条布，替赵老师包扎头上的伤。

那农民的破棉袄内，只穿一件旧衬衣，而且没有扣子，用衣角对系在身上，瘦瘪瘪的胸膛半裸露着。

吴振庆说：“咱们要替老师报仇，和他们拼了！”

于是男同学们扑向为数不多的几个农民，用头撞他们，用雪球打他们。

吴振庆一头将一个农民撞倒。

老农对农民们喊：“谁也不许还手！让孩子们打！让他们出气！”

张萌和郝梅劝阻着男同学们。

张萌弯下腰，声嘶力竭地喊："你们别打啦！你们别再逞能啦！还嫌闯的祸不大呀！"

农民们不还手，男同学们只好又聚到老师身边。

老农埋怨地："唉，你们老师也是……这么冷的天，咋也带你们来。"

郝梅说："我们……我们学校里号召向灾区捐粮捐菜……老师不带我们来，我们……就完不成数量。"

老农抬头望着他们："你们呀，还往哪儿捐呀！我们这儿就是灾区！今年国家若不救济，非饿死几口子不可！"

一个农民说："地里这些菜，是军菜。我们也不敢分了。被你们抢光，我们拿什么给咱们解放军吃？他们若饿着肚子，一旦打起仗来，怎么保卫咱们老百姓？"

同学们一个个低下了头。

老农将老师背起往村里走。

农民们或领着或背着同学们，跟在老农后面。

老师被安顿在一个农村老大娘家的火炕上。他半昏迷半清醒地说："别打我的学生，别打他们，要打就打我。"

老大娘说："这是怎么说的，这是怎么说的……你放心吧，哪能打孩子呢？逼俺们打，俺们也下不了手哇。"

她盛了一碗掺菜的苞谷面粥，看着老师喝光。

她又叨叨："刚盼着能过上几天好日子，又闹灾荒。老天爷不睁眼，干吗这么和咱们中国人过不去呢？"

她伤心落泪，用衣袖拭眼睛。

她从炕洞里扒出烤熟的土豆，分给跟老师来到她家的王小嵩、郝梅等几个同学。

下午农民们用马车将老师和同学们送出村，一直送到铁路沿线的一个无名小站。同学们带来的一些袋子，都装上了冻菜。

孩子们不知道应不应该接受这些菜。

老师说："同学们，那就收下吧。他们也是一番诚心诚意啊！"又对农民们说，"等年成好了，我一定再带同学们来看你们，来做客……"

他下了车深深地向农民们鞠了一躬。

几天后，同学们在教室里望着窗口，看着一袋袋干菜、冻菜被装上卡车。

卡车开出了校门。

徐克说："上课铃都响过半天了，老师怎么还不来上课哇？"

张萌走入教室，同学们围住她。

郝梅问："教导主任叫你去什么事？"

"通知说放三天假。"

大家不禁欢呼起来。

吴振庆说："全校都放三天假么？"

张萌摇了一下头。

韩德宝说："那，就咱们年级？"

张萌又摇了一下头。

"就咱们班？"

张萌点了一下头。

郝梅问："为什么？"

张萌说："我也不知道。我也觉得奇怪。"

吴振庆抢白地说："那你干吗不问个明白？"

张萌说："党支书和校长也在场，都挺严肃地板着脸，我……我不敢问。"

同学们似有什么预感，面面相觑。

三天后。上课铃响了，一位四十多岁的男老师走入教室。

他踏上讲台，不苟言笑地："我是新调来的老师。我姓陶。唐朝有位大诗人陶渊明，我和他同姓。从今天起，我就是你们的班主任。"

同学们默默地困惑地望着他。

陶老师说："怎么？看你们这样子，似乎不太欢迎我？"

吴振庆说："我们赵老师呢？"

"他么，当然不再教你们了。"

王小嵩问："为什么？"

"他已经没有资格教育我们伟大社会主义的接班人了。"

郝梅也问："为什么？"——她问得那么庄严。

不料陶老师生气了，用黑板擦拍了一下讲课桌："为什么，为什么！哪来那么多为什么？现在还不到告诉你们的时候，翻开课本！"

王小嵩看见吴振庆将自己的课桌抬起一角，猝然一松手，课桌腿击地，发出很大的响声。

陶老师问："谁？谁弄的响声！"

没人承认。

他的目光在同学们脸上扫来扫去，王小嵩一接触到他的目光，赶快避向别处。

陶老师盯着王小嵩："是你吧？"

"不是我。"

陶老师问王小嵩同桌的郝梅："是不是他？"

郝梅说："不是他。"

陶老师踏下讲台，走到王小嵩跟前："你站起来。"

王小嵩站起来了。

"你要诚实地回答我，"陶老师严厉地说，"你看没看见是谁？"

王小嵩摇头。

韩德宝暗暗向男同学们发出"信号"。

陶老师也摇头："我看得出来，你在撒谎！"

王小嵩说："你干吗缠住我没完没了的呀！"

韩德宝做了一个手势。

男同学们顿时都用双手拍桌面，并跺脚，齐声喊：

“我们要见赵老师！”

女同学们也立刻效仿，也喊：

“我们要见赵老师！”

“我们要见赵老师！”

吴振庆说：“咱们到教员室去，把赵老师请回来！咱们不要这个‘陶渊明的陶’！”

于是全体站起，拥出教室。

吴振庆“一马当先”和同学们闯入教员室。

教员室没有赵老师。

郝梅指着一处：“赵老师的桌子原先就在那儿。”

显然——赵老师的桌子被搬走了。

吴振庆问：“我们赵老师呢？”

徐克问：“他到哪儿去了？”

韩德宝说：“为什么不让他和我们见上一面，不让他和我们说几句告别的话？”

几位男女老师，有的低下头，掩饰地整理什么东西，有的，则干脆起身躲出去了……

陶老师追来了：“你们也闹得太过分啦！你们简直放肆得没边啦！好，我现在告诉你们，他在课堂上说，我们国家有的地方正在饿死人，有的地方像旧社会一样农民四处逃荒。你们谁敢说他没说过这种话？你们知道这是什么性质的问题么？这是在我们社会主义的神圣课堂上，对我们社会主义进行诬蔑！他如果真的同情农民，为什么还亲自带你们到郊区去抢农民的菜？回答呀！校领导接到家长的反映，批评他，他还拒不认错！还当面对校领导继续说一些反动的话！这样的人还能让他继续当老师么？他还配么？”

同学们一时全都呆愣住了。尽管看得出来，他们心里都有些不服，都在替赵老师愤愤不平。

郝梅说："不是抢的！是农民送给我们的！"

一位女老师说："郝梅！你不应该这样！你是你们班品学兼优的好学生之一嘛，你怎么能够将自己混同于一般同学，也跟着乱来呢？这是阶级斗争的表现，同学们，等你们今后长大了，渐渐就都能明白了！快都回去上课去吧！"

还是那一条胡同口。

吴振庆和徐克拦住了张萌。

吴振庆厉声呵斥："说！怎么回事儿？"

张萌说："什么怎么回事儿啊？"

吴振庆从兜里掏出一把小刀："是不是你向学校打的小报告？不说老实话，一刀把你鼻子削下来！"

张萌吓哭了："不是我！你们怎么认为是我呀？真的不是我！"

徐克动了恻隐之心，将吴振庆扯走了。

张萌回到家，她父亲在看报。她母亲在熨衣服。而她趴在床上哭泣。

母亲说："好啦！别哭啦！这么丁点儿事儿，哭起来没完。"

张萌嚷着说："就哭！就哭起来没完！谁叫爸爸欺骗我！"

她哭得更凶了。

父亲放了报纸："我怎么欺骗你了？"

"你让我把学校里的事经常对你讲讲的。你说过你只是听听，了解了解的！你不守信用！"

母亲说："这孩子！满嘴乱说些什么呀！你爸爸是区委书记，了解到了一个学校里发生了不该发生的事情，能不作出指示么？"

她放下熨斗坐到了床边，爱抚着女儿："那是他身为领导者的责任！他不作出指示，他就是失职。若比你爸爸更大的领导了解到了，要拿他是问的。这怎么能叫不讲信用呢？这叫……"

父亲说："这叫革命原则！我知道你们那个老师对你挺好的。那我也不能因为他对你好，就放过他。"

母亲突然跳起来高喊："哎呀，我的衣服！"赶快扑过去拿起熨斗，衣服已经冒烟了。

王小嵩回到家，看见弟弟妹妹一人手中拿一本小人书，却不看，而趴在窗玻璃上朝外看。

王小嵩放下书包后问："你们往外看什么？外面有唱戏的呀？"

弟弟回过头来说："看三奶家。"

王小嵩问："你们知道三奶家怎么了吗？进进出出的那么多人！"

妹妹也回过头来："广义哥哥跟别人到郊区去抢菜，被火车轧断了腿。"

王小嵩呆住了。

弟弟说："咱妈下班的时候，正赶上三奶哭得昏过去……咱妈没进家门就送三奶上医院去了，叫你晚上还煮苞谷面粥。"

王小嵩从书包里取出了一本小人书——是屠格涅夫的《木木》……

他一页一页地抚平小人书的卷角。

眼泪落在手上。

眼泪落在书上。

全班又在端坐，严肃地听有线广播。

喇叭箱里传出的又是校党支部女书记的声音：

"对于有关阶级斗争的现象，我们抓起来绝不手软。希望广大同学，擦亮自己的眼睛，明辨是非。事实向我们证明，阶级斗争可能就发生在我们身旁。

对于扰乱校纪的学生，我们也不能不作出严肃的处理。故此，校领导一致决定，给予吴振庆、韩德宝、徐克、王小嵩记大过处分。郝梅同学承认错误态度较好，免予处分，给予公开警告……”

陶老师走进教室。

张萌喊令：“立！”

全体起立。

张萌：“礼。”

全体敬礼。

张萌：“坐。”

全体坐得无比齐，无比端正。

陶老师踏上了讲台——他一脸胜利者的矜持和得意。

陶老师说：“将课本翻到第二十三课。”

全体同学，仿佛翻书本的动作都受过专门的训练似的一致。

看来，他们是被教育得完全臣服了。

在讲台上讲课的陶老师很投入，讲得很自信，一会儿转身在黑板上唰唰地飞快地写了一个词，一会儿做着手势侃侃而谈。

王小嵩却什么也没听见。

远远的梆声传来，那是令人不寒而栗的梆声。

五

春节到了，鲁迅先生说过：“旧历的年底，毕竟最像年底。”王小嵩家也一样。房子虽然破旧，却也经过了认真的打扫，迎了灶王，供了祖宗。现在母亲刚刚剪完拉花。她和王小嵩一个站在炕上，一个站在桌上，将第二条拉花拉了起来。

王小嵩站在桌上仍不够高，脚下还踩着小凳。弟弟妹妹怕他摔了，两个人四只手紧紧把牢小凳。

两条拉花的交叉点，悬着一只纸叠的花篮。

母亲坐下来，抬头欣赏地说：“看，妈做的，不是和卖的一样好看么？”

墙上贴着一张新年画——扎肚兜儿的白胖小子，怀抱一条大鲤鱼。

年画的主题是——年年有余。

贴了窗花的窗子。

点了丹红的馒头。

王小嵩从桌上蹦下，也抬头欣赏着，说：“比卖的好看！”

他将母亲剪剩下的一些红绿纸归在一起，似乎想揉了扔掉。

母亲急忙制止：“别揉，别扔！留着。留着明年妈还给你们做……”

母亲过来用一张旧报纸将些红绿纸夹起来，四处瞧瞧，一时也没地方留存，照例压在炕褥底下。

王小嵩和弟弟妹妹分糖——大约半斤没有糖纸的“杂拌糖”盛在一个盘子里，他在往三小片儿纸上放糖，口中还说着：“你的、我自己的、你的、你的、我自己的……”

母亲一边铺一块旧桌布，一边说：“你那么大孩子了，还和弟弟妹妹平均分，好意思么？”

王小嵩便有点不好意思起来，问弟弟：“多给小妹妹五块，行不？”

弟弟并不怎么情愿地：“你说行，就行呗。”

母亲又开始规整抽屉。突然，她说：“坏了！”

王小嵩和弟弟妹妹一起惊异地抬头望母亲。

“妈，怎么了？”

“还剩一斤今年的粮票没用，明天哪里都关门，过了春节可就作废了……”

母亲皱眉瞧着手中的一斤粮票，那样子，显然认为这是一件相当严重的事。

母亲回头看王小嵩，当机立断地说：“快，给你弟弟妹妹们穿好衣服，妈给你两元钱，你带他们去下馆子！”

弟弟妹妹欢呼起来：“下馆子喽！下馆子喽！”

王小嵩说：“妈，三个人，两元钱，能吃什么呀？”

母亲很慷慨：“那就再多给你们一元！反正你今晚得把这一斤粮票给我花出去。这年月，要是白瞎了一斤粮票，不是罪过么。”

王小嵩率领弟弟妹妹匆匆走到马路上，弟弟妹妹不时打滑溜儿。

他们走过一家又一家小饭馆儿，家家都关门了。

大年三十儿的马路上，却是冷冷清清的，静静悄悄的。某些单位的门外斜插着旗杆——红旗在寒夜之中静止地垂悬着。

妹妹说：“哥，我冷。”

弟弟说：“我的脚和手都快冻僵了。”

王小嵩说：“你们看，前边那不又是一家小饭馆么？快跑！”

于是他带头跑起来。

他和弟弟从两边儿扯着妹妹的两只手跑。

他索性背起了妹妹跑。

王小嵩放下妹妹后，说：“我有个主意，如果里边还有别的吃饭的人，咱们就把这粮票卖了。”

妹妹问：“卖了？那咱们自己不下馆子啦？”

王小嵩说：“一斤粮票，能卖两三元钱呢！咱们把卖粮票的钱给妈妈。妈妈给咱们的钱，咱们一人一元，做压岁钱！不好吗？”

弟弟毫不犹豫地说：“好！”

妹妹问：“哥，什么叫压岁钱呀？”

王小嵩迫不及待地说：“回家再告诉你……”

店里只有一个顾客，他背对着门，独占一张桌子。

一位老师傅，双肘平放在柜台上，颇有耐性地望着那个人。

老师傅看见孩子们进来了就说："哎哎哎，孩子们，别进来了！什么吃的都没有了。马上就关门了！"

背对着他们的那个人，一动未动。

王小嵩看看老师傅，请求地说："大爷，我们只不过是先进来暖和暖和。"

"暖和暖和？"

弟弟却已走到了那个唯一的顾客身旁，问："你买粮票么？五元钱一斤！"

那人一怔，头微微侧向弟弟，接着摇了摇。

弟弟望着王小嵩。

老师傅也满腹狐疑地打量他们。

王小嵩不禁显得失望，不得已出示了那一斤粮票："大爷，不管是馒头是烧饼，能卖给我们点儿什么，就卖给我们点什么吧。"

老师傅说："你们……我刚才不是说过了么！什么吃的都没有了！"

王小嵩说："我妈妈翻出了一斤粮票，让我们无论如何把它用了。如今谁家舍得白瞎一斤粮票哇？"

"那你弟弟刚才怎么问……"

王小嵩说："他瞎问！他总好那样！"

弟弟不满地哼了一声，坐在一张桌旁。

王小嵩说："我们为了花这一斤粮票，走了挺远挺远的路。我们手和脚都快冻僵了。"

老师傅心软了："唉，你们这一斤粮票，可真算是花在了关键时刻！好吧，还有几个烧饼和一点豆浆。豆浆我给你们热热，谁叫你们大三十儿的，挺远地扑奔这地方来了呢。"

王小嵩和弟弟妹妹团团围着一张圆桌，一边喝着豆浆吃着烧饼，眼睛一边看那个顾客的桌上——两盘饺子，已快吃光了一盘。还有一盘白菜豆腐干和一小碟花生米。

妹妹说："哥，我也要吃饺子！"

王小嵩说："明天是初一。明天你就能吃上饺子。"

"我现在就要吃嘛！"

"别再胡闹！再闹我揍你了！"

那个顾客起身，端起一盘饺子走过来，放在他们桌上。

王小嵩忙说："叔叔，这不行！这……老师？！"

他竟然是赵老师。

赵老师也认出了他："王、小、嵩？"

王小嵩不知所措地要往起站。

赵老师说："坐着坐着。不用那么礼貌……"

赵老师穿一身棉工作服，有几处破了的地方，露出烧焦过的棉花。

他手中夹着一支吸了半截的烟。

王小嵩说："老师……您……吸烟了？"他的目光，却望着老师工作服的左上方——那儿印着一个白色的"改"字。印在一个白圈里。

老师下意识地用另一只手捂那个地方。刚捂住，又坦然地放下了手。

老师说："是啊，我曾要求你们，劝你们的家长别吸烟，现在我自己却吸起来了！"他苦笑。

王小嵩说："老师，我想你……我们都想你。"

老师久久地望着他，渐渐低下了头。

"老师，您现在在哪儿？我好告诉同学们，我们好去看您。"

老师迅速地擦了一把眼睛，抬头注视着他说："你们不必去看我，你替我给同学们捎个话，就说我嘱咐大家，我希望……大家都要好好学习……天天向上。"

王小嵩庄重地点头。

饭店老师傅刚才把头伏在手臂上，好像在打瞌睡，现在不知为什么他又抬起了头说："哎，我说，你们别在这儿聊哇。一个大人和一个孩子，有什么好聊的呢？"

老师自豪地说："这是我学生！我当过他班主任！"

老师傅又"友邦惊诧"了："学生！噢，好哇，好哇，桃李满天下么！不过，那也别在这儿聊啦。"

妹妹说："哥，我要撒尿。"

"等一会儿！"

"我憋不住了！"

王小嵩说："真烦人！这么大了，还连裤带儿都不会解！"

他起身带妹妹往外走。

老师傅说："走远点啊！别让我在这儿门口冻一片尿冰！"

王小嵩带着妹妹回来时，老师不在了。

他问弟弟："我老师呢？"

弟弟说："你刚出去，他就走了。"

王小嵩对老师傅说："您怎么让他走了呢？"

老师傅说："你这孩子。我留下你们吃了喝了，就不错了。还有义务替你看着你老师么？他长腿的一个大人，要走，我能拦住他么？"

王小嵩推开门大喊："老师……"

寒夜之中，远远地传来稀疏的鞭炮声——这里一响，那里一响。

当天夜里，黑暗之中王小嵩大喊："妈，妈，快开灯！"

灯亮了，母亲欠身问："怎么啦？做噩梦了？"

"妹妹尿炕了！"

妹妹却仍熟睡着。

母亲赶快将妹妹挪入自己被窝，瞧着被尿湿的褥子沮丧地说："唉，刚刚拆洗过的褥子。"

王小嵩又一次惊叫："不好啦，弟弟又尿了！"

母亲推推弟弟："小二小二，憋住一会儿，你快给他端尿盆来呀！"

王小嵩蹦下地端起了尿盆。

弟弟却推而不醒，在被母亲扶起时，已尿出了一大半。

王小嵩只端着尿盆接了一小半。

母亲说："瞧，刚刚拆洗过的两床褥子，都尿了！大冬天的，这可怎么整？"

母亲紧接着埋怨王小嵩："你说你带他们吃点什么不好？干吗喝豆浆呀？而且还每人喝两大碗！"

王小嵩也不分辨，放下尿盆，自己也睡眼惺忪地对着尿盆哗哗撒起尿来……

大年初一。

王小嵩在看锅煮饺子。

母亲向窗外望望说："有点儿太阳了。"抱起褥子出去晒。

母亲回来又抱起第二床褥子时，瞪着弟弟妹妹说："你们干的好事！这大年初一的，多让人笑话！"

弟弟妹妹似乎无地自容的样子。

王小嵩和弟弟妹妹津津有味地吃饺子时，母亲却站在桌子那儿，背对着他们又说："坏了！坏了！"

王小嵩和弟弟妹妹住了口，一齐不安地瞧着母亲。

母亲转过身，手掌心又托着一斤粮票："妈昨天晚上忙乱中，给了你们一斤新发的粮票。该花掉的这一斤，却没花掉！唉，唉！"

母亲又埋怨王小嵩："你花时也不看看！"

王小嵩嘟哝地说："我怎么知道你会给错了呀！"

母亲又是惋惜又是自责地："罪过罪过，真是罪过。"

外面传入喊声："电报！出门接电报啊！"

母亲急忙出门去。

弟弟说："哥，会不会是爸爸生病了！"

王小嵩瞪了弟弟一眼："大过年的，别满嘴胡说！"

母亲进屋了，将电报递给王小嵩："快看看，上面写的什么？"

王小嵩看电报，继而看母亲，高兴地说："我爸要回家过春节了！"

弟弟妹妹更高兴："爸爸要回来！"

"爸爸一定会给咱们带新衣服！"

母亲脸上也露出了笑容："今天都初一了。他还没到家！要等到哪一天才回来呀？还说回来过春节呢！"

王小嵩又看了一眼电报："就是今天！"

"今天？"

王小嵩说："九点半到站的一趟火车。电报上还写着让接。"

妹妹说："那一定带了好多好多东西！"

弟弟说："没你的份儿！"

"有！有！"

王小嵩说："别乱吵！吃你们的饺子！"又对母亲说，"妈，你和我一起去接爸爸吧？"

母亲说："我才不去。妈连件体面的出门衣服都没得穿！"

"那……那我找吴振庆和徐克陪我一块儿去吧？"

"行！你再吃点饺子。吃饱了快去吧！"

王小嵩说："不吃了！我这就去！我怕去晚了接不着。"

他匆匆穿戴了出门。

母亲一下子将妹妹搂抱在怀里："这一回咱们全家该过一次团圆年了！你们的爸爸都三年没探家了！"

尽管是大年初一，在火车站上下车的人仍不少。

吴振庆对王小嵩说：“傻帽儿！咱们别在这儿站着呀！快到卧铺车厢那儿去！六七天的路程呢，能不坐卧铺么！”

三人向卧铺车厢跑去。

没有上车的人，也没有下车的人。站台上的人已经寥寥无几了。

他们眼巴巴地盯着车门。

列车缓缓启动，开走了。

吴振庆说：“这可怪了！你看清电报了么？”

王小嵩默默从兜里掏出电报递给他。

徐克也凑过来看：“没错！写得明明白白，是今天！是这一趟车！你说你爸路上会不会出什么意外呀？”

王小嵩一听转身便跑。

吴振庆捣了徐克一拳：“你乱说些什么！把他脸都吓白了！小嵩！小嵩！”

他们追赶他。

路上，吴振庆和徐克走在王小嵩一左一右，他们你一句我一句不停地对他说着什么，显然是在安慰他。而王小嵩脚步走得飞快，脸上淌着泪，似乎心里有某种不祥的预感。

王小嵩人和声音同时进了家门：“妈！我爸没有在那趟车上！”

紧跟在他身后进来的是吴振庆和徐克。

他们同时看见一个瘦长的、满脸胡茬的男人，怀抱着妹妹，一手端着带把的小茶壶，正坐在小炕桌后面安泰地呷茶。

他放下小茶碗冲王小嵩笑。

母亲和弟弟妹妹冲王小嵩笑。

吴振庆和徐克瞅瞅他，也冲他笑。

王小嵩喊了一声：“爸爸！”

他忽然哭了。

父亲问：“哭什么？”

吴振庆说："没接着您，他回来时，一路可替您担心啦！"

"你们在什么地方接的我呀？"

徐克说："在卧铺车厢，我们以为六七天的路途，你肯定在卧铺车厢。"

父亲说："你们这些孩子，想得倒奢侈，我一个工人，坐卧铺谁给我报销哇？"

母亲说："那也怪你！发电报的时候，为什么不写明在几车厢呢？你再花钱仔细，那几个字的钱就花不起了？"

父亲说："不是花不起那几个字儿的钱，六七天得转三四次车呢。我哪能知道我会上了哪节车厢？一路，车上一半是逃荒的人，连个座号都不讲了，能挤上哪节车厢算哪节车厢。行了，行了，别哭了。算爸爸的不对！过来，到我跟前来。"

吴振庆推了王小嵩一下——他不哭了，走到父亲跟前。

父亲扳起他下巴看了看他脸，又用手握了握他腕子，表扬地对母亲说："你有功，我猜想我几个孩子还不定是什么皮包骨的样子哪！还行。"

王小嵩笑了。

母亲骄傲地说："我当然有功啦！"

吴振庆和徐克看看满地的大包小包，惊讶万分："大叔，你可怎么带回来的呀？"

父亲说："背着、扛着、拎着，就差没用嘴叼了！"

徐克说："大叔你真有能耐！"

母亲问父亲："还认得他俩不了？"

父亲说："哪能不认得他俩呢！这个是柱子，那个是狗子！"

"错了！我是狗子，他是柱子！"

母亲说："别叫人家小名！孩子之间都不叫小名了！"

父亲挠挠头笑了："难得你俩有心也和小嵩去接我，大叔送你们点东西，算大叔一点儿心意！"

于是父亲下了炕，打开那些大包小包——里面无非尽是些旧工作服、劳保手套、翻毛劳保鞋、旧皮帽子什么的。

父亲挑了两顶旧皮帽子给吴振庆和徐克："有的是大叔自己节省下的，有的是工友给的。你们可别嫌弃。"

虽然是旧的，虽然戴在他们头上几乎盖住了眉眼，但毕竟比他们自己的要好得多。他们都很高兴，连说谢谢。

徐克说："我这顶破棉帽子早该扔了！"

吴振庆说："别扔，让你妈剪成鞋垫多好！"

父亲说，"对，这话我爱听。劳动人民的孩子，从小就要知道东西有用嘛！"

外面有人敲门。

王小嵩开门——门外站的是郝梅。她一身新，还扎了好看的辫结，围着条毛围巾，显得异常漂亮。

王小嵩一愣。

郝梅说："我来给大婶拜年。"

她进了屋，看看吴振庆和徐克："你们也在这儿啊？那我也给你们拜年啦！"

屋里已没落脚的地方，她只好站门口。

吴振庆和徐克显出对她不屑一顾的样子，其实都是自惭形秽。

王小嵩也显得不自然。

母亲说："小梅，快里边来坐！"

郝梅跃过大包小包，坐在炕边。

父亲惊奇地看着她。

郝梅说："是大叔吧？"

母亲说："是，刚到家。"

"大叔过年好！"

父亲说："好！好！"

母亲说："你不认识她了？"

父亲又挠挠头："记不得啦。"

母亲说："她小时候，我看过她嘛！"

"噢……想起来了！"父亲说，"我和你爸还是同行哪！"

母亲一撇嘴："人家是建筑工程师，你是个工人，却和人家攀同行！"

父亲说："怎么是攀呢！没有我们建筑工人一砖一瓦地盖，再高明的工程师，他的图纸还不是废纸一张啊？"他问吴振庆和徐克，"大叔说得对不对？"

吴振庆和徐克大声地："对！对！"

郝梅尴尬地垂下了头。

母亲说："小梅，瓜子！"抓了把瓜子欲塞给她。

郝梅说："大婶我不……你家现在人多，我待会儿再来。"

她起身跑出去了。

母亲冲着父亲说："你看你，说得多不好！人家孩子可仁义啦，年年过春节都来给我拜个年。"

父亲奇怪地问："她是生气走了？我说得不对？"

王小嵩也急忙转身跑出去，冲郝梅背影喊："郝梅，你别生气，我爸说话就那样。"

郝梅只顾低了头往前走。

吴振庆和徐克也出来了，他们戴着王小嵩父亲给他们的皮帽子，手中拎着自己的棉帽子。

徐克摇着手中的棉帽子："咱们工人有力量！嘿，工作起来……"

他分明有点幸灾乐祸，完全是唱给郝梅听的。

吴振庆捣他一拳："唱什么唱！"又自言自语地说："其实郝梅一向对咱们挺友好的。不像张萌那么讨厌。倒是咱们常和人家过不去。"

王小嵩怅然地望着郝梅远去的身影……

初一夜。

王小嵩、吴振庆、徐克和几个孩子放小鞭玩儿。

有的孩子打着灯笼，有的孩子甩着“滴答筋”——今天的孩子们所拥有的花鞭花炮，乃是他们当年所不敢奢望的。

打灯笼的孩子排成一长队，一边扭秧歌一边唱《解放区的天》。

王小嵩故意将燃着的小鞭扔向徐克，吓了徐克一跳。

于是徐克还击。

小鞭落在小嵩身上。

王小嵩高喊：“我投降！我投降！我穿的是新衣服。”

吴振庆说：“咱们去三奶家拜年吧。白天光顾玩了，也没给三奶拜年。”

徐克说：“对！给三奶拜年去。自从广义哥出事儿，我再也没见过他，挺想他的。”

吴振庆吸吸鼻子：“什么味儿？”

于是三个人都吸鼻子，都闻到了某种味儿。

吴振庆对王小嵩：“别动！”绕着他转了一圈，终于有所发现，“你衣服着了！”

他立刻揉搓王小嵩棉袄后背。

徐克从地上抓了一把雪帮着搓。

吴振庆说：“好了好了，没事了。”

王小嵩急忙问：“我新棉袄咋样了？”

吴振庆对徐克说：“准是因为你刚才扔在他身上那个小鞭！”

徐克低下头。

王小嵩一时傻兮兮地瞪着徐克。

徐克说：“小嵩，咱俩是好朋友，你可千万别让我赔。我赔不起呀！”

王小嵩仍什么也不说地瞪着徐克。

徐克说：“要不……要不让我妈给你补一补，行不行？”

吴振庆说："你妈瘫在床上，你不是又惹你妈生气么？"

王小嵩说："那我妈我爸就不生气么？我爸从几千里地以外给我带回来的。"

王小嵩哭了。徐克也哭了。

两个好朋友不禁互相抱着哭成一团。

吴振庆说："都别哭了。哭有什么用？都到我家去吧，看我妈有什么办法没有？"

同样室无长物的吴振庆家，三个孩子围聚在吴振庆母亲周围，盯着她一针一线给王小嵩补袄。

吴母补得非常认真。

补好后，吴母捧着看了看说："线比衣服颜色浅了点儿。去，把你钢笔拿来。"

吴振庆取来了钢笔递给母亲。

母亲用钢笔仔细地涂染线痕。

母亲说："得，织女也只能补成这样子。记着，一进屋就脱袄，脱了就反过来叠着。千万别让你爸爸发现。发现了够他生气的。"

王小嵩答应："嗯。"

吴振庆指着墙："看，我哥又寄回来一张奖状！今年他立了三等功！"

墙上，旧镜框里镶着奖状。下方是一张军人的小黑白照片。

母亲说："显摆什么？不过是个三等功。"

三个孩子用充满敬意的目光注视着镜框。

三奶家门口。三个孩子碰到了王小嵩的父亲。于是老少四人一齐到三奶家拜年。

三奶的家里，男女大人居多，都在嗑着瓜子聊天。

王小嵩的父亲进门后高声嚷着："嚯，差不多都在这儿呀！三奶，我给您拜年来啦！"

三奶老眼昏花："谁呀？"

王小嵩说："三奶，是我爸回来啦！"

吴振庆和徐克的父亲也在。他们各自叫了爸，找个地方蹲下。吴振庆的父亲和徐克的父亲同时起身拉王小嵩的父亲过去。

王小嵩的父亲说："我不能坐啊，我还没磕头哪！"

三奶说："就免了吧！"她的精神面貌已大不如前。

"哪能免了呢。三十儿我没能赶回来磕这个头，初一晚上得补上。您是咱们这儿几十户人家中的老寿星，给您磕头是我高兴的事儿啊！"

于是老王郑重地跪下磕头。

在徐克的暗示之下，王小嵩趁机将棉袄脱下，里朝外抱在怀里。

老王起身落座后，老吴说："瞧你小嵩，多知道爱惜新衣服！我们小庆这一点就不如他！"

老王慈爱地望着儿子："长大了么，该懂事了！"

三奶说："他叔，听他婶讲，你，现在当了官了？"

"哪里啊！"

王小嵩说："我爸当建筑队副队长了！"

老王忙说："这孩子，大人说话你别插言，刚夸你两句就放肆！"

众人皆对老王刮目相看起来。

三奶说："那……你总归是有了些权力了？"

"咋说呢，也不好偏说完全没有……"

"那……你就不能用用你那份权力，调动你那个建筑队，回来把咱们这一带破烂屋都扒了，盖几幢大楼让街坊邻居们住上？"

老吴说："那敢情好。我第一个带头给你王大哥烧香磕头！"

老徐说："那我就给你立座碑。"

老王挠挠头，声音低了："咱哪有那么大的权力呀。"

三奶没听见，说："你怎么不说话？"

三奶的儿子，也就是广义的父亲，冲着三奶耳朵说："妈，他说他没有那么大权力。"又对老王说，"自从广义这孩子出了事，我妈眼力耳力都一天不如一天了！"

三奶叹了口气。

老王问："咋又不见广义呢？"

广义他妈说："成天躲在小屋里，任谁也不见。躺在他那小床上看课本，大学的梦是做不醒了。这可咋办呢？"

气氛一时沉闷。

一个男人挑起话头："旧社会有句话，'泥瓦匠，住草房'，这新社会了，还不是这样！"

老王说："话可不能那么说。咱们才建国几年啊？又赶上这场自然灾害，国家有心体恤咱们老百姓，也没这份力量啊！"

老徐说："老弟，你……八成是入党了吧？"

老王说："那倒暂时还没有。我先不着急入。"

老徐说："听你这口气，倒好像什么时候想入，和党打个招呼就行了似的。"

老王说："我还没和党打过招呼，党倒赶着找咱们打过招呼了，还给过我一张表。我才会写几个字？自己填不了，找人填又怕人笑话……到现在还压在褥子底下。"

三奶说："他叔，你走南闯北的，见多识广。你说这共产主义——就是住楼房，大米白面可劲往饱了吃那种好日子，究竟有没有个谱？"

老王说："三奶，别的你可以不信，这共产主义，你一定得信！"

"那还得等多少年呢？我能赶上那一天？"

"也就十年八年吧，快了，兴许五年就实现了！您可一定要好好活。到时候咱们街坊邻居住的那幢楼，我一定带人回来亲自盖！"

于是众人都笑起来。

王小嵩等三个孩子也笑起来。

老王却站起身告辞："三奶，我不能多待，先走一步了！"

广义妈说："是啊大哥，好不容易千里迢迢回来一次，快回去多跟大嫂亲热亲热吧！"

老王说："小嵩，穿上袄，跟我回家吧，别在三奶这儿添乱了！"

他望望紧关着的小屋的木门，想了想，走过去，隔着门说："广义，你连大叔也不出来见一面，大叔并不怪你。你心里边的苦，大叔全明白。记着大叔一句话——一条腿的人要比两条腿的人有多一倍的志气，才能活得像个人样！"

众人都低下了头。

广义妈用衣裙拭眼睛。

广义爸冲门大声说："你到底听见你叔的话没有？"

小屋里静悄悄的。

三奶瘪缩的嘴唇哆嗦着，老人情感坚毅地控制着感情，但眼角毕竟淌下了泪。

广义爸说："广义，你今天得给我出来！"

老王朝他摆摆手，摇头叹息着，走了。

夜里，王小嵩家。弟弟妹妹发出甜睡时的呼吸声。

黑暗中，父母在低声交谈——母亲紧贴着墙仰躺着，用胳膊支着头。

"家里你以后不必担心。说说你那边的生活吧！"母亲说。

父亲说："大西北比内地更苦哇。冬天里风沙那个大。我们有一个工友，夜里出去解手，正赶上风沙起来了，一时天昏地暗，就找不到帐篷了。白天发现冻死了，才离帐篷几十米远。根本就见不着一片儿青菜。我们全队人，一冬天只靠一坛臭豆腐下饭。还缺水，我们喝的水，是用小毛驴拉的水车，到黄河边抽上来的，像黄泥汤一样，沉淀好几天才能做饭。干旱季节，老牛跟在我们的水车后面，用舌头舔滴下来的水，一跟跟几十里。渴死的牛，牛皮都剥不下来。因为牛身子里缺水的缘故。那肉，也像糟木头一样难吃……你哭什么？”

母亲说：“我还能哭什么？就不兴人家心疼你了？”

“唉，有时那是真想家呀！”

“光想家啊？”

“想家还不就是想孩子们嘛！”

“那你把孩子们带走好啦……”母亲向墙壁翻过身去。

父亲说：“我也没说一点儿不想你么，真是的。”

父亲说着，一只手臂去搂母亲的身子。

母亲又转过身子，轻轻拨开了父亲的手臂。

父亲说：“你有根白头发，我给你拔下来。”

母亲说：“黑灯瞎火的，你就能看见我有白头发？”

父亲向母亲俯过身去。

王小嵩悄悄将头缩入被子里。

白天。

父亲像准备出门流浪似的，背起一个打成卷儿的包袱。

弟弟妹妹坐在炕上，以留恋的目光望着父亲。

母亲说：“就不能再多住几天？”

“不能。来回十二天假。我是副队长，得为工友们做榜样……谁也不用去送我。”

站在母亲身边的王小嵩说：“爸，就让我去送送吧！”

父亲不容商量地说：“用不着。”他抚摸着他的头又说，“你是老大，要听你妈的。除了好好学习，还要帮你妈多做家务，照顾弟弟妹妹。你妈不容易。记住我的话了？”

王小嵩点点头："嗯……"

父亲抬头望着母亲："我这次回来，最高兴的是——街坊邻居和我们的关系还和从前那么好。这一点对咱们穷老百姓很重要，嗯？"

母亲表示明白地点点头。

父亲说："我不挨家挨户地告别了。我走后，你替我跟他们打个招呼。"

父亲的目光望向弟弟妹妹，最后望向王小嵩。

王小嵩问："爸爸，明年你还回来探家么？"

"明年哪行。三年一次……"父亲在王小嵩肩上用力拍了一下，一转身迈出了家门。

外面飘着鹅毛大雪。

王小嵩和母亲扶着门框，目送父亲在大雪中渐渐走远了。

冬去春来，树上结满了诱人的榆钱。

王小嵩背着书包站在别人家的"板杖子"外，仰望着。

有人在他肩上拍了一下——他回头看，见是吴振庆和徐克。

徐克看着榆钱说："明天上学时，带个竹竿，带个钩子。"

吴振庆说："说不定明天就看不见了。"说罢，他将自己的书包往王小嵩头上一套，想蹬"板杖子"去撸榆钱。

不料里面传出一声凶猛的狗叫。

吴振庆吓得从"板杖子"上摔在地上，被王小嵩和徐克扯起便跑。

在回家的路上，吴振庆说："那是什么人家？还养得起狗？"

王小嵩说："我早打听过了，听说住的是一户苏联人。"

徐克说："是'老大哥'家呀？那咱们可不能撸人家的榆钱儿！"

吴振庆说："什么老大哥不老大哥的！我听大人们讲，他们已经变修了！明明知道咱们闹灾荒，还逼着咱们还债！要不咱们中国人也不至于这么挨饿！"

“他妈的，那咱们明天就给他来个不客气！”

忽然他们都不说话了，都盯着同一个方向——一个男孩子背着一个口袋，几个男孩子跟着追问：

“在哪儿撸的？”

“在我爸工厂！”

“你爸工厂在哪儿？”

“告诉你们也白搭！你们进不去，有门卫！”

“那……分给我们点儿行不行？”

那男孩子加快了脚步。

跟随着的依然跟随着：

“不给，也不告诉，我们可抢啦！”

“抢！”

于是跟随者们一拥而上，从那男孩子肩上抢去了口袋，互相争夺着。

那男孩子不顾一切地捍卫自己的“果实”，被推倒了。

吴振庆高喊：“不许欺负人！”

三个好朋友路见不平，跑了过去。

“强盗”们用单帽、衣襟和兜，抓抢着撒在地上的榆钱儿。

等三个好朋友赶到，“强盗”们已经没影了，满地散布着榆钱儿。

那个男孩子哭着走了。

徐克说：“哎，你别走哇！我们帮你搂起来。”

那个男孩子头也不回地走着。

吴振庆说：“哎哎，你还要不要了！”

男孩子抹着眼泪走远了。

三个好朋友不由得同时从头上摘下单帽铺在地上，捡起了榆钱，捡着捡着，不知什么时候，有一双枯瘦的老手也伸了过来。

他们抬起了头，原来是三奶。

吴振庆说："三奶，您怎么走到这儿来啦？"

三奶不言语，光自捡了榆钱儿往衣襟里放——看得出，她神经有些不正常了……

他们将他们帽子里的榆钱儿，都倒入三奶衣襟。

王小嵩和徐克一边一个搀着三奶回家。

徐克倒退着走在三奶前边，说着："三奶，明天我们保证给您撸老多老多榆钱儿！那才大呢！"

夜里，王小嵩做了一个梦，梦见他牵着一条大狼狗，巡逻在一片榆树林中。树树榆钱儿肥绿诱人。

吴振庆和徐克骑在树枝上，边撸边吃。

一些男孩儿女孩儿走入树林，他挡住他们——而他们出示写有"允许证"三个字的证件。

王小嵩接过去，煞有介事地看——上有"王小嵩签发"五个字。

被允许的孩子们一个个行鞠躬礼走过。

郝梅也挎着个篮子来了，也要掏"允许证"。

王小嵩矜持地摇头摆着手，表示"免了"的意思。

郝梅从他面前笑着走过。

狼狗突然挣脱带子，叫着去追郝梅。

王小嵩喊叫着追狼狗。

梦醒了……

第二天，三个好朋友下了学又来到那个苏联"老大哥"的墙外。他们伫立在树下，仰头一望，傻了。一夜之间，树枝上的榆钱儿不但被撸光了，连有些树枝也被折断了——显然是被人从外面干的。

他们互相瞧着，神情沮丧至极。

晚上。王小嵩在捅炉子，有敲门声。

妹妹拍手："妈妈下班喽，妈妈下班喽。"

母亲的话音："慢点儿，抬高脚，好，进门槛了……"

母亲领回一个人。那人站在外屋灯光的黑影中，王小嵩看不清她的面容。但见那人穿着肥大的工作服，脸很黑，像个卸煤的工人。

母亲说："看，我这家，就是这么个破乱样子。你要不嫌弃呢，你就住下。反正像你这么个大姑娘，总蹲火车站可不是回事儿。"

那人低头未语。

母亲说："你不说话，就证明你愿意住下了。"兑了盆热水端到外屋，"先洗洗脸！"

母亲脱下工作服，吩咐王小嵩："把火捅旺，今晚咱们正正规规地做顿晚饭吃！"

"大姐，有梳子吗？"是女人的腼腆的声音。

王小嵩扭头一看——母亲领回的竟是位十八九岁的大姑娘！有一张淳朴的、俊秀的、使人信任的脸。

她羞涩地冲王小嵩笑笑。

王小嵩回她一笑，笑得也有些羞涩。

她走入里屋，坐在炕沿一端，从母亲手中接过梳子梳头。

她已将肥大的工作服脱在了外屋，里面穿的是碎花衣，蓝布裤子，脚着扣襻儿鞋，羞羞答答的样子。

王小嵩只顾打量她。

母亲一边动手削萝卜，一边说："我给你们捡了个小姨，你们喜欢不喜欢？"

弟弟妹妹齐声说："喜欢！"

母亲说："那还不赶快叫小姨？"

"小姨！"

母亲说："听到了么？孩子们喜欢你呢！"

王小嵩扭头一看——母亲领回的竟是位十八九岁的大姑娘！有一张淳朴的、俊秀的、使人信任的脸。

小姨指着王小嵩："还有这个侄子呢！"

王小嵩说："小姨。"

母亲端详着小姨："我现在才看出来，你这么俊！"她又向弟弟妹妹，"妈给你们捡回这个小姨俊不俊啊！"

"俊！"

小姨低头笑了。

晚饭后，小姨欲抢着收拾碗筷，母亲拦她："今天你还算个客，明天就不拿你当外人啦！"

小姨顺从地退到一旁，见王小嵩掉了一颗扣子，说："来，小姨给你钉上扣子。"

王小嵩走到小姨跟前，小姨从随身带的包袱里翻出针线纽扣顶针，给他钉衣扣……

他一动不动地站着，看着小姨的手，那是一双多么好看而又灵巧的手呀！

王小嵩心中好像有个声音在说：我愿意有一个小姨，我愿意有这样一个小姨……

王小嵩和弟弟妹妹已钻入被窝，他们趴在枕上看小姨补弟弟的裤子。

母亲一边展被，一边说："别补了，脱了睡吧，咱俩盖一床被。"

小姨"嗯"着，却不开始脱衣服。

母亲推了她一把："听话，快脱。"

小姨扭头瞥了王小嵩和弟弟妹妹一眼，他们正都如同欣赏一张年画似的看着她。

小姨说："怪难为情的。"

母亲恍然大悟，笑了，喝道："都给我侧过身去睡！"

小姨刚开始脱衣服，王小嵩和弟弟妹妹们的头，又都忍不住一起扭了过来。

"这些孩子，你们还没看够哇！"母亲拉灭了灯。

王小嵩的母亲从未捡到过什么，小姨是母亲唯一捡到的。她给这一家带来了特殊的亲昵，带来了笑声，带来了清洁，带来了此前从没有过的一种愉悦的时光。

从此以后，王小嵩家变了样——墙壁粉刷过了，窗子明亮了，家具摆放谐调了，该铺什么布罩块什么布的家具铺上罩上了，被子叠得整齐了。弟弟妹妹也干干净净显得可爱了……

一天，王小嵩一家正吃晚饭，小姨兴冲冲地捧着收音机进了家门。

母亲说："哪哪都不给修吧？"

小姨说："修好了！"

母亲说："怪了，怎么我去修几次，都说太老太旧，不给修呢？"

"大姐，我比你嘴甜呀！"

小姨接通电源，按下了开关，收音机里传出歌声。尽管伴着杂音，但还听得过去，唱的是《公社是棵常青藤》。

小姨和全家侧耳聆听，互相望着，都情不自禁地笑。

母亲对小姨说："快吃饭吧！"

小姨兴奋地说："待会儿吃。大姐，我家寄东西来了！"

"寄的什么？"

"你猜。"

"这么高兴，准是一身新衣服呗！"

"大姐你猜错了！是菜籽和花籽。我写信让家里寄来的。"说着，小姨找出一个大纸包，打开来，里面是些小纸包。她说：

"这是一包白菜籽儿，这一包是豆角籽儿，这一包是茄子籽儿，这一包是黄瓜籽儿，这一包是倭瓜籽儿……剩下的全是花籽儿！"

母亲说："可真全，往哪种啊？"

小姨说："我要把外面那些土堆土坎儿，变成菜地和花圃！"

母亲怀疑地问："能长么？"

"能！"

在小姨的指导下，王小嵩和她改造屋前屋后的土堆土坎。

小姨忽然叫了一声："哎哟！"

王小嵩问："小姨，怎么了？"

"手上扎刺了……"——她使的铁锹的把，是用带棱的木棍临时充当的。

王小嵩放下自己的锹，走过来，用一种大人对孩子似的口气说："让我看……"

小姨将一只手伸给他。

王小嵩握着小姨的手指尖儿，看手相的先生似的，细瞧小姨的手："这儿呢，小刺，我给你拔出来。"

他替小姨拔出了手上的刺，却并未放开小姨的手，赞叹地说："小姨，你的手……真美！"

小姨笑了："瞧你说的！干活儿的手，粗粗拉拉的，还美呢！"

"那也美！"

小姨抽出手，摸他的脸蛋："你这么说，是因为你喜欢小姨。"

王小嵩将小姨的手按在自己的面颊上，用面颊亲偎着。

小姨又笑了，又抽出自己的手："小姨也喜欢你……快干活吧！"

王小嵩一边干活，一边从旁偷望小姨。

小姨干活的姿态、动作，在他看来，仿佛也是那么美——尤其是，小姨那一条粗而长的大辫子垂在胸前的样子，以及小姨朝背后撩甩辫子的动作，使王小嵩看得有些发呆。

小姨发现了他在看她。

"傻看着小姨干吗呀？"

王小嵩又放下锹走到小姨跟前异常庄重地说："我告诉你个话儿。"

"说吧，小姨听着。"

"你蹲下，我对你耳朵说！"

小姨蹲下了。

王小嵩手搂住小姨的脖子，俯耳悄悄说：“小姨，等我长大咱俩结婚吧！”

他说完，放开手，虔诚无比地望着小姨。

小姨也凝眸望着他，一时没听懂他的话似的。

小姨忽然笑起来，笑得不能自已，笑得坐到了地上。

王小嵩呆望着小姨笑，脸色渐变，如同被当面羞辱了似的，眼中一时涌满泪水。

他一转身欲跑开。

小姨一把拽住了他。

小姨笑着说：“怎么，你生我气了呀？”

王小嵩不语，扭头，掉泪。

小姨说：“小姨一定把你的话记在心里，行不？”

“那你笑！”

“小姨错了。小姨给你赔不是……快快长，好好儿长。小姨等你……等你到你长大那一天！”

她替他抹去腮上的泪。

母亲走来：“这是怎么了？跟你小姨闹别扭了？这孩子！”

小姨说：“没有，小嵩才不跟我闹别扭呢！跟我好着呢！是不是小嵩？”

王小嵩庄重地点头。

母亲参加了劳动——三人有掘坑的，有点种的，有浇水的，干得很默契。

晚上，王小嵩家。地上放一大盆，盆里的水冒着蒸气。

洗过了澡的弟弟妹妹，趴在被窝里看小人书。

小姨问：“洗得干干净净的，好不好？”

“好。”

“以后，小姨每个星期都要给你们洗一次！还要给你们每人买条小手绢儿。淌了鼻涕，再也不许用袖子擦！来……都抹点儿雪花膏。”

小姨给弟弟抹过雪花膏，朝外屋问：“小嵩，你干吗呢？”

小嵩说："劈柴呢！"

"明天再说吧，活也不是一天就能干完的，先进屋来。"

王小嵩进来了。

小姨说："脱，小姨换了盆新水给你洗！"

王小嵩忸怩不动。

小姨说："快脱呀！待会儿水凉了！"

王小嵩却去端盆——又哪里能端得动！

小姨问："你端盆干什么呀？"

"我端到外屋自己洗去。"

"毛病！小姨给你洗还害羞呀！"

她替王小嵩脱起衣服来。

脱得赤条精光的王小嵩蹲在大盆里，小姨替他洗后背。

弟弟妹妹，朝他刮脸蛋儿羞他。

他只有佯装不见。

王小嵩的心里说：是小姨使我们的家变了样，是小姨使我们养成了清洁卫生的习惯，是小姨使我们低矮的屋子变得好像宫殿一样。

小姨双手捧过王小嵩的脸，往他脸上搽雪花膏。

王小嵩目不转睛地瞧着小姨秀美的脸。

王小嵩的心里仍在说：小姨，我把那木头做的、涂了墨的驳壳枪，我那十几颗花瓣玻璃球，我积攒的全部的糖纸和烟盒纸，我一切一切宝贵的东西统统都加在一起，也抵不上你——小姨对我们宝贵啊！

确实，王小嵩家的这个小姨还带给了他们一片绿，带给了他们一个无比美的夏天……王小嵩觉得，他从没度过那么美好的一个夏天。

屋前屋后，这一处土堆上生长着绿油油的蔬菜，那一处土堆上盛开着散紫翻红的鲜花——彩蝶飞舞其间。

王小嵩、吴振庆、徐克在瓜架间相互背课文。

门前空地，母亲和小姨对面坐在小凳上，拆毛线，绕线团；弟弟伏在母亲膝上，妹妹伏在小姨膝上，如一幅家趣图。

徐克一边背课文，一边朝小姨望，背得结结巴巴。

吴振庆说："你到底能不能背下来？"

徐克说："我要是也有个小姨就好了！"

王小嵩说："我的，还不就是你的？"

徐克说："你小姨就是好！"

火烧云在西天变幻着图案。

月在中天。

如水如银的月辉之下，小姨不知在对母亲讲什么笑话，母亲大笑。

夏虫长吟短唱。

秋天，王小嵩家吃上了自己种的菜，可小姨却从他们家搬到厂里去住了，厂里终于在集体宿舍给她腾出了一张床。

一天深夜，外面风雨交加，雷声不停，闪电透过低矮倾斜的窗格子，在王小嵩家的破屋子里闪耀出一瞬瞬的光亮。王小嵩全家都已躺下了，但还没有入睡。忽然，王小嵩似乎听到了轻轻的拍门声。

王小嵩说："妈，有人敲门。"

母亲说："深更半夜的，哪会有人来！"

王小嵩肯定地说："妈，是敲门声，你听！"

母亲侧耳倾听了一会儿，果然是敲门声。

母亲却不敢下地去开门。

敲门声又响起了。

"大姐……"

他们都听出了是小姨的声音。

"快……"母亲一下子坐了起来。

王小嵩迫不及待地跳下去开了门。

小姨默默进屋，像从河里刚被救上来的落水者，衣裤全湿透了，神色木讷、凄然。

母亲问："怎么不打伞就来了？"

小姨苦笑。

"你……你怎么了？"

"大姐，我……没怎么。"母亲说："我给你找身衣服换上！"一边找衣服，一边回头疑惑地瞧小姨，见王小嵩在望着小姨发呆，忙吩咐，"还不快给你小姨兑盆热水！"

王小嵩兑了一盆热水端到外屋。

小姨掬一捧水洗脸，她的双手久久未从脸上放下。她分明在无声地哭。

母亲捧着衣服，不安地望着她。

第二天，躺在床上的小姨，见老中医进了门，将身子一翻，面朝墙壁。

母亲说："你这么拗，我可要生气啦！"

老中医说："让她把手伸出来就行。"

母亲像哄小孩似的："听话，把手伸出来。"

小姨的一只手缓缓地从被子底下伸了出来，同时用另一只手往上扯扯被角，盖住脸。

老中医为小姨诊脉。

弟弟妹妹从外屋溜进来，凑到床边。

老中医起身，示意母亲单独说话。

老中医跟母亲踱到外屋，母亲将门掩上。

王小嵩将门推开道缝，偷听。

老中医说："当然，感冒是感冒了……不过……她……她怀孕了。"

母亲说："可她……她还是大姑娘！"

老中医说："是呵是呵，女人生小孩前，都是大姑娘。可她确实怀孕了。"

弟弟妹妹在里屋欢呼:“嗯,嗯,小姨要生小孩儿喽!小姨要生小孩儿喽!”

老中医走了。

母亲将王小嵩和弟弟妹妹赶出家门。

王小嵩绕到屋窗前,偷窥、偷听。

母亲扶起小姨,使小姨靠在自己怀里,一手端着碗,命令地:“红糖水,喝下去。”

小姨喝完,母亲放她躺下,坐在炕沿,盯着她的脸,冷冷地说:“你瞒得过我的眼睛,能瞒得过别人的眼睛么?还能瞒多久哇?”

小姨脸向墙,不回答。

母亲:“说,什么人的?”

“……”

“说话呀!你哑巴了?”

小姨的脸缓缓转向母亲:“大姐,我不能告诉你,我谁也不能告诉。”

“你……”母亲生气了,倏地站起,又忍气坐下,语气更严厉地说,“好。我也不多问了。只问你一句,事到如今,为什么不结婚?”

“大姐,我……不能和他结婚了。”

“什么?你怀上了他的孩子,你倒自己说不能和他结婚了。”

小姨闭上了眼睛,两颗很大的泪珠,滚落下来。

母亲又站了起来:“你认我大姐,我就对你负着份儿责任!你这样能对得起你父母吗?你要什么都不肯说,不能在我家住了。我也不愿让人指我脊梁骨,说我收留了个大姑娘,在我家生下个不明不白的孩子……”

小姨睁开眼睛,噙泪望着母亲:“大姐,你放心。我好点儿……就走……决不连累大姐你的名誉。”

母亲说:“走?你除了回农村,还能往哪儿走哇?”

小姨又扯被角盖住脸,被角微微耸动。

“唉……”母亲长叹了口气,重新坐在炕沿儿,又是怜悯又是恨地说,

"你呀你，你这都是为了什么呀？"轻轻掀开被角，用手掌心擦去小姨脸上的眼泪。

土堆上，凋零败谢的花，开始枯黄的瓜豆的藤蔓。

萧瑟秋风掠过，各类叶子哗哗作响。

王小嵩从藤蔓上拧下最后一个倭瓜。

从家中突然传出小姨的叫声。

他倏地抬起头望着家。手里倭瓜掉在地上。他跃下土堆，奔向家中。

王小嵩呆立在家门口。

弟弟冲了出来。

王小嵩一把拉住弟弟："小姨怎么了？"

弟弟挣脱，答非所问："妈叫我快去找吴大婶！"

王小嵩猛转身向别处跑，仿佛要逃离那叫声，那呻吟声。

他跑到一幢房子的山墙后，背抵土墙，蹲下了，双手捂住耳朵。

婴儿的初啼响亮而高亢……

王小嵩慢慢往家中走，轻轻推开门，无声地进入家中，见母亲和吴振庆的母亲在洗手。

母亲说："他婶，多谢了。哪承想，说要生，就生！"

吴母说："谢什么！"吩咐王小嵩，"去把水倒了！"

王小嵩端起了那盆红色的水，默默地走了出去。

小姨被认为是一名品行不端的临时工，不久被工厂开除了。她的农民父亲把她接走了……

小姨与王小嵩一家依依惜别。

她头系围巾，怀抱婴儿，双膝给母亲跪了下去。

小姨说："大姐，我不是个忘恩负义的人……我……我永远记住你和孩子们。"

小姨的父亲侧过身去，不忍看这情形。

母亲连忙扶起小姨："你……你可要多多保重啊！好歹……你把孩子拉扯大。"

小姨凄然点头。

母亲将王小嵩和弟弟妹妹推到小姨跟前："还不跟小姨道个别？"

王小嵩流着眼泪："小姨。"

弟弟妹妹左右扯住她，哭了："小姨我们不让你走。"

小姨摸摸王小嵩的脸颊："要好好学习啊，小姨和你妈一样，盼着你将来有出息。"

小姨的父亲扯着小姨，说："走吧，因为你是团支部书记，队里才抬举你，让你进城来支工……"跺了下脚，又说，"谁叫你这么丢人现眼！"

母亲脱下了外衣，罩在婴儿身上。

小姨三步一回头地跟她父亲走了。他们走远了。

王小嵩全家目送着。

王小嵩突然奔上一土堆，大喊："小姨！我长大了一定……"

母亲也奔上土堆，捂住他的嘴。

经过一番挣扎，王小嵩已全没了力气，只是咬牙切齿地说出三个字："杀了他！"

母亲扇了他一记耳光。

他怔怔地瞪着母亲。

母亲掩面奔下土堆，冲进家中。

他呆呆地站在土堆上。

他的视野中已没了小姨的身影。

秋风扫落叶，聚在他脚下……

第二章

一

从一九六三年起，报上不再开辟专栏教授某类野菜的几种不同吃法了。用淘大米和高粱米的水经过沉淀加工成的“人造肉”，在人们不经意间，从各食品商店的柜台里消失了。据说那一项发明还在当年荣获过什么成果奖……

真正的常识概念的猪肉，开始大量向市民供应。到一九六四年，曾一度取消了肉票。而且，最价廉时，才四角八分一斤。又能有新鲜猪肉充实进战备肉库了。据说肉库已经存放不下了，存期太久的肉，便破例供应给老百姓了。面粉由每人每月三斤增加到五斤。大米由一斤增加到两斤。豆油由三两增加到了五两。肥皂、面碱、火柴、灯泡，虽然仍旧凭票，但毕竟凭票可以买到了。于是普通的老百姓，又觉得生活离共产主义确实可能不远了。一九六五年，共和国长子长女们的身体，在饥馑年月刚刚过去的日子里，以“大跃进”的速度加紧发育和成长，仿佛一旦错失良机，便再也没有条件发育和成长了似的。

如果说人们的头脑中还存在着什么忧患意识，那就是——战争……反帝反修，七亿人民七亿兵。

这一年，城市老百姓家里的每一扇窗子都贴着防空纸条，凄厉的空袭警报时常凌空骤响。

学校里静悄悄的走廊——所有的教室门猝开，学生们有秩序地一队队朝楼下跑，进行“防空防爆演习”。

学生们出了教学楼，来到操场上——操场正中有位老师持旗指挥，队形四散开去……

广播声：“注意！现在……左前方出现原子闪光……”

面向前方的学生们，立刻背转身，匍匐在地，同时用双手做“八指”捂眼、两个拇指按耳的动作。

有些老师和学生，将硬纸板剪成的圆片儿，放在匍匐着的学生身上。上面写着“头部”“背部”“胸部”“左腿”“右臂”等等——这表示，他们身上的这些部位已经“负伤”。

广播声宣布：“冲击波已过……”

一队队学生从楼内迅速跑出，她们大部分是女学生。她们代表着“救护员”，用白布三角巾替那些“负伤”的同学包扎。

他们做得相当认真。

一名女同学见附近的“伤员”都有了救护者，拿着三角巾一时不知该救谁好——她是郝梅——她已差不多是个亭亭玉立的大姑娘了。

“哎，郝梅，救我，救我……”趴在地上悄悄招呼她的是徐克——他也长成了一个半大青年……

郝梅走了过去，蹲下问：“徐克，你哪受伤了？”

徐克有些不好意思地向她亮出了攥在手里的圆牌儿——上面写着两个字是“臀部”。

徐克说：“其实我更愿意头部受伤……”

“别说话！”郝梅自己却又问，“左臀还是右臀？”

徐克看看手中的牌儿：“这上没写。你就当是整个臀部吧。”

于是郝梅包扎。徐克胯骨太宽，巾角系不到一起。

徐克说：“鞋带儿！快解我鞋带儿。”郝梅赶快解他鞋带儿。

哨音……

广播声又命令："停止。现在开始检查各班情况……"

郝梅很是沮丧。

在他们教室的黑板上写着两行字：

一、我们反对战争。

二、我们不害怕战争。

说来也巧，除了张萌分在另一班，我们书中的几个主人公，不但考入了同一所中学，而且在同一班级。

站在讲台上的女老师说："刚才演习过了。下面，同学们自由发言，总结一下经验，也可以谈谈感受……吴振庆，你说吧！"

吴振庆已长得又高又壮。他放下手站起来说："老师，冲击波过后，我们的教学楼还能存在么？"

"当然不可能存在了！"

"那，救护员们，又怎么可能从楼里跑出来呢？"

"嗯，这个问题提得有道理……"老师开始在小本上记。

徐克举手说："老师，原子弹爆炸，我们就这样……"他做"八指"捂眼，两指按耳的动作，"然后往地上一趴，究竟有什么意义？"

"你得假设，它离你很远很远。"

"多远啊？它要是远在地球的另一边爆炸，我还在中国往地上趴干什么？可是它如果就在离我不远的地方从天而落呢？"

"那就算你倒霉呗！"一个男同学说。

老师呵斥那男同学："严肃点儿！"又对徐克说，"坐下，就你经常提些怪问题！"

徐克嘟哝着坐下："怎么是怪问题呢？"

老师看了看大家，又说："韩德宝，你就坐在那儿说吧！"

韩德宝却还是站了起来："老师……我……上厕所。"

"事多，刚入教室又上厕所！"

韩德宝像是发愁似的说："其实上节课我就想去来着，可是警报响了……"

"快去快回！"

韩德宝偷偷向同学们做了怪相，跑出去了。

王小嵩犹犹豫豫地举起了手——他不但明显地长大了，而且模样变了，却仍属于清秀型。

老师高兴了，说："王小嵩可是不太主动发言的，你说吧。"

王小嵩说："老师，我……不适合当救护员。我一见到伤口和血，自己就会先晕过去的……"

老师已准备记，听了他的话，索然地将拿着小本儿的手放下了。

吴振庆说："对。他是那样。他患恐血症！"

几名同学笑了。

老师说："不许笑！"

一名男同学站起来发表意见。一名女同学似乎不同意他的话，站起来反驳。几名女同学站起来表示支持。

……

上厕所回来的韩德宝，踊跃地参加了争论，指手画脚侃侃而谈。从女同学的表情看，他显然是站在她们的对立面。

老师左顾右盼，不知该听谁的。

在战争阴影的笼罩之下，他们的中学时代进入了一九六六年。第三次世界大战并没有很快地打起来，中国却发生了一场史无前例的政治运动——叫作"文化大革命"……

二

王小嵩和郝梅伏在郝梅家窗台仰望天空。

鸽子在天空飞翔。鸽哨音时远时近。

群鸽变成满天传单，似雪片纷纷落下。

仰望着的王小嵩的脸和郝梅的脸……

他们来到马路上，臂上都戴着红卫兵袖标。

许许多多仰望着传单的脸。

传单落地，人们拥上去捡。

王小嵩和郝梅也拥上去捡。

撒传单的手……

被踩的手……

王小嵩和郝梅同时捡到一张传单。

传单被扯了。他们互相望着，都觉得不大好意思。

他们将传单对起来一块儿看。

一群人追逐一个男人跑过去，他们发现那群人里有韩德宝……

王小嵩喊："韩德宝！韩德宝！"

韩德宝站住，王小嵩拉着郝梅的手跑过去，问："那人怎么了？"韩德宝说："那是位画家……"他发现王小嵩和郝梅仍拉着手，揶揄地说："你们两位红卫兵战友，真够小资情调的啊！"

两人这才意识到仍拉着手，立刻松开。

郝梅说："去你的！别瞎说。"

王小嵩解释："我去市里看大字报，碰见了她。"

韩德宝说："得啦得啦，甭解释。我只关心国家大事，才不管你们是不是碰见的呢！"

郝梅问："那些人，追那画家干什么呀？"

"他画了一组画——孙悟空臂戴红卫兵袖标，到西天去取革命真经。"

王小嵩不解地说："这也没什么呀。不是到处都引用毛主席的两句诗词——'今日欢呼孙大圣，只缘妖雾又重来'么？"

"他还画了一尊袒着大肚皮的如来佛，手捧三卷'红宝书'，笑嘻嘻地送给孙悟空——这不等于是公开地、恶毒地丑化伟大领袖毛主席么？"

那中年画家终于被抓住了，正被人扭住两条胳膊往回走，从他们眼前走过……

画家一边走一边又急躁又委屈地自我辩护："同志们，同志们，革命的同志们，我怎么敢丑化伟大领袖毛主席呢？我哪儿有那份狗胆啊！我是真心实意地拥护'文化大革命'，支持红卫兵小将的一切革命行动，才连夜赶画了……"

一名看来是高中生的红卫兵扇了他一耳光："住口！谁跟你是同志？谁知道你什么成分？"

他们默默地看着那些人走过……

韩德宝同情地说："这下他可完了。弄不好会定成个现行反革命！"

郝梅说："那你还跟着追？"

"当时周围的人们一喊打现行反革命，我也不知道怎么的，稀里糊涂地就跟着追了起来……哎哟，我大概扎脚了！"

王小嵩和郝梅低头看他脚——原来他赤着双脚。

王小嵩问："你怎么光着脚？你鞋呢？"

韩德宝蹲下从脚上拔出什么："嗨，别提啦。我那双刚买的高级球鞋，被人逼着给脱下来了。说鞋底儿的胶纹，走一步能踩出一个'毛'字……"

郝梅掏出手绢，蹲下替他包扎脚，一边说："光着双脚你还有那么高涨的革命热情。要是还穿着那双高级球鞋，不得跳到云端里去喊'造反有理'呀？"

韩德宝说："全国一齐停课，还不就是为了让咱们闹革命嘛！听说没有？

今年升高中，取消考试了，要以在‘文化大革命’中的表现为主……”

郝梅关心地问：“真的？”

王小嵩忽然往前方一指，说：“那边着火啦！”

远处一缕浓烟升起……

韩德宝说：“那是在烧鞋！情愿的不情愿的，被脱下了几百双我那样的鞋呢！集中一块儿，一把火全烧了。让人看着怪可惜的。”

一个光脚的大高个子男人走过（看去可能是个运动员），见韩德宝也光着脚，对他苦笑了一下（韩德宝还以苦笑），那人刚刚笑过，大概立刻意识到了自己的表情成问题，马上说一句：“‘文化大革命’万岁！”

韩德宝接下句：“万岁万万岁！”

郝梅目睹这颇具喜剧意味的一小幕，忍住笑问韩德宝：“你出门怎么不戴上红卫兵袖标？”

韩德宝说：“戴了，又摘下来揣在兜里了。光着双脚丫子，我怕有损咱们红卫兵的形象……”

郝梅说：“快戴上。不戴，万一谁觉得你的样子哪不对劲儿，把你当‘黑五类’盘问一顿怎么办？”

“对，对。你说得对……”韩德宝赶忙从兜里掏出红卫兵袖标，举起双臂，让王小嵩替他戴。

两人望着戴了袖标的韩德宝一瘸一拐地走了。

郝梅不无忧虑地说：“要是真取消了考试，不知道我还有没有资格升高中。”

王小嵩安慰她：“别想那么多。你虽然不是正宗‘红五类’，可你是‘红外围’啊！只要你能积极参加运动就没问题。”

郝梅说：“咱们全班，就剩我没给咱们老师贴大字报了。”

“还有我呢。”

“咱俩合写一张吧？要不该被认为是‘保皇派’了，你说呢？”

王小嵩说："可是，写什么呢？"

郝梅想了想，说："我记得有一次，老师在班会上讲，'三好'学生，应当是学习好放在第一位,咱们就批判她向学生灌输'白专'思想吧,行不行？"

"也行……"

郝梅说："这个问题的性质，不至于太严重吧？"

"可太轻描淡写也不行啊！那还不如不写。报纸上广播里，不是天天都在讲，革命的大批判不能轻描淡写么？"

"是啊。这样吧，你起草，我抄。"郝梅说，"我一定把咱们的大字报抄得字迹工整。你不是认为我的毛笔字比钢笔字还好么？"

王小嵩点了点头。

郝梅说："你可一定要有分寸，千万别一张大字报，把咱们老师推到了敌我矛盾的立场上去。"

"放心，我不会的。"

不经意间，他们踏上了一条用红漆写在地上的竖标语——"誓将无产阶级文化大革命进行到底！"

两人发现后，王小嵩扯着郝梅，一跃跳开……

王小嵩说："不好，有人在望我们，快跑！"

他拉起郝梅的手就跑。

他们气喘吁吁在另一条马路口站住——郝梅闭着双眼胸脯起伏着，身体向后一倾，靠在王小嵩胸前。而头向后一仰，担在了王小嵩的肩上——她的嘴唇几乎触在王小嵩脸颊上。

王小嵩意外地呆立着。

这情形会使人们忆起《保尔·柯察金》这部苏联影片中，保尔和冬妮娅赛跑后的情形——近处有大字报专栏，火药味儿十足的标语，远处有阵阵口号声、广播批判声，"要是革命就站过来，要是不革命就滚他妈的蛋"的歌声……

郝梅闭着双眼胸脯起伏着，身体向后一倾，靠在王小嵩胸前。

他们之间不由自主的这一种纯洁的亲昵，与周围的时空是那么不协调。

郝梅说："我都喘不上气儿来了。"

王小嵩情不自禁地用双手揽住了郝梅的腰肢。

郝梅说："要是什么声音都听不到，该多好哇。"

仿佛专和她的话作对，近乎喊叫的广播声突起："前区委书记张尔泰，一贯执行资产阶级反动路线，长期与毛主席的无产阶级革命路线分庭抗礼。今天，终于被广大革命群众拉下马，揪出来游街示众了！"

王小嵩手从郝梅腰间放下。郝梅身体也立刻脱离了他胸前。

一辆被语录牌标语牌四面遮挡得像装甲车似的"游斗车"，缓缓出现在街口。车上的被游斗者戴着高帽，弯着腰，挂着牌子。他们注视着那辆车驶过。

王小嵩发现郝梅神色异样，问："你怎么了？"

"……"

"你……认识的人？"

郝梅猛省地说："那是张萌她父亲呀！……我经常到她家去……不会认错！再说牌子上也写得清清楚楚……她家离这儿不远。"

"那，咱们快到她家看看她去。"郝梅点头。

一辆卡车停在张萌家的街口，戴袖标的人们正在从她家里往外搬东西。

王小嵩、郝梅隐在观望者中，不敢贸然上前……

那些人将东西装上车，也上了车。车开走后，人们渐散。

王小嵩轻轻地对郝梅说："把袖标摘下来，别让看见的人把我们当成红卫兵中的同情者。"

两人摘下袖标，揣入兜里，迅速跑入张萌家。

一片抄查过的凌乱情形。

几个房间都贴了封条，只有一扇门没封，他们轻轻走过去，郝梅踩到了什么，险些滑倒，幸被王小嵩扶住——脚下是一条金鱼。

王小嵩用脚尖将鱼拨开。

郝梅基督徒犯了天条似的不安："哎呀！它被我踩死了。"

"它早已经死了！"张萌出现在那扇没封的门外，也就是她的小房间的门外。她的话冷冰冰的，表情也那样。

两人这才发现，地上不止一条金鱼，还有几条，有的还在动腮。一地鱼缸的玻璃碎片。

张萌说："他们说——你家还养两缸金鱼。就把鱼缸捧起来摔碎了。"

郝梅蹲下，从地上捡起一条仍苟活的金鱼，望着张萌："这一条还活着。快找个能盛水的东西，救它一命！"

张萌说："谁对我发善心？"

郝梅手托那条金鱼，转目四顾，见脸盆中还有半盆水，将金鱼放入了脸盆。

张萌说："盆里兑了药水儿。我大爷在国外。他们怀疑我父亲里通外国，用盆里的水泡过信件。"

鱼在盆里扭动，似乎比干在地上更加痛苦。郝梅不忍地立刻转过了脸。

王小嵩蹲下捡地上的碎玻璃。

张萌说："你别捡。兴许一会儿还来一批人，扎了他们的脚才好！"

她脸上浮出一种怪异的冷笑。

碎玻璃又从王小嵩手中落到地上——他缓缓站着，望着张萌一时不知再说什么。

郝梅问："你妈妈呢？"

"她也在妇联挨批判呢。"

郝梅不禁和王小嵩对视一眼。

张萌冷冷地问："你们来干什么？"

"我们在街上看见……"

王小嵩赶快拦住："别说了……"

张萌说："说吧，看见了游斗我父亲的情形是不是？从现在起，已经没有什么事情能使我感到震惊了。"

郝梅说："张萌，先到我家去住几天吧！我爸爸妈妈一向挺喜欢你的，绝不会歧视你。"

"你爸爸妈妈从前喜欢我，那也许因为，我从前是区委书记的女儿，而现在我是'走资派'的女儿了。"

郝梅善意遭拒也不禁愣怔无言。

王小嵩不平地说："张萌，你怎么诋毁她的一番好意呢？你这么说太……太……"

张萌说："太不厚道、太不近人情、太不识好歹、太不公正了是不是？可什么叫公正呢？"她将目光移向郝梅，"你知道么？我父亲的罪状之一，就是在城建方面，重用你父亲那位资产阶级出身的工程师。也许明天你父亲就是我父亲的陪斗人。"

她们彼此对视着。

郝梅眼中涌出了泪，她猛转身跑出去了。

王小嵩谴责地瞪着张萌："你！"

张萌从地上捡起相册，翻看着说："他们勒令我及早和我父亲划清界限。我回答他们——见他们的鬼去吧！"她说着，手捧相册，走到了王小嵩跟前，"于是他们扯掉了我的红卫兵袖标。"

王小嵩这才发现，她的衣袖都被扯破了，别针却还在衣袖上。

张萌垂下目光瞧着王小嵩的衣兜——他的红卫兵袖标露出一部分在兜外……

张萌说："可你，尊敬的红卫兵小将，为什么不将袖标戴在臂上，而要揣入兜里呢？"她一只手缓缓拽出了他的袖标，用两根指头捏着，"怕引起我的嫉妒，是么？"

王小嵩气呼呼地一把夺回了袖标。

张萌突然发火，双手举起相册打王小嵩："滚！滚出去！我根本不需要你们的同情！快滚呀！"

王小嵩护着头逃出了张萌家。

她家传出张萌的哭声。

王小嵩追上了郝梅。他说："你千万别生张萌的气。我敢肯定她不是有意要伤你的心。她平时除了对你还友好些，在别的同学面前却骄傲得很，她怎么能一下子接受得了这样的现实呢？"

郝梅无语，只是快走。

王小嵩说："是你找我陪你到市里来看大字报的。街上挺乱的，我得把你送回家才放心啊？"

郝梅仍无语，但看得出，她同意。

到家了，郝梅拍门。

郝梅母亲的声音："谁呀？"

"妈，是我。"

门没开，仍然只能听到母亲的声音："小梅呀，就你自己么？"

王小嵩说："阿姨，还有我，王小嵩。"

"就你俩吧？"

"就我俩，妈，你快开门吧！"

不见母亲露面，只见门开了一半——他们一进去，门立刻又关上了。

厨房里飘出的烟，使郝梅一进门就呛得咳嗽起来——而母亲项上挂着口罩。

郝梅问："妈，你在干什么呢？"

母亲用身体挡着厨房的门，掩饰地说："饭焦了。你们快进屋吧。"

王小嵩欲在客厅门口换鞋。这是他来她家的习惯。

母亲将他推入客厅："别换了，都'文化大革命'了么，还换什么鞋啊！"

客厅。

书架几乎空了——只有几本《毛选》和建筑设计方面的厚书，孤零零地摆在书架上。

王小嵩和郝梅对视。

郝梅不安地问："妈，家里来过人了么？"

母亲的声音从厨房传来："没来，什么人也没来。"

"那……书呢？"

母亲的声音："该留下的，不还在么？多余的，我今天没事儿，替你父亲处理处理。"

郝梅急忙转身冲入厨房——没来得及"处理"的书仍堆在厨房地上，母亲正蹲在炉旁，继续往炉火里塞书。

郝梅在书堆中翻找着——《莎士比亚全集》《希腊悲剧选集》《俄罗斯小说选》《爱情诗选》《五四小说选》《中国古典小说选》……

郝梅哭了："妈，妈你这是干什么呀！都烧了，我将来看什么呀！"

母亲说："小声点儿，让外人听见！烧了，心里就干净了，也免得因为这些书惹是生非的。"

郝梅在书堆中挑拣着，拿起这本，又舍不得那一本，她坐在书堆上，像母鸡伸开翅膀护着身下的小鸡一样，护着书堆，哭望着母亲。

母亲严厉地说："别哭，起来！又不是小孩子了，该懂事了！"

王小嵩把郝梅拉了起来："听你妈的，烧就烧了吧。"

郝梅捡起两本抱在胸前，泪涟涟地说："妈，就让我留下这两本吧，求求你啦！"

母亲费力地从郝梅手中夺下了那两本书——一本是《牛虻》，另一本是《钢铁是怎样炼成的》。

她犹犹豫豫地将《钢铁是怎样炼成的》还给了女儿："这本可以，但不许借给外人看！"却将《牛虻》扯了，投入了炉火中。

郝梅将仅被允许留下的一本书按在胸前，哭着冲出厨房，冲入自己的小房间。

王小嵩欲跟去劝慰，被郝母扯住。

郝母说："小嵩，阿姨有话跟你说。"

王小嵩随郝梅的母亲重入客厅。她坐在一只沙发上，指着另一只沙发对他说："你请坐吧。"

一个"请"字，使王小嵩表情极其庄重起来，他缓缓坐下了，却只坐在沙发边上。

郝梅的母亲无比信任地说："小嵩，实际上，小梅她父亲，今天已经被隔离审查了。要他坦白交代区委张书记的问题。她父亲那种性格的人……我想……是不会使对方满意的。小梅这孩子，没什么大毛病，就是从小有点娇惯。因为你母亲看过她好几年，所以，你成了她唯一交往的男孩子。她爸爸是资产阶级出身。因为她在班里在学校人缘儿好，有你和吴振庆几个同学庇护着她，本没资格当红卫兵，却也戴上了袖标。我们家在本市没亲戚。就是有，今后怕也指望不上了。万一我和她父亲……"她说到伤心处，侧过脸，落泪了。

郝梅悄悄出现。

郝母说："小梅，你过来。"

郝梅走到母亲身边，蹲下："妈，我爸爸不会有什么问题吧？"

"放心。你爸爸什么问题也没有。"母亲抚摸着女儿的头，"你从小任性惯了。真该有个哥哥管着你点儿……你想不想有个哥？"

郝梅看了王小嵩一眼，低头不语。

"说话呀！"

郝梅难以启齿地："妈……"

母亲说："如果你想，妈妈作证，你就叫小嵩一声哥吧。"

郝梅复望王小嵩，难以叫出口。

"这有什么害羞的哦？叫呀。"

王小嵩说："阿姨，别为难她了……我……还有我母亲……我们一定，一定会像您一样关心她的。"

郝梅王小嵩互相注视着。

王小嵩在大字报“夹墙”之间边走边看。一张只有几行“龙飞蛇舞”的毛笔字的大字报吸引住了他的目光——“杨玉芬，你为什么经常往自己身上喷洒香水儿？勒令你回答！回答！必须回答！！！”

署名是——革命学生徐克。

徐克分明有意给被“勒令”的老师留下了半页空白。

那叫杨玉芬的老师也明白其意，用那空白的半页纸以秀丽的小楷体写的是——“我很羞愧。因为我有腋臭。出于为同学们着想，所以上课前要往身上喷些香水儿。无产阶级文化大革命胜利万岁——杨玉芬。”

这张大字报，横一行竖一行，红的蓝的黑的，写了一行行的铅笔字，钢笔字、红蓝铅笔字。

王小嵩驻足，凑近细看：

“理由充足，情有可原。”“腋臭的臭味儿，对我们革命学生并不可怕。你带入课堂的那股香水儿味，对我们来说才是真正可怕的！”“批驳得好极啦！”“这张大字报哗众取宠！”“注意，别泼冷水，小心站到运动的对立面去！”“要时刻把握运动的大方向，反对在枝节问题上大做文章！”“小是小非也要辩个清楚！”

……

一只手拍在王小嵩肩上——他一回头，见恰是徐克。

徐克将钢笔朝他一递：“加几行字，支持支持我吧！”

王小嵩低声然而责备地：“你没什么事儿可写的啦？你这叫杨老师今后还怎么有脸站在讲台上给学生上课？”

徐克仍纠缠他，硬往他手中塞笔：“把你这种看法写上也行！我希望我这张大字报破个纪录，能有一百条争论观点！”

王小嵩生气地推开他：“哼，我看就你哗众取宠，简直无聊透顶！”

徐克发火了：“你站住，你说谁哗众取宠？你说谁无聊透顶？”上下打量他，“你有水平！你多有水平啊！你和郝梅一张大字报，就把咱们老师横扫到牛鬼蛇神一块儿去了！我的大字报，起码不会一棒子把人打死！”

徐克说完便气呼呼地走了。

王小嵩愣怔在原地。万万没有想到，由他起草，由郝梅抄写的那张大字报，真的把他们班主任老师打倒了。

王小嵩郁郁寡欢地走下楼梯。

他走到走廊上。

他的班主任老师恰好从厕所出来，一手拎着桶，一手拿着笤帚——衣服左上方贴着一块白胶布，写有“资教”二字——乃“执行资产阶级教育路线的教师”之缩写。

王小嵩真诚而内疚地说：“老师……我……”他想向老师解释什么。

不料老师立刻诚惶诚恐地闪到一旁，不但肃立，而且深深弯下腰去，连连说：“我有罪，我该死，我有罪，我该死……”

王小嵩无地自容，望着老师张了张嘴，什么也没说出来。

他低着头从老师跟前跑过去了。

教学楼后，他背依楼梯缓缓蹲下。

哗啦……

三层楼上一块玻璃从里面打碎了。

“要文斗！不要武斗！”

“好人打坏人活该！”

又一块玻璃碎了……

王小嵩躲开，仰头望着。

“马克思主义的道理，千头万绪，归根结底就是一句话，造反有理！造反有理！……”

歌声从三楼飘扬而出。

三

这一年，毛主席发出了最高指示：“革命的最终目的，是为了争取政权。”

一间教室里，课桌摆成了圆桌形，二十几个看去是各派头头的男女同学围桌端坐，双手翻“红宝书”，齐声朗读：“有了政权，就有了一切，丧失了政权，就丧失了一切……”王小嵩也在其内。

教室门突然被推开，又来势汹汹地闯入一伙红卫兵。为首的是吴振庆。站在他身旁的是徐克。

原在教室内的一个男同学霍地站了起来，厉声问：“你们干什么？”

吴振庆不甘示弱地：“干什么？你们商议成立全校革命委员会这样的大事，为什么不邀请我们派代表参加？”

那男同学说：“为什么一定要邀请？”

吴振庆说：“没有邀请，便是对我们的蔑视！”

“那又怎么样？”

吴振庆将始终背在身后的一只手高举了起来：“保皇派的头头们，对不起得很，我们已经先于你们，一举成功地夺取了政权！”他手中拿的是学校的图章。

他的目光轻蔑地扫视着，具有挑衅的意味儿——他的目光和王小嵩的目光相遇。

他略微一愣，转脸对徐克悄声说：“告诉战友们，如果打起来，谁也不许碰小嵩一指头。”

徐克望着王小嵩，对另一“战友”悄声耳语——于是一个一个望着王小嵩，一个一个悄声传下去。

对方一个同学问：“你们又以什么名义单方面夺取？”

徐克说：“以革命的名义！”

对方回答说："抢！把政权夺回来！"

于是一场混战开始。

但是已经夺取政权的一派，却没有一个理睬王小嵩。他握着双拳，摆出准备进攻和自卫的架势，却没有谁向他进攻，他也没有主动进攻别人的勇气。

对方的一个被别人推得踉跄数步，撞在他身上。

他终于感到有了一个机会，也似乎有一个正当的理由可以还击了。他从后面拦腰抱住对方，企图将对方摔倒在地。不料对方一下子破开了他的手，轻而易举地将他摔倒在地。

对方飞起一脚要朝他身上踢去，却又并没有踢。

原来对方是徐克。

倒在地上的王小嵩仰望着徐克。

徐克哼了一声——转身对付别人。

"政权"，也就是那枚图章，在他们脚下滚来滚去。

一场混战结束，原在教室里的二十几个同学，显然属于多少吃了些亏的一方。有几个女生还在痛哭，男生们表示革命友爱地围着她们。

王小嵩在离他们较远的单独一隅。他从兜里暗暗取出一把小刀，暗暗地朝自己胳膊扎了下去。

血……

一个女同学说："咱们秘密在这儿开会，他们怎么知道的？"

另一个女同学说："我们之中肯定有奸细！有叛徒！"

一个男同学说："我看，谁没受伤，谁就值得怀疑。"

于是大家的目光一齐望向王小嵩。

几个男同学慢慢朝他走来，围住了他。

他们吃惊地看到血从王小嵩指缝渗出……

吴振庆和徐克又走到他们的"那条"胡同，王小嵩突然出现，拦住他们。

王小嵩一条袖子挽着，胳膊用手绢扎着。

吴振庆质问徐克：“我不是指示了，谁也不许碰他一指头么？”

徐克说：“不是我！我敢保证，绝不是我们的人。”

王小嵩对徐克：“你为什么不打我？当时你为什么不打我啊！”

徐克看着吴振庆：“我……”

王小嵩一步步逼近。徐克一步步后退。

王小嵩说：“今天，我这个保皇派，就是要打你这个造反派，你还手不还手！”

他狠狠一拳朝徐克打去。

吴振庆连忙以身遮挡。

拳落在吴振庆脸上，嘴角出血了。

吴振庆抹了一下嘴，看看手上的血，瞪着王小嵩。

王小嵩冲动过后，不免后悔。

徐克急忙插身二人之间：“算了算了，何必呢！”

王小嵩低下头，转身走了。

徐克望着他背影，遗憾地嘟哝：“我真搞不明白，他怎么会加入‘老保’们那一派？”

吴振庆教诲他：“这就叫——革命的复杂性。”忽然问，“哎，图章呢？”

徐克说：“不是一直由你拿着吗？”

吴振庆说：“后来我不是又交给你了吗？”

徐克拍全身上下的衣兜：“坏了，丢了。”

吴振庆说：“刚刚到手的政权，你却把它丧失了！我们怎么向战友们交代？”用舌头顶了顶牙，又说，“他那一拳可真够狠的，把牙都打松动了！”吮了吮，往地上啐了一口……

王小嵩家。

母亲给弟弟一张字条说：“快念念，这上写的什么？”

弟弟念道："妈妈，我和郝梅去大串联，请不必为我们担心……"

一列飞驰的火车……

红卫兵在天安门广场接受检阅的场面，真正是空前绝后的壮观。

弟弟仍在读信："妈妈，我和郝梅都幸福地被毛主席他老人家检阅过了！被毛主席检阅过的红卫兵，就是谁也不敢怀疑革命精神的红卫兵了。我们今天离开北京，去四川参观大地主刘文彩的'收租院'……"

母亲一下子跌坐在床沿说："又跑四川那么远去啦！看他回来我不打死他！"

吴振庆的母亲惶惶而入，她说："他婶，你说可让人上火不？我们振庆带着老徐家狗子串联去了，都一个多星期了连封信也见不着！老徐家她婶急得天天哭，又瘫在床上。你说这俩孩子要是有个什么意外……"说着，她坐在母亲身旁抹起泪来。

母亲安慰她："快别急，急也没用。我们小嵩不是也串联去了么！他们都会平安回来的。"

吴振庆的母亲说："你说，咱们背地里说句不革命的话……咱们拉扯大的孩子，还不都成了毛主席他老人家的孩子么？他老人家在北京一句话，就都扑奔到他老人家身边去了，全不顾咱们当妈的替他们担着心，天天夜里睡不着觉……"

母亲说："快别这么说！背地里说也不好。他们热爱毛主席他老人家，咱们应该高兴才对。"

四

串联回来后，王小嵩跪在自己家的地上。

母亲手拿笤帚说："你还要带着郝梅！幸亏她也回来了！她要是有个三长两短，你负得起责任吗？你能对得起她爸爸妈妈么！"

王小嵩说："妈，我再也不去串联了。"

"小二，拿剪刀来！"

弟弟将剪刀递给了母亲。

王小嵩说："妈，您饶了我吧。"

母亲严厉地说："低头！"

王小嵩低下头去……

剪刀剪动，一绺绺头发落地，妈妈狠心地给王小嵩剃了个"鬼头"，不让他再出去胡乱串联。剃完头，妈妈又说："明天你到乡下，看你小姨去吧，现在她在一个气象学校。"

王小嵩答应了。

气象学校。

校园绿地边的长条椅。

王小嵩和小姨坐在那里。

小嵩说："小姨，我真想你，总想来农村看你，可现在太紧张，刚刚串联回来，又得到学校开经验交流会，还要继续抓党内走资派。"

小姨问："去串联挺有意思的吧？那能见见大世面呢！"

小嵩有点兴奋："是，见到毛主席了，他老人家真健康，对红卫兵小将可关心了。他接见我们时，大家都哭了，还见到了林副统帅，那么多记者给我们照相。"

小姨沉思起来。

小嵩问："小姨，你怎么啦？"

小姨醒悟："啊，我在想，我这次来气象学校，本想学学气象，可我当村支书的哥哥也被打成走资派了，气象学不成了。"

小嵩急忙问："那你去我家吧？"

小姨摇摇头："我爹妈身体都不好，家里的活我都得干，还有秀秀呢。"秀秀就是小姨那年在他家生的孩子。

王小嵩说："对了，秀秀呢？我得见见她。"

"在屋里，走，咱们进去。"

在林荫路上，五岁多的秀秀迎面跑来，她喊着"妈妈"。

小嵩、小姨迎过去，小嵩抱起秀秀。

小嵩抱着秀秀说："秀秀都这么大了！秀秀，认识我不？"

秀秀摇摇头，又说："认识，你是小嵩哥哥。"

小姨笑了："对，这就是小嵩哥哥。"

秀秀说："小嵩哥，我早就认识你，妈妈天天念叨你。"

小嵩亲了一下孩子，唱："新盖的房，雪白的墙，屋里挂着毛主席的像……"

三人有说有笑地向屋里走去。

从农村回来，王小嵩的主要工作是——家务劳动。

他光着脊梁，高挽着裤筒，在中午的太阳光下做煤饼。他的头因为被母亲剪成"鬼头"，所以戴着单帽，样子有点怪。

一个妇女向他家走来问："小嵩，做煤饼子啊？"

"是啊大婶，今天太阳好，想多做些。"

妇女夸奖他："这孩子，真帮家！怎么光着脊梁，倒戴顶帽子啊？"

王小嵩支吾："怕晒久了……头晕。"

妇女心不在焉地应着，走入了他家。

又一妇女走入他家。

又一名妇女走入他家。进门前还四方窥测一番，仿佛怕有跟梢的。

王小嵩不禁犯疑。不做了，悄悄走入家里，在里屋门外倾听。

母亲和四名妇女正在商讨什么，一个个愁眉不展、六神无主的样子。

“要是我们不揪出个人来，游斗一番，那些红卫兵小将，还会再来的！”

“可不咋的呢，肯定还会再来的！”

“昨天他们吆五喝六的，可把我吓死啦，俺可没见过那阵势。”

“也不知是谁家的孩子，干吗偏偏跑到我们这么一个街道小工厂‘煽风点火’啊！”

“唉，五洲震荡么！”

母亲说：“就算是演场戏给那帮孩子看，也非演不可是不是？”

女人们说：“是啊是啊……”

“张厂长创办了咱们这个小厂，咱们这帮家庭妇女才有了干活挣钱的地方。再说人家又没什么过错，为咱们一年到头辛辛苦苦的，不容易。”

母亲说：“我听说他女人有心脏病，他是四个半大孩子的父亲，咱们可不能做伤天害理的事啊！”

“是啊是啊，所以姐妹们才推举我们四人，找你来商量商量么。大家都说你是个能拿大主意的女人。”

“按说，不该把你扯到这件事儿里，你刚申请入厂，还没批准正式上班嘛。”

“姐妹们说了，如果你能替姐妹们，替厂里，其实也就是替你自己受点儿委屈，那大家将来一定将你当活菩萨供着。”

“你想想，要是听凭那些孩子们，把个小厂给搅黄了，你不是也没处上班了吗？”

母亲听出点意思来，她问：“你们的意思是——”

“干脆开门见山地说吧，你……你能不能舍出自己一次脸面，假装一回‘走资派’？反正那些半大孩子，也不知究竟谁是真的、谁是假的。”

母亲一愣，渐渐地矜持起来。渐渐地又觉得可笑，不由得笑了：“我？假装一回走资派？哪个姐妹这么有眼光，单看我行？”

“这个……”

“嗨，大家的眼光呗，凡事都走群众路线嘛。”

女人们的表情皆有些不自然。

王小嵩闯入里屋，怒吼：“你们怎么不假装一回‘走资派’？我妈不当活菩萨！将来也不到你们那个小破厂去上班！”

母亲劈面扇了他一耳光：“大人们的事儿，哪有你参与的份儿？还不给我滚出去！”

王小嵩仍想说什么，母亲又举起了巴掌，他只好悻悻退出。

母亲说：“我看，在我这方面，也没什么不行的。”

“恐怕，还得戴高帽。”

“那就戴吧。”

“少不了还要挂块牌子。”

“那就挂吧。”

“也得涂鬼脸啊，假戏，可是要真唱的呀！”

“那就涂吧。”

“还得剃鬼头……”

母亲顿时正色道：“那不行！脸抹黑了，回家洗洗就能出门了。剃了鬼头，还叫不叫我见人？非要剃鬼头，你们就另请高明！”

众妇女忙说：“不剃了不剃了！”

“你别急你可别急，说说而已嘛！”

王小嵩气得在门外狠狠往土墙上擂了一拳。

晚。

王小嵩家。

月光照在炕上，弟弟妹妹睡着了。母亲睁大着双眼，望屋顶。

王小嵩凑向母亲说：“妈，你傻了？”

母亲说：“妈不傻。妈不过想有活干，有钱挣，让你们能吃得好一点儿，穿得好一点儿，上学交得起学费，再也不必妈为你们四处开免费证明。”

王小嵩说：“那你也不能……妈，我求求你，明天别任人家摆布。”

母亲说：“说出去的话泼出去的水。已经答应了，不能反悔。”

三辆敲锣打鼓的游斗卡车。车上，一些戴高帽、挂牌子、涂鬼头的书记、主任、处长、厂长……弯腰低头，已“各就各位”。

同样戴着高帽、挂着牌子、涂了鬼脸的母亲，被女人们“押”至车前。

母亲上不去车。她向车上的人伸出只手，有些生气地说：“嗨！你们就不能拉我一把啊？眼睛都瞎了？”

于是几只手同时伸向她。

女人们也从后托举她。

母亲上了车，嘟哝着：“挺大些个男人，都没个眼力劲儿！”

母亲左右瞧她的伙伴——见她左边的一个胖男人，挂牌子的铁丝，深深勒入脖子的肌肉里。

母亲批评他：“你怎么能‘同意’他们给你做这么重的牌子？”

那胖男人略微抬起了一下头，用瞧火星来人那种眼光，惊愕地瞧着母亲…

母亲说：“这时间久了，还不把头勒掉了哇？你这人也真傻，还不担在车板上。”她替那人将牌子拎起了一下，放下时，一角担在车板上。

那男人却说：“这样子不行，这样子不是老实的态度。”

他自己又恢复了刚才的挂法。

这一回轮到母亲以惊愕的眼光看着他了。

王小嵩夹在看热闹的人群中，心情复杂，远远望着母亲。

车开走时，母亲也望见了他，大声嘱咐：“把豆角掐了！晚上妈给你们炖豆角！”

将被游斗的人送到市郊区。得徒步走回来，不许乘车。天不黑不许进入市区，这叫作“送瘟神”……

王小嵩家。

三个孩子在掐豆角。

“小嵩，跟我接你妈去！”王小嵩和弟弟妹妹一抬头，见是吴振庆的父亲，他拎着一个行军水壶和一个用带子系着、可以背着的暖水瓶。

王小嵩和弟弟妹妹同时站起。

吴振庆的父亲对弟弟妹妹说：“你们别去，给我在家老老实实待着！”

弟弟妹妹见他说得严厉，不无畏惧地坐下了。

他对王小嵩说：“带一条湿毛巾。”

市郊公路上，吴振庆的父亲骑自行车驮着王小嵩。王小嵩背着用带子系着的暖水瓶。

王小嵩问：“叔，振庆他们来信了吗？”

“来了，和二狗在广州哪！我他妈的还没去过广州呢。等他回来，我也要像你妈治你一样，给他剃鬼头！”

在岔路口，吴振庆的父亲说：“下车吧！”

两人都下了车。

吴振庆的父亲说：“前几批‘瘟神’，都是被送到那边的野树林里。我估计你妈他们也被送到那儿了。你去找吧！”

王小嵩望望树林，望望老吴，踟蹰不前，似希望老吴陪他去。

吴振庆的父亲看了忙说：“我不可能陪你去，儿子找妈，谁也扣不上什么罪名；我是大人，我陪你去，那问题可就不一样了。这点儿革命道理你还不懂？”

王小嵩说：“那么远，我和我妈怎么回去呀？”

“一会儿二狗子他爸也骑车来。我们在这儿等你们娘俩儿，偷偷把你们驮回去！”

“那……那些人呢？”

“那些人我当然就不管了！这又不是郊游，还包接包送啊！”

王小嵩只身前去。

吴振庆的父亲在其后叮咛：“壶里的水是给你妈洗脸的！脸不洗干净了可不敢驮你们，进了市口就得被拦住！”

静幽幽的野树林。

黄昏的夕照洒入林间。

王小嵩边叫边寻找：“妈，妈！”

他发现了一个人影，快步奔过去：“妈！”

背对着他的人回过头来，不是母亲，是一个男人。他那被涂黑了的脸，那麻木的神情，使王小嵩骇然。

王小嵩后退。

那人缓缓扭过了头。

这里那里，“瘟神”们的背影或蹲或站，王小嵩仿佛在怪梦中。

他终于发现了母亲……母亲弯腰在草中树根下采什么。

王小嵩叫了一声：“妈！”

母亲挺起腰抬起头：“你怎么来了？你看妈采了多少蘑菇！”

母亲用她戴的高帽装她采的蘑菇。

王小嵩从身上取下行军水壶，缓缓倒水，母亲接水洗脸。

行军壶中的水光了，他又取下暖瓶，倒暖瓶中的水。

忽然几双手都伸过来接水——几个“瘟神”不知何时聚来，争先恐后。

水又倒光了，然而他们的脸却并没有洗净，一个个不黑不白的。

母亲擦完脸，将毛巾递给一个“瘟神”。

他们争抢毛巾。

王小嵩将高帽中的蘑菇倒在母亲衣襟里，一脚将它踢开。

母亲却去捡一块牌子，撕去其上贴的白纸。

母亲又捡一块牌子，边捡边说：“都捡回家去，过日子能用得上的。”

远远地望得见城市的轮廓了。

两辆自行车前后分别驮着王小嵩和母亲。

王小嵩还夹着几块捡来的三合板。

在他们背后，夕阳如血……

至夜，王小嵩和母亲回到了家里。

和弟弟互相搂抱着缩睡在墙角的妹妹扑向了母亲，审视母亲的脸。

母亲说:“不黑了吧？我说的么,妈还是你们从前的妈，一点儿都不会变。”

弟弟下了炕，将盛豆角的篮子捧到了母亲眼前:“妈，豆角儿全掐完了！”

母亲说：“妈累了。明天再炖吧。”

弟弟指桌子：“妈不用做饭了，你看！”桌上摆着几个饭盒。

母亲打开一个饭盒——雪白的精米饭和炒鸡蛋。

又打开一个饭盒——馒头和两条煎小鱼。

母亲问：“是你们吴婶家和徐婶家送来的吧？”

妹妹抢着回答：“不是。是来过的那些阿姨们送的。二哥说要等妈回来一块儿吃！”

“什么阿姨，都是些坏女人！”王小嵩拿起一饭盒欲摔。

母亲拦住他，轻轻打了他一下：“去，取两个碗来。”

母亲从饭盒里往碗里拨菜——拨出了一个纸卷。

母亲打开纸卷，内中是钱。

她将纸递给王小嵩，命令地：“念念。”

王小嵩不情愿地念道：“大姐，避几天风口浪尖儿，你就悄悄来上班吧。这十几元钱是姐妹们凑的，你先花着……”

五

吴振庆和徐克串联回来了，他们和王小嵩一样整日也只是龟缩在家里。一日，吴振庆跟在父亲身后从家里出来，一手拿贴饼子，一手拿块咸菜，咬一口贴饼子，啃一口咸菜。

韩德宝走来，召唤他："振庆，你过来一下。"

吴振庆看看父亲——他也头戴一顶单帽，果然也像王小嵩一样，被剃了"鬼头"。

父亲不置可否。

吴振庆问："什么事儿，你说吧！"

韩德宝见吴振庆的父亲不那么太欢迎地瞪着他，不敢贸然走过去："你过来一下嘛！就几句话！"

吴振庆只好走过去。

韩德宝说："你说，总得有人将无产阶级'文化大革命'进行到底是不是？"

吴振庆看也不看他，咬一口贴饼子，啃一口咸菜。

韩德宝又说："革命不分先后嘛，你们革那阵子，我是逍遥派。现在你们不革了，正好我革，这也算前仆后继是不是？"

"我又没死，你后继什么！"

"对对对，我说错了。我的意思是——一些人有一些人的历史使命，是不是？"

"别跟我讲大道理！你究竟想要我干什么，直说吧！"

"我要……政权……就是咱们学校那颗图章……反正你们也不到学校去了，握在手里对你们也没什么意义。"

吴振庆恍然大悟："那东西呀？你找徐克要去！我记得他说他又找到了。

他如果乐意给你，我没意见！”

他说罢转身就走。

徐克头戴单帽，光着脊梁在自己家门前脱大坯。

韩德宝走来，蹲在他旁边，搭讪道：“你这不行！草少了，干了准裂！”

徐克看看他：“不行么？那你就帮我铡草哇！”

“嘿嘿，我还有事儿呢！”

徐克说：“那你就办事儿去！”啪地往模子里摔了一大捧泥，溅了韩德宝一脸泥点子。

韩德宝说：“你这小子，干吗对我不友好？”

“我这儿干着，你旁边指手画脚，你说你烦不烦人哪！有什么事儿，你快说，说完快走！”

“好，我说！咱们关系咋样？”

徐克郑重地说：“咱们挺好的啊！谁挑拨咱们关系了？”

“那倒没有。你……你把学校那颗章子给我吧！我们组织很需要它！”

徐克沉吟地瞧着他，并不马上回答。

韩德宝说：“振庆已经同意了。”

徐克一声不吭，站起来便往家走。

韩德宝急忙说：“哎哎，话还没说完呢，你别走哇。”

徐克不回头……

韩德宝嘟哝：“真不够意思”——站起来也要走。

徐克从家里出来，喊住他：“德宝！……”

韩德宝一转身，见徐克用一只泥手拎着个小红布包。

他跑了回来，在徐克面前肃立，伸出双手，弯下腰：“我代表我们‘反到底’战斗队，接受‘学闯道’战斗队移交的政权！我二十一名队员发誓头可断，血……”

徐克说："什么？才二十一个人你们就想接管政权！"

他将手背到了身后。

韩德宝说："你别这样嘛！中国共产党，还是从几个人发展壮大的哪！你不给，不就等于耍我么！"

徐克问："振庆真同意了？"

韩德宝："骗你不是人！"从头上一把抓下了单帽，"这顶军帽给你！真正的军帽！你看，部队的番号印在帽里儿上呢！"说着，将帽子一折，塞进了徐克裤兜。

徐克无言地将图章给了他。

包图章的是红卫兵袖标——韩德宝一手托着，一手展开袖标，见真是图章，立刻把手抓紧，感激地望着徐克。

徐克说："你们这叫攫取革命果实。"

韩德宝说："你脱坯干什么呀？"

徐克说："国家大事，我现在顾不上管了。我家厨房漏了，也太小了。我想盖一间小偏厦子。"

韩德宝说："等我们巩固了政权，我亲自带人来帮你盖！"他友好地捣了徐克一拳，困惑地又问，"哎，你们究竟为什么不革了？你们不是很穷吗？"

徐克说："要是革了还穷呢？又不许分田分地！"

韩德宝说："风物长宜放眼量嘛！"

"那好，等你们革到全国山河一片红的时候，我们跟着沾革命的光吧！"

又一些泥点子溅到韩德宝的脸上，他拍拍徐克的肩，站起来说："放心，到那时候我封你是帮助过革命的民主人士什么的！"

大雨如泼。吴振庆父子拉车过一处铁路线，车轮卡在铁轨中——父子二人拼命抬车——车被抬出，但是失控地往前冲，轮子压过了吴父的一条腿……

吴振庆扑向父亲，将父亲上身搂在怀里，大声呼叫。

他撸起父亲的裤腿儿——血。

吴振庆举目四顾，无人——只见车栽在路旁。

他求助地朝八方喊叫着……

雨淋在他哭泣的脸上。

吴振庆家。

里屋的门半开半掩——可见炕的一角及父亲上了夹板的腿。母亲自言自语："这可怎么好，一家人靠你一个人吃饭呢！"

父亲恼怒的声音："别叨叨啦！我愿意的么！"

吴振庆垂头坐在小凳上，王小嵩和徐克同情地望着他。

吴振庆倏地站起来，冲里屋大声说："妈，我要代替我父亲拉车！"

母亲的声音："你能拉得动？说大话行！"

吴振庆说："拉不多，不可以拉少吗？力气是重活练出来的！"

徐克拍拍他肩："我有空儿，就帮你去拉！"

王小嵩说："还有我。"

中午，炎日之下。

徐克和王小嵩一前一后帮吴振庆拉车。

他们坐在路边休息——吴振庆掏钱买冰棍。

吴振庆说："三根五分的。"

徐克说："三分的吧！"

卖冰棍的老太太瞧瞧这个，瞧瞧那个，不知该听谁的。

王小嵩坚决地："三分的！"

吴振庆说："那，听他俩的吧。"

老太太说："都挣钱了，还舍不得吃根五分的冰棍？"

徐克故作严肃地说："毛主席教导我们：'财政的支出，应该本着节省的方针。'"

老太太愣神儿地看着他。

三个好朋友坐在人行道沿上吮着冰棍，望着眼前戴各种袖标的人来往，望着宣传车缓缓而过，似乎都显得很漠然。

徐克家，小土坯偏厦子已经基本盖起来了——三个好朋友，一个在房顶铺油毡，一个在抹墙，一个在安装窗框。

晚。王小嵩家——一家人正在吃晚饭。

敲门声——王小嵩放下饭碗去开了门，门外站着的是郝梅。

母亲说："小梅快进来，吃饭了没有？"

郝梅摇头，双手掩面，侧身哭泣。

郝梅说："我爸爸和我妈妈，都被送到干校去了，我们家被别人家占了。"

母亲惊愕："怎么，连你的小屋都占了么？那也别愁，别哭，先吃饭。吃完饭带你找他们讲理去！"

郝梅说："我的小屋倒没占。可出来进去的，那一家大人孩子，都不拿好眼色看我，我不敢和他们住在一起。"

母亲一时也没了主张，不言语了。

王小嵩说："妈，先让郝梅住咱家吧！"

"这，行倒是行。可……"

郝梅说："我不嫌挤，晚上有个睡觉的地方就成。我还愿意帮着干家务活儿。"

母亲走到郝梅跟前，替她擦眼泪："瞧你说得可怜劲儿的。咱们家也没那么多家务活儿。只要你自己不觉得委屈，你就住下。"

妹妹说："妈，小姨住在咱家的时候，不都睡开了么！"

母亲朝炕上望望，又望望王小嵩，似有不便明言的顾忌。

王小嵩说："妈，徐克家的小偏厦子已经能住人了。我可以到他家去睡，和徐克做伴儿。"

母亲说："就这么定了，郝梅也能睡得宽松些！"又对郝梅说，"孩子，你就拿这儿当家。一点儿别见外才好。"

郝梅看看王小嵩，点了点头："嗯……"

吴振庆、徐克、王小嵩三人依次雄赳赳地来到了郝梅家。他们都臂戴红卫兵袖标，胸前别着主席像章。吴振庆不知从哪儿搞了一套军服穿，腰间还系着军皮带。他们擂门。

宅内传出气势汹汹的问话："谁？"

吴振庆也来者不善："我！"

"你是谁？"

"少啰唆！开门！"

门开了——三人不由分说，往里便闯。

"哎哎哎，你们干什么？这可是私人住宅，你们知道不知道？"开门的中年男人，脖子上搭着毛巾，下巴和腮帮子全是肥皂沫儿，手里拿着刮胡刀。

吴振庆一只手往腰间一卡："是你家的私人住宅，还是别人家的私人住宅？"

"这……原先是别人家的……现在……现在是我家的了。"那人有点儿被吴振庆的来势唬住了。

吴振庆问："哪方面批准的？"

"我们区委一个革命组织。"

"据我所知，你们区委十几个组织呢！谁知道你那个组织究竟是不是革命组织？"

"是，是！肯定是！我们是第一批起来造区委反的。我们那个组织是'捍江山'战斗队。"

吴振庆微微侧脸问王小嵩："听说过么？"

王小嵩轻蔑地摇头："从没听说过。"

吴振庆说："量你们也不过是一小撮儿！所以我的部下连听说也没听说过。"

那男人说："你是……"他狐疑地上下打量吴振庆。

徐克厉声喝道："放肆！要称'您'。"

那男人被吓得一抖："三位红卫兵小将别误会。千万别误会，咱们可不能大水冲了龙王庙，一家人不认一家人啊！"

吴振庆傲慢地："谁跟你是一家人？"

徐克说："我们是'鬼见愁'联合行动总指挥部的！鬼、见、愁！能明白是什么意思不？"

"明白明白……"

王小嵩说："他是我们联合总指挥部敢死队的大队长！全市造反派攻占省委大楼的战役中，他立下过汗马功劳！"

吴振庆说："这幢房子，本来我们敢死队早就看好了，准备以革命的名义征用的。既然你们在不了解情况之下占了，也就占了。但是，说不定哪一天，我们可能就来收复。收复时如果发现哪一件家具损坏了，唯你是问！"

那男人说："我们一定爱护，一定爱护。"

一个五六岁的男孩儿从郝梅的小房间探出头，不安地窥望。

徐克对他做了个恶相，把他吓哭了——那男人赶紧把他拉走。

电话响了——王小嵩走过去接电话，对吴振庆毕恭毕敬地："吴大队长，副司令的电话。"

吴振庆接电话："嗯，是我。这家人家还算识趣儿。我看，就让他先替咱们看守着这幢房子吧。"他一手卡腰，将电话朝那男人一递，"我们副头儿要指示你几句。"

"副头"就是韩德宝，他在学校里打电话。他说："你老老实实听着，如果胆敢对我的部下稍有不恭，稍有违抗，我五千‘鬼见愁’战士，将对你们那个组织予以毁灭性打击！包括对你本人！我们的革命宗旨是，顺我者昌，逆我者亡，对抗者，严剿不怠。”

那个男人连声说：“不敢，不敢！红色恐怖万岁，万岁！”他彻底被威慑住了，放下电话后惴惴地望着吴振庆他们。

吴振庆对徐克指示：“你们该拿什么，就拿什么吧。”

于是徐克和王小嵩走入郝梅的小屋——王小嵩熟悉地从床下拖出一只旧皮箱，两人将有用的没用的，能塞入皮箱的东西，尽量塞进去。

在客厅——吴振庆此时已换了副嘴脸，在做手指游戏，逗那男人怀中的孩子：“老头儿老头儿出来！老头儿老头儿没了，老头儿老头儿又有了……”

那孩子笑了。

吴振庆说：“叔叔并不那么可怕吧？叔叔们今天‘造反有理’是为了你们这一代，以及下一代，将来不受二遍苦，不遭二茬罪么。”又问那男人：“对不？”

“对，对，咱们革命的大方向都是一致的。”

徐克和王小嵩从郝梅的小屋出来了，一个拎着一只看去很重的大皮箱，一个肩上斜背着一个不小的用床单扎成的包裹。

王小嵩还拎着手风琴箱。

那男人问：“你们这是……”

吴振庆说：“我们要对这家的女儿实行监管。遵照毛主席发扬革命人道主义的教导，这些常用的东西由我们带给她。”

王小嵩说：“我们走后，你要把这个房间封起来；不经我‘鬼见愁’联合行动总指挥部允许，任何人不得擅自闯入。”

“照办，照办……”

三人携带着东西走在路上。

韩德宝率十几人，骑着自行车迎面而来。

韩德宝刹住车，一脚踩在人行道沿上问："这么快就办完了？我那个电话起到点儿威慑作用了么？"

吴振庆说："何止起到了点儿！我在旁边都听到了。你那几句话说的，那真叫……"——没形容词儿，他看王小嵩。

王小嵩张口就来："黑云压城城欲摧！"

韩德宝得意地笑了："这不，我还不放心，亲自带人来给你们助威的！"

吴振庆感激地说："一辈子不忘你的革命正义行动！"

徐克问："哪儿弄来这么多车辆啊？"

韩德宝说："向老师们征用的！给郝梅代个好！我忙，还得组织老师们学习无产阶级革命教育路线。真像毛主席说的那样，巩固政权比夺取政权难得多啊！"他掉转自行车，率众而去。

三个好朋友望着他们，似乎一时又都不无羡慕。

徐克看着吴振庆说："本来应当咱们掌握政权的。"

吴振庆说："算了，你没听他说巩固政权比夺取政权还要难么！"

三个好朋友拥挤地躺在徐克家的"偏厦"中，里面有几块用木板临时搭的床。

王小嵩望着门，对徐克说："你的木匠手艺还真行！"

徐克说："没有你给我那几块胶合板，这门我也做不成。"

王小嵩说："不是我妈，我也捡不到那几块胶合板。"

通向里屋的门内，传出了徐母的呻吟声。

徐克赶紧蹦下"床"，顾不上穿鞋就奔入里屋。

徐克问妈："妈，妈你怎么了？你觉得哪不舒服？"

徐母说："快……水……心口堵得慌。"

徐克端来水说："妈，你慢点儿喝，别呛着。妈，等我把小屋彻底收拾好了，给您再盘一面火炕，您就再也不用整天躺在这间见不着阳光的屋里了……我盖那小屋可朝阳啦！我现在就背您到小屋看看？”

一会儿徐克从里屋出来了。

王小嵩说：“徐克真孝顺！”

吴振庆说：“也就是最近吧。他惹他妈生气那些事你都忘了？”

三人重新躺下后，吴振庆忽然想起一个人来。他像是自言自语地说：“很久没见到张萌了，也不知道她的情况怎么样。”

王小嵩说：“是啊。我们毕竟是‘红五类’。不过家里都穷点儿，政治上比她和郝梅却要乐观得多。”

吴振庆说：“她处境还不如郝梅呢，郝梅还有咱们关心关心。”

徐克说：“你们真多余，张萌根本用不着咱们去关心她！我看她活得挺不错，还和从前一样那么傲气！”

吴振庆：“你怎么知道？”

徐克：“我又见着她一次，和一个男的，手拉着手，慢悠悠地走着，还有说有笑的。”

吴振庆问：“手拉着手？我不信！”

徐克白了他一眼：“那男的，是市红代会的一个头儿。二中高一的。你们还记得那一次红卫兵誓师大会，有个小子带头喊‘踏平伦敦，解放巴黎，占领纽约，光复莫斯科’么？就是那小子。我一眼就认出了他！张萌也看见了我，把头扬得老高，装没看见。”

吴振庆说：“这不可能。这根本不可能！张萌她心里对每一个戴红卫兵袖标的人都恨死了——我知道这一点！”

徐克说：“我也没非逼着你相信不可啊！”

王小嵩沉思着：“我看，也没什么不可能的。”

吴振庆烦了，说：“咱们说她干什么？说点儿别的。”

徐克说：“是你先提起她的么。”

吴振庆说：“我……我不愿遭她恨。她家被抄那一天，我也围着看来着。

她发现了我……其实我不是幸灾乐祸地去看热闹，是想偷偷找个机会，安慰安慰她。”

徐克说：“那你还总对她那么凶！”

“我也不明白自己是怎么回事，好像不那样对待她，就不知该怎么对待她似的。也许，我对她只能那样吧。”

徐克问：“什么叫只能那样啊！”

“那我对她还能哪样？”

“也可以像小嵩对待郝梅那样嘛！”

吴振庆叹了口气：“她小时候，我妈要是也看过她就好了。”

徐克欠身，研究吴振庆的脸。

“看我干什么？”

“得，我全明白了。”

“连我自己都不明白，你能明白什么？”

王小嵩说：“这些天，我总想唱歌。”

徐克说：“男愁唱，女愁哭。”

吴振庆说：“唱郝梅总爱唱的那首歌吧！”

王小嵩问：“那首苏联的‘三套车’？”

“别唱。‘老修’的歌有什么好听的！”徐克说。

吴振庆说：“唱！”

王小嵩来了个调和：“我用口哨吹吧！”

于是他吹起了《三套车》。

于是吴振庆和徐克也随着哼了起来。

吴振庆眼角渐渐淌出了眼泪。

几个月后，他们都不得不报名下乡了，包括郝梅，连在学校里掌握了一阵子“政权”的韩德宝也没能侥幸例外。

快走了，三个好朋友和郝梅、韩德宝，分上下两排坐在江堤的台阶上，望着在月光下悠悠流去的松花江水。

徐克忽然站起，欲脱背心。

吴振庆问：“你干什么？”

“两天后就北大荒干活了，再痛痛快快游一次！”

吴振庆严厉制止说：“就你那两下子狗刨，逞什么能？沉底了我都看不清你在哪沉底的，救不了你。坐下！”

徐克倒也听话，乖乖坐下了。

韩德宝说：“早知道都一样对待，我还满腔热忱地掌什么权啊！”

一对情侣的身影从他们面前经过。

他们的头一致转动，随望着……

徐克看着吴振庆问：“是张萌吧？”

韩德宝说：“像她的背影。”

郝梅试探地喊：“张萌！”

苗条的身影站住，扭头朝他们望来——两个身影分开了。

徐克忙说：“挽着她的，就是‘红代会’那个头儿。”

两个身影又往前走去，重新互挽着。

徐克说：“我看她明明是认出了我们。”

韩德宝说：“他们倒他妈的怪有情调的！”

郝梅站起跑下了台阶。

王小嵩叫：“郝梅！”

郝梅追上了两个身影，拦在他们面前。

张萌抬头：“郝梅？”然后对她的伴侣说，“我小学同学，你在前面等我。”

他打量了郝梅一眼，只好独自往前走。

郝梅问：“我叫你，你没听出我的声音？”

“听出了。”

“听出了，却不愿理我？”

“不愿理他们几个。”

“他们怎么了？却愿和那家伙像一对恋人似的？”

张萌说：“不是像。”

郝梅惊道：“你！……在全区的批斗大会上，他用皮带抽过我父亲，也抽过你父亲！”

“但也正是他，打算进行说服工作，早日‘解放’我父亲，并且争取早日将我父亲结合进‘革委会’。”

郝梅说：“可我父亲因为不愿昧着良心揭发你父亲，和我母亲双双被发配到农场改造去了！”

“我父亲过去重用过你父亲，你父亲现在为我父亲受点委屈，你有什么可气愤的？”

郝梅说：“可耻！”

台阶上，王小嵩欲站起来。

吴振庆抓住了他的膀子：“你别去！咱们男生不要介入她们两个女生之间的事！”

张萌说：“我可耻？可是我将继续留在城市。你们光荣，可是你们将在广阔天地里炼一颗红心，滚一身泥巴，磨两手老……而且——永远……”

郝梅气得说不出话。

张萌又说：“恕不奉陪！”双手拎了一下裙裾，做了一下“屈膝礼”，扬长而去。

郝梅气得流泪了……

台阶上，徐克猛地站了起来，大喊：“张萌！你勾搭的那小子是我干儿子！”

张萌的伴侣摔开张萌的手臂一往无前地朝徐克们大步走来。

吴振庆站了起来，从容踏下台阶。

徐克、韩德宝、王小嵩都随后踏下台阶。

对方不由得站住了。

吴振庆他们却还在往台阶下走。

张萌见势不妙，跑过来将她的伴侣拽走了。

王小嵩家。三个好朋友加上郝梅各自背着行李捆，拎着网兜、提包什么的，在和大人们告别。王小嵩的母亲、吴振庆的父亲、徐克的父亲，在一起送他们。

郝梅望着王小嵩的母亲说："大婶，麻烦您想办法，告诉我爸爸妈妈。"

母亲说："我会的。你放心去吧！……"又对王小嵩说，"要好好照顾小梅啊？"

王小嵩依恋地看着母亲，默默点头。

吴振庆的母亲说："你们一定要求分在一块儿，千万别分开，互相也好有个照应。"

吴振庆的父亲对吴振庆说："你给我听着，你最大，你他妈的最有主意，你就是他们大哥。他们哪一个出了差错，或者不学好，你别打算再回来见我！"

吴振庆说："爸，我一定记住你的话！"

徐克对父亲说："爸，你……给我妈……在我新盖那小屋里盘个火炕吧！她都多少年没见阳光了。"

徐克像孩子似的呜呜哭了。

徐克父亲也落泪了，情不自禁地搂抱住儿子。

吴振庆说："爸，你有空儿，帮我徐叔，给他们家那小屋再抹一层墙泥，要不冬天会冷的。"

"这还用你嘱咐嘛！"

家长们久久地目送着儿女们——当父亲的当母亲的，全都流下了眼泪……

经过在火车站几乎像是诀别的告别场面后，火车缓缓开动了。车轮一动，车厢里突然响起一个女同学失控的哭声——哭得那般绝望，那般失落。

韩德宝站起朝哭声传来处看了看，坐下后说："是张萌……"

吴振庆等面面相觑——看来她究竟没有留下来。

火车、汽车、马车……最后是靠着一双双在草甸子中吃力行走的脚，他们终于来到了北大荒。

第三章

一

一片齐腰高的荒蒿野草——它的纵深处传来拖拉机被陷住时发出的闷吼。隐约可见拖拉机的烟筒顶端，喷吐出时浓时淡的烟缕。一面旗帜在更远处飘扬，仿佛没有旗杆，旗杆被荒蒿草遮蔽了。

拖拉机的闷吼声变得畅快了——它终于摆脱了淤陷。

荒蒿野草向两旁倾倒，如被巨蟒的身躯轧过。

一台泥头泥脸的拖拉机突然出现在蒿草地域的边际，履带糊满泥巴，绞着花草。

一位着旧军装的中年男人拨开蒿草——他是连长。他衣上溅了不少泥浆点子，挽着裤腿儿。看不出他脚上穿的究竟是一双什么鞋，因为那已经是一双泥鞋。

展现在他眼前的是一望无际的开阔地——这里那里，野花烂漫。

连长朝后一招手，大声而且充满乐观地喊：“都来吧！到连队啦！”

蒿草分拨开处——吴振庆、徐克、王小嵩、韩德宝、郝梅、张萌等一批知识青年依次出现。他们一个个泥猴儿似的不成个孩子样儿。

他们面面相觑——这就是“连队”吗？怎么仍然是茫茫的野草，不见一一台泥头泥脸的拖拉机突然出现在蒿草地域的边际，履带糊满泥巴，绞着花草。

所房子，我们究竟住在哪儿呢？他们最后都将目光投在连长身上。

吴振庆鼓起勇气说：“连长，连队……在哪儿？”

连长却已蹲在地上，从拖拉机上抠下了一大块泥巴用手攥着，赞叹地自言自语：“嘿，太肥啦！能攥出两手油来！”

开拖拉机的老战士跳出驾驶室，问连长：“这一大片都归咱们连啦？”

“不归咱们也得行啊！”

一些老战士、老职工也分拨开蒿草出现了——扛着知识青年们的行李箱，拎着他们的网兜手提包之类。

一名老职工刚要把他扛着的柳条箱放在地上，立刻遭到一知青的抗议：“哎，你别把我的柳条箱放地上哪！这又是水又是泥的，能放吗！”

分明地，那老职工想抢白一句什么，但却忍住了没说，只好将柳条箱扛在肩上。

替知青扛着东西拎着东西的老战士、老职工和一个个心灰意冷的知识青年，都望着连长。

连长说：“大家先扛会儿！谁叫你们是老战士老职工哪，这点儿义务还是应尽的嘛！”

他走向拖拉机，从驾驶室取出两把镰刀，给了开拖拉机的老战士一把，紧接着一弯腰，唰唰，割倒了一大片草。

韩德宝、徐克等几名知青悄悄怂恿吴振庆：“你倒是问问啊！”

吴振庆说：“我不是问过了么！他不回答，我有什么办法？”

徐克说：“刚才他没听见，你再问一句怕什么？”

吴振庆说：“我也不能老做出头鸟哇！你没听说过枪打出头鸟这句话么？”

开拖拉机的老战士也割倒了一大片草，他将两片草集中在一起。

连长对知青们说：“东西都放在草上！”

徐克想问：“连长……”

连长回头看他：“嗯？”

他指着吴振庆说：“刚才他问你……咱们连队在哪儿啊？”

连长说：“肯定就在这儿！找找，没错儿！”

他说完继续割草。

徐克百思不得其解地嘟哝：“找找？”

老战士老职工们窃笑。

郝梅忽然有所发现，她用手一指：“在那儿——”

知青们的目光一齐顺着她手指处望去——泥土中钉入一块牌子，上写“十三连在此！”

……

连长吩咐老战士老职工们：“都先忍着点儿烟瘾吧！天黑前，抓紧时间支起帐篷，垒好炉灶，把晚饭吃到肚子里边去！”

于是他们极其顺从地扔了烟，开始从大爬犁上往下卸东西……

王小嵩轻声然而很清楚地说：“他骗了我们！”

连长回头：“嗯？谁说的？”用目光在知青中寻找说话之人。

郝梅向王小嵩使眼色，希望他缄默。

吴振庆挺身而出：“我说的！”

连长说：“又是你。你叫吴振庆，对吧？”

“对。没有过第二个名字！”

知青对峙地瞪着连长。

卸东西的老战士老职工们默默关注着事态。

连长说：“这你可得好好给我说清楚。我怎么骗了你们？我也不能平白无故地承担骗子的罪名啊！”

王小嵩说：“动员我们来的时候，可没讲这儿连住的地方都没有！讲的是砖瓦房、沙石路，完全机械化，上工下工，卡车接送……”

一名老战士教导他："谁这么骗你们的，你们将来找谁算账去。可不许跟连长胡闹！从今天起，你们就都是兵团战士啦！是战士，就得懂点儿战士的规矩。"

另一名老战士揶揄地说："一句骗你们的话不讲，你们就能唱着歌儿来了。"

"都一边儿去！没你们的事儿！"连长说，回头又对知青们说，"我也觉得，你们如果都是听信了那样的话才来的，当然等于是上当受骗啦！不过，我可没到城里去动员你们是不是？咱们一路上，我总是不断地对你们说，要充分作好应付艰苦的思想准备是不是？"

韩德宝凑到了连长眼前，用商量的口气说："连长，那……我不在这个连队了行不行？不是有三十几个连队吗？再把我分到别的连队吧……您不是从骑兵部队转业来的吗？我爸也当过骑兵。兴许你们还是战友呢，我爸叫……"

吴振庆厉声呵斥："韩德宝！"

连长说："嚯，刚来就跟我套交情，现在要求调到别的连队去可晚了。我实话告诉你们，这儿离最近的连队，有四十里，不，四十公里。"

知青们又一阵面面相觑。

王小嵩说："够啦！你还好意思告诉我们这一点，反正你们都是一伙的，尽管你没亲口骗我们。"

郝梅跺了下脚："小嵩！"

她走过去，将王小嵩拉到一边。

连长笑了笑："他这么一说，我还真有点儿不好意思。因为他起码说了一个事实，不但我和那个对你们讲假话不讲真话的人是一伙，而且，今后和你们也是一伙的。棒打不散。今后咱们都是北大荒的人，还不是一伙吗？"

知青们都只有默默听着。

连长说："我理解你们，风餐露宿地三天多，满心希望能洗上个热水澡儿，被请进一切都布置好的砖瓦房里，往热炕上一躺，美美地睡一觉，第二天各处参观参观，发现自己来到的地方，比梦里梦见的更理想，更美好。砖瓦房，其实是有的……”

韩德宝迫不及待地问：“在哪儿？”

连长说：“在你们将要盖起它的地方！”

郝梅却从拖拉机链上拔出一株小花儿，在鼻子底下嗅了嗅。问连长：“连长这是什么花儿啊？”

连长说：“我也不知道。”见她似有些失望，又说，“以后知道了我会告诉你的。不过咱们现在没时间上植物课。吴振庆！”

“干什么？”

“要答应‘到’。”连长又叫，“吴振庆。”

“到！”

“现在我正式任命你为知青班班长。咱们是部队编制，你们十二个人，正好够一个班。希望你好好干。将来知青多了，争取当排长。”

连长说完，帮着卸东西去了。

知青们又都将目光集中在吴振庆身上——他们的目光是复杂不一的——有嫉妒、有依赖、有毫不掩饰的不服气，还有的在乜斜着吴振庆冷笑。

徐克问吴振庆：“咱们……老站在这儿啊？”

吴振庆没好气地说：“你愿意老站这儿，那你就老站这儿！”他一转身也帮着卸东西去了。

徐克看看韩德宝说：“他干吗冲我来啊？”

王小嵩和郝梅对视一眼，默默地也向大爬犁走去。

徐克和韩德宝猛省似的，挪动了脚步。

其他知青，情愿的，或者不那么情愿的，都仿佛被某种无言的命令所驱使，开始和老战士老职工们一起搬卸东西。年轻人是那么有意思，一旦投身于集体劳动中，即使不情愿的，看起来也干得挺欢。

突然有一个知青指着一个知青对吴振庆大声问：“班长，她怎么就可以那么特殊？”他指的是张萌。

张萌背对着人们，守着她的皮箱和她的东西，孤零零地坐在草堆上。

吴振庆喊：“张萌！”

张萌缓缓侧身望着他。

“张萌！”

张萌缓缓站起：“干什么？”

“要回答‘到’！张萌！”

“到。”

“你怎么就那么特殊！”

“我……胃疼。”

王小嵩悄声说：“真的胃疼，我看到她在路上吞药来着。”

吴振庆嘟哝：“胃疼可以帮着卸点儿小东西嘛！”

连长走过来拍拍吴振庆的肩：“小吴啊，当班长了，今后要学会关心战士了啊？”从身上取下军用壶递给他，“我也有胃疼病，这里不是水，是草药汤，胃疼时喝一口就管用，去，给她……”

连长轻轻推了吴振庆一下。张萌望着吴振庆向自己走来，眼泪在眼圈里打转儿，不知是感激连长，还是内心里充满了委屈……或二者兼而有之。

二

夜，降临在这一块荒无人烟的草地上，临时帐篷总算搭起来了，可是，谁知，第一天就发生了真正的恐慌，一条蛇钻进了女知青的帐篷，而且咬伤了最怕蛇的郝梅（不知是什么情形，据说郝梅被蛇咬，与张萌有关）。幸而老兵团战士闻声赶到，打死了蛇，及时地疗治了郝梅的蛇伤。

第二天连长替郝梅的腿缠纱布，缠好后说：“明天给我好好躺着，绝对不许弄脏弄湿伤口。在这地方感染了可不是闹着玩的！”

连长又望着众知青们说：“明天起，先放你们两天假。洗洗衣服，美化美化咱们周围的环境。我呢，亲自给你们做顿三鲜汤！”

一名女知青问：“哪三鲜啊？”

连长说：“鱼，青蛙，还有那条蛇。你们就尽管守着锅可劲儿‘造’吧，那才叫补呢。”

众知青似信非信……

嘹亮的号声。

帐篷里，知青们纷纷醒了。

韩德宝揉着眼睛嘟哝：“不是说放两天假么？”

徐克说：“放假就等于可以躺在被窝里睡懒觉哇？起来起来！是战士就得闻号而动。”

知青们端着脸盆依次钻出帐篷。

最后欲钻出帐篷的是张萌，她似乎想起了什么，在帐篷口站住，回头望郝梅——郝梅低头系鞋带。

郝梅一抬头，两人目光遭遇。

张萌立刻旁视，嗫嚅地说：“都怪我……”

郝梅问：“怪你什么啊？”

“要不是因为我把帐篷掀开了一道底缝儿，你也不会被蛇咬！”

“怎么能怪你呢，你又想不到蛇会钻进帐篷。”

张萌见郝梅起身端脸盆，又说：“你别出去了，我把洗脸水给你打回来。”

“我不至于……我可不愿一个人整天待在帐篷里。”

小河边，知青们在洗漱。张萌对郝梅说：“你千万别碰水，弄湿了伤口可不得了。”说着拿起郝梅的盆，从河中打了盆水端到郝梅跟前放下。

吴振庆、王小嵩、徐克、韩德宝凑在一起洗漱。

徐克说："你们看，你们看。"

韩德宝问："看什么？"

"那位骄傲的公主呗，现在落到了侍候人的地步。"

不远处，张萌蹲在地下，绞湿了毛巾，递给郝梅。

郝梅说："没想到一往下蹲还真有点儿疼。"

张萌一边替她往牙刷上挤牙膏，一边说："你别不好意思，侍候你是连长交给我的任务。"

郝梅正擦脸，一听这话，看着张萌说："连长的原话是让你照顾我。"

张萌却故意不看她，淡淡地说："反正都是一回事儿。"

"不是一回事儿！"

"好好好，不是一回事儿，那请刷牙漱口吧！"张萌将牙缸和牙刷递给郝梅。

郝梅心中生气，但又不知说什么好，只是瞪着她而已。

韩德宝看见了说："这才叫，小姐的身子，丫鬟的命！她最应该接受这种再教育啦！"

吴振庆将一口漱口水猛地吐出，严厉地说："今后我如果再听到谁说这类话，我就对谁不客气！"

王小嵩说："振庆……"

"叫班长！"

"班长……我看……我想……"

"什么我看我想的，有话直说！"

"直说就直说！"王小嵩说，"咱们别孤立人家张萌，她也怪可怜的。"

吴振庆瞪着徐克和韩德宝："听见没有！"

徐克大叫："听到了！"

王小嵩说："也让张萌成为咱们一伙的吧！"

吴振庆说："什么一伙不一伙的！刚来就搞小集团啊？"

"我不是那个意思。我的意思是——就像你父亲嘱咐你的那样，今后……你也对张萌关心点儿。"

"那就要看她首先对我怎样了。"

"不管她对你怎么样，你也得多关心她点儿。"

"我是你班长，你给我记着，以后别用这种口气跟我说话！"

吴振庆说罢端着盆扬长而去。

韩德宝说："你们看出来没有？刚封了他个小破班长，他就当上瘾了！"

徐克说："小月孩儿咂手指头，他那是还不懂滋味二字哪！"

这时传来连长的呼唤声——"开饭……"

连长腰扎围裙，在帐篷前，一手持一把勺子，守着一左一右两个大盆——盆放在一木板上，木板两端垫着土块，土块是用铁锹就地挖取的，切得方方正正。临时的板案上还放着柳筐，筐内是烙饼。

男知青和老战士们取了饼，用饭盒、缸子、碗让连长盛了汤后离去，或单独或扎堆儿地吃起来。

女知青们却趔趄不前。

连长问："你们是怎么回事儿？都怀疑我的水平？都不肯给我面子？"

郝梅说："不是的连长，我们都不敢吃蛇肉。"

"哪还有什么蛇肉啊，肉都煮'飞'了，汤成了羹了……"

"那……我们更不敢喝了。"

连长说："我早预料到这一点了，没有见这有两盆汤么？这一盆是为你们做的，除了鱼没放别的！"

"真的？"

"当然！我是连长，能拿威信开玩笑？"

郝梅半信半疑地上前，连长往她饭盒里盛汤。

"你带个头儿，尝尝，不好喝，我也不勉强你们！"

郝梅尝了一口汤，对女知青们说：“鲜，真鲜！都快来放心大胆地喝吧，没治了！”

女知青们这才纷纷拥上前。

徐克喝完汤，对韩德宝、王小嵩和吴振庆说：“咱也尝尝给女同胞们做的汤什么味儿！”

他走去在另一盆里盛了一碗汤，喝了一口，自言自语：“一个味儿啊！”

他端着碗走到了女知青那一堆儿去：“哎，你们喝着好喝吗？”

郝梅：“好喝呀！”

徐克朝连长那边瞥了一眼，小声说：“你们上当了！都是一锅汤，被连长分成两盆罢了。不过，蛇汤确实补身体。”

张萌愣愣地看他，瞧汤，忽然，放下饭盒，跑一边去吐起来。

有几个女知青也紧跟着跑一边去吐起来。

开拖拉机的老战士发现这一情形，朝连长使眼色。

连长扭头，大声喊：“徐克，你过来！”

连长站起，训斥：“好小子，你出卖连长！”

“连长，您别生气，我可不是成心的。”

“哼！”连长走向女知青们。

女知青们一个个不满地瞪着他。

连长低头，讪笑着吸烟。

郝梅看着连长，气愤地说：“你这个人，怎么可以这样，还是连长呢！”

连长说：“我说姑娘们，我先认错。不过呢，你们也得听我解释几句——从今天起，你们都得变一变了，变成什么样呢？要变成这样——什么苦都能受，什么活儿都能干，什么情况之下，说睡，倒身就能睡，哪一天断粮了，只要是没毒而又能吃的东西，管它什么，都敢吃。”

张萌问：“还会……断粮么？”

“那可保不定。今天，就算对你们一次小小考验吧。”

他说完离开。

女知青们望着他的背影——继而互望。

郝梅端起自己的碗，一闭眼，一口气喝完了汤。

女知青们讶然……

郝梅:“一来就被蛇咬过了，还怕喝蛇汤啊！我可要爱惜自己的身体——昨晚被挤出了那么多血，该补就得补！”

三

拖拉机锐利的犁头，插入这片处女地。

知青们自然而然地列成松散的一排观望着。

拖拉机手注视前方，神情煞是庄重。

连长扣上了旧风衣的风纪扣，肃立着，仿佛面前存在着某种神明，他虔诚地说：“北大荒的黑土地，你，请认真听着，我们，是那么崇拜你，又是那么敬畏你。我们这些人，不管刚来的早来的，不管从哪儿来的，来了，就都是你的人了，为了把你变成北大仓，我们是不会在乎流汗水的。在你和我们之间，一向是——只有你发脾气翻脸不认人的时候，没有我们多么对不起你的时候。这他妈的不公平，为了今后我们能好好相处，彼此善待，我们一些早来的，和这些打城里刚来的孩子，现在恭恭敬敬地对你三鞠躬，求你明年回报我们一个大丰收。我们就要斗胆在你身上开犁了，你可千万别以为是冒犯你……”

他似乎还有许多话要说，可想了想，说的却是：“我们对你也再没什么可说的了。咱们双方，忠不忠，看行动吧！”

他从头上摘下帽子，肃立鞠躬。

知青们在他说话的时候，也一个个不禁变成了立正的姿势。他们随着连长鞠躬。

鞠躬毕，连长对开拖拉机的老战士说：“老张，谁愿意坐着跟你一块儿感受感受，你带谁一圈儿吧！”

那老战士朝知青们点点头。

于是大家一齐拥向拖拉机。

吴振庆喊道：“都站住！我还没发话呢。能都坐上去吗？我说谁先上谁就得先上。别假谦让，但是争也没用！”

他的目光扫视大家。

张萌和郝梅站在一起，他望她们时，郝梅以为第一个肯定是自己无疑了，不待他开口，已向拖拉机走去。而张萌，却不禁朝后隐退。也许她心中想的是，最后一个轮到的，才会是她自己吧？

不料吴振庆说：“张萌。”

张萌万没料到，一时竟有些不知所措，看看众人的反应，犹豫地望着吴振庆。

郝梅不禁停住了脚步，回望着吴振庆，以为自己听错了。

吴振庆却看也不看郝梅，不看任何人。

他只看着张萌一人，又大声说：“张萌，你先上。”

郝梅有点儿不高兴地退回了原地。

张萌却并未显出荣幸的样子，她甚至还有些不安，以一种近乎诧异的目光，看了看众人，看了看郝梅，似乎不得不服从命令。她低着头从吴振庆面前跑向拖拉机。

拖拉机吼了一声，向前一冲，荒原上出现了一条黑浪……

许多野花被犁头切断了根茎，郝梅跟随在黑浪后面，惋惜地捡着……

老职工趁知青们不注意，赶紧跪在地上叩拜不止。

徐克捅捅韩德宝：“瞧，不但无限崇拜，而且还迷信哪。”

吴振庆白了他们一眼，小声制止："少见多怪！"

黑浪一直涌向天边。

拖拉机绕回时，张萌从驾驶室探出身来，朝大家招手。

张萌跳下拖拉机，众知青围住她，七嘴八舌迫不及待地问："有什么感受？什么感受？"

"有自豪感吗？"

"是不是像在船上啊？"

张萌说："我也说不清楚。反正……是有那么一种挺特殊的感受，想……喊一句什么似的！"

又有知青坐上了拖拉机。

又一股黑浪在犁后呈现。

凡留下开拓者足迹的地方，便必定有卓越的精神之闪光。纵然时代扭曲而此精神不可亵渎，纵然岁月异常而此精神不可轻薄，因为它乃是从祖先至我们，以人类的名义所肯定的奋勇……

劳动开始了。

晴天，他们踩泥、脱坯、搭小房架。

雨夜，他们用各种能遮雨的东西盖罩摞起的土坯和砌了一半的坯墙。

男知青们在草甸子深处割草。

女知青们在帐篷前编草帘子。

他们的身影沐浴着朝霞在处女地上进行地块丈量。

知青们纷纷在给家里写信。

王小嵩的信——妈妈，我觉得我离开家已经很久很久了，可是算算日子，不过才两个多月。这个月底我还能给家里寄三十元钱。一想到我已经能挣钱养家了，什么苦啊累啊，我就都不在乎了。真的，妈妈，我每天都挺高兴的，千万不要挂念我……

徐克的信——爸爸，我们现在已经不住帐篷了，我们住上了自己盖的房子。我们管自己盖的房子叫“知青宫”，咱家的小偏厦子，房顶有一处还漏雨，不知道爸爸是否修过了？是否抹了第二遍墙泥？有天夜里我做了一个梦，梦见妈妈已经移住到我为家里盖的小偏厦子里了。阳光照在妈妈身上，照得她暖和和的。要是让我给咱家的小偏厦子起个名，我就叫她“母亲宫”。爸爸你千万别生气，这并不证明我心里只有妈妈。而是因为，我觉得妈妈在家太可怜。自从瘫痪以后，就没晒到过太阳……

吴振庆的信——爸爸妈妈，你们好！儿一切平安。望勿挂念。儿现身为一班之长，时时感到就好比知青大家伙儿们的家长一样。儿一定牢记爸爸对儿的教导，关心知青大家伙儿，胜于关心自己。当然也要牢记毛主席他老人家的教导……

四

夕阳西照在小河湾。

吴振庆持着鱼叉，拎着小桶，沿河边寻寻觅觅地走来。

他驻足，发现了鱼，举叉——叉着一条不大不小的鱼。

他兴奋不已地从叉上取下鱼，放入小桶里，继续向前寻觅……

他忽然又驻足呆立，果然他又有所发现——不过那显然不是鱼。

他蹲下了，闭上了眼睛。

他经受不住诱惑地缓缓睁开了眼睛——不远处，有一个人在洗澡——上半截赤裸的身子背对着他，长发瀑散，遮住了颈子，分披在两肩上——是个女的……

青春的优美胴体，在夕照之下那么动人。

吴振庆看得屏息敛气。

洗澡的女知青优美的双臂不时伸展开，用毛巾擦洗着身体，她用毛巾包住了长发。

她转过身来了，是张萌……

她朝吴振庆游了过来。

咚的一声，吴振庆的小桶掉进了河里……

张萌一惊，立刻缩身水中，仅露头和肩——她转动着头四望。

她发现了吴振庆，由于意外，而一时愣愣地望着他。

吴振庆赶紧说："我……我没看见你！我什么也没看见！"

他自欺欺人地闭上眼睛。

哗——一桶水泼在他身上，桶也飞上了岸。

落汤鸡似的吴振庆一动也不敢动，仍紧闭着眼睛。

等他终于有勇气睁开眼睛——河中已没了张萌的影子。

他捡起桶就逃，仿佛后面有只猛兽在追。

晚上，吴振庆躺在被窝里辗转反侧。

他想——如果她向连长揭发我可怎么办？她肯定会的！她似乎永远瞧不起我，尽管我讨厌她是假的，可她瞧不起我却是真的……也许她现在还没有去找连长告我的状，倒不如我主动去坦白交代……

他坐起来了，开始穿衣服。

韩德宝问："你怎么了？闹起失眠症来了？"

一片轻微的鼾声——王小嵩和徐克都睡得很香。

"我解手去……"

"撒谎吧？解手穿这么整齐？"

吴振庆没好气地说："你管我呢！"

知青宿舍旁是连长住的一间极小的单人宿舍……

连长也睡得正死，打着鼾。

吴振庆在一旁叫：“连长，连长，连长你醒醒。”

他把连长捅醒了。

“你？”连长从枕下摸出手表看了看，“什么事？半夜三更的！”

“连长，我犯错误了。”

“明天再说。”连长又倒下欲睡。

“明天不行！明天交代就晚了！”

连长一翻身趴在枕上，瞪着他：“有这么严重？那你交代吧，简单点儿！”

吴振庆讷讷地说：“我……我看女知青洗澡来着……我不是故意的，我发誓，可还是被我……看见了。”

连长哭笑不得：“你给我回去睡觉去！这种错误也来把我搞醒！”

吴振庆只好走向门口。

“站住！”连长叫住他，想了想又说，“明天抽空组织知青班学习‘三大纪律八项注意’，以后在那条河分个男女界限。不许到远处去洗！更不许到深处去游泳！”

知青们聚集在宿舍前学“三大纪律八项注意”。

吴振庆手拿“红宝书”，一本正经地说：“刚才咱们学了一遍。为什么要学呢？因为，出现了违反的现象。比如第七条——洗澡避女人，我们应该这样理解——包括女人洗澡也避男人的意思，还包括男人洗澡避女人的意思……”

知青们莫名其妙。

张萌始终望着别处，这时转过脸瞪着吴振庆说：“我理解，尤其包括男人不得偷看女人洗澡的意思，这是下流可耻的。”说完又望向别处。

吴振庆说：“对，张萌补充得很好。不过这样的不良现象，目前还没有发现……”

张萌又转过脸瞪他。

夜晚，知青们烧荒的壮观场面……

吴振庆围着火说：“注意，风向转了，别烧着自己！”

他见火舌扑向一个身影，而那身影似乎显得有些慌措。

他跑过去，搂着那人的头跑开了。

那人是张萌……

吴振庆很窘地放开了她——张萌也很窘。

吴振庆说：“你怎么不戴帽子，看，把头发烧焦了吧！发你的手套呢？”

张萌说：“我不戴！”

“为什么？”

“我和你们不一样，我是可以改造好的子女，我怕别人批评我娇气。”

吴振庆摘下自己的单帽扣在她头上，又摘下手套塞给她：“戴上。我不批评你娇气，谁敢？”

“班长！班长！”一男知青跑到他跟前，惶惶地说，“班长，韩德宝到营里去取信，现在还没回来！”

吴振庆说：“那他就是住在营部了。”

“可是……他骑的那马跑回来了！”

“你报告连长了吗？”

“报告过了，连长已经带着人找去了。”

徐克说：“班长，这一带可有狼。”

吴振庆说：“少废话！都跟我去找！”

黑夜中狼嚎声凄厉而长……

这里那里，四面八方照耀着火把，手电筒和马灯的光。男女知青们的呼唤声：

“韩——德——宝——”

“德——宝——”

“韩老六！你在哪儿——”

……

一双双脚在“塔头甸”的水沼中踏过。

郝梅摔倒了，可她一手还高举着马灯。

王小嵩将她拽了起来：“你那只鞋呢？”

郝梅摇头：“不知道。”

王小嵩脱下自己的一只鞋给她穿上。

郝梅哭了：“我怕……”

王小嵩说：“别怕……跟住我……别走丢了。”

郝梅说：“我是怕……他被狼吃了……那我们可怎么对他爸爸妈妈说啊？”

一声枪响。

两人不安地循声望去……

一双双脚走向一起。

寻找者们终于围拢成了一个半环，各种光亮照向中间。

韩德宝枕着装满信件和报纸的书包，酣睡在一片灌木草中，有如醉卧万花丛中。

一女知青怯怯地问：“他……怎么了？”

连长说：“这小子，吃槠柿吃的。”

吴振庆生气了：“他妈的！起来！”

他狠狠踢了韩德宝一脚。

连长将韩德宝背了起来，自责地说：“大家也别怪他了。咱们到处找他也是应该的嘛。再说，我们大家伙有责任告诉你们——槠柿这东西是不能多吃的，吃上一小碗，跟喝上二两酒差不多，且后劲很大。有人因为吃得多了醉过一天一夜呢！”

黑夜中，一行人的身影向连队驻地走去……

五

男知青宿舍内有人在看家信，有人在看报。

韩德宝仍在酣睡着，不时发出两声鼻鼾。

吴振庆、徐克、王小嵩盘腿坐在一张床上，静听王小嵩读信。

“亲爱的哥哥，你好！家里一切正常……”

徐克说：“你弟弟这用的什么词呢！”

吴振庆说：“听着，刚上二年级，能写封信就不错了！”

王小嵩继续念：“振庆哥哥家，平安无事……”

徐克说：“就会这么两个词儿——一切正常，平安无事。后一句还是从电影里学的！”

吴振庆说：“住口，继续往下念。”

“徐克哥哥家，比较平安……”

吴振庆说：“你先别念关于他们家的话，先念关于我家的话行不行？”

王小嵩抬起头说：“信上怎么写的，我就怎么念的嘛！”

吴振庆一把夺去信，“就一句平安无事啊？”看了一眼，沮丧地拿着信仰面倒下。

徐克将信从吴振庆手中夺过，他急切地自己看起来，结果比吴振庆更沮丧：“你别心里不平，关于我家的话也就一句。”

王小嵩不禁显出很对不起两位朋友的样子：“话虽少，可是概括性很强，难道不是么？”

吴振庆说：“你回信替我教训教训你弟弟，识的字应该一天比一天多了，怎么信反而一封比一封写得短了？把学的字都就着三顿饭吃了？”

徐克说：“谁叫咱们两家没个能写回信的人哪！”

王小嵩夺回信，不悦地说：“你们别不识好歹啊！我弟弟对你们俩又没什么义务！”

吴振庆一下子挺起了身体，气呼呼地瞪着王小嵩：“你……你他妈扯什么义务不义务的？”

王小嵩也不好惹：“你别他妈他妈的，我不怕你！”

其他知青们惊愕地看着他们，都不明白三个好朋友为什么忽然互相反目。

徐克息事宁人地说：“哎哎哎，都别这样，都别这样，有话都好好说嘛！”

王小嵩赌气倒下，胡乱扯开被子，蒙头蒙脚地整个儿盖住了自己。

徐克凑向王小嵩，以公道的口吻对着被子说：“小嵩，你呢，也应该体谅体谅我俩的心情，天天盼着家信，夜夜惦挂着家，结果就盼到一句话，我俩这心里边，能是好滋味嘛！哎哎，为什么振庆家是平安无事，而我家呢，却成了比较平安？这话里话外的，让人越琢磨，越觉得不大对劲啊！”

王小嵩突然掀开被子大吼一声：“滚！”

徐克吓了一跳，默默从他身旁退开去了。

有人吹起了口琴，吹的是《远方的大雁》。这本是当年一首红卫兵怀念毛主席的歌曲，可是此时此刻听来，那曲调吹得那么忧伤，那么哀婉。

徐克和吴振庆一样，头枕着双手，目瞪房顶，不得要领而又心存不安地自言自语：“比较平安……”

女知青宿舍。

一女知青看完一份报纸，兴奋地嚷起来：“好消息，好消息！本月十五，有第一批家长慰问团要来咱们师慰问啦！”

几个看信的女知青立刻围了上去，争着看那份报。

有人说：“今天九号，说不定会到咱们这儿来慰问吧？”

“我看不会。连条路都没有，怎么来？再说来了住哪儿啊？”

“那可没准儿。没路，咱们不是也来了吗？慰问团就应该到最艰苦的地方来慰问嘛！”

"都瞎高兴什么！好好看看，这是哪个月的报纸？"拿报的女知青好好看了看，一时又情绪全无："白高兴一场，上个月的。"

于是那份报纸被冷落了。她们各自退回了各自的铺位。

口琴声从男知青宿舍传来，她们静静地聆听着。

张萌看完信，溜下铺位，将信投入了火炉。

压抑着哭声的——是郝梅，她用枕巾盖住脸。

女知青们的目光投向了郝梅。

一个女知青对张萌说："张萌，你和郝梅是一个学校的，小学又在一班，你怎么也不安慰安慰她？"

"就是的。她已经一个多月没收到家信了。"

张萌扭头看了郝梅一眼，语气淡漠地说："没谁教过我怎么安慰别人。"

话音刚落，一只鞋扔在了她身上，也不知是谁打来的。

张萌无动于衷，用木棍拨散了她那封信烧成的灰烬。炉火映在她脸上。她脸上有一种心怀侥幸的表情。

吴振庆和徐克在马厩旁铡马草。

吴振庆说："铡不少了，歇会儿吧？"

徐克说："你是大班长，歇不歇得听你的啊！"

"就咱俩的时候，咱们是哥们儿！"吴振庆抚了他的头一下，在他身旁的草堆坐下……

徐克郑重地说："咱俩得找个机会向小嵩道歉。"

吴振庆不以为然："因为那天晚上的事？就是咱俩打他一顿，他也不会生气的。谁跟谁啊！"

徐克坚持："那也得道歉。昨天晚上咱俩当时也没仔细看看他弟弟写来的那封信。信上说他妹妹生病住院了。家里借了很多钱。"

"真的？"

徐克点头。

“那你那儿还有钱没有？”

徐克摇头。

“我也没有了，和你一样，开了工资，留下了点饭钱，其余全寄回家了。”

徐克说：“所以我说应该向他道歉嘛！”

“光道歉有什么用？咱们得替他借一笔钱寄给他家里！”

“向谁借钱啊？”

吴振庆倏地一下站了起来：“向大家伙借呗！你借。我是班长，我不好意思出头。照着一百元借吧，借不够的，我跟连里借。以后由咱俩还就是了！但这事儿得瞒着他，一点都不许让他知道，明白不？”

徐克点头。

一女知青出现在房山头，看见他们说：“班长，你快来吧——张萌要当逃兵！”

她一说完，身影就消失了。

一台拖着爬犁的拖拉机正待开走，张萌拎着她的皮箱，被男女知青阻围在爬犁跟前。

蹲在履带上的开拖拉机的老战士，望着这情形摇头，卷起一支烟吸了起来。

吴振庆和徐克匆匆走来。

吴振庆大声问：“张萌，你要到哪儿去？”

“到团里去看病。”

“什么病？”

“那是医生应该回答的问题。”

吴振庆克制地说：“看病也应该请假。你向谁请过假了？”

“我现在向你请假也不算晚吧？”

“你如果带着皮箱去看病，我就不批准你去！”

张萌说：“也许我的病很重，需要住院，所以我得带些什么，有备无患。”

一男知青说："我看你是思想病！你自己说，自从你来到这里以后，正经干过几天活？"

张萌说："一个人的能力有大小。有一分热，只能发一分光。再说我不是来接受劳动改造的。"

一女知青说："你别忘了你是走资派的女儿！把接受再教育说成是劳动改造，对你也是完全必要的！"

开拖拉机的老战士听了这话不入耳，他站起来说："哎，话可不能这么说啊！谁都不是来接受劳动改造的。如果你们知青是，那么我们这些老战士岂不也是了？"

郝梅走到了张萌跟前："张萌，你这样多不好。大家对你会是什么看法呢？"

张萌说："我不靠别人对我的看法活着……"转脸又对那女知青说，"告诉你，以前我是'走资派'的女儿，现在我又是革命干部的女儿了！我爸爸不但被'三结合'了，而且是市革委会常委了！"

"岂有此理！"徐克气愤至极地扑上去，夺下张萌的皮箱，并将她推得坐在地上。

"不许这样！"开拖拉机的老战士跳下了拖拉机，将张萌扶起。

张萌冷冷地扫视大家之后，默默打开皮箱，只将钱包拿出揣入兜里，也不盖上箱盖，异常镇定地说："好，我什么也不带走。东西都留给你们了。你们可以全分了！"

吴振庆的表情十分复杂，他忽然命令似的说："张萌，你过来。"说完，他自己先走到一旁。

张萌犹豫地看看他，跟了过去。

吴振庆说："张萌，以前我对你……一直很不好。其实，我心里总想对你好一些……"

张萌默默地冷冷地听着……

他又说："你别走。今后，我要关心你，照顾你，爱护你，像王小嵩对郝梅那样。不，我的意思是，我是班长，我要像关心和爱护每一个知青那样……"

"将来呢？……"

"将来……将来早着呢，想将来干什么？"

"我跟你不一样，我一上中学就开始想将来了。"

"将来嘛，这儿会出现一个新连队，我们都是老兵团战士了……也不错，是不是？"

张萌冷笑："那时，你就该提出要我嫁给你了！在这鬼地方成家，生儿育女？"

吴振庆说："我……我没那么想。"

"你现在是没那么想，将来你那么想的时候，我怎么办？"

吴振庆恼羞成怒："我……我揍你！"他举起了拳。

张萌又冷笑了："原形毕露了吧！"

老战士匆忙挡在他和张萌之间："谁敢耍野蛮，我修理谁！"

王小嵩和郝梅将吴振庆拖走。

张萌对开拖拉机的老战士说："你可以不带我去。但是我今天走也要离开这鬼地方！"

老战士说："我并没说不带你去嘛！是他们围住你的嘛！好好好，您请上拖拉机吧！"

他护着张萌上了拖拉机。男女知青围阻在拖拉机前。

老战士探出头："大家给我个面子，还是散开吧！连长不是正在团里开会吗？我向你们保证，一到团里就向连长汇报这件事还不行吗？"男女知青终于默默散开了。徐克退到一旁后，指着张萌说："张萌你听着，十年河东，十年河西，我一百次诅咒你父亲，他迟早还有被打倒的那一天！"

坐在驾驶室里的张萌目瞪前方，表情冷漠，仿佛什么也没听见。

拖拉机开走了。

它在男女知青们的视野内，越去越远，渐渐的连马达声也听不见了。一男知青宣泄地：“把她的东西都烧了！”

几个女知青随即附和：“对！烧了！烧了！”

张萌的被子、褥子、一切东西都被扔在一起。

一男知青狠狠一脚将她的脸盆踩塌。

吴振庆、徐克、王小嵩、郝梅、韩德宝却没有参与宣泄，他们比别人的心情更为复杂地望着，然而也没有制止。张萌的东西终于被堆在一起烧着了。人对社会的最大愤懑，归根到底，几乎全部萌发于人头脑中的公平意识。当这一点遭到蔑视的时候，他们便认为他们有理由做一切事情。当年的这一代人，尤其如此。

一只手从火堆旁捡起一张烧掉一半的照片——照片上只剩下了张萌的头部——她妩媚地微笑着……捡起它，不，应该说捡起“她”的是吴振庆。

他们情感年轮的全部遗憾在于——当他们还不善于表达爱情的时候，却惊讶地发现，爱情已在他们内心里产生了。现实的钉子冷漠地揳入他们脆薄的蚌壳，而他们懵懂且迷惘，同时自觉羞耻，不知怎么才能把它变成珍珠。他们本能地渴望，本能地排斥……

在小河边，吴振庆看着张萌曾经洗澡的地方。吴振庆呆坐着，望着水面发呆……

河中又出现了张萌洗澡的情形……张萌只将头部和肩部露出水面，望着她嫣然而笑，说：“来呀！脱了衣服下来游呀！水一点都不凉。咱俩比比，看谁游得远。”

张萌潜入了水底。

张萌在他不期然处倏地浮出水面，望着他笑笑，又潜入了水底。

这里那里，张萌不时出现，仿佛一个美丽的水妖，在故意诱惑他。

张萌最后一次潜入水中，不再出现。

吴振庆陷入幻境地四处寻找："张萌！张萌！……"他眼前的现实的水中猛地冒出三个人——王小嵩、徐克和韩德宝。

"你给我下来吧！"

徐克猝然将他拖入河中。三个好朋友嘻嘻哈哈地一齐往他身上泼水。

吴振庆的湿衣服晾在草上。四人一溜儿坐在河边打水漂。

吴振庆说："小嵩，我向你道歉。"

"道什么歉？"

"那天晚上，我不该对你发火儿。"

"那事啊，我早忘了。"

徐克说："班长大人，你交付我的任务，我已经完成了。"韩德宝说："别只表你一个人的功啊！"

"好，我就再补充一句，韩德宝出了不少力。"

王小嵩看着吴振庆，不知道他们在说什么："什么任务？我怎么不知道？"

徐克说："你不知道的事儿多了。不该打听的，就别打听！"

王小嵩不悦："你们做事，开始故意排除我了，是不是？"

韩德宝说："你别多心！你和振庆什么关系？那是我俩能比的吗？"吴振庆说："得啦，别说了！让你们俩越说越神秘了！"

徐克说："说别的，说别的。哎，坦白坦白，你一个人躲在这儿发什么呆啊？"吴振庆说："没有独自发呆的时候，那不成傻子了么！"

韩德宝说："嚯，你蛮深刻的哪！"吴振庆回头问小嵩："小嵩，你和郝梅，没吵过架吧？"王小嵩奇怪："我们吵架干吗？"

吴振庆说："没吵架就好……我是怕你们吵架，你听着，从今以后，你要好好关心她爱护她。"

王、徐、韩三人一齐困惑地瞧着他，不知他何以说这番话。吴振庆自言自语："我想那样，都没个人，可以对人家那样。"

徐克说："哟，多愁善感劲儿的！你可以全心全意地关心我爱护我呀！"

“你？”吴振庆没把话说下去。

一队女知青，或者腰间卡着盆，或者头上顶着盆，从河对岸走过——她们的下半身皆没在草中。四人一齐望着她们……

她们明明发现了他们，可是故意忽视他们的存在，看也不看他们一眼。一段下坡路将她们婀娜的身影隐没了。

吴振庆慢慢地说：“咱们走吧……”可是他并没有动。

徐克说：“走……”也没动。

韩德宝奇怪地说：“走啊！怎么光说不动啊！”

而他同样不动……上游传来了姑娘们的悦耳的嬉笑声，一阵一阵的。

她们仿佛是故意笑给他们听似的。她们中有谁唱了起来：“九九那个艳阳天那哎嗨哟……”

众姑娘合唱下句：“十八岁的哥哥坐在小河边……”

徐克说：“班长，她们太放肆了吧？还唱起黄色歌曲来了，这不明明是向我们进行挑逗吗？”

韩德宝说：“就是！你也不管管！”

吴振庆说：“走！都跟我走！心里边希望那样，才会觉得是那样！”

他带头站了起来，徐克赖着不动，嘟哝说：“你们要走你们走。反正我不走！我在这儿还没待够哪，阳光晒着多舒服！”

他发现了什么——一件花衬衣顺流漂下……韩德宝也同时发现了：“看！……”

二人不管不顾地，争先恐后地扑入河中捞那件花衬衣，一边互相嚷嚷“我发现的！”

“是我先发现的！”

“我去送！”

“我！”

花衬衣被扯掉了袖子——徐克闪倒在水中。

猫在上游草丛后偷望的姑娘们，开心地大笑。岸上的吴振庆和王小嵩发现了这一情形。

吴振庆哼了一声，一转身走了。王小嵩困惑地望着他的背影。

六

男知青宿舍里月光洒入进来。轻微的鼾声四起。吴振庆夜不能眠，静静地躺着，瞪着房顶出神。

突然外面响起当当的敲铁轨的声音……

喊声："紧急集合，森林失火啦！全体紧急集合！"

黑夜中，人们从各个宿舍奔出。

森林中吴振庆挥舞着树枝在奋力扑火。有人在他身旁晕倒。

有一臂戴"副总指挥"的人对他大声命令："你！照顾她！"

吴振庆奔过去将昏倒者扶起——使他意想不到的，竟是张萌！

她的衣服被烧破了好多处，短发散乱，脸上尽是灰黑；吴振庆用手掌心擦她的脸。

同时，在另一处，王小嵩边扑火边跑向韩德宝问："看见吴振庆了吗？"

"刚才我们在一起，不知道什么时候这小子没了。"

徐克也在附近扑火，他凑过来说："刚才我看见吴振庆那小子，抱着个人往后边走了。"

王小嵩说："你胡扯！这时候他不会逃离的。"

徐克说："我是说，他也许救了个人！"

森林大火只要烧起来就是可怕的；结果生产建设兵团、农村社队、边防驻军、数千人联合出动剿扑，人们与大火较量了两天两夜，才最终将火扑灭，有数名知青死于火中，几十人受伤……

天渐渐黑了。吴振庆背着昏迷不醒的张萌在劫后的大森林中盲目地走着——显然，他们已被救火大军抛在后面了。张萌搂抱着他脖子的手忽然松开，她从昏迷状态中苏醒了。

张萌轻声说："放我下来。"

吴振庆将她放下了。

张萌问："怎么就剩下我们两个人？扑火的人们呢？"吴振庆侧身而立，眼望别处。

张萌又问："你是谁？你要把我背到哪去？"

吴振庆缓缓向她转过脸。

"你？！"——张萌不禁后退了一步。表现出一种心理的戒备，一种下意识的防范。

吴振庆说："火烧到山那边去了，你在扑火的时候昏倒了。"

张萌说："我的鞋呢？"她瞪着他，冷冰冰地问，没消除戒备心理，没松懈一丝防范。

吴振庆似乎这时才发现她赤着双脚，讷讷地说："我不知道……也许……也许我背你时，从你脚上掉了。"

张萌根本不相信："把鞋还给我！"

吴振庆说："我真的不知道……"又有些恼火地，"我要你的鞋干什么！"

他弯下腰，从自己脚上脱下了翻毛皮鞋，扔在她脚旁。

她对他的举动和他那双鞋无动于衷。她朝山那边望了一眼，火光已经暗淡，天色正黑下来，四野一片寂静。她又低头瞧着自己的赤脚，犹豫了一下，毅然转身朝山那面走去。

吴振庆拎着鞋跑到她前边，拦住她的去路："你追不上扑火的人们了。"

她一只手伸到衣襟下，瞪着他……

吴振庆说："听话，穿上我的鞋吧！我小时候经常赤脚，比你……"张萌喊："别靠近我！"她那只探在衣襟之下的手迅速抽了出来，手中攥着一柄匕首，自卫地反握于胸前，利锋对向吴振庆——那匕首不算太长，但看去不但可自卫，还能伤人。

吴振庆怔住了。

他朝她伸出一只手，语调尽量平和地说："把它给我。它带在我身上，会比带在你身上更有用。"

她却分明将匕首握得更紧了。

吴振庆说："不管你如何对待我，我们两个，都只有在一起过夜了。"

张萌再次四面环顾，这时夜幕已开始笼罩下来。她似乎意识到——在此过夜是唯一理智且明智的选择。

她仍握着匕首，眼盯着吴振庆，一步步向后退，退到一棵大树下，身子紧靠树干站定，抬头朝树上望一眼，见树火已完全死灭，才慢慢坐在树下。她目光仍盯着吴振庆，匕首仍反腕握在胸前。

吴振庆忽然对着烧焦的树根大骂："你他妈的！"他无处宣泄地踢一脚，忘了自己没穿鞋。踢在树的断根上，疼得他抱着那只脚，龇牙咧嘴单脚蹦跳不止。

"你滚！滚得远远的！要不是扑火副总指挥命令我照顾你，我才不背你！我也不至于被甩掉。"他一瘸一拐走到一棵和张萌相向的大树前，也疲惫而瘫软地背靠大树坐了下去。

余烟、晚雾和夜幕使他们彼此都望不见对方了。

次日清晨，曙光抚慰着大森林。吴振庆双手交叉抱着膀子睁开眼，首先向对面望去，张萌不见了。

他的鞋在他身边。他立刻站起，旋转着身子，四处寻觅，终于发现了她——她坐在地上，也在望着他，似乎打算向他求助，又似乎不愿那样。

吴振庆穿上他的鞋，重新站起，看也不看张萌一眼，大步便走。走出十几步，脚步放慢，站住了，回望张萌。

张萌也仍在望着他。

他反身向她走去。

他走到她眼前，发现她已在无声地绝望地哭泣，泪流满面——她脚上有血，被扎伤了。他背对着她，蹲了下去。

张萌说：“不，我不用你背我。我还能走……只要你别在这种情况下不管我。”

他说：“别废话，我没那么大耐心期待着。”

张萌无可奈何地伏到了他背上。

吴振庆背着张萌走出了着过火的森林地带，但是没着过火的森林更无路可走。

张萌说：“你已经背不动我了……你放下我……歇会儿吧。”他们背靠着同一棵大树的两面坐下。

吴振庆四周看了看，说：“我们迷路了。”张萌突然身子向前一倾，栽倒在地。

吴振庆闻声慌忙扶起她：“你怎么了？”他用手摸摸她额头，“在发烧！”

张萌说：“我还饿，饿极了……又冷又饿。”

吴振庆说：“我也饿，忍着点，千万别泄气，我们往回走吧！”

“得走多远啊？”

“也就两百来里地。我一定能带你走出去。你得相信我。”

“好吧……我信。”他们互相依扶着向来路走回去……

忽然张萌的目光发现了什么，她摆脱吴振庆的搀扶，独自向前走了两步，从地下捡了半个馒头，上面爬满蚂蚁。她用衣襟将馒头抚了几下，立刻狼吞虎咽……吴振庆估计她已吞完了那半块馒头才转过身。

张萌干燥的嘴唇上粘着馒头屑，不无惭愧地看着他，忽然捂住脸哭了。她说：“我……我真自私，别瞧不起我。”

“哪儿的话！我并不怎么饿。”吴振庆走到她跟前，又搀扶着她，边走边说，“准是扑火的人们掉的，大概咱们离森林边缘不远了。”

他们互相依扶着走。

他们忽然站住了，目光中都呈现出极大恐惧……

一头黑熊立在他们对面十几米处，熊眼眈眈地瞪着他们。吴振庆将张萌扯到身后，虽赤手空拳，却准备用生命保护她。

熊和他们对峙了片刻，像个狭路相逢的陌生人似的，缓缓落下前掌，大摇大摆地走了。冷汗从吴振庆额头上淌了下来，他身子晃了晃，几乎瘫倒，被张萌扶住。

她同时将什么东西塞在他手里。他低头一看，是那把匕首。他们又向前走。

一具被烧的动物的尸骸摆在他们眼前。他们彼此看一眼，默默绕过去。

雨……张萌滑倒了。她说："我……实在走不动了……你自己走吧……别管我了。"

她浑身瑟瑟发抖。吴振庆说："我就是用嘴叼，也要把你叼出大森林。"

他背起了她。

吴振庆用匕首砍树枝，割伤了手，才撑起了一个可以避雨的小小的"帷盖"。他将张萌抱起，坐到"帷盖"下。

她一动不动地偎躺在他怀里。

张萌仍在说："你……别管我了。"

吴振庆说："不……"

张萌说："我知道……你内心里，肯定不像你平时装出来的那么……敌视我……其实我内心里……也是……我觉得你……挺仗义的……像个男孩子样……可是……只要我活着……就不能……爱你……为了我爸爸……我把自己预售给别人了……我的话……令你鄙视了吗？"

吴振庆摇头，潸然泪下。

张萌继续说："我们分手时，他……给了我那把匕首，嘱咐我……时刻随身带着……为了他，用来保护我……我本来可以返城……可……手续被团里扣压了……怕因为放我走……引起知青们……扎根思想的波动……让我先在团里的小卖部，当一阵售货员……你哭了？”

“我没哭，是雨水……”

“你是哭了。”

吴振庆不禁将头埋在她胸口，呜呜哭泣。张萌说：“别哭，我的脸很脏……是不？你替我用雨水洗洗吧……”

吴振庆将她的头发从脸上撩开，用一只手接着“帷盖”上滴下的雨水，替她将脸洗净。张萌抓住他一只手，轻轻握着，又喃喃地说：“听着，我觉得……我要死了……身子好像泡在冰水里……冷，很冷……真冷啊……趁我还活着……我愿意把自己给予你……，报答你……对我的照顾……我应该报答你……要不我心里……很内疚……我最不愿欠别人……什么，……之后你用匕首杀死我……把我埋了。……，自己走……走吧！”

张萌昏过去了。吴振庆双手捧住张萌的脸：“张萌！张萌！你不能死啊！”

他不知所措地环顾四周，大喊：“来人啊！来人啊！来人救救我们啊！”大森林的雨夜异常静谧。

他慌乱地解开了自己的衣扣，也解开了张萌的衣扣，贴胸将她紧紧搂在自己怀里，用自己的体温暖她的身体。

救火大军中有一队人走过来，都扛着工具。王小嵩、韩德宝也在其中，筋疲力尽，衣服被烧破了，脸、手尽是黑灰。

徐克从林子里跑过来，累得直喘：“哪也没有他的影子，我看八成……”

王小嵩瞪了他一眼：“别胡说，他不会轻易完蛋。”

韩德宝说：“咱们再去找找？”

徐克说：“那几个连也有失踪的，我总有点预感……不说了。”

王小嵩沉思：“我看得先去找连长汇报一下。”几个人加快脚步。

阳光照射进森林里，照射在吴振庆和张萌身上。他们仍彼此抱得那么紧。

最先缓缓睁开眼睛的是张萌——她发现吴振庆似乎仍在搂抱着自己沉睡，又闭上了眼睛。阳光映在她脸上，使她的脸看上去恢复了妩媚。

一只什么鸟扑棱棱地从树上飞走，吴振庆也惊醒了。他似乎没想到自己和张萌会是那样子紧紧搂抱在一起——赶紧放开她，罪过似的替她扣上了衣扣。

张萌仍佯装睡样。吴振庆扣上自己的衣扣，又欲将她背起。

张萌睁开了眼睛："还是我们互相搀扶着慢慢走吧。"

吴振庆说："你……你可千万别以为我……夜里你烧得那么厉害，我想不出别的办法……我可不是那种……"

张萌的手轻轻捂在了他嘴上，不许他继续表白下去。她说："如果我们真能活着走出去，我一生一世都忘不了这两天两夜。"他们彼此注视着。

张萌缓缓用双臂揽住吴振庆脖子，欠起身，忽然情不自禁地深吻起吴振庆来……

他们互相搀扶着走。吴振庆忽然惊喜地叫起来："看！"

一件上衣被树杈撑开，挂在树上——衣上用树枝标了一个箭头。

他们顺着箭头所示的方向，又发现了许多挂在树上的上衣、背心……

吴振庆一下子背起张萌便跑。枪声……

金属敲击声……喊声："吴振庆！哎……嗬嗬嗬……班长……"

跑着的吴振庆猛然站住——在他不远处的对面，出现了王小嵩。

王小嵩一手拎着一片犁铧，一手攥着锤子。

王小嵩的身影在吴振庆眼中模糊了……天旋地转……

王小嵩高喊："班长！……"

然而等待吴振庆的，却是几天之后的一场批判会，因为他的一项秘密的"小制作"，被他的某个战士发现了。一枚主席像章——但塑料膜壳内，已不是毛主席像，而是张萌的头像——使我们想起张萌离开连队那一天，吴振庆在火旁拣起被烧了大半的照片的情形。

张萌在塑料膜壳内，微笑着——笑得那么自负而又自信。

张萌在塑料膜壳内，微笑着——笑得那么自负而又自信。

七

知青宿舍里，批判会正在进行。吴振庆低垂着头坐在火炕中间，男女知青呈弧形围着他。都盘腿而坐，气氛很是凝重。

连长进来，说："还没完事儿？"

一个男知青说："他态度不好嘛！"

连长说："嚯，看来大家认为问题的性质还挺严重的是吧？"

"不是严重，是相当严重！把毛主席像章变成了情人的像章，这要是在城市非打他个反革……"

吴振庆猛地抬起头，目光恶狠狠地瞪着说话的知青。

那知青说："连长，你看他你看他……"

连长看了吴振庆一眼，摇头："在用目光威胁人？这可不好，很不好。你呀，吴大班长，你这是从哪儿学的呢？咱们连也没你的榜样啊！"郝梅说："连长，我对你有意见！"

"怎么冲我来了？"连长脱掉鞋也盘腿坐在炕上，"有意见就提吧，我洗耳恭听。"

郝梅说："身为连长，有批评教育战士的职责，可是并没有嘲笑和挖苦别人的权利。毛主席教导我们说：'很多人对于官兵关系弄不好，以为是方法不对，我总告诉他们是根本态度问题。这态度就是尊重士兵。从这态度出发，于是有各种的政策、方法、方式。离了这态度，政策、方法、方式也一定是错的，官兵之间的关系便决然搞不好。'你嘲笑和挖苦战士，又是一个什么性质的问题呢？"

徐克说："就是！"

韩德宝鼓掌："那咱们就欢迎连长作个自我批评吧！"分明的，他们企图扭转方向，保吴振庆过关。

连长说："批评得对。我虚心接受，坚决改正。"

一个女知青说："毛主席教导我们说：'在阶级社会中，每一个人都在一定的阶段地位中生活，各种思想，无不打上阶级的烙印。'毛主席又教导我们说，'在任何时候，任何情况下，所谓中心任务只能有一个。'现在咱们的中心任务就是：继续对吴振庆同志展开批判。"

韩德宝白了她一眼："你又是什么干部，怎么以这种口气说话？再说连长还坐在这儿哪！"

徐克也说："就是！"

刚才带头发难的那个男知青说："她是咱们知青中唯一的团员。就凭这一点，我看她有资格以刚才那种口气说话！"他说完讨好地望着那个团员女知青。在这间房子里，窗台下，被子旁，尽是红彤彤的语录本、毛选"四合一"，除此别无他书。

连长说："你们中有人说要'自己教育自己'，我呢，当然应该相信你们这种权利，也就同意了。每个人都应该培养自己教育自己的能力是吧？包括我。所以我就来向你们学习，不必把我坐不坐在这儿当成一回事儿。"

团员女知青说："我想向吴振庆提最后一个问题——你把那个毛主席像章里的主席头像抠出来，弄到哪儿去了？"

众人都将目光盯在吴振庆的身上，都有点出乎意料。看来谁都意识到了这个问题的严重性。徐克等吴振庆的同学和好友，皆替他暗暗感到不安。

韩德宝向徐克耳语："妈的，真要把人往反革命的边儿上推呀！"

"我……"吴振庆的头抬起一下，无话可答，侧着脸梗着脖子又不说话了，打算抗拒到底的样子。

那男知青逼问："你倒是回答呀！"

吴振庆头上掉下了汗珠儿。

连长说："在这些细枝末节方面，我看，就大可不必认真追究了吧？"

团员女知青说："连长，这怎么是细枝末节呢？我对毛主席他老人家的深厚感情，不允许我不提出这样的一个问题。”

连长不由一愣，也一时无话可说，沉吟片刻，对吴振庆说：“小吴，你可别感情用事，想好了再回答，不许胡说八道！”

吴振庆说：“我偏不回答，又能把我怎么样？”

团员女知青说：“那我们可就要向团里反映这个案件了。”她将“案件”两个字说出特殊而又颇为得意的意味儿。

连长说：“越过连里，不大合适吧？”

那个频频配合发难的男知青说：“这就要看连里怎么处理了！”

王小嵩站起来说：“他给了我。”于是所有的人的目光都集中在他身上。

团员女知青没想到，她问：“给你了？”

“是的，给我了。”王小嵩说，“他还说‘反正不管保存在什么地方，毛主席都是在我心中的’。”

团员女知青怀疑地看看吴振庆，又追问：“那么你又弄到哪儿去了呢？”

王小嵩佯装糊涂：“什么？”

“还能是什么？主席头像呗！”

王小嵩说：“那你怎么可以用‘弄’这个不该用的字来问呢？”

“这……”那个男知青说，“你别在人家字眼上做文章！你先回答问题。”

王小嵩说：“我贴到信封上了。我想，我们是响应毛主席的号召到边疆来的。再用贴有毛主席光辉形象的信封从边疆寄回城市一封信，具有特殊的意义是不是？”团员女知青显然不信地说：“口说无凭，你把那封信拿出来给大家看看！”

王小嵩说：“这你让我如何做得到呢？我已经用那信封寄家信了。”

韩德宝说：“对对对，我证明！前几天我替大家到营里去寄信，是看到过这么一封信。”

吴振庆抬头感激地看了王小嵩一眼。连长暗暗嘘了一口气。

郝梅也放下心来，模样调皮地望着团员女知青，仿佛在问：“看你还如何？”

徐克突然忍俊不禁，笑得倒在炕上。

于是除了那个团员女知青和她的配合者，其余知青皆笑得倒在炕上。只有王小嵩没笑。非但没笑，反而严肃得很。看看这个，瞧瞧那个，似乎奇怪大家笑什么。

那男知青说：“我们要求改选班长！”连长正色：“都别笑了！都给我坐起来！一个严严肃肃的会，看你们开成了什么样子！”

于是大家一个个止住笑，坐了起来。那男知青继续说：“我们要求选一个团员知青班长！”

徐克说：“你们是哪些人啊？”连长一竖手掌，制止住唇枪舌剑：“毛主席教导我们说：‘我们的干部，不论职务高低，都是人民的勤务员。’小小的知青班长么，就更是勤务员了。选勤务员，团员知青能选上更好。如果又选上了一个不是团员的呢？我看也行。不能算什么原则性的错误。你们行使你们的民主权利吧，我告辞了。”

连长说完蹬上鞋走了。在宿舍外面那开拖拉机的老战士见连长出来，探问：“他们搞什么名堂？”

“选班长哪。”

“那……你得出面保一下小吴哇，那孩子不错！整天不哼不哈的，苦活儿累活儿带头干，他们还要选一个什么样的班长啊？”

连长耸耸肩：“我怎么知道？这些个半大孩子，把城里那点儿派性也带来了！”

老战士跟着连长走：“那你就更得……”

连长没好气地说：“我更得怎么？小小年纪，心眼儿还没张开呢，就忙着谈情说爱！还把毛主席像章……我有心包庇他都不知怎么包庇！哼！”

宿舍里，徐克说：“我选王小嵩！”王小嵩意外地一愣。

韩德宝说：“我也选王小嵩！”推了吴振庆一把：“你呢？”“我……

赞成！”

王小嵩说：“我不行我不行！我当战士当惯了，当不了班长。”

徐克说：“你的意思也就是说，你拒绝当为人民服务的勤务员喽？”

“我不是那个意思。”

韩德宝说：“这不是你认为自己行不行的事儿！”

郝梅说：“那……我也选王小嵩。”

那男知青问：“你们总得说出几条选他的理由吧？”

“理由？”韩德宝仿佛很吃惊地说，“同志们，他要理由！工人阶级的后代这不是理由么？思想成熟。”

那男知青说：“他……思想成熟？”

徐克说：“当然！他刚才的发言，难道还不能充分证明这一点么？还有，行为稳重！刚才咱们都笑得那么不严肃，他就没笑吧？”

众人的脸一齐转向王小嵩，王小嵩很不自在。

韩德宝说：“同意选王小嵩当班长的举手！”

徐克、吴振庆、郝梅高高举起了手。但是算上韩德宝也不过四票。仍有四人未举手。正好四比四。

团员女知青莫测高深地沉默着。那男知青因出现了僵局而冷笑。

王小嵩：“我不是还算一票吗？”

众人目光都转向了他。

那男知青迫不及待地问：“你选谁？”吴振庆等心有所虑地望着他。

王小嵩说：“我——当然选王小嵩战友啦！”

他高高举起了手。吴振庆等不由得笑了。

团员女知青和她的同盟者交换了一下恼怒的目光。

八

小河边，黄昏。吴振庆在不停地打水漂。好友们在继续对他进行指责。

徐克愤愤地说：“父母们怎么希望的？希望你像老大哥，照顾我们几个是不是？可你自己却先摔了一个大跟头！你说你要是被打成了反革命，让我们向你爸爸妈妈怎么交代？还老大哥个屁……”

韩德宝说：“可不，你要是真成了反革命，我们都难做人！跟你划清界限吧，显得我们没情没义。不跟你划清界限吧，我们又丧失了政治立场。”

郝梅说：“吴振庆，我最生气的是，你不该虚伪，不该两面派，不该骗大家。”

吴振庆正要打水漂，瞪着郝梅，手举在半空呆住了。

郝梅说：“你心里明明喜欢张萌，为什么还要在我们面前装着反感张萌的样子呢？我们要是早知道你喜欢她，不仅不反对，还会替你们创造接触的条件。”

王小嵩似乎内行地说：“这你不懂，不要瞎责怪他。”

郝梅奇怪地问：“那你很懂喽？”

王小嵩局促地说：“我……当然也不懂！所以我就没瞎说嘛。”

吴振庆狠狠将石头掷入水中，站起来，拍了拍王小嵩的肩，欲言又止，一转身走了。

徐克对郝梅说：“你真是的，哪壶不开提哪壶！”

郝梅望着吴振庆的背影，一时有些后悔不及。

韩德宝说：“你们没听人说过么，爱情能使傻瓜变聪明，能使聪明人变成大傻瓜。”

郝梅说：“真的……”她不禁望望王小嵩，分明的，有几分担心他将来变成傻瓜。

王小嵩说："你看着我干什么啊！"不自然地将脸转向了别处。

吴振庆抱着一棵树在哭。一边哭一边擂树干。一只大手轻轻拍在他肩上。

他立刻停止了哭泣，缓缓回头——是连长。连长说："委屈？痛苦？你们俩那点儿小戏，早就看在我眼里了！没有那弯弯肚子，谁叫你吃镰刀头？跟我走走，我给你上几课……"

两人在白桦林中随意走着。

连长边走边说："我也吃过这种苦果。代价比你还惨重。当年我二十几岁，是个小小警卫排长。不知天高地厚，爱上了我们军队大院里一位首长的女儿。当然，她也很喜欢我。我爱她，她喜欢我，就这么一点点区别，注定了只能是一场爱情演习。"

"这有什么区别？"

"这区别可就要命了。可惜当初不懂。后来我们的事儿被她父亲知道了。她父亲大发雷霆，说一个小小警卫排长，竟胆敢梦想做我的女婿！我让他连个小小的排长也当不成！于是我一下子就由警卫排长变成警卫战士了。她父亲还不放心，结果我就被迫脱了军装，离开了军队大院，离开了北京，一纸复员令把我发到北大荒来了。"

吴振庆问："那……她呢？那个当女儿的呢？"

连长苦笑："她么，我离开军队大院儿时送给我一个笔记本儿，上面写着——务农光荣。还对我说：'我真的挺喜欢你！'我到北大荒三个月后她结婚了。嫁给一个比她大十二岁的男人，一位大校副师长。这么多年了，她可能早把我忘了。即使偶尔想起我来，我猜她一定会嘲笑自己的荒唐，居然会喜欢一个农民的儿子、一个小小的警卫排长。"

吴振庆问："连长，你真这么认为？"

"是啊！我也经常嘲笑自己当年的荒唐啊。居然会爱上一位司令员的女儿。"

"那……你现在还爱着她？"

“我可没那么久的长性。我干吗那么傻？非跟自己过不去？那不是冒傻气么！”吴振庆说：“那……你已经爱上别人了？”

连长叹了口气：“也没那么幸运。前几年，咱们北大荒地面上的女人，比东北虎还不容易见到。”

“你恨她么？”

“恨？”连长看了吴振庆一眼说，“这你和我一样，多少总会有点相同的体会——一个人是没法儿真正恨一个自己爱过的女人的，是不是？”

吴振庆点了点头。

连长说：“她眼睛长得很特别。喏，就像那只眼睛一样。”连长指着一棵杨树——杨树的一只“眼睛”，似乎笑眯眯地望着他们。

他继续说：“咱们连是个新点儿，刚刚盖了几幢不像样的集体宿舍应付过冬，不能接着就盖新房、盖托儿所，是吧？那是以后的事儿。所以呢，我主张，你们小小的年纪，先不必忙着谈情说爱，你们要是一对对儿都爱得发急，我又没权力批准你们早婚，岂不是也只有替你们干着急？对不？”吴振庆难为情地笑了，点了点头。

两人离开时，吴振庆回望那棵杨树——那杨树的“单眼”笑眯眯地目送着他们。

男知青宿舍。徐克探出头，见那个在批判吴振庆时表现得特别积极的男知青走来，回头机密地说：“支好！支好！”他旋即缩回头去……

谁知那男知青走到离门不远处却没进去，原来他看见王小嵩扔下斧头，在抱木柴，于是犹豫了一下，便走过去，巴结地说：“班长，我帮你抱。”两人抱着木柴走到门口。

那男知青往旁一闪，继续巴结：“班长……你……你先进。”

王小嵩倒转身，刚用后背拱开门，一盆水兜头浇将下来，将他泼成了落汤鸡。

徐克、韩德宝掩口窃笑。王小嵩倒转身——他们始料不及地呆住了。

王小嵩愤怒地瞪着他们。那男知青明白过来后，幸灾乐祸地说：“嘿嘿，班长，早知他们这么陷害您，我就先进了。我宁可替您身受其害啊！”

这些少男少女，就这样开始在广阔天地里，接受个人和自己、个人和他人、个人和群体的矛盾的考试。他们既互相爱护，又难免时常企图互相伤害；他们既学会了保护自己的小小的狡猾、报复别人的小小的阴谋，也学会了反省自己和接受教训。而最主要的是，在艰难困苦面前，他们学会了鉴别哪些是人最可贵的品质和精神……

九

雨季快到了，知青们在房舍周围挖壕。徐克问：“连长，雨季一到，草甸子上的水，真能从四面八方漫过来吗？”

连长一边挖一边回答：“很可能的，所以咱们得提前挖好疏水壕沟。”

开拖拉机的老战士走来，站在壕沟边上小声对连长说：“连长，口粮只够吃两天的了，这万一雨季提前到了，路都淹了，可咋办？”

连长四周看看，见徐克在偷听，警告他：“不许扩散啊！”

又对老战士说：“你立刻派一个人，开上拖拉机到营里去拉趟粮。”

“好……”老战士起身离开。

连长思忖一下，跳上壕沟，追上老战士说：“口粮的问题可不是闹着玩的，派别人去我不放心，我亲自去吧！”

肮脏的浓重的乌云迅速地吞掉了最后一小块晴空。

沉闷的仿佛抑制着的雷声从远处传来……

天地间一片朦胧，一片混沌，一片如烟的阴霾，一片似雾的苍灰……

男知青宿舍里每人都拿着一个馒头，一头蒜。

王小嵩说："知道今天早晨为什么一人只卖一个馒头吗？昨晚食堂新蒸的两屉馒头，几乎全被人在夜里偷光了！我想，绝不会是老战士们干的，也不会是女知青们干的。"

韩德宝说："班长，你是说，是我们之中……有一个人偷的？"

吴振庆猛地往起一站："那还用问么？搜！小嵩，你从我的箱子开始搜！"

徐克说："对，搜！他妈的不搞个水落石出，决不善罢甘休！"

韩德宝说："班长，搜箱子这个方式不怎么好吧？"

吴振庆说："有什么不好的？"

众人七嘴八舌嚷成一片："我同意搜！"

"我也同意！不能一个人做贼，大家背黑锅！"

徐克首先打开了自己的箱子："班长，你开始搜吧！"

王小嵩："不，我不搜。我也觉得这方式不好。大家可能还不知道，连里的口粮只够两天的了。不过大家不必心慌，连长亲自到营里拉粮去了。连长肯定不会让咱们挨饿的。所以呢，我希望那个偷了馒头的人，主动向我认个错，我保证替他严守秘密，不予追究。"

众人面面相觑，仿佛都在怀疑对方是贼。

吴振庆说："班长不会偷！我也不会偷！他，他！都不会偷！做贼的肯定在你们几个之中！"——他指的是徐克和韩德宝等。

韩德宝说："振庆，没根没据的，别这么说。"

对方人们中有一个因受辱而恼怒了，他说："我看还在你们几个之中呢！"他一指韩德宝说："都不反对搜箱子，就他一个人反对！做贼心虚吧？"

众人的目光一齐投向韩德宝。

"我没偷！"

吴振庆瞪着韩德宝看了一会儿，忽然扯着他往外便走。

"你干什么呀你？！"韩德宝的馒头掉在地上。

徐克替他捡起馒头，剥着皮。

吴振庆已将韩德宝扯到了外面，揪着他的领子，将他推到墙边站着，低声然而严厉地说：“我怎么觉得也像你？你给我老实说，究竟是不是你！”

王小嵩跟了出来，对吴振庆呵斥说：“你放开他！我是班长，轮不到你对他这样！”

吴振庆放开韩德宝，瞪了王小嵩一眼：“接班人，对我说话开始用这种口气了？哼，我看你怎么给大家一个交代！”他一转身悻悻地进了宿舍。

韩德宝说：“他、他怎么竟怀疑到我头上了！”

王小嵩拍拍他的肩膀说：“别跟他计较，他这些日子心里一直不痛快。我可压根儿就没往你身上想。”

“那，是谁你心里有数？”

王小嵩摇头：“没数。我也不知道究竟是谁。”

夜。男知青宿舍。外面雨下得很大……

一个人影跌入，焦急地说：“都起来！跟我去接你们连长！”是一个女人的声音。

一队人影离开连队，冒雨在泥水中奔跑。

运粮路上。在几束手电光的照射之下——拖拉机陷在水坑旁，连长没在齐腰深的水中，用背抵着木爬犁——看样子，如果不是他用背顶着，爬犁定会翻入水坑。

连长喊道：“先别顾我！先顾粮食！”

人们纷纷跃上爬犁搬粮食。

徐克跳入水中说：“连长，我替你！”

连长看他一眼，笑笑：“咱俩一块儿顶着吧！”

在既是连部同时也是连长的宿舍里，连长蹲在地上吸烟——他身后是一块垂挂着的塑料布。

塑料布突然被扯到一旁——出现一位三十多岁的女人。显然她刚才在换衣服。她的头发还湿漉漉的。

连长站了起来，扔掉烟，用脚使劲儿一踩，望着那女人。

女人问：“你这么看着我干什么？”

“我好想你。”

女人说：“几个新连队发现了出血热，营里本想派个男医生来的，是我自己坚决要求跟你来的。”

她一边说一边整理医药箱。

连长从背后双手揽住了她的腰，她将头向后一仰，靠在连长肩上……

连长说：“有你在，我就放心多了。”

女人说：“我也想你。”

连长拧灭了马灯……

开拖拉机的老战士钻进男知青宿舍，往王小嵩枕旁一坐，一边脱鞋一边说：“知青头儿，今晚你的被窝我征用了！”

王小嵩愣了愣，什么也没说，挤入了韩德宝的被窝。

韩德宝问：“老张，怎么不跟连长一块儿睡了？”

“连长的呼噜打得太有水平了！”

“不完全是这个原因吧？”

“你这个小子！不该问的就别多问！”

老战士钻进王小嵩的被窝。

吴振庆问：“那女人是谁？”

老战士回答：“是咱们连长的那个。”

“连长不是没结婚吗？那他们怎么可以‘那个’呢？”

“我也没说他们那个！我只不过说，她是连长的那个。没结婚，才不说是老婆，等咱们连明年盖起了新房子，她会来定居的，那时候你们都该叫她连长大嫂了！”

“明年，咱们要给连长盖幢又高又宽敞的房子。”

“哎，这么说，还像是连长的一名好兵说的话！”

三天以后。

吴振庆仰躺在男知青宿舍，处于昏迷状态——徐克和韩德宝忧郁地守在他左右。对面炕上，也昏迷地仰躺着两个男知青——王小嵩和郝梅在给他们换敷在额上的毛巾。

连长陪着那个女人走了进来。

王小嵩等人的目光投向那女人。

连长说：“大家心里不要紧张，乔医生很有经验。”

乔医生从吴振庆开始，检查他的眼睑、舌苔、胸前的皮肤……

之后，她沉吟不语……

王小嵩说：“还有他们俩没检查呢！”

乔医生说：“一会儿我会检查的，现在我要求你们三个，站到我面前。”

王小嵩、徐克、韩德宝站到了她面前。

乔医生说：“脱衣服！”

他们脱去了上衣，但都穿着背心。

“背心裤子都脱掉！”

连长说：“快点儿！医生怎么说，你们就怎么做！”

郝梅悄悄溜出去了，在门外偷听。

韩德宝说：“连短裤也脱么？”

乔医生的声音：“脱！……伸出舌苔，举起手臂……”

郝梅回到了女知青宿舍——女知青们的目光都集在她身上。

郝梅缓缓坐在炕沿上，自言自语：“在检查胸部是否潮红，腋下是否有出血点，杨梅子是否增大……”

女知青们不安起来……

一个女知青问：“杨梅子是人身上的什么啊？”

郝梅说："我也不知道。"

另一个女知青说："我知道，是舌头上的小肉刺……你没听医生讲是不是出血热？"

郝梅摇头："医生没说。"

问"杨梅子"是什么的女知青，一听这话，恐惧地从昏躺在炕上的另一个女知青身旁躲避开了。

她急忙地东翻西找。

大家默默望着她找。

她一无所获，忽然哇的一声哭了："谁有小镜儿？谁有小镜儿？借我照照……"

男知青宿舍里，连长和王小嵩等在穿衣服。

乔医生检查完了另外两个昏迷的知青，望着他们说："出血热正在你们连队流行，它是由鼠类传染的。"

徐克突然尖叫："老鼠！"

他操起一只鞋狠狠砸向墙角。

瞬间无数只鞋，包括一只枕头扔向那个墙角。

半裸着身体的连长和王小嵩等扑向那个角落，互相冲撞着，用赤脚在枕头上踩，用随手抓起的什么东西盲目地打。

乔医生说："行了！老鼠早跑了。"

王小嵩拎着枕头角，将枕头拎起，又用拨火棍挑开一只只鞋，并无老鼠的影子。

他们气喘吁吁地望着乔医生。

乔医生说："除了这三个同志有些初期症状，你们几个很幸运，并没被传染上。"

乔医生和连长一前一后离开了男知青宿舍，向女知青宿舍走去……

马在马棚里打响鼻。

乔医生站住，走入马棚，细看马眼，细察马身。

她离开马棚后，一边打开医药箱，取出酒精、药棉揩手，一边不动声色地说："把它处理掉吧。"

连长说："可是，连里目前只有这一匹马！而且它跟随了我多年，救过我的命。"

"它已经传染上了。没有多余的药给它用。"

他们怜悯地望着马，马似乎在乞怜地望着他们。

在女知青宿舍除了躺着的，都站在医生面前，医生依次审视着她们。

乔医生看着刚才哭过的那个女知青说："为别人的命运哭，还是为你自己的命运哭？"

那女知青无言以对，垂下头去。

乔医生说："不管为别人还是为自己，哭都是没有任何意义的。抬起头。"

那女知青抬起了头。

乔医生掏出手绢递给她："把泪擦干净！我来到北大荒的时候，也和你们一样的年龄。就我的体会而言，男人有时比我们女人更脆弱，更容易悲观失望，内心里更容易产生恐惧……所以，他们有时需要我们用笑脸和歌声，唤起他们的刚强。女儿也应该有泪不轻弹……我现在要从你们之中选一名助手，谁自愿？"

郝梅见没人表示什么，低声说："我……"

"好吧，那么就是你了。我需要你……"

"唱歌吗……"

"不。需要你和我分头守护病倒的人。他们呕吐了，或者大小便失禁，都要替他们擦拭干净，还要提防自己被传染上，明白吗？"

郝梅的声音一下子变得极小："明白……"

"现在，你们脱光衣服……"

这时传来一声枪响。

有的女知青惊得一抖。

王小嵩、徐克、韩德宝趴在窗上朝外看——连长持枪呆立——拖拉机将马拖向远处……

天黑了。

连长坐在马灯以外的暗影里吸烟。烟头一红一红地闪。

乔医生在铺被褥，铺好坐在床沿望着他："别吸了……"

连长将烟头在鞋底按灭。

"你体温至少在 38.5 度以上，心跳至少在 90 次以上。全连你的症状是最明显的。身上出血点也最多。你还装什么？还不……给我躺下。"

她抽泣起来。

连长走到她跟前，双手轻轻放在她肩上。

她不禁拦腰抱住他，依偎在他胸前说："你答应过我，明年第一次麦收的时候，要把我接到这儿来，和你结婚。"

连长说："是的，我答应过你。你等了我几年，我真觉得对不起你……我的情况暂时替我向全连保密好吗？"

乔医生仰望着他，点了一下头。

门外　　伫立着开拖拉机老战士的身影。

月光下，他抹了一把脸上的眼泪，朝荒原走去……

乔医生在男知青宿舍的炉旁坐着——炉上煮着注射器。

郝梅突然闯入大叫："不好了！连长吐血了！"

乔医生倏地站起来。

王小嵩惊醒。

郝梅在连部外面拦住王小嵩等说："乔医生说了，不许任何人进去。"

王小嵩等神情不安的脸。

清晨，郝梅在宿舍用小刀将一个大红萝卜削去皮，切成一小块儿一小块儿。

一个女知青在洗一个罐头瓶子。

一个女知青在往水里倒白糖水，用勺搅动。

王小嵩走了进来，问："连长怎么样了？"

郝梅说："刚才苏醒一次，想吃水果罐头……哪去弄啊？大家就出了个主意，只好骗骗他。"

"连长还说什么了？"

"说……柞木……乔医生也不明白是什么意思……"

萝卜块儿和白糖倒入罐头瓶。

徐克、韩德宝闯了进来。

徐克说："班长！老张不见了！哪也找不到他。"

韩德宝说："准他妈的是自己逃命去了！可耻！还他妈的自称是北大荒人哪！"

"住口！"王小嵩说，"没弄清情况之前，不许胡说八道！"

郝梅双手捧着罐头瓶走在前面，男女知青们跟在后面，走进连部……

乔医生坐在床上，连长身上盖着被子，头枕在乔医生腿上，乔医生摸着连长长满胡茬的脸。

大家陆续走进去。

乔医生悲泪盈眶，她说："你们……向你们的连长告别吧。"

郝梅手中的罐头瓶，掉在地上，碎了。

郝梅无声地哭起来。

大家扑过去喊："连长……连长……我们不让你死呀！"

王小嵩流泪。

吴振庆流泪。

徐克流泪。

韩德宝流泪。

这时，那个“老战士”背着一个皮口袋走进来，他惊呆了。

吴振庆指责老战士：“老张，你昨晚到哪儿去了？”

徐克问：“你是不是吓跑了？！”

老张推开人群，一下跪在连长跟前，举着皮口袋，他说：“连长啊连长，药！我给你弄来了，弄来了……”他也哭了。

连长安静地“睡”着。

乔医生看着他。

吴振庆醒悟。

徐克回头看着老张。

王小嵩悲痛地走出去。

天空中，一群大雁正在鸣叫着远去。

知青都肃立在连部外面，在他们旁边是两台体态庞大的推土机。

推土机的排气管喷出浓烟。

驾驶室内，是王小嵩和司机老张沉默的脸。

知青们垂下头。

推土机慢慢向连部开动……

连部倒塌。

烟和灰升向天空。

吴振庆在白桦林中寻找着——他找到了那棵长着一只特别的“眼睛”的杨树。

他踮起脚，用手抚去了“眼睛”上的霜雪。

他心里说：张萌，我要把你忘掉。就像连长忘掉他当年爱过的那姑娘一样……我要比连长忘得还彻底……

他那只揣在怀里的手抽出来了——他手里握着一只小山雀——它颈上系着那枚用主席像章改造成的张萌头像。

他慢慢松开了手，小山雀不飞。

“去吧……”

小山雀仍不飞。

他一扬手，小山雀终于飞了。

他头也不回地离开了。

徐克从马草中扒出了一个用上衣打成的包儿，他拎着正要往外走，王小嵩出现在马棚门口。

王小嵩说：“打开。”

徐克默默打开了——里面是馒头，不过已发霉了。

王小嵩问：“你还有什么话说？”

“我……我当时，也是想为咱们几个，包括郝梅……”

“我不声张，但是，你给我去连长坟头发誓，永远不再做这么自私的事！”

徐克羞愧地点点头。

下雪了。

雪覆盖着一座坟。

一个人跪在坟前——是吴振庆。

他身后不远处是徐克，手里捧着那包发了霉的馒头。

徐克走过去，跪在坟前。

吴振庆看见徐克手里的那包馒头，神情异常；但在这里，在此时已经不必再说什么了。

十

森林，白色的森林，披着银色盛装的森林，充满着北国寒气的森林，洋溢着青春活力的森林。

吴振庆、王小嵩等知青分成俩俩几对，有的在伐木，有的在挥动大斧为倒树砍梢，有的在扛木装爬犁。

吴振庆双手拢在嘴边呼喊。

一株大树缓缓倒下，刮落一阵雪团。

王小嵩猛抬头发现什么险情，朝一个知青扑去，抱着他在地上滚了几滚。

沉重的大树倒在他们身旁，雪团落了他们一身——那个被救的知青正是曾向吴振庆发难的知青，他看看大树，看看王小嵩，十分感激。王小嵩却往他脖子里塞了一把雪，起身便跑。

他也抓了一把雪追上王小嵩，要往他脖子里塞。

两人嬉笑着闹成一团，又倒在林中雪地上翻滚。

……

郝梅赶着马拉雪橇来送饭。

她从爬犁上颠了下来，汤桶也颠了下来，热汤泼了她一身，使她浑身冒热气。

她爬起来看看滚落一地的馒头，要捡又顾不上捡，去追马拉雪橇。

马却跑得很快，她追不上，气得跺着脚儿哭。

她一边哭一边往柳条簸箩里捡馒头。

郝梅头顶着装馒头的柳条簸箩出现在伐木的男知青们面前。

王小嵩赶快接过柳条簸箩。

韩德宝指着郝梅的衣服裤子取笑她——一些白菜叶和萝卜条、葱花儿冻在她身上。

郝梅扬拳欲打韩德宝。

王小嵩将一件大衣披在她身上，将她扶走。

吴振庆等啃一口馒头，吞一口雪。

一棵树下，郝梅坐在地上，王小嵩替她换上一双毡袜、一双大头鞋。

王小嵩长兄一般加倍爱护的庄重无邪的神情。

郝梅情窦初开的眼睛注视着他，欲言又止。

韩德宝用胳膊肘拐拐徐克，朝王小嵩和郝梅那边示意。

徐克望着他们，表情十分羡慕，将嘴张得大大的，猛啃了一口馒头。

他立刻又往地上吐，并从地上捡起什么放在手掌上——手掌上是自己的一颗牙。

韩德宝不禁幸灾乐祸地大笑。

知青们挤坐在雪橇上回连队，在日暮时分一路高唱。

雪橇在离连长的坟不远处停住，知青们一个个蹦下爬犁，庄重地从坟前经过。

坟上的雪融化了，一束紫色的达子香（也就是北大荒的迎春花）摆在坟前。

达子香变为一束早开的野花。

这时，连队里有了道路，路旁有了树，又有了几幢房子的架子……

秋天，一望无际的麦海、麦浪。

两台拖拉机牵引着收割机交错驶过。

王小嵩和吴振庆从拖拉机里探出头，互相招手。

一个头戴草帽的人挑着饭菜从麦海中远远走来。

徐克高喊："郝梅送饭来了……"

吴振庆钻出拖拉机，攀上收割机，不知动了一下什么机制。

徐克随倾卸的麦草落地，被麦草埋住。

吴振庆大笑。

他们团聚一起吃饭——郝梅给他们分盛菜和汤。

王小嵩说："现在咱们才明白，连长生前说的'柞木'二字究竟是什么意思……"

吴振庆望着远处的拖拉机感慨无限，他说："是啊，连长留下这一句话，给连里的麦收解决了大难题，要不，谁也想不到应该用柞木加宽拖拉机履带这个法子……”

韩德宝说：“那样可就惨了！这么一大片麦海，机械要是因为湿陷没法儿作业，万分之一也收不回来。”

郝梅在一旁说：“乔医生又给我来信了，让我代问你们好。”

徐克自语道：“谁知盘中餐，粒粒皆辛苦——今天才算真有点儿弄明白这句诗。”

在连长的坟前五人肃立，郝梅将一捆麦子祭在坟前。

“连长，咱们丰收了！”

王小嵩弯腰拔除坟头小草。

几只手都去拔。

收割后的麦地，景象萧索。

林中小路铺着一层半黄半绿的落叶，轧出两道深深的车辙，车辙内布满牛蹄印。

紧滞的车轴发出的“吱嘎”声由远而近。

雾中一辆牛车时隐时现。

在辙印中转动的木轮。

牛蹄子不慌不忙地稳健抬起，踏下。

郝梅靠着车上的一个大油桶，坐在车后端。

麦收后，这几个人，又担负起了在兴凯湖打鱼，为团部直属连队改善伙食作贡献的任务。

吴振庆、王小嵩、徐克、韩德宝都剃了光头。他们在兴凯湖畔的一个破庙里吃饭。

徐克说：“听说城市里已经开始疏散人口了。”

“那我们家农村无亲无友，往哪儿疏散啊？”韩德宝说。

徐克说："咱们这儿倒一点儿战争迹象也没有，还不如把咱们爸爸妈妈接到这儿来。"

吴振庆说："没有战争迹象？那咱们全部都剃了光头干什么？打鱼还带着枪干什么？"

"都快吃吧！一会儿郝梅装鱼的车就该到了。"

牛车像无帆的舟影飘在大草甸子上。

太阳又红又大，悬在绿草蓝天之间。

郝梅走在牛车旁，边走边采野花——大草甸子散紫翻红，各种美丽的野花目不暇接，采不胜采。

郝梅边走边将采下的野花编了一个花环戴在头上。

她又编了一个野花环挂在牛角上。

她倒退着走在牛前，欣赏着戴花环的牛。

她乐着对牛说："你可真像个新娘子！"

她真是快活极了，一股青春的莫名的激情倏然在她心怀中萌发、荡漾。她一转身舒展双臂向前猛跑。

她仿佛突然隐入了深井，不见了。

她掉入了一个大的水坑，浑身泥浆地爬上来，花环也肮脏了，她瞧着坑里的花环发呆……

吴振庆等泛舟撒网、收网。

鱼在网中跳，鱼在舱中跳。

韩德宝说："什么叫幸福？我觉得咱们能网网打上鱼来这份……啊？幸福的感觉，肯定比他们吃鱼的人更大。"

吴振庆说："就凭你这么高的觉悟，有资格当毛著标兵到处去讲用了！"

韩德宝不屑地说："我才不干那事儿呢！……"他怪腔怪调地学起来，"同

牛车像无帆的舟影飘在大草甸子上。

志们，亲爱的兵团战友们啊！我一共从旧棉胶鞋上抠下了六公分还多的铆眼哇！你们说他这不是吃饱了撑的吗？专收集那么多铆眼能证明他什么呢？又有什么用处呢？”

王小嵩说：“你这张嘴呀！以后不许胡说八道的，小心有人打你的小报告！”

韩德宝说：“这不是在哥们儿之间么！”

船靠岸。

他们将船拴住，一个个跳上岸，朝破庙走去……

晾衣绳上，晾着郝梅的外衣、内衣，包括乳罩。

他们一个个不由得站住，似乎再往前走就触犯了神明。

郝梅从破庙里出来，难为情地说：“我半路掉到一个大水坑里了……也不知是你们谁的衣服，我找着就换上了。”

衣服裤子穿在她身上很肥大，使她的模样看去更加可爱可笑。

吴振庆说：“是我的。你穿回去吧，下次别忘了给我带来就行。”

郝梅将背在身后的一只手伸到了他面前，举着一只铁丝笼，里面是一只雪白的鸽子！

“想它了吧？”

“想极了！”吴振庆接过笼子，用手指逗弄着。

鸽子也仿佛因见了他而高兴似的，咕咕叫着。

韩德宝说：“自从张萌离开了咱们连队，振庆的爱好可真多，一会儿养只小雀，放了之后又养一只小松鼠，松鼠放了之后养鸽子。哪天你一旦失去了鸽子，还养什么啊？”

徐克问：“哎，振庆，想人，和想别的，有什么不同没有哇？”

吴振庆说：“欠揍？”他拎着鸽子走到一旁去了。

郝梅和王小嵩同情地望着他。

郝梅责备徐克："你以后别往人家伤口上撒盐末儿！"

她发现徐克正偷瞥她的乳罩，一把从晾衣绳上扯了下来，折起揣进兜里："有什么好看的！看起来没个完。"

徐克委屈而清白地说："我看了吗？同志们，我可是个正经的兵团战士！我看了吗？"

韩德宝说："正经的兵团战士同志，你是一直在斜眼偷看来着。"

"你们坏！不理你们了！"郝梅一扭身跑进庙里。

王小嵩说："我一定建议连里，往后派个男的来！哼！"

他也向破庙走去。

徐克忙说："哎，别，千万别！你那么做不是太没人情味了么！"

他站起来，还要跟进去理论。

吴振庆叫道："徐克！"

徐克站住，回头看他。

"你跟着干什么？！"

韩德宝说："是啊，你跟着干什么？你要跟去，不但太没人情味儿，而且太缺德了吧？"

徐克挠挠光头，嘟哝："派个男的来就派个男的来，更好，谁心里也甭醋溜溜的了。"

吴振庆将鸽子放上了天空。

鸽哨声悠悠。

三人仰望。

自由飞翔的鸽子……

鱼已装在桶里。

郝梅坐在车上赶着车走了。

四个男知青送她。

徐克说：“郝梅，下次就别走了。留下给我们洗衣服做饭吧！”

韩宝德说：“嚯！让郝梅侍候你？想得倒美！人家就是愿意，也侍候不到你头上呀！是不是郝梅？”

徐克说：“从我这儿先开始学习学习，将来侍候别人不是经验更丰富、更周到嘛！”说罢故意用醋眼瞥王小嵩。

郝梅说：“去你的！其实……我也挺愿意留下，可连里不会破例的……明令规定不许男女知青混编班组。这你们又不是不知道。”

吴振庆说：“郝梅，下次来别忘了……”他向郝梅做吸烟的手势。

郝梅看王小嵩。

“别看我。我什么都不知道。”王小嵩故意把头扭向一边。

吴振庆满意地拍了拍他的肩，转身走向破庙。

韩德宝对徐克说：“咱俩也识相点儿，别站在这儿依依不舍的了！”

他们也转身走了。

王小嵩对郝梅说：“我送送你……”他牵起了牛缰绳。

他们一个车上，一个车下，行走在大草甸子上。

王小嵩头也不回地问：“你爸爸妈妈最近来信没有？”

郝梅深情地望着他的背影：“来了，他们的户口也被迁到农村去了。”

“那也没什么，农村或许会比城市里让人生活得平静点儿。”

“可……那我在城里就没家了……”

王小嵩：“谁说的？我家就是你家么！如果咱们俩能一块儿探家，我一定陪你看你爸爸妈妈。你愿意吗？”

“愿意……”

王小嵩仍倒背手，牵着牛，走在车前。

郝梅仍深情地望着他的背影。

她的心声——哥、哥、哥，我多想叫你一声“哥”啊！

她的嘴无声地张了几张。

王小嵩倒背手牵着牛，走着，走着。

他突然听到郝梅一声尖叫，吃惊地转过身去。

郝梅双手捂着一边脸。

“怎么了？”

郝梅说：“一只马蜂蜇了我一下。”

王小嵩急忙走到她跟前，从她脸上将她的双手拿下。

她脸上显然并未被蜇过。

郝梅笑道：“也许没真蜇着。”

王小嵩却没放开她的手。

郝梅深情而大胆地注视着他。

王小嵩想怎样，又缺乏足够的勇气，他不免呼吸急促。

郝梅闭上了眼睛，低低地说：“那……你就替马蜂……蜇我一下吧。”

王小嵩讷讷地：“我……蜇哪儿呢？”

郝梅抿着双唇显出一丝笑意：“我也不知道……哪儿都行。”

王小嵩瞧着略略仰起的脸，真有些不知“蜇”哪儿的样子——他轻轻撩开她前额的秀发，用嘴唇在她额上轻轻贴了一下后迅速作罢。

郝梅睁开眼睛说：“我……什么都没感觉到。”

王小嵩分明有些后悔地嘟哝：“我也是。”

郝梅热烈地望着他：“那我们再来一次吧。”

王小嵩点了一下头，郑重其事地又向她俯下头去。

郝梅闭目仰脸静静期待着……吧嗒一声——一条鱼从桶里蹦到车上，吓了他们一大跳，吓得郝梅立刻睁开眼睛。

他们见是鱼发出的声音，相视一笑，都不禁有几分难为情。

郝梅主动用双臂搂住了王小嵩的脖子——青春的嘴唇渐渐吻在了一起。一旦吻在一起，就吻得那么激烈，那么炽热，那么深长，仿佛已无法分开……

老牛不知为什么竟开始走动，一下将他们晃下了车。

他们同时跌倒在深草中。

有鸟从深草中惊飞。

连队。一个很小很小的小卖部。

卖货的女知青在给一位家属打酱油，之后从货架上拿了两盒烟给一老战士。

郝梅走入。待那老战士和家属离开，才凑向柜台，搭讪地：“小刘，忙不忙？”

女知青说：“百十来口人一个小连队，忙嘛呀！我还显冷清呢！你买点儿嘛？”——一口浓重的天津腔。

“什么也不买，我是来告诉你……我采那些木耳，都不要了……都给你吧。”

“那我可感激不尽了！你这人，就是好，长得好，心眼也好！姓郝，你是姓对啦！”

郝梅难为情地笑笑：“小刘，能不能再卖我两盒儿……那个……那个……”她难以启齿，干脆来了句拼音“yan……”

“烟？”

郝梅点头……

女知青严肃起来：“那可不行！上次偷偷卖给你两盒，十来天我心惊肉跳的！要是被连里发现了哪个知青吸烟，一审问，是从我这儿买的，了得么！”

“吸烟的人绝不会出卖你，我敢保证。”

女知青摇头：“你甭拖我下水了！再说，你不等于是用木耳贿赂我么！”

“我……别当真……我跟你开玩笑哪。”

她失望地走了。

女知青喊着她：“木耳，还给不给我了？”

郝梅回头，强装笑脸：“给！一定给……”

郝梅沮丧地从一家家园栅栏外走过。

她站住了——一根竹竿上，晾着烟叶。

她向院子里望——那家门上着锁。

她四面环顾。静悄悄无人影。

她突然从竹竿上扯下几挂烟叶，掖进衣下。

一条大狗突然在院子里吠叫起来。

郝梅慌恐，转身便跑……

她没命地跑在草甸子里，鞋掉了顾不上捡。

她终于站住，喘成一团，蹲在地上。

她脱下外衣，将烟包起，用草遮住。

夜晚，湖畔的破庙外星斗澄洁，圆月含羞。

破庙的剪影非常清晰，马灯和灶火相映的微光，从断壁、檐角和庙门投出。

吴振庆靠着被子，双手捧着鸽子，在和鸽子交谈："白姑娘，白姑娘？能听懂我的话吗？我喜欢你！明白吗？明白你就点一下头儿。"

鸽子自然不明白，也不点头。

徐克说："我说，你成天价像个老太太，叨叨叨，叨叨叨，让人听了烦不烦啊？哪天我非把它烧着吃了不可！"

"你敢！"

正在用胶布贴衣服的王小嵩说："你俩怎么像两只狗似的，不是你咬我，就是我咬你？"

韩德宝在闹肚子，他说："嗯……又来了。"提着裤子蹦下床。

他出了庙门，习惯地仰头望望天，继而朝湖上望去，表情渐渐发生变化……

他神色不安地退入庙内说："不对劲！"

徐克说："我看你是不对劲儿！"

王小嵩看他仍提着裤子，也说："叫你别喝凉水，你偏喝！闹肚子了吧？"

"我说的是船！多了一条船！"

王小嵩一惊说："不可能！你的幻觉吧？"

"不信你们到门口看看，三条船了！"

大家半信半疑地聚到门口——湖边果然多了一条船，比他们的渔船小，在离岸稍远的地方随浪而动……

徐克说："怪事……出鬼了。"

吴振庆说："走，去看看！"

"等等！"王小嵩转身从墙上取下枪说，"我和振庆去。你俩如果见情况不好，就从墙口跳出去跑！"

王小嵩、吴振庆朝湖边走去。

徐克、韩德宝聚在庙门口疑神疑鬼地注视他们。

两人走到湖边。吴振庆说："我先过去看看……"他也不挽裤子就走入水中。

王小嵩在岸上持枪戒备。

当水没到吴振庆胸部，他扒住了船帮——船中伏着一个人……

吴振庆背着一个人首先踏入庙内。

王小嵩放下枪，摘下马灯，举在众人头上——吴振庆正将那人放在铺位上——是一穿连衣裙的苏联少女，脸色苍白，长发散乱，衣裙已湿透，紧裹在身上。

徐克说："是个二毛子！"

"眼睫毛真长啊！"

王小嵩说："快去端碗热水来！"

徐克去端来了一碗热水，递给王小嵩。"再拿个勺来！"

徐克取来了一个勺子。

吴振庆扶起了那苏联少女，让她靠在自己的臂弯，王小嵩吹着热水，用小勺喂她喝。

她咽下一口水，缓缓睁开眼睛，见周围是四颗光头，四张小伙子的脸，目光中流露出恐惧。突然嚷叫了一句俄语，推开众人，躲到堆柴草的角落。

大家面面相觑。

徐克说："她不是二毛子！是苏修！"

这句话产生了一种不寻常的作用，四人的目光一齐投射在她身上。

她紧靠墙角，恐惧的目光打量着众人，打量着破庙……

她的目光盯住了墙上的枪，猛扑过去欲夺枪。

吴振庆一下子又将她推倒在柴草堆。

王小嵩说："别那么粗鲁，没见她怕成什么样子么！"

韩德宝说："班长，说不定是个……特务吧？"

王小嵩白了他一眼："你看朝鲜反特片看多了。咱们在连队时老战士们不是讲过，以前也常有他们的船漂到这边吗？"

徐克说："班长，她冷得直发抖。"

韩德宝说："一见了女的你就变成另一个人了！那你把被窝让给她得了！"

徐克气得张张嘴没说出话来。

王小嵩默默将自己的毯子抽出，盖在她身上。

吴振庆也将自己的毯子抽出，盖在她身上。

王小嵩说："都别盯着她看了！睡觉，明天把她送到边防站去。"

韩德宝说："要不要把她捆上？她跑了怎么办？"

"她还能跑到哪去？"

吴振庆将王小嵩扯到一旁，耳语了一阵，王小嵩点点头。吴振庆将枪栓卸下，压在自己枕头底下。

王小嵩说："情况特殊，今天需要值岗——第一班是我，第二班是德宝，最后一班是振庆。"

早晨。兴凯湖水波粼粼无比平静。阳光遍洒湖上，它是那么温柔。

这几个小伙子当时没有想到，那个叫娜达莎的苏联少女，不但会说中国话，而且说得不错。她终于开口告诉他们，她从小曾和父母在中国生活过。如果两天内她不能回去，她就报考不了歌舞团了。而将她送到边防站去，她的人生理想肯定成为泡影。也许由于她是一位美丽的少女，也许由于她曾在中国生活过，并且会说中国话，也许因为她有实现理想的机会，而他们没有，也许……总之，我们的小伙子们，决定为她冒天下之大不韪。有一点是可以肯定的——他们这一种决定，不单是弗洛伊德心理逻辑在支配……

四只手叠在一起，表示着决心。

韩德宝说："咱们这几个穷哥们儿，长这么大也没被人求过，不知道被人感激是什么体会，咱们就发一回慈悲吧！"

徐克说："我倒不是心软，我是……心里早他妈憋着有机会做一件'犯上'的事儿！"

吴振庆说："谁如果泄露了这件事，就自己把舌头割掉！"

王小嵩回头对娜达莎说："你放心，天黑我们送你从湖上过去。"

娜达莎喜出望外地笑了。

吴振庆等三人又驾船下湖了。同时草甸子上出现了郝梅的牛车……

牛车在破庙附近的大树旁停住，郝梅从车上抱下几抱草扔在地上喂牛，之后向破庙走来。

王小嵩迎出破庙。

王小嵩搭讪地说："这么早就来了？"

"我喜欢早早的，一个人坐在慢腾腾的牛车上，穿过桦林，穿过大草甸子……你怎么没下湖啊？"

王小嵩不自然地说：“我……身体有点不舒服……”他时时挡着郝梅的视线。

然而郝梅还是发现了娜达莎从柴草堆下暴露出的半条腿。

郝梅走过去一下子拨开了柴草。

娜达莎不得不站了起来。

郝梅又惊讶又生气地问：“她是谁？”

王小嵩说：“她……她叫娜达莎。”

郝梅转身便往外走。

“郝梅！你听我解释……”他追出了庙门，急急地向郝梅解释着……

他们在牛车前站住了。

郝梅说：“我怕……这样的事要是让连里知道了……你还是把她送到边防站去吧。”

王小嵩说：“四个人昨晚一块儿决定的事，我怎能出尔反尔呢？”

“可你是班长。”

“别怕，你不说，我们都不会说的。没有人会知道。”

“可是万一……我已经是改造对象的子女了。”

王小嵩轻轻拥抱住她：“记住，如果真有什么万一，你一定要坚持说你什么都没看见，什么都不知道！记住了吗？”

郝梅点点头，偎在王小嵩胸前：“我不是不善良……我也替你们几个担心。”

夜。两条拴在一起的船无声地驶在湖上——王小嵩划一条，吴振庆划一条，娜达莎坐在吴振庆划的那条，也是她自己的那条船上。

水面如镜，船像在玻璃板上划行。桨叶击碎倒映在湖面上的星光月影……

前面船上的王小嵩，朝后面船上的吴振庆做了个球赛裁判的“停止”手势。

吴振庆对娜达莎说：“过界了，再不能往前划了……”他说着将那支桨交在娜达莎手中，又从怀里取出鸽子，亲了一下，放在船里，说：“它绑住了，接下来全凭你自己了，如果安全靠岸，明天一早，你就放飞它……”他下了湖。

他游向王小嵩的船——王小嵩将他拉上船。

吴振庆解开绳子——两船分离，娜达莎拨正了船头。

娜达莎划桨，她的船渐渐远去，消失在黑暗中。

王小嵩掉转了船头……

黎明。

湖畔静谧而庄严的日出景色。

四个青年伫立湖畔——吴振庆和王小嵩手中都夹着自己卷的烟。

他们在巴望着……

王小嵩吸了一口，呛得背过身咳嗽。

吴振庆说：“听……”

隐隐的鸽哨声。

“白姑娘”的身影，远远地从湖上飞来。

他们一个个仰望的脸。

吴振庆嘴里还叼着烟。

在他们头顶盘飞的鸽子。

他们彼此望着，都会心地笑了。

他们为此付出了代价。这代价对他们来说，似乎是太大了，甚至可以说，影响了他们后来的人生……

在连队所在地，徐克挨了一耳光，又挨了一耳光，吴振庆恨恨地说：“没想到竟是你出卖了大家！……”他将一把小刀掷于地上，“你自己看着办吧！”

韩德宝将吴振庆推开：“你干什么你？他又不是存心的！中秋节那天，他喝醉了。”

王小嵩走来说：“别在这儿斗气了！事情已然如此，你恨他又有什么用？

我把主要责任揽到我身上了。”他扭头看徐克，见徐克拿着小刀正要割自己的舌头。

王小嵩几步跨过去，夺过了小刀——但已略迟一步，徐克已将自己的舌头割破，满嘴流血。

王小嵩掏出手绢捂住他的嘴：“你怎么真来这一套！挨了两耳光就受不了啦？”

徐克推开王小嵩，后悔地哭着用头撞树。

吴振庆走到他跟前，紧紧搂抱住他，也哭了。

王小嵩和韩德宝站在一旁默默流泪。

徐克说：“我倒不在乎什么处分……我舍不得和哥儿几个分开……”

结果，从这以后，除了郝梅仍留在原连队，我们书中的四个主人公被调到了四个连队，王小嵩和吴振庆，还被调到了另外两个团的两个连队……

郝梅站在连队路口，目送他们——一辆马车将他们拉走了……

马车越去越远，马铃声渐渐听不见了。

郝梅流下了眼泪。

郝梅的心声：“哥，我什么时候才能再见到你们呢？和你们分开了，我觉得自己一下子变得那么孤独……”

第四章

一

当时代的风标陡转了一个方向的时候，七十年代末八十年代初，在这一座北方城市里，到处都可以看见这样一些人——他们满脸镂刻着失落，他们神情恍惚，混杂着苍凉，神情充满幽怨和种种强烈的希冀。他们一个个疲惫不堪，如同刚刚经历大迁徙却仍未寻找到归宿地的游民，如同赳赳而赴倦倦而归的溃散之师的乏兵。他们是一批将青春当作武器投掷了出去，却连一枚似可引以为荣的纪念章都没有获得的男人和女人，一批落魄而沮丧的男人和一批茫然而委屈的女人。

他们从一无所有绕到了一无所有，仿佛钟表的指针从零点绕到了零点。对时间而言，零点永远只不过意味着零点，对他们而言，却意味着又要给人生紧紧地上满一次弦。

公路两旁的树枝上挂满了霜雪。

两辆拉煤的卡车坏了，一前一后停在公路旁。

两辆卡车的前车窗和车厢内的煤，也蒙着一层霜雪……

前面一辆卡车上下来了一个人，他踩着半尺厚的积雪，朝公路旁的野地走去。

那人在野地里用打火机（老式的汽油打火机）点燃了一团擦车用的油丝布。

一堆篝火烧起来了。他冲后面那辆卡车叫着："下来，烤烤火！"他是吴振庆。

车上又蹦下来一个人，是徐克。

徐克跺着双脚："他妈的，快冻僵了！"

他们两人围火蹲下，烤手，他们还都穿着破旧的兵团服。

徐克问："振庆，还有烟没有？"

吴振庆从兜里掏出烟盒，只剩一支了，他将烟折断，分给徐克一截。

徐克用火枝点着烟，愤愤地说："妈的，把这么两辆破车租给我们！回去我一定找他们算账，我徐克不是好骗的！"

吴振庆说："算了，吃一堑，长一智吧！怎么对付着，也得把这两车煤弄回市里去，尽快倒出手，抓几个现钱，也好过年啊！"

徐克说："天亮后，保证能拦住一辆往哈尔滨开的什么车。"

吴振庆说："我劝你还是死了这条心，不管什么车，只要是往哈尔滨开的，能坐几个人，肯定坐满了几个人。"

"那，依你怎么办？"

"拦从哈尔滨往双鸭山开的。"

"回到双鸭山？"

"对，只要能拦住车，两个小时后就到双鸭山了，然后上火车回到哈尔滨。"

徐克不言语。

吴振庆说："你要不愿意回去，我回去，你守车。"

徐克说："我不是愿不愿，我怕我回去，买的零部件不对，也不能把德宝带来，人家现在毕竟有了工作，不是自由人了。"

吴振庆说："那就说定了，我回，我会马不停蹄的，一路关卡这么多，没有德宝那身警服保驾，说不定在哪儿就被扣住了。"

篝火渐息。天色渐明。

吴振庆和徐克分头在路左路右拦车。

来往车辆不停而过。很久以后，他们终于拦住了一辆。

吴振庆掏出二十元钱塞给司机："师傅，帮帮忙！"

"上车吧！"司机挺痛快。

驾驶室除了司机并无别人，吴振庆刚要上，司机却说："没叫你往这儿上，后边去！"

吴振庆说："师傅，我们冻了一夜了，您这驾驶室里不是没别人吗？"

"你怎么知道？前边路口等着哪！到底上不上？"

"上！上！"

吴振庆跃上了卡车车厢，将一个东西扔给仍站在车下的徐克。

徐克赶紧接住，车已开走了。

他接住的是一个冻馒头。

徐克又蹲在路旁，将冻馒头放火堆余炭中烤。

徐克一手拿馒头，一手拿树枝，啃一口馒头，尝一口树枝上的霜雪，跟吮雪糕似的。

徐克进入驾驶室，将棉手套垫在方向盘上，一趴，袖着双手睡了。

白天的阳光融化了驾驶室的玻璃，透过玻璃，隐约可见外面的景物。

驾驶室的玻璃又结了霜花，天又黑了。

徐克醒了，他用哈气哈驾驶室的边窗，用棉手套擦去霜花……

前反照镜里，后一辆卡车旁伴着一辆手扶拖拉机，有两个人在偷卡车上的煤，一个在卡车上，一个在手扶拖拉机上。

他跳下驾驶室，过去阻止："嗨，你们干什么？！"

拖拉机上的人说："干什么？捡点儿煤烧！"

"你们这是捡么？"

拖拉机上的人跳了下来，一推他："滚一边去！再嚷嚷给你颜色看。"

徐克与那人厮打起来，双方滚到地上。

卡车上的人跳下，捧一大煤块。砸在徐克头上：“去你妈的！”

徐克晕在地上，不动了。

两个人中的一个说：“快走！”

手扶拖拉机开走了。

吴振庆终于从双鸭山乘火车到了哈尔滨。

他匆匆走出检票口，又向公共汽车候车站走去。

一个骑自行车的男子从他面前掠过。

吴振庆看见了高声叫他：“哎！曲传良！曲传良！”那人没听到，吴振庆索性叫他的外号，“刚果布！”

那人听见了，跳下自行车，吴振庆追上去。“刚果布”擂了他一拳：“我当谁呢，是你小子呀！返城后再没听到有人喊我在兵团时的外号了！”

吴振庆问：“找到工作没有？”

“刚果布”说：“有了份儿临时的，骑着驴找驴呗！”

“你这是要到哪儿去？”

“去给我儿子办入学手续啊！”

“买了辆新车？”

“我哪儿有钱买车啊！你没见这是辆女车么！我小姨子的，今天因为办事儿，借来骑一天！”

“钥匙给我。”

“干什么？”

“借我骑一下，我有比你更急的事儿。” “这……”

“别这那的！明天一早我送你家去！”

吴振庆说着，已跨上了车，在对方肩上拍一下，将车骑走了。

对方追了两步大声叫唤：“哎，不行！”

吴振庆扭头说："别追了！追也没用！你这车我借定了！"

对方望着他远去的背影嘟哝着说："他妈的！"

在两辆坏的汽车旁，徐克仍倒在地上。五六个路人围着他，旁边停着几辆自行车。

路人纷纷猜测："喝醉了吧？"

"不像……"

有人蹲下，搁起他上身靠着自己，问："同志，同志！你怎么了？"

徐克睁开了眼睛，左右看了看才慢慢说："有人……有人抢我车上的煤，还用煤块砸我。"他挣扎着站起，靠车头站住，掏出烟盒，空的，攥扁了抛在地上，向围观者们恳求地说："哪位有烟，能不能施舍我几支？"

有一个人掏出半盒烟给了他。

他点燃一支，贪婪地吸着。

给他烟的人问："我说，伤没事儿吧？"

他摇摇沉重的头："没什么大事儿，就是有点儿晕，谢谢各位好心人，大家散散。别一会儿招来巡路的警察。"

又一个人对他说："小伙子，要是还能把稳方向盘的话，趁早把车开走吧，还等天黑了让人来抢啊？"

"车坏了……"

众人面面相觑，一个个爱莫能助地摇头散去。

徐克扶着车进了驾驶室，摘下棉帽子，发现手上有血。

他解开衣扣，脱下衣服，撕扯他的衬衣。

他在照车内镜，包扎自己的头。

哈尔滨某区公安局。

一个人拿着电话听筒喊："韩德宝，电话！"

“来了。”韩德宝接过电话，“是我。振庆？伤在哪儿啊，好，我马上出去。”

吴振庆实际上就在公安局对面的电话亭子里打的电话，他身上背着一个黄挎包，此时已站在人行道上迎着已经当上警察的韩德宝。

两人走到一块儿，韩德宝问：“怎么不进里边找我？”

“怕你的同事误把我当成自首的。”

“什么事儿？”

“跟我走，路上我再对你讲！”

“现在？”

“对。”

“可……我们正在开会。”

“那我可就管不了那么多了！走吧。”

说罢，吴振庆抓住韩德宝的腕子拖他便走。

韩德宝不情愿地被吴振庆拖着走在人行道上。

他挣开手说：“到底什么事儿？”

吴振庆向他说明需要帮助的事情，韩德宝感到为难。

吴振庆见他这样，转身就走。

韩德宝看着他的背影愣了愣，无奈地只好跟着。

最后两人说好了“下不为例”，才一起上了火车，去解救倒霉的徐克。

但是当他们辗转来到停煤车的地点时，却只见车不见人。二人正在纳闷儿，一个人影从车厢的煤堆中一跃而起，跳下车，扑在韩德宝身上，和韩德宝一块儿扑倒了。吴振庆见状连忙说：“徐克！是我们！是我和德宝！”

徐克抬头，从韩德宝身上起来。

韩德宝从地上捡起自己的警帽，拍着，瞥见徐克一手握着一只大板子，似乎有些不寒而栗。

他说：“你小子想要我命啊？”

天黑了，三人来到一家很小的饭馆，徐克的眼眶青肿，一只手用手绢包扎着。他们围着桌子坐下了。

吴振庆问徐克："疼不？"

"疼劲儿过去了……他们要抢车上的煤。那我哪能干，他们两个，我一个明知打不过，可打不过也得打啊！我当时想，头可断，血可流，命可去，但这两车煤不能被抢光！狠的怕玩命的。"

吴振庆教诲他："记着。往后再遇到这种情况，除了头不可断，血不可流，其他什么都可以不顾。"

韩德宝说："振庆说得对！要不是我们恰巧赶到，今天的事多凶险啊！"

伙计送上三碗汤面，他们狼吞虎咽地吃着。

办完事，他们又来到一个比较好点儿的饭店；这回他们的神气不一样了，因为桌上放了三叠人民币。吴振庆说："德宝，弟兄之间，我和徐克就不说谢你的话了……全部的钱都在这儿了，除以三，每人八十。"

他从兜里掏出一把钢镚儿和毛票又说："这些零头，也别来平均主义了，归我了。"

韩德宝拿起了一沓钱，八张十元的。他将钱像扑克牌一样捻成扇形，瞧着说："还够新的……"

徐克说："长这么大，头一回一次挣这么多钱！"

"你们这不叫挣，叫倒……"

吴振庆掏出烟分给他们，自己边吸边说："是啊，是叫倒，不像挣那么光彩，可也不比挣容易多少。没你，我俩这次可真叫'倒霉'了。"

韩德宝将四十元放在徐克那沓钱上，将四十放在吴振庆那沓钱上说："我一文不收，你俩二一添作五吧！"

徐克说："那怎么行！"将钱硬塞给韩德宝。

韩德宝说："我说不收就不收，我有工作了。"又说，"我穿了这身警服，对你们可以的事儿，对我就不可以了。"

吴振庆说："那，就听德宝的吧！"

三人离开饭馆，在冬天的寂寥的街道上走着……

二

几年之后，他们都脱下了他们穿回来的兵团服，被城市消化到各个角落和各种行当中去了。只有解剖某一座城市，才会从城市的横断面里，发现他们确实运行着，走出了千差万别的人生轨迹……

城市的夜晚，死寂如公墓。高楼的黑影幢幢。

一根电线杆顶端栖息着一只猫头鹰。

猫头鹰下面是一条小街，一片矮房的屋顶。

猫头鹰似乎发现了什么，俯冲而下……

一只大网正在等着它。

有人说，在城市里，需要提防的时候似乎更多些。对人是这样，对一只从动物园里逃出来的猫头鹰更是这样，它"落网"了。

第二天，在动物园管理办公室中，一男一女两个工作人员坐在桌前，女的织毛衣，男的看报，这间办公室的墙上有一面通常被当作奖状的镜子，镜子上写着："无私援助，伟大贡献。"下角落款是"龙江电影制片厂敬赠"。

这时有人敲门，没等回答，一个青年推门而入，他手里拎着一个用布罩住的笼子。

青年不慌不忙地将笼子放在办公桌上。

他彬彬有礼地问："我从晚报上看到一条消息，你们逃走了一只猫头鹰，是不是这只？"

他像一位魔术师似的扯去了罩笼子的布。

一男一女两位管理员绕着笼子辨认了片刻，男管理员说："是，是，没错儿！"

女的说："瞧它那只爪子，爪钩不是断了一截么？有家电影制片厂拍电影需要它，因为它是从小在动物园里养大的，不太疏远人。我们已经答应借给电影制片厂了，不然也不会登报的。"

男的说："可不么！真应该感谢您啊！吸烟，请吸烟。"

青年接过烟，对方赶紧按着打火机，热情地说："坐，您请坐！别站着啊！"

青年坐下，深吸一口，缓缓吐出，用闲聊似的口吻问："电影厂得给你们一笔钱吧？"

男的说："当然，当然。如今讲究经济意识嘛！要过去，就白借给他们了！别说一只猫头鹰，狮子老虎让他们拍些镜头又怎么样？"他看看女管理员又问，"是吧？"

女的说："是啊是啊，时代不同了。我们不要钱，倒显着我们跟不上时代潮流，太迂腐了！"

青年说："那，电影厂给你们多少呢？"

"不多，才八百……"女的说，她见男的直向她使眼色，忙收住口，"我记错了！不是八百，是六百。"

青年微微笑了一下，往烟灰缸里弹弹烟灰，慢条斯理地说："你们不是还在报上登得明白，捉住送还者，有酬谢的吗？"

男的说："对对对，光顾说话，把这茬儿忘了。小刘，你快付给人家这位同志酬谢费！"

女的立刻拉开抽屉，找出二十元钱和一张纸放在青年面前："你得给我们写下个收据，我们好报账！"

青年朝钱和纸瞥了一眼，没动，转脸瞅着男管理员，依然慢条斯理地说："就算你们说的那个数，六百吧！不是我逮住了，给你们送来，你们六百元还能得到吗？"

青年又吸一口烟，又微笑。

男女管理员对视，目光瞅着猫头鹰，又瞅着青年。

青年说："事儿明摆着，我等于给你们送来丢失的六百元钱，也许是八百元钱，对不？这叫什么精神？这叫拾金不昧。你们都巴望着分这笔钱呢，对不？干哪行吃哪行嘛！这没什么不好意思的，这很正常。这叫时代潮流。这潮流好。不这样，那就叫逆潮流而动，对不？所以呢，我不跟你们绕弯子，咱们开诚布公。你们得那么多，我只得二十分之一，甚至是三四十分之一。这太不合适了吧？将心比心，你们若是我，你们又该怎么想呢？"

两个男女一时哑口无言，定睛瞅着他发愣。

猫头鹰在笼子里不老实，用嘴拧铁丝。

青年用烟头烫猫头鹰的嘴。

女管理员赔笑说："是少了点儿，二十元是少了点儿，您不说，我俩也觉得怪拿不出手。可这是我们领导的一句话定的数，不是我俩做的主。您看这样行不？我俩先掏自己的钱，再凑给您三十，一共给您五十。再多，我们也就不敢垫了。"

她说罢，从兜里掏出钱包，将钱尽数取出放在桌上。还对青年亮了亮空钱包，迅速点点那些钱，对男管理员说："缺十三元八毛二，老李，你快看你那儿够不够哇！"

男管理员不情愿地掏出钱包，一脸愠色，忍而不发。

"慢！"青年捋袖子。

他们以为青年要动武，都吃惊地后退了一步。

青年笑笑："你们别怕，我不过想让你们瞧瞧，我为你们付出了多么惨重的代价！"

他小臂上包扎着层纱布。

青年说："五十元就想打发我走？你们把我当小孩儿哄吗？我这胳膊是猫头鹰挠的！皮肉之苦，你们给论个什么价吧。还搭上我一只心爱的鸽子做诱饵。光我那只鸽子在鸽市起码卖五十元！”

青年不微笑了，冷着脸，从桌上抓起那男管理员的烟，理所当然似的又吸着一支。

女的赔了个笑脸，近乎诉苦地说：“同志啊，您就多多体谅吧！啊？您刚才也说，干哪行吃哪行。可干我们这行的，您叫我们吃什么呢？总不能吃老虎吃狮子吧？拍电影的需要我们一只猫头鹰，这对我们是百年不遇的事儿！我们上上下下四十来人，您算算每人能分多少呢？给您五十，固然不多。可与我们相比，您是挺多的啦！托这只猫头鹰的福，我们每人能买一只鸡三斤鱼的，您就成全了我们，别跟我们斤斤计较啦！另外，我们再往您单位写感谢信，怎么样？啊？”

青年乜斜了她一眼，嘴一撇，不屑地说：“这样吧，你们酬谢我这个数，我反过来给你们写封感谢信！”他伸出两根手指剪动着……

女的问：“二……百？”

“二一添作五。”

男的说：“你别太过分了，你这是敲竹杠！”

青年振振有词：“敲竹杠？这叫按劳取酬你懂不懂？马克思主义的分配原则！要不是我下定决心，不怕牺牲，机智勇敢地捉住它，你们一半儿也没有！”

“好，说得好！马克思主义也搬到桌面儿上来了！”男管理员终于生气了，“你小子坐这儿别动！我给派出所打电话，派出所会好好表扬你小子的。”

男的说着抓起电话，气急败坏地拨号。

女的说：“老李，你何必这样！何必这样！咱们双方再耐心谈谈，再耐心谈谈嘛！”

青年见不妙，趁他们不防，倏地站起，拎了笼子就往外走，边走边说：“老子放生，你们有能耐再自己捉回来吧。拜拜啦！”

一男一女追出，青年已跑远。

青年回头瞧瞧，见无人穷追不舍，放慢了脚步，咒骂："狗男女，妈的不通情理！"

他放下笼子，从臂上扯下伪装的纱布，塞入垃圾桶。

猫头鹰从笼子里瞪着他。

第二天在自由市场上，猫头鹰已变成一尊标本，托在青年的一只手上。

青年扯着嗓子大声招徕："嗨！谁买谁买，昨天还是活的，今天死而如生，生而后已！丰富家庭艺术情趣，倡导生活新潮流啦！廉价出售，二百元整！独特的艺术，制作精细，具有长久审美价值……"

一中年知识分子模样的人跟随着他看。

青年说："您想买？我一看您就是位有艺术细胞的！想买咱们还可以侃侃价。画家吧？准是，齐白石的虾，黄胄的驴，徐悲鸿的马，您把猫头鹰画到家了，将来也就是大师啦！"

中年人说："您抬举我了。我是中学的生物老师，这是不错的生物标本。"

青年说："当然，掏钱吧！"

"便宜点儿怎么样？"

"好商量，支持教育事业嘛，你还个价！"

"六十元。"

"去去去，一边儿凉快去！这人，给脸就上鼻梁！"

中年人怏怏地走了。

两名五十多岁妇女的评论。

"二百，一个月的工资，正经过日子的人家谁买那玩意儿。"

"就是！老人嫌不吉利，小孩子准害怕，摆在厨房里不对劲儿，摆在卧室，闭了灯两口子在床上那点儿事都让它看在眼里了！瞧它那双眼睛，瞪得恶狠狠的，好像跟人有不共戴天的深仇大恨，能往客厅摆吗？"

"何况我家也没客厅。"

青年恼怒地朝她们瞪去："说什么哪？"

她们赶快互相拉扯着走掉。

"喂，卖猫头鹰的，你站一下！"青年立即站下，回头唤他的是已经当了服装摊主的徐克，徐克脸刮得干干净净，腮帮子泛青，着笔挺西装，衬衫领子雪白，还系着领带，那样子全不像练摊子的，倒像一位绅士。

服装摊上摞着一大摞《服装》杂志，压着一张大红纸，上写："买一件服装，赠一期杂志。本期刊有国内服装专家之预见性文章——今年夏季流行色为黄色！"

徐克说："你过来！"

青年双手捧着标本，如同捧着全世界保留下的最后一顶王冠，立刻颠儿颠儿地过去。

徐克用研究的神情审视标本："不贵，不贵。"

青年说："这么多中国人，没个识货的，您若肯买，咱们还可以还价。"

徐克白了他一眼："还什么价？你当我拿不出二百元钱啊？"

"大哥，那您就买了呗！往书架顶上一摆，家里来了客人，显得您多有审美情趣，多……"

"少跟我耍嘴皮子！"徐克从衣兜里掏出黑皮大钱夹子，拉开拉链儿，夹出两张百元大钞，毫不犹豫地递给小青年。

小青年接了钱，刚欲转身走开，猛听一声喝："慢着！"

与徐克的摊床对面的另一服装摊床的摊主，绕出自己的摊床，横着肩子跨了过来，在小青年肩上重重拍了一掌，憋着股无明火气说："别卖他，卖给我！"

"那哪儿成啊，我已经收了他的钱了！"

矮胖摊主说："收了退还他么，我二百五十元买你的！"

一个卖花生瓜子的对卖水果的说："瞧，俩死对头又较上劲了，有戏看啦！"

卖水果的说："同行是冤家么！"

青年对矮胖摊主说："开玩笑？"

"屁话！"矮胖摊主说，"不认不识的跟你开玩笑？"说着从兜里掏出一沓儿钱，不足一千，也够八百，像扑克油子发牌似的，眼睛一眨不眨地盯着小青年，手中飞快地将五张五十元大钞抛甩在徐克的摊床上。

小青年一见，急切地对徐克说："哥们儿别见怪，不卖给你，卖给他了！能多卖五十元我不干，我不成傻瓜蛋了么！"说罢，他将已揣入兜里的两百元掏出，放在摊床上，一手抓起矮胖摊主抛下的钱，一手指着标本，"归你啦！"

矮胖摊主瞅着徐克，得意扬扬一笑，伸出双手就去捧标本。

徐克一伸胳膊挡住了他，看着小青年微微一笑："他比我多给你五十元你就不卖给我，又卖给他了？那么，我比他再多出五十元，你到底愿意卖给谁呢？"

青年一怔，大为怀疑地："说话算话？"

徐克重新掏出黑皮大钱夹子。二指夹出两张五十元钱，压在刚刚被青年退还的二百元钱上。

青年对矮胖摊主说："大哥，也对不起您了啊？"他又将刚刚抓在手中的钱塞入摊主的衣兜，一把抓起了徐克的钱。

矮胖摊主抓住了青年腕子："我还加十元！"

徐克说："我也加十元！"

青年瞅瞅这个，看看那个，更加为难。

徐克说："别为难了，我若是你，谁出价高我卖给谁！"

一些男女驻足，默默围观。

矮胖摊主不再说话，瞪着徐克，又一掌拍在桌上十元钱。

徐克也不甘示弱地瞪着对方，照样往桌上拍钱。

他们互相瞪着，你一张我一张，不停地往摊床上拍钱。

猫头鹰在他们之间，两眼似乎射出咄咄仇恨。

终于，矮胖摊主手中仅剩一张“大团结”了，他脸色变得十分难看起来，鼻孔喷出威胁人的一哼，恨恨地说：“爷们儿没兴致陪你们玩了！”胡乱抓起属于自己的那堆钱，塞到衣兜里，一扭身分开众人便走，走回去便收摊床，收了摊床便蹬着车走了。

徐克向围观者抱拳：“散了吧散了吧，我们不过是解解闷儿，有什么热闹好看的？诸位别影响了我的生意！”

围观者不散，一个个定睛瞧着摊床上那堆钱，眼神儿十分复杂。

小青年也定睛瞧着那堆钱眼神儿发直。

徐克说：“你愣着干吗？那堆钱归你了，拿走，快拿走！”

青年如梦初醒，似恶虎扑羊，唯恐被抢夺了一般，身子往前一冲，倾压在钱堆上，一把一把将身下的钱往兜里揣。

围观者们的各种目光，其中不乏嫉妒。

小青年起身拔脚便走。

“站住！”

小青年站住了，回望着徐克。

“就这么走了？我用比原价多几倍的钱买了你这东西，连个谢字也不说？”

小青年赶紧转身，虔诚地说：“大哥，给您鞠躬了！”

他深弯其腰，鞠了一个九十度大躬。

徐克说：“这还差不多。请便吧！”

小青年一只手按着衣兜匆匆离去。

围观者渐渐散去。徐克的摊床前一时也清静了。

他痴呆呆地斜眼瞧着猫头鹰，仿佛在欣赏，仿佛在研究，仿佛在挑剔什么缺陷，仿佛在怨恼它，诅咒它。

他的目光中流露出迷惑、茫然、空虚、失落和难以解释清楚的某种内心情绪。

一个娇滴滴的声音传来："大哥，我回来了！"衣着入时的二十岁出头儿的小俊亭亭地站立在他面前。

徐克问："烫个发，怎么去了那么久？"

小俊说："人多嘛。"在他面前转动着头，又问："喜欢么？"

徐克闷闷不乐地说："嗯，还行。"

"怎么叫还行啊？到底好看不好看呀？"

徐克郁郁地说："好看。"

"大哥你又怎么了？满脸旧社会的样儿！叫人看了心里怪不安的……又生我气了？"

"没生你什么气，和你无关。"

小俊朝猫头鹰标本努努嘴："你买的？"

"嗯。"

"二百元钱买这东西干吗呀？拿回家去大爷又该骂你了。"

徐克说："岂止二百，大概花了能有一千。"

小俊愕然地张大嘴。

徐克发现所有的"摊爷"几乎都在朝他们看着，有几分不自在，低声说："想不想去跳舞？"

小俊一下子眉开眼笑："想！"

"那……老地方！我先去，在那儿等你，你收了摊儿，立刻就去。"

"好的！"

徐克叹了口气："世界这么大，只有你能给我点儿感情安慰。"

小俊说："别人想给，我得让啊！"

徐克拍了拍她撑在摊床的一只手，转身走了。

小俊看见猫头鹰，说："大哥，这玩意……"

"你替我捧回去吧。"

"叫我捧着啊……"小俊伸手触了一下，赶快收回，仿佛怕咬手似的。

晚上，徐克在灯红酒绿的歌舞厅中独坐一隅，持杯独饮，目不转睛地望着小俊跳舞。

小俊一个人随着迪斯科节奏，忘情地扭摆着，她扭得很美，充满了青春活力。

一张桌上，两个青年被她吸引了，他们说：

“那妞儿挺浪，是不是？”

“天生尤物。”

“瞧咱哥们儿手段。”那人说着站了起来。

“别冲动，有主儿……”另一人朝徐克那儿翘了翘下巴。

“他呀，我见过，不就是一个在市场上练摊儿的吗？你怕他？”

“别瞧扁了他，全市服装摊网中，那可是个数一数二的人物……惹恼了他，咱俩可就别想有服装买卖可做了。”

“哦？他叫什么名字？”

“徐克。咱们道上的人都叫他徐爷。”

那青年显出肃然起敬的样子，又缓缓坐了下去。

独饮的徐克，在这种地方，似乎寻找到了良好的感觉。一副威严不可侵犯的架势。

不时有人从各方向他举杯示意。

他亦频频举杯回示。

小俊扭到了他跟前，轻轻夺下他的杯，放在桌上，拉着他的双手，将他拉起，一边扭动腰肢，一边将他牵引到舞场中央。

他也伴着女孩儿扭起来，虽然动作不怎么样，但似乎相当自信。

他扭摆着，扭摆着……

三

人们在跳舞。

徐克招来服务员，又要了一杯啤酒。

小俊说："大哥，别喝了，你喝得太多了。"

"没事儿，我今天心里有点儿别扭，让我多喝几杯。"

"心里别扭才不应该多喝哪，再说，你不是让我在抽烟喝酒方面管你点儿吗？"

徐克抓起小俊一只手，隔着桌面拉到自己面前，轻轻攥着，醉眼眯眯地注视着小俊，不无感激意味地说："当一个人真正感到孤独的时候，伴侣并不是一种安慰。"

白天那个卖猫头鹰的小青年也来到这个歌舞厅入口处，但是他被收票的姑娘拦住了。

姑娘说："票。"

青年说："我找人。"

"找人？"

"真的！"

姑娘将手里握的麦克风朝他一递说："对着这个叫他的名字，他在里边儿就听见了。"

青年人不接，他说："小姐呀，我找这个人，要是以这么一种方式嘛，他在里面听见了，也不会出来的。"

姑娘例行公事："那我可就不管了。反正，只要你进门我就得收票。"

"那，多少钱一张票啊？"他将一只手伸入西服内兜，仿佛想掏钱买票。

"五十！"

青年一怔，已揣入西服内兜的手，没往外掏。

姑娘不再理他，欣赏地摆弄着自己的红指甲。

舞曲声一阵高一阵低地传出。

舞厅里，徐克和小俊仍在跳舞。

另一张桌上的两个青年望着他们。

一个说："一个不主动向女人求爱的男人，很容易变成一个主动进攻的女人的牺牲品。"

"是啊，整个世界都布满了女人为了征服男人而设置的罗网、圈套和陷阱。"

"奇怪，"那人又说，"那小妞怎么会喜欢他那个毫无情趣的男人呢，如果是为了钱，那么我现在就可以走过去告诉她，我比她那位徐爷的钱包更鼓。"

"有时你必须用女人的头脑来想女人的问题，正像必须用傻子的头脑来想傻子的问题一样。"

在外面收票的姑娘听着场内传出音乐，按捺不住寂寞之心，独自扭动起来。

那位一直想进去找人的青年一笑，走过来凑上前，搭讪地说："小姐，每个人都应该根据自己的职业学会处世之道，我在社交活动中的做法一向是对人和颜悦色，我认为这一点对所有的人都是适用的。"

姑娘翻了翻白眼，一时不知说什么好。

青年趁机"套磁"："小姐，我想进去找人，而你让我买票，可我兜里的钱又不够买一张票，这就是一对矛盾。有了矛盾就得想办法解决，是不?幸亏我头脑不笨，知道该怎么做。"他说着从兜里掏出一盒口香糖和一盒女士烟，放在桌上，又说，"如果我硬往里闯，你拦不住我，就失职了。如果我塞给你两张票子，你收了就受贿了，我用兜里的钱买了这两样东西，你看，能不能为我行个方便呢？"

姑娘犹豫，左右瞧瞧，见无第三者，迅速拉开收票桌的抽屉，将口香糖和烟很快地搂了进去。

姑娘说："快进去快出来，别在里边惹是生非。"

"放心，你看我这么斯斯文文的，是那种惹是生非的人么？"青年进去了。他姓李，也有人叫他"小李"。

舞池中有一个男人——矮胖摊主，就是在市场上和徐克争买猫头鹰的那个男人，跳出了汗，一边继续跳，一边用手绢擦汗，手绢将一沓人民币从兜里带出落地，他推开舞伴，刚要弯腰捡，钱被一双穿高跟鞋的脚踢开了。

一沓人民币在一双双男人和女人的脚下被踢散，那矮胖摊主干着急没办法。

他喊起来："停！停！让一让。"

舞曲戛然而止。

一位小姐走过来问："先生，您有什么不妥？"

"我……我的钱。"

男人女人纷纷低头看，钱被踢散满场，几乎每一双男人和女人的脚旁都有。

人们散开，各自归位，给他捡钱的时机。

他弯腰捡起了一张，又捡起了一张。

所有人都在座位上望着他，他感到狼狈起来，尽管在众目睽睽之下，捡起自己所掉的钱并不是什么值得羞耻的事。

他直起了腰，捡钱的手当众一松，捡起的两张大团结又落地了。

他正了正领带，不自然地笑着，环视着众人，说出的话竟是："诸位，谁能替我全部捡起来，其中的两张就归谁了。"

没人动。有人脸上显出了鄙夷神色。

他又说："三张！"并伸出了三根指头。

"五张。"三根手指变成了一个巴掌。

小李进来，正好看见这一幕，他刚想上前，不料徐克已先于他从座位上站了起来，拦住小李。

徐克对矮胖摊主说："如果一半归鄙人，鄙人愿效劳。"

对方没想到会是他，更没想到他会提出这样的条件，呆而恼地瞪着他。

徐克又说："如果你的面子值这满地的钱，而我愿意当众承认，我的面子，只值这满地钱的一半儿，怎么样？"

矮胖摊主愣愣地望着他，徐克在等待。

小俊走过来低声叫道："大哥……"

徐克朝她一笑，表示让她不必担心什么。

矮胖摊主几乎是咬牙切齿地对徐克说："捡！"

徐克从从容容，笑微微地走了过去。一边走，一边说："钱是好东西，连有钱人的缺陷，包括我自己这样小小暴发户的缺陷，都是靠钱来填满的，所以，我是个很看重钱的人，当我能用两只手捡钱的时候，绝不只用一只手。"

他朝对方举起了一只手："我这只手，为你捡钱。"

他又举起了另一只手："我这只手，为我自己捡钱，你可要瞪大眼睛监视着。"

于是他在众目睽睽之下，弯腰双手捡钱。

矮胖摊主注视着。

徐克捡尽了满地的钱之后，说："这是你的。"将钱塞入对方上衣兜，又说，"这是我的。"将钱揣入自己的兜。

徐克发现在对方脚下还踩着一张"大团结"，又弯下了腰说："劳驾，请抬一下尊脚。"

矮胖摊主不情愿地抬起了脚。

徐克捡起钱，直起身，缓缓地将那张十元的票子撕成两半，将一半塞入对方的兜，另一半塞入了自己的兜。

他环视着人们说："有钱的人是想吃什么就吃什么，贫穷的人是能吃什么就吃什么。我在能吃什么就吃什么的时期，总做想吃什么就吃什么的美梦。是钱使我实现了这个梦，所以我不以用公开的方式挣钱为耻。"

他将一只手横放在胸前，对众人深深鞠了个躬："感谢大家的欣赏，表演到此结束。"

他又对矮胖摊主低声说："也谢谢老兄给了我一个机会，使我弥补了今天白天无谓的损失。"

他从容地走向自己的座位。

矮胖摊主气得说不出一句话。

小李这时迎着徐克走来，热情地说："大哥，你害得我到处找你，你忘了今天晚上咱们约好了的……"

徐克一怔，打了一个很响的酒嗝儿问："约好了干什么？"

小李无中生有地说："你看你的记性，不是去买画儿的嘛！"

这时舞曲又起，人们纷纷离座，小李趁机挽着徐克便往外走。

他们走出舞厅，小李与收票姑娘主动打招呼并使了个挑逗的眼色，二人出门。

小俊急急跑出歌舞厅——她是在追徐克——小李挽着徐克，正拦住一辆出租车。

小俊人喊："大哥！大哥你哪儿去啊？丢下我不管啦？"

徐克转回身，对她扬了一下手，可什么话也没说出来。他显然喝醉了，脚下无根，身子直晃。

"你玩儿够了自己回去吧！我陪他去办点儿事。"

小李说罢，将徐克塞入了出租汽车。

小俊跺脚："你们这些狐朋狗友，整天老缠着他干什么呀！"

小李回头说："我们是他的狐朋狗友，你和他又算是怎么回事儿呢？"说罢也钻入了汽车。

小俊望着出租车驶走，恨恨地骂道："王八蛋！"

出租车停在一幢居民楼前。

小李将徐克拽出车，又扶着徐克上楼——楼梯很窄，从好儿层以上泻下一点儿光……

徐克被小李扶着进了一家的客厅。

这间客厅很凌乱，看得出是个没有女主人的地方。但这儿那儿，不乏女人的东西——一条长丝袜搭在床头上，一个打开着的化妆品盒还在桌上，一只高跟鞋，只有一只，不知为什么会在地中央。

房间的主人留着长发，蓄着长须，一副颓废艺术家的模样。

主人向徐克敬烟并说："听小李说过，您对绘画艺术很有欣赏能力，能够结识您很荣幸。"

徐克说："先别说这些，我问你，那个，那个……"

主人和小李耐心地期待着他说出"那个"来。

他却不说了，吸起烟来。

小李急问："大哥，那个什么啊？"

"噢，那个，那个……"徐克想了想说，"那个……厕所在哪儿？"

"上厕所啊？"主人说，"来来来，我先替您开了灯。"

他将徐克引入厕所，走入客厅，瞪着小李低声说："你把一个醉鬼带到我这儿干吗！"

小李"嘘"了一声："对咱们，他醉着的时候，不比清醒着的时候好吗？"

厕所里传出撒尿声。

主人说："你听，妈的也不给冲了。"

洗手声。

小李说："他还没忘洗手，大概并没醉到哪儿去，咱们得配合默契点儿。"

徐克从厕所走了出来，似乎真的比刚才清醒了些。有点儿懵里懵懂地问小李："咱们，咱们到这儿干吗来了？"

小李说："大哥，您可真是贵人多忘事！我不是陪您买画儿来了么？"

徐克看看主人："买画儿？噢，对对对，买画儿。"

小李说："大哥，那就再郑重向您介绍一遍，这位便是画家！咱们市的一位天才。当然，暂时还没被公认，可是不久就要被公认了。"

主人故作谦虚地说："哪里哪里，过奖了。"

徐克刮目相看地："幸会。"

二人重又握手。

小李对主人说："那，就让我大哥挑挑画儿吧？"

"好的，好的。"

主人从画瓶取出一个画卷："我知道你喜欢哪类画，所以先请您看这一幅。"

主人展开那幅画——白画纸上正中有一个实心的黑点儿。徐克欣赏半天，看不出所以然，只好发问："画的什么？"

主人故作高深地，同时又似乎对他的欣赏水平产生了怀疑，说："象征上帝的独一无二和上帝爱心的始终如一。"

徐克摇头说："请再让我们看一幅。"

于是主人又取出一幅，展开给他看——白画纸正中有两个半重叠的黑点儿。

徐克看看小李。

小李说："我大哥他对象征派还不太懂行，你再给解释解释吧。"

主人似乎不屑地说："这是结合的象征。"

徐克说："这一点我倒是看出了点眉目。不过，我不太明白这两个黑点儿代表什么。"

小李代为解释："那幅画上的黑点儿不是代表上帝吗？这幅画上的代表上帝和他的老伴儿呀？家庭和睦，婚姻美满嘛！"

主人否定地摇摇头说："不，错了。这是创世记的赤裸的男人和女人，被放逐到尘世中来的亚当和夏娃。"

徐克问："那多少钱？"

主人说：“一回生，两回熟。上帝要你二百五，亚当和夏娃要你两个二百五。”

徐克看看这幅，看看那幅。犹豫着。

——其实，某种时候某些人之所以被捧为天才，就正如某种虫子被称为百足一样。并非因为这种虫子果真有一百只脚，而是因为大多数人只能用眼睛数到十几只。

主人说：“小李，你先帮你大哥参谋着，如果这两幅欣赏不了，其他也就不必再看了，看也是白看。”

主人离开，走进卧室。

徐克说：“多一个点儿，就多一个二百五，尽管都是天才画的点儿，价也要得太高了吧？”

小李说：“大哥，不能这么说，喜欢艺术嘛！要做艺术品收藏家嘛，不破费能行么？”

“那你的意思是……”

“买！当然得买下啦！”

“两幅都买下？”

“那还用说嘛！上帝——咱们二百五要啦！赤裸的男人和女人——咱们两个二百五也要啦！加一块才三个二百五么！”

徐克似乎还在犹豫：“早知你今天带我来买画儿，我就不买猫头鹰了。哎，我那猫头鹰……”

“大哥您放心，您那猫头鹰丢不了。我嘱咐小俊给您送回家去了。大哥咱不能不买呀！我跟人家把您的欣赏水平介绍得很高，咱不能让人瞧不起咱们是不是？”

徐克态度仍不明朗。

小李说：“大哥，您身上没带那么多钱没关系，冲我的面子，咱们打个欠条给他总是可以的。”

徐克默默伸出一只手。

小李赶紧冲客厅喊："哎，你快出来！找纸找笔！"

徐克买了画儿，腋下夹着，一路哼唱回到家。他家已经住到单元楼里了，他扶着楼梯栏杆，半醉不醉地上了楼，在一扇门外按铃。

一个胖老太太开了门，又好气又好笑地瞪他："这是第几回了？你家还得上一层哪！"

徐克忙说："对不起！大婶。"一边赔笑，一边倒退着上楼。

胖老太太说："什么大婶！该叫我大娘都忘啦？瞧你，满嘴的酒气！你爸在家生气哪！你可当心点儿！"

徐克说："我这么能挣钱的儿子……养……养他老……他还……生的什么气哇？"

"放屁！"徐克的父亲出现在上一层楼梯口，怒斥他，"老子有退休金，花你一分了么？你成天价在外边给我丢人现眼，还有脸说你养我老！"

徐克的酒似乎全醒了，悄没声地从父亲身边溜了过去。

他的家装修得挺考究，三室一厅。

徐克进家后换上拖鞋，坐在沙发上；父亲站立着，气咻咻地吸着黑色的廉价烟。

徐克将一盒外烟甩到组合柜的台案上，讨好地说："爸，别吸那种便宜烟了，对身体不好。还是吸我给你买的吧！"

父亲说："老子永远不会吸你的烟，省得你去跟外人说，老子是靠你养活着。"

"爸，你想哪儿去了，我是你儿子，你还值当为我随口说的那么一句话生气？"

父亲说："我问你，咱家那些东西呢？你总说搬过来，怎么一件也没搬过来？"

徐克说："淘汰了。"

“什么？”父亲不懂“淘汰”这个词儿。

“都处理了！该扔的扔了，能送人的送人了！”

“你！好你个败家子！我和你妈守着那些东西过了一辈子，你就全扔了，全送人了，连双拖鞋你也不给我带过来！”

徐克说：“在原先那破房子里住的时候，咱家有过拖鞋么？”他烦了，也喊起来。

父亲更火了，低头看看自己的脚，将软底儿的缎面拖鞋脱下来朝他甩过去，一只落在茶几上，一只落在徐克身上。

父亲说：“你如今挣了几个钱，就烧包到什么地步哇？那口大樟木箱子你也给老子送人了么？”

徐克说：“只有盖上一块儿板是樟木的，四帮都朽了，三个角都被耗子嗑穿了，送人谁要啊！”

他嘟哝着走到门厅去，打开冰箱，取出一听饮料喝。看样子他为避免冲突，不打算再回到客厅了。

父亲在客厅里吼：“老子还没教训完你呢，你给我滚过来！”

他不情愿地踱回了客厅，继续喝饮料，瞪着父亲。

父亲朝墙上一指：“那是啥？”一幅油画镶在大框子里——希腊裸女横卧在红毯上，手持一柄孔雀翎羽扇，从高处回眸凝视。

徐克说：“波琪儿！”

“啥？你敢再说一遍？！”

“波琪儿！”

父亲火了：“你！我眼还没瞎哪！那是簸箕么？！你咋不说那是把扫帚？！”

敲门声。

父子俩暂时“休战”，徐克走去开门。

进来的是楼下那位胖老太太，她说：“我来看看几点了？我家表停了。”

她显然是来劝架的。瞅瞅父子俩，搭讪说："要说徐克是个挺好的孩子，除了爱喝酒，交的人儿杂了点儿，没什么大毛病。你倒是成天对他吼什么啊？"

徐克说："我父亲不知为什么，不但看着我不顺眼，还看着这家也哪儿都不顺眼。"

胖老太说："这就是你当爸的不对了，你这儿子，把个家治得多富贵哇！还有什么瞧着不顺眼的地方呀！"

父亲又指着那画儿："您瞧！家里来个客，坐在沙发上，客瞅着她，她瞅着客，您说那情形好么？可他还把我当瞎子，硬说那画上画的是簸箕！"

徐克说："谁说那是簸箕了？那是伟大的女奴波琪儿。"

胖老太说："哎，不许这种语气跟你爸说话。他是当老子的么，有他冲你吼的权利，没有你发火的资格。"她瞅瞅画儿，评论道，"女奴不就是丫鬟么？丫鬟还有伟大的？杨排风一根烧火棍闯天门阵，说书的也不过说她比男人勇猛，戏文里也没敢唱她半句伟大！我看那画的是个外国女子，只有外国男子才把丫鬟宠到这地步，还夸丫鬟伟大。"

胖老太太又劝徐克的父亲："你当老子的，也得多少学着适应点儿新的环境么！我那大孙子也是，把他那小屋搞得进不去个人儿，满墙贴的都是女人画儿，我以为他们单位的姑娘们，一定都认为他心思不正，不乐意理他吧？蛮不是那么回事儿。还都愿意来找他！如今女孩们穿的都越来越讲究个瘦、露、透，何况不过用眼睛看的幅画儿了。你睁只眼闭只眼，就当没看见。"

父亲说："我要不看他是花两千元买的，我早一把火给他烧了！"

徐克隐忍地梗着脖子。

"您老再看，还有这个哪！"父亲说着，将一条床单从一个什么东西上扯下，原来罩住的是一尊维纳斯。不过不是白的而是黑的，比真人还要高一些。

胖老太太瞠目道："哎哟妈呀！怎么喜欢起黑的来了？这要是赶上停电，生人来了猛眼一看，还不得吓出个好歹呀？"

父亲说："我要不看他也是花两千多元买的，我也早就给他砸了。"

父亲又要用床单罩上，徐克却将“她”搬起，扛到自己的房间去了。

父亲冲着他的房间吼：“你说你买的时候，自己就不心疼你的钱？”

徐克在床上一躺，抢白说：“钱是我挣的，喜欢的东西就买，心疼什么？”

胖老太太对徐克父亲说：“能挣能花，其实也算不了什么大错儿。您要是实在看着碍眼，那你也千万别烧了，莫如送给我。啊？”

徐克父亲瞥了一眼画儿，分明地还舍不得，没吭声儿。

胖老太说：“你们不吵了，我也就不多待了。”她瞥了一眼画儿，似乎还惦记想要，却又不好意思再开口。

临走时她说：“我拿个苹果回去给孙子。”

父亲说：“多拿几个吧！”

“不，拿一个就行。”老太太嘴上这么说着，却往兜里各揣了一个，两手还各拿了一个。

父亲将胖老太太送走后，站在徐克房间的门口，冲里面问：“你说，你今天在市场上，又跟人争的什么富？”

“我不是争富，那是争一口气，这口气要是输给了那小子，我没法儿在市面上混了！”

“你说你三十大几了，不早点儿成家，让我早点儿抱上个孙子，让我死了也瞑目。”

“你怎么知道我不想？”

“你想？你想你小子在外边包养着……一个小娼妇！”

徐克一下子坐了起来：“爸，你别胡说好不好？人家是我雇员！我跟她之间清清白白……”

“雇员？就你还配有雇员？雇员你还陪她下馆子、逛舞厅？你身边形影不离地有这么个小娼妇，正经姑娘谁肯嫁你？你当你有几个臭钱就配娶个有品有貌的老婆啦？我不要你的臭钱！我要你早点儿给我领回一个媳妇来！”

徐克说：“爸，我再说一遍，你要总是当着我的面，说我的雇员是小娼妇什么的，可别怪你是我爸我也跟你恼！一年四季为我守摊儿，人家不容易。人家没少帮我挣钱，我应该好好儿对人家！再说，她又不是本市人，在本市无亲无故的，拿我当个大哥，我陪她吃几顿饭，逛几次舞厅，怎么了？”

父亲说：“可别人不这么看！”

“别人怎么看，我才不在乎呢！”

门铃声儿响。

徐克父亲去开了门，门外站的是脸上化了妆的小俊，显然是从舞厅直接来的，手里抱着那尊猫头鹰标本。

小俊说：“大爷，这是我大哥买的，我给他送来了……他还没回家？”

父亲接过猫头鹰标本说：“回来了，你进来坐会儿吧！”

小俊说：“他回来我就放心了。我不坐了，太晚了。我明天还得早早儿替他守摊儿呢！”

小俊说着转身下楼。

徐克追出家门喊：“小俊！”

小俊在楼梯上站住。

徐克说：“路太远，我不放心，要不你住这儿吧？”

“不，我打的回去。”

“那，你别在马路上拦车！我不是吓唬你，万一碰上个不怀好意的呢？”他一边说一边从兜里取出几张名片，找出一张给小俊，“你传呼他！就说是我给的名片。”

小俊感激地接过，朝徐克抛了一个吻，走了。

徐克回到房间里，见父亲双手捧着那标本。左转右转，正不知往哪儿放。

父亲说：“猫头鹰你也没见过呀？你说你花那么多钱，买这么一个东西，究竟打算往哪儿摆？你开着一个印钱的工厂呀？啊？你显富，你比阔，动物园里那么多猫头鹰，有本事你倒是全买回家来呀！”

徐克从父亲怀里捧过标本，一声不响便往自己房间走。在他自己房间里，他捧着标本，看看这儿，看看那儿，一时也不知该往哪儿摆。

父亲跟到了他的房间门口，望着他，继续训斥："你明天立马把她辞了！老子当你的雇员，老子天天去给你守摊儿！"

徐克一时忍无可忍，突然将标本狠狠摔在地上。

父亲一惊："你！"

父子俩互相咄咄地对视着……

父亲猛转身，走入了另一卧室，卧室里摆放着徐克母亲的遗像。父亲注视着，感伤地说："这地方是他花钱买的，是他的家。在他家，我这当老子的，说一万句也不顶一句。他妈，跟我走，咱有点儿志气，咱回从前的老街老院儿老房子去。"

父亲将遗像揣在怀里，跨出房间，指着徐克说："儿子，我有养老金，我不用你养活！就是你妈活着，我也养得起她！我们走，眼不见心不烦，省得我看你不顺眼，你瞅着我也别扭。"

父亲走了。他走出去，重重地把门关上。

徐克狠狠地跺踏着标本，将它跺踏扁了。

他往床上一躺，熄了灯。

忽然他又挺身坐起，四处找烟吸。

在打火机火苗的光耀之下，他脸上淌着一行泪。

他又仰躺下，继续吸烟。

他确实伤心起来，在泪光中，他似乎看到了自己的童年，甚至想起了临去北大荒那一年，他亲口对瘫在床上的母亲说的话："妈，咱家的小偏厦子就要盖好了，阳光可充足了！我再给你盘个小火炕，过些日子你就可以住过去了，就可以见到阳光了。"

甚至他还想起了自己下乡以后写的家信："爸，冬天快到了，咱家的那小偏厦子还得上一遍墙泥，要不我妈住着会冷。"

徐克按灭烟，拉亮灯，又坐了起来，呆呆瞅着立在床边的黑色的维纳斯……

他一把抓起烟灰缸，似要朝维纳斯狠狠砸过去——那烟灰缸是头卧牛，牛背上骑着个吹笛子的牧童，玉石的，晶晶莹莹，看去价钱也不便宜。

他瞧瞧烟灰缸，没舍得朝维纳斯砸，举起的手臂又垂下了。

他看看表——十一点多了……

他离开卧室，来到了客厅里，坐立不安。

他又奔到过厅里，打开冰箱，取出一听饮料，仰脖子喝了一大口，拿着饮料回到客厅。

他发现了自己带回来的两卷画，在沙发上，已被坐扁了。

他拿起一卷画，展开来看。

他拿起另一卷画，展开来看。

他将两卷画都撕了，投入了纸篓，想了想，又将纸篓拿入厕所。

客厅中，暂时空无一人了，这里有一排书橱，橱中一册册精装的各方面的书，仿佛在无言地证明，主人是一位博学多才的知识者。

还有报架子——一般办公室里常见的“官报”，应有尽有。

厕所里传出冲水声……

徐克走出厕所，抬头看看墙上的“伟大的女奴”。

他踩着椅子，将“她”摘了下来，捧到卧室里，塞到床底下。

他离开了家，缓慢地走下了楼梯……

他发现他的父亲并没有走，他坐在楼外的台阶上，正在吸烟，身子一动不动。

他默默地望着父亲。

他走到父亲身旁，缓缓地，也挨着父亲坐下了。

父亲当然明知是他，但不看他一眼，仍一动不动。

徐克说：“爸……”

父亲不响，不动。

徐克发现父亲并没有走，父亲坐在楼外的台阶上……他走到父亲身旁，缓缓地，也挨着父亲坐下了。

徐克又说："爸，你气管不好，干吗非吸那么冲的烟呢？求求你吸我给你买的这种吧，这种烟是清凉型的。"

他从兜里掏出烟盒，弹出了一支。

父亲仍无动于衷。

他从父亲手指间轻轻抽出那半截烟，丢在地上，踩灭。

父亲倒也没有生气。

他将他弹出的那支烟，塞到父亲手中。

父亲虽然仍一动不动，那只手，倒也接过了烟。

他注视着父亲，按着打火机，护着火苗，向父亲凑去。

父亲犹豫了一下，也凑向火苗，吸着了烟。

一滴老泪落在徐克手上。

徐克说："爸，都是我不好，今后我再也不做惹你生气的事了。"

父亲有些哽咽地说："我……也有不对的时候……自从你妈死后，我这心，一阵一阵地总发躁……我也清楚，我这脾气，是变得越来越不好了……这大概是祖传的，你爷爷的脾气就不好……你的脾气也越来越像我，比我强不到哪儿去……可你心里得明白，有些事，爸是为你才发那么大脾气的呀！这年月，富了，也要偷着富。好日子非得像你似的，明面儿上显摆着过？引得些个人眼红不可！如今的政策，一时一个变，今天初一，可能明天就十五！爸为啥非让你订那么多份报纸？那是希望你要经常看的呀！爸为啥天天看电视新闻，听广播新闻？那是在为你看，为你听啊！爸整天都在为你操这份儿心，怕你哪一天栽在政策下，你怎么就总把你爸的话当耳旁风似的哪？"

父亲抱着头，无声地哭了，烟头在黑夜中抖，证明父亲的手也在抖。

徐克也哽咽地说："爸，我不是成心把你的话当耳旁风，你说的我都明白。可我，有时心里也空落落的，自己也不知道究竟该过一种什么日子，才能又在世面上混得开，又让人从心里瞧得起。"

他伏在父亲肩上，也哭了。

第二天早晨。

徐克刚走出楼，听到路对面有人叫他的名字："徐克！"

路对面站着一个扶着自行车的人——一个公安人员。

徐克跨过马路，那人对他说着什么。

父亲在家里伏在窗口，朝下望着这一幕……

公安人员抓住徐克的一只手腕，徐克很不情愿地被他拽着走。

徐克终于挣脱了手腕。

那公安人员似乎很生气，指斥他什么……

有几个拎着菜篮子的男女驻足观望。

公安人员自己推着车走了。

徐克呆立片刻，又追上公安人员，一边跟着走，一边不停地解释。

父亲离开窗口，不安地沉思。

父亲打开电视——屏幕上出现动画片《铁臂阿童木》。

父亲又从窗口探身望——早已没了徐克和那公安人员的影子。

父亲又拿起半导体听，不停地调台……

四

带走徐克的公安人员，原来是韩德宝，他要拉上徐克去找吴振庆。现在，吴振庆是一建筑施工队的头儿，每天十分忙碌。这时，他和工人们正在施工盖大楼，都攀在脚手架上，一个工人居高临下发现了什么，仰起脸喊："头儿，来了一个雷子，还有一个便衣！"

吴振庆也早看见了他们，从脚手架上下来。

脚手架上和工地上干其他活儿的工人，都是些年龄和吴振庆差不多的人；他们纷纷停下手里的活，似乎都有些不安地望着。

三人走到一块儿，吴振庆说：“是你们两个小子啊！有话快说，我可没闲工夫跟你们叙旧！”

徐克说：“嵩子回来了。”

“哪个嵩子？”

韩德宝说：“王小嵩啊！别的嵩子，跟咱们有什么关系！”

“唔，你怎么知道？”

“他弟弟打电话告诉我的，一晃十几年没见了，哥几个怎么也得聚聚是不？”

“今天？”

“我就今天有空儿，明天出差！”

徐克说：“我也是今天有空儿，好几笔买卖做得不顺，弄不好赔惨了。”

吴振庆说：“就你们他妈的忙，我不忙啊？工期催得紧着哪！”说着，从头上摘下安全帽，扔给就近一个没戴安全帽的工人，“你那脑袋比别人长得特殊哇？下次再不戴我扣你的工资！”又环望着他们的工人，“都看什么？没见过穿警服的？没见过穿西服的？”

众人干起活来。

他转身向临时施工办公室走去。

徐克和韩德宝不禁对视。

韩德宝说：“纯粹一工头儿！下次‘文化大革命’，就该轮到他了。”

徐克嘟哝着：“他倒是去不去啊？”

韩德宝说：“我问谁啊？”抬腕看着手表，“等三分钟，三分钟后他不出来咱们就走！”

吴振庆换下破损的工作服，穿上了一件夹克衫，一边扎腰带一边走出临时施工办公室。

韩德宝见了笑道：“好青春啊！地摊上买的吧？”

吴振庆说：“地摊上买的掉工人阶级的价啊？”

韩德宝笑了："你怎么一开口，就好像代表水深火热中的一群似的？"

吴振庆也终于露出了笑脸。

徐克问："多少钱？"

"便宜，才二十八元多！"

徐克上前摸布料，细看做工，连说："贵了，贵了，只值十八元左右！你要是上我那儿买，我十五元就卖给你！你买十件以上，我更优惠你，可以按批发价。"

吴振庆拨开他手："买卖做到我头上来啦？你怎么就不想着送我几件穿？"

徐克有些不好意思起来。

韩德宝说："在商言商嘛。"

三个人都笑了。

吴振庆说："小嵩变化大不？"

"我们都还没见着他哪。"

王小嵩家已经不在原来的地方了，但是现在住的也不大，只有一间半。这时里面东西堆得哪里都是，乱七八糟。

王小嵩穿着工作服——工作服上还标有"一团"字样。正在替母亲规整房子，可是似乎无处下手，怎么规整也规整不出个样来。

屋里地中央放着一只破旧的积满灰尘的箱子，一只装满了破烂东西的麻袋。母亲正从麻袋里往外挑拣着旧东西。

王小嵩说："妈，别挑了！那都是些早该扔的东西了，你还舍不得啊？"

母亲转过脸来，她苍老了，成了一个老太婆了，满头灰白头发。

她手里拿着些布角什么的，温和地说："破家值万贯啊，儿子。这些，兴许今后过日子还能用上。"

"还能用什么？"——他从母亲手中夺下那些布角，又塞入麻袋里。

母亲想说什么，可是忍住了没说，转身欲离去。

王小嵩踢踢箱子问："妈，这箱子里装的什么？"

"我……也想不起来了。"

"妈，你那儿有钥匙吧？"

母亲撩起衣襟，一边从腰间取下一串钥匙递给王小嵩，一边说："谁知道是哪一把，你试试看。"

王小嵩接过钥匙，蹲下依次开锁。锁已锈，打不开。

他用半块砖头几下砸落了锁，打开箱盖儿，但见一箱子书，箱子分明被水泡过，书全霉烂了。最上面一册，封面隐约可见《复活》二字。他想取出它。可是一拿，书页已粘住，只拿起几页。

母亲从外边进来了，问："儿啊，那箱子里到底是什么？"

"妈，没什么。"

"怎么会没什么呢？"

"没什么有用的东西。"

母亲不信："没什么有用的东西上锁？"

母亲欲打开箱子盖儿亲自过目。

王小嵩双手按住了箱盖说："妈，别看了，是我下乡前放在里边的小人书，就是当年广义哥给我的那些。"

"噢，我想起来了……你下乡前让我替你好好保管着……妈这记性不行了……眼看就要成为你们的累赘了……活的心劲儿也就不大了。"

王小嵩站起来说："妈您别说这种话，等搬入楼房住，弟弟妹妹肯定会孝敬您的，我也会经常回来看您，您也该享几天清福了。"

他将母亲扶至床边，让母亲坐下，又说："妈您就坐这儿别动，我一会儿就规整完。"

一小女孩儿跑进屋说："舅，舅，有客人来看你啦！"

吴振庆等出现在门口，他们见屋里没他们的落脚之地，只好站在外边。

吴振庆高喊："小嵩，都不认识了吧？"

王小嵩惊喜地说："振庆！德宝！徐克！"

吴振庆说："还行，都认出来了。"

"再隔十年，也能认出你们啊！"王小嵩说着从家里跨出去。

他和他们互相打量着。

他和吴振庆不由得拥抱在一起。

他接着和徐克、韩德宝拥抱。

母亲终于有了一个机会，迅速从麻袋中重新挑选出那些布角，匆忙间掖在被垛里。

这一切其实已被王小嵩和吴振庆他们看在眼中，他谅解而又无可奈何地对他们摇着头笑了笑。

吴振庆说："你这是在干什么？"

王小嵩说："我想帮我妈把屋子规整规整，你们看，来个人连坐的地方都没有。"

吴振庆冲屋里说："大娘，你们家将来要搬进去住的那幢楼，就是我那建筑队在承建着。今年冬天以前，我们怎么也保证您老住进去。"

王小嵩说："怎么，不叫干妈了？"

徐克说："他早就背叛他小时候那点真实感情了！"

母亲走过来说："没有没有，徐克你可别这么说人家振庆。过年过节的，他总忘不了来看我。"

王小嵩说："妈，倒是徐克没来过吧？"

"他也来过。每次来还都拎不少东西哪！知道他已经是好几万元户了，我也就不客气，吃的穿的，带来了一概留下。"

吴振庆说："这就对了。不吃白不吃，不穿白不穿。认干儿子，我这样的已经过时了，所以我挺自觉的，不好意思再叫您干妈了。"拍拍徐克的肩，"现在您得认这样的啊！"

徐克倒也不无得意地笑着。

母亲拉起吴振庆一只手，亲热地说着：“振庆啊，那楼，你们可得给大娘盖得像个楼样儿！大娘这辈子，可再也不能有往别的楼里搬迁的机会了。”

吴振庆说：“大娘，您放心！盖成什么样儿，那咱说了不算。图纸上怎么设计的，咱就得怎么盖，改一点儿也不行。可为咱们老百姓盖的居民楼，我跟我那帮工友说了，谁干得不细致谁给我返工！”

“那就好，那就好，那大娘就放心啦！不过，五层六层大娘这腿脚也不灵便了，一层二层阳光又少。小嵩他弟弟妹妹们说三层四层好，大娘能托上你这个后门不？”

“这……”

王小嵩说：“妈，你别让振庆为难。”

徐克说：“为难叫什么话啊？为难，也是他应该的嘛！大娘您就别再多说什么了，您这后门算托着了！那不过是他一两句话就能替您办成的事儿！小时候那么多年的干妈口口声声叫着，你以为白叫了啊！”

吴振庆瞪了徐克一眼。

母亲说：“振庆啊，那大娘这点儿愿望可就全靠你了！”

吴振庆说.“大娘，我说句让您心里落实的话吧——包在我身上行不行？”

母亲从内心高兴地笑了，放开了吴振庆的手。

韩德宝仿佛觉得被冷落了，有些讪讪地说：“大娘，您不认识我啦？一句话都不跟我说，光跟他俩近乎起来没个完？今天可是我一个个找他俩一块儿来的，他俩还都有些不情愿呢！”

母亲不禁拍了下手，大笑起来，说：“哟，让德宝挑着理了！”转身对王小嵩说，“德宝是负责这一片儿治安的片警，没少来。你们啊，可都是些有情义的孩子。大娘拿你们都不当外人，真遇着什么事儿，求你们心里也仗义。”

韩德宝说：“大娘，小嵩刚回家，我明天又出差，想和他到外边找地方聚聚，您不见怪吧？”

“你们从小的好同学、好朋友，多少年了难得聚齐，我替你们高兴还高兴不过来呢！”

韩德宝望着王小嵩说：“大娘已经准假了，走吧？”

王小嵩说：“你们看我把屋里搞的，不能就这么走，得容我收拾齐整啊！”

吴振庆说：“小嵩说得也对。怎么收拾，你发话吧，我们和你一齐动手。”

王小嵩看看徐克和韩德宝身上的衣服说：“免了吧，你们只帮我把这麻袋和箱子抬到垃圾站去就行。”

他说着进了屋，背转身脱衣服，换衣服。

母亲跟进屋，趁机打开箱子盖儿，随手在其中抓了几把，没拿起一本完整的，轻轻盖上箱子盖后，又迅速从麻袋里挑拣出了些什么，东掖西藏的。

韩德宝靠着门框说：“大娘，有代沟了吧？”

“什么？什么沟？”

吴振庆说：“刚学了几句现代词儿，跟大娘这儿卖弄什么啊！进来，抬箱子。”

四个当年的伙伴，俩俩抬着麻袋、箱子，离开了王小嵩家。

母亲跟了几步，望着他们的背影。

那女孩是王小嵩妹妹的女儿，这时，她跟来扯着母亲的衣襟问：“姥姥，穿警服的叔叔，也是你干儿子么？”

母亲说：“差不多吧。”

女孩儿又指着几个男孩儿：“你们再欺负我，我让我姥姥当警察的干儿子把你们统统抓起来！”

男孩儿们果然受了威慑，互相望望，一时全跑了。

母亲抱起女孩儿，责备她：“以后再不许这样对待小朋友们，他们并没有真的欺负过你嘛！”她抱着女孩往家走。

女孩儿说：“那个穿西服的叔叔，是不是最有钱啊？”

“嗯，他有些钱。”

“姥姥，那他下次来看你，你让他给买个大丑娃娃吧，要跟我一般大的。”

“让你妈妈给你买。”

“我妈不给我买，嫌贵！”

“那你就别要。记住，不许让那叔叔买这买那的。”

女孩儿噘起了嘴说：“那，叔叔给你买的点心罐头，你怎么就都要了呢？”

“我是我，你是你。”

女孩儿更不高兴了，似乎要哭的样子。

王小嵩等人把箱子和麻袋扔到垃圾站后，来到一家饭店。四人坐定，服务员小姐送来了点菜单，侍立一旁。

吴振庆拿起菜单。

王小嵩说：“先说好，我付钱，别到时候争来争去的。”

徐克说：“我付。”

韩德宝说：“我付。我明天就出差了，你们还有第二次聚在一起的机会嘛！”

吴振庆说：“这个问题先不民主！”——示意服务员小姐，开始点菜。

王小嵩说：“少点几样，意思意思就是了。”

吴振庆说：“这个问题也不民主，由我集中了。”

徐克说：“瞧，老大的架势又摆出来了！”

菜齐了，四只手举起了四只啤酒杯。

韩德宝说：“是不是谁说句什么？”

徐克说：“振庆，你吧！”

“我？”

韩德宝说：“总得代表咱们三个，对小嵩表示点什么感情吧？”

吴振庆注视着王小嵩。

他脑子里不禁浮现出在北大荒时几个人送王小嵩上大学的情形，将近十年了……

当年他是在连部接的王小嵩的电话，他拿着听筒喊："什么？大声说，听不清楚……噢……哪一天？后天？好！我们一定去送你！一、定、去、送、你！"

那时，四个人在四个地方，相距百八十公里，要送朋友，就得在寒冷的冬天，连夜赶路。韩德宝拄着一根大木棍，顶着西北风在雪地上走。

狼嚎声……

他站住，握着木棍警惕四顾。

徐克虽然骑着自行车，但却是在雪地上骑；他一次次摔倒在雪地上，只好推着自行车。

吴振庆骑着马走的，骑在一匹无鞍的马上。

他们走了一夜，到天亮的时分，三个人才相会在一座山头，山下不远处可见公路，他们眉眼皆霜，互相对火吸烟。

吴振庆说："咱们几个之中，总算熬出去一个了。"

徐克说："这种幸运，我是不敢指望。"

韩德宝指着山下说："来了来了！"

一辆长途汽车远远出现在山下公路上。

吴振庆扔掉烟说："快！晚一步就白来送了！"

三人跟头把式地滑下山。

公共汽车停住，立刻被许多上车的和送人的包围。

三人无法靠前。

徐克大喊："小嵩！小嵩！"

所有的车窗都结满了霜——韩德宝急得绕着车转。

吴振庆跑到车前拉开了驾驶室的门说："师傅，让我从这儿上车和一个人说几句话行不行？"

"开玩笑！"司机将他推下去，关上了车门。

吴振庆站在车前方，双手拢在嘴边，喊："小嵩！我是振庆！我们送你来了！我们三个都来了！”

车内传出王小嵩的声音：“我听到了！我没法儿看见你们！振庆，再见了！徐克，再见了！德宝，再见了！”

司机打开车门，对吴振庆吼：“滚开！你要干什么你！”

车开动了——吴振庆只好闪开。

王小嵩在车里高喊：“你们都要各自保重啊！我回去看你们三个的爸爸妈妈！”

汽车将后半句话载远了。

三人跟在车后跑了几步，站住。

汽车渐渐消失。

将近十年的时间一晃而过，现在四个人终于又聚在一起了。

吴振庆拿着酒杯说：“其实也没什么好说的是不是？这第一杯，干了吧！”

四人一饮而尽。

吴振庆问：“咱们和小嵩都多少年没见了？”

徐克说：“我这可是第一次见着他。当年被分开，只通过几次信。”

王小嵩说：“我给你写得多，你回得少。”

徐克歉意地笑了笑：“我这人你还不知道？就是不爱写信。”

王小嵩说：“你们去送我那一次如果也算上，可以说是两次。”

徐克更正说：“那一次不能算。没见上面，只听到声音，哪能算？”

韩德宝说：“要不算，我俩也只见过一次。”

徐克说：“想想好像一场梦，咱们今天才算聚齐在一块儿。”他腰间的BP机响了，他取下看看，说：“有人呼我，我去去就来。”

吴振庆说：“倒是我和小嵩这九年多见了一面，那次我探家，正巧你也从大学探家，记得吗？”

“记得，因为我母亲病了，三年大学期间，我只探了那一次家。”

吴振庆：“我那一次探家，成了勤务员，先是帮小嵩把他母亲送进医院，紧接着又帮徐克他父亲，把徐克母亲送进了医院。”

韩德宝问：“徐克母亲就是那次去世的吧？”

吴振庆点点头。

徐克回来，落座说：“吃啊，吃啊，别光说不动筷子啊！”

BP 机又响。

徐克取看，嘟哝一声：“他妈的。”又欲起身离去。

吴振庆将他扯坐了下去：“你不理它，它能咬你一口不？”

徐克只好乖乖坐下了。

BP 机响个不停。

吴振庆将筷子往桌上轻轻一拍，不悦地：“你能不能让你那玩意儿不出动静啊？”

徐克说：“你不让我去打电话，它可不就还响呗，要不我买它佩在身上干什么？”

吴振庆笑了，像小时候那样，在徐克头上摩挲了一下：“去吧去吧，别误了你什么大事。”

三人笑望徐克离去。

韩德宝说：“小嵩，你父亲怎么去世的？几次去看大婶，我想问，都没敢深问。怎么原来按烈士对待，现在又不按了？如果真处理得不合理，我可以帮你找找有关政府部门，去封信问问。”

王小嵩说：“那时他在四川，单位分成两大派，有一派拦了一辆车，全副武装地去攻打另一派，可司机恰恰是另一派的，按当年看，表现得相当英勇壮烈，把车直冲着山崖开下去，还喊了一句令人崇敬的口号。结果和全车人同归于尽，我父亲也在车上……”

韩德宝问：“你父亲是哪一派的？”

“哪一派也不是。他衣兜里揣着火车票，他是接到家里的电报，着急回家看我母亲，搭上了一辆不该搭的车……两派当年争着把他算成烈士……要不上大学哪能轮到我呢？”

吴振庆说：“一提起‘文化大革命’，都光说红卫兵如何如何，仿佛天翻地覆慨而慷，全是红卫兵在发狂。大中小学生当年全加起来有多少？不过就几千万么，可全中国当年有八亿人。”

徐克回来落座。

吴振庆又摩挲了他的头一下说：“从现在开始，你老老实实坐下说会儿话。你那玩意再闹动静，我可给你摔了！”

徐克说：“再不会响了，我把电池拿出来了……你看，我一离开，你们又光说，吃啊！服务员，啤酒杯别都让我们空着啊！”

女服务员斟酒时，吴振庆问王小嵩：“这次回来，公事私事？”

“私事……”

吴振庆又问：“纯粹私事？”

王小嵩点头：“我当年那个小姨你们都还记得吧？她病了，癌症，自从她当年离开我家，我就再没见过她。可也一直忘不了我有过这么一个小姨，所以我无论如何得去看看她。”

徐克说：“可惜我这一阵子生意太忙，要不我一定陪你一块儿去。”

吴振庆说：“没用的话你还说它干什么！”

徐克说：“小嵩，你这次往返的一切路费，我承担了，包括你去看你小姨的路费。”

韩德宝说：“这话有用！这话有用！”

吴振庆说：“来来来，咱们为徐克这句话干一杯。”

四杯相撞，各自饮了一口。

王小嵩继续说：“另外，我还要找到一个人，一个女孩儿，当年是女孩儿，现在也不能说是女孩儿了，也该二十几岁了。”

吴振庆等三人望着他。他说：“我后来调去的那个连队，才有三十几个知青，排长是老高三的。对我们每个知青都很好。他看过很多书，记忆力也好，我们那时都感到生活太寂寞了，有人抱了一只小鹰养在大宿舍里，我们常常把老乡家里的小猫小狗抱到宿舍，看着鹰和它们斗，寻求点儿刺激。结果鹰把老乡最喜欢的一只小狗眼睛啄瞎了。晚上我们还打着手电，四处扒老乡的房檐儿，掏麻雀喂鹰。后来，犯了众怒，老乡就联合起来，告到连部。说连里要是不严厉处分，他们就要教训我们知青。排长把我们全保下来了，每晚八点以后，除了上夜班的，不许我们离开宿舍。从那一天开始，他就给我们讲故事，一直讲到第二年冬天，还有许多故事要讲。他简直就成了我们的'一千零一夜'。我们炸山采石修公路的时候，他亲自排除哑炮，被炸死了。那年我又混为班长了。他临咽气，拉住我的手，嘱咐我：他箱子里有一个白桦树皮做的灯，叫我一定要替他交给他妹妹……"

吴振庆等肃然……

"这么多年了，我把那白桦树皮灯罩，从北大荒带到上海大学里，又从上海带到北京。这次，从北京带回来了……不找到他妹妹，我就不回北京。"

吴振庆指着韩德宝说："这事儿得他帮你。"

韩德宝问："你有他家的地址吗？"

王小嵩摇头说："他很小的时候，父母就离婚了，他下乡前父亲去世了。他母亲带着他妹妹改嫁了。嫁给什么人了，搬哪儿住去了，连他自己活着的时候也不知道。别人写家信，他也写，写了却不知往哪儿寄，都是写给他妹妹林冬冬的，一共四十六封，都压在他箱子里。现在都一捆儿一捆儿保存在我这儿。"

韩德宝说："这就有点儿难找了。我明天又出差。这样吧，我一会儿给你写个条儿，你先找我的一个同事，也是咱们兵团的，他肯定会帮你。"

"最后一件事。"王小嵩慢慢地说，"我得去看一眼郝梅的骨灰盒。"

吴振庆等面面相觑。

吴振庆问："这么多年了，你心里还有她？"

王小嵩无言胜有言。

吴振庆又问："那你毕业后为什么要跟别人结婚呢？"

"我给她写过二十几封信，她只回过我一封信，信上说，我在她心目中，只能永远是'哥'……"

吴振庆说："算了吧！她父母回老家定居去了，把她的骨灰盒也带走了，你哪儿去看？"

徐克说："就是。当年的感情，该淡化的，得淡化。该忘的，也得忘。"

王小嵩说："后来我明白了，她可能是不愿因她的户口问题而拖累我。"

吴振庆说："明白这一点就好，她那样的姑娘，能做出拖累别人的决定么？再说当年，谁又能想到有大返城这一天呢？"

王小嵩默默转动酒杯，忽然一饮而尽。

像许多久别重逢的人们一样，他们的话题总是围绕着当年——好比几只在同一个窝里亲密相处过的兔子，长大后又聚在一起，都希望从对方身上嗅到熟悉的气味儿。他们仿佛都觉得，他们的今天刚从昨天的蛋壳里孵出来，值得自信的绒毛还没晾干呢……

饭后四人在饭店门外告别——韩德宝拥抱了王小嵩一下，首先推着自行车走了。

徐克往 BP 机里装好电池，向王小嵩招呼了几句，招手唤来一辆出租车，也打的走了。

吴振庆问王小嵩："你还上哪儿去不？"

"回家。继续帮我母亲规整屋子。"

"咱俩一路，我陪你一段……"

两人走着走着同时站住了——马路对面是一所中学，他们的母校。

王小嵩看着说："变化不大。"

吴振庆似乎猜透了他的心思，说："当年的老师几乎都不在了。退休的退休，调走的调走，改行的改行……看看去？"

二人跨过了马路，走入静悄悄的校园，走入教学楼。

他们在教室门外站住。

吴振庆说："这是咱们班的教室，记得不？"

王小嵩点点头——他从门上的玻璃往教室内窥望。

下课铃骤响，他和吴振庆闪在一旁。

学生拥出，跟在其后的一位年轻的女老师问："你们找谁？"

"不找谁……"

"随便看看……"

女老师说："随便看看？你们干什么的？"

王小嵩不知如何回答是好，瞧着吴振庆。

吴振庆说："我们当年都是这学校、这班的学生。"

女老师怀疑地上下打量他们。

吴振庆不悦地说："这有什么值得怀疑的。我叫吴振庆，他叫王小嵩。"

女老师说："你？吴振庆？"她急忙用手招过一名学生，吩咐道，"快去请校长！"

吴振庆和王小嵩疑惑地望着学生跑开。

女老师说："请你们先别走。"

男校长跟着那学生匆匆走来。

校长问："哪位？哪位是吴振庆？"

女老师说："他说他是。"

校长问吴振庆："你……有什么能证明身份的东西吗？比如工作证什么的……请别误会。我们只不过是想知道，你究竟是不是我们一直寻找而无处寻找的那个吴振庆。"

"我没带工作证什么的，不过，我可以说出，我们的第一任班主任是女的，姓曲，三年自然灾害时期食物中毒死了；我们的第二任……"

校长说："那些不必讲了，讲了我也不清楚。我是去年才调来的……口天吴？"

吴振庆点头。

“振兴中华的振，国庆的庆？”

吴振庆又点头。

校长说：“哎呀，哎呀，吴振庆同学，可找到你啦！感谢啊！我代表全校师生衷心地感谢啊！”说完，他拉住吴振庆的手，热烈地握着。

吴振庆丈二和尚摸不着头脑，糊里糊涂地看着王小嵩。

王小嵩说：“振庆，没我什么事儿，我先走一步。”

校长又一把扯住了他：“别走别走，既然一块儿来的，就都请到校长室一坐吧……你叫什么名字？”

女老师代为回答：“王小嵩……”

校长说：“王小嵩？也有你嘛！也有你嘛！”

“可是，我们一点儿也不明白……”

校长说：“做了好事，和犯了错误一样，都应该坦率承认嘛！请吧，请到校长室。”

他们被校长一手挽住一个，只好跟着走进了校长室。

校长从桌上玻璃板下取出半张纸递给王小嵩说：“你们看，我没记错，是有你吧？”

纸条上写的是——敬向母校图书馆捐书一千册——吴振庆、徐克、王小嵩、韩德宝。

校长没从暖瓶里倒出水来，拿着暖瓶走出去了。

吴振庆说：“准是徐克这小子！有一次我跟他说过，当年咱们掌权那阵子，曾把学校图书馆的书都当废纸给卖了，买红布做战旗和袖标了，想起来，总觉得对不起母校。”

王小嵩说：“我可没掌过权，也没卖过学校的书。”

吴振庆扯起王小嵩：“快走，咱俩别在这儿装人啦！”

二人刚一出门，不料被等在门外的许多学生围住了，许多笔记本和笔递向他们：

“校友叔叔，请给我们签个名吧！”

“我们一定向你们学习，永远热爱母校！”

“我是校黑板报的记者，请两位校友叔叔谈谈回访母校的感想好吗？”

“你们当年是红卫兵吗？批斗过老师吗？砸过学校的玻璃吗？”

“你们当年早恋吗？”

二人不但大窘，而且十分惶恐，完全不知如何招架这意想不到的情形……

五

晚上，王小嵩回家。

屋子规整了许多，这儿那儿堆放的东西，用布或挂历纸盖着。

王小嵩躺在床上，望着母亲给一件小衣服钉扣子。

他说：“妈，你也睡吧。”

母亲说：“嗯……”看看表，“还不到九点，太早了，妈这一辈子熬惯了夜，躺下也睡不着。”

“妈，弟弟妹妹他们小孩儿的衣服，你以后不要做了。”

“唉，买件小衣服，便宜也得十来元钱。扯几尺布自己做，要少花一半的钱。过几年，妈有心做也做不了啦，眼睛不行了……有时一行扣子几次才能钉齐。”

母亲凑近灯前做针线活儿的样子，像外科医生缝合毛细血管。

王小嵩体恤地望着母亲。母亲纫不上针，只好将针线递给他。

王小嵩纫好针后，说：“妈，我三奶搬到哪儿住去了？”

“究竟搬到哪儿住去了，我也不知道。她家比咱们家早动迁两年，你弟弟妹妹串过门儿，改天问他们吧。可怜你们三奶，挺有股劲儿活到八十多，就是为了活到住进楼房那一天。可是就没活过天意。差几天往楼房里搬了，也不知阎王爷找老太太有什么急事儿。不闭眼，就是不闭眼。谁给抚上，一离手儿又睁开了。就把我请去了，我先给老人家磕了一个响头，然后说：‘他三奶呀，您是不是还在怪我家孩子他爸对您说过：共产主义再有十年八年就实现了啊？您要是真怪他，我替他给您赔个不是吧。他那也不是存心骗您啊！他那是好心安慰您呀。他一个大老粗，对国家大事心里哪能有个准谱啊？’也怪，我说完了，只用手一罩，还没抚，老人家眼睛就闭上了。”

王小嵩神色渐渐感伤，又问：“那……我广义哥呢？”

“你广义哥可了不起，别看人家孩子当年没了一条腿，活得比整人还有志气。硬是在家里，靠一个十几元钱的破半导体，学会了好几种外国语。现在已经出了几本书了。你小姨的女儿考大学前，住在咱们家，我还让你弟弟带着她，去找你广义哥给辅导过外语呢。小秀，就是你小姨的女儿，在北京读书的时候，没去你那儿？”

“去过……”

母亲说：“听说有的农村女孩子，一考入大学，就变得虚荣了，小秀没变吧？”

“没变。”

“没变就好。你小姨命苦哇，一辈子都为拉扯小秀这孩子了，连自己病了，都瞒着小秀，怕分了小秀的心，影响孩子的学习。你知道你小姨得的什么病吧？你弟弟妹妹没去信告诉你？”

隔壁传来了婴儿的啼哭声，年轻母亲的哼唱声……

王小嵩睡了。

第二天，母亲送王小嵩出门。

她说：“留你小姨身边多住两天吧，这次以后你就见不着你小姨面了，她来信总提你，一直怪想你的。”

王小嵩点头。

“要是你小姨还能动，你就把她接来吧。”

王小嵩点头。

王小嵩上了火车，在列车的过道上，一边吸烟，一边凝望窗外田野……

他想起了小姨。

不仅想起了小姨的笑声，还有一连串的声音回荡在他脑子里。

小姨的说话声：“大姐，你别问了，我就是死，也不会告诉你的。”

弟弟妹妹的欢呼声：“噢。小姨要生小孩儿！小姨要生小孩！”

母亲的说话声：“你……你可要多保重啊……好歹……你得把孩子拉扯大。”

小姨父亲的说话声：“走吧！谁叫你这么丢人现眼。”

弟弟妹妹的哭语声：“小姨，小姨你别走……小姨我们不让你走嘛。”

王小嵩童年时自己的喊声：“小姨，等我长大了。我一定要……”

列车有节奏的前进声，那声音好像是代替当年的他说：“杀了他杀了他杀了他……”

他问售票员：“要乘几站？”

“到终点，还得走……”

“走多远？”

“二十多里吧。那一段路没公共汽车了。到终点你自己打听吧……”

他来到小姨住的村子，一个小男孩引领王小嵩走入一个破败的院落说：“就在这儿！”说完，那孩子一转身跑了。

王小嵩望着屋里，心中说：“小姨，我来了！我看你来了！”

他犹豫了一下，走入屋去，一个中年妇女正在外间熬药，扭身惊奇地打量他：“你找谁？”

“我从哈尔滨来，看我小姨……”

那个妇女说：“我知道你是谁了，快进屋吧！她刚刚还讲起在你家住的事儿呢！”

王小嵩轻步进屋，见小姨躺在炕上，一副气息奄奄的样子……她脸上已完全没了当年的神采。

小姨并没有回头看，嘴里说："别费心照顾我了，我知道我得的什么病，我也知道我的日子不多了。"

王小嵩说："小姨……我是小嵩啊！"

小姨一怔："小嵩？"脸上流露喜色，要挣扎起身，却挣扎不起……

王小嵩急忙走到炕前，在炕边坐下，轻轻按住被子不让小姨动。

小姨拽住他一只手，眼中落下泪来："小嵩，想不到……我还能，能见上你一面。"

中年妇女端药进来，王小嵩接过药碗，用小勺儿喂小姨药。

小姨轻轻推开。

中年妇女悄悄退出，走了。

小姨说："我不吃药……我再也不想吃那药。"

王小嵩说："小姨，人家替你熬好了，不吃，人家怎么想呢？"

小姨说："她是……小时候的伴儿，不会……多想什么的。"

"小姨，喝吧……"他举着小勺期待着。

小姨饮尽了小勺里的药，又双手接过碗，一口气喝光。

王小嵩掏出手绢，替小姨抹嘴角的药渣。

他轻轻将小姨扶倒床上。

几只母鸡目中无人地逛进屋里，东瞧瞧，西望望。

小姨说："外屋粮箱里有米，你……替小姨喂喂鸡。"

王小嵩起身到外屋去喂鸡。

屋里砰的一声响。

王小嵩赶紧走进里屋，见暖水瓶碎在地上，床边的洗脸架也倒了。洗脸盆滚在一边，小姨的上身伏在床上。

他急将小姨扶起，让她靠在自己怀里。

小姨说："我的样子……是不是……很难看？"

王小嵩摇头："小姨，不……"

"我想……洗洗脸……梳梳头。"

"小姨，我给你洗，我给你梳……"

他哭了……

他放倒小姨。流着泪，扶起洗脸架，捡起盆，扫走碎暖瓶。

他替小姨洗了脸，替小姨梳头。

小姨靠床坐着……他捧一面小镜让小姨照。

几只母鸡又逛进屋里。

小姨说："这些鸡啊，很对得起我，下了不少蛋，都在外屋篮子里。我也没什么给你母亲带的……你走时，带回去吧，也算我的一点儿心意。"

王小嵩答应着："嗯……"

"是几只老母鸡。也不知道我死了，它们会怎么样。下蛋少了，送给谁家，谁家还不把它们杀了吃肉？"

王小嵩说："小姨，你别这么说……你会好起来的。"

小姨又抓住他一只手说："想……听我告诉你吗？"

"小姨，你要告诉我什么？"

"告诉你……当年……那件事儿。"

王小嵩一时不知如何回答。

小姨说："我也喜欢过男人……"

"小姨，忘了当年的事吧……"

"我喜欢过一个男人。我忘不了。我知道，你，你母亲，你们全家，包括秀秀，我的女儿，都恨他，恨我爱过的那个男人……可是，我不恨他，我一点儿也不恨他。他还是真心对我好的。"

小姨指着屋角的一箱子说："你……把那箱子打开。"

王小嵩去打开了箱子。

小姨说："有个小铁盒是不？你给小姨取过来。"

王小嵩捧着一个小铁盒，又坐在炕沿。

小姨从手腕上捋下了用皮筋儿套在手腕的钥匙，放在他手上说："打开……"

王小嵩打开了铁盒——里面空荡荡的，只有一张叠起来的、已经发黄的报纸。上面，是一颗黑纽扣，带着一截线……

小姨说："你母亲说得对。一个男人爱不爱一个女人，只有这个女人心里最清楚……那天晚上，雨下得很大，后来半个月内就没停过。我见他衣服上缺扣子，就翻出一颗给他钉，刚钉上几针，外面就敲起了锣，就有人喊：'抗洪的马上出发了，车一刻不等啊！'他一把扯下扣子就走了……一去就再没回来。"

小姨向王小嵩伸出一只手。

王小嵩将纽扣取出放在小姨手心。

小姨瞧着，缓缓攥住了手。

王小嵩又取出报纸放在被子上……报纸上有一张男人的遗照，一行醒目标题：共产党员以身堵坝，壮烈献身。

小姨说："多少年来，各种各样的人，总想从我口中问明白……我一个字也没吐露过……如今，再没人问我了。倒非常……想对什么人……说明白……都隐瞒了那么多年了……我也不知自己……这是怎么了。"

小姨的手抚摸着男人的遗像……

她说："这颗扣子，我留下……你把报纸带回北京，把我告诉你的告诉秀秀……让孩子心里也明白。"

王小嵩哭了："小姨，我明天带你回哈尔滨……我妈妈非常非常想你啊。"

小姨说："哈尔滨……我也想你们全家啊，明天吗？"

王小嵩点头："是的，明天……"

"好，我去……别忘了……带上那篮子鸡蛋。"

夜晚。

月光洒入宅内。王小嵩坐在高腿方凳上，握着小姨的一只手。

农村女人的呼唤声："三丫！三丫！"

农村女孩的应答声："哎！干啥呀？"

"去把你爸找回来！"

"他在哪儿呀？"

"在老张家打纸牌哪！"

"我不去！他家狗一见我就咬。"

"快去！死丫头！支使不动你了是不是？就说猪拱开圈门了，跑丢了！"

接着是一阵农村女人唤猪的声音。

小姨睁开了眼睛说："听见了吗？"

"听见了……"

"活着，多好哇……"

王小嵩说："小姨，你要对自己的病，有点儿信心。"

小姨苦笑："我是不想再拖累乡亲们了。"

"小姨，别这么想……"

斯时月光如水，洒入屋内。小姨问："今晚，月亮怎样？"

王小嵩起身走到窗前望月。

"圆吗？"

"圆。"

"大吗？"

"大。"

"自从我病倒，躺在床上，晚上就只能见到月光，见不着月亮了……"

王小嵩走回到了床边，复坐在凳上。

小姨说："我喜欢月亮，从小望见又圆又大的月亮，我心里就什么都不怕了，也不怕死了。我觉得月亮像个好女人，它对世上的一切命运不济的女人，都是怜悯的。它望着我，我觉得它对我是那么亲。我望着它，又觉得我对它是那么亲。从小死了娘，我觉得月亮就像娘一样……”

王小嵩不知说什么好，只有默默地攥起小姨的手。

小姨说：“村上老辈人们传下来一种说法，说如果人能望着月亮断命，死后那魂就会升到月亮里去，和嫦娥做伴……你信吗？”

王小嵩摇头。

“可我信。从前也不信，自从知道自己活不久了，不知为什么，就信了。”

王小嵩说：“我信，小姨开始信的，我就开始信。”

小姨苦笑了：“对要死的人，灵魂那些说法，信，总归比不信是个安慰，对不？”

“对……”他不知心里在怎么想，目光四望，最后落在了屋角的一卷席上。

小姨说：“从小，一到晚上，只要有月亮，我就坐在门槛上望它一望，望老半天，哪怕冬天，有时也那样。你说我这人，是不是有点怪呢？”

王小嵩说：“小姨，你先好好儿躺着，今晚，我能让你望见月亮。”

小姨又苦笑：“瞧我小嵩能的，月亮，又不是画的，它不在窗上露脸儿，你还能把它移到窗上不成？”

王小嵩问：“小姨，家里还有多余的被褥吗？”

“有，在那大箱子里，是小秀的。”

“小姨，你等着……”

一块席铺在院子里，席上铺着褥子，摆着枕头。

屋里，王小嵩将小姨托抱了起来，向外走去。

王小嵩跪下，将小姨放在席上。

放好后他说：“小姨，你这不就能望见月亮了吗？”

夜空繁星灿烂，月大如盆。

小姨仰望着，自语：“月亮，又见着你了。”

王小嵩抱着被子出来，盖在小姨身上。

他见小姨脸上淌下了一行泪。

小姨朝他伸出手。

他跪在小姨身旁，握住了小姨的手。

小姨说："箱子里，有一些剪纸，是要寄给小秀的，就不寄了，你替我给她捎去吧。她来信说，她们大学里的老师和同学，都喜欢她带去的剪纸。"

王小嵩点头。

"替我嘱咐小秀，千万要认真读书。"

王小嵩点头。

"那几只鸡，我死后，替我分送给乡亲们养着吧。替我求乡亲们，别杀，都是老母鸡了，肉也不香了，求乡亲们给鸡们个善终，养它们到死吧。"

王小嵩点头，忍不住哭了……

他又想起了过去，当年的小姨初到王小嵩家梳头的情形……小姨和王小嵩种花种菜，手上扎了刺，王小嵩替她除刺的情形。

小姨给他洗澡的情形……

小姨和王小嵩一家，在花红菜绿之中，在月光之下亲密相处的情形……

小姨说了句什么，母亲大笑，小姨也笑……

还有几句话，王小嵩一辈子都忘不了：

"大姐，有木梳么？"

"小嵩，生小姨气了？"

"那你就好好长大吧，小姨等你……"

……

雄鸡啼晓。

天亮了。

照顾小姨的那妇女走入院子，见小姨的头枕在王小嵩臂上。

妇女问："怎么到院子里来了？"

王小嵩抬头，满面是泪，凄楚地说："我小姨，要看月亮。"

中年妇女用手试小姨的呼吸。

小姨闭着眼睛，上身靠在王小嵩怀里，似乎很安详地睡着了。

妇女说：“你小姨……去了……”

王小嵩怔怔望她，仿佛一时不能理解这句话的意思……

妇女说：“把你小姨抱屋去吧，得给她换衣服，她是个好脸面的女人。”

王小嵩托抱着小姨站了起来。

王小嵩站在院子里吸烟，在期待什么。

一辆牛车停在院门前，还有一些村里的男人。

中年妇女走入院子，对王小嵩说：“你小姨的亲人都去世了，也没法儿殡丧得很体面，村里倒是给她预备下了一口薄木棺材，那几个男人也愿意来帮忙儿……”

男人们默默地望着王小嵩。

妇女说：“一些老规矩，该讲的，还是得讲，我们都不过是乡亲，算起来，只有你一个人是她亲人……毕竟，你叫她小姨……”

王小嵩不明其意地望着中年妇女。

妇女吞吐地说：“我的意思是……你如果……愿意呢……我就替你打扮起来……”

王小嵩还是不明白。

妇女说：“就是，就是……最好有个人戴孝，也多少像个殡丧的样啊……”

王小嵩终于明白了：“我戴……我愿意……”

披麻戴孝的王小嵩，牵着牛，缓缓引车往村外走，牛头上也戴了一朵白花儿，车上是棺材，男人们扛着铁锹，跟在车后。

不断有村人和那些帮忙的男人打招呼：

“秀秀妈走了？”

“走了。”

“几时走的？”

“许是夜里吧。”

“早走好，省得多受罪。”

“是啊是啊，村里人也跟着心静了。”

“老闷儿！”

“干啥？”

“你完事儿了，帮我上房梁啊？”

“光干活呀？”

“瞧你说的，能让你白干吗！至少有你酒喝吧！”

老牛不知为什么犯了倔劲儿，中年妇女替王小嵩牵，老牛才又开始走。

王小嵩往前走、走、走……

王小嵩渐渐和牛车拉开了很长很长的距离。

一个男人喊他：“哎！你要走哪儿去呀！”

小姨下葬了。

孤零零的一丘新坟。

只有王小嵩一人呆立坟前……

远远近近的农田里，农民们在照常地劳动着。

王小嵩心里默念着：小姨，你托付我的事，我一定做到。我母亲老了，很难来看你了。但是弟弟妹妹们会常来看你的。我再回哈尔滨探家，也一定会来看你的。我会把秀秀当成一个亲妹妹看待的……就像你当年对我们一样亲……小姨，我走了。

回到小姨家，王小嵩又打开箱子，一张张翻看着夹在一本什么书里的剪纸。

中年妇女走入。

老母鸡们在屋里咕咕叫，讨食。

王小嵩掏出钱说：“大嫂，多谢你啊！这点钱，是我带来想留给我小姨治病用的，你替我分给那几个帮忙发送我小姨的人，如果还能剩点儿，你留下用吧。”

中年妇女倒也不拒，接了钱。

“不过……那篮子鸡蛋，我要带回家，因为，是我小姨对我母亲的一片心。”

中年妇女到外间去取了鸡蛋篮子，递给王小嵩。

王小嵩挎着，环视屋内一遭，转身出去，在门口转过身，看着屋里的老母鸡们说：“大嫂，这几只老母鸡你也养了吧！我小姨希望，别因为它们不下蛋了，就杀了它们，让它们能活多久，就活多久吧！”

中年妇女点头。

王小嵩走出。

王小嵩走在乡间路上。

这一次看望小姨（实际上成了给她送终），知道了过去不知道的秘密，另外他还从那个中年妇女口中知道了关于小姨的其他一些情况。前些年，有人给小姨介绍过一个男人，他比小姨大十来岁，老实巴交的，不过缺点心眼儿，小姨不愿意，怕那家人拿她秀秀当劳动力使唤。秀秀考中学那阵子，小姨整天怀揣着块心病似的，只怕考不上县里的好中学。秀秀考高中那阵子，小姨又是那样，只怕考不上重点。秀秀考大学那阵子，小姨吃饭也不香了，睡觉也不实了，只怕秀秀落了榜。人心哪经得起一阵接一阵牵肠挂肚啊！秀秀那孩子倒是挺争气，可却再也见不着她娘了……

在回去的公共汽车站，王小嵩夹在人们之间往车上挤。

人倒是上去了，篮子却被挤掉了。他在车上呆呆地朝外望着有些没被摔碎的鸡蛋，在人们脚下被一颗一颗地踩碎了。

王小嵩回到家里，他说：“妈，我回来了……”

正在和面的母亲回头问：“你小姨……”

看到儿子臂戴黑纱，母亲的表情变了。目光渐渐从儿子身上转移，低头盯着面盆……

眼泪一滴滴落在盆中，和入面里。

王小嵩说："妈，我小姨见到我……很高兴。"

母亲撩起衣襟，罩住了脸。

从母亲的背影看得出，母亲哭泣得那么伤心，那么难过——她的腰弯了下去，双肩耸着——尽管谁也听不见她的哭声。

六

王小嵩回到哈尔滨，用了很多时间耐心地寻找着。他总不大相信那个那样极端的结局。但是在这样一个城市里，要找到一个早已失踪的人，实在是太难了。在区公安局里，那位和他年龄相仿的户籍人员告诉他，单是这个区，就有三十几个叫林冬冬的。他不愿意使这件事变成许多不相干的人茶余饭后的谈资，因而不考虑登报。那就只有一步步地找了。

信托，对于值得信赖的人似乎是一种咒语。它的持久性和郑重性往往会使某个人的执着显得荒唐。当一个活着的人受一个已死的人信托的时候，实际上他的一半心智是被死者同化了的。

在这个城市里，碰了多少钉子，跑了多少地方，连王小嵩自己也数不清了，在街头，在各种各样的大院里，见到了许多返城知青，用不着进行多少深入的了解，就可以看出他们在家庭、在社会的困难处境。

他的处境也不妙，林子大了，什么鸟都有，不明不白地寻找，不知得遇到多少不明不白的人。在一个大院里，他从一个姑娘那里得知，这院里一位胖女人家有叫林冬冬的，他刚从那家窗子望了一眼，那胖女人就一边扣衣扣儿，一边冲出来大骂：

"干什么呀！光天化日的，我一个单身女人在家，正换衣服呢，你看什么呀？"

起初他还像做了没理的事儿似的，赶紧辩解：

“我不是存心的……我什么也没看见……”

那女人撒起泼来：

“哟，你还觉得你什么没看见，白看了呀！”

王小嵩也火了：

“你乱嚷什么你？你们家有叫林冬冬的没有？”

那女人反被他的气势吓住了，竟不敢再泼，低声说：“有。”

王小嵩仍然一派查户口的样子：

“你早说不就得了吗？”

那女人也成了合作的态度：

“你也没早问我这个呀……”

王小嵩打断了她的话：

“好了，现在我问你什么你就回答什么——你家谁叫林冬冬？”

那女人很利索地回答：“我啊。”

王小嵩反倒懵了：

“你？这不可能……你父亲和你母亲，早年是离过婚的吗？”

那女人盯着王小嵩看了一阵，算是醒过腔来了，原先的气势复又大盛：

“呸！你爸和你妈才离过婚哪！你是老几？是查户口的？”

这下王小嵩节节后退了，连连赔不是，急忙跑出院子……

有人像吃了枪药，你无非打听个人，却会遭到一顿挖苦，给你一副冷面孔。最使他难忘的还是那个大院，是那院里的一个返城知青，把他从那个难缠的胖女人那里“搭救”出来的。那知青送他出了大院后，拍了拍他的肩说：“哥们儿，别指望从这儿获得同情，我还不知道该指望谁给点儿同情呢！”当他得知王小嵩一九七五年就离开兵团，上了大学后，打量了王小嵩一阵，说：“一个幸运儿……滚吧！快滚，免得我由于嫉妒产生揍你一顿的念头。”

王小嵩以为他在开玩笑，傻乎乎地朝他笑，不料他果然啪地给了王小嵩一耳光，之后说：“这就公平了，你等的正是我赏你这一下子对不对？”

直到回家，他的脸好像还在疼，他没有还手，也没有还口，那个耳光当然是打在他的心上了；但他的不还手和不还口，却也像一种反击，打在了那人的心上。当那个似乎是出了一口气的小伙子悻悻离去时，他清楚地感到了两个人心里同样的痛楚。

母亲又在家里忙活，人到了中年，面对日益变老的母亲那一片爱子之心，其实也会感到一种痛楚。母亲越来越多地忙中出错，使他产生了一种深深的担忧，母亲将他的归来当作节日一般，在北京工作的他，是母亲的骄傲，当妈的不知想付出多少给前来探家的他。但是，最近，母亲煎鸡蛋竟会煎糊，而且面对黑乎乎的煎蛋还问，到火候了吗？做饭时又烫伤了手，刷碗时还摔了一跤，莫不是母亲的眼睛出了什么问题？但她就是不肯停止忙活。想到回来这么多日子了，一直没和母亲好好聊聊，晚上睡下之后，王小嵩对母亲说：“妈，你想跟我聊什么，就聊吧。”母亲发出了一声显然是舒心的长吁，说：“唉，你不在眼前，觉得有那么多话想问你，你在眼前了，又什么都不想问了——当妈的都这样……”

中年人的心是裂成几瓣的心，王小嵩一阵难过，隔壁的孩子啼哭起来，年轻的母亲又拍着孩子低唱着，他却失眠了。

他想起了排长，在清凉的夜晚，在难以入眠的枕上，他坚决地对自己说：一定要亲手把排长给冬冬做的白桦树皮灯罩交给她，还有排长写给她的那几十封信。

七

一连几天无效的寻找，已经差不多使他沮丧到家了，没想到吴振庆把他叫到了他的建筑工地，一脸神秘地说：

“如果我替你找到了，你怎么谢我？”

“我……认你妈是干妈！”沮丧了好多日子的王小嵩说。

原来吴振庆手下的这支人马中，十之七八也是兵团的，发动了一番，居然找到了一个“冬冬”，这个姑娘的父母在她小时候就离了婚，而且她的哥叫林凡，也是死在北大荒，只是她现在的名字不叫林冬冬。但吴振庆说，一个姑娘长大了，有几个还叫她的小名的？王小嵩拽了吴振庆就去找。

那姑娘家住在一个小胡同里，看样子正干着服装裁剪之类的营生，坐在缝纫机后边不停地轧着。起初把他俩当成了服装厂取活儿的，直到吴振庆告诉她“我们都是你哥哥的兵团战友”之后，她才抬起头来。

王小嵩问：“你哥哥叫林凡？”

那姑娘点点头。

王小嵩又问：“你哥哥是老高三？”

姑娘又点点头。

王小嵩动了感情：“你哥哥……死在北大荒了？”

那姑娘的泪珠都快滚下来了，她使劲点了点头。

“好妹妹！”王小嵩几乎叫了起来，“可把你找到了，你哥哥生前是我的排长啊！我保留着你哥哥的几十封信，都是写给你的！当年他不知往哪儿寄……”

那姑娘从缝纫机后站起，走到王小嵩面前，接过那一摞信，转身将信搂在胸前哭了。

接下来，王小嵩告诉她，她的哥哥还给她做过一个白桦树皮的灯罩，她也告诉王小嵩和吴振庆自己的遭遇，告诉他们哥哥的死对她们家的打击有多大。最后，那姑娘说：“我觉得，我活着还挺好，每月能挣二百来元，平平淡淡，得过且过呗。你们想看看我哥小时候的影集吗？”

从那姑娘家出来，王小嵩才告诉吴振庆，这个姑娘不是他要找的林冬冬，因为影集里的林凡并不是他那死去的排长。但是看影集前已经把那几十封信交给这姑娘了，又怎么往回要呢？吴振庆似乎多想了一层，说："不要回信来，你不是就得连桦树皮灯罩都得给人家吗？"

还能往回要吗？对那姑娘怎么说？一场误会？

晚上，王小嵩拿出用塑料布包着的白桦树皮灯罩，那灯罩由于年久虫蛀，已变色变形了，他用手捅了一下，破了一个洞，再捅一捅，又破了个洞——分明地，它早已不再能作为灯罩了。

他在心里对排长说着：我们都曾相信，用白桦树皮做的灯罩，至少可以用上二十年，看来，我们错了……

在这个世界上能安慰一个灵魂就安慰一个灵魂吧。第二天，是个细雨霏霏的日子，王小嵩来到了那姑娘家，他对那姑娘说："真对不起，那个白桦树皮灯罩，这么多年来，包着还像个灯罩，一打开，就散架了，所以……我没法儿把它给你带来了。"

那姑娘默默地打开箱子，取出那一捆信，双手捧还给他，说："应该说对不起的是我，我昨天夜里把这些信都看过了，这不是我哥哥写给我的信，是另一个哥哥写给另一个妹妹的信……"

王小嵩高声说："不！那是你哥哥写给你的信，你不能怀疑这一点！你一定要相信这一点，"他声音越来越高，最后竟叫了起来，"我寻找了许多天才把你寻找到啊！"

那姑娘看着他，冷静地说："可我骗不了我自己啊……"

王小嵩只得接过了信，轻轻地说："是啊，我也是……"

八

母亲终于承认了，自从那天小嵩为小姨戴黑纱回来，一宿没睡，第二天就看不大清东西了。王小嵩带着母亲到医院检查，诊断结果是冷冷的六个字：

已无手术意义。

王小嵩的弟弟妹妹都回来了，弟弟对王小嵩说："哥，你打我吧！我没照顾好咱妈……妈的眼疾都十几年了，妈自己没放在心上，我们也……"

妹妹也说："我们也带妈到医院看过，可去一次，不过就给开点儿眼药水……"

王小嵩说："不能怨你们，我对咱妈，一点儿孝心没有尽到……"

倒是母亲自己既平静又坦然，在里屋问："谁在哭？你们谁也别怨谁。谁也不许哭！我就不愿意听你们哭。都是有家室的人了，动不动就哭，就那么禁不住事啊！"

小嵩想到扶着母亲从医院回来的路上，路过一个街心花园；那时，母亲就是坦然的，平静的。当他心慌意乱地给母亲买回一听饮料时，看到母亲竟不顾喷水器隔一阵往她坐的长椅上溅一次水，一直等在那里，生怕他回来找不到她。面对着没有花的树林，她说："这公园真好，一片片的花，开得多热闹啊！"从那时起，他就知道，母亲的眼睛已经看不见东西了。只是在那个公园里母亲显出了一种伤感，她对他说："儿呀，别担心，可能就是因为你小姨的死，妈心里不好受，一时就……想想当年，我要不让你小姨就那么走了呢？妈因为没有一个妹子，想有一个妹子，和别人不敢攀这种姊妹情，才给你们认下了一个小姨。你小姨因为没有姐，想有一个姐，觉得妈是个善良的女人，才认了妈干姐，可妈在她摊上难事的时候，却不照顾她了……妈算个什么当姐姐的呢……"

弟弟妹妹强止住了哭声，母亲在里屋说：

"你们都给我好好听着。妈这辈子，并没有白长一双眼睛。小时候在农村，青山也见过，红花也见过，绿水也见过了。后来嫁给你们父亲，住进了城里，高楼也见过了，闹市也见过了，亲眼所见的事情，林林总总的，善事恶事，好人坏人，一点儿也不比你们见得少。如今妈一年比一年老了，有时连自己也觉着，对这世事因果，人间百态的，是看得够够的了。如今什么也看不见了，倒也好，正能图个眼不见心不烦。你们不是总觉得没孝敬过妈吗？那么妈以后就坐享其成，等着你们挨个孝敬。这也不值得你们大祸临头似的，这个唉声叹气，那个哭哭啼啼的……只要你们别嫌妈……成了你们的累赘……”

王小嵩又不禁想到在小公园里，听完母亲那一段话之后，他攥着母亲的一只手，将脸埋在母亲的膝上，无声地哭了。那时，一位年轻的母亲领着自己漂亮的女儿跑了过去；接着，他听到那女孩的声音：

“妈，那叔叔都是大人了，怎么还在他妈妈面前哭呢？”

九

徐克左右各站着两个人，两把匕首逼在他的两肋。他看到老父亲也被匕首逼在屋角，屈辱和被镇压住的老人的激怒，写满在那一张脸上。

徐克对面坐着一个人，看来是个头儿，正慢条斯理地吃着西瓜。徐克对他说：“再宽限我五六天行不行？”

那人说：“不行，”他吐出些瓜子在手心里，以女人般的优雅放在桌上，又说，“实话跟你挑明了吧，这一次咱们之间的买卖，是我们南北两伙兄弟设的一个圈套，没想到你还真上了当。十几万元钱算什么？坑别人不是比坑你更容易吗？那为什么单坑你呢？不为别的，就为了要毁你徐爷一把，就为了要你栽给咱们这一行看。谁让你买卖做得老那么顺呢？”

徐克火了：“你们他妈的不但坑我的钱，还要吃我的，喝我的，耍我，害我，是么？”

那人悠然地说：“是的，不但坑你的钱，还要坑得让你有理无处讲，有理变无理。还要到你家来，吃你的，喝你的，耍你，害你，一点儿也不错，就这么回事儿……”

徐克抄起一把切瓜刀，但马上让左右两个人给按倒了。用匕首逼住父亲的那个说："别乱来，否则我就对你老爷子不客气了。"

看了看被逼在角落里的父亲，徐克无奈地说："给我留点儿今后在咱们这一行混的面子，你们几个的费用我全包了……"

"你太小瞧我们了！"那个头儿一个劲儿摇头，"那点儿钱我们就花不起了？"

徐克正想说什么，忽听老父亲喊了起来："徐克，你小子如果还是我的儿子，你就别孬种！你小子给我真拼啊！"

用匕首逼着老人的那家伙叫道："嚯，老子英雄儿好汉！再嚷一句我一刀捅了你个老东西！"一边说着，匕首一边在徐克父亲的脸上轻轻一划，徐克父亲的脸上立刻出现了一条血道。

"别他妈伤害我父亲！"徐克叫着。

恰在此时，有人敲门，进来的是王小嵩，他一进门就被匕首逼住了。

徐克又喊："你们谁敢伤害我朋友我就真拼了！"

那个头儿轻轻地说："你别拼，千万别拼，一拼，两败俱伤，都没好结果。你放心，我们谁也不想伤害，既不愿伤害你老爷子，也不愿伤害你，更不愿伤害你这位无辜的朋友。我们只要你母亲的遗像留作纪念……"他一边走一边说，从徐克父亲的身边走到王小嵩身边，突然狠狠扇了王小嵩一耳光，"如果你舍不得给，我就当着你的面，扇你朋友的耳光，还要扇你老爷子的耳光！"

看着王小嵩嘴角里流出了血，徐克低了头："别羞辱我朋友，老子认了，给你们……"徐克被刀逼着，走进了小屋，望着墙上母亲的遗像，跪下了。在这帮浑小子面前有什么办法呢？谁让今天没防住呢？只好心里默说：妈，我对不起您，让您老人家受惊了！儿子发誓，一定把您老人家的遗像夺回来！

那个头儿得意地说："其实呢，我们不吃麻花偏要的是这股劲儿，什么劲呢？当儿子的把老娘的遗像乖乖地捧送给我们……"

十

吴振庆听说徐克母亲的遗像被人抢了，立刻火冒三丈，他带了五六个人去找他们算账。两拨人在火车站相遇，大打出手。结果，吴振庆他们被公安分局以“扰乱治安”抓起来了，事情越闹越大。

韩德宝一听说吴振庆给抓了，连老婆都顾不上怕了，放下正在洗的碗筷，一边穿警服一边对他妈说：“妈，我走后，她愿要什么小脾气随她要去，你让着她点儿。”说完，便骑了自行车往徐克家赶。

真是一肚子的不痛快，老婆的爹是市局一处的一个处长，就老得看着老婆脸色过日子。也就是摊上了他，好脾气，平时也不把忍让当成什么丢面子的事，嘴软一点儿能省多少麻烦啊！可她根本不理解自己和朋友的那种交情，当年哥们儿几个乘同一个车厢离开城市，在同一个地方流泪流汗，最后又乘同一个车厢返城，现在看来，这里面也就是他韩德宝混得好点儿，咋能不尽力照顾一下自己的哥们儿呢？出差几天，吴振庆给抓了，老婆都不想让他知道，幸亏他妈悄悄对他说了，不然今后自己怎么见那些哥们儿呢？

王小嵩也在徐克家，韩德宝进来就问：“怎么会闹成这个样子啊？”

徐克低着头不吭气。

韩德宝又问王小嵩：“你也哑巴了？”

王小嵩说：“他父亲气坏了，打了个小包就要回山东老家，我不放心，怕老人家一时想不开，把老人家送上了火车……至于打架，当时我不在场……”

韩德宝盯住徐克气恨恨地说：“那么是你让振庆去为你打那帮小子的？你说你是什么玩意啊！现在倒好，你自己逍遥法外，振庆进去了！你说，你怎么有脸再见他？”

徐克嗫嚅着：“我……我只求他把我母亲的遗像夺回来……”

三人一时都无话，闷头吸了会儿烟，韩德宝对徐克说：“你拿出些钱来。”

徐克问："干吗？"

韩德宝说："干吗？往外保人啊！保人得交保释金你懂不懂？"

"我……手头只有一千多元现钱了……"

韩德宝厉声问："一千多元就想保出五六个人来？你不是财神爷吗？至少三千。"

问来问去，徐克确实已没钱了。

王小嵩说："这次回来，我也没带多少钱，但我可以跟我弟弟妹妹们借。"

徐克嘴还挺硬："你们借，需要借多少，我卖血也会还的……"

韩德宝没好气地打断他的话："得了，没你说话的份儿。"之后对王小嵩说："尽快把钱送给我，别送我家去，到分局去找我，其余的我想办法。"说完站起来，愤愤地对徐克说，"细腰蜂别根扁担，你说你愣充什么阔！"

王小嵩送他出门后，韩德宝对他说："我说了些不给他留面子的话，也许他伤心了。你留这儿陪他一夜吧。"

王小嵩说："你那些话该说，我也说了不少，我想他不至于生气。这几天我一直陪他住，你放心吧。"

韩德宝心烦意乱地往回骑，路上还不慎摔了一跤，车子也摔坏了，扛着车了回来，妻子已睡了。他摸黑换了拖鞋，进了卧室，刚想往被子里钻，不料妻子并没真睡，倏地坐起，一把将他推下床。韩德宝坐在地上，揉着腿不起来，妻子向他伸出一只手，问："真摔疼了啊？要紧不要紧啊？"

韩德宝扯住妻子的手，顺势钻进妻子的被窝……

十一

韩德宝不惜一大早给老婆擦了一气皮鞋，也没把存折在哪给打问出来。老婆声称钱要留着买彩电，非但不给他一分钱，还把他奚落了一顿，韩德宝真动了气，把他母亲吓坏了，劝了这个劝那个，眼看着一个比一个凶起来，韩德宝只是伸出一只手：“存折。”

“不给。”

“不给就在家里翻。”

韩德宝的妻子哪里受过这气，冲着他就喊起来：

“你警服没白穿呀，学会抄家了！抄起自己家来了！那你就抄吧！找吧！”

韩德宝竟扇了妻子一耳光。一向颐指气使的妻子捂着脸呆住了，她抱起孩子便跑回娘家了。

韩德宝压下火，来到拘留所，看管犯人的公安人员一个劲儿跟他说，时间别太长，要照顾点儿影响，之后把吴振庆带了进来。

韩德宝从兜里掏出一盒烟来，抛给那个公安人员，却被吴振庆半道给“劫”走了，他迫不及待地撕开烟盒，几步跨到韩德宝跟前，夺过烟便对火。

那位公安人员有些尴尬，指着韩德宝说：“哎哎哎，别太过分啊，只准你吸，不准他吸！被人看见成什么样子啊！”

韩德宝从吴振庆嘴里掠去烟，按灭在烟灰缸里，一边说：“明白明白。”之后，又掏出一盒烟给了那个公安人员，他冲着吴振庆说：“你坐那儿，我坐这儿，在什么地方，你就得懂得什么地方的规矩。”

那位公安人员走了以后，韩德宝说：“你说你多给我长脸？”

吴振庆不作正面回答，问：“我妈知道不？”

韩德宝说：“哪能让老太太知道。”

吴振庆嘘了口气，又说：“不知道就好，更不能让我父亲知道。”

韩德宝把自己的烟给了吴振庆，之后说：“你说你倒是带头制造的什么社会新闻啊？现在已经是八十年代了，中国正逐步恢复法制你知道不知道？”

吴振庆狠狠地吸着烟，喷出长长的一口烟之后说：“少跟我来这套，我能让人就那么把徐克他母亲的遗像带走吗？他打电话给我，求我务必替他讨回来，我能不去吗？再说了，我听说他们还那样对待徐克的父亲，又打了王小嵩，我能不来气吗？”

正在这时，那位公安人员进来，韩德宝赶紧又掠去吴振庆嘴里的烟。那位公安人员说：“德宝，你岳父大人让我通知你，叫你今天晚上务必到他家去一趟。”

韩德宝说：“知道了。”那公安人员却不走，望着吴振庆问：“就是他？”

韩德宝点点头。

那公安人员问吴振庆：“你几团的？”

吴振庆说：“四十四团的。”

没想到那公安人员居然套上近乎了：“我四十三团的，咱们两团挨着。放心，有我和德宝在，不至于让你受什么委屈。不过，你也别存太大的侥幸心理，以为今天晚上或者明天早上就可以出去，我听说……”

韩德宝见吴振庆脸上的讪笑渐渐消失，赶紧打断了那位“兵团战友”的话：“得了得了，别在这儿添烦了，我们的时间有限，照顾点儿我们的情绪好不好？”

那位“战友”自知失言，赶紧说：“你们谈，你们谈……”便退出门去。

吴振庆在韩德宝面前急于知道如何发落自己，德宝却不知道这事会有个什么结局。他没心思和吴振庆再谈下去了，站起来也往外走。吴振庆急了，也急着往外走。韩德宝从他手中夺下烟，按灭在烟灰缸里说：“你给我老老实实坐在这儿，你当这是在谁家里啊？”

韩德宝追上那个“兵团战友”问：“哎，你究竟知道些什么？”

“兵团战友”问：“不怕影响你情绪？”

韩德宝说：“已经影响了，快说！”

那个“兵团战友”说：“我听说他们打架这事，被他妈一名记者捅到晚报去了，市公安局一位负责社会治安的副局长看了以后，火发大了！说在火车站聚众闹事，那恶劣的影响还不带到全国去啊？指示咱们这个区局的几个头头一定要严办，不管什么人说情都不能动摇。现在不是严打的时候吗？谁叫他赶上了这一拨呢？”

韩德宝急了，对“兵团战友”说：“你给出出主意，他跟我是同学，从小学一块长大，我不能袖手旁观啊！”

“兵团战友”倒也直率：“办法我一时也想不出来，你老丈人主管这个案子，今天晚上你不是要到你老丈人家去吗？”

心事重重的韩德宝又回到与吴振庆谈话的房间，重新坐在吴振庆面前，一口接一口地吸烟。

“他究竟听说什么了？”吴振庆问。

“我怎么知道。”

“你不是追出去问的吗？”

“我上厕所去了。”

“我不信！”

“信不信由你！”

吴振庆隔着桌子欠身从韩德宝手中夺过烟，将脸侧过一边，一口接一口地猛吸。

韩德宝又从兜里掏出几盒烟，放在吴振庆那边桌面上，吴振庆看了一眼，没动。

韩德宝生气地说：“你揣起来！”

吴振庆默默地将烟揣了起来。

韩德宝问道：“有前科没有？”

“你他妈问谁呢？”

“我他妈问你呗！”

吴振庆火了：“对我你还不了解吗？还他妈问这种话！”

韩德宝也火了：“不是除了你还关着好几位吗？”

吴振庆火气冲天地发泄起来：“他们跟你我有什么不一样？出生后挨饿，该上学的时候革命，该工作的时候下乡，该成家的时候返城，返城了又没工作，成天跟我到处揽活干。没有偷过的，没有抢过的，没有杀人放火奸污妇女，遵守交通规则，不随地大小便，买东西排队……”

韩德宝早听得不耐烦了：“照你这么说，都是些大大的良民了！”

吴振庆喊道：“那可不是么？不但是良民，而且都是些顺民，不是顺民，当年能稀里糊涂地就下乡了么？”

韩德宝忍不住拍了下桌子：“那你怎么被关在这儿了？”

吴振庆被问住了，竟也一拍桌子叫道：“你他妈的一直跟我吹胡子瞪眼干什么？你还拍桌子！韩德宝，你听着，算我刚才的话是放屁！我不是给你丢了人么？从今往后，我们谁也不认识谁就是了……”他一边说一边不住地拍桌子。

一位公安人员冲进来，对吴振庆吼道：“你干什么你？他好心来看你，你倒在这儿要起威风了！”

吴振庆叫道：“他不是来看我的，他是来提审我的！德宝，提审我也轮不到你！到你有资格的那一天，我也犯不到你手里！我今天既然犯了，我吴振庆就有把牢底坐穿的……”

不待他说完，那个公安人员啪地扇了吴振庆一耳光。

吴振庆沉默了，瞪着韩德宝。公安人员将他推到门口，他又忍不住看了一眼韩德宝，韩德宝一动不动地坐着，垂视着桌面，一口接一口地吸烟。

十二

韩德宝又来到徐克家，扔下警帽转身进入洗漱间，洗完脸又冲了头。出来才看到王小嵩还在这里，他本来已经买好火车票，准备回北京了。王小嵩问：

“去看过振庆了？”

“看过了。”

“能早点儿放出来吗？”

韩德宝对他们说：“你们看过晚报了？”

他们点点头，其实大家都知道事情是在往难办处发展。韩德宝比他俩知道得更清楚。他去参加了市公安局的会，在会上不仅听到姚副局长对这起案子的意见，还听说姚副局长点了他的名，说：“在我们的同志中，有的人和罪犯有这样那样的特殊关系。”也看到了他的岳父对他那充满火药味的态度。

可徐克还不知天高地厚地说：“大不了我去把振庆顶替出来！”

韩德宝一听这话就冒火：“你以为公安局是什么地方？谁想顶替谁就顶替谁？”

倒是王小嵩很明事理，他拿出自己的火车票，请徐克帮他退掉，并说：“振庆的事儿没结果，我不回北京。”

韩德宝将一只手按在王小嵩的手背上说：“我到你家去了，见到了大娘。大娘的眼睛……我心里很难过……你晚回北京几天也好，我想这也是大娘的愿望。我虽然不像你和徐克、振庆，是从小一块长大的，可自从咱们一块下乡，我是把你们三个人都当成亲兄弟的。我……但凡能帮上忙的事，我韩德宝绝不会往一旁躲闪……”

王小嵩自然非常感激，他知道韩德宝是个够意思的铁哥们儿。但现在不是相互亮出真心表一表的时候，静下来一想，他忽有所思，对韩德宝说：“德宝，和你们公安局打交道的事儿，我不大懂，不过，旧社会还讲个保释什么的，现在你们讲不讲这一点呢？”

韩德宝说：“讲倒是还讲，不过这样的情况少有，那得看是谁保谁。就咱们三个，保一个没有正式工作的施工队的工头？门儿都没有！”

王小嵩说：“要是作保的人多了呢？比如几十个，上百个？”

韩德宝和徐克都不解地望着王小嵩，王小嵩说：“我的意思是，咱们北大荒那么多返城知青，熟人找熟人，一个连队找一个连队。串联一百来个人一同作保，不是咱们办不到的吧？说不定，有些人的父母还是当官的，再让他们动员动员他们的父母……”

韩德宝说：“这……不等于是向我们公安机关施加压力吗？”

王小嵩不否认这一点：“就算是那么回事吧。如果想不出更好的主意，哪怕这是条下策，我看也不妨试试。”

韩德宝沉吟了一会儿说：“局里要是知道我参与了这事，我这身警服就别想再穿了。”

徐克倒不以为然：“我俩不出卖你，谁会知道你参与了？”

王小嵩不完全认为此举是向公安机关施加压力，他认为，这只是哀求战术，为的是最大限度地争取公安机关的宽恕。

直到离开这间屋子，韩德宝也没有向他俩表态。他拖着疲惫的脚步回到家，在楼梯上遇见对门的邻居，告诉他他母亲也到他姐姐家住去了，走之前留下话，希望他早点把媳妇接回来。

韩德宝开了门，呆坐在空空的屋里。他的目光落在玻璃板下的一张照片上，那是他和王小嵩、徐克、吴振庆当年在北大荒的合影，他从玻璃板底下取出这张照片，久久地注视着。

十三

从离开徐克家的第二天起，韩德宝就率先开始征求签名的工作。王小嵩的这个主意不错，至少是不难做到，因为满大街到处都是返城知青。有摆摊修自行车的，有骑辆三轮车贩卖家具的，也有混得好点儿临时代课当老师的。韩德宝心里揣着签名的主意，见到“战友”就搭讪，先聊别的，然后切入正题，苦口婆心，最后摊出“牌”来，让人签名。“战友”们处境大都不好，当然也分各色人等，有的二话没说，痛痛快快地就签名了，不仅签名，还要发一顿义愤；也有的明白表示不签，这也没什么不好理解的，已经沦为谁也不敢得罪的底层人物了，再惹出点儿麻烦事儿来，不是自己跟自己过不去嘛！

那位当临时代课老师的“战友”就是这样，他对韩德宝说：“不是驳你面子，我还真有点儿不敢签这个名。你想，万一事态扩大，公安局到学校里来一调查，一谈话，弄不好我连代课的机会都没有了，那我不成失业公民了吗？”

但当韩德宝就要离开时，他又把韩德宝叫了回来，以补偿的口吻说：“这样吧，咱们排当年那些人还都和我保持着联系，我把他们的联络方式都开给你，你去找他们，就说我说的，希望大家能签名的，都签上……”

一天，他在大街上遇到了王小嵩。王小嵩告诉他，他找了好几个老同学，手上已经有二十来个签名了，有几个没正经工作的，打算早日把吴振庆保出来，进吴振庆的施工队工作呢。韩德宝则说：“我的成绩比你大，明天再奔波一天，我看一百来个人不成问题。我开始信心十足了。”

十四

徐克在一家小饭馆吃完面条，付了钱正等找头，突然从窗外看见一个女人，虽然已有很久没见过了，但他还是认出她是张萌。服务员过来对他说：“找你钱。”他有心接钱，又怕张萌走远，挥了下手说：“算了吧！”匆匆向外追去。

他在人行道上边跑边叫：“张萌！张萌！”

张萌站住了：“徐克？”

徐克走到张萌跟前，气喘吁吁地说：“行，还能叫出我的名字。你哪去？”

张萌说：“回家啊。”

徐克大大方方地说：“我陪你走一段。”

张萌好像不太乐意：“这，不耽误你什么事吗？”

徐克就跟没听出来似的：“我没什么事，刚才在前面那小饭馆里吃了碗面条，正巧你从窗前经过，我一眼就把你给认出来了。”

张萌不无几分勉强地说：“那……好吧。不过我走得可快。我刚下班，回家吃饭，吃了饭还得赶去上夜大。”

“哟！”徐克肃然起敬，“考上夜大了？好样的。”

张萌淡淡地叹了口气：“年龄过线了，要不何至于上什么夜大。”她看了下表，抬起头来，“我们别站着说了，走吧。”

她确实走得极快，徐克还真有点跟不上她：“看来你的时间挺宝贵的。”

张萌边走边说：“谈不上宝贵，紧迫而已。”

“当年，自从你离开连队，我就再没见过你。”徐克说完，看着张萌没什么反应，又接着说，“你一点儿没变……”

张萌说：“这怎么可能？当年我才十八岁，现在我已经三十多了。”

徐克多少有些讨好地说：“我的意思是，你不像咱们那些别的女战友，她们现在一个个连点水灵劲都没有了……”

张萌回头：“我还有么？”

徐克说：“你还有，你当然还有，挺多的呢。”

“谢谢！”张萌似乎还领情。

“你在哪儿上班？”徐克问。

“晚报社。”

徐克更肃然起敬了：“唔？还是得有个好爸爸啊！”

“这和我爸爸没什么直接关系，他们公开招聘，我去应聘，录取了。”

徐克忽然有些酸溜溜地说：“不少当官的在‘文革’中死了，国家现在正缺干部，你爸爸又高升了吧？”

张萌冷冷地说：“我爸爸也在‘文革’中死了。”

徐克倒吸了口冷气：“对不起……我不知道……真的……”

张萌还是拒人千里的口气：“没什么，谁都得死。你在哪个单位？”

“我么……目前还没有正式工作呢……做点倒腾服装的小买卖……反正

都是为人民服务，对不对？”

“对。”张萌显然不再想谈什么。

徐克倒有点纠缠不休似的：“你就不想问问我别的什么问题？”

“还问你什么？”

“比如吴振庆、王小嵩、韩德宝他们的近况……”

张萌干脆地说：“不想。”

徐克生气了，他停下脚步；然而张萌仿佛根本没有发现他站住了，继续匆匆往前走。

徐克追上去，一直跟她走到一幢新楼前，张萌站住说：“我到家了。”

“你……住这儿？”徐克的口气有些纳闷，那意思分明是：你怎么居然有幸住这儿！

张萌抬头仰望着说：“住这儿。”瞧着徐克又说，“你是不是又想说还是得有个好爸爸？”

“没有。”

“你要对我说，就说。这时候说正对，房子是给我爸爸落实政策的名义分给我的——尽管他已经死了。”

看着徐克一时语塞，张萌向徐克伸出了一只手：“你要是没什么话可说了，我就该跟你说再见了。”

徐克不握她的手：“张萌，我……想跟你到你家里去谈谈……”

“这……”

徐克急急地补充了一句：“就占你几分钟时间……可不可以？”

张萌只好说：“可以倒是可以，不过绝不能耽误我去上夜大。”

徐克赶紧答应：“当然。”

走到楼梯上时，徐克叫了一声：“张萌……”

张萌转身看着他，徐克问：“你……结婚没有？”

张萌反问：“你要和我谈的，跟这一点有关？”

徐克马上赔笑："无关无关！不过怕你已经结婚了，我和你爱人不认识，他不欢迎，显得我很冒昧的……"

张萌也笑了："我和我爱人也不认识呢，现在还不知道他在哪儿，是干什么的呢！"

徐克说："这样就好……"

张萌站住了："这样就好，怎么好？"

徐克立刻解释："我的意思是……这样，我就没什么不方便的感觉了……"

到了张萌家门口，张萌掏出钥匙，犹豫着并没有马上开门，问："你究竟想和我谈什么？"

徐克说："进了屋再说不行么？你看你这个人，难道我还能对你起歹心么？我要是这样，当年不就……"

张萌笑了："我可没这么想，我不过有点儿好奇。你的样子使我觉得，你可能碰上了件糟糕的事儿，而我现在又几乎没有任何帮助别人的能力。"

她开门，让进徐克。

这是一间两居室的房子，水泥地没油过，客厅里只有旧沙发、旧书架、旧桌子、旧木茶几，都是以前张萌家的老家具。桌上除了台灯，什么也没有。书架上只有几册数理化方面的书。

"随便坐……"张萌一转身进了厨房。

卧室的门半开着，只能见到一张单人床，床头是一只皮箱，张萌带着它下过乡。徐克显然对它并不陌生，他严肃地、认真地望着它。

张萌拿着一个馒头、一双筷子和一碗菜走了进来，她坐在徐克对面的沙发上，边吃边说："说吧……"

徐克开门见山："你不至于忘记吴振庆是谁吧？"

张萌默默地吃着，没有什么反应。

"他进公安局了。"徐克说。

张萌一愣："他……他干什么违法的事了？"

徐克像得了理："他替人打抱不平。"

沉吟了一会儿，张萌说："你就是要告诉我这件事？"

徐克静静地说："我们一些当年的兵团战友，想联名把他保出来……"

张萌不等他说完，便说："请替我到厨房把暖水瓶拿来……"

徐克站起来，从厨房捧来暖水瓶，并将水倒入张萌举手托起的碗里。

徐克说："他是为了我，才进公安局的……"

张萌突然问："他……不会是和火车站那件事有关吧？"

徐克说："正是和火车站那件事有关。今天我偶然碰上了你，希望你能在这张纸上签个名。签名的都是些下里巴人，正缺少像你这种人……"说着从兜里掏出两页纸给张萌看。

张萌接过纸看了一遍，还给徐克："我不能签。"

"为什么？"

张萌说："晚报上那篇文章是我写的。"

徐克大惊："你……原来是你写的！你知不知道，没有你那篇文章，他也许已经放出来了！你那篇文章等于火上浇油，公安局的头儿们看了，要严办他们几个兵团战友……"

张萌急了："可我当时怎么会想到是几个兵团返城的知青呢？更不知道他也在其中……"

徐克说："不管怎么说，那你更应该签名了！"

张萌没接徐克递过来的纸，轻轻说："我不能签。文章是我写的，我再参与签名保他，我究竟算怎么回事？我这记者今后还当不当了？我今后还希不希望人们关注我报道的事了？"

徐克盯着她，缓缓折起了那两张纸，站起来向门口走去，张萌低下头，默默吃着。

徐克走到门口，叫了一声："张萌……"

张萌抬头望他。徐克咬着牙，从嘴里迸出了几句话："我早就明白，你徐克咬着牙，从嘴里迸出了几句话：『我早就明白，你们这些大官小官的儿女，和我们普通老百姓的儿女，就是他妈不一样！』

们这些大官小官的儿女，和我们普通老百姓的儿女，就是他妈不一样！”

十五

一位男教师正在讲解李商隐的诗——这首《锦瑟》，是李商隐的代表作，古今爱诗者无不乐道喜吟，堪称最享盛名。然而它又是寓意较深的一篇诗。自宋元以后，揣测纷纷，莫衷一是。下面，我先将这首诗读一遍：

锦瑟无端五十弦，一弦一柱思华年。
庄生晓梦迷蝴蝶，望帝春心托杜鹃。
沧海月明珠有泪，蓝田日暖玉生烟。
此情可待成追忆，只是当时已惘然。

教室里几乎座无虚席。然而学生们都不是十八九、二十来岁的青年学子，而是一些早已应该工作有成的男人和女人。相当多的人穿着工作服。看得出他们是直接从班上赶来的。他们听得极认真，满目求知的渴望。后排座有人在边听边啃烧饼——张萌端坐在他们之中……

张萌旁边有一男一女在悄语。

那女的说：“能把你前几堂课的笔记借我抄抄吗？”

那男的问：“你前几堂旷课了？”

“不是，我是替我丈夫来听的。他改夜班了，这个月上不了课了。”

男的有些同情了：“我的笔记太乱了。不要紧，我替你向别人借。”

“那太谢谢你了。”

那男的向张萌借笔记，张萌将自己的一本笔记递过去。

对方感激地朝张萌笑，塞到了她手里一点儿什么，她低头一看，是一小瓶樟脑油。张萌往自己太阳穴抹了抹，正欲还给对方，不料被另一只手接过去了。

樟脑油在一只只手中传递着。

男人和女人，张萌的同代人，纷纷往太阳穴上抹……

有一个男的伏在桌上睡着了，他旁边的人捅醒他，递给他樟脑油，但小瓶里已滴不出来了。有人悄悄将茶杯递给他，示意他往小瓶里倒点儿水。

他照办。终于从小瓶里倒出了茶水和樟脑油的“混合剂”，然后将手心往脸上一抹。

张萌望着这一切情形，不禁想起当年的小学课堂上，韩德宝分抛豆饼给同学们的情形。

老师严肃地问：“后几排的同学怎么回事儿？”

在张萌的回忆中，小学女教师变成了现实中的男老师，那老师问：“我讲的有问题么？”

一位女学生站起来不好意思地说：“老师……不是……我们……大家在抹樟脑油……”

老师点了点头：“明白了……还有人在偷偷吸烟是不是？”

几个男学生惭愧地暗暗将烟掐了。

老师苦口婆心地说：“我知道，你们全体能坐在这里的，既是你们同代人中的幸运者，又是克服各种各样困难的人。我的儿子和女儿，也是你们的同代人。我多希望他们也有幸坐在你们中间。可是，儿子埋在了北大荒，女儿嫁在了北大荒。所以，我给你们讲课的心情，很特殊，很复杂。我不在纪律方面过分苛求大家，但是，大家可千万要对得起这种幸运……一弦一柱，犹言一音一节。瑟具弦五十，音节最为繁复。聆锦瑟之发音，思华年之往事，音繁而绪乱，情惘以难言。年华——正所谓美丽的青春……”

在老师的讲述声中，张萌又陷入了回忆，她想起了自己当年和那个市“红代会”的头儿徜徉在松花江畔，遭到郝梅谴责，遭到吴振庆等敌视的情形；

又想起她要离开连队，遭到吴振庆等阻拦的情形，还想起她和吴振庆因救火在森林中发生的种种情形……

忽然张萌前排一片骚乱，使她回到了现实——原来是一位母亲带着孩子来听课，而孩子发起了高烧。那母亲叫着："小强！小强！小强你怎么了？"

另一位女学员用手试孩子前额，吃惊地嚷起来："哎呀，这孩子在发高烧！"

母亲都要急哭了，她像是在对谁辩解："我……我没注意到他在发高烧……小强，小强你醒醒呀！妈妈对不住你，妈妈太自私了……"

一位男学员说："还哭什么呀！快送孩子去医院啊！"

老师踏下讲台，走过来，感慨万千地："这太过分了！不，我不是说你。我是说，太委屈孩子了……哪位同学去给拦辆出租车？"

张萌站了起来，她跑下楼梯，跑出校园，在马路上拦住一辆汽车，司机摇头不拉。正欲开走，张萌拉住了车门，一些学员陪着那位母亲走来，母亲抱着孩子坐入车里，大家伙儿将钱一一塞在母亲手中，车在夜幕中开走了。

张萌驻足目送，良久，她发现身旁已无他人了——她想着什么，没有回学校去。转身朝相反的方向去了……

十六

张萌来到现任市政协副主席的赵叔叔家里，心里七上八下的她，刚刚说了一点自己的想法，赵叔叔就开始驳斥她："小萌啊，我劝你还是不要搅和到这件事里头去。文章是你写的，你又暗中和扰乱社会治安的人串通一气。搞什么联名保释，你扮演的又算个什么角色呢？"

张萌说："赵叔叔您没听明白我的意思。签名，我肯定是不参加的。无论谁再来找我，我也是不参加的。我只是想请您，以政协副主席的名义，向市里的领导和公安部门的同志客观地反映一下他们不是流氓，不是歹徒，不是社会渣滓。他们是返城知青，不过一时冲动。何况，我相信他们会吸取这一教训的……”

赵叔叔问：“你相信？你凭什么相信呢？”

张萌很有把握地回答：“为首的是我的小学同学，中学又在一个学校，一块儿下的乡，当年曾是我班长，他还……还……”

“还爱过你是不是？”

“还救过我的命。如果没有他，我也许就没有坐在您面前跟您说话的这一天了……”

赵叔叔沉吟地，似有几分理解地说：“是这样……那么，你是否等于在承认，你那篇报道是不客观的呢？”

张萌低下头说：“我……我承认。我当时只考虑到自己要尽快完成这个月的发稿任务。只一心要为本报抢一条新闻，匆匆写完就发了。我甚至不知道他们是返城知青，更不知道有人还是我当年的班长、救命恩人，便在文章中把他们指斥为扰乱社会治安的坏分子，这件事的结果不能扭转的话，我的良心太不安了。”

赵叔叔缓缓地说：“小萌啊，我劝你还是冷静地想想，究竟怎样做对自己更有利。尽管他们不是所谓坏人，但他们毕竟扰乱了社会治安，这已经成为一个事实，而且成了公开性的社会事实。所以你也大可不必太自责，太内疚，太觉得对不起谁似的……”他起身给张萌的茶杯里添了些水，接着说，“小萌啊，‘事有不可知者，有不可不知者；有不可忘者，有不可不忘者’，这虽是《战国策》里的一句古话，但也是大白话，不必我解释，你能明白。‘泉涸，鱼相与处于陆，相呴以湿，相濡以沫，不如相忘于江湖。’知道这句话是谁说的么？是庄子……”他站了起来，踱到墙上的一幅条幅前。

条幅上写的是——“少年乐新知，衰年思故友。”

“知道庄子的话是什么意思么？”赵叔叔问。

“知道……”张萌答道，“鱼和鱼如果一旦离开了水，尽管互相张口出气以救，互相靠口水以生，还莫如彼此忘掉曾经是鱼，曾经共同生活在江湖……”

“行，夜大没白上。”赵叔叔说，“基本上就是这么个意思。你们这一代人的特殊经历，你们这一代人之间的特殊感情，挺有意思，挺值得研究。但是我可以断言，今后随着你们各自命运的变迁，它是会渐渐稀释如水的。它并不需要别人去评说，首先就会在你们自己之间变得没有什么意义了，没有什么价值了。既然迟早会是这样的，你现在又何必非那么认真呢？事实上你现在已经和他们大为不同了。你有了他们中许多人可望而不可即的工作。有了房子，靠自己的努力争取回了受高等教育的机会。你要开拓新的社交接触面，建立起新的社交圈子。人嘛，免不了总是要社交的。你实际上正是要从你们这一代的群体之中挣扎出来。而只有挣扎出来，作为单独的一个人，你才可能开始自己新的生活，你的个人命运才可能是乐观的。时代矫正它的错误，有时候是要付出代价的。我们之所以总是提心吊胆，防止时代犯历史性的错误，那是因为它矫正错误时付出的代价往往是很大的，甚至可能是一代人……”

张萌一副洗耳恭听的样子。

赵叔叔说得兴奋起来，预言家似的，哲学家似的，一发不可收拾地继续着：“而你们同代人们，他们每一个人目前所做的，又何尝不是和你一样呢？那么你又何必把一种过去了的感情，看得那么神圣，那么重要呢？其实根本不值得你连课都不上了，这么晚了还专门来求我。”

张萌终于由虔诚而逆反，今晚，她已下定了决心，她说：“叔叔，您别往下说了。您的话我认为都是有道理的，我都能虚心接受，也明白您是为我好。我知道我父亲临死的时候，托付您关照我。可是我要靠自己，所以不愿给您添什么麻烦。但是这件事……这件事我破例地郑重地求您一次，您破例地爽快地答应我一次吧！叔叔，张萌真的求求您了……”

她说着抓起了桌上的红色电话。

赵叔叔赶紧走过去："哎，那是专线……"

张萌抓着电话筒跪下了，哭了……

赵叔叔动情了："你！……哎呀小萌，你这是干什么呢！好好好，快起来！我答应你！"

张萌坚定地说："那您这就打电话。否则我老跪着。"

赵叔叔不得已接过了电话："好好好，我打我打，你这孩子呀！……你倒是叫我给谁打呀？"

张萌还没来得及起来，一位英武的军官推开了门。见状一怔，赶快又退出去了。

张萌起来后坐在沙发上，发窘地朝门看了一眼。

赵叔叔认真地说："我既然当面答应你了，我就绝不食言。换一个角度想想，返城知青们，目前是城市中的一个敏感的群体，大事化小，小事化了，也不失为一种处理方法。不过，这种意见从政协副主席的角度提出，要提得得体，措辞要推敲，是不是？你放心吧，我明天上午一定打个电话，不，写一份正式的书面意见为好，你说呢？"

张萌不好意思地噙泪笑了。

赵叔叔说："你呀！我这等于是被你逼上梁山！今后再也不许跟我来这套！"

"我发誓再也不麻烦您了叔叔……"

赵叔叔坐在沙发上又说："好了好了，我问你，在报社中同志关系怎么样？"

"还行。"

"领导关系呢？"

"还行。"

"怎么叫还行呢？"

"还行，就是还行的意思呗！"

“这算是什么回答问题的方式？我给你样东西。”

赵叔叔拉开抽屉，取出一张生日贺卡，递给张萌：“你自己的生日自己都忘了吧？已经过去十几天了。还是你阿姨扳着指头算出来的呢！她说，你总也不来，我们想关心也关心不到，就以我们全家的名义，给你填了张贺卡，嘱咐我在生日之前寄给你，我却忘了。”

张萌由衷地说：“谢谢叔叔和阿姨……我太忙了。白天要上班，晚上还要上学，总觉得时间不够用的。”

赵叔叔说：“我知道你忙。所以我们也不怪你不常来。小萌啊，我们是想把你当自家人看待的，我们把你爸爸的托付看得很重。”

张萌又感激地流出了泪，正在这时，门外有敲门声。

赵叔叔朝门口喊道：“进来！在自己家里敲的什么门，又不是进首长的办公室。”

进来的是那位英武的军人：“爸，你不是说还有两张内参电影票，让我和妹妹今晚去看么？”

“噢，对了，我差点儿忘了……”走到衣架那儿翻衣兜。

军人打量张萌，张萌不好意思抬头看着他。赵叔叔将电影票给了那军人，那军人说：“可小妹没回来。”

“那……你就和小萌一块儿去看吧。《天云山传奇》。据说是挺好的片子。对了，我忘了给你们介绍了，这是我儿子小涛。过去你们曾在一个幼儿园，记不记得？”

张萌站起，拘谨地伸出一只手。赵小涛也伸出了手：“你是小萌吧？我爸爸妈妈总是提起你。”

赵叔叔在一旁进一步介绍：“他现在是营长了，不过几个月后就要脱去军装，转业了。”

赵小涛的目光愉悦地盯着张萌。张萌低下了头。

这天晚上，他们一同来到电影院，电影散场后，赵小涛提出送张萌回家，张萌同意了。

走到了张萌所住的楼前，赵小涛说：“从容慢走，反而走出了一身汗，当了十多年兵，不会慢走了！”

张萌问道：“你的腿……受过伤么？”

赵小涛不失自尊地说：“不愿引起你的注意，却还是被你看出来了。不过，并不妨碍我将来做一名好丈夫。”

张萌笑道：“到我那儿坐会儿吗？”

赵小涛礼貌地说：“太晚了，不了。”

他啪地脚跟并拢，以标准的极帅的姿势向张萌敬礼。然后一转身，大步而去。

张萌不无敬羡地望着他的背影。

张萌回到家里，打开小半导体，里面正在播相声。她刷牙，洗脸，凝视镜中自己的面容，她洗罢脚，上了床，熄了灯，将半导体放在枕边，躺下了。半导体中相声说得很俏皮，引起阵阵笑声，她将被子往上一拉，蒙住头，在笑声中，隐隐传出了她的哭声……

十七

韩德宝厚着脸皮到岳父家接媳妇来了，岳母打开门，亲热地说：“德宝，快进来！”

韩德宝走入室内，韩妻从一间屋里探出头看他；二人目光一遇，韩妻哼了一声，缩回了头。

岳母问他：“吃了没有？”

韩德宝答：“吃了。”

岳母又问：“吃的什么？”

韩德宝无奈地说："小秀不在家。我一个人只好瞎凑合着吃呗！"一边说，一边想走进妻子待着的那个房间，不料妻子将门关上了。

岳母说："别理她。一会儿我动员她跟你回去。先到你爸屋坐会儿！"岳母将他轻轻推入客厅。

岳父正坐在沙发上看报，连头都不抬一下。岳母不满地说："德宝来了你没瞧见啊？"

岳父仍然看报："怎么？来了就来了，还得我笑脸相迎啊？"

岳母夺下报纸说："人家德宝也没搞婚外恋，你们父女俩干吗都这样对待人家啊？"

岳父一脸严肃地说："别把我和你那从小没调教好的女儿往一块儿扯。你先离开一会儿，我要单独和他谈谈。"

岳母对韩德宝说："他要是没头没脸地教训你，你就到妈屋里来，妈还有好多话跟你聊呢！"

岳父不耐烦了："你离开一会儿行不行？"

岳母只好悻悻地离去。

韩德宝走到岳父跟前，递给岳父一支烟。岳父不接，又开始看报。韩德宝将那支烟放到桌上，退向沙发，坐下。

岳父眼盯着报问："你一个返城知青，在别人连正经工作都找不到的情况下，能进公安机关，应该感激谁？"

韩德宝说："感激党……"

岳父："光感激党啊？"

韩德宝笑道："爸，还应该感激您。"

岳父又问："工作了许多年的人都住不上房子，你却住上了两室一厅的楼房，又应该感激谁？"

韩德宝赔着笑："也应该感激您。"

岳父："那么你是怎么感激我的呢？用打我女儿的方式？"

韩德宝小声说："爸，我错了。我今天就是专门来向她承认错误的，诚心诚意地接她回去。"

"我还以为你打算把她休了呢！"岳父没好气儿。

韩德宝笑了："哪敢呢？"

岳父盯着他："嗯？"

韩德宝急忙改口："我说错了，哪能呢？"

岳父眼仍盯着报："我女儿性子不好，这我知道。正因为她性子不好，才支持她嫁给你这个性子好的。结果呢，她这个性子不好的，倒挨你这个性子好的打。"

韩德宝说："我只打过她那一次，而且，只打了她一巴掌。"

岳父厉声问："觉得打的次数还少？"

"不是，我……我今后一定改正。"

岳父终于放下了报："这件事儿就算过去了，一个巴掌拍不响，她肯定也有她的不对。我问你，你是不是正在挑头搞什么联名保人！你想干什么？你不是不知道我负责处理这桩案子嘛！存心拆我的台？你以为我的台就那么好拆？你不是不知道我最烦这一套！你们多能耐呀，居然搞了一份一百多人的名单！想靠人多势众压我？你在局里打听打听，我什么时候吃过这一套！你那个战友不是扬言要把牢底坐穿么？好，我就按照法律，建议法院判他三年五年的！"

韩德宝说："爸，您听我解释……"

岳母扯他："甭跟他解释。"

桌上的电话响了，岳父转身抓起电话，岳母趁机将韩德宝扯进了女儿待的房间。

小秀在逗孩子玩儿，一见丈夫进来，背过身去。孩子看到他向他爬来："爸爸！爸爸！爸爸抱！"

韩德宝抱起女儿，连亲几口："乖孩子，爸可想死你了！"

韩妻嗔怒道："光想孩子，你就把孩子接走好啦！"

岳母开劝了："小秀！你看你！人家德宝刚才在你爸面前已经认错了！两口子哪有不吵架的？不吵架的夫妻，还过得有意思？吵归吵，好归好。"

岳父满面怒容地出现在门口，指着韩德宝："韩德宝，你小子能耐，了不起！居然把状告到市长那儿去了！我问你，你那帮北大荒的哥们儿，用什么收买了你？"

韩德宝糊涂地问："爸，我没有啊。您还不了解我么？我哪有那么大的活动能力啊！"

岳父火气冲天，大声说："你别跟我装糊涂！刚才那是市长亲自打来的电话。"

韩德宝一脸不解地说："这可怪了，爸，我真的没有。"

岳父怒喝："你行！这一次就算我服了你了！但是你给我记住，你那帮哥们如果哪天再犯在我手里面，玉皇大帝说情我也不给面子！"

小秀看见父亲动火了，反倒护起了韩德宝："爸，你先别发火嘛！你听他解释嘛！"

"你给我住口！"

小秀也火了："怎么又冲我来啦！他好歹是我丈夫！你不能当着我的面这么教训我丈夫！你是我爸也不行！"说着还真伤心了，过来拉住韩德宝说，"走！德宝！咱们回咱们的家，不在这儿受窝囊气！"

她从丈夫怀中抱过孩子，扯了丈夫便往外走。

韩德宝在门口仍想解释什么，小秀将他扯出来了。

岳母瞪着岳父："你呀！你这个老家伙！你这不是存心扰乱家庭治安么！"

十八

帮韩德宝“提”过吴振庆那个公安人员走到拘留所一间小房外，冲里喊：“吴振庆！”

吴振庆正贴墙倒立着，目光自下而上望着对方。

那公安人员说：“嚯，把这儿当健身房了。叫你没听见啊！”

吴振庆落下身体：“锻炼身体，振兴中华嘛！”——朝另外几名同时被拘留的“兵团战友”挤了挤眼睛。

可是他们谁也笑不起来，都愁眉不展的。

公安人员说：“你看，并没有人欣赏你的俏皮话儿。收拾东西，跟我走。”

吴振庆问：“哪儿去？……是不是……把我给判了？”

“怎么？怕了？要把牢底坐穿那股子勇气呢！”那公安人员转身对其他人说，“你们几个也收拾东西，一块儿跟我走。”

其他几个人也不安起来，面面相觑，最后都将目光投向吴振庆。

公安人员喊道：“都聋啦？这不过是拘留所，不是你们扎根落户的地方。”

吴振庆说：“我不是一开始就供认不讳了么？天大罪名我一个人承担，与他们没有多大关系——他们不过是些从犯而已。”

公安人员嘿嘿一笑：“从犯？法网恢恢，疏而不漏，从犯就可以逍遥法外了？怎么想的呢？还而已！”

吴振庆对大家说：“你们不要跟我去！哪也不要去！你们都要求上诉！能通知家里人替你们请律师的，就快找吧！至于我……我跟他走！”

公安人员乐了：“满悲壮的嘛！……逗你们玩呢。你们的事儿了结啦！”

“开玩笑？”吴振庆一脸狐疑地问。

公安人员严肃了：“这种玩笑是随便开的吗？”

大家又面面相觑一阵，立刻行动起来，争先恐后收拾东西，仿佛生怕略迟一步，会被扣住不让走……

他们就这样被放了。一行人走出拘留所，上午明媚的阳光使他们一个个用手罩住了眼睛。他们头发长，胡子黑，衣服皱，虽然才不过被关了十几天，却像被关了十几年似的。

吴振庆将手从眼上方放下时，发现韩德宝在面前。

韩德宝说："振庆，我是特意来接你们的……"

"哈，哈……"吴振庆回头望着身后的人说，"听到咱们这位兵团战友说什么了么？他说——他是特意来接咱们的。"又对韩德宝说，"亲爱的战友，不劳您从中周旋，我们不是也出来了么？您是不是有点儿，觉得怪不自在的呢？"

"振庆！"马路对面，徐克等人在招手喊他。

吴振庆对韩德宝说："看，那儿也有人在接我们。所以呢，我们就不和您瞎耽误工夫了……"

他撇下韩德宝，朝徐克他们走去。

徐克向吴振庆介绍他带来的人："都是战友。尽管他们这些人不认识你们这些人，但是他们都是签了名……"

"签名？"吴振庆问。

徐克反问："你们不知道？"

"知道什么？"

徐克说："看来你们是真不知道了。为了把你们保释出来，小嵩想了个联名上书的主意。一百多兵团战友签了名，一百多人都是我们三个一个一个去找到的。把韩德宝的腿都跑细了。光他自己就动员了五六十人签了名……"

吴振庆和他的"同案犯"们，都转身朝拘留所望，韩德宝早已不在那儿了。

吴振庆充满歉意地说："真给你们添麻烦了！"他又瞪着徐克，"都是因为你！"

来接他的人中的一位说："实际上，给你添麻烦的却是我们啊！"

好多人在一旁附和："是啊是啊，那肯定是我们了……"

吴振庆困惑地将徐克让到一旁，低声说："我怎么越听越糊涂呢？"

徐克悄悄说："他们目前都没有工作，都要加入你的施工队哇！"

吴振庆愣了："这……我那儿用不了这么多人呀！再说，这样的事，我一个人也做不了主，总得和大伙儿商量商量呀，这等于从我们施工队的锅里分汤喝啊……"

徐克说："现在就别说这种话啦！不管有什么为难之处，你也得答应下来啊，你看那些人都在瞧着咱俩呢！"

吴振庆望着那些人，只好走回去，强作欢颜地说："好！好！哥们儿，我太高兴了！咱们的施工队，从今天起，人强马又壮了！哈！哈！欢迎！欢迎啊！"

他故做兴高采烈的样子，和新相识握手。

没多一会儿，他便带着这一群人来到建筑工地。

吴振庆边走边吆喝："到了！这就是咱们的工地！瞧，那就是我办公室。有时候，我在工地上和大家一块儿干活，有时候嘛，免不了的，总得坐坐办公室，队长嘛……咱们这个工程干下来，每个人至少能分两千三千的。"

新加入者们听得神往起来。

吴振庆说："你们都先在这儿等会儿。我到办公室去去就来给你们发工作服，派活儿。"

新加入者们互相望着，一个个庆幸不已的样子。

他们中的一个客气地说："真不好意思，我们不加入，你们挣的就不止两千三千了。"

"同案犯"中的一个说："哪儿的话。人多，工程完得也快！提前交工，甲方还给奖金哪！"

另一个"同案犯"也附和道："坏事有时也可以变成好事嘛！人多，将来有指望包更大的工程嘛！"

大家都乐观地笑了。

吴振庆大摇大摆地闯进了工地办公室——临时盖的一间小房子，有人在接电话，有两人在下棋，有一人在喝茶。

吴振庆问道："哎，你们哪儿的？"

接电话的仍在接电话，下棋的仍在下棋，喝茶的看了他一眼，没人理他。

他一步跨到接电话的人跟前，劈手夺下电话，啪地放下："你谁啊？这又不是公用电话！"

两个下棋的抬起了头。

接电话的恼怒地问："你他妈的是谁啊？你干什么你？"

"我是吴振庆！谁把你引来的？都给我出去！"

对方一时发蒙了。

吴振庆叫道："老子是这儿的队长！"

喝茶的那人说："噢……明白了明白了！你刚从局子里出来是不是？告诉你吧，甲方已经单方和你们终止合同了！也就是说，这儿几天前已经被我们接管了。"

吴振庆愣了："岂有此理！"他欲抓起电话，被他夺下听筒的那个人按住电话不让他动："去去去，这又不是公用电话！"两个下棋的人也弃了棋盘，抱着膀子晃了过来。

喝茶的人说："给甲方打电话是不是？让他打，让他打。第一嘛，没有执照，靠送烟送酒的小手段揽下了工程。你知道这在法律上叫什么吗？叫骗签合同，是要判刑的！第二，身为队长，聚众闹事，扰乱社会治安，被逮进了公安局，人家不终止合同怎么着？如果判了你几年，这工程还必须等你几年啊？人家甲方不对你兴师问罪就已经大大地便宜你了！"吴振庆抓电话的手缓缓地放下了。

两个下棋的抱着膀子，一步步往门口逼他。

吴振庆边退边问："我的那些人呢？"

喝茶的那人说："无可奉告。现在工地上都是我们的人了。"

吴振庆说："那……我还有些东西哪！"

打电话的人从墙角拎起一个破麻袋，抛向他，吴振庆拎起破麻袋，在两个下棋的人一声不响的逼迫之下，默默地退了出去。

吴振庆和在等着他的人们双向走到了一起。

这些人以为吴振庆拿的是工作服呢，其中一人抢在前面说："对不起，我先挑了。我得先挑一套小号的。"

吴振庆喝道："别动！"

拥向麻袋的几个人不解地看着他。

吴振庆说："黄了……工程合同终止了。施工队……不再存在了。"

众人面面相觑。

吴振庆向大家抱了抱拳："诸位，我……非常抱歉，后会有期。"

他拎起麻袋一甩，背在肩上，走了。

众人望着他的背影发愣。

吴振庆经过垃圾站，将麻袋扔进了垃圾箱里。

他走出不远，又站住，走了回去，探手垃圾箱，在麻袋里翻找什么，那里面有破棉袄、破棉裤、破大头鞋、破手套之类。他从里面找到了施工队的章。他看了看它，拿着走了。

有几个小男孩儿在一起弹玻璃球儿，吴振庆看看手中的章，走过去，他对孩子们说："给你们个好东西要不要啊？"

孩子们瞪着他，他将背在身后的手伸向他们："看，是不是个好东西？"

孩子们仍瞪着他。

吴振庆蹲下说："这挺好的。可以当陀螺。"

他双手一搓，章转了起来。

吴振庆一脸天真开心地笑着，望着孩子们倒退着离开。孩子们望着旋转的章。

章终于不转了。倒了。

孩子们望着离去的吴振庆。吴振庆转过身去。

孩子们一拥而上，争夺那颗章，玻璃球则被他们在脚下踩来踩去。

十九

吴振庆先去了一家公共浴池，大澡堂里人不多，有几个老者泡在温池里；吴振庆走向热池，他伸手试了试水，觉得烫，但此时的他像是得了“强迫症”，咬着牙进了热池，先伸脚，后下腿，没多一会儿，吴振庆已贴着池边泡在了热水池中。

泡在温水池中的老者们佩服地瞪着他。

吴振庆宣泄地大唱：“下定决心，不怕牺牲，排除万难，去争取胜利……下定决心，不怕牺牲……”他两眼一闭，将全身没在了水中，只露出一个脑袋。

此刻，他不由想到小时候妈妈给他洗澡，一个劲儿地说：“坐下！坐进水里……”

“烫……”

妈妈当时有些不耐烦，说：“烫什么烫！我还不知道烫不烫？”

他说：“是烫嘛！”

妈妈朝他的屁股打了一下，将他按坐在盆里。

他当时忍着烫，忍着泪，忍着委屈。

在一旁洗脚的爸爸说：“也许是烫吧？我用手试过的水，觉着不烫，可脚一泡到水里，就觉着烫了，再说，大人的手，和孩子的细皮嫩肉不一样。”

妈妈挽起袖子，将胳膊浸在水里试了试喊道：“哎呀，可不是烫嘛！儿子，快起来。”

然而他脸蛋上挂着泪，紧抿着嘴唇，就是不起来。

妈妈急往起抱他，他执拗地往下坠身子……

泡在热水当中的吴振庆，闭着眼睛，满头大汗却在笑着。

温水池中一老者对同伴说：“他会不会是……”指着自己的头。

离他近的老者远远地离开了他，他们不禁紧往一起凑。

从澡堂出来，吴振庆又去理发店理了发，刮了胡子，这还不算，还吹了头发，抹了发蜡，直至容光焕发，才回了家。

多日不见的母亲看到他进门，立刻喊起来：“哟，我儿子可回来啦！”

吴振庆故作高兴地：“回来啦！”

母亲说：“徐克说你出差了，让家里别惦着。你究竟到哪儿去了十来天？”

吴振庆怔了一下说：“到……一个难忘的地方。”

母亲问：“北京？”

吴振庆答道：“不是……”

“上海？”

“不是。”

“那，去广州了？”

吴振庆不打算瞎编了，将话题打住，说：“说了你也不知道……反正是个您这辈子没机会去的地方。”

他说着走进小房间，却见父亲头朝里睡在床上，床头靠着父亲的拄杖。

他退了出来：“妈，你和我爸，怎么睡我房间了？”

母亲说：“把大屋腾出来，给你预备着呗。”

吴振庆说：“预备什么呀？”

母亲用手戳他额头：“你不想结婚了？”

他又推开了大屋的门，屋内家具半新不旧，倒也算全了，可以当八十年代的新房。油漆过的地上铺着报纸。

吴振庆说：“嗨，连对象都没有呢，你们倒是急的哪门子呀！”

“你不急我们当爸当妈的还不急呀？”母亲说，“这都是你爸的想法。

你不在家这十来天，他可为你累坏了！这不，刚躺下睡个安心觉。他说，至于你往家娶回个什么人儿来，我们当父母的可就操不上心了。”

吴振庆的目光被地上的报纸所吸引，蹲下一看，那张报上登载着他们在火车站打架的事儿。

“这些报，你们都没看过吧？”

母亲道：“瞧你问的，你不知道我和你爸是文盲啊？都是从别人家里要来的。”

吴振庆将那报纸撕下了一半，揉成一团，揣进兜里。

吃晚饭的时候，父亲照例和他对饮起来，母亲在一旁说：“你们爷俩儿慢慢儿吃，慢慢儿喝，但都别给我喝醉了！”

父亲说：“去吧去吧，我醉不了，他就醉不了！”

吴振庆猛喝了几盅，已经有些半醉了；他给父亲添酒，说：“爸，再来点儿。我看您今天挺高兴。”

父亲说：“你当儿子的有出息，我当爸的，当然高兴……再……说说你那施工队的事儿。”

吴振庆结结巴巴地说：“我这……队长……越当……越……前途无量啊！爸，一百多人……签了名……不，不是……是加入了！三五年后，会发展到一千……来人……十年八年后，全市……也数得上！……到……那时……啊，爸你说到那时……”

父亲也兴奋了：“到多时，你也要……给老子……好好当……当出个样儿来！那工程，还顺利？”

“顺利！没比的……顺利！交工后……我们，要揽个更大的，老大老大的……工程……小的……我们，已经不稀罕……干了……”

吴振庆这天喝多了，跌跌撞撞到那间大房里躺下；小房间里，父亲躺在床上，母亲坐在床上说话。

母亲自豪地说：“我从前怎么说来着？淘小子，出好的吧？如今应验了不是？”

父亲叹道：“是啊！也不知祖坟上，哪炉香冒了青烟了。对咱们寻常百姓之家，儿子能混到这地步，就算是出息了。”

母亲说：“那可不！”

正在这时，听到吴振庆“爸！爸！爸！”的高叫声，老两口都吓坏了，母亲赶紧跑了过去。吴振庆已喘着粗气坐起来。“没事儿，”他说，“做了个噩梦。”是的，他又梦见了中学时代，他帮父亲推车过铁道，车轮被铁轨卡住的情形……

二十

徐克和小俊面对面坐在一家饭店最里面的一个角落，小小方桌上摆着三五盘冷菜。

徐克说：“这是最后的晚餐。”他举起了酒杯。

小俊忙问：“大哥，你……想死？……你可千万别想不开！俗话说，留得青山在，不怕没柴烧。你还可以从头做起啊！”

徐克将酒杯放下了：“从头做起？谈何容易。不过，我也不至于轻生。我的意思是……我们该分手啦！”

小俊说：“我不和你分手……”

徐克说：“这由不得你，我不雇你了。我也雇不起你了。我连从头做起的本钱都亏光了，这一点蒙得了别人，蒙不了你。”

小俊说：“那我也不和你分手！我要和你共患难……”

她从指上、耳上、颈上摘下了戒指、耳环、项链，用手绢托着，一并放在徐克面前：“这些都是身外之物。再说是挣你的钱买的。你拿去做本钱吧！大哥，男子汉大丈夫不能一个跟头跌倒就趴下不起来了！我愿意和你同舟共济。咱们从头做起！啊？”

徐克很感动地说：“小俊，像你这么仁义的女孩真不多，我竟当过你的老板，是我的幸运……”他将那些金首饰推回到她面前，命令道：“你给我戴上！”

小俊执拗地说：“不！我既然摘下了，就不戴上了！”

“你不戴上，我可要生气啊！”

“你爱生不生。”

“我要生气了，我可就走了啊！”

“爱走不走。”

徐克站起来，毫不迟疑地推开椅子便走。

小俊央求地拉住他：“大哥……”

徐克厉声说：“戴上！”

小俊只好一一戴上。

徐克重新坐下接着聊：“小俊，我对你好不好？”

“好……”小俊将脸转向一旁，落泪了。

徐克说：“真心话？”

小俊微微点头：“嗯。”

徐克问：“我可没对你……有过什么轻薄的行为吧？”

小俊微微摇头，伏在桌上哭了。

徐克举起杯，一饮而尽：“当然，我又不是什么圣贤，也不想当什么君子。对你，那种很他妈的念头，我承认，是不止一次地起过的。”

小俊缓缓抬头望着他。

徐克又往自己杯里倒满酒，又一饮而尽，接着问：“你再回答我一句真心话，防过我没有？”

小俊摇头。

“为什么？”

“我觉得你不会……”

“你觉得……我不会？”徐克简直不知道说什么好，一挥手招来服务员，又要了一扎啤酒，直接用大杯喝，一口气喝了半杯，抹抹嘴道，“正因为你，丝毫没有存过防我的心，觉得我根本不会，所以我每次对你起了歹念，每次都天良发现，放过了你。可你竟什么都不觉得……你要记住，对于漂亮的女孩儿，男人能做到我这样，就算不错了。今后，不管你又受雇于哪一个男人，不管那个男人对你多么好，除了他决心娶你，而你又甘心情愿……否则，你必须时时防他三分……”

小俊洗耳恭听的样子。

徐克醉意渐浓：“要分手了，我也再没什么礼物送给你留作纪念。这些话，算我的临别赠言。”

小俊说：“反正我不和你分手。”

徐克正颜道：“听着！我刚才已经说了，这是最后的晚餐。明天我就希望你从我面前消失。懂吗？”

“不懂。”

“不懂也得懂，我又不打算娶你。你跟定我图的什么？说不定哪一天我歹念又起，把持不住自己，你后悔都来不及。”

“我不后悔。”

“胡说！我只希望你，今后无论在什么地方，偶尔想起我的时候，心里念我一句好就行了，别人如果问起我徐克对你怎样，你要如实告诉他们：他对我还不错，起过无数次歹念，但毕竟没有付诸行动。你这样告诉他们，才算对我不褒也不贬，才算客观，才算实事求是，对不？我这个人，天生不喜欢别人奉承我，可是也天生不愿意遭到别人贬损。你如果敢对别人瞎贬损我，我一定会找到你，认认真真地……跟你算账的。”

徐克又举起了酒杯。

小俊泪眼汪汪地：“大哥，别喝了。你逼我明天早晨就在你面前消失，这会儿……就没有一句正经话值得对我说么？”

“我说的……都是……正经话！不是正经话，我……能跟你……说么！”

这时，有两个男人走了进来。其中一个，是那个曾在市场上与徐克争买过猫头鹰的汉子，另一个是卖给他猫头鹰的那小青年，雇员或催奔儿的角色。他们发现了徐克和小俊，那汉子朝小青年使了个眼色，小青年心领神会地走到了徐克和小俊眼前。

小青年挑衅地说：“徐爷，在这儿寻清静哪？”

徐克看了看他说：“怎么？连你这号小子，也开始挖苦我了？墙倒众人推？”

小青年说：“哪里哪里，您让我们找得好苦嘛！我们怎么也想不到，您会沦落到这种地步，光顾这种不起眼儿的小门面。”

徐克：“有什么事快说！说完了，快……他妈的滚！”

小青年眼一斜，说：“其实嘛，也不是找你……”他一指小俊，“是找她。”

小俊瞪着他说：“我不认识你，找我干什么？”

“你是不认识我，可你肯定认识他……”小青年又一指站在门口那汉子。

徐克和小俊的目光同时朝门口望去。

徐克明白了：“噢，原来你给那小子干事了啊！”

小俊怕出事，赶紧说：“我和你那位老板也从无交往。大哥，咱们走。”说罢站起。

徐克按住她：“你给我坐下。”

小俊犹豫地坐下。

徐克对那小青年说：“既然是那小子有话，让他过来说。不劳你从中传话。”

小青年说：“这，对我倒没什么。对您，恐怕有些不便吧？”

徐克说：“没什么不便的。我现在还是她老板，在有些方面，我还能代表她。”

“是——吗？那好，我说——”小青年转对小俊说，“我们老板想雇你。”看着徐克又说，“不管他每月给你开多少钱，我们老板都愿意多给你五百。”

小俊愤然道：“你告诉他，他雇不起我！”

那汉子大步走了过来，故做大亨派头：“你每月究竟想要多少钱，开个价！”

小青年也凑上来说：“对对，开个价，双方就有的放矢了。”

小俊轻蔑地冷笑。

那汉子说：“我这人，只要我真心喜欢的，花多少钱我也要弄到手！”他瞪着徐克又说，“那只猫头鹰，你使我栽过一把。今天咱们一报还一报，我要从你手里夺过你这一件床上用品！小妮子，开价吧。只要你肯一项多用，我不在乎钱。辛辛苦苦挣钱干什么？不就是图想为什么东西花的时候，就可以慷慨大方地花么？”

汉子说着，在徐克和小俊之间坐了下去：“他已经元气大伤，名声扫地了，完戏了！你还犹豫个什么劲儿？”

小俊缓缓拿起酒杯，缓缓将酒倒在汉子的裤裆处。

汉子恼羞成怒：“你！”他猛地站起来。

徐克也站了起来：“别激动。你邪火上升，得给你降降温。”说着，以优雅的姿态，仅用两个手指抻着对方的领子，将酒从对方领口倒下去。对方狠狠一拳朝徐克打来，徐克机警地闪过，将一啤酒瓶子在桌上砸碎当武器比画着：“来啊，来哪，你俩一块儿上！”

小俊趁机闪到了徐克身后，此刻，韩德宝推门进来：“公安局的！都给我老实点儿！”

徐克拿着破碎酒瓶子的手垂了下来。

韩德宝指着徐克和小俊：“你！还有你！跟我走！走！”

韩德宝推推搡搡地将徐克和小俊带走了。饭店主人追出柜台直嚷：“哎哎，他俩还没结账呢！”

韩德宝回过身一指那汉子："他结！"

那汉子说："凭什么我结！"

韩德宝厉声说："你滋扰别人正常营业！要不也跟我走！"那汉子不敢表示异议了。

韩德宝推搡着徐克和小俊出去了。他将徐克和小俊带到一僻处，转过身突然给徐克两个耳光，之后说："你该不该打？"

徐克无地自容地说："我……我是醉了……"

"那么看来你这会儿是清醒了！你想过没有？振庆前脚出来，如果你后脚再进去，我韩德宝还有能耐把你保出来吗？"

徐克醉醺醺地说："有……"

"有个屁！"韩德宝对小俊说，"我现在把他交给你了！你要把他给我送回家去！不许半路再惹出什么事来！"

小俊扶着徐克："大哥，走吧……"徐克摇摇晃晃走了两步，险些栽倒，小俊紧紧地扶着他。

"站住！"韩德宝在后面喊。小俊搀扶着徐克站住。

韩德宝问："有钱没有？"

小俊僵立地："有。"韩德宝说："你听着，你这类小姐我见得多了！你要是敢把我这兄弟腐蚀了，我饶不了你！限你三天之内，离开本市！否则我按流窜罪把你收留了！臭小妞！"

他气呼呼地走了。小俊搀扶着站立不稳的徐克仍僵立在那儿。

直到很晚，小俊才把大醉的徐克扶到家门口，他的吼声从一层传上了三层："振庆啊，我徐克对不起你呀！"

接着又大唱起来：

"谢谢妈！临行喝妈一碗酒，浑身是胆雄赳赳。鸠山设宴和我交朋友，千杯万盏不应酬……"

一扇房门开了，出来的是在徐克家劝过架的那老太太，正巧见小俊搀扶着歪歪斜斜的徐克上楼。小俊尴尬地对那老太太笑笑。

老太太说："是你呀？我当是谁呢！"

徐克含混地说："我……唱得不好？"

"好……唱得好着哪。"

"不……好！我妈……已经不在了，我……不该唱这个……"

小俊连推带拽地将他又弄上一层楼。

老太太伸长脖子朝上看他们。小俊好不容易搀扶徐克进了家门，徐克仰面栽倒在床上，将小俊也拖带倒了。小俊从床上挣起，兑了一盆温水，绞了一条毛巾，给徐克净脸，之后又替他拖鞋脱袜子，脱衣服……

小俊心怀无尽委屈，潸潸落泪……徐克在床上呼呼大睡。

小俊在桌上写留言："大哥，我走了，咱俩后会有七（期），你要多多保中（重），祝你鸡（吉）星高照……"从满纸错字可见，这外表漂亮的姑娘文化水平实在有限。

徐克在梦中突然嘟哝起来："小俊……小俊你不能走……咱俩同舟共济……东山再起……"小俊回过头看他，将字条揉了。

一大早，床头一个盈尺高的"叫时娃娃"怪腔怪调地叫："起床了！起床了！"

"他"叫了两遍，"小鸡鸡"竟撒出"尿"来。

"尿"撒在徐克脸上，他猛醒了，发现小俊和自己睡在一张床上，而且被自己搂着，这使他大吃一惊。

他只穿着短裤蹦下了床，一边慌乱地穿裤子，一边瞪着小俊，像瞪着一条盘在床上的毒蛇。小俊也醒了，揉揉眼睛，柔声问："你觉得好点儿了么？"

徐克问："这是怎么回事儿？"

小俊四周望望："什么怎么回事儿？"

"你他妈怎么和我睡在一张床上！"

"我……我以为你想……"

“我想？我什么时候向你表示过，或暗示过，我想和你干这种勾当？”

小俊说：“昨天晚上，咱俩吃最后的晚餐的时候，你不是亲口对我说，你经常对我产生过……那种想法的么？”

徐克说：“你！……不错，我是那么说过！那证明我当着真人，也就是说当着你，不说假话！那证明我对你的直率，对你的坦诚，并不证明……不证明……”他实在是无法解释清楚，“你明白不？”

小俊懵里懵懂地：“不明白。”

徐克一把将穿着睡裙的小俊从床上拖了下来，拖到了另一房间，指着床问：“这是什么？”

“床。”

徐克又将赤着双脚的小俊拖到了客厅，指着沙发问：“这是什么？”“沙发。”

徐克说：“我没问你这是不是沙发！我还不知道是沙发么！我是问你，这么宽大这么舒适的沙发，难道这还不可以睡人么？”

“可以。”

徐克：“这就得了！你……你为什么偏偏要和我睡在同一张床上，嗯？你究竟安的什么心？”

小俊说：“我什么心也没另外安一个……我……不过就是一时动了好心……”

“好心？”徐克直到此时仍攥着小俊手腕，一推，将小俊推坐在沙发上。

然后他赤着双脚，光着脊，这里那里找烟。找到烟，一蹦坐到桌上，一边拼命吸，一边凶狠地瞪着小俊。小俊委屈难言而且羞辱难当，垂泪不止。

徐克说：“你是不是企图在咱俩之间，造成一种生米做成熟饭的关系，然后逼迫我娶了你？可是我早就明确告诉你我根本不会娶你当老婆的！第一，你没有本市户口；第二，你没有正当的职业！我已经是没有了，只好如此，但我希望将来是我老婆的那个女人有；第三，你文化太低！我毕竟具有初中文化水平！而且是‘文革’前的！所以才配叫作知识青年！我希望将来是我老婆的那个女人，文化水平比我高点儿。组成的家庭也能沾她点儿文化的光！可你呢？第四，你是我的雇员，我老父亲都瞧着你不顺眼，我要和你结了婚，还不活活把我老父亲气死么？你以为我徐克现在沦落了，就正好和你是一对儿了呀？你怎么想的呀？怎么连点儿起码的自知之明都没有呢？”

小俊说：“我有……”

“你还敢说有！”

“我有。我没存那种逼迫你和我结婚的念头。”

“哼！那你图什么？分手前再敲我给你一笔人身损失费？”

“我……我只不过觉得你怪可怜的……我安顿你躺下后，本想走的……可你醉成那样，还叫我的名字，让我和你同舟共济，东山再起……”

“我……是那样来着么？”

“嗯。再说……再说我不过睡在你身边，为的是，怕你半夜吐了，或者要水喝……我不知道……我没和你干什么勾当……”

小俊忍不住呜呜哭了。徐克心软了，也开始意识到自己错怪了她，语气缓和下来：“得了得了，别觉得冤了，也别哭了。”他从裤兜里掏出手绢抛给她，“你是说，我……我和你……我们之间……其实并没有……没有那个……那个‘那个’？”

小俊说：“你自己醉成什么样，你忘了呀？还那个‘那个’呢？倒好像我骗了你似的……”

徐克说：“是啊是啊，我醉得一塌糊涂，不能对你‘那个’，我们之间又怎么能发生‘那个’呢……这我心里就安定了。”

他走到小俊跟前，似乎顿生怜香惜玉之情，想爱抚她一番。但因为自己刚才太错怪于她了，话也说得太过头了，不知该有何举动才好，尴尴尬尬地又退了回去，仍坐到桌边上。

“昨晚你扶我回来的时候，碰见楼里什么人没有？”

“只在三楼，碰见了一个老太太。”

“她……什么表情？”

“她光对我笑笑。”

“你呢？”

“我也光对她笑笑。”

徐克叹了口气说：“那老太太，表面上对人挺近乎的，你不知怎么着就能把她得罪了。一旦得罪了她，嘴才损呢！望风捕影的有风无影的，她恨不得满世界替你张扬。”又自言自语地，“这就好比，我是一只黄鼠狼，实际上并没吃鸡，但吃鸡的臭名肯定远扬了。这种事儿跳进黄河都洗不清。现在我倒觉得有些亏了。”

小俊毫无反应地呆听着，呆坐着。徐克接着说：“如果我们之间真的‘那个’了呢，我遭议论也不觉得亏了，但又会因为根本不打算娶你，而觉得太罪过，太对不起你了。”他苦笑了。

“去他妈的！怪只怪我自己昨晚不该喝醉了。原打算昨天晚上就跟你分手的，没承想反而睡到了一张床上。”他说罢，进了洗脸间。他一边往牙刷上挤牙膏，一边说，“小俊，别生我的气啊？我一时冲动，我向你承认错误！唉！扪心自问，我刚才说的那些话，也不配是一个男人说的话……”

他刷完牙，漱完口，一边照镜梳头，一边继续说：“我答应你，咱们也不必分手了，昨天晚上那顿最后的晚餐，不过算是昨天的最后的晚餐吧。从今天起，咱们同舟共济，一条绳拴俩蚂蚱！咱们在四面楚歌之中，要卧薪尝胆、东山再起，咱们一定要东山再起！到那时咱们也别分什么老板雇员的了，你就当第二把手吧！”

客厅里静悄悄的，这使他感到奇怪。

“小俊，我说的话你听着没有？”

他走入客厅四下一看，小俊已不在沙发上了。

他跨到窗前，推开了窗子，街上也不见小俊的身影。徐克匆匆忙忙穿了上衣，冲出家门，边扣衣扣边奔下楼梯边喊：“小俊！小俊！”

他在三层碰到了老太太，老太太古怪地莫测高深地笑。他也冲老太太古怪地尴尬地笑。

他不由得又退上了楼。徐克回到家里，发现了桌上的字条，正是小俊昨晚写了又揉了的留言。

他看过后，抓成一团，紧攥在手心，坐在沙发上吸烟。他将烟狠狠按灭在烟灰缸里，接着用打火机将纸团烧了。他走入了卧室，注视着小俊在枕头上的头印。

他沮丧至极地扑倒在床上，脸埋在枕头上，双手搂抱住枕头。

这时，传来了敲门声，他敏感地爬了起来：“小俊，我就知道你没地方去，你会回来的！”

他自说自话着开了门，门外是五六个男人。

徐克愣了：“你们？”他们一个个板着脸强行进了门，为首的一个男人递给他一封信，徐克看过信后，如鲠在喉地：“明白了……”

为首的男人说：“你明白了，咱们就好办了。”又递给他一张名片：“我是他聘的律师。欠债还钱，古之法也。上法院也不过是这么个结果，而且会使你当一次被告。不但进一步有损你的名声，同时也有损你们以往的交情，是不是？”

徐克呆呆地说：“我已经说过，我明白了……”

为首的男人还不算完，又说：“光说你明白了不行。你得表示同意。你同意了，我们才敢开始行动。否则，我们岂非等于是私闯民宅，掠夺民物么？”

徐克连声说：“我……同意……”

为首的男人对另外的男人们说：“开始吧，先搬值钱的，后搬家具什么的；一车不行，可以分两车嘛！”那些男人们开始搬走电视机、录像机、音响什么的。

徐克默默地望着，为首的男人递给他一支烟：“吸一支？”

徐克说：“不，刚掐，谢谢！”

为首的男人自己吸了起来，他踱到书橱前，看书："看来你还挺肯花钱买书的……都看过么？"

徐克苦笑地："哪里，没时间看……"

"那不成了陈列品啦？"——从书橱内取下了一本托尔斯泰的《复活》，"知道托翁是哪国的么？"

徐克摇摇头。为首的男人一边看一边继续说："屠格涅夫、果戈理、契诃夫、巴尔扎克、哈代——还都是些伟大作家的不朽名作呢……"一边说着，一边把书取下来，吩咐一个随员，"这些书单放着，不许弄脏了，都归我了。"

徐克默默退入卧室，缓缓坐在床上，拿起小俊枕过的枕头，搂抱在怀里发呆。客厅里的对话声，夹杂着搬家具的响声："地毯搬不搬？""搬啊。这还用问么？搬得一干二净，也抵不了全部债啊！"为首的男人走入卧室对徐克说，"我得多谢你啊！"

徐克表情麻木地抬头呆望他。他继续说："幸亏你是个明智的人，使我的角色也好扮演些……也要为那些书谢你。我这人，至今不死作家梦。谁年轻时候没犯过想当作家的错误呢？"

他看到了那幅《伟大的女奴》，咂着嘴摇头："哪买的？一幅世界名画，怎么被临摹到这么媚俗的地步啊！"一个男人进来，请示他："客厅里的搬完了，是不是该搬这一间的了？"

为首的男人烦了："又问。怎么老问些不必问的废话啊！"徐克说："总得给我留下一张床、一套铺盖吧？"

为首的男人欣赏地研究地瞧着床："这床的样式不错。"在床上坐了坐，"弹簧蛮有劲儿的，是张好床，我看就别留下了。这屋的地毯倒是可以考虑不卷走，什么时候也得讲点儿人道嘛！"于是进来请示的那个男人一招手，又进来两个男人，他们围站在床前，期待着徐克起身。

为首的男人轻拍徐克的肩："咱们客厅里说话吧，别妨碍他们。"徐克只好抱着枕头离开卧室，走到徒存四壁的客厅。

从敞开的房门，可见众邻居排列在走廊观看。徐克走到邻居们看不见的角落站着。

卧室里的人喊：“这床太沉，怎么往外搬啊！”

“拆。不拆是搬不出去的。”

一声响……徐克和为首的那男人同时扭头朝卧室望去，黑色的维纳斯倒在卧室门口。

为首的男人走过去，训斥道：“怎么搞的？！”

一个男人讷讷地解释：“不小心碰倒了。”

黑色的维纳斯上身完好，下身碎了。为首的男人捡起碎片看了看：“石膏的。我当是玻璃钢的呢！碎了就碎了吧，值不了太多的钱。”他走回徐克身旁又说，“别心疼了，价钱算在你抵的债里。”徐克表情木然。

为首的男人说：“我这个人处事公正，该怎么算就……你老抱着这只枕头干吗？”

徐克躲闪着：“我……愿意……”

为首的男人怀疑地：“不对吧？”他目光盯着枕头，绕着徐克转，“这枕头里一定有值钱的东西，对不对？”

徐克从牙缝里挤出一句：“去你妈的！”

为首的男人说：“你别开口骂人啊！究竟有没有值钱的东西与我何干啊？反正债务是你和别人之间的关系，东西抵不了，人家日后会追着你要……”

徐克扔掉枕头，双手揪住对方衣领，咬牙切齿：“你再撮我火儿，我把你当仇人！”两个搬东西的男人分开他们。

其中一个趁机从地上捡起枕头，迅速捏了个遍，还给徐克：“别发火，别发火，愿意抱着，你就抱着。”又对为首的那个男人摇摇头，表示枕头里没东西。徐克仍搂抱着枕头，走到窗口——外面街上，两个男人正往一辆卡车上抬东西。

为首的那个男人喊了起来：“哎，你干什么你，放下！”原来是三楼那个老太太，不知何时溜进了屋，企图偷走那幅《伟大的女奴》。

老太太说："这是我家的。没地方挂，暂时存放在他家的。不信你问他。"徐克回头看看，没吭声。

为首的男人也没办法："拿走吧拿走吧！"老太太将画拿走了。

楼外那些议论纷纷的围观者闪开，卡车缓缓开动了。

屋子里已经空空荡荡，水泥地上放着被褥卷，徐克坐于其上，怀里仍抱着枕头。过了一阵，徐克走入父母的卧室，他缓缓跪下，仰望着挂过相框的地方："妈，我不是不争气，可是……我不知道怎么才算争气，怎么做才能争气，我……"他哽咽了，说不下去，接连磕了三个响头。他双手捂脸，发出了无法抑制的哭声……

痛哭一场之后，他站在家门口，扯开一条衣缝，掏出一个存折，打开看了看，揣入衣兜，推门出去了……

二十一

王小嵩带着母亲到一家医院看眼疾，在搀着母亲上楼的时候，他与另一个女人擦肩而过，这时，他看到一张多么熟悉的脸！

在那个瞬间，他惊呆了，他似乎嗅到了一股过去年代的气息；熟悉的、愁苦却又温馨的气息。而且，他分明注意到，在他注视着的那张脸上，也有着与他同样的惊愕。

但是，这怎么可能！他还是脱口喊了出来："郝梅！"

郝梅缓缓回过头去，背着女孩儿下楼了。王小嵩抛下母亲，追下楼梯喊道："郝梅！郝梅！"

郝梅背着女儿已到了更底层去了。王小嵩两头不舍，最终还是回到了母亲身边。

母亲问："你碰见谁了？我怎么听着……你叫的，好像是郝梅两个字？"

王小嵩说："是……我觉得，一个女人……那么像郝梅。"

"像归像……郝梅，不是已经……不在了么？"

"是啊……郝梅……已经不在了。"

王小嵩扶母亲上了楼，扶母亲在长椅上坐下。王小嵩还不甘心："妈，你先在这儿坐一会儿，我……我去……"

母亲理解地说："去吧。我也有这种时候，明明知道自己认错了人，可不当面问问人家却不死心。"王小嵩离开母亲，奔下楼去。

母亲坐在长椅上，她什么也看不见，但她曾经看到过的往事，却更加清晰地出现在头脑里。刚才王小嵩叫着郝梅，深深地触疼了她的心坎。她忆起了那个冬夜，郝梅肩扛手提着大包小包从兵团回来；穿一身兵团战士的棉袄棉裤，头戴羊剪绒的兵团战士帽，小脸冻得通红，一进门她就说爸妈都到干校去了，家里的房子也被别人占了。母亲从内心里爱悦地告诉她：今后大娘的家，就是你的家。那时的郝梅，已经出落得多么俊秀啊！她替郝梅揉搓着冰冷的双手，郝梅也为能有一个温暖的家庆幸得热泪盈眶。

走时还是个小孩子，这次回来已经是个大姑娘了，郝梅给自己的父亲、母亲而且还给小嵩，一人织了一件毛衣。郝梅带回来多少好东西呀，木耳、黄花、蘑菇、猴头儿……在郝梅去探望在干校的父母之前，她和郝梅一同包了那么多的饺子，冻在外面，不一会儿就冻得"嘎嘎"的。她们把冻好的饺子倒在面口袋里，走时，她特意嘱咐郝梅，让郝梅告诉她父母，她这个破家，以后就是郝梅在城市的一个家。

至今，在这医院的长椅上，母亲还能清晰地看到，大雪飘飘中，渐渐远去的郝梅……

王小嵩失望地回到了母亲身边说："妈，你等急了吧？"

母亲说："妈没急……人和人啊，是缘分。有时候，不能不信缘分。妈和你小姨，就缺缘分。虽然认了干妹妹，却好像命里犯克。你和郝梅那孩子，看来也是没缘分的。儿子，忘了她吧！再说你已经成家了，都当爸爸了。就是她还活着，又如何呢？”王小嵩也在长椅上坐下，问：“妈，你……清楚郝梅些什么事儿吗？”

“妈怎么会清楚哇？自从她探家，在咱们家住过几天后，一回兵团就没了音讯。有年振庆探家回来，我问，才知道那孩子染上什么出血热了，已经不在了。你也是从振庆和徐克那儿知道的吧？”

王小嵩叹道：“是。振庆往大学里给我写信告诉我的。”

母亲说：“振庆那孩子可从不编瞎话，再说他没来由编瞎话骗妈骗你。干什么呢？”

“是啊，振庆不会那样的……”

母亲睁着空蒙的眼又说：“不过……你这么一问，我想起一些事儿来，心里倒也有点儿犯疑……”

“妈，什么事儿？你快说！”

母亲叹了口气：“当年的一些旧事儿，不说也罢……”

王小嵩央告着：“妈……”

母亲坚决地说：“别问，妈不想说的事，你怎么问也没用。”

王小嵩也严肃地说：“妈，有些事儿你不能瞒我，这对我很重要。”

母亲说：“比你一心想治好妈的眼睛还重要？”

王小嵩的目光，却被另一个背着孩子的女人所吸引，那女人穿的衣服和他刚才认为是郝梅的女人穿的衣服差不多。

他追了上去，那女人当然不是郝梅，背着的是个男孩儿。

二十二

王小嵩在医院里碰到的那个女人，其实正是郝梅。这个早已“死”去的人，也生活在这个城市里；她背着的那个不能走路的孩子，是她的女儿芸芸。她背着芸芸挤上公共汽车，在拥挤的车厢里站着，一个老者看不过去，给她让了座。

郝梅对老者笑笑。女儿在妈妈背上说："爷爷，谢谢您！"

两个坐着的女青年议论着："这女人真不像话！人家老头给她让了座儿，连声谢谢也不说。还不如她孩子有礼貌呢！"

"就是。孩子毕竟有老师多少教育点儿，到了她这种年纪谁还有义务教育她啊？"

"因为有这样些个人，所以我才偏不学那份儿雷锋哪，学了又不落好儿。"

女儿猛地朝后座扭回头，分明想声明什么，更想抢白她们什么。郝梅的一只手及时捂住了女儿的嘴。

被捂住嘴的女儿抬头望着她。她也望着女儿，摇了摇头。

女儿眼中渐渐充满了泪。车到站了，郝梅背着女儿下车，朝家走去。在一个单位门口，芸芸说："妈，你把我放那儿，歇会儿吧！"指指单位门前的水泥护花台……

郝梅摇头。芸芸又说："妈，你怕我凉着是不是？坐一会儿没事的。"

郝梅发现垃圾桶那儿有破包装箱，背着女儿走过去，一手捡起来看了看，见还干净，拿着走到护花台那儿，将里面折到外面，给女儿垫着坐下。她坐在女儿身旁，搂着女儿。芸芸掏出手绢，替她擦汗："妈，我心疼你……"

郝梅情不自禁地将自己的脸偎向女儿的脸。一对外国男女青年见状，给她们偷拍了一张照片。

外国女青年拿着立显照片走到她们跟前，将照片递给郝梅，郝梅礼貌地报以微笑。

芸芸说："谢谢阿姨！"

外国女青年问她："照得好吗？"

芸芸说："好。真好！"

外国男青年高兴地点头："你说好，我们，非常高兴！拜拜！"

芸芸挥挥手："拜拜！"

母女二人挥手与外国男女青年告别后，欣赏照片，对视而笑。她们笑得那么愉快……歇够了，郝梅背起女儿继续走。她们走进一个院子，走到了自家小屋门前，女儿在她背上用钥匙开了门——看来她们早已习惯如此了。

屋里陈设当然再简单不过，与张萌的居处相比，更显得一贫如洗。郝梅刚将女儿放在床上，有人敲门："能进吗？"

郝梅开门，迈进一个三十来岁的男人，那是邻居老潘，他说："我中午买了两袋儿包子，给你们送一袋来。这几根黄瓜我已经洗干净了，再拌个凉菜，挺好的一顿午饭。"

郝梅满脸感激，急忙从兜里掏出钱来要给老潘，老潘推卸："这是干什么啊！邻里邻居的，这不就见外了么！"郝梅求援地望向女儿。

女儿领会地："叔叔，那我就替我妈多谢您啦！"

老潘见女儿手中拿着照片，走过去问："让叔叔看看，照得真不错！谁给你们照的？"

"在路上，两位外国朋友给照的。那种照相机可高级啦，当时就能出这样的照片……"

老潘开玩笑说："送给叔叔吧，怎么样？"

芸芸舍不得地："这……就一张……"

老潘说："舍不得？那……借给叔叔翻拍一张，然后再还给你。"

芸芸说："拿去吧，可一定得还。我妈妈也喜欢这张照片……"

"叔叔保证还。芸芸，你妈妈的生日是几月几号啊？"

芸芸困惑地瞪着对方……

老潘将声音压得更低："叔叔打算为你们改装一辆旧自行车，改装成个三轮的。在你妈生日那天送给你们，那你妈妈就不用再背着你去看病了。"

芸芸说："在我过生日那一天送给我们不行么？"

郝梅背着女儿走进一个院子，走到了自家小屋门前，女儿在她背上用钥匙开了门……

老潘不禁一怔:“当然也行啦!”厨房里一直响着郝梅切黄瓜的声音……

芸芸说:“我妈妈的生日是四月份,那就要等到明年了。我的生日是九月二十六号,再有一个月就到了。叔叔你能争取在我生日那天送给我们么?我妈妈天天背着我去看病,我可心疼她了……”厨房里响着爆锅声、添水声……

老潘心有所动地抚摸着芸芸的头:“叔叔一定争取在你生日那天送给你们。”

芸芸说:“叔叔,我要告诉你一句悄悄话儿……”

老潘见她一脸郑重,将耳附在她嘴边。芸芸郑重地说:“我老想,我还不如死了,让我妈少替我操份儿心,少替我受份儿累……”

老潘严肃地板起了脸:“芸芸,听着,再也不许你有这种想法,尤其不许你当着你妈的面说这一类话!”

郝梅端着热腾腾的包子、拌好的凉菜走入屋。

老潘站起来说:“你们吃饭吧,我走了……芸芸,记住我的话啊?”芸芸点点头。

老潘走出门去。郝梅狐疑地望着女儿。

芸芸见状,赶忙解释:“妈,叔叔只不过对我说,平时要多体谅你,听你的话,别惹你生气……”郝梅将女儿抱在椅子上。

母女二人在旧方桌面对面吃饭。饭后,郝梅擦桌子,芸芸将作业本和课本铺开,准备写字。

郝梅则坐到女儿对面,检查女儿的算术,并画“√”和“×”。芸芸停止写字,望着母亲批改。

“妈,那道题没错。”郝梅抬头看看女儿,又看书,将“×”改成了“√”。

芸芸:“下一题也没错。”郝梅又抬头看看女儿,自己在纸上演算一题。又将“×”改成了“√”。

她歉意地对女儿笑笑。

芸芸说："妈，我想和你谈一谈。"

郝梅摇头，表示不同意。

芸芸又说："你有心事，才会批错。要不我思想没法集中，就像妈妈现在一样。"

郝梅的目光流露出了惊讶。她将双手平放在桌上，注视着女儿，准备与女儿倾心一谈的样子。

芸芸问："妈，那个人是谁？"同时将一个小本儿和一支笔推向母亲。

郝梅在一页纸上写道："哪个人？"又将纸推向女儿。

芸芸说："在医院碰见的那个男人。"

郝梅在第二页纸上写道："我不认识他。"

芸芸说："那，他为什么认识你呢？"

郝梅在第三页纸上写道："他认错人了。"

芸芸看过之后又问："他为什么还能叫出你的名字呢？"

郝梅在第四页纸上写道："同名同姓的人很多。"她每在一页纸上写完字，都不忘记画上一个句号，推向女儿。

她脸上的表情渐渐起了变化。不难看出，她用笔作出的回答皆是违心的。

芸芸问："你不但和另外一个女人长得像，而且和她一样，同名同姓？"

郝梅怔住了。母女二人目不转睛地互相注视。

郝梅在第五页纸上写了一个字："是"。这一次她没在"是"后面画句号，也没推向女儿。

芸芸缓缓摇头："妈，我不信，这也太巧了。你当时装不认识他，可我知道他是谁。"

郝梅又在第五页上接着写道："别胡思乱想，好好写字！"

芸芸急切地说："妈，你真有事瞒着我，我不愿意你那样。如果是使你伤心的事，我会劝你的。"

她将母亲推给她的那页纸又推给了母亲。郝梅在那页纸上又加了一个

“！”再次推向女儿，表情渐渐严厉。

芸芸在“！”后面画了一个“？”，推向母亲；郝梅在“？”后面画了第三个第四个第五个“！”，表情更严厉地推向女儿。

芸芸用笔将那一串“！”都画了“×”，在另一页纸上满纸画了一个大“？”，推向母亲。看得出来，她在要执拗的小脾气了。郝梅也换了一页纸，生气地写了一句话：“罚坐二十分钟！”

她将女儿的书本收拢在一起，将小闹钟啪地冲着女儿摆在桌上。芸芸见母亲真的动气了，流露出了怯意，在椅子上端端正正地坐成被罚的样子。

郝梅看也不看她，起身到外屋去了。郝梅在外屋想找什么活儿干，借以平息情绪，可她转了一圈儿，却不知该干什么。

她似乎要发出叫嚷，可只不过张了张嘴，她情绪无处发泄，用拳左右擂自己的头，她忽然发现洗衣盆、洗衣板、小凳子放在一起，盆里还有洗过衣服没倒的水。她从身上扯下围裙，坐下去洗起来。

望着狠狠搓围裙的双手，她的思绪又回到了当年的北大荒。

遥远的洁白的雪地上，两个人影相向奔跑——火红的落日在他们当中。他们终于跑到了一起，他们的身影充满落日里。

他们相视微笑。郝梅看着王小嵩：“你黑了。”

王小嵩也看着郝梅：“你也是。”

郝梅不知再说什么好，明知故问地：“你……干什么来了……”

王小嵩笃笃诚诚地说：“回老连队来看看你呗……”

郝梅低下头笑了。

王小嵩望着远处老连队的房舍：“真想老连队啊！”

郝梅回头望了望说：“走，跟我回连队！”

王小嵩摇摇头说：“不了，省得别人说我们的闲话。”

郝梅笑着：“我不怕……”

王小嵩说：“我当然也不怕……但是何必呢？”

“那你今晚住哪儿啊？”

“到营部去。明天一早赶回连队，不耽误星期一上班……我没请假，是偷偷来的。”

“天都快黑了。到营部得走五十里呢。”

“也不过就是三四个小时的路呗。”

“来回一百多里，就为了站在冰天雪地里看上我一眼啊？”

“还为了送给你一样东西……”王小嵩从书包里取出一本“四合一”的小开本《毛选》给郝梅，“没见过吧？”

“见是见过。可我没有。”

“高兴么？”

“高兴！”

“那……我走了！”

郝梅依依不舍地说：“你别走……”

王小嵩说：“你没戴帽子，也没戴手套，站久了会冻坏你的。”

郝梅说：“我不冷……”

“鼻子这么一会儿就冻红了，还说不冷呢！”

“那你在这儿等着，我回连队给你买两个馒头带着！”她说罢转身便跑……

王小嵩喊：“哎——”

她跑远了……

郝梅跑回连队，跑回女知青宿舍，从枕头下摸出饭票往外便跑。几个女知青很诧异，其中一位女知青问：

“今天食堂做的什么啊？”

另一女知青：“肯定不是馒头！”

于是她们也纷纷拿了饭盒之类冲出宿舍。

郝梅趴在卖饭窗口问：“我能先买两个馒头么？”

一个男知青说："刚上屉不一会儿！"

"凉的也行啊！"

"除了热的就是冻的，哪儿有凉的啊。冻的你也要？"

郝梅问："还得等多久才下屉呀？"

"十五六分钟吧。"女知青们进了食堂，排在郝梅身后，郝梅冲她们掩饰地笑笑。

那位做饭的男知青匪夷所思地自言自语："今天怎么了，好像都没吃午饭似的……"

郝梅将两个用手绢包着的热气腾腾的馒头揣入怀里，跑出连队跑到了她和王小嵩见面的地方，却不见了人。郝梅喊："哎，你在哪儿，别跟我闹！"

月光之下，她发现了雪地上王小嵩用树枝写的字："我等不及了，走了。你要学会自己照顾自己，看后将字迹踩平。小嵩。"

郝梅呆住了。

她用鞋底儿将字一个一个从雪地上擦去……

郝梅回到宿舍，她将那一本"四合一"摆在她的小箱里。其实她并非没有，而是已有了两本，算王小嵩送给她的，已经是三本了……

围裙已搓破了，郝梅的手也在搓板上搓疼了，郝梅揉自己的手。她想到了什么，站起来，在毛巾上擦擦手，推开门走进了里屋。

芸芸端坐在椅上，掉泪不止。她流着泪说："妈妈，我再也不惹你生气了，原谅我吧！"

郝梅在一页纸上写了两行字，推至女儿的视线以内。纸上写的是："你能把你想问的事彻底忘掉，再也不提吗？"

芸芸点头："能。妈妈我能……"

郝梅走到女儿跟前，搂抱住女儿。她自己也忍着泪。

晚上，郝梅在用一盘儿黄豆辅导女儿解算术题，她一会儿拨分黄豆，一会儿在纸上写什么，一会儿向女儿打着也许只有女儿才能领会的手势。

看得出来，芸芸是个反应非常机敏的女孩儿，对于母亲这一种特殊的辅导方式，似乎也习以为常了。郝梅不时充满爱意地摸摸女儿的头，以示鼓励。

芸芸睡着了。郝梅坐在床边，充满爱意地端详着女儿，她俯下身，轻轻在女儿脸蛋上吻了一下，悄悄离开家。

郝梅将家门反锁上，离开了院子，匆匆走到街上。她来到某小学校一间教室里，听一位四十多岁的男人讲服装设计课，教室里除了她以外，全是十八九岁、二十来岁的姑娘。

老师正在讲着："服装的演变，是人类历史的许多条幅线之一。从这一条幅线，我们可以研究并得出结论，某一个国家，某一个民族，乃至某一个地区，某一个城市的人们，在某一世纪或某一时代，体现于服装方面的审美追求和从众心理，和那一世纪或那一时代政治的、经济的、意识形态的、生活水准的现实状况是分不开的。我现在要向大家提出一个问题，为什么在'文革'十年期间，中国的年轻女性大都喜欢穿军装？"没人举手回答。

老师启发地："当然，这个问题不是一句话就能说全面的，我也不这样要求。每个人可以从自己认为有道理的那一角度，作出一方面的回答。"

有一个姑娘大胆举手。

老师说："好，你先回答。"

姑娘说："因为当时的男人们喜欢！"

"噢？何以见得？"

"这还用进一步解释吗？毛主席有一首诗词里写着嘛——'中华儿女多奇志，不爱红装爱武装！'儿女，男女都包括了！毛主席他老人家喜欢、赞美的，可不就成了时代潮流了呗！"

大家笑了起来。老师说："大家别笑，这回答有一定道理。谁还想发表看法？"

许多姑娘开始踊跃举手。老师指着另一个姑娘："你。"

那姑娘站起来说："在当年来讲，不是所有女孩子都能搞到一套军装的。女孩子谁不想穿得与众不同一些啊，当年工厂里只生产黑、白、蓝、绿四种颜色的布，比较起来，女孩子只能……"她一时语塞，不知如何才能阐明自己的看法。老师耐心期待着她说下去。

众姑娘也催促她：

"快说呀！"

"只能怎么着？"

"这明摆着的嘛！"她坐了下去。

众姑娘不满意她的含糊回答，互相热烈讨论起来。

郝梅一会儿望着这个，一会儿望着那个，她不能回答但却有丰富的内心世界，从这个有关服装的讨论，她忆起当年在兵团时，由于服装而生出的一场风波。那是一个寒冷的冬天，女知青小张的帽子不见了，正巧大家集体行动，一群人都等在外面，郝梅便把自己箱里那条粉红色的围巾找了出来，让小张围上。

没想到在茫茫的雪原上，那条围巾是那样夺目，它招来了羡慕，招来了嫉妒，也招来了一次上纲上线的批判。在女知青宿舍里开的批判会上，大家你一言我一语，就连小张本人在强大的压力之下也说郝梅给她围这条围巾，是为了用资产阶级思想腐蚀她。

慷慨激昂的女同学们在屋子中间烧了一脸盆热水，将黑墨水倒进盆里，接着将那条粉红色的围巾浸入盆里染黑……往事不堪回首，多年以后的今天，想想还是可怕。

下课了，讲课的男老师叫住郝梅。老师对她说："郝梅，你的情况我多少了解一些，你比所有学员都用心，都仔细。我希望你将来成为最出色的学生之一。你这份图样，我会极力推荐给服装厂的。一旦被采用了，会使你有一笔不少的钱，那你一个时期内的生活费就解决了。这两册服装设计方面的书，我送给你。今后，有了什么难处，希望你能对我说啊？"

郝梅感激地接过，她无法用语言表达自己的感激，便深深地给老师鞠了一躬。

郝梅走出小学校，吴振庆在校门口等她，从兜里掏出一沓钱给她：“郝梅，这是这个月一些兵团战友们凑的钱，一百元，大家委托我送来。”

郝梅推拒。吴振庆说：“收下！你不收下我生气了啊！”

郝梅只得收下。“这就对了。大家都是十年‘文革’这根藤结的苦瓜嘛！就像《红灯记》里唱的——穷不帮穷谁照应啊？”

郝梅从拎着的布兜里取出笔记本和笔，匆匆写起来，然后交给吴振庆看。她写的是：“我今天在医院碰到了王小嵩，他认出了我。他肯定会找我！我不想和他见面。”

吴振庆沉思起来。郝梅又从他手中夺过小本写：“你无论如何得再帮我一次！我必须彻底忘掉一些人和事啊！”

吴振庆看罢，不无为难之色地说：“继续让我帮你骗他？”

郝梅坚决地点头。

吴振庆猛吸了一口烟，郝梅乞求地望着他；他扔掉烟：“好吧，也只有这样……”

郝梅回到家里时，推开里屋门，见女儿坐在地上哭，她急忙将女儿抱到床上，又急忙拿了那个“对话本”和女儿对话。她写：“乖女儿，摔疼哪儿没有？”

芸芸摇头。

她写：“你怎么掉地上了？”芸芸说：“我……我想在床上打开小柜门，取出相册……我觉得……在医院里碰见那个人，像相片上的一个人……”

郝梅不禁望着女儿发呆。郝梅打开小柜门，取出相册，翻开，指着兵团时期王小嵩的一张单人照。

芸芸点头。郝梅在“对话本”上写：“有时候，忘记是为了开始另一种生活。妈妈正在努力学会这一点，希望乖女儿帮助妈妈做到……”

芸芸虽然似懂非懂，但在母亲信任目光的注视之下，还是点了点头……

二十三

有人想忘记，为的是重新开始；有人却拼命回忆，为的是要种究竟。

小嵩的母亲自从那天在医院听到小嵩喊郝梅，心里就一直没放下这件事，眼看不见了，心就格外细，也格外亮了，更何况事情关系到她素来那样钟爱的郝梅。想当年，她认定了要这孩子给自己做儿媳，为此跑到吴振庆家央告吴大妈帮忙，没想到吴大妈也看上了郝梅，正想求她来帮忙哩！两个老人都觉得自己儿子和郝梅更般配，吵得那个凶哟！谁的大媒都没保成，倒伤了两个老人和气。

不久后，郝梅从干校回到了小嵩家，她吃惊地看到这孩子竟臂戴黑纱，原来郝梅的妈妈已经在半年前去世了。要说吴大妈，那可真是个好人，静下来想想，也觉得郝梅和小嵩更合适，又主动跑来，要帮着做媒了。

可赶上了人家孩子刚知道妈妈去世，心里正难过，能提这事吗？她谢绝了吴大妈的好意，也错过了一次机会。那次临回兵团前，郝梅跪在她面前哭着说："大娘，在这个世界上，除了我爸爸，您就是我最亲的亲人了！"

她听得心肝都碎了，可还是对郝梅说："为了你爸爸，也为了大娘，你可要刚强啊！"那个时候，还能再说别的吗？她正想着心事，忽然一双手从后捂住了她的眼睛。

"这是谁呀？"背后的人学了一声猫叫。

"就是让我猜，也用不着捂我眼睛啊。我眼已经看不见了。"那双捂住母亲眼睛的手，缓缓放下了。

母亲摸索着端盆站了起来问："谁？"

"妈，是我……"是王小嵩的妹妹。

母亲说："你有多大高兴的事儿，还跑妈这儿来装小孩儿！"妹妹将母亲扶进屋里问："我哥呢？"

"说是逛书店去了。光知道舍得钱买书，也没见他自己写出一本，给咱们全家长长脸。"

母亲不高兴，说："再不许你们背后这么说你哥。我谁也不用你们替我长脸，只要你们不给我丢脸就行了。"

妹妹问："妈，你心里有什么不高兴的事儿吧？"

"反正没什么太值得高兴的事儿。"

"妈，那我告诉你一件值得你高兴的事儿吧，从今天起，我，成了，一个国营的人啦！"

母亲果然高兴起来："真的？"

"真的！所以我下午请了假，特意来告诉你！"

母亲说："这可去了妈老大一块心病！花了不少钱吧？"

"三千多！"

"我的老天！你们哪来的那么多钱？"

"攒了准备买电视的钱，全用上了。还借了几百块！不过你女婿说，那也值！从人集体办到国营，才花三千元还算花钱啦？他还说了，下一个家庭五年计划，再攒一笔钱，什么大件儿也不置，要把他自己也变成一个国营的人！"妹妹说得乐观而充满信心。

母亲问："你办到个什么厂去了？"

妹妹说："晶体管厂！"

"那又是个什么厂？"

"厂倒不大，不过属于科研生产单位。进入车间，都得穿白大褂戴工作帽呢！"

母亲又愉悦起来："妈可真为你高兴！虽然花了钱，你也要一辈子念叨那些办成的人好啊！这等于帮你从山脚下上到了山顶上啊！"

“妈，这不用你嘱咐，咱们家的人，是那种忘恩负义之人吗？”

母亲沉吟了一会儿，说：“别光说你这件高兴的事了。我问你，你知道你吴婶他们动迁后的家不？”

“知道哇。去年春节我还去拜过年哪……”

“那你带妈去！”

“哪天？”

“就今天！”

“今天？”

“嗯。现在，立刻！把我送进门了，你在门外等着。”

妹妹疑惑地望着母亲。

二十四

韩德宝老婆正火着，王小嵩来了，一脸阴沉，像有什么心事。德宝没敢把小嵩往屋里让，两人便一同出来了。他俩走到一个街角岗亭背后，一人拿一根雪糕吮着。

王小嵩说：“我碰见她了。”

“谁？”

“郝梅。”

韩德宝愣愣地瞅了王小嵩片刻：“在哪儿？”

“在医院。我带我母亲去看眼睛，她背着她女儿下楼。”

韩德宝佯笑地：“你见了鬼了！”

王小嵩扔掉雪糕，指着韩德宝：“你他妈对我装糊涂！我见了什么鬼了！是见到了郝梅了！”

突然一声很响的呵斥：“干什么！”

他们抬头看，一位年轻的警察从岗亭探出身——那一声很响的呵斥是通过话筒发出的。那警察说：“一边去！别凑我眼皮底下惹我心烦！”

德宝和小嵩默默走到了一座街心公园。所有的石椅都被人占着，他们走入了小树林。韩德宝先说：“郝梅已经死了，这你知道。”

“是啊，她死了。当年吴振庆写信是这么告诉我的。你也写信这么向我证实过。还有徐克！可你们他妈的当年都欺骗了我！我现在要知道这是为什么！说！为什么！”

韩德宝没有吱声。

王小嵩恨恨地说：“如果你不说，我去问徐克，徐克一旦交代，我一定要找你和振庆算账！”

韩德宝冷冷地说：“你这次见不着徐克了，他家里的东西全被逼债的人搬光了，他只身到深圳去了。”

一个人拎着鸟笼子经过，听到树林里有怒气冲冲的说话声，站住了。王小嵩的声音：“你快说！你们三个是我最好的朋友，合伙骗了我这么多年！我今天要知道为什么？”

韩德宝的声音：“她死了，你认错人了。我想对你说的就是这句话。”

又有几个人经过小树林，驻足，倾听。

一人问：“吵架的？得去劝劝吧？别动起刀子来……”

又一个人说：“拍电视剧的吧？”

“不像啊，没见摄像机架在哪儿啊！”拎鸟笼子那个人自作聪明地说，“嘘！是搞外景录音哪。我听了一会儿，台词还挺不错的。”

“怎么又静悄悄的了？不吵了？”

拎鸟笼子的人：“这叫静场。”

驻足之人更多了。王小嵩的声音又从小树林传出来：“骗我到今天了，你还要继续骗我。她脸上的表情，她回头望我时那一种眼神儿，都在明明白白地告诉我，她就是郝梅。而你们三个当年说她死了！现在你还要说她死了……”

拎鸟笼子的人悄悄地对大家说：“听，多动感情！”有两个少女和几个孩子，竟坐下去，望着那片小树林倾听。

韩德宝的声音：“她和你说话了？”王小嵩的声音：“没有。当时我搀着我母亲上楼，她背着她女儿下楼。我再找她时，没找到……我一辈子也不会原谅你们的！我要记恨你们一辈子！”

韩德宝的声音：“好吧。我告诉你实话，她是没死，她是还活着。她背的，也肯定是她的女儿……”驻足的人们听得聚精会神。

王小嵩冲韩德宝吼：“那你们三个当年为什么要合起伙来骗我？！为什么为什么到底为什么？！”

韩德宝决定说实话：“为了郝梅！我们当年只能这样做！一九七三年，团里责成咱们老连队从新疆引进一批鬈毛羊，连里派她和三个男知青沿途押运。为了给连队省钱，他们吃住在闷罐车皮里，她给他们做饭。到北京时两名北京知青病了，他们说要留下看病，其实是想找借口多探一次家。结果再往前就只有她和一名上海知青了。有一天夜里上海知青奸污了她！回到连队后她羞于对人说。她受到了连队的表扬，可是肚子却一天天大起来，还要照样每天出操、出工、干重活。有一天事情终于败露，而那名上海知青是个胆小鬼，为这事吓得跳井自杀了！这就使她有口难辩，说不清楚。全连的人，从干部到战士，都认为是她自己动了邪念，和那名上海知青狼狈为奸。当时堕胎已经晚了，孩子只能生下来。孩子生下后，她成了女知青宿舍的一位母亲！可是却没有丈夫！没领结婚证！你想这在当年她怎么有勇气活下去！她自杀过好几次都没自杀成。最后一次喝了农药，彻底烧坏了声带，从此成了哑巴！振庆为了她又坚决要求调回了老连队，像老大哥一样保护她，谁敢歧视她振庆就跟谁拼命！我和徐克都回老连队是为郝梅帮振庆和别人打的架！没有振庆，郝梅她也活不到今天！那几个月里你一封接一封从大学给郝梅来信。她收到你一封信就痛哭一场！你倒想想，让她怎么给你回信？那几个月里你的每一封信都好比扎在她心口的一把把刀子！她再也忍受不了这种情感痛苦了。所以她乞求振庆替她给回一封信，告诉你她已经死了！得出血热死了！振庆把我和徐克找去，问我俩同意不同意他这样做，我俩同意了……”

王小嵩听完，犹如五雷轰顶，他吼着：“我恨你！我恨你！你们三个全都是王八蛋！我恨你们！”韩德宝的声音：“你骂吧，今天我韩德宝随便你骂，你就是骂我个狗血喷头，我听着……”

王小嵩突然向韩德宝猛击一拳，韩德宝倒在地上。韩德宝喝道：“王小嵩，你有完没完？你听着，你骂我，我可以不还口；你打我，我可以不还手。但是，你要想去找振庆，也这么对待他，我韩德宝今天首先跟你翻脸！振庆他比你大几岁？才大三个月！我们从小长到二十多岁，谁教我们如何处理过感情问题？没有人！我们在感情问题方面一个个都那么单纯！单纯得发傻！只因下乡时家长们一句话——振庆，你最大，你要照顾这几个异姓的弟弟妹妹，他就好像记住了什么‘最高指示’，虽然只比我们大三个月，却对我们担负起老大哥的义务！有时甚至像慈父的角色！这个生病了他整夜整夜守在床头，那两个闹别扭了他要连哄带劝！从一个连队分开后，每到年节，他不远几十里上百里，挨个儿到我们各个连队去看我们。他爱张萌爱到不知拿自己怎么办才好的地步，我们谁又像他安慰我们一样安慰过他？如今我们总说自己当年是孩子，难道他当年就不是孩子么？你指望一个像我们自己当年那么单纯的孩子，能帮助别人把感情问题处理得多么周到多么好？啊？你骂呀！你打呀！”

“你们！……你们毁了我的幸福！”王小嵩折断了一根树枝，扶着树干哭了……

韩德宝说：“你哭吧！你痛痛快快地哭吧！我们毁了你的幸福？你娶了一个教授的女儿，你接到吴振庆的信不久，就迫不及待地做起了乘龙快婿！你还有资格有脸说这种话？被毁了幸福的是郝梅！不是你王小嵩！你如果对郝梅真是爱得很深很深，你当年为什么不回北大荒一次，像你现在这样，为郝梅大哭一场？当年我们都盼着你回去一次。如果当年你真的回去了，如果你对郝梅真是爱得很深很深，如果你不歧视她的遭遇，不嫌她是个哑巴，你现在的妻子便是她，而不是别人！我们三个联名给你写了多少封信？可你呢？你没有回去！你现在哭，实际上是因为你比我们都幸运，你活得并不太难，甚至时常感到挺幸福！所以郝梅并没有死这一个事实，使你的良心感到不安，使你觉得尴尬，使你觉得内疚。不错，你曾非常爱过郝梅，这一点我们从来也没怀疑过。但你爱的是那个没被奸污过、没有一个私生女、没有变成哑巴的郝梅。即使在当年，后一个郝梅活生生地站在你面前，你也未必真会张开双臂拥抱她，高高兴兴地和她一块儿去领结婚证！我们现在都不再是当年的孩子了。我们早没了当年那份儿纯真！我们已经成熟得令我们自己开始讨厌自己了！已经是大人了，都了解人是怎么回事了，谁也骗不了谁了！你已经骂够了，也打够了，你自己在这儿哭吧！恕不奉陪了！”韩德宝大步走出了小树林，忽然，他发现林外聚焦着那么多人，不禁一怔！

一个人将烟放在嘴上叼着，腾出手，很绅士地鼓起掌来。于是那两个少女和那几个孩子从草地上站起，肃然地望着韩德宝，也大鼓其掌。

人丛中两个人议论：“太精彩了，有味儿！”

“什么？”韩德宝恼火地择径旁走。

两个少女追上去，其中一个少女喋喋不休地：“叔叔，您是导演还是演员？刚才您的大段旁白太令我们感动了！我俩都很迷影视，总想当影视演员，总也碰不上一个伯乐，您能不能……”

韩德宝猛回头大吼一声：“滚！”

二十五

小嵩的母亲被女儿搀着，来到吴振庆家，两位老母亲双手相执，坐在小屋里的床上。

吴大妈问："多少日子没见了？"

王母说："还能按日子算啊？得按年算了！"

"是啊是啊，可不得按年算了么！自从我们家先搬走了，咱老姐妹俩就再没见过，倒是孩子们逢年过节的两家还没忘了走动走动……"

"离得远了，腿脚不灵了，交通也不便，今后两家的感情，也只能靠孩子们维持了。"

"是啊是啊。他婶，我想你啊！你这双眼睛，真的就没指望再治好了么？"

"唉，反正市里几家大医院，孩子们都带我看过了……我明白，那也不过是他们做儿女的一片孝心。当妈的这种时候，只能像孩子似的听他们的话，不能往他们一片孝心上泼冷水，是不是？"

"是啊是啊，好不容易盼望着他们一个个都长大成人了，该享两天福了，竟又……我常叨叨我是天生操心受累的命，想不到你的命比我的命还……他婶，我心里真替你不好受呢……"吴大妈说着落泪了。

王母反劝她道："唉，摊着什么命，认什么命呗。振庆他爸呢？"吴大妈说："马路边上找人下棋去了。自从把振庆的新房给布置停当了以后，整个儿一个大松心，每天除了吃饭、睡觉，就是马路边上找人下棋，来来，我带你参观参观我们振庆的新房，可是不错呢！"

说罢，将王母搀扶下床，牵着手，领进了准备做吴振庆新房那间大屋。"你看，比上不足，比下有余吧？"

"他婶，你倒是让我怎么能看得见啊……"

吴大妈脸上的笑容不禁收敛，歉意地："一说起话来，我倒忘了你看不见，那……咱们就这屋坐会儿吧。我们振庆他爸常嘱咐我，一般关系的人来了，还不许往这屋让呢！"

王母说："看不见，我就摸摸吧？这是大衣柜不是？"

"是，是大衣柜。以前那个旧的拆了，加了些木料，重打的。"

吴大妈引着王母在屋里摸了一圈儿："这是写字台。我说我们振庆不过是个工人，一年能写几回字儿啊，还摆个写字台占地方干什么呢！振庆他爸说，那也不能少，少了就凑不够多少腿儿了！别人的儿子结婚多少腿儿算齐备，他儿子结婚时，也绝不能少几条腿儿……这是床头柜。这是床，软垫的。这是沙发。来，咱俩坐沙发上聊。"吴大妈搀扶着王母在沙发上坐下。

王母郑重地说："我这次来，也是有件事，要问一问你……"

吴大妈见王母表情郑重，疑惑地问："什么事儿？咱们老姐妹俩，你该怎么问，就怎么问，别存顾忌。"

"我如果……问得冒失了，你可千万别生我气。"

"瞧你说的！那哪能呢！"

"那我可就问了？"

"你倒是快问啊！"

"振庆他妈，你还记得不，当年，我厚着脸皮求你，为我们小嵩，跟郝梅那姑娘，过个话儿……"

"记得啊，怎么了？"

"后来，振庆说郝梅死了……"

"是我们振庆说的。如今我一想起那姑娘，心里头就难过……怎么了？"

"可昨天，小嵩带我到医院去看眼睛，他说……他说他碰见郝梅了。"

"这……他认错人了吧？"

"我觉得，他好像……不是认错人了。"

"怪了……难道我们振庆……撒了个弥天大谎不成？"

"所以，我今天来问问你……"

"……"

王母接着说："如果，郝梅那姑娘，真的并没死，还活着，成了你家的媳妇，我也是满心替她、替振庆那孩子、替你们老吴家高兴的。反正我们小嵩已经成家了，连孩子都有了。当年的事，就当被一阵大风刮过去了吧。"

吴大妈说："他婶，听你话的意思，你这不等于是在说……"

王母以手示意吴母不要打断她的话："振庆他妈，你听我把话说完，我喜欢郝梅那姑娘，这你也知道的。她没做成我们王家的儿媳妇，如果能做我个干女儿，我也同样高兴。但是我得知道她究竟是死是活。当年她父母把她托付给我，我不能心里老觉得自己没个交代……"

吴大妈感到受辱了，她皱着眉说："他婶，你这话，我可越来越不爱听了。你疑心我们振庆骗了你们小嵩，把本该属于你们老王家的儿媳妇，诓进我们老吴家来了？八成你还疑心我跟我儿子串通一气儿了吧？"

"你看，你生气了不是？就算我不该这么疑心，可那也是因为我心里糊涂啊！"

吴大妈拍着胸脯说："老天爷在上，如果我是那号女人，天打五雷轰！到现在，我还不知道会做我们老吴家儿媳妇那个姑娘，高矮胖瘦，姓甚名谁，和我儿子的缘分在哪儿呢！"

"你看你，你诅这么大的咒，我还怎么好再在你家坐下去啊……"

吴振庆匆匆走来，在楼口见到了王小嵩的妹妹，诧异地问："小妹，你怎么在这儿？"

"我妈想我大婶了，让我送她来，我等着接她回去！"

"那你也不必待在这儿啊，走，跟我家去！"

"也不知她们要说什么悄悄话，我妈不许我在场。"

吴振庆感到奇怪："俩老太太凑一块儿，有什么值得保密的悄悄话？你就那么听你妈的啊？"

"不听，不是存心惹我妈生气啊？"

吴振庆想了想，说："那你别管了，留你妈在这儿吃晚饭吧，晚上我送老太太回去。"

妹妹笑了，说："你这么大个干儿子送她回去，我有什么不放心的！那我走了啊哥。”

妹妹放心地走了。吴振庆进入家门，大声喊：“妈！大婶！”

他进了大屋里，吴大妈一见他，严厉地说：“跪下！”

吴振庆困惑地问：“妈，我怎么了啊？”

王母说：“他婶，你别这样……”

吴大妈更加严厉地：“跪下！”

吴振庆心虚地跪下了。

王母说：“别听你妈的，孩子，你坐着说吧。”

吴振庆刚想起，吴大妈又怒喝：“不许起！你给我老实交代，你为什么要骗我！骗你干妈！”

吴振庆困惑地望望王小嵩的母亲：“妈。我骗了你不假，可是我并没有骗我婶啊！事情怎么由徐克引起的，小嵩他都是知道的啊！我们那个工程队的事儿，我去跟我婶说有什么用？”

吴大妈反倒不解了：“工程队怎么了？徐克又怎么了？”吴振庆说：“你们既然知道了还问……”

吴大妈连连拍着沙发扶手说：“我什么也不知道！一件件事儿你都把你妈蒙在鼓里！先不说旁的事儿，先说郝梅，她明明活着，你为什么要串通了韩德宝和徐克，编排瞎话说她死了？你对她究竟打的什么主意！啊？让你妈也跟你一块儿被人疑心！”

吴振庆又一次望望王小嵩的母亲，他终于明白了自己的母亲为什么对自己发这么大火儿。

事情已到了这种地步，没有必要再瞒着老人了，吴振庆只好把郝梅在兵团的前前后后全讲了出来。晚上，吴振庆送小嵩母亲回家，走到路上，小嵩的母亲说：“大娘冤枉了你，生大娘的气不？”

“不生，我能生您的气么？”

“唉！人一老，就该添毛病了，胸怀里盛不下点儿事儿了，疑心也就大了。大娘这就算当面向你赔个不是吧！”

吴振庆说：“大娘，我真不生您的气。我也不对，不该瞒您和小嵩这么多年，有好几次想告诉你们实情，可话到嘴边儿，不知该怎么说。再一想告诉了又如何呢？也就有心无心地瞒到了今天。”

王母说：“大娘还有一句话，当着你妈的面，也没敢唐突地问你。现在，我倒想问问你。”

“大娘，我听着。”

“你是不是……光是可怜郝梅呢？”

吴振庆一时语塞。王母又说：“大娘能这么对你问出口，心里也是作了一番思量的啊！当年人家姑娘一朵花儿似的时候，大娘一心想让人家姑娘成了自己的儿媳妇。如今她三十出头了，又哑了，还拖带着个病孩子，大娘倒想反过来给你做起媒来，你不会觉得大娘太……那个吧？”

“大娘你放心，我不会这么想的。”

“那就好，那大娘说话就没担待了。大娘不过觉得，她命苦，你心好，如果你对她不光是可怜呢，你们之间就需要个过话的人。只要你有意，大娘就愿替你做个过话的人。”

吴振庆说：“大娘，我倒不是嫌郝梅哑了，也不是嫌她带个病孩子，只是她一向拿我当个老大哥看，我一向拿她当个小妹妹关心着，这么多年，双方都习惯了这一种关系。首先从她那一方面，就调整不了。从我这一方面也是。非要改变的话，双方反而都会觉得别扭。再说，我心里十来年一直装着另一个人，这一点郝梅她也是知道的……”

母亲说：“是这样……那大娘的话，就当白说……你可千万别把大娘的心眼儿寻思歪了。”

吴振庆感动地说：“大娘，您永远是我的好大娘，我要是那么寻思您，只能证明我自己的心眼儿不正了。”

母亲笑了：“那，还是你干妈不？”

吴振庆说："当然还是啦！不过嘴上还叫不叫，您就给我个自由吧！"

母亲拍着吴振庆的肩说："给，我给！"

吴振庆忽然说："大娘，我哪天领郝梅见见您好不？"

母亲想了一下说："好，她对我，还有当年那份儿感情么？"

吴振庆说："她是个重感情的人。不过，等小嵩走了以后吧！"

"是啊。等小嵩走了以后吧……"

二十六

在一个细雨霏霏的日子里，王小嵩撑着伞来到郝梅家那条街的街口，他望着郝梅家的院门，没有人从大院里出来。

一汪雨水已经快淹没了王小嵩的双脚。他心里默念着：郝梅，难道你真的那么不愿见到我了？我不信，我不信……

他打定了什么主意，向街里走去。他在郝梅家大院门外犹豫了片刻，终于走了进去。

他站在郝梅家门口，呆呆瞧着锁，他收了伞，踱到窗前，在窗上向屋里望，房檐水滴在他头上，肩上……他首先看到的是挂在迎面墙上的黄大衣、黄棉袄。芸芸正一个人在床上玩"过家家"——她给一个旧布娃娃盖上小手绢，喃喃地："乖女儿，腿不好，千万别下床啊？一个人在家好好玩儿，耐心等妈妈回来，妈妈得去学服装设计了。等妈妈拿到了证书，妈妈兴许就会有工作可做了……"

她感觉到了什么，抬头向窗子望去。王小嵩的身影使她害怕了，她抱起小布娃娃缩到了床角。

当她看到王小嵩在窗外的脸充满了怜爱之后，芸芸不那么害怕了，她放下布娃娃，爬下了床，扶着墙走到了窗前，并爬到了椅子上，打开了通气窗。

芸芸对王小嵩说："我不怕你。"

王小嵩说：“叔叔不是坏人。”

芸芸说：“我知道你是谁。”

“不，你不会知道……”

“我知道……你的衣服都淋湿了……可是门锁着，我没法儿请你进来……”

王小嵩的手从小窗口伸入，抚摸芸芸的脸。芸芸并不畏缩，任他抚摸。

王小嵩说：“我知道你的名字，你叫芸芸。”郝梅穿着雨衣进了大院，见到这一情形，立刻闪到了一户人家的小煤棚后。

一只手拍在了王小嵩肩上。王小嵩一回头，是老潘。他撑着伞，穿一身工作服，显然刚从外边回来，他问王小嵩：

“你干什么？”

王小嵩尴尬地说：“我……我是郝梅当年的战友……”

“没见门挂着锁么？”

“看见了。”

“有什么话需要我留给她么？”

“这……没……没有……”

老潘转身对芸芸说：“别站这儿了，小心摔了。快下去，回到床上去。”

老潘又对王小嵩说：“如果你真想见她妈妈，最好晚上再来。”

王小嵩撑起伞，走了。

郝梅望着他的背影……

王小嵩要回北京了，他的弟弟妹妹到火车站送他。一根柱子后，露出郝梅的半边脸，她望着从车窗探出身和弟弟妹妹说话的王小嵩。

火车开了，在郝梅的视野中消失了。她在心里对自己说：小嵩，当年的郝梅确实已经死了，忘了她吧！我们都要学会忘掉许多事情，对我们的过去，我已无话可说……

第五章

一

吴振庆丢了“饭碗”总得找饭辙。他求一位在工厂当工人的战友为他做了铁钩，又搞一段尼龙绳子，准备到公路的陡坡上干拉车上坡的营生。就这差事也不好干呀！他去朋友那儿取钩子和绳子时，就碰上了那小破厂的厂长，非说“好端端一座社会主义大厦，就是让你们这样一些损公肥私的人给搞得千疮百孔，摇摇欲坠！”要没收。吴振庆怕连累了在这做工的哥们儿，也就准备交了，倒是那哥们儿火了，说：“吴振庆，你今天要是给他，从此我们不认识你！”

多少人过来说情，说他是个返城知青，无非为帮人拉车挣钱糊口，都打动不了那厂长。工人们个个冒了火，他的哥们儿骂厂长：“你他妈光一年请客吃饭花去多少钱？带老婆孩子游山玩水花了多少公款？”大门口围了一群人，闹了个不可开交，最后总算拿上这两件“吃饭家具”走了。但公路上都是机动车，没有人力车，等老半天揽不下一桩活儿。

后来他在路边一家小饭馆看到一辆拉蔬菜的卡车，两个人正修车，忙忙活活，老半天修不好，便凑上前去，听了听发动机声，心里有了些底，便对那两个人说：“两位师傅尽管去吃饭，如果你们肯让我试试，也许能替你们修好，如果修好了，赏我一顿饭钱，怎么样？”

那人问他一顿饭钱是多少，吴振庆说少了十元不行。又问如果修不好怎么办？吴振庆说，算我白忙。

那位车主说，这车要是真能修好，多加十元。等那两位酒足饭饱，吴振庆也把车鼓捣好了。但一旦车真能动了，车主却死活不认账，丢给吴振庆十元钱了事。吴振庆追问了两句，车主一派大方样，又给了他一元。

尽管犹豫了一下，吴振庆还是接过了钱，车上的人临走时又说："连那几个剩包子也给他吧，反正道上不吃，也得扔！"犹豫了一下，吴振庆又接了。车开走后，吴振庆打开塑料袋，掏出包子，狼吞虎咽，他吃着吃着，好像噎着了一般，一抽一抽地捂住脸哭了起来。

当晚，吴振庆回到家里，看到韩德宝骑着自行车，在大门外等着他，见他回来了，韩德宝迎上前去："你也没工作，跑哪去了，让我等你两个多小时！"

吴振庆说："没工作也不等于不需要吃饭了……"韩德宝发现他手里的绳子、钩子，问道："拉套去了？"

吴振庆点了点头说："现在手推车少了，逛到郊区去了也没拉着……"

韩德宝从他手中拿过绳子钩子，看看，说："别往家带，让大叔大婶看见了怪伤心的。"他把这些东西揣入自己兜里又说："我给你找了一份工作。"

吴振庆不相信："真的？"

韩德宝说："我负责治安那一片儿，居委会需要找个帮助居民换煤气的人，我一听当即就替你揽下了。都是楼房居民，一般体格还真干不了。"

吴振庆问："每月多少钱？"

韩德宝答："一百。别嫌少，你先干着。干得他们满意了，我再找机会替你说句话，兴许往后能加到一百五。"

吴振庆惭愧地："幸亏我们这些人中，你混得还不错，能照应点儿……"

韩德宝说："什么关系啊，还说这些！你要同意，也别进家门了，现在我就带你去接上头。”

吴振庆有些伤心地说：“三十岁了，还没个自己的窝儿。走吧……”

韩德宝推车与他并行。吴振庆想起了什么事，站住说：“坏了！我今天还不能和你去。我跟郝梅约好了，下午四点，带她们母女俩去见一见小嵩他妈。”

韩德宝推了他一下：“得了。这些事儿用不着你操心了，我替你。”

韩德宝真是个热心肠，他带吴振庆去和居委会接上头，又返到了王小嵩家。

小嵩的母亲正静静地织毛衣，像一尊佛在座数念珠。韩德宝推门入内，他抱着郝梅的女儿，随他而入的是郝梅。

韩德宝叫了一声：“大娘，我看您来了。”

母亲说：“是德宝吧？”

“是我啊大娘，我还把您经常思念的人带来了……”

母亲一怔：“郝梅？郝梅，你在哪儿？”她伸出双手探寻着……

韩德宝放下芸芸，轻轻将郝梅推至王母跟前。

郝梅向母亲伸出了双手。母亲抓住郝梅双手便站了起来：“郝梅，孩子，是你么？”

王母的双手摸上了郝梅的脸：“孩子，大娘想你啊！大娘知道你不能说话了，可又……多想听你叫我一声大娘啊！”郝梅百感交集，泪如泉涌，偎在母亲胸前哭了……

母亲拥抱着郝梅也老泪纵横……韩德宝退出了屋，站在门外大口吸烟……

芸芸坐在床沿，肃然地瞪着自己年轻的母亲和一位城市平民中的老母亲相抱而泣，似乎体味到了什么是人生的沧桑……

王母的双手摸上了郝梅的脸：『孩子，大娘想你啊！大娘知道你不能说话了，可又……多想听你叫我一声大娘啊！』郝梅百感交集，泪如泉涌，偎在王母胸前哭了……

二

吴振庆和父母在吃晚饭，老吴对吴振庆说：“喝点儿不？”

吴大妈不悦地说：“你想喝就自己喝，别怂恿你儿子！”

老吴笑道：“嘿嘿，一个人喝多没意思……”

吴振庆说：“爸您要真想喝，我就陪您两盅。”

老吴对吴大妈说：“去，把那半瓶‘老白干’拿来。”

“妈您别动了，我去拿……”吴振庆跑去拿了酒来。给父亲和自己往酒盅里斟满了酒。老吴饮了一口酒，用筷子指指儿子的酒盅。

吴振庆也擎起酒盅饮了一口。看得出他完全没有饮酒的情绪，纯粹是为了陪父亲高兴。老吴往儿子饭碗里夹了些菜：“讲讲啊？再讲给我听听，我爱听……”

吴振庆：“爸，讲什么？”

老吴又饮了一口酒：“讲讲你们包工队的事儿嘛！”

吴振庆不知说什么好。吴大妈的脚在桌子底下踢了儿子的腿一下，接言道：“好着哩！他那儿好着哪！已经发展到一百多人了，全都是他这种年龄的大小伙子，是不是儿子？”

老吴道：“唔，一百多人了？”

吴振庆忙说：“是啊是啊，一百多人了……”

老吴俨然以顾问的口吻说：“这才隔了几天啊，是不是发展得太快了点儿？”

吴大妈说：“不快。儿子那天不是说了么，将来他要当全市最大的施工队的队长呢！”

老吴瞪了吴大妈一眼：“我是要听你说啊，还是要听他说啊！”

吴振庆赶紧说：“是啊是啊，也许太快了点儿，带领着一百多人干，不比以前带领着二十多人干省心啦。爸，我已经意识到您指出的这一点。不过人多有人多的好处，人多名气大，宁做鸡头，不做凤尾嘛，对不对爸？”

老吴诲人不倦地：“你还是没明白我的意思。我担心的是，你什么鸟儿都往你那片林子里招引，用人不当。用人，这可是有大学问的一件事哇。用得公道，众人就服你；用得不公道，众人就不服你，或者表面上服你，内心里不服你。不是有那么一句话么，叫作人心服，泰山移……”

吴振庆说：“爸，是人心齐，泰山移……”

老吴将端起的酒盅又放下了：“人心不服，那能齐么？人心服，才人心齐。所以归根结底——还是人心服，泰山移。人心这东西，光靠严管不行，还得靠笼络。《三国》里，最会笼络人心的，那还得说是曹操，”他饮了口酒继续说，“你看人家曹操，为了笼络住关羽，上马金，下马银的。刘备也行，长坂坡摔阿斗，那是摔给赵子龙看的，是摔给部下看的，要不怎么叫‘刘备摔孩子——收买人心’呢？不会笼络人的孙权，刘备落魄了，去投奔他，而且当了他妹夫，他还是没笼络住刘备。”他又喝了一盅，近于亢奋地，“过去，讲读毛著，讲群众路线，群众路线那是什么呢？说穿了，不就是笼络群众么？你也要读读《三国》，家里没有，明天就去买一本，新的买不着，买本旧的也行。总之你不知道点儿《三国》是不行的。毛著讲的是理论，《三国》讲的是实际——理论联系实际么！大小，有级没级的，带领着一百多号人，你不是领导也是领导了！”

吴大妈从中做戏地说：“听明白了么？你爸这些话都是至理名言啊！”

吴振庆说：“听明白了……”

老吴还在兴头上，又说：“一般来讲，儿子，凡是老子对儿子第一次说教的话，十之八九都可以算成是至理名言。因为，那等于，老子在向儿子传授真格的人生经验了。”

吴振庆说：“爸，我记住了。第一，人心服，泰山移。第二，买一本三国，结合着毛著读。爸，是《三国志》，还是《三国演义》？”

老吴有点愣怔了，挥了挥手说："那倒没什么，一码事儿……"他将酒一饮而尽，俯身向儿子，并拍拍儿子的手，"振庆啊，我……还有件事儿，想求你……不知你能不能答应？"

吴振庆又擎起酒盅一饮而尽："爸，那我还能不答应么？"

老吴说："我有个老哥们儿，刚认识不久，下棋认识的。这个人呢，是八级瓦工，又是七级泥水工。七十来岁，身体还行。家里挺困难的，儿子女儿孙子孙女外孙外孙女的一大堆。他想多挣点儿……你看，冲我，你老子的面儿，能不能让他加入你那个施工队？活他是干不动了。可给你们当个顾问什么的，我看是够资格的。现在不是实行顾个问么？"

吴振庆嘴里的饭菜，颇不顺溜地咽下去："您答应了？"

"可不答应了么？过后我一想，人家兴许是为了求我，才连续几天陪我下棋的。人家棋好。不是为了求我，干吗非陪我下呀！冲人家费的这一番苦心，你爸能不答应人家么？再说，你爸这人，活了一辈子，就没被一个人求过。你爸也得体验体验，被人感激是种什么心情。所以呢，你无论多难，也得替你爸圆了这次面子啊！"

吴振庆不知所措了："他……打算什么时候上班？"

老吴说："自然是越快越好了……"

吴大妈在小屋音调很特别地咳嗽起来。

父子俩同时望去，吴大妈立刻掩饰："我这嗓子，这几天也不知怎么了，好像总有块痰堵着……"

老吴不满地："我们这商议正经事儿呢，你那儿消停点行不行？"

老吴刚回过头来，吴大妈便对儿子摇头、摆手、顿足，示意他千万不要答应什么……吴振庆总算想出个答复的办法，他说："爸，我可不打算顾个什么问，整天价在我面前指手画脚，那将意味着有大权旁落的可能……"

老吴打断了他的话："不会的不会的，我举荐的人，怎么会做出夺你权的事呢！不当顾问，也行嘛！人家并非是偏要当什么顾问……"

振庆说："爸，这事儿，容我和两位副队长研究研究。我虽然是头，也得讲点民主啊！"

有人敲门，吴振庆起身去开了门，一位臂戴红袖章的负责街道治安的老太太，引进一腰宽背厚的胖姑娘。那老太太热情洋溢地说："你就是振庆吧？"

吴振庆答道："大娘，我是……"

吴大妈迎了出来道："哟，你们来了？我当你们还得等一会儿才来哪！"

大妈暗暗打量胖姑娘，胖姑娘也暗暗打量吴振庆。

吴振庆已明白对方们的来意，朝母亲投去气恼的一瞥。

吴大妈对儿子的目光佯装不见，将客人们请进了大房间："这屋坐，快请这屋坐……"

老太太说："这屋收拾得多体面啊！我看什么也不缺了，就缺个新娘了。"

吴大妈将门关上，对老吴悄声地："你别吃了，出去下棋去吧！"又对儿子悄声地，"你快去洗把脸，拢拢头发，进屋去陪客人。"

吴振庆腻歪地说："妈，还是让我出去下棋，让我爸陪客人吧！"

吴大妈在儿子胳膊上扭了一把："你是傻呀，还是茶呀！"

老吴也明白了，不高兴地说："我给你的任务，是物色一个儿媳妇，不是找回家一个扛长工的！别忘了现今不用粮证买粮啦！"说完他撑着拐出去了。

吴振庆别别扭扭被母亲推进了大屋，胖姑娘立刻从沙发站了起来，老太太也站了起来。吴大妈对胖姑娘说："坐吧，坐吧，别见生。"吴振庆仰脸望屋顶。老太太只好向吴大妈介绍："这姑娘姓葛，叫葛红。属马的，今年二十八了，比振庆小四岁……"

吴大妈说："看你身体怪好的。"

胖姑娘说："也不怎么好，我肝……"

老太太赶紧接过话去："她干活锻炼的，身体才这么好。"

吴大妈说："坐吧，坐吧……"

胖姑娘忸怩地坐下了。

吴大妈说："在什么单位上班？"

胖姑娘说："在……生物分解所……"

吴振庆的目光不禁望向姑娘，有几分刮目相看的意思。

吴大妈说："我们振庆，在施工队当第一把手。大小，也算个脱产的干部吧。"

胖姑娘的目光，颇有好感地向吴振庆一瞥。

吴振庆说："妈，我可没脱产。我一直在干力气活儿。"

吴大妈说："那是你觉悟高！不脱离工人群众。"

吴振庆的目光又望向了屋顶。

老太太这时也插嘴说："不脱离群众好，将来准能当更大的领导……振庆你是党员吧？"

吴振庆说："党还没来得及发展我哪！"

老太太得意了："小葛是党员，在兵团入的党……"

吴振庆说："那她将来做我的入党介绍人吧……"

吴大妈指斥他："尽说些嘎牙的话！我们振庆也快入党了。你想，都当了领导了，入党还不是早一天晚一天的事儿吗？不过是，党现如今忙，这么大个国家，让'四人帮'搞得乱七八糟的，一时也就顾不上找他谈。他呢，也忙。领导着一二百人呢，能不忙么？也就顾不上主动找党谈。等两方面都不太忙了，入党还不是两方面都点下头儿的事吗？"

老太太连连点头，说："那是，那是……别咱俩光插在中间说，是不是让他俩单独聊聊？都是兵团的，肯定有共同语言……"

"好，好……"吴大妈将老太太往屋外引。

吴振庆赶紧拦："妈，你们都别走哇。其实，还是一块儿聊得好。一块儿聊，话题多……"

老太太说："这又不是开座谈会！我和你妈有另外的话题，我们的话题是次要的，你们的话题才是主要的……我们一参加聊，不就干扰你们的话题了么？”

她们一出去，吴大妈将门掩上了。

吴大妈引老太太进入小屋，她们坐在床上和椅子上，老太太问：“你觉得怎么样？”

吴大妈说：“又是党员，又在一个科研所里，这两方面，都高于我们振庆……就是……”

“就是太胖了点儿是不？”

吴大妈说：“其实，我倒不嫌人家姑娘胖。不知我们振庆怎么个感觉……”

老太太说：“瘦女人，生了孩子以后，准胖。胖女人呢，生了孩子以后，准瘦。这咱们都是过来人，谁也骗不了谁的。我保你得了孙子或者孙女以后，儿媳妇也变得苗条多了。你是喜欢孙子哪，还是喜欢孙女哪？”

吴大妈一笑：“我还是喜欢个孙女。一辈子拉扯大两个小子，烦小子啦。可谁知道振庆他爸是不是跟我一样呢？”

大屋里，吴振庆仍站着，望着屋顶。

胖姑娘先开了口：“你坐啊！”

“我站着挺好……”吴振庆掏出烟来吸。

胖姑娘说：“给我一支行么？”

吴振庆一怔：“什么？”

胖姑娘说：“烟啊！”

吴振庆反应过来，忙说：“行，行！真对不起，没想到你还吸烟……”他递给她烟，并替她点着。

胖姑娘很有风度地吸吐着，说：“下乡九年，喂了八年半猪。有时一个人很愁，很闷，就偷偷吸烟。”

吴振庆有点儿放开了，说：“咱们都是兵团战友，我不能骗你，其实，我现在没工作。不久前是在一个小施工队干过，可施工队散了。我妈之所以替我遮掩，老人的意思我不说你也能理解，无非怕我打一辈子光棍。”

胖姑娘说：“像你这么一表人才的，哪能呢！”

吴振庆说：“你这是王八瞅绿豆……对不起，我说走嘴了，我的意思是，你太夸我了！”

“你这人真实在……”胖姑娘说。

“也就这么一条优点吧。”

“我就喜欢实实在在的男人……”

吴振庆不知所措地说：“你可千万别……别那样……我的意思是，一个男人光实实在在这么一条优点，太不值得一个女人喜欢了。再说我也不总实在……”

胖姑娘笑了：“你说话真逗！”

“我可不是在开玩笑，我是很严肃的……”

胖姑娘说：“我看得出来你是很严肃的。我也是很严肃的。其实，我也很实在。所以，我也不骗你。你属牛的，虚岁三十三对不对。”

吴振庆点头。

胖姑娘说：“我属鼠，比你大一岁，今年虚岁都三十四了。”

吴振庆说：“你……老高一？”

“不，老初三。上中学时家里生活困难，学习上总分心，留过一级……”

吴振庆说：“你……这么实在，我很感动……”

“我也不在什么生物分解所，我在屠宰场……”

吴振庆瞅着她不禁瞪大了双眼：“你……我的意思是，特别对你们女人来说，那……是很具有刺激性的工种吧？”

胖姑娘又从茶几上拿起烟盒，抽出了一支烟，吴振庆又替她点着了烟。胖姑娘吸了一大口，吐出一个大烟圈儿：“你以为我的工作是每天攥着刀子杀生吧。那我可不敢，其实我胆量很小。现在已经实行半机械化了。我的具体工作是每天用碱水洗肠子。牛、猪，活生生地进到我们厂，经过几个车间的处理，就被分解成整肉、碎肉、下水什么的了。所以我们厂的小青年，对外都愿说自己是生物分解所的。”

吴振庆问：“那……你也并不是党员？”

“是过……”

“是过？”

“不但是过，还被评为模范党员、毛著标兵、五好战士、养猪能手、扎根典型。我曾经获得的荣誉，多了！你要是稍作一番调查就会知道——咱们知青中，凡是喂过三年以上猪的，只要再学会沉默寡言这一条，成分也属于红五类的话，入不了党就怪了。七八年我忽然想开了，闹返城，结果目的没达到，什么荣誉都丢了。一年以后，大返城了，不闹的也可以走了……细想想，我太亏了。所以，有些事儿，人是不能太细想的……”

吴振庆流露出了对她同情的神色，他从茶几下拿出糖来：

“别吸烟了，请吃块糖吧。”

胖姑娘扫了一眼糖盒，摇摇头。

吴振庆替她挑了一块，剥开来递给她：“这块好吃，夹心的，还软……”

胖姑娘说：“咱们的介绍人，和我家沾点儿亲，我应该叫她二舅母，所以她才积极。她教我说，等咱俩处出了感情，再对你坦白真相也不迟。我想，还是你刚才说得对，都是兵团战友，你不骗我，我也不能骗你。”

吴振庆感动地说：“你……比我还实在……”

胖姑娘说：“还是你实在。你的实在，感动了我。”

“不，你更实在……”

胖姑娘说：“你认为我更实在，那我就再说句更实在的话。咱们得打破常规，咱们得超越某一两个阶段。咱们都老大不小的了，没那份闲情逸致，也没那份闲工夫了，是不是？”

吴振庆说：“我……我有点不明白……”

胖姑娘说：“我的意思很明白，按常规，应该是，先交一段时期的朋友，其后确定对象关系，还要互相考验一年两年的。让这一套见他妈的鬼去吧！我的既定方针是，要是想结婚，立刻就登记，要是不想结，就滚他妈的蛋！”

吴振庆对胖姑娘的话反应愕然……

胖姑娘接着说：“对不起，我这人喜欢直来直去，我已经拖不起了，再拖，用小青年的话说，我就成老帮脆了，成大婶了。你如果觉得我这人还看得过去，我就不在乎你暂时没工作。至于感情，兵团战友是个基础。结婚后双方要活好几十年哪，从从容容的，想怎么培养就怎么培养，想培养多深就培养多深……”

她说完，瞪着吴振庆，等着他表态……

吴振庆极窘，摸起烟来吸。

在那间小屋里，那老太太问吴大妈：“他们谈了有一个钟头了吧？”

“差不多。”

“一见如故呢，要不能谈这么久。”

“能谈得来就好……”

“我差点儿忘了。我还给他们讨了两张文艺演出的票哪。我该走了，你先给他们送过去吧……”

吴大妈将老太太送至门口，老太太指指大屋的门，悄悄说：“先敲敲门再进去，都是沾腥就下嘴的年龄，知道两个正在咋样？免得你这当妈的惊着他们，臊了他们……”

老太太离去后，吴大妈蹑足来到大屋门外，贴耳听听，屋内静悄悄的。

吴母故意咳嗽了一声，之后敲门。

吴振庆在里边说：“进吧，敲什么门啊！”

吴大妈慢慢推开门，满屋的烟雾，呛得她不禁倒退了一步。

吴振庆坐在一只沙发上，头垂得不能再低，指间还夹着烟。

胖姑娘倒靠写字台站着了，也在吸烟，并且瞪着吴振庆。那情形，仿佛一个在审问，一个在受审。

吴大妈说："你们……这是……"

胖姑娘自信地回答："大娘，我们正谈在关键处……"

"那，你们接着说，你们接着谈……"

吴大妈又将门关上，出去了。

三

吴振庆来上班了，桌上摆着一厚沓煤气证。吴振庆望着它们，而居委会主任（当然是一位大妈）望着吴振庆说："今天要换三十二罐。以后，换煤气的人家会把证送到这儿来，你每天到这儿上班。咱们居委会还订了几份报，闲着，可以读读报。但是不能离开去干别的，说不定有的人家，正做中午饭忽然煤气用完，找你找不到，就不好了。能做到么？"

吴振庆说："能。"

居委会主任又叮咛道："千万别把谁家的证或煤气罐丢了。补一个证，那是费很多道手续的。罐要是丢了，就更糟了。只有你赔，一个罐两百多元，而且没处买。"

吴振庆说："谢谢。我全记住了。"他拿起了那一厚沓煤气证，走出门去。

他先给一辆三轮平板车打气，打足了气，开始挨家挨户换送煤气罐。

首先，他得从各家楼上把空罐子扛下来，装到平板三轮车上，之后，蹬着车去换气站。

到了换气站，他还得排队开票，之后将一只只空罐搬下来，一只只交票换罐。

一位负责换罐的人生硬地说："这几个罐不能换。"

吴振庆问："为什么？"

"太脏，得刷干净了。"口气还是很硬。

吴振庆央求道："这……同志，我刚接手这份儿差事。再说，我票都开了……"

负责换罐的人说："别啰唆。这是新规定……下一位……"

吴振庆说："同志，您这不是等于让我把这几个空罐再蹬回去么？"

负责换罐的人说："不错，是那么回事儿。你非要换也可以，我们有人替你刷干净。"

吴振庆这才缓了口气，说："那太感激了！下次我保证……"

负责换罐的人说："感激是不必的，刷一个罐，多交五毛钱就是了。"

吴振庆明白了："还要钱啊？"

"废话！你以为白替你刷呀？下一位，下一位，把车推开，别挡这儿碍事！"

对方不屑于再理他，接别人的票去了。

吴振庆只好将车推开，把几个脏的空罐又搬上了平板车，蹬着平板车回到了小区，扛着沉重的气罐上楼，上去送了一户，又送一户，几趟往返，他的步子就越来越沉重了，汗把衣服全湿透了。到后来，吴振庆在肩上扛了一下，竟没扛起来，又扛了一次，又没扛起来，吴振庆第三次鼓足了力气，终于扛起来了。他的腰已不像刚才那么挺拔，步子也不那么稳了，好像随时会被压倒似的。

上楼时，他的一只手不得不扶着楼梯扶手借劲儿，好容易上了四楼，咣一声，煤气罐重重落在地上。

一户人家的门开了，一少妇出来怒斥他："你轻点儿好不好？你当这是工地啊？把孩子都给吓醒了！"

吴振庆喘着气说："对不起，我不是故意的……"

"讨厌！"那妇女转身入室，门砰然关上。

吴振庆扛着煤气罐继续上楼，此时他已显得精疲力竭，已不能一次就将煤气罐扛起来了。他得先把罐抱起担在楼梯扶手的转角处，然后弯下腰，再扛到背上。

他扛着煤气罐上到了六层楼，弯下腰，让煤气罐滑到胸前，抱住，当煤气罐轻轻落在地时，他自己也一屁股坐在了地上。

他一手扶着墙缓缓站起，敲一户人家门，久敲无人开门。他转而敲对门，开门的是一个戴眼镜的中年知识分子模样的男人。

吴振庆说："同志，抱歉打扰。我是给咱们小区换煤气的。我费了好大力气扛上六楼来，可这户人家，却没留人，我可真不知道怎么办才好了……"

那男人说："他们家刚才还有人，可能出去不久。"

吴振庆说："您知不知道他们家人可能去哪儿了？"

男人摇头说："都刚搬来，互相还不太熟悉。"他退回去，关上门。

吴振庆瞪着煤气罐发呆，想敲另一户人家的门，可举起手，犹犹豫豫地又放下了。

对门又开了，那个知识分子模样的中年男人又出来了，他见吴振庆守着煤气罐坐在地上，背后靠墙，闭着眼睛。挺同情地问：

"哎，我说，你怎么了？"

吴振庆缓缓睁开眼："没怎么，歇会儿。"

"你没事儿吧？"

吴振庆苦笑："没事儿，没有金刚钻儿，不揽这瓷器活儿。"

"你刚才的意思，是不是……打算把煤气罐先放到我家啊？"

"是那么打算的。"

"那你刚才怎么不明说啊？"

"我怕……怕碰钉子啊！"

"我回屋一想，你可能就是那个意思。那就放我家吧。他们家回来了，我帮着拎过去就是了。省得你坐这儿干等。"

吴振庆说："太谢谢了！"

那人帮吴振庆将煤气罐拎入自己家。吴振庆离开时说："给您添麻烦了。"

目光中充满感激。

吴振庆一步一步走下楼，骑上三轮平板车，将车蹬到了一处建筑工地，他从车上搬下那四个肮脏的空罐，在沙滩上用碎砖和沙子擦起来。他向一个工人请求了一番，经允许，拿了一条水管冲洗煤气罐，不一会儿，那几个肮脏的煤气罐面貌一新。

他在水龙头下冲头，洗胳膊，洗手时，看到手上磨起了血泡。

他又蹬起了三轮平板车，又来到了煤气站。

刚才那个换煤气罐的人说："嗬！你老兄真够下功夫的啊！冲你这良好表现，你甭排队了，优先了！"又指着吴振庆从车上搬下煤气罐对别人说，"都看清楚了！榜样的力量是无穷的！这就是样板！那人的，换不成。要么交五毛钱替你刷洗的服务费，要么拉回去自己刷，刷洗不到这水平别再拉来！"

被说之人不情愿地掏出钱包，悻悻地交了五毛钱。

吴振庆将换好的罐搬到车上。

被说的那人嘟哝："妈的，哪儿都有积极分子。"

吴振庆看了他一眼，隐忍着没有发作。

他又将三轮平板车蹬回小区，之后又从车上搬下煤气罐，一趟一趟扛罐上楼……

在一户人家，他一边替人家接上气管，一边说："这罐，在换之前，如果太脏了，得刷干净点儿。"

一个二十多岁的青年说："跟谁说哪？"

吴振庆说："跟你们。"

那青年说："我们每月向居委会交服务费的！"

吴振庆直起腰道："你听明白了，这一罐气，是我替你们刷了罐，才换来的，下不为例！我只负责换煤气，居委会没交代我也得替每户人家刷罐。"

那青年说："那不行，那我们可得找居委会去问问！"

吴振庆冷冷地说："我记住你们这一户人家了。以后你们自己换吧，我也不挣你们这份钱了。”

他出了门，踏下两级楼梯时，听到那青年在屋里说：“他妈的！什么东西，换煤气的也这么牛！”

他猛转身，冲上了楼，似乎想要一脚将房门踹开。可面对房门，他又冷静了，转身缓缓下了楼。

中午，他来到居委会的值班小屋里，将一些咸菜夹在烧饼里，一边大口吃着，一边翻报。

一个小女孩走了进来，见只有吴振庆一人，怯怯地问：“叔叔，您是换煤气的人么？”

吴振庆停止了咀嚼，望着女孩儿。

女孩儿说：“我家要换煤气。”

吴振庆一边嚼着一边说：“我是人，得吃饭。下午再来！”

那女孩儿说：“我奶奶正给我热着饭，气就没了。我吃了饭还得去上学哪。”

吴振庆只好放下报，拿着没吃完的烧饼，一边吃一边跟女孩儿走了。

这一天干下来，他可真累趴下了。晚上回家时，那上楼的脚步已经跟个老头差不多了。妈妈问他活儿累不累，他说不过一天只换几罐煤气，累啥？就换了拖鞋，进了自己那间大屋，一进屋，便扑倒在床，一动不能动了。

他睡着了，但很快，那熟悉的噩梦又来了，他惊叫道：“爸爸，爸爸，爸爸呀！”

“儿子，儿子……”

吴振庆睁开了眼，母亲立在床边，俯身注视着他，问：“儿子，你又遇到什么愁事儿了？”

“没事。”

吴大妈说：“没什么愁事儿就好。这是二百元钱，你拿着，找个机会，当你爸的面给我，就说是这个月开的工资。”

吴振庆说：“妈，演这么一出戏骗我爸干什么啊？”

吴大妈说："不骗他行么？他一辈子刚强，现在连刚强都刚强不起来了。就指着你有出息，成了他刚强的资本了。再让他知道你现在又没了正经工作，他还不得懊糟出病来哇？"

吴振庆违心地将钱接了。

吴大妈又给他钱："这二十元，留你零花。"

"真是的！我又不是小孩子，要什么零花钱啊！"

"听话，拿着！"吴大妈强行将钱塞入儿子兜里，"你今天晚上不还要陪人家看电影去么！万一两人要买点儿什么吃的，能让人家姑娘掏钱啊！"

"我不去！"吴振庆将钱从兜里掏出来，抛还给母亲。

钱掉在地上，吴大妈捡起："不去哪行！让人家在剧院门口干等？谁叫你当时答应陪人家看了？"

吴振庆一下坐了起来，发作地："我当时答应了么？我当时说我愿意去了么？"

"你虽没那么说，可你把票接了，一人一张票，那不就等于你当人家面答应了？"

"可谁叫你四处给我张罗找对象的？谁叫你是个女的就同意往家领的？谁叫你当人家面掏出两张票的？还要当人家面给我！"

"我是你妈！你三十大几了，还连个对象都没处过，我当妈的能不着急么？再说那是我领家来的么？那不是人家主动找上门来的么！人家主动地热情介绍，我还能说，用不着你替我儿子操心啊？再说我看你对人家姑娘，还不是那么太反感的样子！"

吴振庆从床上站起来说："我心里反感，表面上能流露出来么？那不伤人家么？"

吴大妈说："你今晚不去，让人家在影剧院门口白等，就不伤人家姑娘的自尊心了？人家姑娘也就是胖点儿。除了胖点儿哪一条配你都绰绰有余！如花似玉仙女般苗条的姑娘倒是有，那又凭什么非嫁给你不可。"

吴振庆不耐烦地说："反正我不去！不去！"

他气咻咻地离开了大房间，闯进了小房间，又倒在床上。

吴大妈跟到了小房间："儿子，妈也知道你心里边不是那么很中意人家，妈倒也不强迫你非对一个不中意的象。可咱们一不能伤了人家姑娘的自尊心，二不能卷了人家介绍人的面子，接触几次，如果实在处不起感情来，再从咱们这方面编个什么借口，也算咱们这家人郑重。"

吴振庆不语。

吴大妈又将钱塞入他衣兜："妈知道你今天累了，你说不累，妈也看得出来。妈给你做口好吃的。吃饱了，洗净了脸，拢齐了头，换身儿体面衣服，去看一场文艺节目，不也算自个儿消除了疲劳、舒散了心情么？"

吴振庆无奈地答应了："就这一次啊！"

晚上，他刚走到剧院门口，胖姑娘就发现了他，热情地迎了上来，她穿一套笔挺的西服裙，倒也显得富态，不失胖女性风度。

吴振庆穿一套中山装，脸刮得干干净净，也显得挺男子气。

胖姑娘说："其实，你挺帅的嘛！"

吴振庆说："我完全同意你的看法。"

胖姑娘问："我呢？"

吴振庆四顾了一下，说："你么……你很像她……"

胖姑娘循着吴振庆的目光望去，见广告牌上画着一位大张着猩红的两片极其肉感的嘴唇，双手握于胸前的中年女歌唱者，女歌唱者上身穿的是和她一种样式、一种颜色的西服。

胖姑娘问："你这话，是褒，还是贬呢？"

"非褒，也非贬，是一句实事求是的话。"

"我刚才那句话却很不实事求是，女人总是比男人善于想象的……"她说完，因为自己的反唇相讥而快感地笑了。

吴振庆说："是啊，我要是能对你也产生一点儿想象力就好了。"

胖姑娘说："得了，别斗嘴了。"她说着，欠起胳膊肘，意思是要吴振庆挽着，吴振庆佯装不懂："你胳膊，错臼了？"

胖姑娘说："别装蒜。咱们也实习实习……"

一对对互相挽着的男女从他们身旁踏上台阶，吴振庆说："好吧，那就陪你当一回实习生。"他挽着她的胳膊上了几级台阶，站住了。

胖姑娘问："怎么了？"

吴振庆说："我怎么觉得那么别扭。"

胖姑娘说："这完全是你的心理作用。所以我说咱们都要自觉实习实习嘛。"

吴振庆说："好像不完全是心理作用……"他扭头看别的一对对相互挽着的男女，恍然大悟了："不对，应该男左女右，咱俩……搞反了。"

胖姑娘问："从来也没有男的反过这种传统么？"

"大概没有吧，再说咱们又何必开创新潮流呢？"

他从胖姑娘的臂间抽出了自己的手臂，并抬了起来。

胖姑娘说："那，我只有尊重这一传统了。"

她挽着他踏上台阶，进入剧院。

舞台上，画在广告牌上的那个中年女歌唱者正在引吭高歌，唱的是我们听不懂的西方歌剧的咏叹调，唱完之后，她谢幕而去，场里响起了掌声，她再次上台谢幕。

在观众席中，胖姑娘说："都是女人，又都是胖女人，她就那么受欢迎。这世界也太他妈的不公平了！"

前排有几位观众，听到她的话回头瞧她。

吴振庆说："是啊，对可能成为她们丈夫的男人来说，就更不公平了。"

报幕员出来宣布："休息十分钟。"

他们走到剧场外后，吴振庆问："想吃点儿什么吗？"

"不，我已经开始减肥三个多月了，你对我应该充满信心。"

吴振庆忙说："哎，话可得说明白，这和我有什么关系？"

胖姑娘问："你并不在乎我胖不胖？"

"我当然在乎了！"

"那我的话哪儿说错了？你干吗非跟我抬杠啊？"

"我不是成心跟你抬杠！我的意思是，咱们别互相误会了！"

"我不误会你，你总误会我嘛！"胖姑娘忽然冲着一个女人的背影叫起来，"张萌！"

那女人正是张萌，她身旁站着那个即将退役的英俊的军人。

"葛红！"

张萌与胖姑娘高兴地跑到了一处，亲昵地半拥半抱的。

张萌向军人介绍葛红："这是当年和我一个连队的兵团战友。"又向她介绍军人，"这是……我的一位朋友。"

胖姑娘爽快地说："你就干脆说是你的男朋友得了呗！"

张萌略有几分不自然，军人也矜持地微笑着。

胖姑娘说："我也有了……"她回头寻找吴振庆，正往一根柱子后面隐藏的吴振庆被姑娘发现了，她跑过去将他扯到了张萌跟前："我来给你们介绍一下……"

吴振庆尴尬而恼火。

张萌说："我们认识。最早是一个连队的，他还当过我的班长。"

胖姑娘说："嘿，巧劲的！那你给他俩介绍一下吧！"

"还是让我们自己来认识下吧——赵小涛。"赵小涛向吴振庆伸出一只手。吴振庆很象征性地跟他握了一下："吴振庆。"

"认识你很高兴。"

"我……也是……"吴振庆有些结结巴巴地说。

他和张萌的目光一触即避，两人都显得不自然。

演出铃响了，胖姑娘挽着张萌对那两位男士说："哎，我俩要聊点儿悄悄话儿，你们坐一块儿吧。”

剧场里，台上正演单人舞，台下，胖姑娘对张萌耳语：“告诉我实话，在兵团的时候，吴振庆恋爱过没有？”

“这……我可说不准。我们在一个连队的时间还没有和你在一个连队的时间长。他自己怎么说？”

胖姑娘说：“我没好意思问嘛……不过，我可不打算让他从我的生活中消失。”

张萌问：“你觉得，你们会成么？”

胖姑娘说：“目前进展还顺利。我想会的吧！他挺中我意，所以我要盯住他。”

那一边，坐在一起的吴振庆和赵小涛，似乎彼此无话可说。赵小涛主动地问：“在哪个单位？”

吴振庆说：“未来开发公司……”

“都开发哪些项目？”

“运气，主要是开发个人运气。能为您效劳么？”

“不，我运气还行。”

“运气不佳的时候，可以通过张萌找我。”

“谢谢！”

“失陪一会儿。”吴振庆起身离开了。

他走出剧场，一个人失意地走在人行道上，又走入了一家小饭馆，他从小饭馆出来，已是东摇西晃地走路了。

吴振庆回到家里后，吴大妈问他：“节目好看么？”

他说：“好看，好看极了。”

“把人家姑娘送回家了么？”

“谁也没要求我……非得……把她送回家啊！”

“又喝酒了是不？”

“借酒……浇愁嘛……”

吴大妈将他往小屋推：“你爸还没睡，给你爸个高兴，送工资去。”

被推入小屋的吴振庆说：“爸，我……开工资了。这个月开得少了点儿，……二百……下个月……开得多……”

他一边说，一边从兜里往外掏钱。

他掏出来放在床头柜上的，不过是一把钢镚儿和毛票儿。

他的酒劲儿顿时醒了许多，掏遍全身的兜，再也没掏出钱来。

老吴瞪着他。

吴振庆叫道：“坏了……丢了……”

四

换煤气罐这活儿累人，但吴振庆干得很认真，不管雨天雪天，绝不误人家用。

一个雨天，他又扛着煤气罐上楼，在一户人家门口放下，用抹布把罐擦干，然后敲门。

开门的是张萌，吴振庆穿着雨衣，她没认出来，说：“请帮我拎进来行么！”

吴振庆一声不响将罐拎进了门，又拎入厨房，一声不响替她接上煤气管儿。

张萌说：“多谢你了师傅，请进屋坐会儿，喝杯茶吧！”

吴振庆犹豫了一下，随她进了屋。张萌正在家里练画，桌上、地上、墙上、沙发上到处都是大幅小幅横幅竖幅的古里古怪的黑鱼。

张萌一边沏茶一边说：“师傅，我是晚报的记者。如果您不急走的话，我想向您了解一些情况，比如，你们个体服务者的收入情况，人们对你们是不是歧视，你们自己又是如何看待自己的……总之，随便聊聊，如果您愿意的话。”

她将一沏好的茶放在茶几上，从沙发上取走两幅画："师傅坐吧！"

吴振庆不再"欣赏"那些古里古怪的画，面对张萌，将雨衣帽子扯到了脑后。

张萌吃了一惊："是你？"

吴振庆说："为您服务倍感荣幸。"

张萌语无伦次地："今天是星期天，我休息。闲着没事儿，在家练练画儿……"

吴振庆又说："打消了你要即兴采访的念头儿，很扫兴是不是？"

张萌尴尬而且手足无措地："我……我真没想到……竟会是你。"

吴振庆却反而显得在心理上占着无比的优势似的，相当矜持地一笑："我也真没想到，我每月还挣着你两元钱。"

他掏出煤气证还给张萌："怎么上面写的不是你的姓名啊？"

张萌接过煤气证放入抽屉，转身靠着桌子，努力平息自己的心绪，望着吴振庆解释道："哪儿那么容易弄到煤气证啊，是借的，煤气罐是高价买的。"

吴振庆说："对了，我得向你提一个小小的要求，以后换气的时候，罐要刷干净，这是煤气站的新规定。上一次就因四个罐太脏不给换，我替他们刷的。"

张萌说："我一定记住。你坐会儿吧，喝了那杯茶再走。"

吴振庆说："不会破坏你的闲情逸致么？"

"你已经看出来了，我都不知怎么对待你才好，你何必还一步步地把我往尴尬里逼呢？"

"好，那就坐会儿……"吴振庆一边说一边脱下雨衣。

张萌走过去接了雨衣。替他挂在衣架上，随手从门后操起拖把，拖地上那一大片雨衣上滴落的水。

吴振庆生硬地说："真抱歉弄了你一地水，我看我还是走吧。"

张萌立刻意识到了自己拖水的举动在这时是多么错误，便将拖把放回了原处，表白地："你别走。我诚心诚意留你一会儿。"

吴振庆在沙发上坐下了。

张萌又走到桌子那儿背靠着桌子。

过了半晌，吴振庆说："都爱说世界很小，其实世界还是很大的。比如我们，都在一个城市里，返城后，算上前几天在剧院里那一次，我们才见了两面。今天要不是我服务上门，还不知道你住在这儿。"

张萌轻轻地说："我也不是成心躲着谁……我……真的没时间也没精力和从前一些熟人保持交往了。但是唯独对你，我总也忘不了，真的，想忘也忘不了……"

吴振庆认真地倾听着，似乎在咀嚼她说出的每一个字："你救过我命。我总想找机会报答……我……"

吴振庆："说下去。"

"我……我一定会报答你的。真的！要不……我托人给你找一份儿工作吧？"

吴振庆古怪地笑了："好念头，真是个好念头。徐克告诉我，我和咱们那几个兵团战友，那么顺利地就从拘留所被放出来了，你出了很大的力嘛！所以，你也不必再觉得欠我什么了，已经报答了么！"

张萌道．"那并不能算报答。要不是我写的一篇报道，你们几个的事儿，也不至于被公安部门看得那么严重。"

吴振庆说："那倒也是。不过不知者不怪……反正我听你张口闭口报答的，觉得我们之间，当年似乎只发生过一点儿偶然性的小故事，最后画一个句号就该心安理得地结束了，起码在你这方面是这样吧？"

张萌赶忙说："我不是那个意思。但是……我确实认为，当年的事，应该让它过去了。所以……上次在剧院见到你有了……对象……我心里特别替你高兴。"

"有了什么？"

"哦，也许应该说是未婚妻。"

“她他妈的不是！”

“可是，她很爱你啊！”

“可是我不爱她！”吴振庆霍地站了起来，一边走向张萌一边说，“你还更替自己高兴是不是？不管这世界上任何一个人成了我老婆，你都替你自己高兴是不是？可你心里明明知道我爱的是你！从十七八岁爱到现在三十多岁！”

他已走到了张萌跟前，双手抓住张萌的两条胳膊：

“当年我从大森林里把你背出来的时候，你怎么不说要报答我的话？后来你生了肝炎，我在连队无偿献了一次血之后，又偷偷跑到农村卫生院去献了一次血，人家要给我二十元营养费，我摇头说不要钱，人家问我要什么，我说，你们有糖厂，给我五斤糖吧，我走了几十里路，把糖送到营部，送到你手里的时候，你怎么不说要报答我的话？我三次将探亲假让给我们连队的一名女知青，那是因为她哥哥和你在一个连，我俩达成了协议，她哥哥也将三次探亲假让给你！难道我做这一切你都不知道是为什么吗？”

张萌闭上了双眼：“知道……”

吴振庆摇晃着她：“你说！我今天要你说出来！”

张萌：“是……友爱……”

吴振庆吼着：“胡扯！你胡扯！”

张萌轻声说：“是……爱。”

眼泪从她闭着的双眼中流了出来。

吴振庆终于放开她；她赤裸的双臂上留下了吴振庆的指痕。她低垂着头，短发遮住了脸，双手交错地轻轻地抚着臂上的指痕。

吴振庆瞪着她，心生恻隐，却忽然又指斥起来：“我哥哥是最讲原则的军人，可是为了家中能有一个子女在父母身边照顾他们，也不得不做违心的事，求他的老首长以部队编外后勤兵的名义要把我招回城市，可你怎么对我说的？你说我如果离开了北大荒，你在北大荒就没有一个可亲近的人了……

你他妈的当年是不是这么说的！”

张萌仍低着头说：“是……”

吴振庆拿起了茶杯，望着它却没喝：“因为你这句话，老子又多在北大荒待了五年！如果五年前我返城了，今天也不至于落到这种地步！”

他又来气，狠狠将茶杯摔了。

张萌仍一动也不动。

吴振庆进一步逼问：“你究竟爱过我没有？你回答！”

“我……我……我的确没往和你结婚这方面去想过……”她双手捂着脸哭了。

吴振庆怔了片刻，苦笑道：“没想过……”——他仰起脸望着屋顶，“我明白了……当年你需要一个用他的整个心去关怀你、体恤你、爱护你，在你需要某种精神安慰和情感安慰的时候，给你以最大安慰的人，结果我就成了你生活中的这么一个角色，而且是心甘情愿的！一个百分之百的大傻帽儿！你感激的方式就是——有能力有机会的时候你将报答我一次。比如现在我落到没有正式工作的地步，你可以四处求人为我找到一份工作！报答了，你的心理就平衡了。你也就有充分的理由忘却当年的一切了，不必再隐姓埋名似的怕我找到你了，在我面前也不会觉得曾欠我什么了；而我吴振庆呢，也就应该识趣地、自觉地、永远从你的生活中消失……”他眼中也淌下了泪水。

他仰着的脸缓缓恢复正常状态，转向张萌：“那好吧，我就识趣些，我就自觉点儿，我这就从你的生活中消失，今后你再不会见到我……很抱歉我一时不冷静，摔了你一个杯子。”

他缓缓弯下腰，将碎杯片一一捡起。

张萌双手从脸上放下，略抬起头望着他。

他轻轻将碎杯片放在茶几上说：“告辞了。”

他走向衣架去取雨衣。

张萌跑过去抢先将雨衣取下，抱在怀里，泪眼盈盈地说：“我对不起你，我知道我对不起你……可是你别把我想得那么坏，那么自私……连我自己也说不清当年是不是爱过你。当年我不懂那究竟算不算爱……”

吴振庆说：“女士，把我的雨衣给我，我没有时间继续听你的解释了。”

张萌急急地说：“你听我说，我求求你再听我说几句，我曾不止一百次说服自己，只有和你结婚才算对得起你……可是我的年龄每长一岁，我对结婚的含意也就多明白一层，就越加清楚——我……不爱你。我们生活在一起不合适，那将使我非常痛苦，也必然会使你痛苦……”

“够了！”吴振庆拽雨衣。张萌扯住雨衣不放：“既然今天当面说开了，你就让我把心里话全说出来！我……我理解一个男人像你这么深地爱一个女人，却得不到同样的回报，内心里是什么滋味……我可以为你做一个女人最感到羞耻的事……我愿意使你对我的爱得到一部分满足……三次、五次、十次、几十次，我愿意！只要这样做能渐渐减轻你内心的痛苦。哪怕就在今天，就在现在，我也愿意！我只是不能把我今天刚刚开始的新生活重新和你牢牢地拴在一起，那对我是十分可怕的事情……”

她说时，吴振庆瞪着她，默默听着。见她不再说下去，他问：“说完了？”

张萌松了手：“说完了。”

她喘着气，如释重负然而异常镇定地注视着吴振庆。她脸上的表情告诉他，此时无论他对她有怎样的举动，她都不会作丝毫反抗的。

吴振庆注视着她，将雨衣扯到了自己手里。

张萌又闭上了双眼，期待着发生什么似的。

吴振庆扇了她一耳光。张萌捂住脸，侧转身。

那边传来重重的关门声。

张萌缓缓转过脸时，吴振庆已走出门了。

张萌泪流满面的脸，望着屋子的这里那里，一张张纸上古里古怪的黑鱼，似乎都在瞪着鼓凸的眼睛，幸灾乐祸地望着她。

她从各处将那些画拿起，扯下，一幅幅揉了，揉成一个个大小不等的纸团，抛了满地……

她缓缓走到窗前向外俯望——

在细雨霏霏的街道上，穿着雨衣正从平板车上扛起煤气罐的吴振庆脚下一滑，跌倒了，煤气罐滚出老远。

撑着伞，穿着军装的赵小涛正巧走来，用脚蹬住了煤气罐；赵小涛将伞放在地上，要帮吴振庆将煤气罐搭上肩，吴振庆双手将赵小涛推得连连后退了几步，赵小涛呆望着吴振庆扛起了煤气罐。

张萌离开窗口，走到桌前，拉开抽屉，找出烟吸。她听到赵小涛上楼的脚步声，这脚步声似乎促成了她内心里的某种紧张。她将烟捏灭在烟灰缸里，奔过去插上门。

敲门声“笃笃笃”地响着。赵小涛在门外说声：“小萌，是我！我是小涛啊！”

张萌倚门不语。

赵小涛再叫：“小萌！小萌！开门啊！我们不是说好了，我今天要陪你拜师学画的吗？”

张萌在里边说：“别敲了！……我知道是你……”

赵小涛问：“你怎么了？那个吴振庆他……究竟对你怎么了！”

“我没怎么……他也没对我怎么！”

“那你为什么不开门？为什么不让我见到你？”

“你走吧！我今天不想去学画，不想见到你！”

“你不让我见到你，我就不走！”

“求求你，发发慈悲，走吧！别烦我了……”

“那……我改天再来看你……”

“不，你以后别再来了……我们……拉倒吧……”

“我说来，就一定要来！”

赵小涛下楼走了。

张萌倾听着，再也克制不住，双手捂脸，靠着门呜呜哭泣起来。

五

这天，吴振庆的爸爸又在街头花园和那个退休工人下棋，边下边聊，并又主动提到对方到施工队当顾问的事。那老工人对老吴还提感到莫名其妙，他说：“你明明已经办不成了，我还每天盯着你干吗？”

老吴像受了严重侮辱似的说：“谁说我办不成了？谁说的？我这个人，一言九鼎！我办不成的事，绝不当面答应人家。我既然当面答应了人家的事儿，那就是板上钉钉，一定能办成！我可从不拿空话向人家卖好儿。”

对方困惑地望着他。

老吴说：“你不主动问我，我倒犯了疑惑，不知你是不是又改变了想法。”

对方说：“可是……”

老吴问：“可是什么？你不就是想再找份儿活干，每月再挣份儿工资么？怎么，我儿子当施工队长，你开口求过我了，这点忙我还帮不上？他那施工队现在一百多号人了。他大小也是个主事儿的人物了！只不过他说，你当顾问恐怕有点儿难，那你就当个施工指导什么的吧。”

退休老工人见他说得认真，望着他忽然笑了：“老兄弟，好！值得学习……”

老吴说：“我有什么值得你学习的？”

对方说：“人啊，活到了无忧无虑的份儿上，那就是活到了一种大境界！任什么愁事儿，都是可以玩它一笑的，是不？我要是有个儿子处在你儿子这般田地，那我可就没心思在这儿和你下棋！更没情绪开玩笑！”

老吴不禁怔问：“我儿子怎么了？”

对方反问：“你真不知道？”

老吴抓住了对方的手问：“你知道些什么？我儿子到底怎么了？”

对方看见老吴确实什么都不知道，意识到失言了，赶紧说：“我……我什么也不知道……来来来，陪你再杀一盘，再杀一盘！”

老吴急了：“你告诉我！”

对方只好说：“我告诉了你，你可别上火，也别回去对你儿子发脾气。他那个施工队，早散摊儿了。他眼下在干临时活儿，替一个小区的居民换煤气。我三儿子不是在煤气站么，一来二去的，他们就熟了，成了朋友……”

老吴的手，缓缓松开了对方的手。

“按说，我还真不该这么多嘴。这也是暂时情况，秦琼还当过锏哪！”

老吴既没心思听，更没心思下棋了，他啪地合上棋盘，用目光四处寻找自己的拐杖。

拐杖被一个孩子拿了去当枪，正猫在树墙后，向另一些孩子们“扫射”。

老吴大吼一声：“给我送过来！”

那男孩有些忐忑地望着老吴。那退休老工人说：“还不把这位爷爷的拐杖送过来！”

那男孩拿着拐杖走过来。刚一放下就转身跑了。

老吴夹起棋盘，拄杖便走。退休老工人说：“想开点儿！车到山前必有路，柳暗花明又 村。”

老吴拄杖嘟哝而去。

吴大妈正在剁菜，准备包饺子；老吴回来了，他在食品柜翻找东西，吴大妈问：“你那是找什么啊！”

“老大托人捎来的那瓶汾酒呢？”

“不是送人了么？”

“送谁啦？”

“搬迁过来的时候，不是送给管分房子的人了么？哪辈子的事了，你倒忽然又想起来了……”

老吴直起腰，撑了拐杖往外便走，吴大妈问：“你又哪去？”

“去买瓶酒……”

“你这不是多余嘛！”

“多什么余？我要买瓶我儿子爱喝的酒！今天是我生日，我要和我儿子高高兴兴地喝个痛快！今天你不许管我们！我儿子他活得比我当年还不容易，我心里可怜他……”

吴大妈停止了剁菜说：“他当着队长，不挺好的么……你听谁说什么了？”

老吴说：“那倒没有。但我想么，他虽然不是个孩子了，可保不定也还有需要安慰的时候，这我比你懂。”说完，他出门去了。

吴大妈停止了剁菜，走进小屋里，坐在床上发呆，自言自语：“这老头子，怎么变得这么体恤儿子了？”

中午，吴振庆在居委会的小屋里泡方便面吃，居委会主任走了进来，问：“又吃一顿？”

吴振庆说：“嗯，总饿……”

居委会主任说：“大小伙子，中午光吃方便面还行？大婶家里，昨天炖了只鸡，吃了一半，还剩一半，你不要嫌是剩的，我给你带来了。”

她说着将拎在网兜里的一个盖盆放在桌上。

吴振庆忙说：“不嫌不嫌。好吃的东西我从来不管是不是剩的。”

他掀开盖，抓起一只鸡腿便吃，吃得津津有味。

居委会主任说：“居民大伙，对你印象都挺不错的。普遍反映你任劳任怨。”

吴振庆客气地说：“哪里，居民大伙儿花钱雇我，我应该的。我端的是居民大伙儿给我的饭碗嘛！”

居委会主任显然很爱听这话——她给他倒了一杯开水后说：“有件事儿，大婶想跟你商量商量……”

“大婶，您说吧……”

“看见外边那辆垃圾车和那把扫帚了么？”

吴振庆朝窗外望了一眼：“那不是赵大爷专用的么？”

主任叹了口气，说：“挺硬朗个老头儿，说过世，昨天夜里就过世了……”

吴振庆停止了吃鸡。

主任接着说：“居民大伙责成我，再物色个打扫小区环境卫生的人，希望是个能像赵大爷那么认真负责的人。不知你愿不愿意接手干？”

“我？……义务？”

“赵大爷干时，每月给一百元。这点儿钱，也就跟白尽义务差不多了。你要是真愿干呢，还能保证两方面活儿都不误的话，大婶也就不物色别人啦。”

吴振庆脱口而出：“我干！”

主任笑了：“我猜你就准愿意！公安的小韩给我打了几次电话，问你在这儿干得累不累。我说都是楼房居民，整天大煤气罐扛上扛下的，还有不累的么？他又求我找机会提个议，但凡能给你多加几个钱就多加几个钱。这事儿我怪为难的，得挨门挨户地去说服。还不如把赵大爷的活包给你干。”

吴振庆感激地说：“大婶，我可怎么谢您呢！”

“瞧你这孩子说的，谢什么！你这么年轻，我看反正不能总在我们这儿干这个。”

吴振庆说：“那也说不定。我是作好了干几年的思想准备的。大婶，我也有件事儿，想和您商量商量。”

“说吧，冲着小韩这层关系，只要大婶能办到的，没二话！”

吴振庆说：“我想……预先支点儿钱。今天是我父亲六十七岁生日，我长这么大，还从没给父亲买过什么生日礼物呢！”

“那你想预支多少？”

“三十……行吗？”

主任看看他，眼圈儿都有点儿红了：“干脆五十吧。”

吴振庆感激地望着她。

主任赶紧指着桌上的鸡说：“这鸡，大婶炖得还香么？”

“香，香！香极了。”他几口将鸡腿啃光，掏出手绢擦擦手。走到了外边，他站在那辆垃圾车前，伸出一只手，轻轻抚摸着被赵大爷的手磨得很光亮的扫帚把、车把，它们仿佛在默默对他述说着什么人生的体会。

这以后吴振庆便每日挥帚扫小区楼房之间的道路，他扫得那么认真，连草间的纸都要去捡起来。

他推着车挨个儿清扫垃圾桶，每天搞得灰头土脸。

这天傍晚，吴振庆走入他常去洗澡的那家浴池，他在莲花头下仰面冲洗着，双手触到红肿的肩头，脸上呈现出痛楚的表情。

从浴池出来，他在商店里买了一个微型半导体收音机。

他回到家里时，见爸爸妈妈在包饺子，父亲问："怎么今天回来这么早？"

吴振庆说："坐我们队里自己的小车回来的……"

吴大妈对老吴说："我说你不必替他唉声叹气的嘛！听见没，他们队里都有自己的小车了。"

老吴说："我什么时候替他唉声叹气了！"

吴振庆脱了上衣，换了鞋，一边洗手一边说："刚买一辆小面包，为了今后联系业务方便。我今天是头一次坐。以后不是公事，我再不会坐了。我得注意影响，是不爸？"

"那是。得注意影响。"

吴振庆欲坐下包饺子，吴大妈说："不用你包了，差几个就包完了。"

吴振庆说："爸，我们发奖金了。今天是您生日，我给您买了个小礼物。"

他说着站起，从挂在衣帽架上的手拎袋里取出了那个微型半导体："您不是爱听京剧么？电视台代替不了电台，听京剧还是这东西方便。不知您喜欢不？"

吴大妈一边煮饺子一边说："瞧你二儿子对你多有孝心啊！"

老吴一边摆弄半导体一边说："喜欢，早就想有这么个东西了。"

吴振庆说："妈，今天兜里钱不多，再说也没想好给您买什么；等您过生日那一天，我再表达孝心吧。"

“妈不计较……妈知道你对父母都是孝子……”吴大妈偷偷抹起眼泪来。

老吴说：“振庆，以前嘛，你小的时候，一向是爸挣的钱，你妈拿去给你买穿的。今天呢，爸趁着生日高兴，也亲自去给你买了一件小褂，在你屋里放着哪，你去试试合不合身。”

吴振庆起身走入他的房间，从枕上拿起那件衣服；他脱掉旧衣，换上新衣，照镜子，凝视自己，心头一酸，暗暗想着：吴振庆，吴振庆，你是普通老百姓的儿子，你父母一辈子是多么不容易，你要是不能使他们晚年过上无忧无虑的幸福生活，你就太不配做他们的儿子了！

他穿上新衣走出房间，桌上已摆好了盘子、酒瓶和酒盅，还有几样菜。老吴看看儿子，说：“很合身，很好。振庆，从今天起，爸要求你，穿得干干净净的走出家门，精精神神地下班回来。只要咱们是正大光明地挣钱，那不管干什么都不必小瞧了自己！人活一口气，就怕自己先泄了这口气。”

吴振庆坐下后说：“爸，我一定记住您的话。”

老吴说：“这瓶酒也是爸今天特意买的。为自己的生日，也是为你。你不是爱喝汾酒么！酒这东西，干活累了，适量地喝点儿，并不算是人的毛病……”说着往自己盅里斟满酒，也给儿子盅里斟满酒，之后将酒瓶递给儿子，“给你妈也斟上　盅。”

吴大妈一边炒菜一边说：“别给我斟，你们又不是不知道，我喝了就上脸。”

老吴说：“上脸怕什么？在自己家里，醉了就睡么！”说着从酒柜里又拿出一个酒盅，“斟上斟上。”

吴振庆替母亲也斟满一盅酒；吴大妈又端上来一盘菜，坐下了。

老吴说：“来来来，咱们都举杯。今天我生日，谁也不许说什么丧气的话，也不许谈什么不高兴的事儿，都给我欢欢乐乐的。”

吴大妈说：“本来也没什么值得愁眉苦脸的事儿嘛！”

一家三口都举起了酒盅，他们同时一饮而尽。

这天深夜，老吴等儿子睡了之后，在黑暗中，扶着墙，来到儿子的大屋里。

吴振庆光着脊梁，在床上，睡得似乎挺香。

床头柜上台灯没关，老吴缓缓坐在床边，注视着儿子红肿的两肩。他伸出一只手想去抚摸，可是手又缩回来了，怕碰醒儿子。

黑暗中，老吴心里暗暗想道：“儿子，爸虽然腿残了，可心还没残。爸还有一些各行各业的老哥们，从明天起，爸要去串联他们，爸一定要助你一臂之力，帮你们把施工队再组建起来。爸要让你们这些老百姓的儿子知道，无权无势的爸爸，也是可以做一个好爸爸的……”

六

一天早晨，张萌走下楼梯，走到楼口。吴振庆扫街正好扫到楼口。她止住了脚步，隐在楼内没出去。她窥望着吴振庆扫过楼口，才匆匆走出楼，朝相反的方向走去。

她没走多远站住了，穿白小褂军裤的赵小涛拦住了她的去路。

她回头望望，吴振庆背对着他们在打扫；她择路朝第三个方向走去。

赵小涛紧走几步又拦住了她：“究竟为什么不理我？为什么躲避我？”

张萌说：“小涛，你让开路，我上班要迟到了。以后我再向你解释行不？”

赵小涛朝吴振庆的背影一指：“因为他的缘故？可你别忘了，他是有朋友的啊！而且是你当知青的战友啊！”

张萌不满地说：“这和你有何相干呢，值得你这么缠着我刨根问底？”

赵小涛激动地说：“难道和我不相干么？那你把我们之间的关系当成什么关系了？”

张萌说：“你认为我们是什么关系？”

赵小涛说：“我认为我们的关系很不一般！我十分看重这种关系！”

张萌冷冷地说：“我们不过是小时候幼儿园里的玩伴。以后既非小学同床头柜上台灯没关，老吴缓缓坐在床边，注视着儿子红肿的两肩。

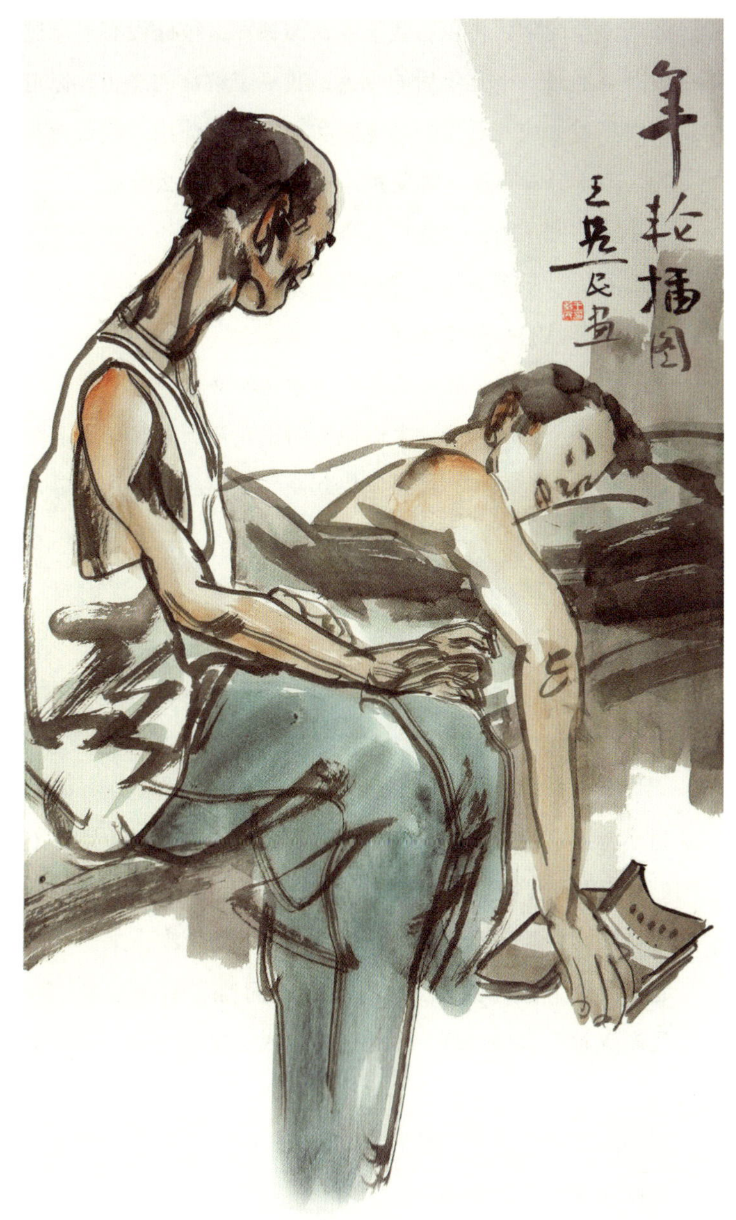

学，亦非中学同学。再以后我下乡，你参军，彼此没有思念过，甚至连一封信也没有互通过。十几年后的今天，我不了解你的经历，你也不了解我的经历。我们不过一块儿看过一场电影和一场文艺演出，我认为我们的关系很一般，我并不十分看重这一种关系，起码不像你那么看重。”

赵小涛瞪圆了眼：“你！”

张萌看了一眼手表说：“请别把我当成一个多情少女纠缠，你非要那样做只会使你自己的心伤感破碎。”

赵小涛让开了路，张萌头也不回地匆匆而去。

赵小涛凝望她的背影，之后扭头向正在扫街的吴振庆走去。

扫帚扫着了一双脚，吴振庆抬起头，见赵小涛站在路畔，他说：“请原谅，当兵的。”

赵小涛冷冷地说：“你必须向我解释清楚！”

“解释什么，当兵的……”

“我提醒你，我不是什么当兵的。脱下军装以前我是上尉营长，珍宝岛战斗的英雄！”

“那么好，就换一种你喜欢的称呼：长官兼英雄，有何见教？”

赵小涛有意缓解僵局，走到吴振庆跟前，将一只手重重拍在吴振庆肩上：“咱们像点儿男子汉，坦率地谈一谈好不好？”

吴振庆疼得龇牙咧嘴，将赵小涛的手从肩上拿下来。

赵小涛以为他是装的，将手掌竖在他面前：“看清楚了，手上并没戴暗器。”

吴振庆解开衣扣，将一边的肩膀从衣服里露出来：“看清楚了，我不是装的。”

赵小涛看了，说：“对不起！”

吴振庆说：“你要和我谈什么？”

“我想知道她究竟是怎么了。”

吴振庆明知故问：“谁？”

赵小涛说："你何必明知故问！"

吴振庆说："你应该去问她自己！"

"我问了！"

"那你还来纠缠我？"

"可是她什么都不向我解释！"

"我也同样无可奉告。"

"她甚至不理我了！"

"这有什么奇怪的，最差劲儿的爱情小说里也有这种情节。""你……"赵小涛努力克制地说，"你应该明白你在做什么！"

"我当然明白，我在做清道夫。"

"我看你是一个卑鄙之徒！"

"你敢再说一遍？"吴振庆撒手丢开扫帚。

赵小涛不甘示弱："你，是卑鄙之徒！"

吴振庆一把揪住了他的衣领："收回你的话，要不我对你不客气！"

赵小涛轻蔑地："别威胁我，我不怕你。我还要再说一遍，你是卑鄙之徒，你一方面和另一个姑娘谈情说爱，另一方面插足别人之间的感情，制造是非，幸灾乐祸！毛毛虫！"

"去你妈的！"吴振庆使了一个"斜背"的招数，将赵小涛摔倒在地。

他瞪着赵小涛似乎觉得奇怪，奇怪赵小涛怎么那么容易地就被他摔倒了。"哼，原来是这样一个英雄！一手格斗都没学过！"他拿起扫帚，又扫起来。

他扫了一段路，似乎更觉奇怪，回望赵小涛。

赵小涛在原地挣扎不起。他犹豫一下，走了回去，一直走到赵小涛跟前，研究地看着赵小涛。

赵小涛的一条腿好像断了，僵伸着，起不来。吴振庆向他伸出了一只手，赵小涛视而不见。

吴振庆将他扶了起来，不安地说："我……我也没使多大劲啊，要不要我背你上医院去看看？”

赵小涛瞪着他，一副忍受侮辱的样子。

赵小涛缓缓拉起了右裤筒——原来膝盖以下是假肢。

赵小涛竭力保持尊严地说：“如果我不是被战争弄成这个样子，你根本不是我的对手。”

吴振庆一时感到羞惭不已。

赵小涛转身走了。

吴振庆怔怔地望着他的背影，忽然追上他，拦住他。

赵小涛说：“还想再把我摔倒一次？这一次你可休想像刚才那么容易！”

吴振庆说：“你听着，我从不打算骗取她对我的好感，更没打算强迫她爱我。我并不像你说的是个卑鄙之徒。如果你真的失去了她，那肯定是你自己的过错。”

赵小涛似明白似不明白地听着。

吴振庆说完转身便走，走了几步，又回头望着赵小涛说：“如果你现在就已经觉得自己是一个毫无希望的失恋者，那我也没什么办法，只能向你免费提供一个古老的偏方——时间，加上别的女人。”

赵小涛若有所思地望着他走回原地，拿起扫帚，继续扫起来……

七

张萌来到晚报社，走入她的办公室。这是一套里外间相通的办公室，外间空无一人，而里间很多人在议论纷纷。

她的办公桌在外间，她轻轻走过去，放下包。拿起一篇稿子准备开始工作。这时，她听到里间的议论之声：“你们猜，总编不但把我的稿子驳回来了，还对我怎么说？——你要认真研究研究她写的稿子的角度，要好好学学她的文笔……研究研究！我当记者时候，她还不知道在哪儿干什么哪！”

显然，张萌并没有明白是在议论她，似乎也习以为常了，用红笔勾画着稿子。

“人家是有背景的嘛！没有背景，初来乍到的，主编会把她当个人物似的敬着？”

“背景？你，我，他，谁没点儿背景？没点儿背景能混到这儿来？”“都有背景，那就比谁的背景大了。人家是政协副主席介绍来的，没见她玻璃板底下，还压着那老头子夫妇俩寄给她的生日贺卡么？”

“听说，她在和他们的儿子谈恋爱？”

“三十多岁的老姑娘了，肯定的，恋也不会是纯洁的初恋。谁知道她在北大荒恋过多少次了！”

“攀高枝呗！攀不上实权派的公子，攀个前朝元老的公子也行啊！”“看，看，你们看，昨天的报又上了好大一篇，而我们的稿子一篇篇被往下撤！这样下去可不行！”

张萌终于听出是在议论自己，她掀起玻璃板，抽出生日贺卡，放入了抽屉。

“不行又怎么样？什么叫水平？哪儿有个标准？还不全凭主编一个人的感觉？”

“我听说，打算提升她当社会调查组组长哪！”

“我看主编的感觉出了问题，你没发现主编一瞧见她，两眼就放光么？像……”

“像猫见了耗子！”

“这比喻不恰当，应该说像耗子见了奶油蛋糕！”

“就她？别看现在还有点儿姿色，再过两三年就得削价处理啦！”

一阵笑声……

张萌猛地站了起来。气得浑身发抖，愤怒地望着里间……

一个比她年轻的穿着时髦的女记者从里间走出，看见她一怔，故意大声通报里间："哎呀，张姐，你今天怎么迟到了？我们还以为你不来了呢！"

张萌又隐忍地坐下，继续改稿子。

年轻的女记者问："你……刚来吧？"

里间一片肃静，仿佛无人一样。

张萌不予理睬，继续改稿。然而她的手在抖，弄翻了红墨水瓶，红墨水淌了一桌子，浸湿了稿子。

张萌措手不及地擦桌上的红墨水，结果上衣也被染红了一片。

一名男同事推门进来："小张，主编叫你到他办公室去一下。"

张萌站起来，走进主编办公室。

戴眼镜的老主编一看就是一位正派人，显然刚才那些议论尽是些诽谤，他招呼张萌，指着椅子说："坐……"

张萌坐下。

主编问："喝茶不？"张萌摇头。

主编将一篇稿子递给她："这篇稿子我看了，写得不错，我真认为写得不错。可是，近几期上不了啦，不是稿子本身有什么不妥，而是因为……你最近上稿挺多，有些同事心理不大平衡……所以嘛……怎么说呢，这叫'间接侵略'……你上稿量多，岂不就等于侵略了别人么……不知我把意思说明白了没有？"

张萌说："您说明白了……我懂了……"

主编说："也许，你自己也听到了一些议论。如果真听到了呢，就姑妄听之吧。某些议论是免不了的，哪个单位的情况都大同小异，以自己的涵养对待吧。"

"我什么议论也没听到过。"张萌站了起来，"如果没有别的事儿，我回去改稿子去了。"

"别急，还没谈正题哪。"

张萌又坐下来。

主编吸烟，措辞艰难地说："事情是这样的，咱们报社有一位老同志……当然，当年并不老，很年轻，现在老了……"

电话响，主编接电话："唔，对，是我，明白，明白，会照上级的指示办的。"

张萌猜测地望着他。

主编放下电话，问："我刚才说到哪儿了？"

张萌说："咱们报社有一位老同志，当年并不老，现在老了。""对，是说到这儿了。听我往下说，这位当年很年轻而现在老了的老同志，当年是被迫离开报社的。直说吧，是被开除出新闻界的，现在呢，证明当年那样做对人家是不公平的，是冤枉的，所以呢，应该给人家落实政策，恢复人家记者资格……快六十了，即使平反了，恢复了资格，也干不了几年。但是咱们不能因此就不给人家落实政策了，对不对？"

张萌不解地看看主编，说："对。"

"好，很好，我很高兴在这一点上，我们首先统一了认识，接下来需要统一认识的是——咱们报社，记者名额是有限的。实际情况是，超编的。我们总不能，名曰给人家落实政策，而实际上落实得并不彻底，让人家去干别的，是不是？"

"是……"

"好，很好。我很高兴在这一点上我们又取得了共识。"

张萌似乎有点明白了。

主编接着说："为了这件事儿呢，五分钟前，几位领导成员又碰了一次头儿，最后决定，从现在的记者中削减一位同志，空了名额，让给那位理应被落实政策的老同志。"

张萌抢在前边说："您别说了，我没意见。"

主编看看她，抱歉地说："小张，我很遗憾由我来对你说这件事……可是，刚才的电话就是落实政策办公室打来催问此事的。上边也有新的规定，记者，都要有文凭，几名工农兵学员，也要重新参加考试。对你太例外，对别人的思想工作就不好做呀！尽管我对你是很赏识的，也不甚在乎那些闲言碎语……”

张萌说：“我理解您的难处，您说，重新分配我干什么呢？”

主编一脸征求意见的表情：“先到基层去锻炼一个时期怎么样？比如，到报社印刷厂去当一阵排字工人……”

张萌说：“行。”

主编说：“当然，不一定非得从今天开始。”

张萌站起来说：“不，我希望今天就离开报社。”走到门口，她回头望着主编说，“李老师，我很感激您对我的培养。”

门外，她那名年轻的女同事偷听罢，飞快地跑回记者们的办公室。

张萌离开主编办公室，回到记者们的办公室，她的同事们正聚在一起听那个偷听者讲什么，一见她进来迅速散开，回到各自的座位。

张萌默默地走向自己的办公桌，收拾着属于自己的书和东西。

同事们一个个抬起头，窥视她。她在一片肃静中保持着尊严，她将书什么的装入几个大档案袋，用塑料绳捆起来，一男同事起身走向她：“你收拾别的，我帮你捆。”

其他同事也起身围了过来，张萌突然爆发地喊：“滚开！”

人人内愧，各自散开，归坐各自的座位，谁也无颜再看她。

张萌拎着、夹着、抱着一堆东西，离开了办公室。

她走下楼梯，走出楼，一司机追着她喊：“哎，张记者，主编吩咐我开车送你去。”

张萌仿佛没听见，头也不回匆匆走着，走到一棵树旁站住，她头抵着树，哭了。

八

王小嵩回到北京之后，给韩德宝写了一封长信：

德宝：你好！

我已回到北京多日，心情一直难以平复。你说过，我走的时候，你和振庆都要到火车站送我，可你们并没去。车开后，我心里很不是滋味儿。人是那么古怪，我觉得人心好像从来不是一个完整的东西，它的三分之一仿佛被人有意地保留在过去的日子里，如同将一瓶酒珍藏起来，为的是使自己相信，我们还替自己保留着什么；它的另外三之一仿佛被人有意地抛向将来的日子里去了，为的是我们活到将来某个日子的时候，有什么能令我们感到满足的东西在那儿等着我们去获取；伴人生活在现实中的只是人心的三分之一而已。人常说活得很累，是因为事实上人很难用全部心思活在现在。人常对自己的现实不满，也许是因为已经过去了的某些事情，像有生命的东西一样，仍在那儿发出呻吟和叹息，好像我们自己的三分之一的心灵，在过去的日子里向我们哭诉什么。我们多么想重新回到过去，去安慰别人也同时使我们自己获得安慰，并企图使已经过去的事情再重新发生一遍。不是按照它发生过的样子，而是按照人意愿中的样子。可是我们已经不能够。我们束手无策，我们无可奈何。我觉得人的过去是人的另一种意义上的家。尽管我们已远离了过去，好比一个行止匆匆朝前奔的旅者，但是如果我们自认为家并没有料理好，我们总难免会一步三回头。

不知徐克有信给你没有？我没去过深圳，我也有些不明白，中国这么大，他为什么单单要去那个地方？在人地两生的南方，他究竟又能寻找到些什么机会呢？我很为他担着份儿心。不知振庆又找到工作没有？

我很为他忧虑。不知你把我俩吵架的事告诉他没有？如果没告诉，就永远也不要让他知道吧。如果已经告诉了，那么你一定要替我向他解释。我回来后，细想想，不再生他的气了。当然也不再生你的气了。只是一想到郝梅，心情就感伤。仿佛她的不幸，是我自己也参与其中造成的。非常坦率地说，如果她真的早已死了，我会渐渐把她忘记的，可是如果当一个男人知道，他曾深深爱过的一个女人依然活着，在另外一座城市里过着艰难的日子，那么这个男人便会感到，他眼前的幸福美满仿佛成了不光彩的，成了生活对他的嘲弄。而且，我甚至感到惶恐——因为我心里有某种东西又活了过来，那便是对郝梅的爱。这爱注定了将折磨我的心灵，使我的心灵不得安宁。有几次我夜里醒来，几乎对我的妻子轻轻叫出“郝梅”这一名字……

但是，这封信没有发出。

中年人的生活最紧张，有时也最为微妙，家庭关系也会出现一个脆弱的阶段。就在王小嵩这封信写到一半的时候，他的妻子站在了他的身后。

不胜惶恐的王小嵩为了顾全家庭的“大局”，把这封贯注了真情的信撕了。

一道无形的墙，就这样阻隔了情感的流通。不但如此，作为一个对家庭有责任心的人，还要设法修补好这堵高墙。王小嵩在妻子面前说尽了好话，也拿出了真意，但妻子还是被伤害了。他珍视过去的情感，也珍视这个家，所以，他只有一人承受那情感的巨浪，把它们深深地引入心底，只有在那里，才能任由它涌来荡去，拍打着、冲刷着、咬啮着自己的灵魂……

九

在远离北京的哈尔滨，另一封表达真情的信才开了头。

在女儿已深睡了的夜晚，郝梅开始给王小嵩写信。

这封令她很难落笔的信，开了几次头，都被她揉掉了，先称同学，又称战友，不妥，直呼其名，还不妥。

终于，她写下去了：

这是多么令人难过的事情，现在我竟不知该如何称呼你了！我们之间，仿佛仅仅存在着一种关系了，一个未婚的女人，和一个已婚的男人的关系。如果我们彼此都不曾那么真挚地相爱过，同学、战友该是多么亲近的称呼呢？即使对于我们这一代人非常习惯的“同志”两个字，附加在你的姓名后面，也不至于使你和我感到别扭吧？也不至于使你和我感到仿佛借以掩盖什么吧？如果我们彼此仍能继续相爱下去，在你的姓名前面，我加上“亲爱的”三个字，又是多么自然的事啊！不正是我最可以任意使用的权利么？而像我从前给你写信那样，写上“小嵩”或者只写一个“嵩”字，如同我轻声那样呼唤你，给你写信又该成为我内心里多么充满温情和愉快的时刻呢？在医院的楼梯上我一眼认出了你，也认出了大娘，我背着女儿赶快离开医院，仓皇而逃。而你走时我却躲在火车站的一根柱子后面，偷偷地望着你上了火车，像暗中实现什么我根本没有资格实现的愿望一样。那一时刻我觉得自己仿佛是一个贼，在觊觎着属于别人的财富一样。是韩德宝告诉了我你走的日子和车次，也是德宝陪我在你走后去看望了大娘。德宝、振庆还有徐克，三位中小学时期的同学和兵团时期的战友，成了从前的经历留给我的一笔宝贵遗产。靠了这一笔宝贵遗产的存在，我有时候才似乎有根据这样安慰我自己——其实我还并非是一个一无所有的人。当我和大娘抱头痛哭的那一时刻，我自己心里明白，其实如今的我并没比过去的我变得刚强多少，装给别人看的刚强不过是一种外壳，需要这种外壳的保护是怕在如今的生活中继续丧失一个女人的尊严，甚至受到轻蔑。而我内心里，其实又是那么渴求着怜爱和同情，经常产生一种想痛痛快快哭一场的冲动……

泪水打湿了信纸，郝梅慢慢站起来，走出了屋外，院里静寂无声，邻居的窗子都黑了。郝梅倚着自家的门仰望夜空，月光下她脸上仍在流着泪。天上有一轮圆而大的月亮……

郝梅的思绪仍然还在信中，面对着静寂的夜空，她在心里对自己说：我是一个女人，我是一个母亲，我有一个女儿，我三十一岁，我没有工作，我不能用语言与任何人交流……既然这一切与我的名字郝梅连在一起，那么我最应该经常思考的是，这样的一个郝梅怎样才能生活得好些？人啊，永远都不要放弃这一种愿望！郝梅啊，你永远也不要放弃这一种愿望！为了你自己，也为了你的女儿，你必须将眼前一切一切生活对你的磨难都敞开襟怀包容下去，你越想象你是天底下最不幸的女人，你便越可能成为一个不幸的女人，你不是不甘于自己成为那样一个女人么？你的女儿芸芸又是多么不愿看到自己亲爱的妈妈成为那样一个女人啊！为了女儿也为了自己，郝梅你就和生活竞走吧！不管这需要多大的耐力耐心，你都应该具有，有责任具有……

这时，家中传出芸芸的哭唤：“妈妈，妈妈，妈妈你在哪儿啊！妈妈！”

郝梅用手擦去脸上的泪痕，急忙反身回家。

她扑到床前，将从睡梦中醒来的女儿紧紧抱在怀里。

芸芸在妈妈怀里静了下来，轻轻地说：“妈妈，我做了一个梦，梦见一个白发的老奶奶。她给了我一颗药丸，我一吃下去，腿就不疼了。不但不疼了，还能跳能跑，跑得可快了！我就飞快飞快地往家跑，想让妈妈高兴，后来摔了一跤，后来我就醒了。我一看你不在家里，心里就有点儿害怕。我心里一害怕，就哭起来了。妈妈，你不怪我太胆小吧？”

郝梅摇摇头。

芸芸又说：“妈妈，以后我睡觉的时候，你别离开家行吗？”

郝梅点点头。

芸芸说:“其实,我也不是个胆小的女孩儿,我也不是怕别的……是怕……妈妈会丢下我不管,不要我了……”

郝梅以表情反问女儿——妈妈怎么会呢?你怎么会产生这种想法呢?

芸芸理解妈妈的表情,她说:“我从小就生了腿病,成了妈妈的累赘,我总觉得,芸芸怪对不起妈妈……”

郝梅注视着女儿,轻轻放下女儿,将那个“对话”小本儿取过来,写下了一行字给女儿看:芸芸是妈妈的心肝宝贝,妈妈永远爱芸芸。

芸芸接过小本儿,也写了一行字给郝梅看:芸芸也永远永远爱妈妈。

母女二人紧紧地依偎在一起。

芸芸在郝梅怀中又睡着了,郝梅轻轻将女儿放到床上,替女儿盖上了被子之后,自己也脱衣上床,搂着女儿睡下。

她的心再次对自己说:“芸芸,妈的乖女儿,再也没有什么比你对于妈妈更重要的了……”

次日早晨,郝梅在往碗里盛粥,又从蒸锅里夹出馒头。

芸芸坐在方桌旁,将郝梅昨夜写信时揉掉的纸团一个个打开看。

郝梅用托盘端进粥、馒头、一小碟咸菜,芸芸端坐着,双手放在桌上,纸团仍是纸团,似乎根本没被动过。

郝梅将一碗粥和几片馒头放在女儿面前,自顾匆匆吃着。

芸芸一边吃,一边仔细地注视着母亲。

饭后,郝梅匆匆将碗筷放入托盘,擦了擦桌子,端着托盘出去。

芸芸从墙上摘下对话小本儿,将用线和小本系在一起的笔放在上面。

郝梅进屋,对镜拢头发,穿上外衣,走到女儿跟前,在小本上写了一行字:“妈妈去上课,中午回来跟你一块儿吃午饭。”然后将女儿抱到了床上。

芸芸说:“妈妈,可以把相册拿给我看么?”

已走到门口的郝梅回过头,芸芸眼中充满乞求。郝梅犹豫一下,反身走到床前，从床下拖出柳条箱——就是她下乡带的那个，打开来，里面整整齐齐放着她在兵团戴过，原本是红色的后来因受批判染成了黑色的那条围巾，王小嵩深夜专门送给她的那一本合订毛著，一顶兵团的棉战士帽、一双棉手套……

她从底层抽出相册给了女儿，在女儿脸蛋上亲了一下，走了。芸芸打开相册，那里有小学时期的郝梅、中学时期的郝梅、“文革”时期的郝梅、“兵团”时期的郝梅、站在收割机前的郝梅、骑在马上的郝梅、持钐刀的郝梅、麦海中抱着捆麦子的郝梅……和女兵团战友的合影，和王小嵩、吴振庆、徐克、韩德宝四人的合影。在同一页上，有一张王小嵩的单人照。

芸芸捧着瞧了一会儿，将王小嵩的单人照揭了下来……

十

在业余服装设计辅导班的教室里，那位男老师在给大家讲课：“同学们，今天，更准确地说，也就是现在，我心里很高兴。真的，别提多高兴了。不但高兴，而且，很有些激动……”

他的表情，却全然没有丝毫高兴和激动的样子，他那张戴眼镜的古板的脸，似乎无论遇到了多么高兴多么激动的事，也仍是那么古板。

学生们困惑地望着他。

他说：“谁能猜猜，我为什么很高兴？为什么有些激动？”

过了一会儿，一位姑娘不大有把握地说：“老师，你儿子结婚了吧？”

老师摇了摇头：“我儿子去年刚考上大学。”

“你家分到房子了吧？”

老师苦笑了一下，说：“这样的好事儿，大概要再等十年才轮到我头上。”

“那，您长工资了吧？”

“长工资嘛，固然是令人愉快的事。但也不过就是每月多那么十二三元钱，还不至于令我感到激动，更不至于令我激动到希望和你们共同分享喜悦的程度。”

又一个姑娘高高举起手臂，高声：“我猜到了！我猜到了！”

老师说：“好，你说。”

她站起来，把握十足地说：“您入党了。”

老师一怔，表情有些奇怪地望着她。

她不无得意之色。众学生望着老师，分明地，都以为被猜对了。老师缓缓摇头：“你的思路很敏捷。不过……并没有猜对。我写过的入党申请书、思想汇报之类，加起来至少也有三四十万字了，如今，这种热情已经冲动不起来了。”

这个姑娘有些沮丧地坐下，众学生更加困惑。

老师踏上讲台说：“看来你们不大容易猜得到。那么，就让我告诉你们吧。一个月以前，我曾经对你们保证过，要将你们每人自己选出的，自认为最得意的一份作业，送交一次评选活动。昨天，我收到了寄来的获奖证书，在你们中间，有几位同学，获得了鼓励奖，一名同学获得了三等奖。由于活动举办单位经费不足，不举行发奖仪式了。现在，由我替他们，将证书授予获奖的同学。”

学生们一个个坐得端正起来，表情也肃然起来。

郝梅心存希冀地听着老师宣布名单。

老师宣布了几位荣获鼓励奖和三等奖的名单，并当场颁奖，课堂里响起了阵阵掌声。

暗自失落的郝梅，在掌声中怔了片刻，也跟着大家一齐鼓掌。

她的异样，被老师看在眼里。她的目光和老师的目光相遇时，她自觉惭愧地垂下了头。

分明地，她还有些难过。

老师站在讲台上说："一位好的服装设计师，其设计才华，至少应该体现在两个方面——适合于进行艺术表演的设计才华和满足于引导市场需求，也就是引导人们的服装消费的设计才华。所以，一件好的服装设计图样，既应该是标新立异的、美的，又应该是不脱离现实社会普遍公众的消费水平的。也就是说，不但体现在服装店橱窗模特的身上应该是赏心悦目的，在服装店的销售柜台上也应该是大受欢迎的。同学们，你们之中，还有一个人的设计，获得了评委们一致投票的特别奖——是所有参赛设计中，唯一想到了中年女性需求的图样，并且，图样被一家服装厂选用，在一个星期以前已经生产出了一万件，销向了市场。"

同学们你望我，我望他，猜测着可能获特别奖的是谁，却没有一个人将目光投向郝梅。在这个时候，在比她年轻许多的这些姑娘们之间，她感到那么不自在，仿佛一只丑小鸭在一群天鹅之间似的。

她抬起的头又一次低下去。

老师在讲台上望着她说："郝梅，抬起头来。"

郝梅不得不抬起头。

老师大声说："特别奖获奖者，不是别人，就是你。"

教室里顿时鸦雀无声，所有姑娘的目光都望向了郝梅。

郝梅坐在那儿一时有些懵懂，仿佛并没有听见老师刚才说的话。

老师走下讲台，走到她跟前，将证书交给了她，并且交给了她一个红纸包："这是厂家给予你的设计酬金。一千五百元，扣除个人所得税，还剩一千二百元左右。"

郝梅如在梦中，坐着接过了证书和奖金。

一个姑娘对另一个姑娘耳语："你看她那样，连站都不站一下。"

另一个姑娘嫉妒她："有什么了不起的，我才不会被一千多元就弄得傻兮兮的呢！"

郝梅猛省地站了起来。

郝梅双手捧着证书和酬金，离开座位，恭恭敬敬地向老师深深鞠了一躬。

老师嘴角一动，呈现出一丝不易被人察觉的欣慰的笑意。

老师重新站在讲台上说："同学们，我还想说的话是——我也是从你们这种年龄经历过来的。在这种时刻，我也曾和你们一样，心中对别人很不服气，甚至暗怀嫉妒。这是我们大多数人，常常拿自己不知怎么办才好的事情。但是我想说，同学们，我们谁也不要嫉妒郝梅，行不行？我们更应该替她感到高兴，分享她的喜悦。自从我们这个辅导班开课以来，五个多月里谁风雨无阻、一次也没旷过课呢？郝梅。她和你们不一样，你们回到家里是女儿，父母会替你们做好饭，等着你们回去吃。而她回到家里，是母亲，她如果回去晚了，腿有毛病的女儿就会挨饿。你们坐在这里，可以说是无忧无虑的。而她来上课时，经常是将女儿反锁在家里的。人在这儿，心却系在女儿身上。你们有些人已有工作，而她至今还被叫作'待业青年'，尽管她的年龄足以做你们的老大姐。生活对她来说，目前依然是一件很难的事。"

老师说得有些动情了。他停顿一下，接着说："如果大家认为我的话说得不错，那么，我希望，你们大家和我一起，真诚地、发自内心地，而不是虚伪地、逢场作戏地，为郝梅鼓掌庆贺吧！"

老师在讲台上带头鼓掌。

开头只有几声稀落的掌声，不久，掌声终于响成一片，越响越热烈，经久不息。

下课了，老师将教材收入手提包，最后几个学生也离开了教室。郝梅走到讲台前，将一个白纸包往讲台上一放，转身便走。

老师奇怪地拿起纸包，打开一看，里边包的是钱。纸上写着这样几行字：老师，您减免了我两个月的学费。您教课很辛苦，现在我应该补上。没有您，没有那些热心的评选活动举办者，便没有我今天获得的这一份儿喜悦和激动。所以，我从酬金中拿出三百元，请您替我转给他们。他们做的事，对我很重要。我希望这样的活动，能继续举办下去。

老师看完，立刻追了出去。他叫着："郝梅！郝梅！"

他追上郝梅，还她钱，郝梅自然执意拒收，结果还是被他夺过布袋，将钱又还给郝梅。

郝梅表情很急，很真挚，她因自己不能及时用语言表达出自己的真挚而连连顿足，最后不得不从兜里掏出小本儿和笔，要写什么给老师看。

老师说："收起来收起来，在这件事上，就算我对你实行一次专制吧！"他看看手表，"你陪我到一个地方去吧。不会耽误你回家给女儿做饭的。路上我们还可以说说话儿。我说，你听，行吗？"

郝梅点头。

他们走到公共汽车站，等待公共汽车。

老师继续说："我们这座城市，有三百多万人口，也就是说，每一百多个女人中，将有一个人穿上你设计的服装。如果你恰巧看见了她们中的一个，你肯定会这么想，瞧。她穿的服装是我设计的。那是多么特别的一种愉快啊！是不是？"

郝梅极受感染地望着他点头。

老师："如果我恰巧看见了她们中的一个呢，我会这么想，瞧，这个女人穿的服装，是我教过的学生设计的。我刚从中央美院毕业时，立志要成为徐悲鸿、齐白石、潘天寿、吴作人那样的大师。后来呢，这一种志气成了泡影。我知道我在绘画方面，已经注定没什么出息了。我苦恼过，颓唐过，自暴自弃过。在我老伴的诱导之下，我开始研究服装设计。并不是想借此出名，也不太去认识它的意义。仅仅是为了寻找一种适合自己干的事，寻找一种精神寄托而已。可是今天，从你们几个学生身上，更准确地说，是从你身上，我忽然认识到了自己所做的事情，也许真是有某种意义呢！所以，我也从内心里感激你啊！"

郝梅注视着老师，认真地听。

公共汽车开来，他们上了车。

在公共汽车上，老师继续说："尽管你目前还没有工作，可是，你已经是一个纳税者了。你应该明白，这是很值得自豪的事。在我们的国家，靠个人的创造性劳动纳税的人，目前还不到几百分之一啊！其中还包括那些画家和作家什么的。你想想，在这一点上，你已经和他们是一样的人了。有了这个良好的开端，所以你一定要对将来的生活乐观起来。"

郝梅有些羞涩地笑了，但笑得很由衷。

到站了，下车后，他们走入了一家商场，上了二楼，来到一列服装柜旁；那里，许多中年妇女在购买服装，她们将一件件衣服在自己身上比试着。

老师耳语地："瞧，都在买你设计的服装。"

郝梅内心里真的激动起来了，她感慨万端地望着。

郝梅回到她住的院子里，见家门前停着一辆自行车改装成的三轮车，进家门后，反身插上了门。只见芸芸在床上抱着一个旧布娃娃睡着了。

她轻轻将女儿推醒，芸芸揉着眼睛嘟囔："妈妈，我早就饿了。"

郝梅匆匆在"对话"小本上写了行字给女儿看——"妈妈已经是一个纳税者了！"

芸芸困惑地看着这一行字。

郝梅在那一行后面又加了两个惊叹号。

芸芸依然困惑。

郝梅从布袋里取出了钱给女儿看，芸芸惊喜地："哇！这么多钱呀！都是我们的钱么？"郝梅笑着点点头。

芸芸数起来："五元、十元、十五元……"母女二人笑逐颜开地对望着。

十一

当晚，郝梅蹬着三轮车，载着女儿，以不快不慢的速度行驶在市街上。

她很有些意气风发的样子，芸芸不时左右扭头望街景，仿佛是一个小小的旅游者。遇到红灯时，郝梅回头向女儿指点某些建筑和霓虹灯，似乎唯恐女儿忽略了观望什么。

她们来到一家饭店，母女二人坐在临窗僻静的一隅。服务员走过来递上菜单，郝梅将菜单递给女儿；芸芸看了一会儿，又递还给郝梅："妈妈，我一样菜也不知道究竟是什么，还是你来点吧！"

郝梅笑了，点了几样菜。

服务员离去后，郝梅示意女儿，应该将餐巾铺在膝上。

芸芸展开餐巾纸，见上面印着花儿，又折了起来，不舍得用，悄悄揣进了兜里。

几样菜上齐后，芸芸拿起一瓶饮料，研究着，不能断定该如何打开。

郝梅打开一瓶啤酒示意给女儿看，芸芸打开饮料，斟入杯中，向郝梅郑重地举起了杯："妈妈，我祝贺您成了一位纳税者。"

郝梅微笑着与女儿轻轻碰杯，母女相互注视着啜饮。

芸芸说："妈妈，我这会儿感到真幸福。"

郝梅以母亲特有的那一种慈爱的目光注视着女儿，拉起女儿的一只手，握在自己的两手中间，并用自己的脸颊亲偎女儿的手。

她往女儿的小盘里夹各样菜，用手势告诉女儿，先不要说话，先吃。

芸芸津津有味地吃着，郝梅缓缓饮酒，仍在注视着女儿。芸芸吃罢一小碗饭，郝梅正好饮完一杯酒，开始吃饭。芸芸以女孩儿特有的崇敬的目光望着母亲。"阿姨，"服务员经过她们的餐桌旁，被芸芸有礼貌地轻声叫住，"再给我妈妈来瓶啤酒。"

服务员笑了，点头离去。

芸芸问："妈妈，你还能喝吧？"

郝梅也笑了，点头。

服务员走来，替郝梅开了酒斟入杯中说："您女儿真可爱！"

郝梅对服务员还以微笑。

服务员离去时，抚摸了一下芸芸的头。

芸芸又问：“妈妈，纳税者每个月都能挣很多钱么？”

郝梅怔了一下，为使女儿听了高兴，点了点头。

“那，我和妈妈以后可以经常到这里来吃饭？”

郝梅又点点头。

“我长大了，也要做纳税者！”

郝梅赞赏地微笑。

“妈妈，你今天很高兴是不是？”

郝梅点头。

“那么，芸芸问你什么，你都不会生气的是不是？”

郝梅犹豫了一下，点头。

“那，芸芸现在就想问……”

郝梅更加犹豫，但最终还是从衣兜里掏出了小本儿和笔，翻开来放在桌上。

芸芸从兜里摸出了王小嵩照片：“我们在医院里碰到的人，是这位叔叔么？”

郝梅脸上的表情渐变，但没有显出生气的样子，她准备如实回答女儿提出的一切问题，她郑重地点头。

“他和你是小学同学？”

郝梅点头。

“也是中学同学？”

郝梅点头。

“还是兵团战友？”

郝梅点头。

芸芸却不再问了，盯着照片沉思。

郝梅又写下一行字：难道你不相信妈妈？

芸芸以大人般的口吻说：“我不想再问了。”

郝梅写给女儿看：为什么?

芸芸说：“我明白了。”

郝梅写给女儿看：你明白了什么了?

芸芸说：“我什么都明白了。”

芸芸的表情，仿佛至少成熟了十岁似的。

母女二人彼此注视着，郝梅的表情中对女儿有许多惊讶和困惑；芸芸的表情中对母亲有许多理解和同情。

郝梅又想在本儿上写什么。

不料芸芸轻声说：“妈妈，把小本儿收起来吧。”

郝梅显得违心地将小本儿揣入兜里。

芸芸问：“妈妈，我们可以在这儿多待一会儿吗?”

郝梅点头。

芸芸将身体侧转，不再望母亲，而望向外面，似乎在居高临下欣赏街景。

郝梅若有所思地饮着杯中剩下的酒，呆望着女儿。

芸芸一动不动。

郝梅饮罢酒，招来服务员，结账。

芸芸仍然一动不动。

郝梅走到女儿身后，轻拍女儿的肩。

芸芸缓缓转过头，她满脸是泪……

她轻声说：“妈妈，我心里又感到不像刚才那么幸福了……”

郝梅忧伤地将女儿抱起，走下楼。

在楼梯上，芸芸叫道：“妈妈。”

郝梅站住了。

芸芸捧着郝梅的脸轻轻地说：“妈妈，会有一个最好最好的男人爱上你的……”

郝梅的脸情不自禁地与女儿的脸偎在了一起。

郝梅蹬车进入了她家住的那条街口，老潘迎了上来。

芸芸说："妈妈，停一下，是潘叔叔。"

郝梅将车停住。

老潘说："你们哪儿去了？"

芸芸说："妈妈请我到高级饭店吃饭去了！"

"高级饭店？……"

"啊哈，迎宾楼！"

老潘说："那里也谈不上是什么高级饭店嘛！等叔叔这个月发了工资，请你们娘俩到真正高级的饭店撮一顿！"

芸芸说："高级！就是高级！"

"好，好，芸芸说高级就高级！"老潘对郝梅说，"我在这儿等你们娘俩好久，越等越不放心，怕你第一次骑这种车，不习惯，路上出了什么事儿！"

郝梅感激地从挂在车把上的小布包里掏出一条"三五"烟给了老潘。

老潘嗔怪地说："这是干什么！邻里邻居的，还用得着买这么贵的一条烟给我？"

芸芸说："叔叔，你就收下吧！我妈妈已经成为纳税者了，以后每个月都能挣很多钱了！"

老潘看看芸芸，又看看郝梅，半信半疑："找到工作了？"

郝梅暗示他，不要相信女儿的话。

老潘说："既然已经给我买了，我也就不客气了。芸芸，先给叔叔拿着。纳税者是不在乎花这几个钱买烟给别人吸的，是不是芸芸？"

芸芸接了烟说："那当然！"

老潘试探地问郝梅："既然你们娘俩已经吃过饭了，我蹬车带你们到江边儿去消闲一会儿怎么样？芸芸还一次没见过咱们的防洪纪念塔，没见过江桥，没见过咱们的松花江呢！"

郝梅心中似有所忌，犹豫。

芸芸高兴地央求道："去！去！妈妈，我要去嘛！"

老潘也说："你别想那么复杂，我这个人，和别的男人不一样，从来不跟女人耍什么心眼儿。"

郝梅终于点了点头。

于是，老潘蹬着三轮，郝梅坐在车后座，搂抱着女儿，一同到了马路。老潘浑身是劲儿，轻车熟路地蹬着，他们走在一条寂静无人的马路上。

老潘说："芸芸，和你妈坐稳喽，叔叔可要快蹬了！"

"叔叔，放心快蹬吧，越快越好！"

老潘猫下腰，飞快地蹬起车来。

芸芸喊道："好风凉噢！好风凉噢！"

马路上撒下芸芸的一串笑声。

他们来到松花江畔，老潘抱着芸芸，和郝梅并排坐着。

芸芸问："妈妈，你从前经常来江畔么？"

郝梅点头。

芸芸又问："返城以后，今天头一次来，是么？"

郝梅点头。

芸芸左望防洪纪念塔，右望江桥："叔叔，你以后每个月都带我和妈妈来一次行么？"

老潘说："怎么不行，别说每个月啦，就是每个星期，每天也行！只要你和你妈妈高兴，我尽这点儿义务那是没说的！"

芸芸说："叔叔，你真好！"她很响地在老潘脸上亲了一口。

老潘倒有些发窘地说："这孩子，你怎么学会这一套了？"

芸芸说："这还用学啊？我心里高兴时，见了谁都想亲人家一下！妈妈，这会儿我心里又感到特别幸福了。"

郝梅笑着抚摸了一下她的头。

芸芸说：“妈妈，我坐你膝上一会儿吧，我怕把叔叔的腿坐麻了……”

老潘说：“嗬，这么知道心疼叔叔哇！”

郝梅从老潘膝上抱过了芸芸，老潘从郝梅给他买的那条烟中取出一盒，吸了起来。

松花江在他们眼前缓缓流淌。

老潘轻轻叫了一声“芸芸”之后说：“我给你讲个故事听好么？”

芸芸说：“好。”她将身体向他转过去。

老潘说：“其实也不是什么故事，是我在兵团时的一段经历……”

芸芸这才知道潘叔叔也是兵团的，她问：“那，你和我妈妈也是战友啦？”

老潘笑道：“怎么说呢，还不能算是战友吧，你妈妈是东北兵团的，我是内蒙兵团的。”

“那，您为什么要到内蒙兵团去呢？”

“不是我偏要去那里，是因为我小时候，我的大爷和大娘家没儿子，父母就把我给了他们，结果呢，我就成了北京人的儿子。当年，我们那所中学的学生们都向往到大草原去，我受他们影响，就跟着去了。十年后返回北京，大爷大娘去世了，堂姐们都结婚了，我这个本该为他们养老送终的儿子就没什么意义了。哈尔滨这方面呢，父母又非常想我，我就又回到了哈尔滨，重新做哈尔滨人的儿子。”

郝梅看似无心，实则有心地听着。

“不讲这些，这些没意思。还是讲我刚才要给你讲的吧！内蒙大草原啊，那可真叫广阔无边。我一个人放一群马，夏天，晒得我无处躲无处藏的，只有坐在马的影子里。我的房东老额吉妈妈，有一个独生女儿，叫乌云琪格。当年十六岁，比我小三岁。她们母女俩相依为命，就像你和你妈妈一样。乌云琪格对我可好了，她十八岁的时候，该出嫁了。可是每次媒人登门给她说婆家，她总是摇头不愿意。二十岁的时候，她没嫁人。二十二岁的时候，还没嫁人。每次送走媒人，老额吉就默默望着她叹气。而她呢，就悄悄溜出帐篷，让老狗陪着她，走到不远不近的地方去唱歌。那六年里，我探了三次家。每次探家，她都骑着马送我，一直把我送到旗里……”

郝梅在不知不觉中将身体转向了老潘。

而老潘望着江水，不时吸一口烟，眼望着波光粼粼的江水，继续讲着:“一直到我返城那一年，她还没有嫁人。不过已不住在家里了，住在旗里，她在旗卫校上学。经过旗里，我没来得及向她告别，就上火车。火车开了两个多小时以后，忽然有人指着窗外叫起来——看！看！原来是乌云琪格在骑着马追火车，一边追一边喊。我隐约听出，她是在喊我的名字。我起身躲进厕所里，捂着脸哭了个够……后来，草原上的人们写信告诉我，乌云琪格骑的那匹马……累死了……当年，她嫁人了。在草原上的男人们眼里，她已是一个老姑娘了。她嫁给了一个比她大十几岁的男人。有时候，我真想回草原去看看。可又不敢回去，怕看见乌云琪格……”

芸芸问：“其实，她是想嫁给你么？”

老潘说：“我不知道。她从没亲口对我说过。”

芸芸不高兴地说：“你撒谎！当年你心里明明知道！”

老潘低下了头。

芸芸生气了：“你坏！你坏！”

她的身体倾向老潘，挥手打他，郝梅站起身，抱着她走开了。

芸芸说：“叔叔是个坏男人！我再也不理你了！”

低垂着头的老潘。

郝梅抱着芸芸转了一圈儿，回到原处时，老潘已不在了，台阶上只有他的衣裤。

郝梅用目光搜寻江面，发现了在江中逆流而游的老潘，她指给芸芸看；芸芸将头一扭，不看。

老潘只穿着短裤上了岸，向郝梅母女走来，月光下，老潘的身体那么健壮，郝梅情不自禁地望着。

老潘走到郝梅跟前说："芸芸，还生叔叔的气啊？也是的，是叔叔自找的，干吗忽然对你讲这些呢？"

芸芸仍赌气不看他。

郝梅的目光却不知该望向何处。

老潘意识到了什么，抓起衣裤，走向了别处。

在回家的路上，蹬车的老潘说："芸芸，给叔叔唱支歌吧！"

身后没有反应。

老潘刹住车，扭回身看，见芸芸已在郝梅怀中睡着了。

老潘脱下上衣递给郝梅，郝梅接过，盖在芸芸身上。

老潘问："孩子睡了，我骑快点儿？"

郝梅摇头。

老潘说："那，照旧慢慢骑？"

郝梅点头。

寂静无人的马路上，老潘赤裸着上身，从容不迫地蹬车。

从郝梅的视角看去，老潘赤裸着的上身，宽而健壮的双肩，老潘一边蹬车，一边哼起了草原上的歌，那是一首听来很古老的韵调忧郁的蒙语歌……

三轮车进了院子，邻居们的窗子都黑了，老潘从郝梅怀里抱过芸芸，郝梅开了门，她在先，他在后走进屋里，郝梅扯了一下灯绳，可灯并没亮。

老潘走到她跟前说："等我走了再点蜡吧……"

火柴在郝梅手中熄灭了。

老潘握住了她那只手说："可是，我又不想……走……"

郝梅起先任他握着，继而使劲抽出了手。

她转身，欲离开他，他抓住了她的胳膊。黑暗中，她目光咄咄地瞪着他，他丧失了勇气，放开了她的胳膊。

老潘说："看来，我还是……走的好……"——他走到门口，反身低问："你不跟我去关门么？"

她犹豫了一下，跟着他往外走。

在最后一道门内，他又站住了，转过身说："很遗憾。芸芸开始本来很高兴，可是，后来却被我惹得不那么高兴了……"

在他的盯视之下，她低着头。

老潘说："不过，我想问一句，你……今天晚上高兴到江边坐坐么？"

郝梅渐渐抬起头，点了一下。

他突然冲动地拥抱住了她，并吻向她的嘴唇，她无声地推拒着，他企图凭男人的力气征服她，她腾出手来，打了他一耳光。

他放开了她，垂下了头，背靠门框，一时间一动不动。

她望着他，开始怜悯他。

他一转身，欲推门而去。

她却又扯住了他。

她用另一只手轻轻插上门扯着他，注视着他，倒退着，又将他引到屋里。

他又一次拥抱住了她，她仰起了脸，闭上了眼睛，期待着……

他的嘴唇刚吻向她的嘴唇，灯突然亮了。他们倏地分开，目光同时望向床上的芸芸。

芸芸在床上睡得很熟。

他们的目光接触时，都显得那么窘，那么不知所措。

她走到床边，坐下了，却并不望他，低着头。

老潘说："和我结婚吧！"

她仿佛没有听见，毫无反应。

老潘又说："我比你大两岁。我不在乎你能不能开口说话，我不在乎你现在还没工作。"

郝梅毫无反应。

老潘继续说："而且，我是那么喜欢芸芸。我觉得，如果能有你这么一个女人一生为伴，如果能有这么一个女儿，我这辈子也就够有福气的了。"

郝梅渐渐抬起了头。

老潘索性说个彻底："我的亲父母也都去世了，亲哥哥姐姐也都另立门户了，亲弟弟妹妹也都结婚了……就剩下我还是光棍一条，守着两间空房子。下班回到家里，一个人冷冷清清的，连个说话的人都没有。如果我们结婚了，可以在这儿开一个门，"他在墙上比画着，"或者，在这儿开一个门也挺好。"

郝梅望着他比画。"那样一来，我们住得够宽敞的了！你不必立刻回答我，但我也求你，别立刻拒绝我，别立刻破碎了我的美梦。你考验我一年，或者两年，或者三年，行吗？"

他的口吻是乞求式的。

郝梅终于点了点头。

老潘真诚地说："如果，在这期间，你又遇上了一个爱你的男人，你觉着他比我好，我绝不会抱怨什么的。我伤过女人的心，我被女人伤心也是应得的报应……"

郝梅不由得笑了一下，她从布袋里取出那条烟递给他。

他接过烟，因为刚才的冲动没有得到满足，似乎仍欲对她有所举动。

她指指芸芸，指指窗子，又指指自己心窝。

他恋恋不舍，若有所失地走了。

郝梅起身拉上了窗帘，郝梅替芸芸脱衣，从芸芸兜里翻出了一个小玩具，餐巾纸，和一些碎片——是王小嵩那张照片被芸芸撕了。

她发现芸芸手臂上有新旧牙印——她疑惑不解，本打算推醒女儿问个究竟，又不忍，她搂着女儿睡下了。

半夜郝梅从睡梦中惊醒，她发现女儿瑟缩着身子，满脸是汗，咬着自己的手臂，在竭力忍受某种痛苦。

她吃惊地抱起了女儿。

芸芸吃力地说："妈妈……腿疼……"说完又要咬自己手臂……

郝梅将女儿的手臂搂住，让女儿咬自己手臂……

过了一会儿，她急忙到了老潘家，焦急地紧拍老潘家的门。

十二

第二天，在一家医院的观察室外，郝梅和老潘坐在长椅上，他们神色都很不安。

郝梅匆匆在小本儿上写什么，扯下交给老潘；老潘看后，便去打电话。

不一会儿，韩德宝和吴振庆都被电话叫来了，他俩正好在医院楼外相遇，他们相互问着什么匆匆走入楼内。

坐在长椅上的郝梅看见了他们，但却并没有动，只是呆呆地望着他们走向自己。

老潘从郝梅的脸上明白了他们是谁，起身迎向他们，并向他们说着什么。

吴振庆一边听，一边不安地望着郝梅。他们匆匆走向郝梅，然后一左一右挨着她坐了下去。

老潘在远离他们的地方站住。掏出烟，发现禁止吸烟的牌子，又将烟从嘴上取了下来——他心不在焉地望着一张宣传画。分明地，他有意让吴振庆、韩德宝有机会单独和郝梅说话。

吴振庆用胳膊肘轻轻碰了郝梅一下，低声说："别担心，有我和德宝呢。"

韩德宝也说："是啊，有我们呢。"

郝梅点了一下头。

尽管他们谁也没有瞧谁一眼，但是显然，由于身边有了两位完全可以信赖和依靠的战友，郝梅似乎感到不那么孤立无援了。

观察室的门开了，芸芸被一位护士推了出来。

三人立刻站起来，围向病车。

跟随而出的医生制止了他们："刚打了安眠针剂和止痛针剂。"看看郝梅，又看看吴振庆和韩德宝，“孩子的母亲，请先在这儿坐着。你们谁是孩子的父亲，请跟我来。”

吴振庆和韩德宝对视了一会儿，吴振庆说：“你留下陪着郝梅，我去。”

他大步相跟而去，老潘也相跟而去，他们都跟在医生后进入诊断室。

医生说：“你们两个不可能都是孩子的父亲吧？”

老潘说：“我们……都不是……”

“那你们都跟我来干什么？”

吴振庆说：“医生，请您听我说……孩子，已经没有父亲了。我们都是孩子的亲人……”

医生坐下：“亲人？”研究地打量他们，“我只能和孩子的直系亲属谈孩子的诊断结论，还是叫她妈妈来吧……”

老潘不安地望着吴振庆。

吴振庆说：“医生，我是最能代表她的人。我有权知道！”

医生只好说：“那，好吧……”他写了一份诊断书递给他，那上面写着：成骨肉瘤。

吴振庆问：“这……是一种很严重的病么？”

医生说：“骨癌的另一种说法。”

吴振庆说：“医生，求求您，千万想办法保住孩子的腿！”

医生缓缓地说：“这是在几年以前我才有可能考虑的请求。而现在，我只能如实告诉你们两点——或者，在孩子有数的日子里，尽量满足她的一切愿望，尽量减少生前的痛苦；或者，到北京肿瘤医院去获得专家们更具权威性的会诊，寄最后的希望于我们的诊断是错误的……”

吴振庆和老潘表情骤变，呆若木鸡。

医生接着说：“而后一种希望，只不过有百分之一二。”老潘抓住了医生的一只手，几乎是在用哭声说：“医生，救孩子一命吧，您不能见死不救哇！”

医生抽出手，冷冷地说：“你们似乎都挺爱这个孩子的，可是你们早干什么来着？”

吴振庆说：“几年前，孩子和她的妈妈，还在北大荒，不是没看过，有的诊断成关节炎，有的诊断成骨刺。”

老潘又补充道：“返城后她妈妈也带她看过多次……医生，这孩子自己也太能偷偷忍了！夜里疼醒时，常自己咬自己的胳膊也不叫出声，怕她妈妈听了心疼她……”

吴振庆又加了一句：“她妈妈直到现在仍待业……”

医生说：“是这样……”他开始写什么，一边写一边又说：“的确是个好孩子啊！进观察室的时候，还劝她妈妈不要替她害怕，没见过这么特别的孩子，她好像明白自己的病情似的……”

老潘背转身，孩子似的哭了，吴振庆强忍着泪。

医生将药单写好，交给吴振庆：“我给你开的是进口的止疼药，虽然太贵了，可是见效快，目前限制在高干病房使用，我……也只能做到这些了……”

医生也大动恻隐之心。

吴振庆默默流泪，双唇抖颤说不出一个字。

吴振庆和老潘来到医院的男厕所，他们各自吸烟，各自流泪，之后，吴振庆扔掉烟头，洗脸，洗罢，把手绢递给老潘说：“给你！”

老潘接过吴振庆递给他的手绢，扔掉烟头洗脸。

吴振庆说：“听着，不许让郝梅看出什么来！”

他们回到郝梅身边。郝梅焦急地望着他们，韩德宝替她问：“医生怎么说？”

吴振庆说：“骨刺，但是得动手术。医生建议到北京大医院去，因为离神经和血管太近，要对芸芸负责任。”

老潘也说：“是啊，要对芸芸负责。”

郝梅的担心似乎减少了一些。

吴振庆将一只手搭在郝梅肩上："准备到北京去吧！越快越好，病是经不得耽误的……这件事我替你做主了啊？"

他转身对老潘说："你等着下午接出芸芸，陪她们娘俩回家。"

又转身对韩德宝说："咱们先走吧，我还另外有话跟你说。"

他们来到医院的大楼后边，吴振庆对韩德宝说："芸芸的日子很短了……"

韩德宝似乎不明白。

吴振庆说："是骨癌。医生说，她最多还能活两个星期，只有百分之一二的希望。为了这百分之一二的希望，也必须带她到北京去……"

韩德宝呆住了。

吴振庆已经有了主意："我负责借钱。穷家富路，得多带些钱，我才放心，你负责替你自己请两个星期假，陪郝梅去。"

韩德宝虽面露难色，沉吟了一下，还是肯定地点了点头。

吴振庆说："按理说应该我陪着去……可是，我怕我自己到时候……你……在路上告诉郝梅吧，也得让她有心理准备。"

韩德宝一只手按在吴振庆肩上说："放心吧。"

吴振庆又说："如果可能，让芸芸看看天安门……我曾答应过她，有一天，要带她到北京去玩儿，在天安门照张相……"

他说不下去了，韩德宝也满脸是泪了。

吴振庆仰起脸，自言自语地说："我们为什么有那么多还不完的感情债？为什么有那么多的责任和义务啊！我太累了，我已经累得受不了啦……"

韩德宝情不自禁地拥抱住了他，两个好朋友，将头埋在对方肩上……

吴振庆哭了……

十三

晚上，张萌一个人在家里，她双手打开化妆盒——那显然是第一次被打开的东西。

她的手犹豫着，仿佛不知该先使用什么，后使用什么。触了一下粉刷，动一下眉笔，最后拿起了唇膏。

镜中，唇膏涂着唇廓，舌尖轻舔着涂红了的内唇沿。

张萌用描眉笔描着一条眉，先描成眉梢向下，觉得不满意，放下笔，抓起旁边的湿毛巾，擦着。

她又拿起眉笔，重新描，这一次描成了眉梢向上，似乎仍觉得不满意。

眉笔描向另一条眉，描毕，张萌凝视着镜中自己的脸，仿佛要回忆起一个忘却了的朋友。

她站起，走到洗脸间。打开水龙头，双手搓肥皂。

她正要搓脸，盯着洗脸间的镜子，双手停止在脸面前，又犹豫起来。

她想，好像也没什么太古怪的，也许脸敷得白些效果就会好多了?

她冲尽手上的肥皂，关上龙头，擦开了双手。

她又坐在桌前，开始往脸上刷粉，仿佛信心有所增强，她心想修理过地球的人，难道还修理不好自己的一张脸?笑话。

她合上了化妆盒，欣赏着镜中自己的脸，心里说，这不是挺不错的么?关键是，要庄重，要矜持，要在脸上打出广告——请勿犯我。这是比我年轻的女孩子们做不来的样子。这是我的特色，张萌特色。

她站起，走入里间，旋即出来，已穿上了一套西服裙。

她又拿起镜子照，心想，手上应不应该夹着一支烟呢?好几次我吸烟时，男人们偷偷观望过我，我不认为那是他们少见多怪，而肯定是我吸烟的姿态对他们有某种特别的吸引力。

眉笔描向另一条眉，描毕，张萌凝视着镜中自己的脸，仿佛要回忆起一个忘却了的朋友。

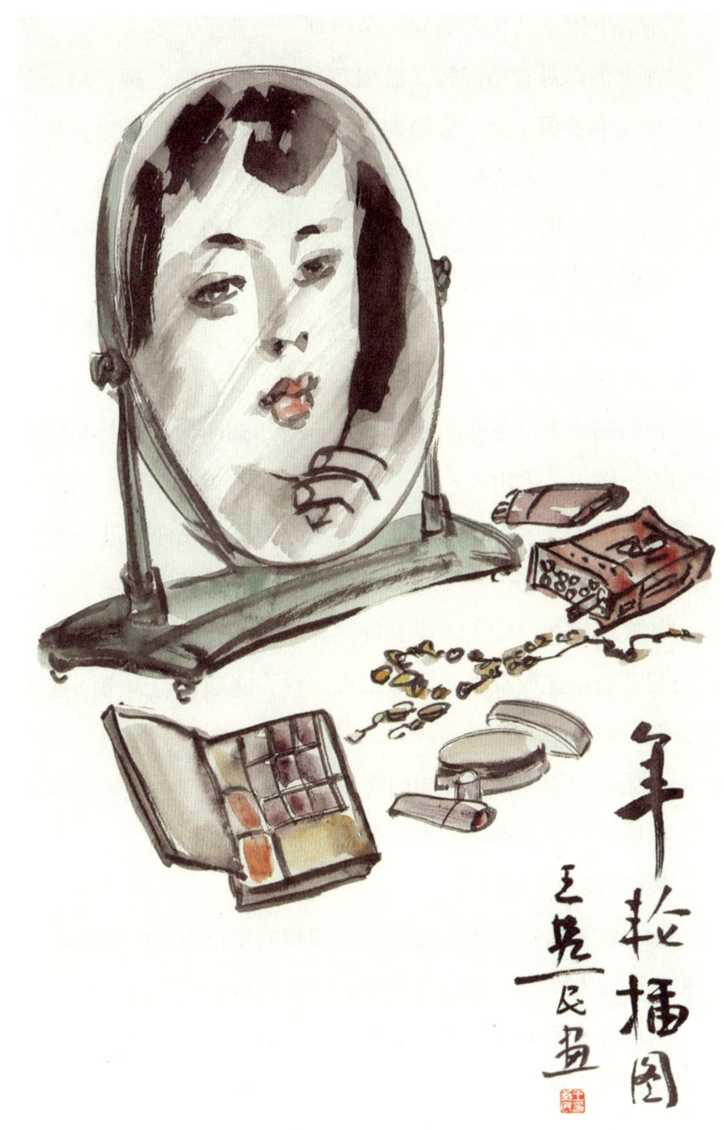

她放下镜子，拉开抽屉，拿出烟，吸着了一支。

她坐下，对着小圆镜，做出各种吸烟的姿态。她又想，今天晚上是在大庭广众之中吸烟，会不会给别人留下什么不佳的印象呢？我行我素，想吸就吸，管别人怎么看我呢！

她一手夹烟，一手拿起烟盒，朝想象中的对方一递——“请吸烟！”

这时，传来了敲门声。

她将烟卡在烟灰缸里，起身去开了门；进来的是吴振庆，他没穿雨衣，衣服被雨淋湿了。

他的到来太出乎张萌意料，她一时不知所措，又有些惴惴不安地：“没想到……你……下雨了？”

“下雨了……不过不太大……毛毛雨……允许我进去么？”

“允许，允许……”

吴振庆坐在沙发上，以一种诧异中掺杂着研究意味，也掺杂着男人对女人的观赏的目光望着张萌。像上次一样，张萌仍走到桌子那儿，背抵着桌沿站立着。

吴振庆问：“正打算出门是不是？”

张萌：“不，不，不出门……”

“不出门？”

张萌解释道：“晚上我们单位和别的单位举行联谊活动，不过我并不是非去不可的人物……我的模样特别可笑是不是？”

“可笑？你为什么这么说自己呢？不，一点儿也不可笑，你一化妆，显得很有风度，很有气质，至少年轻了三四岁。你是主持人吧？”

张萌说：“老的，大家嫌太老气横秋；年轻的，又嫌太青春浮躁，结果工会的干部们，就一致决定了是我这个双方面都能认可的，不愿意也得愿意。”

吴振庆说：“我来的又不是时候。”

张萌说：“没关系，时间还挺充足，有事？”

吴振庆点点头说："借钱……我已经到处借了一个下午了。本不想来找你的，路过这儿，身不由己地就来了。"

张萌问："多少？"

吴振庆："越多越好。"

张萌问："做生意？"

吴振庆摇摇头："你先说有没有吧。"

"有。"张萌说完走进里间，不一会儿拿着一沓钱出来，交给吴振庆，"二百元，我只留下了几十元生活费，不知道……是不是太少了？""不少不少……"吴振庆接过钱点也不点，揣入兜里，又说，"我不是替自己借，我是替郝梅借。她要带她女儿到北京看病，这一去，十之八九，就只有她自己回来了，我替她谢谢你……"

张萌讶然地看着吴振庆。不待她说什么，他已走了。

他匆匆冒着细雨走出楼门，张萌在窗子里朝下喊："哎，你等等！"

吴振庆站住，仰起脸看她，张萌匆匆跑下楼梯，匆匆跑向吴振庆跟前，撑起了一把伞，替自己也替吴振庆遮雨，之后说："这是我的存折，上面有五百元，你替我取出来，给她带上吧，人生地不熟的，还是让她多带些钱好。"

吴振庆感动地说："这……可不知哪一天才能还你啊！"

"我并没有向你强调这是借给她的。"她说完将存折塞入吴振庆上衣兜，并拿起他的一只手，将伞柄也塞在他手里，她转身走了。

吴振庆喊了一声："张萌！"

张萌站住，回头望着他，吴振庆说："你化了妆以后，看上去很有风采。"

张萌不由得笑了一下，又一转身跑了。

她跑回屋子里，头发、衣服都淋湿了，她从烟盒里抽出一支烟，坐在沙发上吸着。

她没想到郝梅会窘到这种地步，自从离开老连队，她就再没见过郝梅，也没有谁跟她谈起过郝梅，因为，她和吴振庆和徐克，也是最近才见过。在今天以前，连他们都不跟她提起郝梅，好像她俩是两个天生的冤家对头。不错，从小学到中学，她们俩一直都在暗中竞争什么似的。竞争谁先入团，谁是三好学生而谁不是。但在张萌内心深处，最忘不掉的一位女同学，恰恰不是别人而是郝梅。张萌知道，郝梅善良，富有正义感，待人宽对己严，而且最不是一个小肚鸡肠记仇的人……

张萌掐灭烟，站了起来，脱去上衣，扔在沙发上，走入洗脸室，她望着镜子里自己化过妆的脸，耳边响起吴振庆刚才的话："你化了妆以后，看上去很具风采……"

她继续想着刚才的事。

小的时候，她们都为自己的父亲而骄傲过。郝梅的父亲被认为是一匹千里马，张萌的父亲被认为是伯乐。因为张萌的父亲不但调来了郝梅的父亲，而且重用他，提拔他。后来，张萌的父亲成了"走资派"，而郝梅的父亲成了"保皇派"。再后来，张萌的父亲成了"三结合干部"，而郝梅的父亲成了"资产阶级专家"。如今，她俩的父母都不在了，他们之间的恩怨已随他们本身的不存在而不存在了。张萌心想，难道我们之间的关系，也将由各自命运的不同而不存在么？她多想重新培植起来她们的关系，哪怕是一种继续抗争的关系也好啊！人企图斩断自己与过去的一切关系，其实是一件有苦难言的事啊！她心里叫着郝梅的名字，郝梅，你说呢，这也许是你想替我分担也无法替我分担得了的，正如我实际上分担不了你的不幸。

十四

火车站的月台上，吴振庆、老潘在送韩德宝和郝梅母女。郝梅抱着芸芸，韩德宝拎着些东西。

吴振庆对郝梅说："放心，一切都有德宝替你安排呢！他的北京知青战友多。”

郝梅信赖地望望韩德宝。

韩德宝对吴振庆和老潘说：“你们还得上班，都回去吧。”

吴振庆说：“必要的时候，你给我拍封电报，我会及时赶到北京去的。”

老潘跟着说：“我也会的。”

韩德宝对芸芸说：“跟叔叔们再见！”

吴振庆情不自禁地将芸芸从郝梅怀里抱过，紧紧地搂着说：“芸芸再见！来亲叔叔一下。”

芸芸在他脸上亲了一下。

“叔叔也亲你一下……”吴振庆在芸芸脑门上亲了一下。

老潘忧郁地瞧着，分明地，他也多么想对芸芸表示最后的爱。

郝梅将行装接了过去。

韩德宝说：“芸芸，也跟你潘叔叔再见啊！”

芸芸将头扭向母亲肩后。

老潘说：“芸芸，还把潘叔叔想成一个坏男人啊，叔叔对你讲的那些往事，其实，都是叔叔编出来的……”

芸芸却并未向他回过头，她将头无力地枕在母亲肩上。

老潘不但忧郁，而且感伤了。

吴振庆将韩德宝扯到了一旁，低声嘱咐道：“到了北京，先去找小嵩，我想他会尽全力帮忙住院的。”

韩德宝点了点头。

在他们谈话间，郝梅将一张折成燕型的字条塞在老潘手里。

老潘想展开看，郝梅对他摇摇头，老潘将字条揣入了衣兜。

这时，王小嵩的妹妹搀扶着母亲沿站台寻找而来，小妹指着振庆他们说：“在那儿！”

吴振庆和韩德宝迎了过去，郝梅也迎上前去。

老潘虽然不认识王小嵩的母亲，犹豫了一下，跟过来。

母亲伸出双手说："梅啊，孩子你在哪儿？"

郝梅将芸芸递向韩德宝，老潘抢前一步，趁机将芸芸抱了过去。

郝梅拉住了母亲的双手，母亲说："闺女，大娘老了，眼也看不见了，帮不上什么忙了，大娘祝你们娘俩一路平安吧……"

郝梅不禁将身体依偎向母亲。

母亲从兜里掏出一个纸包说："这点钱，是大娘平日里攒的，孩子，你带上吧！"

郝梅不知该拒该收，望着吴振庆，吴振庆说："收下吧，大娘的一片心意啊！"

韩德宝也说："对，收下吧，大娘也不是外人。"

郝梅深有感触地收下了，望着吴振庆，点点自己的心，指指自己的嘴，让吴振庆替她说句话。

吴振庆说："大娘，郝梅想对您说，您过去、现在，对她的一切慈爱，点点滴滴，她都记在心里了。"

母亲点了点头说："孩子，你回来的时候，大娘还来接你啊！芸芸呢？芸芸在哪儿？让姥姥抱抱。"

芸芸虚弱地说："姥姥，我在这儿……"

老潘恋恋不舍地将芸芸递送向母亲，母亲将芸芸紧紧地抱在怀里，她又从兜里掏出了一个小红布包："德宝，替大娘给芸芸戴上……"

韩德宝接过小红布包，打开一看，是长命锁。他给芸芸戴在颈上。

芸芸无声地笑了。

众人怅然……

张萌来晚了一步，当她检过票，冲入车站和人流跑上月台时，火车已经开动了，她在站台上跑着，不顾自己撞着了别人，对着一节节车厢呼喊："郝梅！郝梅！"

郝梅和韩德宝从一窗口同时探出头，韩德宝喊道："张萌！我们在这儿！"

张萌发现了他们，一边跑，一边伸出手臂，郝梅也伸出了一只手臂，站台工作人员拦住张萌说："你干什么你，不要命啦！"

火车开远了，郝梅的手臂仍伸出在车厢外，张萌的手也仍举着，直到火车消失……

张萌缓缓放下手臂，缓缓转身，吴振庆站在她身后，他说："你也来送她，我真高兴。"

张萌说："可我来晚了。"

吴振庆说："来了就好……王小嵩的母亲在那边儿，不过去见见么？"

"不熟悉，以后吧。"张萌顿了顿又说，"我真羡慕郝梅，有这么多人关心她，给予她友情。"

吴振庆说："到月球上去，并不算太远，我们要走的最大距离，也许还是在人和人之间啊。"

张萌说："你怎么说起话来，变得像哲学家似的了？"

吴振庆认真地说："人如果能把自己弄明白了，也差不多就算是半个哲学家了。张萌，我今后再也不会在感情方面滋扰你了。真的，因为我已经把我自己弄明白了，我就是把自己累死，大概也走不完我们之间的距离。而返城又把我们之间的距离拉长了。我已经开始承认这个现实了，也实在太累了。你呢，也别有那么多心理负担了。大家都活得不容易，也都应该学会互相体谅、理解……"

他说着向张萌伸出了一只手说："王小嵩的母亲还在那边等我，我想送老太太一段路。"

张萌机械地握了他的手一下，吴振庆转身走了。

张萌望着他走到王小嵩的母亲身旁，和王小嵩的妹妹一左一右搀扶着母亲，走进了地下通道。

张萌心里默念着：吴振庆，谢谢你彻底解放了我。否则，我自己简直不知道如何解放我自己。其实，你已经走得离我不远了。可是最后几步，是我无法向你迈出的。那对于我很难，很难……

送走郝梅母女，老潘像失了魂，他迅速跑回家，躺在床上，掏出郝梅在车站给他的字条。

他的手捏着那字条，心里想：我总得有勇气打开你给我的字条，即使你写的是使我绝望透顶的话，我也不会恨你的。好男人不该恨好女人……

他缓缓打开字条，字条上只一句话："我愿意你做芸芸的爸爸……"

他急切地寻找到烟，他猛吸着烟，不相信地，瞪大眼睛继续看那仅有的一句话。他又掐灭烟，只穿着短裤蹦到地上，挪开桌子，在墙壁上比量着。

他翻出斧子，迫不及待地在墙壁上划出了门的面积，挥斧砍起来。

忽然，他停止了，扔掉斧头，退回床上坐着，望着墙壁发呆。

他慢慢拿起纸重新看着，他几乎对自己说出了声音：

"没有了芸芸，你会不会改变你的决定呢？芸芸，我喜爱你，我不是一个坏男人。千万别把我想成和抛弃了你妈妈的男人一样……我是多高兴能做你的好爸爸啊！生活，我恨你！你为什么就不让我做成呢？为什么把我就要有的一个女儿夺走呢？"

他又操起斧头，疯狂地砍那面墙……

十五

到了北京，韩德宝把郝梅母女安排到一家小旅馆住下，就去找王小嵩。

韩德宝是第一次到北京，光是找到王小嵩的住处，就费了好大的事儿；到了王小嵩家，才知道王小嵩正好在几天前出国了。

王小嵩的妻子常听小嵩念叨兵团的朋友，对韩德宝的名字并不陌生，对郝梅，则从王小嵩那封撕掉的长信中知之更详。但她毕竟是个有教养、明大义的人，她主动给在卫生部工作的姑夫写了封信，交给韩德宝，请她姑夫帮助联系芸芸的住院和治疗事宜。

韩德宝回到小旅店，芸芸在床上睡着，郝梅在旁给芸芸扇着风凉。

韩德宝说："如果一切顺利，也许明天下午，芸芸就可以住上院了。"

郝梅掏出小本，写了些字，递给他看，上面写着："德宝，太辛苦你了。芸芸亏了你们这些好叔叔。"

韩德宝走到窗前，点了支烟故意避开郝梅的视线，望着窗外说："郝梅，你听我说。我知道芸芸对你有多么重要，你又是多么爱她。但是，我不能再瞒着你了，必须告诉你真相了——芸芸她得的是骨癌，而且，已经扩散。我们要使芸芸住进去的是肿瘤医院。芸芸得救的希望，大概只有百分之一二，振庆他没有勇气告诉你，所以，让我在火车上告诉你。可在火车上，我也鼓不起勇气……"

他听到了一阵响声，转身一看，郝梅已经晕倒在地上。

韩德宝抱起她的上身，喊着："郝梅，郝梅！"

以后的几天，韩德宝大忙特忙起来，先去卫生部找人，结果小嵩妻子的姑夫恰好出差了。没有关系，住院太难，幸好他带着本通讯录起了作用，他挨个儿给北京的战友打电话，请了七八个战友，到一家餐馆聚餐。

稍叙了离情，他就开门见山，说了到北京的来意，求各位朋友帮忙。

德宝的话说得很直，他说："如果大家竭诚而为，我请大家这顿饭；如果大家束手无策，也请讲明，这顿饭我也就不请了。我舍不得的不只是钱，还有时间，我还得腾出时间去求别人。"

众战友起先有点儿不悦，但很快都理解了德宝的心情，大家没等菜上桌，只把酒喝掉，纷纷去找"路子"了。结果，韩德宝白白付了一桌谁都没动甚至还没见的菜钱。

也亏了德宝战友的帮忙，芸芸很快住进了医院。

这天，吴振庆正在扫街道，听到有人喊他："小吴，电话！北京来的长途！"

吴振庆稍一愣，弃帚跑去接电话，电话里韩德宝说：“振庆，芸芸昨天上午去了……”

吴振庆问：“那……郝梅怎么样了？”

韩德宝说：“她……还算承受住了这个打击……芸芸临走之前，忽然显得特别理性，说是要见她的爸爸一面，问问她的爸爸，为什么抛弃了她和她的母亲。听来简直不像一个孩子临死前所想的事。我没有办法，用电话召来了一个兵团战友，想让他冒充一次爸爸，给芸芸死前一点安慰……可他赶来时，芸芸已经闭上了眼睛……我明天就陪郝梅回哈尔滨。我的意思是，谁也不要接站了，我直接送郝梅回家，免得她见了你们又哭一场……”

几天后，韩德宝和郝梅回来了，他们一起走到郝梅家住的那条街口。韩德宝将用布包着的芸芸的骨灰盒交给郝梅，他说：“我就不送你到家了。你休息几天，我和振庆有空再来看你。”

郝梅神情凄然地点头，捧着骨灰盒，转身徐徐而行。

她回到家里，只见墙的四壁粉刷过了，家具摆放更显得规矩，墙上，镜框里镶着郝梅和芸芸的放大的合影。

与潘家的隔壁上，多了一道开出的门，无门有框，垂着门帘，门帘一挑，老潘出来站在郝梅面前。

两人默默相视。

当晚，他们隔着一道门帘，各自睡下。

很晚了，郝梅出现在老潘的屋里。

她钻进老潘的被窝，她背对着他，咬着被角，发出抑制的哭声。老潘转过身来，将她的身体扳向自己；黑暗之中老潘粗壮的胳膊抱住她，抚爱着她，吻着她……

老潘说：“别哭，别哭，让咱俩静静地回想芸芸的可爱之处吧。也许她也正在什么地方瞧着咱们，她会乐意我陪你一块儿想念她的……今后，如果咱们有了孩子，无论男孩还是女孩儿，咱们都起名叫芸芸……”

第六章

一

所谓命运的普通内容，对普通的人们而言，乃是社会性的、时代性的。又一个十年过去之后，吴振庆、王小嵩、郝梅、张萌……他们的人生都发生了魔方似的变化。命运对于中国人，似乎不再是神秘的不可抗力，而是可以拆卸也可以重新组装的东西了。

如今，穿西服、打领带、梳大背头，俨然一位大亨的吴振庆，已是兴北公司的总经理，为了和这地位相称，他的肚子也凸起来了。他的办公室摆设很阔气，一切都是新的，连造型古典的架式电话也被他手下人擦得熠熠发光。他端着漂亮“小秘”冲的咖啡，漫不经心地啜饮着，脑子里盘算着下一步棋怎么走，才能在即将开始的和外商的谈判中占有主动，让谈判朝着自己希望的方向发展。

门被轻轻推开，一个小伙子拿着几页纸走进来，彬彬有礼地呈在吴振庆面前。吴振庆只略扫那么几眼，当下便火了，口气很硬地说：“赞助方面的事不要找我，找公关主任批！”小伙子顺从地应了声“是”，便脚步轻轻地退了出去。

按说，作为一个下属，小伙子的行为无可挑剔。而也许正是这点使吴老板心里很不舒服。他自己也奇怪，为什么总是对这些大学生、研究生发火，难道仅仅是因为他虽然做了他们的老板，可依然只是一个受过初中文化教育的人而产生的嫉妒么?

吴振庆的心里乱糟糟的，本来已经和日本的崎丸公司说好，今天日方老板前来和中方老板直接见面，就双方合作生产条形码收款机一事进行洽谈。但忽然之间，日方又改变了主意，老板自己不来而只派了一个全权代表，这对谈判会不会有影响呢？吴振庆已经跟市里有关领导汇报，说来的是日本的大老板，而且按接待大老板的规格在高级宾馆定了房间。不料日方又临时改变了主意……

门又被轻轻推开，这回进来的是女秘书小高，一个受过高等教育，又年轻又漂亮又时髦的女性。小高用甜甜的、柔美的声音提醒吴振庆："经理，您该去机场了。车已经在楼下等着了。"

兴北公司的楼前停着一辆"林肯"。吴振庆走下台阶。顺手从台阶两侧摆着的花盆上摘了一朵花，别在扣眼里。回头的刹那，他发现跟在身后的小高在窃笑，不由得不舒服："笑什么？"小高由于深受老板信任，再加上自己年轻漂亮，所以有时候和老板说话口无遮拦，她笑道："有点儿冒傻气！"

"是么？"吴老板很顺从地摘下花，递给小高，"那你戴吧。不然这朵花该伤心了。"

小高接过花戴在胸前，吴振庆才发现她仍旧穿着公司的制服："怎么不换一身漂亮的？"吴老板一脸不悦。因为他刚才叮嘱过小高，今天接外商可以打扮一下。

小高不慌不忙地说："我认为还是穿咱们公司的制服好。我喜欢咱们的制服裙，端庄大方，再说，也能间接向对方体现我们员工的职业意识……"

这正是小高厉害的地方，善于让老板知道她处处为公司着想。

吴振庆坐在宽大舒适的林肯车里，眯着眼想心事，坐在后排座位的小高也在想心事。

实际上，小高对她的这位老板是打心眼里尊敬的。否则，也不会那样尽心尽职地给公司卖命了。可最近，公司的说法也很多，说公司的名气越来越响，资金越滚越厚，老板的脾气也越来越大了。她拿不定主意，要不要把这点告诉老板。他们这一代人，经历了三年困难时期，经历了“文革”，经历了上山下乡，失去了考大学的机会，失去了恋爱季节，总之失去了很多，很让人同情，可也挺让人尊敬。但一旦他们阔起来，照样会变得颐指气使，得意忘形，真让人失望。

小高不禁心里暗暗叹了口气。

而吴振庆琢磨的却是很快就要进行的谈判。车开到郊区公路上时，吴振庆忽然喝道：“停！”

小高一愣：“怎么？”

吴振庆开开车门走下来，看着小高一脸惊异之色，不由得笑了：“没什么。日本方面派一名代表来，我干吗还亲自到机场去接？我这中国老板也太贱了吧？小高，你去接，礼节上就够了。我不能给他们这么大面子，防止小日本儿在我们面前趾高气扬，摆出不可一世的架势来……”

小高点头：“也是。可你怎么回去？”

吴振庆友好地摸摸小高的头，说：“别管我了，反正我能回去就是。”刚要迈步，又想起了什么，拉开车门冲坐入车里的小高喊：“记住十六个字——落落大方，彬彬有礼，不卑不亢，不亲不疏……”

半小时后，吴振庆已从郊区公路打的回到公司，并且通知属下到楼上圆桌会议室开会。

他就是这么个人，雷厉风行，不讲情面。虽然只受过初中教育，但多年来失学、插队、返城、失业、找事儿，能经历的几乎都经历了，和那些只会吸烟、喝茶、看报、读报的官僚老爷们比，有本质的区别。虽然经常对大学生、研究生这类人发火，但在公司里实际重用的却是这些人。并且，职工们的福利待遇搞得很好，公司发展了，也总是尽可能在物质上体现对职工们的关怀。

楼上圆桌会议室已坐满了人，大多是年轻人。吴振庆大步流星地踏入会议室，扫视了一圈正襟危坐的人，说出的话不觉就有了嘲讽的意味："嚯，都坐着啊？一个个都像董事似的，你们以为这是开董事会啊？"

众人面面相觑，欲纷纷站起……

吴振庆做着手势："都坐着吧坐着吧！你们嘛，都是公司的精英，也可以说都是公司的主人。我哪，不过是大公仆。主人们坐着，公仆站着，理当的……"

他的话中，嘲讽和自嘲的苦味更重了。他吸着一支烟，又说："诸位主人都知道，今天，我们日本方面的、未来的合作伙伴，即将光临了。为了结识上这位伙伴，为了达成最后的合作，我曾三次带人前往日本，花了公司几万美元。在一份份厚礼的感召下，对方的老板终于接受我们的诚意邀请，信誓旦旦地保证一定亲自来对我们的经济实力进行考察，并签署共同开发条形码收款机的合作意向书。可是，即将光临的，却不是对方的老板本人，而是一位代表了。这究竟意味着什么呢？起码意味着如下内容：一、对方的诚意，与我们的诚意相比，是打了折扣的。如果说我们抱着十分的诚意，那么，也许对方至多只有五六分诚意。二、对方在向我们摆架子。我们希望达成合作的主动性和迫切性，也许恰恰应了我们中国人那句话——上赶着不是买卖。三、如果我们的主动性显得过于迫切，那么，等于我们在这种合作关系中，首先承认了对方确实是老大，我们确实是老二。对方就会更加摆出老大在老二面前那种矜持姿态。如果我们仍显得再弱了点儿，对方必将提高他们的合作条件。事实上怎样呢？事实上，我们和对方的经济实力不分上下，旗鼓相当。综上所述，我决定不亲自到机场去接他们了。我要求，我们的一切人，对待我们即将光临的远道客人，以十六个字为原则——落落大方，彬彬有礼，不卑不亢，不亲不疏。谁，如果在小日本儿面前显出一副低三下四、攀附巴结的奴婢相，有失本公司尊严，可别怪我不客气！"

众人不禁热烈鼓掌……

二

全权代表是王小嵩，他现在还有一个日本名字“宫本一雄”。而此时，他是作为宫本家未来的女婿、崎丸公司的高级雇员，作为崎丸公司总裁宫本健太郎的心腹来摸吴振庆的底牌的。

豪华的“林肯”缓缓开到“兴北”楼前……

小高在前，王小嵩和未来的内弟宫本达夫坐在后排。

此时此刻，王小嵩的心情之复杂不亚于吴振庆。饱经风霜的面庞毫无表情，很难再从他脸上找到当年的温良，却让人感觉到一种深不可测的城府和老练。而他未来的内弟，则是个涉世未深、一股傲气的日本青年。

车驶进这样一条不起眼的小巷，宫本达夫脸上不加掩饰地浮起不屑的神色，用很流利的中国话说：“一家体面的公司，怎么可以把总部设在这样的小街道？”

小高回过头来，微微一笑，说：“宫本先生，据我所知，日本目前名扬世界的大公司，也都是从二次世界大战之后的日本废墟上建立起来的。与你们当年相比，我们现在的条件很不错了。何况，我们正在筹建‘兴北’总部大厦。最迟后年，我们希望在十四层总部大厦接待贵公司的总裁宫本健太郎先生……”

她说完，下车替他们开了车门，引导他们踏上台阶……

两名临时的礼仪小姐用日语说：“先生们，请……”

宫本打量她们，她们目不旁视，使宫本感到几分诧异……

他们进入楼内……

两名年轻人用日语说：“先生们，请……”

他们也目不旁视，不苟言笑……

“先生们，请……”

“先生们，请……”

他们在每层楼口，皆受到同样“欢迎”……

宫本脸上的傲气少了，在这样一种“欢迎”的氛围之下肃然了几分……

王小嵩则显得有几分困惑……

终于，他们来到总经理办公室门外。

一位侍立在门外的年轻人，用日语彬彬有礼地说：“先生们请稍候，总经理正在接美国长途……”

王小嵩和宫本达夫驻足，小高对王小嵩说：“我先进去通报一下。”

宫本悄悄用中国话问王小嵩：“你的同学吴先生，是一位对属下要求十分严格的人吧？”

王小嵩的心情远不及宫本轻松，不仅因为身负使命；怎样面对即将见面的青年时代最铁的朋友、他妈妈的干儿子，在他内心深处也是个问题。他摇摇头说：“时代变了，人也会变的。我已经很难判断他目前是一个怎样的人了……”

就在这时，小高匆匆走出办公室：“先生们，我们总经理已经在恭候了……”

年轻人替他们打开了门……

只见吴振庆离开大写字台，热情地迎上前来，小高抢前一步作介绍：“这位是宫本达夫先生”，然后，笑意盈盈地指王小嵩：“这位，似乎不需要我介绍了……”

吴振庆刚刚才从小高那儿知道，日方的全权代表竟是他过去的铁哥们儿王小嵩。王小嵩不是去了美国么？怎么又在日本出现？这一切他都顾不得细想，连同老友重逢的惊喜，使他将一切猜测全都一股脑儿地先搁在了一边……

小高的话音未落，笑意还写在脸上，吴振庆已张开双臂，意欲拥抱王小嵩……

不料王小嵩将身体侧转向小高，微笑着说：“还是有劳高小姐介绍一下好……”听似玩笑话，实则有意将相互关系处理在理性多于友情的水平……

吴振庆举起的双臂，只好缓缓拢回到胸前，掩饰地整了整西服领：“看来，我们都需要重新认识对方？”

小高反应得快，见此情形，连忙抢前一步说道：“您这么一说，倒显得我失职了。好，我来郑重介绍一下——这位是日本崎丸公司总裁宫本健太郎先生的全权代表宫本一雄……”

王小嵩这才向吴振庆伸出手来……

吴振庆掩饰着不悦，与他握了握手……

茶已备好，四人落座。

吴振庆和王小嵩互相端详，宾主之间出现了短暂的沉默。

伶俐的小高最先打破了沉闷，她偏着头，微笑着向宫本达夫：“先生对敝公司第一印象如何？”

宫本达夫不改其傲，头一扬说：“我仿佛来到了什么黑手党总部，将要和一位说一不二的‘老头子’打交道似的。”

小高细声细气地说：“宫本达夫先生真幽默。”

吴振庆却哈哈大笑起来：“那么，您就不提防我这上好的龙井茶里下了致命的毒药么？”

宫本达夫也笑了……

王小嵩笑道：“吴总经理也很幽默嘛！我们的总裁再三嘱咐我，一定要首先向吴总经理表示歉意……”

吴振庆说：“那没什么。我也取消过别人期望接待我的机会……我看，二位远道而来，一路够辛苦的了。饮过茶，先让高小姐陪二位到宾馆去休息怎么样？”

王小嵩：“也好……”

初次见面，双方都心怀顾虑……

三

在豪华宾馆里，宫本达夫一边吸烟，一边踱步，一边发表着自己的见解：“我在中国留学三年，据我所知，你们中国人，尤其你们东北人，是最讲哥们义气的。为了哥们儿义气，有时候甚至甘愿两肋插刀，怎么你的这位同学加亲密战友，给我留下的完全是另一种印象？”

正低头坐在沙发上抽烟的王小嵩抬起了头：“什么印象？”

宫本说：“他好像……不太是你一路上说的那种——友谊为重、友情第一的人……”

王小嵩按灭烟，站起来说：“怎么，你对于谈判前景丧失信心了？”

宫本一笑，又是一脸傲气：“这，就要看你的技巧如何了。当然，首先要看你是否不辜负家父的赏识和……信赖……”

王小嵩正色道：“达夫，你这是什么意思？我提醒你，我和你一样，也是宫本家族的一员……”

宫本冷冷一笑：“你这么以为么？我也提醒你，我的堂姐，还没有正式嫁给你呢。举行婚礼的时日，是可以根据某种情况的变化，推迟或取消的……”

宫本的话使王小嵩已很复杂的心情增加了几许恼怒，没容他反驳什么，敲门声响起来。

宫本走去开了门，是小高，她笑容可掬地说：“两位先生，请去用晚餐吧！”

王小嵩问：“你们老板不来陪我们吗？”

“我们老板太忙，他正和美国方面通话，商议另一方面的合作意向，请——”小高说着，做了一个请的手势。

宫本和王小嵩对看了一眼。王小嵩脸上显出几分不悦。

小高一边带路，一边说：“不过他说了，晚上一定来陪全权代表先生叙旧。”

在宾馆餐厅雅座，小高陪着两位宫本吃饭。

王小嵩问："高小姐，在'兴北'公司任职几年了？"

小高："不长，才三年。"

王小嵩没话找话地又说："那，对你们老板事业的发达史，想必多少也会了解一些吧？"

小高微笑道："如果全权代表先生感兴趣的话，以您和我们老板的特殊关系，完全可以当面直接去问他嘛！"

宫本不甘寂寞："据我所知，你们老板只有初中文化程度，而且，待过业，从事过最下等的劳动……"

小高不禁看看王小嵩……

王小嵩暗恼地斜了宫本一眼，低下头摆弄刀叉……

小高一脸郑重之色："据我所知，那正是我们老板不以为耻、反以为荣的一点。不是所有只上过初中、待过业、从事过最下等劳动的人，都能顺理成章地成为老板。翻开全世界的经济发展史，在许多国家，都曾有一些指甲黑乎乎的人，为社会进步起到过推波助澜的作用……"

宫本说："可是我们宫本家族的历史不同。我们宫本家族在二战前曾是显赫一方的贵族世家……"

工小嵩将刀叉重重一放，生气地说："我们讨论这些干什么？这又不是宫本家史的学术研讨会！讲历史，你很难肯定地说，他们的吴老板不是中国战国时期吴王夫差的后裔！难道这牛排不好吃么？"

小高接口道："对，对。咱们换个话题——你们日本人，是更习惯于像中国人一样使筷子呢，还是更习惯于像西方人一样使刀叉？"

宫本说："我个人么，还是习惯于使筷子。刀叉一摆，总使我联想到外科医生动手术的情形……"

小高和王小嵩不禁笑了，气氛顿时放松下来。

估计晚饭吃完了，吴振庆来到宾馆。王小嵩、宫本还没回来。他点着一支烟吸着，刚吸一口，电梯的门开了，小高、王小嵩、宫本先后走了出来。

吴振庆热情洋溢地迎上前去："两位宫本先生，晚餐用得好么？"

小高一笑，笑得很有魅力，说："在一片祥和的气氛中，我代表您陪两位先生共同进餐。"

宫本看小高一眼，对吴振庆说："高小姐谈锋机智婉转，使我初步领教了贵公司的实力。"

王小嵩也接着说："在谈到世界经济发展时，高小姐的见解，令我的这位同仁深表钦敬。"

吴振庆哈哈大笑，拍了拍小高的肩："我想和老朋友叙叙旧，既然这一位宫本先生很高兴和你交谈，你陪他聊聊怎么样？"他转向宫本，"我想，对于我的这种愿望，您能够理解吧？"

宫本点头："理解，理解……"

服务员开了房间——四人分别进入两个房间。

四

吴振庆和王小嵩默默相望。关了门，似乎将现在关在了门外，而从前的友情像音乐一样同时在两人心上流淌。

终于，他们同时张开双臂，拥抱在一起。

王小嵩说："原谅我，在我们刚一见面时，我使你尴尬了一次……因为达夫是宫本健太郎的儿子，在他面前，我觉得我的一举一动，仿佛是受着某种监督……"

吴振庆很体贴地说："我看出来了。"

两人落座后，王小嵩笑问："用多长时间赶排的呢？"

吴振庆不解："什么？"

王小嵩说："贵公司的迎宾仪式啊……"

吴振庆也笑了："没别的意思，只不过想给你们留下深刻的第一印象……"

王小嵩摇摇头："太戏剧化了，搞得像拍什么黑帮电影……"

吴振庆道："噢？我要是真能当导演，就喜欢拍情节片儿！没情节，什么事儿都没了意思！"

王小嵩说："说说，怎么一步登天的？"

吴振庆掏出烟请王小嵩吸，他一边吸一边回答："说起来也简单，像篇童话似的——首先是我哥哥转业后，在我嫂子那个县里当上了经贸委主任。那是个沿海县，开放后经济搞上去了，便向内地扩展实力。他带回哈尔滨三十万元作为启动资金，想物色一个人干点儿什么。这对我是个千载难逢的机会，当时我正扫大街、扛煤气罐。我岂能放过？近水楼台先得月，写下军令状，就把资金垄断过来了。于是我又建起了施工队。第一把就赚了二百多万。后来就赶上了房地产开发的热潮。你如今也在商界了，不细说你也懂。干房地产开发简直是一本万利。何况，一个人要想把几百万变成一千万几千万，比要想把几百元变成一千元几千元容易得多，只要他不是个大傻瓜……"

吴振庆侃侃而谈，王小嵩频频点头："徐克的情况怎么样？他从外地回来了么？"

吴振庆说："回来了。炒楼花，炒股票，什么都干过。他自己说赚了几百万，我猜也就几十万，却当起息爷来了。说是前二十几年活得太亏了，如今想把损失的享乐追补回来……"

王小嵩又问："德宝呢！"

"还穿警服。有一年说是被提升为公安局的处长，可是被别人顶下来了。闹了一阵情绪，调到派出所去了。他那个人，吉人自有天相，如今当了所长。他负责那一片治安搞得好，他这个所长就年年是市公安系统的标兵。荣誉是捞了不少，他那人有荣誉感，看待荣誉比看待金钱重要。如今这样的人不多了……"

王小嵩心里说：都可以了，都可以了。又问："你们和张萌一直没来往？"

吴振庆叹口气，说：“别说和她了，就是我们三人，也不常能凑在一起了。也就是每年过春节的时候，相互走动走动……只听说张萌在一个中美合资的公司里当公关部主任……”

王小嵩欲言又止，最后终于还是忍不住问：“她呢？……”

“郝梅？……你看……”

吴振庆打开皮包，取出一本书递给王小嵩——那是一本小说集——《女性自白》，封面上赫然印着“郝梅”两个字……

王小嵩：“她写的？”

吴振庆点点头：“她现在是作家了，省作协理事。不算太有名，可比你我有名。再说她也不图出名，她总算也找到了适合自己的职业……”

王小嵩一只手轻抚着封面：“送给我吧……”

吴振庆:“那可不行，她签了名送给我的。这一次，你们总该见见面了……”

王小嵩已把书打开——扉页上，印有郝梅和丈夫老潘及儿子的合影……

吴振庆说：“你当年回北京后不久，她女儿芸芸就死了。她现在的孩子仍叫芸芸。她丈夫是工人，对她相当好。论家庭幸福不幸福，我看她现在是我们之中最幸福的……”

王小嵩怅然地将书还给了吴振庆……

往事回忆太沉重。况且，对十多年羁旅他乡的王小嵩来说，挂念的、关心的太多、太多，而时刻萦于怀、最放心不下的是年迈的母亲。“我……今晚想见上我母亲一面。”提起母亲，王小嵩的脸上出现一丝温情。

“好。不过我也有两年多没去看望老人家了。我开车陪你去！”吴振庆看一眼手表，“是不是太晚了点儿？”

王小嵩站起来：“不算晚。今晚见不着老人家，我会失眠的……”忽然想起了什么，“对了，我还有一件小小的礼物送给你……”

他说着找出一长形礼盒，打开是一条漂亮的领带：“这是我们公司为高级职员们定做的，名牌儿。来来来，换下你那条，戴上这条，看看怎样……”

吴振庆开起玩笑来："这，并不意味着我是被贵公司招募了吧？"他边说边摘下了自己的领带……

王小嵩笑了："敝公司哪有那样的狼子野心啊……"他替吴振庆戴上了他那一条领带……

吴振庆笑了："来而不往非礼也……这是我们公司的徽章……"他从自己胸前摘下徽章，替王小嵩佩在胸前，"愿我们谈判成功，今后精诚合作……"

他们相视微笑——微笑之中，既有当年的友情，又各有某种意味深长的内容……

他们同时扬起手——两双手拍握在一起……

吴振庆亲自驾驶着"林肯"，载着王小嵩，驶向一片居民楼区。

这片居民住宅区是"兴北"公司兴建的。当年，这片楼区刚盖起来，王小嵩的弟弟就来找吴振庆，希望能调房。作为王母干儿子的吴振庆，给他们调了一套两居二层的房子。在王家乔迁之前，吴振庆还特意嘱咐手下人给这套房子多加了一排暖气。因为他知道王母怕冷。这还不算，索性一并连电话也装了。

王小嵩听着，动情地说："我母亲有我这个儿子，还不如有你这个干儿子。"

吴振庆看他一眼说："你这话说得倒也不算夸张。要是全中国含辛茹苦了一辈子的老母亲们，都能有我吴振庆这么个干儿子就好了。那马克思在天堂里，也就该为他老人家的共产主义学说感到欣慰了……"

车无声地停了。

王小嵩走下车来，凝视着自家的窗口。窗里已经熄灯。

王小嵩凝望着窗户，心潮起伏，默默地诉说："妈，我回来了！又隔十年，我才回到您老人家身边，我对不起您。我不是一个好儿子。我在写给您的信中，替自己编了那么多谎话，编了那么多理由……妈妈，在振庆面前，我好羞愧啊！"

吴振庆也下了车，站在王小嵩身旁，低声地："要不，既然来了，就进去？"

王小嵩摇头："不了，我妹妹明天还要早早起床上班……"

吴振庆说："那就改天吧。"

王小嵩点点头。

忽然，吴振庆像想起了什么似的，突然问道："你、你怎么没带你那口子和孩子一块儿回来？"

王小嵩嗫嚅道："我在北京……只待两天……"

"连家也没顾上回去看看？你也未免太为日本人效忠了吧？"吴振庆打趣他，谁知王小嵩脸色一变，欲言又止，一低头钻进了汽车。

吴振庆也回到了车上，察看他的脸色："开玩笑，不至于生气吧？"

王小嵩苦笑，缓缓摇头："我在北京……已经没有家了……"

吴振庆愕然……

当年王小嵩回到北京后，由于知道了关于郝梅的一些真相，一个时期内感情波动很大。他的妻子，就通过她父亲在美国的一位老朋友，把他办出了国。她的愿望也是良好的，一来是为了平复丈夫的感情，二来是为了让丈夫出国镀镀金。他自己也巴不得能那样。那正是第一次出国热的年头儿。但没想到的是，他走了，她却耐不得寂寞了。三年后王小嵩从国外回来，她竟不再属于他了，连孩子对父亲也陌生起来。王小嵩一气之下又出去了。后来他们离婚了，是她主动提出来的，孩子也归她了。那男人在香港继承了一大笔遗产，很有钱。

而这时，美国方面的经济担保人了解到老朋友的女儿已经和王小嵩离了婚，认为再没有为王小嵩担保的义务了。就这样，王小嵩陷入了身在异国、举目无亲的困境。英语还学得不行，想打工人家都不愿雇，而签证快到期了。

他病倒在一个小旅店里，多亏一位日本姑娘可怜他，经常去照顾他。

王小嵩和这日本姑娘是在自选商场认识的。他捡着了她丢的包儿，里边有三千多美元，还有几十万日元。当时王小嵩没打开看。如果打开看了，见有那么多钱，他未必会还给她……就这样王小嵩病好后，在日本姑娘的建议下，随她到了日本……

后来的事不问吴振庆也猜到了七八分，可他还是问了：“后来呢？”

王小嵩说：“后来她安排我在她伯父的公司里工作……”

“如果我没有猜错，就是崎丸公司？”

王小嵩毫无表情地说：“是的……”

吴振庆又逼一句：“再后来你就开始追求她？”

王小嵩说：“不……是她爱上了我……”

吴振庆哼了一声，问：“有什么区别？”

王小嵩转过头，看看吴振庆，说：“这……是有点儿区别的……”

吴振庆又问：“她很漂亮？”

王小嵩摇头：“一点儿也不漂亮。甚至可以说，其貌不扬。不过心地挺善良……”

吴振庆笑了：“也就是心灵美？”

王小嵩用低沉的声音说：“可以这么说。她是个挺虔诚的基督徒。我不但是一个加入了日本籍的中国人，而且，已经是半个属于宫本家族的人了……”

吴振庆无意似的又问：“你决定和她结婚了？”

王小嵩木然地说：“我别无选择，也不愿伤她的心……”

吴振庆终于忍不住了：“宫本健太郎，肯定是知道了你和我的特殊关系，才改变了主意，不亲自来和我谈判，而临时委派你做全权代表的吧？”

王小嵩缓缓将脸转向吴振庆，吴振庆正目光咄咄地盯视着他。

王小嵩默认了……

吴振庆不由得恼火：“妈的！这只狡猾的老狐狸！”

王小嵩说：“宫本先生对我很栽培，从某种意义上说，等于是我的大恩人……”

吴振庆终于爆发了：“可这他妈跟我有什么关系！我倒宁愿是这只老狐

狸亲自来！或者是他委派别人来！”

他砰地关上车门，发动了车，一个急转弯，将车开走了……

某种尴尬笼罩着小小的空间。汽车录音机里正放着崔健的摇滚《不是我不明白》：

过去我不知什么是宽阔胸怀
过去我不知世界有很多奇怪
过去我幻想的未来可不是现在
现在似乎才清楚什么是未来
噢……噢……
过去的所作所为我分不清好坏
过去的光阴流逝我记不清年代
我曾经认为简单的事情现在全不明白
我忽然感到眼前的世界并非我所在……

吴振庆将开关使劲一按，歌声戛然而止……

王小嵩也将开关一揿，歌声又起——

二十多年来我好像只学会了忍耐……

吴振庆又将开关使劲一按。

王小嵩看了他一眼，将脸转向窗外。

五

夜幕低垂，笼盖着这个城市，王小嵩回到了宾馆，而吴振庆直接回了他那俄式装修、几近豪华的家。

吴振庆的妻子就是当年的那个葛红。

人生无奈，吴振庆到头儿还是和她成了夫妻。

吴振庆在外面为朋友、为公司奔忙之日，也正是她在家闲得无聊之时。

此刻，她正很舒服地坐在轮椅上——那是一种美容用的轮椅。她的脸向后仰靠着，上面贴满了西红柿片和黄瓜片，红红绿绿的，像盖着一块花布。她耳朵上塞着耳机，一边听音乐，一边还在轮椅扶手上打着拍子，听任旁边的蒸汽美容器的喷嘴儿里喷出的蒸汽喷在她脸上，一副舒适透顶、悠然自得的样子。

吴振庆开门、关门的声响惊动了她，她双眼睁开了一道缝，斜向一面镶在墙上的镜子——从镜子里，她看到了吴振庆在门厅那儿换鞋，脱衣，挂衣……

吴振庆走入客厅，两只“马耳他”小狗从一个房间窜出来，一边一个抱住他的脚，谄媚地对主人表示亲热。

葛红挑衅似的说：“惭愧不惭愧？”

吴振庆抱起一只小狗坐在沙发上，一边爱抚一边说：“惭愧什么？”

“你当这家是你的高级旅店呀？”

吴振庆也不示弱：“你当我是整天在外边寻欢作乐呀？”

葛红鼻子里哼了一声：“那谁知道！”

吴振庆便说：“既然毫无根据，那就别整天瞎起疑心。”

葛红提高声音说：“也不能说毫无根据。有人预言我四十五岁的时候，有夫妻离异、家庭破裂之患……”

吴振庆将小狗猛推下身，恼火地说："我告诉过你多少次了，不许你将那些神神道道的人一个个往家里请！这家不是什么会道门俱乐部！如果再让我撞着了，你可别怪我不给你留面子！"

葛红也瞪着他："哟，一句话不爱听，就生这么大气呀？"

吴振庆不吭声，起身去倒了杯水，走到桌前，按了一下电话开关，又坐下去听电话留言。

"吴叔叔，我那套房子，你什么时候给我调换成啊？我都等了三个多月啦。你再拖，我可生你气了啊……"——是一个娇滴滴的女性的声音……"

吴总经理，我是电视台记者小王，马小婉同志的服装设计表演后天进行，请柬已经提前寄往公司了。您千万到秘书那儿查一下，别误了。因为您是颁奖人啊。对了。请将赞助款的支票一并带来……"——一个男性的声音……

吴振庆嘟哝着："莫名其妙，也没人和她比，还颁什么奖！"

葛红双手抱肩，说："你往家里安这么一部电话，烦不烦人啊！？你就不会声明一下，以后不许人们往家里打这类电话么？"

吴振庆："怎么声明？登报？在电视里？你还嫌我不够出名的啊！"

葛红回敬道："嚯，您先生倒滋生了名人的烦恼。要不咱俩换换？你在家里做生活优越的赋闲女性，我替你去公司里当总经理！保证当得一点儿也不比你差劲儿！"

在他们进行以上对话的同时，留言电话并未沉默着——"小吴，我是老葛，没什么大事儿，只是有一件区区小事儿，到时候请您关照一下。我三女儿要出国自费留学，求您给兑换点儿美金。不多，三五千就行，当然是官价兑换，否则我也犯不着求您了。希望及时给我回个电话……"

第四个留言——"振庆，你可又一个多月没过爸妈这边来了。你爸想你了。他好像听到了关于你的什么闲话，整天坐立不安的，说是要当面教育教育你。儿呀，抽空儿过来看看老爸老妈吧啊？"

吴振庆关了电话，有些生气地说："哎，怎么我妈的电话你都懒得接了啊？”

葛红也关了她的蒸汽美容器，从轮椅上站起来说：“谁懒得接了？别乱扣帽子好不好？”

吴振庆说：“要不她怎么会往家里拨这个电话？”

“我怎么知道？兴许她往家里打电话的时候，正巧我不在家呗！”葛红一边说一边从脸上一片片取下那些“贴片”，放在另一只手里，“才一个多月没过去，他们就挑理了？你都快一年没去看过我爸我妈啦！”

葛红和当年很不一样了，显得白净多了，也富态多了。她现在的形象会使人不由得联想到港台影视中那些整日优哉游哉无所事事的中产阶级妇女。她脖子上戴着金项链，指上戴着金戒指，耳上大耳环随着身体的转动乱晃。

她瞧着吴振庆，有些幸灾乐祸地调侃：“又有绯闻啦？看来你老爸的信息渠道比我还灵通呢！”

吴振庆有些疲倦地说：“得了得了，别贫了。你说你现在怎么变成了这样啊！”

葛红一愣：“我变成了什么样了！”

吴振庆客气地说：“庸俗！庸俗不堪！”

葛红反而笑了：“不错，你说得对，我承认。不过我觉得，你吴大经理所谓的庸俗生活，正合我意。我过得挺好，如鱼得水，你挣，我花。你治家，我享受。你给我创造优越的物质水平，我给予你最大的宽松政策，对你实行无为而治。咱们各得其所，和平共处……”

她换坐在沙发上，一边说，一边逗弄两只小狗……

吴振庆实在不愿听这些唠叨，他一边起身踱到大鱼缸前去喂鱼一边乞求地说：“唉，你这张嘴呀，怎么现在变得一开口就一套一套的？你存心逼我提出离婚是不是？”

葛红笑了：“咱俩离不了，除非我主动提出来。我才不那么犯傻呢！而你，首先就过不了父母关，你要是敢提出和我离婚，你爸妈那种老脑筋，要不和你断绝关系才怪呢。其次你过不了和儿子的感情关，儿子冲你叫声爸，你保证就回心转意了。再次你过不了舆论关，你也知道新闻界正盯着你运气哪，正巴望找个什么时机曝你的光。最后你过不了你的正统观念关，你这种人，内心里即使想当陈世美，也得等到凑足了一百条理由才敢付诸行动。你最多也只能干些拈花惹草的小勾当，满足点儿男人的好色之心罢了。和你生活了这么多年，我早把你研究得透透的了……你承认不？”

吴振庆甘拜下风地说：“对，对。我承认……”

葛红望他一眼，脸上露出了胜利者的微笑：“你呀，你就心甘情愿地为新时代中国女性的幸福作奉献吧！”

说着，她抱着一只小狗走到他身旁，又说：“我真羡慕这些鱼。我还不如它们，能有幸承蒙您忙里偷闲地关心关心……哎，你看看我脸……”

吴振庆不知所以然地抬头看她的脸。

“怎么样……”

吴振庆不明白：“什么怎么样？你病了？”

“又白了没有？皮肤又细嫩了没有？”

吴振庆应付地说：“又白了，又细嫩了。”

葛红满意地说：“看来，‘功夫不负有心人’这句话，还是多少有些道理的。人家都说我根本不像四十出头的女人。我这全是为你下的功夫！”

这回，轮上吴振庆发愣了：“为我？”

葛红：“不是为你是为谁？为了能让你爱看嘛……”

她亲了吴振庆一下，转身走到桌子那儿……

吴振庆掏出手绢擦脸，扭头望着她，只听得葛红大叫起来：“哎呀！你怎么把茶杯往我写的稿子上放？”

吴振庆不解：“稿子？那两页纸？”

葛红顿一下脚：“看，都被你弄湿了。我今天一天的创作劳动白费了！这是我发表希望最大的一篇小说！”

吴振庆更加诧异：“你？……写小说？……”

葛红：“你那么瞪着我干什么？郝梅都看过了。她评价我写得不错……”

她翻出郝梅的信读：“对于从没写过小说也很少读小说的人而言，能写到这种水平，也就很值得欣慰了。我提不出太多的意见，只提一条，供你参考——那就是文字表达能力……连郝梅都提不出太多的意见，我还不应该有自信吗？”

吴振庆火了：“你给我听着！你以后再别去干扰郝梅好不好？她不像你，整天在家闲着没事儿干！”

葛红针锋相对地说：“闲着没事儿干我才写小说呢！能干正经事儿的人谁写小说？”

吴振庆叹口气：“跟你真是说不到一块儿去！我问你，上次有个什么小报的记者，约你写那篇稿子，你不至于真给他们写了吧？”

葛红说：“人家上赶着约稿，我干吗不写？”

吴振庆瞪着眼睛：“这么说你还是写了？”

葛红点点头：“当然写了，已经寄去了。他们回电话说，最近一定发。”

吴振庆无奈地说：“你怎么也不给我看看？你都写了些什么？”

葛红说：“给你看，我怕你横加干涉。不过就是我刚才分析你的那些内容，不精彩么？”

吴振庆仿佛吞了一粒苦药：“精彩，很精彩，简直精彩极了！”

他气愤地连连抖着鱼食袋儿，将一袋儿鱼食都抖光了……

葛红赢了这场嘴仗，显得很宽容：“还不睡啊？别忘了今天可是星期三，逢单同床，这可是你自己订的夫妻生活规则。你已经欠下我好几次做丈夫的义务了……”

她说着进了卧室，复又探出头来说：“反正我等你……”

两只小狗都扑到吴振庆脚边来讨喜欢，他心里烦极了。一脚一只，将它们都挑了开去……

这一夜，吴振庆想着王小嵩，久久不能入睡。他心里不停地默叨：“王小嵩、王小嵩，你可不要不自觉地受人利用，为你个人的患得患失来算计我。”到天蒙蒙亮时才蒙昽睡去。

他被一个声音吵醒。睁开眼，见是儿子背着书包，站在床头叫他。

“别烦我，有事找你妈去。”他咕哝了一句，又闭上眼睛，翻了个身。

儿子扳着他肩膀，将他的身子扳了过来：“我妈说，这事儿她不管，非你管不可！”

吴振庆迷迷糊糊地：“什么事儿？快说……”

儿子说：“我们学校下个星期要组织郊游，让你们公司出车……”

吴振庆：“嗯……”闭上眼睛还打算睡，忽然又睁开眼睛，叫住儿子，“你们学校组织郊游，管我要的什么车啊？”

儿子委屈地说：“不管你要管谁要？”

吴振庆急了：“爱管谁要管谁要！再说公司里都是小车……”

儿子说：“谁让你派小车了？我们老师说叫你给租几辆大轿车！”

吴振庆：“谁出钱啊？”

儿子：“老师没说……”

吴振庆：“那你问清楚了再跟我说！”

卧室外传来葛红的声音：“你别跟孩子装糊涂，这不是明摆着的事儿么？还用孩子再问啊……”

儿子站在他床前要哭……

葛红继续说着：“好些个鸡鸣狗盗的事儿，你们都东也赞助、西也赞助，怎么关系到下一代的事儿，你这个当大老板的爸爸反倒抠门儿起来了？你这不是成心不肯给儿子个高兴嘛！”

儿子哇地哭了……

吴振庆心一软，说：“别哭别哭，好好好，爸爸答应了，快让你妈再给擦把脸上学去吧！”

儿子离去，他抓起手表看了看，一骨碌坐了起来，抓起电话就拨："小高吗？我是老板！今天我起得晚了点儿，看来得八点半才能到公司。对，你还要陪他们去吃早饭。九点半再陪他们到公司来吧……"

他放下电话，匆匆穿衣，一边大声埋怨："你怎么也不早点儿叫醒我！"

葛红的声音还是那么大："你也没这么交代过我啊！再说，你给自己百里挑一地物色了那么一位年轻漂亮，又会办事儿又善解人意的秘书小姐，我再一厢情愿地替你瞎操心，不是显得太不识趣了么！"

吴振庆恨恨地说："哪一天我非请回家来一位八级焊工，把你那张破嘴焊上……"

他急急忙忙地冲入洗脸间，对付了事地刷牙，洗脸，拢头发……

他离开洗脸间，见妻子守立在门外，一手夹着烟在吸，一手拿着几页纸……

吴振庆一愣："你怎么吸起烟来了？"

"你刚发现啊？心灵寂寞呗！"

吴振庆将烟从她嘴上夺下来，扔进了马桶……

葛红若无其事地从兜里掏出烟盒，又点上了一支，姿态很优雅地按着了打火机，深吸一大口……

他瞪着她不知再说什么好……

葛红吐出一缕烟："你打听打听，女作家中有几个不吸烟的？不吸烟创作灵感从哪儿来？"

吴振庆只得听之任之："好好好，你吸吧！"

葛红换了一种口气说："哎，求你件小事儿，这篇小说，麻烦你公司里哪位小姐给打出来……"她说着将稿子朝他一递……

吴振庆坚决地说："亲爱的，少来这一套，我们公司的小姐们，对你可没这个义务！我也不惯你这种臭毛病！"

葛红说："那你给我买电脑！"

吴振庆见妻子守立在门外，一手夹着烟在吸……

吴振庆拥抱了她一下：“亲爱的，买！买！等你成了女作家之后，不用你再提，我也会给你买……”

“哼！那时候，我就用我自个儿的稿费买了。”

她一边说，一边暗中将稿子塞入他衣兜……

吴振庆点头：“好老婆，尽说有志气的话！”他演小品似的亲了她一下，立刻厌恶似的将她推开，夹起皮包迈出了家门……

葛红瞅着狗们发愣——它们也瞅着她发愣……

她的目光在房间里环视着，发现鱼缸里的情形有点儿不对劲儿，走过去一看——鱼都漂在水面死了。水面一层鱼食……

她踱到窗前望楼下，见吴振庆上了车……

尽管王小嵩使吴振庆一夜没睡好，他坐进了小车里想的还是王小嵩。他明白，现在他俩是一个身在曹营，一个身在汉，各尽其责，各事其主。在这种情况下，他们的友情就只好往一边放了。“我可不拿公司的丝毫利益，买你的好儿。”他暗暗想道，好像王小嵩就在面前，“我要欲擒故纵，往后拖两天再跟你谈判。我一定要号准你的脉，让你的耐心经受点儿考验。”想到此，心里似乎感到一种踏实，伸手一摸，把葛红悄悄塞到他衣兜里的稿子掏了出来，展开一看，只见标题是《甩不掉我的丈夫》，笔名蒙丽莎。

文章开头是这样写的：

丈夫这一种东西，实在是女人的一种大错特错的需求。你没有他的时候，即使觉得自己什么都有了，似乎仍觉得一无所有。而当你一旦有了他的时候，连你原来曾有的那一切，似乎渐渐失去了。丈夫们是女人们最大的剥夺者，他会把女人剥夺得只剩内脏是属于自己的了……

吴振庆不由自主地将这几行字读出了声。

年轻的司机问：“老板，你读的是什么？”

吴振庆说："一位女作家的处女作……你觉得这开头怎么样？"

年轻司机说："不错，挺棒的，很有煽动性。这年头儿，没点儿煽动性的小说谁还爱看！丈夫这一种东西——这开头就出语惊人！作者是谁呀？"

"蒙丽莎。"

年轻司机说："挺耳熟的，对了，想起来了，一种系列化妆品也叫这名字……"

吴振庆哭笑不得地将脸转向了车窗外，他忽然对老婆有一种新的认识。"老婆，看来你还不是连一点儿起码的文字表达能力都没有哇，我倒一向门缝里瞧人儿，有点把你瞧扁了呢！只要你能成气候，我老吴并不在乎将自己的名誉权奉献出来供你玩文学，只不过你的笔名得改，梦丽或者梦莎都比蒙丽莎好，否则读者会误以为是化妆品厂花钱雇写手做广告哪……"

六

当吴振庆为王小嵩在床上辗转反侧难以入睡的时候，王小嵩也在宾馆房间里为吴振庆而睡不安稳。他和吴振庆一样，预感到他们之间进行的将是一场棘手的谈判。为了使谈判顺利进行，他需要宫本理解他、相信他，而不要对他抱有敌意。他后悔刚才打宫本一耳光，自己太不冷静了。不过宫本也太不近人情、太狂妄，指责他探望十年未见的老母，而且竟然说出"难道你们的母子之情比公司对你的使命还重要"的话来。亲情是亲情，友情是友情，使命归使命，在他心里分得清清楚楚。他不能容忍一个比他年轻二十岁的黄口小儿那么无礼地教训他。尽管这样想，他还是决定第二天去跟宫本道歉——毕竟是自己动了手。

早晨，王小嵩敲门走进宫本的房间，宫本正用电须刀刮脸——冷冷地无言地望着他。

王小嵩说："达夫，我向你赔礼道歉……"接着，他以日本味儿十足的姿态，向宫本低头认错。

宫本将脸转向一旁。

王小嵩诚恳地说："宫本君，你不肯原谅我么？"

宫本看了他一眼，关上电须刀："行了，过去的事情就全当没发生过吧，反正我又没把你当外人。"

王小嵩说："你能这样看待我最好……"

二人落座后，王小嵩又说："你应该理解，我的压力很大。因为，我的角色，是一个很不容易扮演的角色。"

宫本瞧着他，一句话也不说。

王小嵩接着道："吴总经理，对于我，似乎已经产生了心理防御……"

宫本仍沉默……

"所以，我认为，应当由我们这一方，主动提出推迟谈判时间，提出对他们的经济实力需进一步考察。现在，谁表现得越从容不迫，主动权反而越有可能控制在谁的手里，免不了要先有一场心理较量。我们中国有句话——上赶着不是买卖。这句话在中国目前仍具有普遍的意义……"

宫本脸上呈现着并不完全信任的神色……

王小嵩诚恳地说："你应当完全信任我，并且，支持和配合我。要知道，起码我自己，已经将自己看成宫本家族的一员了，不管你是如何看待我的……"

宫本似乎受了感动，但却继续沉默着……

"你还不相信我的立场么？……"

宫本终于开口："相信，事实上我总在说服自己相信这一点……"

他向王小嵩伸出了一只手，王小嵩也伸出了一只手。

两只手紧握在一起，他们心照不宣地彼此注视着……

谈判终于开始了。吴振庆、小高还有吴振庆的顾问李先生坐在一边。王小嵩、宫本达夫坐在另一边。他们隔着桌子，相互点点头。

吴振庆站起来，介绍说：“我首先向两位先生介绍我的助理李唯忠李先生……”

王小嵩、宫本与李相望点头。

“情况总是在不断地变化，有时候不以人的意志为转移，我非常想向两位提出建议……”

王小嵩分明猜到了吴振庆将要提出的建议会是什么，他举手打断了吴振庆的话：“吴先生……”

吴振庆停住话望向他……

王小嵩先发制人地说：“在您没有提出您的建议之前，我也非常遗憾并且非常郑重地通告朋友们，由于我方宫本先生的身体原因，我方不得不请求谈判时间后延三天……”宫本站起，向吴振庆一低头：“请多关照！”

吴振庆和下属面面相觑……

宫本落座后，王小嵩仿佛很真诚地说：“我代表宫本先生及公司，向朋友们表示十二分的歉意。中国有句话是——在家靠父母，出门靠朋友，望朋友们予以谅解……”

吴振庆说：“谈判时间后延三天，也正是我想向两位先生提出的建议。看来，在这一点上，我们双方……”

宫本不甘寂寞说：“不谋而合！”

吴振庆应道：“对，不谋而合，也可以说是——正中我方下怀吧……”他转望王小嵩：“我这么用词，不算犯语法错误吧？”

王小嵩听出他弦外有音，报以外交性的一笑……

李先生说：“您刚才说得不错，在家靠父母，出门靠朋友。先生们在中国可以信赖和依靠的朋友们，当然就是我们了。不知宫本先生需要我们予以哪方面的关照。我们公司与本市各大医院，都建立了非常友好的关系……”

宫本望着王小嵩：“这……”

王小嵩不慌不忙地说：“宫本先生的身体，倒没什么大的不适，不过是某种……不便向朋友们启齿的小疾，但是的确需要养息数日……”

吴振庆一笑：“那我们作为先生们的朋友，就放心了。我看今天，我们双方就这么决定了，三天后再开始谈判。”转望着李先生说，“立刻向香港方面发一份电传——我明天到香港。请我们的港方合作伙伴，做好能与我当天进行商务洽谈的准备……”

李先生会意：“好，我这就去。”站起来，向王小嵩和宫本彬彬有礼地一点头，离开了。

吴振庆又把脸转向小高：“小高，请替我务必搞到一张明日去香港的机票……”

小高：“没问题。”

宫本与王小嵩不禁对视……

宫本有些急了：“可是吴先生，您不可以去香港……”

吴振庆一笑，故作诧异地：“为什么？世界很大。须知本公司不但愿与贵公司建立友好的合作关系，而且与中国台湾、中国香港、美国、新加坡等十几个国家和地区，都有即将上马的合作项目。我们中国还有句话是——不能交上了新朋友，就忘了老朋友啊！”

王小嵩赶紧补充：“宫本先生的顾虑是，怕您在时间方面向后拖得太久了……”

吴振庆做出坦然的样子说：“这一点两位先生敬请放心，三天后我一定回来坐在这里，恭候两位……”王小嵩心存疑窦地眯起了眼睛。在场的每一个人都嗅到了那淡淡的火药味儿。

第七章

一

其实，吴振庆哪儿也没去；根本没有什么香港经贸伙伴。三天里，他实际上在一家水库钓鱼。行踪秘密，只有小高知道。

王小嵩忙里偷闲去看望分别已十余载的老母亲和弟弟、妹妹。

这天，王小嵩起一大早，梳洗完毕，仍坐兴北公司的林肯车，悄然来到他已经夜访过的居民区。

王小嵩从车上下来，仰望他家窗口——窗子关着。屋内窗台上摆着几盆很常见的花。他望见母亲的身影摸索着走到窗前，给花浇水……

老司机也下了车，客气地说："宫本先生……"

王小嵩深情地仰望着母亲的身影，仿佛没听见。

老司机再说一遍道："宫本先生，需要我在这儿等么？"

王小嵩头也不转地说："啊，不，不。你们公司用车的事务挺多，还是将车开回去吧……"

老司机问："那，我什么时候来接您？"

王小嵩依旧仰望着窗口："不必再接我了。老师傅，在我们自己的国家里，尤其当我们中国人和中国人在一起的时候，就叫我中国名字好了，我叫王小嵩……"

老司机释然："用一个日本人的名字叫咱们中国人，我自己心里也觉得怪别扭的。可是咱们有些中国人，尤其在国内，偏喜欢被自己的同胞当成外国人。我呢，也只好顺着人家这个潮流……那我以后就称呼您王先生……"

王小嵩笑笑，表示认可，然后急急走向楼院。老司机望着他的背影，自言自语："还行，还没忘了自己是中国人……"

王小嵩站在阔别多年而又陌生的家门口，伫立良久，稳一稳神儿，轻轻敲门……

母亲始终与小儿子——小嵩的弟弟生活在一起。因为眼睛瞎了，便不大出门。

母亲虽失明了，但心里却比从前更爱花了。她天天摸索着给花浇水，摸着花骨朵心里就高兴。弟弟、弟妹给老太太那些无精打采、半枯不枯的花草上缠了些假花和假花蕾。平时谁也不说破，遇到老太太摸着假花骨朵问："这花是不是很红呀？"全家就频频点头说："是，是很红……"

王小嵩看着那些假花心里发酸。环视四周，家具都很旧，样子也很过时。他掀开沙发上的布巾一看——沙发也是旧的，有的地方，沙发面儿还破了，用线连着。只有既吃饭又用来写字的方桌和圆桌上，都贴了光滑的塑料板贴面儿。弟弟、弟妹搬家时还骗王母说新买了一套家具，是名牌。老太太整天摸索着，东擦擦，西擦擦，总也擦不够，真的以为是名牌家具。

但是不管怎样，这里是自己的家。这里有从小就熟悉的家的气息。王小嵩放松地打了个哈欠，心疼儿子的母亲推着他去睡觉。王小嵩说："妈，我不累。再聊会儿吧。"

知子莫若母，王老太太硬逼着王小嵩躺下："先眯一会儿啊？"

王小嵩脱衣脱鞋上了床，舒舒服服地躺下，昨夜失眠，这会儿，脑袋一挨枕头就睡着了。

王小嵩香香地睡了一觉醒来，发现母亲不在身边，有些奇怪。

他一边穿鞋一边喊："妈，妈……"

他起身走到另一间屋，也不见母亲。这时走廊里传来一声响——他急忙推开门迈出去，见母亲蹲在下一层楼梯的拐角处，正双手探扶着爬起，摸索地捡掉在地上的包子——而端包子的小盆儿已滚到了一层……

王小嵩赶快扶起母亲："妈，摔着了没有？"

母亲说："妈倒没摔着，盆儿呢……"

王小嵩奔下楼捡起了盆儿，接着捡起地上的包子，一手端盆儿，一手扶母亲回到屋里。

王小嵩埋怨母亲："妈，你眼看不见，怎么还出去买东西呢！被车撞了怎么办？摔坏了怎么办啊！"

母亲叹口气："唉，平时我哪敢出门啊！我是怕你醒来饿，院儿里小孩子牵着我手带我去买的……没承想快到家门口了，还是一不小心摔了盆儿……"

王小嵩端看盆儿发现了问题："妈，那……您每天中午，怎么吃饭啊？"

王母拍拍身上的灰："街头儿一家小饭馆儿的人，跟妈熟了，也认识咱家门儿了，往常他们打发孩子给送来……"

王小嵩一边用毛巾掸去母亲裤腿儿上的土，一边说："妈，我带您出去吃饭吧！"

母亲说："我可不到什么大饭店去吃饭。再高级的地方，对妈也是一抹黑。一个人花的钱，够全家吃几天的了！那都不是咱们老百姓去的地方……"

王小嵩笑了："妈，咱们不到什么大饭店去，咱们就到街口那些摊床去吃。咱们吃点儿馄饨儿、豆腐脑儿、千层饼，不好么……"

母亲问："你真想去吃那些？"

王小嵩答："妈，我真想去吃。您忘了，小时候看到别人家里做千层饼吃，我馋得回到家里还咽口水……"

母亲笑了："那好吧，咱娘俩就去……"

王小嵩带母亲去了食品街；做各种小吃的摊床一处挨一处。男女摊主，都是那么热情，那么善于拉客，招徕之声不绝于耳。

王小嵩搀扶母亲在一处卖豆腐脑儿的摊床旁坐下。

摊主热情地走了过来："这位客人，来两碗？"

王小嵩："不，来一碗……"

摊主一愣："一碗？一碗两个人你们怎么吃啊？"

王小嵩："麻烦您分成两碗……"

摊主困惑不解地将一碗豆腐脑儿分成两碗，放在母子二人面前："这是您老太太？"

王小嵩道："对，是我老母亲……"

摊主："放辣子不？"

王小嵩将小勺交在母亲手里，又拿起母亲的另一只手使她摸到了碗，问："妈，我记得小时候您能吃辣的，现在还能吃么？"

老太太说："能，怎么不能！"

王小嵩往母亲和自己的碗里各放了一点儿辣子。

摊主看着这一幕，纳闷地说："娘俩儿吃一碗，你们的胃口也太小了点啊！"

王小嵩笑笑："我的胃口可不小，我老母亲的胃口也还可以。我们不过是省着肚子，一路往前走，一路再吃点儿馄饨、千层饼……"

摊主说："老太太眼不好，我看你们就坐这儿吃吧！我替你们吆喝一声，就给送过来了，岂不更好……"

王小嵩说："那太感谢你了……"

摊主说："不用谢，我看出了你是个孝敬老人的人。为孝顺儿子服务，我情愿！"言罢，对附近的摊床吆喝："来两碗馄饨、两张千层饼！馄饨要三鲜的，千层饼要多放油！……"

从食品街回来，王小嵩把母亲搀扶到家里坐好，然后下楼，叫住一辆卖花人的三轮平板车，说好了价钱；然后叫上邻居家的小男孩儿和小女孩儿，再加上自己和卖花老人，没一会儿就把平车上的十几盆花儿全部搬回家了。

阳台上摆满了花，窗台上也摆满了花。王小嵩手里仍捧着一盆花，左看右看，不知该摆在哪里，最后摆在了母亲的床头柜上。

卖花老人得意地欣赏着满屋子的龟背竹、大叶青、马蹄莲、君子兰、昙花、月季、金橘……老王卖瓜似的说："瞧，我这十来盆花，给你们这屋子增色多少！老人有这些花为伴，养眼，不长寿才怪！"

王小嵩的母亲坐在椅子上，听着老人的话，不无遗憾地说："再美的花，对我这瞎老太太来说，也只能赏心，不能悦目啊！"

卖花老人宽慰她："老人家，眼属心之苗，能赏心，能整日闻着花香，想着花开的美劲儿也不错啊！这是你儿子的一片孝心嘛！"

老太太道："那倒是，老百姓，儿女孝心，健康长寿，就是大福了……"

王小嵩拿出二十五美金付给老人，又从皮包里取出一盒彩色笔和一个扁扁的袖珍半导体，分别给了女孩儿和男孩儿："谢谢你们刚才帮叔叔搬花了。这两样小礼物，是叔叔从日本带回来的。虽然叔叔今天才认识你们，可叔叔在回国的时候，心里就想到了，邻居家一定有些好男孩儿和好女孩儿……"

他说得很真诚。

孩子们接受了小礼物，齐声说："谢谢叔叔。"

他们一转身跑出去了……

屋里一时只剩下了母子二人……

王小嵩将母亲搀到床头柜前，将母亲的手放在那盆花上："妈，您摸摸，这是一盆金橘……"

母亲枯老的手抚摸着一颗颗橘子……

王小嵩又搀扶着母亲走到阳台上："妈，您闻闻这几盆花，很香是不是？"

母亲俯身闻着："是啊，很香……这是盆茶花吧？"

王小嵩："妈，是茶花……"

母亲："那几盆呢，都是些什么花儿？"

王小嵩慢慢给母亲介绍着："有君子兰，有龟背竹，还有一盆扶桑牡丹，正开着，是红色的……”

王小嵩又将母亲扶进了屋：“这一盆是什么花，我也叫不出名儿，开的也是一簇一簇的小红花……”

母亲摸索着坐在床沿儿，问：“你能住几天？”

王小嵩道：“最多一个星期吧……”

他拿起水瓶，给花浇水……

他听到母亲的抽泣声，转过身，望着母亲，放下了水瓶：“妈，您怎么了？……您……为什么……”

母亲擦擦眼泪说：“唉，妈是因为妈这双眼睛啊！辛辛苦苦，熬了一辈子，盼了一辈子，好不容易盼着你们都长大成人了，妈却……妈多想看见这些花啊，多想看见你啊，你哪一年要是带着你媳妇和我那大孙子回来了，妈都看不见他们啥模样儿……妈有时候，心里边也真憋屈得慌啊……”

王小嵩不禁跪在母亲面前，攥着母亲的一只手说：“妈，您别伤感……等我下次回来，一定带回您儿媳妇和您大孙子，一定住很久很久，让您老人家高兴……”

母亲用另一只手抚摸着王小嵩的头，抚摸着他的脸，过了片刻才开口问道：“儿啊，你是不是比以前瘦了？”

王小嵩说：“妈，我没瘦……”

母亲的眼泪滴下来，滴在王小嵩手上……

王小嵩掏出手绢替母亲擦脸上的泪，然后站起来，轻声说：“妈，我得走了……”

母亲诧异地说：“怎么，不等你弟弟你妹妹下班了？你那侄子可想你了。成天念叨：‘我大伯什么时候从国外回来呀？’你今天不见他们一面，他们会不高兴的……”

王小嵩说：“妈，我有公务在身啊。下午还有些重要的事待办……”

母亲：“那你告诉我你在什么地方，你弟弟两口子，也好带上孩子去看你……”

王小嵩：“妈，这也不必了。我想我这几天一定会挺忙，他们去了，兴许扑空。就是见着了我，兴许我也正谈公务，顾不上和他们说话，反而使他们挑理，还是我抽空儿多往家来几次吧！”

母亲说：“那，我就照你说的，替你向他们两口子解释吧。”

王小嵩拿起提包：“妈，我走了……您坐着别动，我会把门带好的……”

他依依不舍地走到门口，站住，转身回望母亲……终于带上门，急急走下楼去。

王小嵩不得不跟母亲告别，不管心里有多么舍不得。他决定利用这两三天的时间，“微服私行”，悄悄对吴振庆的兴北公司的经济实力作一番考察。

王小嵩走后，王母依旧坐在床沿，抚摸着那盆金橘。干枯了的手充满感情，好像在抚摸一个孩子，儿子匆匆地来，又匆匆地走了，她心里很失落……

这就是中国这九百六十万平方公里的土地上生活着的平凡的、普通的、默默无闻的母亲们！除了她们的儿女，她们几乎终生一无所有。她们曾在贫困之中为新中国含辛茹苦地抚养大了一代同龄人。她们最出色的品格，可能乃是对贫困生活的坚忍。除了她们的坚忍，她们无可依靠。这些已然苍老了生命的老母亲们，是中国的阿信。对于她们的儿女，她们绝不愧是一些既平凡平庸而又高贵的母亲们，倘若一个个写下来，都是些充满了苦涩的温馨和执着的信念的故事吧？

二

宫本达夫在小高的陪同下去到哈尔滨的名胜景区游玩。

他们先到了松花江畔，小高为站在防洪纪念塔下的宫本拍照留念。

两人走到一起时，小高问：“宫本先生，第一次到哈尔滨，对我们这座城市有什么印象？”

宫本道：“这座城市，与从前相比，变化太大了！”

小高感到非常惊奇：“噢？您既然是第一次到哈尔滨，何以知道它和从前相比有什么变化呢？”

宫本说：“我的父亲，四九年以前，在中国待过……”

小高嘲讽地打断他：“关东军，还是日本宪兵的干活？”

宫本连忙表白：“不是不是，都不是……他那时很年轻，在中国行医……”

小高仍然用嘲讽的语调问道：“行医？救死扶伤？”

宫本很窘地说：“高小姐，您可千万别往什么731部队方面去联想。家父绝没有犯下拿中国人活活作解剖实验的罪行……他从小对中国的中医很着迷，当年拜在一位老中医门下学习。后来因为爱上了那老中医的女儿，对方又不爱他，就闹失恋回国了。他还写过一本关于哈尔滨的书，当时颇有影响。我就是从他的书中，对从前的哈尔滨有了一些印象……”

二人一边说，一边上了一条游船……

宫本为小高拍照，说：“请您别那么严肃，笑一笑……”小高微笑。小高的笑很迷人。

宫本拍完后说：“你笑起来很美……”

小高略带歉意地说：“谢谢。我刚才冒昧所问的话，没惹您生气吧？”

宫本摇头：“我不会生您的气的。生一位漂亮小姐的气，对男士们来说是不明智的……”

小高又笑了……

宫本连连为她拍照……

小高和宫本边走边聊，边聊边拍，不觉来到太阳岛上。

他们走到一家冷饮部，坐在罩阴伞下的小桌旁……

宫本：“高小姐，依您看来，如果我们双方谈判不顺利的话，可能是由于哪些因素造成的？”

小高："虽然我不是我们公司的决策层人物，可这也正是我想问宫本先生的……"

宫本一时语塞，忽然远处传来一阵笑声，二人随声望去——见一做侍者的俄国姑娘，正受到几个中国小痞子的调戏，俄国姑娘忍而不发，小痞子们更加放肆——其中一个，一手拽住俄国姑娘的围裙带儿不放，一手拿着一张五十元的人民币引诱："你的，脸蛋儿——'喝了少'！"又举起一听"水蜜桃"在姑娘面前晃："水蜜桃的一样！我，亲你一下，五十，你拿去！人民币，在苏联，美金一样，硬通货……"

他的一个痞伴儿说："苏联早没了！现时该说是在她们俄国了！"

俄国姑娘挣身，挣不开，眼中噙泪……

另一个痞伴儿，离开餐桌，在俄国姑娘身边流里流气地又唱又扭："阿里山的姑娘美如水呀，两只眼睛大又圆……"

周围几名歇息的饮客视之，敢怒而不敢言……

宫本看着这一切，自语道："这太丑恶了！"

小高有些紧张地说："那……我们离开这儿吧……"

一个穿花格衬衫正在打台球的男人，停止了击球，持杆望着……

宫本对小高说："你应当去规劝你的同胞，停止这种给你们中国人丢脸的下流胡闹……"

小高没想到他会这么要求自己，一怔，为难地说："我……"

这时，那停止打台球的男子已持杆向那几个小痞子走去，算是给小高解了围。

只见那男子将台球杆捅在揪住俄国姑娘裙带儿不放的痞子的肩窝，喝道："放开她。"

痞子依旧一副流氓样儿："哥儿们，你说什么话？我没听懂！"

那个连唱带扭的痞子说："大哥，除了你的话，我们没听见第二个人说话呀！"他乜斜着那男子，围着他绕圈子……

众痞子一个个轻蔑地瞪着他，根本不把他放在眼里。

宫本望着，从脖子上摘下照相机，交给了小高……

小高说："宫本先生，我们还是离开这儿吧……"

宫本笑笑："为什么离开呢？兴许一会儿就有戏可看了……"

小高误解了他的话，无奈地白了他一眼，将脸转向别处……

那穿花格衬衫的男子又说："我再说一遍，放开她……"

痞子头儿仗着人多，连问："怎么？你花钱把这老毛子小姐包养啦？什么价儿？人民币老子有的是，美元也拿得出一些。兴你'包'上她了，就不兴我也'色'（sǎi）上她了么？"

穿花格衬衫的男子不动声色地开导他们："你爸你妈年轻的时候，日本人也是像你今天这样调戏咱们中国女孩子的，咱们不能乘人之危，让人家将来提起咱们中国人就憎恨……"

痞子头儿高叫："嚯，嚯，对老子进行传统教育？你算什么玩意儿？告诉你，没有比老子更反传统的人啦！"他从对方手中抽下台球杆，折断了，扔在地上，喝吼一声："滚！"

那男子耸耸肩，转过身去；宫本望着径自摇头……

但那男子猛又转过身来，一拳将痞子头儿连人带凳子一块儿打翻，众痞子一拥而上，将他团团围住大打出手……

小高瞪着宫本："这你就开心啦？"

宫本："难道你不开心吗？"他问完此话，突然大喊一声，"路见不平拔刀相助的来了！"

他冲过去，豹子一般，助那男子与众痞子格斗。

宫本看来受过专门训练，中国功夫加日本脚拳，打得众痞子哎哎哟哟，喊成一片。

那男子有了拔刀相助的，也越战越勇……

一时间伞倒、桌翻、凳子劈断腿、酒瓶子横飞……

小高和那几个歇息的饮者四散避开……

痞子们被打得纷纷逃散，冷饮部一片狼藉。

那男子拍拍宫本的肩膀："老弟，多谢了！没有你，我今天八成要吃大亏了！"

宫本说："你见义勇为，我也不能袖手旁观啊！都是男人嘛！"

这时小高走到他们跟前："你……是徐克大哥吧……"

那男子一愣："你……是谁……"

小高笑道："不认识我了？我是兴北公司的。你到我们公司去过，我们老板还吩咐我给你倒过茶呢！"

徐克恍然大悟："噢，你是振庆的人啊！想起来了想起来了，你姓高对不对？替我那穿开裆裤一块儿长大的好哥们儿做秘书的！"

小高点头，向徐克介绍："这位是我们老板的日本客人宫本先生……"

徐克与宫本握手："幸会幸会！你打得挺在行，跟哪个门派学的？"

宫本说："我哪里拜过什么门派，在日本警校受过两年训而已。你也不弱么！"

徐克说："我不行。十年前是光受别人欺负不敢还手儿的角色。后来到处闯荡，也变得服软不服硬，能争凶斗狠了。生活他妈的才是最不好惹最厉害的，它逼人变成什么样儿，人不敢不变……"

他看看被扯掉了的半截袖子，问小高："有小剪刀什么的么？""好像带了……"小高从手提包里翻出了小剪刀。

徐克说："帮帮忙，把我这一只袖子也剪成短袖的吧！……"

在小高替徐克剪袖子的当儿，冷饮店的老板出现在亭子门口。

徐克见宫本手臂上出血了，说："废物利用，我先替你包扎一下……"他用剪下的袖子替宫本包扎。冷饮店老板踱过来说："你们三位哪位向我点票子啊！"三人不解地望着他……

徐克："什么意思……"

老板说："这还用问么！损坏了两只凳子，一张桌子，还有那么多盘子，不包赔损失就一走了之啊？当我这是开的演武场啊？"

徐克火了："包赔？包赔你个屁！刚才那俄国姑娘被调戏的时候，你他妈的在哪儿？"

老板也是一副痞子嘴脸："话可不能这么说。我是生意人，谁往我这儿一坐，谁就是我的上帝。我不能得罪了我的上帝。那姑娘既然挣我一份儿钱，自己就应该有充分的思想准备，就应该习惯那些事儿……"

徐克又挥起了拳头："我他妈连你也揍一顿！如果是你姐姐妹妹被老子调戏，你也这么说么？"

宫本拦住了他，转对老板："你既然雇用了她，就得担负起保护她不受欺侮的责任，对不对？"

老板哼了一声说："我没这责任感。我也从没听说过哪儿制定过这么一条法律！"

宫本气愤："你、你这人怎么这样！"

小高息事宁人地说："算了算了……"从名片夹中取出一张名片递过去："我是兴北公司的。这是我的名片，过几天你可以拿着我的名片到公司去，我们公司赔你损失……"

老板接过名片瞧了一眼："嘿嘿，大水冲了龙王庙，一家人不认识一家人了嘛！我也是兴北的人啊！"

宫本和徐克不禁望向小高……

小高很尴尬地问："你也是兴北的人？我怎么从没见过你？"

老板颇自豪地说："我是咱们兴北下边饮食业公司的。为咱们'兴北'在太阳岛占领一方水土，准备将来打天下的……"

小高劈手夺下了名片，愤愤地说："那，你可要倒霉了！"转对宫本和徐克又说，"走！"

徐克临走，又一脚踏翻了一只凳子……

老板望着他们离去的背影，自言自语："倒霉？你们爱管闲事，关我什么……"

他回身见那俄国姑娘仍在含羞忍恨地抹眼泪，指骂道："都是你他妈惹的事！你当你是什么金枝玉叶，摸不得碰不得呀！他妈都散摊子了，你还扎的什么臭架子？他们亲你一下能怎么你？你的脸蛋就那么高贵？何况他们还给你钱！……"

那俄国姑娘解下裙子往柜台上一摔，从柜台内拽出一个旅行包儿，往肩上一挎就走……

老板喊着："走就走！你半个月工资归老子了！哪天让人强奸了你我才解恨！"

小高、徐克、宫本三人来到摆渡口坐上了船。

划船的抱歉地说："三位再等来一个人，咱们就开船！"

小高通达地说："没关系。我们不急……"转对宫本又说，"宫本先生，今天……使您玩得很扫兴吧？"

宫本微微一笑："不，我一点也不扫兴。恰恰相反，我感到收获很大。我对贵公司，有了新的认识……"

小高感到很不自在……

徐克也很不满意，说："你们老板好没道理，王小嵩可不是属于你们公司的什么财产，而是我和他共同的莫逆之交，亲如手足的朋友，怎么王小嵩回来了也不告诉我徐克一声？我今天晚上非找他当面问罪不可！"

小高说："他不在，到香港去了，要三天之后才能回来呢！"

宫本拍拍徐克的肩："如果你是兴北公司老板的话，大概我们之间的关系就会愉快多了吧？"刚才的并肩作战，使他俩的关系已经稔熟了似的……

徐克说："那当然！冲着小嵩，我也得礼让三分利益给你们！"

宫本望着小高："听听，这才是哥们哪！你们中国人怎么讲，够交情，或者够意思，对不对？”

小高反唇相讥地说：“听宫本先生的话，仿佛和我们之间的关系，已经使您感到不那么愉快了似的。”

宫本赶紧解释：“高小姐，您多心了。我不过强调了一下交情的意义而已。你们中国人，不是一向很看重交情的吗？”

小高唇枪舌剑地说：“所以我们中国人在对外经济关系中才常常吃亏。因为现在世界各国的经济原则是——利益第一，友谊第二。你们日本在海湾战争中，向以美国为首的盟军提供三亿美元的战争经费，大概并非是出于美国当年往广岛扔原子弹的友谊回报吧？”

宫本脸色一时变得十分难看，将目光转向别处，不吭声了……

徐克有点过意不去：“小高，你怎么对你们公司的朋友说话这么带刺儿啊！还不向宫本先生道歉？”

小高正色道：“应该道歉的是你……”

徐克一脸茫然：“我！这可怪了！我向谁道歉？”

小高说：“你是一个太多嘴多舌的人，如果哥们的关系高于利益原则，全世界的经济还能发展到今天么？”

徐克说：“连点儿哥们关系都不讲了，那不是连黑社会都不如了？”

小高说：“正因为黑社会之间的关系，是建立在虚伪的哥们儿义气之上的利益关系，一忽儿亲如兄弟，一忽儿反目成仇，才永远也没资格纳入世界经济关系的主流……”

徐克生气道：“得得得，你有水平，你有理论，我不跟你争了！你们这些有大学文凭的小姐，怎么都这么爱和人抬杠啊？”

宫本说：“算了算了，男士们惹小姐不高兴，是很不明智的……”

就在他们争论的时候，那俄国姑娘心事重重地朝渡船走来……

划船的喊：“快走几步！”

那俄国姑娘见船上坐的是徐克他们，在岸边犹豫起来。

小高朝她招手后，她才上船，坐在船中间。她搂着自己的旅行兜，低垂着目光，望着江水……

划船的将船撑开，船在水上荡漾。

划船的长叹口气说："唉，我一看到这些老毛子姑娘，就想到了咱们出国去的那些中国姑娘，混得好的还行，混得不好还不是和她一样，被人欺负也只有忍气吞声的份儿。"

徐克问："刚才她被人欺负，你看见了？"

划船的说："可不嘛，我在一旁喝汽水啊。我有心抱打不平，可哪儿敢啊！得罪了那些小子，我今后这摆渡的活还干不干了？"

徐克望着那俄国姑娘："你、会、中国话吗？"

俄国姑娘点头："一点点……"

徐克问："你、叫什么、名字？"

俄国姑娘答："娜达莎。"

徐克眯起眼睛，回忆地："娜达莎……娜达莎……我认识你！"

娜达莎诧异地望着他，摇摇头，宫本和小高也诧异地望着他。

徐克自己也摇起头来："不，我怎么会认识你呢……"

徐克苦笑了一下："我不过是回想起了我们当年一段经历——我，吴老板，王小嵩，还有另外一名男知青，两名女知青，就是因为一个叫娜达莎的苏联少女被分开的……"

船在江中平静地行驶着。

徐克用口哨吹起了苏联歌曲《茫茫大草原》。

娜达莎渐渐抬头望他，眼中盈泪，突然，她站起来投身江中……

宫本大叫："快停船！"

徐克见娜达莎在水中沉浮，也随即跃入江中……

三

王小嵩像受雇佣的私家侦探一样，去遍了兴北房地产公司兴建的所有的楼区，并一一详细记在小本儿上。

王小嵩了解到，兴北公司的经营转向，目前还没有明确的目标，只不过是一种意识上的反应。

兴北公司目前最迫切的需要就是引入外资，引入新技术、新设备、新项目，推进他们完成转向的步子，使他们获得新的活力。

王小嵩对吴振庆打心眼里佩服，甚至有些嫉妒。不管怎样，吴振庆抓住了时代赐予的机会，基本上是自己的主人。与他相比，王小嵩觉得自己不过是一个所谓白领的华人打工仔。他不能不仰人鼻息地活着，也不能不看人脸色行事，随时忧虑着丢掉了饭碗，他还是不是他自己。

他万万想不到，老宫本会让他当这个棘手的全权代表。而更想不到的是，他路过新华书店，一瞥，见一块告示牌上，介绍着郝梅的经历和创作情况，而郝梅就在书店的柜台那儿，从容而认真地给排队购书的读者签名。

生活就是这样，往往比戏剧还富有戏剧性。

王小嵩把自己的名字写在一个字条上，托两个购书的小姑娘带去，买一本书并且请郝梅签名。

回到旅馆，王小嵩做的第一件事就是打开郝梅的书看。

城市，像围棋棋盘，而人像棋子，城市将人分布在各个格子里。不同在于，仅仅在于，它的横线和竖线，交织得更长，更细密，组成的格子也更多更多。每一个人都既可能是有利于别人达到目的之弹跳板，也可能是障碍别人成功的绊脚石。看似混乱的一片棋局，其实每一个棋子都在努力证明自己存在的意义。无秩序中包含着规律性。灵犀不同，玄化各异。城市是最崇尚也是最检验个人适应能力和生存能力的所在了。一切亲情、友情、爱情，囿于其中，生动得近于亢奋，嬗变得近于刺激。摆布棋局的，却是一只无形的大手——它是时代，它是社会，它是城市生活本身，它改变人的命运轨迹，如同儿童改变图画拼板一样任性……

王小嵩心里暗想：郝梅，你的话很对，对得令人沮丧……

一代人的群体意识，正在沙化。请不必为此而悲哀。如果我们是诚实的，则我们不得不承认，这沙化正是首先从我们自己内心里开始的，过去的追求已然死灭，新的追求已然开始。天空上掠过的最后一排雁阵，也必定是听凭季节的呼唤的……

读到这儿，王小嵩不禁默默地问：郝梅，你幸福么？

书好像听到他心里的回话，接着这样写道：

幸福不过是人心的感觉。我们渴极了的时候仿佛能喝干大海，而实际需要的不过是一瓢清水。我正在享饮这样的一瓢清水……

王小嵩心潮起伏：难道，我曾为你而感到心碎的那些事，都只不过是梦境一场么？

阳光底下，再不幸，再悲伤，再委屈的事情，都能够以人的胸襟和对生命的热爱而把它包容。在整个动荡的大时代里，运命乖张，生离死别，显得那么平庸寻常不可选择，像河水滔滔而流。有的人年龄增长了而心胸瘪缩了。我庆幸我自己最终并不属于这一类人……

王小嵩捧书凝思，并不时拿笔在几行字下画线——他是在和郝梅“对话”。就在这时，电话铃响了，是宫本打来的，问他可不可以过去，说有事情想告诉他。王小嵩放下书和笔，说：“你过来吧。”

王小嵩刚把书压在被子底下，宫本推门而入——他赤着双脚，头发没了形，衣服裤子半湿不干的，手臂上还扎着白布条……

王小嵩大惊：“你，怎么搞成了这么一副样子？”

宫本面露得意之色：“在你们中国当了一回无名英雄，从松花江里救起了一名苏联……”他自我否定地摇摇头，“现在应该说前苏联了，更准确地说，是一名格鲁吉亚姑娘。她父亲是犹太族人，她母亲是格鲁吉亚人，更准确地说，她是一名犹太人和格鲁吉亚人的混血儿……”宫本说着，从兜里掏出烟盒，可已经泡湿，一捏滴了一地水。他将烟盒扔进了纸篓，接过王小嵩扔去的烟盒。

他坐在沙发上，按着打火机，刚要吸，打了一个大喷嚏——打火机被喷灭了。王小嵩将自己的打火机按着，递了过去。

宫本吸了一口烟后说：“想继续听关于那位格鲁吉亚姑娘的事么？”

王小嵩点头：“当然，很想听……”

宫本接着说：“她母亲在格鲁吉亚战火中死了，她父亲失业了，带着她的一个小弟弟一个小妹妹，生活无着落。她当时已在莫斯科大学艺术系二年级读书……后来她就到中国打工来了，希望挣一大笔钱，回去寻找她的父亲和弟弟妹妹。太阳岛上一家小餐馆的老板，以低微的工资雇用了她，而且，多次奸污了她。威胁她，如果她声张，或者敢于离开，那么就要向许多同行发出通告，使她在哪儿都找不到活干……”

王小嵩骂道：“妈的，畜生！”他也气得只好吸烟使自己平静……

宫本狡黠地说：“想知道那家小餐馆的老板是何许人么？”

踱来踱去的王小嵩站住，回头望着他……

“是兴北公司下属——兴北饮食股份有限公司的一个人。更明白地说，是吴老板手下的一个人。我和高小姐在那儿休息。正巧碰到几个流氓公开调戏那可怜的姑娘，而那小老板躲在餐馆里，置若罔闻地听着音乐，根本不打算出面替那姑娘解围……”

王小嵩插了一句：“所以，你那套花拳绣腿，就英雄大有用武之地了？”

宫本：“花拳绣腿？我打得小流氓们屁滚尿流，抱头鼠窜！哦，对了，还认识了你当年的另一位知青哥们儿。”

王小嵩：“谁？”

宫本答：“徐克。是他先路见不平，大打出手的。”

王小嵩大诧：“他？……他也能打架了？”

宫本说：“依我看，不但能打，而且也够狠的。”

王小嵩感叹道：“变了……都变了……都和从前不一样了……这么说他已经知道我回来了……”

宫本点点头：“如果不是我和徐克救了那姑娘，如果那姑娘真死了，事情被新闻界张扬开来，一定舆论纷纷，吴老板和他的兴北公司的声誉，必定大受损害……”

王小嵩说：“如此说来，你为咱们的朋友们，做了一件维护形象的事……”

宫本说：“实际上也等于为我们自己做了一件这样的事。我们很希望能和一个形象良好的经济伙伴合作嘛！”

王小嵩说：“是啊……”他想起了什么，从抽屉里拿出了那个小本子，把他白天探查的一切告诉宫本，宫本大受鼓舞……

四

吴振庆专注地盯着鱼竿，他的一名随员匆匆跑来：“老板，电话。”吴振庆说：“噢！怎么会打到这儿来？只有小高一个人知道我在这儿呀！”随员回答：“正是高秘书打来的……”

小高向他汇报在太阳岛冷饮部发生的事。吴振庆一听火冒三丈："有这样的事！这个王八蛋！这条色狼！如此败坏公司的声誉，我一定不轻饶他！命令他今天必须来见我！"他震怒地放下电话，拿起水杯要喝，没喝，狠狠摔在地上。

傍晚，鱼竿架着，吴振庆却不守着竿，吸着烟走来走去，眼望别处。

随员与太阳岛上冷饮部老板走来——吴振庆将烟扔掉，踹进土里。

小老板卑恭地说："老板，找我有什么急事儿？"

吴振庆冷冷地说："想你了……"

小老板逢迎起来："这儿风景不错，你真会选地方……"

吴振庆依旧冷冷的："是不错，只是太闷了……"

小老板说："那干吗不找几个女孩子陪陪啊？你得学会享受。要不，大老板不是白当了？"

吴振庆眉毛一扬："你教我？"

小老板道："这用得着我教嘛！忙里偷闲的，什么风流事儿也不耽误。"他指着自己的头，"主要是这儿，得有那种意识要求。"

吴振庆说："我有，七情六欲，样样都有。"

小老板还想说什么，吴振庆以手势制止了他，问："我对你怎么样？"

小老板站直一些说："你对我不错。我没工作那时候，你拉扯过我，又放心地给了我独当一面的权力。一句话，你对我，够咱们兵团战友那点意思……可我对你也……"

吴振庆打断他："别说你对我怎么样，只说你对公司怎么样吧。"

他们沿着水岸，边走边说，那小随员在后面跟着。

小老板说："我对公司，那也可以说是忠心耿耿，任劳任怨，兢兢业业，勤勤恳恳啊！"

吴振庆嘲讽地说："这么说，我应该再重用你，再提拔你，给你更大的权力了？"

小老板仍没听出吴振庆心有怒火，说：“那就看你的了。在适当的时机，你心里要是真有哥们的话……”

“住口！”吴振庆再也忍不下去了，他突然狠狠扇了对方一记耳光，“王八蛋！色狼，屡教不改的东西！”他又扇了对方另一边脸一记耳光。

小老板脸上青一块、紫一块：“你！”

吴振庆说：“从现在起，我开除你！”

小老板狗急跳墙地叫了起来：“好哇！不就为了那个老毛子小妞那点事嘛！你不仁，我也不义！你跟我翻脸无情，老子也就对你不客气了！老子不怕你！”他拉开了准备大打一场的架势。小随员挡在吴振庆身前，吴振庆一下子将小随员推开：“一边去！给我老老实实去守着鱼竿。”

小随员只好退向鱼竿那儿看着。“老子今天非教训教训你这个兵团战友不可！”吴振庆说着，他们互相扑向对方，扭打起来。

他们在地上翻滚，一忽儿这个在上，一忽儿那个在上，势均力敌。

他们从水边翻滚到了水里，吴振庆终于明显地占了上风。

吴振庆骑在小老板身上，问：“你他妈服不服？”

小老板说：“服了服了，别打了。”

吴振庆终于罢休，走上岸来。

小老板也狼狈地走上岸。

他们都一身水淋淋，一身泥糊糊的。

小老板蹲在一边洗脸上的泥，吴振庆蹲在另一边洗。

小老板洗罢脸，又不服起来：“姓吴的，你听着！咱俩当年一铺炕上睡过那点知青感情今天算完了！今天咱俩的仇算是结下了！从此老子跟你誓不两立！”

吴振庆骂道：“滚！”小老板气咻咻地溜走了，吴振庆又对小随员吼：“不许公司接他来的车送他！让这王八蛋自己回城去！”

五

灯光下，王小嵩送走宫本，正坐在沙发上看郝梅的书，外面响起了敲门声……

随着王小嵩一声“请进”，门被缓缓地推开一道缝，一颗头探了进来——是被吴振庆打了一顿的那个“小老板”。

门迟迟不肯全开，王小嵩感到纳闷：“是达夫吧？要进你就进来，搞什么名堂？”

小老板判断室内别无他人，才放心大胆地将身体也闪入进来。

他卑恭地弯了弯腰，说：“您，就是王小嵩王先生吧？”他西装革履，头发油光锃亮，领带上别着一枚闪闪发光的领带夹，俨然什么人物似的。

王小嵩打量着他，搜索记忆，实在想不起来认识这么一个人：“您是……”

小老板说：“您肯定不认识我，我也是第一次见到您，可我早闻您的大名了。今日有幸一见，果然风度翩翩，仪表非凡啊！”

王小嵩不冷不热地说：“您开玩笑了。我又不是什么名人，也谈不上有什么风度和非凡的仪表，您找我有什么事？”

小老板说：“咱们可是兵团战友啊！能允许我坐下么？”

王小嵩只好请他坐下，客气地问：“吸烟？还是喝茶？”

小老板连忙说：“我吸烟我吸烟。”王小嵩将烟敬给他，他已掏出了自己的烟，二人推来让去一番，王小嵩终于接了他反敬的一支烟。

小老板按着打火机，非请王小嵩先吸着了，自己才吸。他将一条腿架在另一条腿上，跟王小嵩套着近乎：“当年是，知青见知青，两眼泪汪汪；如今呢，是知青见知青，满脸喜洋洋。知心的话，不知从何讲。列宁说过嘛，只要唱一句国际歌，全世界的无产者，就都是一家人，就都是兄弟姐妹了。而对于我们这一茬人呢，只要一提起当年的知青身份，那就好比是八路军见到了共产党，对不对？”

王小嵩应酬地笑笑。他心里并不太待见这位能说会道的不速之客，只不过碍于“兵团战友”这一种关系，竭力保持着应有的客气和礼貌。

小老板还在絮絮叨叨，不谈正题：“据我所知，您是一师一团的，没错吧？我是二团的，咱们一个师，那就比一般的战友关系更亲密一层了啊？”王小嵩只能默默赔笑。“对了，我给您带点儿见面礼，您千万得给我个面子，高高兴兴地收下。”

小老板说着从书包里取出了两瓶捆扎在一起的酒：“这是三鞭酒，货真价实，绝不是假冒伪劣，这是好东西，男人要是都喝这东西，那就不疲软了。”

王小嵩打断他说：“对不起，我需要补哪儿？”

小老板说：“哎，如今，给结了婚的男人送这种酒，当妻子的没反对的。”他也不管王小嵩愿意不愿意接受，起身将酒放进了小冰箱里。

王小嵩心里非常不悦：“我到现在还并不知道，您找我究竟有什么事？”

小老板郑重起来，说：“我想和您做一笔交易。”

王小嵩越发纳闷：“和我做交易？我又不是老板。”

小老板慢条斯理地：“以你的身份，我猜你一定不打算拒绝了解关于兴北公司的一切经济情况，或者也可以说是对你最有价值的情报。”

王小嵩研究地瞧着对方的脸。

对方眼眶有些发青，王小嵩若有所思。

小老板的真相露出来了：“怎么样？你给个什么价？”

王小嵩说：“那就要先看看你提供的究竟是什么了。”

至此，双方都不再彼此“您”“您”的了，而“你”“你”相称了，并且进入了赤裸裸的交易阶段。

小老板说：“好，那我就先筛给你一点儿边角货——吴振庆并没去香港。”

王小嵩出乎意料，但脸上不动声色。

小老板接着说：“他正在水库疗养院那儿养尊处优哪！”

王小嵩忽然一笑，随机应变地说："这算什么情报！我不过是代表日方来谈判的，并不因此而拥有特权，限制他的人身自由嘛！"

小老板急了："可……可他这不明明等于是在'涮'你么！"

王小嵩说："我也不会这么认为的。因为推迟谈判日期，是我方主动提出的。"

小老板沉不住气了："那，你看看这个！这对于你代表的日本人，总不至于一点儿价值都没有吧？"

他从皮包夹层抽出一份文件双手呈递给王小嵩。

文件封面打印着——"兴北公司经济实况（内部绝密材料）"。

王小嵩要接，小老板立刻将双手缩回，炫耀地拍着材料："兴北有两亿资产不假，何止两亿，四亿也不止，可大部分是固定资产，也就是公司盖的那些楼。活动资金呢，一部分又缠在三角债里，剪不断，理还乱。目前公司能够支配现用的，至多不超过几千万，美元不超过几十万。姓吴的小子现在像只没头的苍蝇，一心想干事儿，却不知干什么好。和各方面外商谈了几次，不是人家感兴趣的在这座城市里又没条件，便是他巴不得一锤定音拍板的，人家外商不感兴趣。结果是竹篮打水一场空。他为什么盯住你们日本这家公司不放？因为如果这一次再谈不成，他就得破釜沉舟，独资上马一个什么项目了，那可就没有享受免税政策这一说了！而他又一时没这个魄力，没这个信心。"他又拍了拍材料，"你，要是手中掌握了这个，那就等于号准了他的脉，谈判的时候，想怎么要挟他，便怎么要挟他，不怕他最后不乖乖地按你方的意愿，迫不得已地登上合作的船。"

王小嵩沉吟道："这……有点儿意思。"

小老板好像受到了蔑视一样不高兴："有点儿意思？意思大着哪！"

王小嵩一抬头："你开口吧。"

小老板伸出五指："五千！……不，七千！"

王小嵩说："你出价还算便宜，可我只有美元。"

小老板紧接着说：“我也不冲你要人民币，我指的是七千美元！”

“这……”七千美元就不是小数了。王小嵩站了起来，走动着。

“我这个人，可不习惯讨价还价。”

小老板继续说：“要是在国外，这么重要的经济情报，谁肯像我这么便宜就卖给你？”

王小嵩说：“别忘了，这不是国外，这是中国。再说，你所谓的经济情报，也就是在我方和‘兴北’的谈判之中，能提供点儿参考意义，实际上并没有你自己估计的那么大的价值。”

小老板说：“你已经是外国人了，别像中国人那么小抠儿。”

王小嵩说：“外国人也不是个个都慷慨大方，倒是我们中国人常常死要面子，出手阔绰。我出不起你要的那个数……”

小老板做出一副无奈的样子：“看在我们当年都是兵团知青的分儿上，我降五百，六千五怎么样？”

王小嵩痛快地说：“我接受了！”他打开保险皮箱，翻出钱，点数，瞧着小老板商量地说：“我自己还要留点儿用，只能先给你三千五，其余三千，容我过一天再给你。”

小老板也痛快地说：“那，也行啊！谁叫咱们是战友哪！过一天我来取……”

王小嵩将钱递给他。小老板迫不及待地一把夺过，揣入西服内兜。

王小嵩说：“你……不当面点点么？”

小老板说：“谁跟谁呀，战友还能‘切’战友？”

王小嵩说：“那可不一定……你不要到这里来找我了，你约定个见面的地点吧！”

“在天鹅饭店二楼餐厅，晚上七点，不见不散。”

小老板站起身来，将文件交给王小嵩：“还是跟咱们北大荒哥们儿办事痛快！‘北大荒啊真荒凉，又有兔子又有狼’，一唱起这歌儿，你说见了北大荒哥们儿，咋就那么……那么从内心里往外溢着一种亲昵？你也是的吧？”

王小嵩冷淡应付：“彼此彼此。”

小老板欲握手告别，王小嵩不跟他握手，掩饰地转身去压上保险箱盖儿，然后复转身，倒背着双手说：“讲明白了，你所了解的，关于‘兴北’的经济情况，如果出卖给另外哪一家打算与‘兴北’合作的外商，你可就要对后果负责任。我们既然出了钱，就等于一次性买断了。我们要独家占有这份材料。这点儿规矩，你是懂得的吧？”

小老板说：“我懂我懂！”他大获丰收似的走了。

王小嵩将门插拧死，坐在沙发上，翻看起材料来。看了一会儿，摇摇头：“振庆，振庆，‘兴北’有令人可忧之处啊！早在两年前，它的房地产开发红红火火的时候，你这位当老板的，就应该为它想到两年后的今天，它该朝什么方面发展，它该再开拓什么实业……”

六

小老板从王小嵩房间出来，正碰上小高陪着宫本踏上台阶，他朝小高报复地一笑。小高和宫本望着他踏下台阶扬长而去，感到不解。

小高心生警惕，自语道：“他……到这里来找谁？”

小高和宫本径直来到王小嵩的房间。

他们敲门进去，发现王小嵩正坐在沙发上读小说。宫本一进屋，就用鼻子东嗅西嗅，像警犬。

王小嵩说：“你做什么怪样子？”

宫本说：“晚上一个人留在房间里，大概有什么女客来访吧？我闻闻空气里是不是留下了香水儿味……”说着，打开小冰箱，取出两听饮料，自己饮一听，一听递给了小高。

宫本一边喝，一边望着王小嵩问："真没来过客人？"

王小嵩说："真的。我始终一个人在看书。"

宫本狡黠地一笑："那，冰箱里那两瓶酒，是自己变出来的吗？"

王小嵩怔了怔，笑道："你这家伙，好像在审问我似的。那是我买了准备送人的。一楼就有卖的……"

宫本喝着饮料："哪里是审问你，我是馋酒喝了。等吴老板从香港回来，一定要让他陪我们醉一场。"说着再次打开冰箱，拿出那两瓶酒细看，"三鞭酒，这名字好怪！可以当礼品的酒，自然是好酒了……"王小嵩赶紧从他手中夺下酒又放入冰箱，嗔道："你呀，一见了酒就像猫见了鱼！高小姐会笑话你的。"

宫本得意地说："不会的。我们已经无话不谈了。"

王小嵩不禁望望小高："唔？真的么？这倒是件使我高兴的事。那，有利于促进我们双方的合作啊！"

小高郑重声明："您应对宫本先生的话作这样的理解——可以坦率相谈的，无话不谈了；对于一切使双方敏感的话题，其实仍处在彼此顾左右而言他的阶段。"

小高一边说，一边想着刚才小老板那挑战似的目光。小老板和这三鞭酒有没有关系呢？满腹狐疑，却不流露，找着适当的时机，她便站起身来，说："您二位先生早些休息吧，我该告辞了。"矜持地点头告别，飘然而去。

小高从电梯里出来，走入了宾馆的商品店，在烟酒柜台俯身观看。这时，一个服务员小姐走了过来。

小高问："有没有'三鞭酒'？"

年轻的女售货员以异样的眼神儿看她："没有。"

小高又问："从来没进过货？"

女售货员说："那我可不清楚了。"

小高心里的怀疑越发大了。她决定尽快给吴振庆通个电话，把这一情况报告给他。

在王小嵩的房间里，宫本仍兴趣盎然地谈着小高；王小嵩心不在焉地听着。宫本将一些照片摊在床上，请王小嵩欣赏。

其中一张照片上，宫本手搭在小高肩上；王小嵩拿起了那一张照片。

宫本说："要渐渐获得一个女孩子的好感，其实并非什么难事。"

"对你而言，我完全相信这一点。"王小嵩做出若无其事的样子说，"达夫，我，有一件为难的事，想求你……"

宫本笑着站起来："求我，你还这么客气？你说吧，只要我能做到的。"

王小嵩缓缓地说："我离开日本时，并没带多少钱。如果你带的钱充足，我……想向你借三千美元……"

宫本说："人民币不是更方便么？我也带了些人民币……"

王小嵩说："我需要的是美元，当然日元也行。你知道我十年没和家人团聚了，想为他们添置些家用电器，比如彩电录像机什么的，我在日本的存折上有一笔钱，回到日本我就还你。怎么样？"

宫本爽快地说："没问题。不过，只能借给你一半美元，一半日元。"

宫本收拾起照片，也收拾起刚才嘻嘻哈哈的轻松的笑容，郑重其事地说："今天我跟家父通了一次长途，家父一再叮嘱我，也可以说是命令我，要我尊重你、服从你，并按你的想法协助你、配合你，完成我们此项使命。家父交代了，必要之时，应不惜重金对吴个人施展好处手段。一切拜托了！你知道，此项合作成败与否，对我们的公司也是举足轻重的啊！"

王小嵩默默拍拍他的肩膀，什么都没说，转身从小冰箱取出一听饮料，啪一下启开，一饮而尽，然后，将饮料罐捏扁，投进纸篓里，心理压力很沉重地落座于沙发。

宫本始终望着他，又说："我也理解，你的角色实在不好扮演。"

王小嵩摇摇头："不是好不好扮演的问题，是我根本就不知道怎么样才能成功。试想，我们的公司，企图不出任何资金，只许诺给'兴北'一个合资的虚名，而又要从它将来的利益之中，每年提取百分之三十，除非吴振庆想通了一点……”

宫本：“哪一点？”

“拿他公司的利益和我们做他个人的交易。”

宫本道：“这也不是不可能的。中国目前像‘兴北’这样的公司多如牛毛。这类公司有一个特点，就是产权不明确。既非国家，亦非个人，名曰集体，实际上是众多人象征意义上的拥有。当老板的，哪一天被查出什么问题，则必自身难保，落得个一无所有的下场。如果个人能得到巨大的好处，他们何乐而不为呢？”

王小嵩充满疑虑地问道：“达夫，你认为，与‘兴北’签订了合作意向之后，公司在日本的股票，肯定会升值么？”

宫本也毫无把握：“这很难说，但愿如此吧！”

王小嵩继续问：“如果股票升值，公司可不可以对‘兴北’作出这样的许诺——将股票的升值部分，投入到‘条形码’收款机的合作项目中呢？”

宫本摇头：“我看不会的。”

王小嵩长长呼出一口气，往后一仰，说：“那，就让我们希望，吴振庆是你所想象的那一种人吧。”电话响了，王小嵩刚欲伸手去抓电话，又作罢了，对宫本示意：“你来接。如果不是我家里的人，便说我不在。”

宫本抓起了电话：“喂，对，可是他不在啊。好，我一定转告他。”

宫本放下电话，对王小嵩说：“是一个叫韩德宝的男人打来的，他说他想来看你。”

王小嵩失声叫道：“糟糕，这是我应该亲自接的电话……”

宫本不解地瞧着他……

七

徐克兴冲冲地跑到韩德宝家，告诉他王小嵩回来了。韩德宝高兴地打去电话，结果落了个失望。

正在韩德宝家就着猪头肉、花生米下酒的徐克，抄起电话就要再拨，被韩德宝按住了手："大概他正为什么事儿心烦，没情绪接电话，咱们何必再打扰人家呢！"

"我来气！"——徐克固执地推开韩德宝的手，把号拨了过去，对方问："谁？""你谁？""你徐克吧？我小嵩……"王小嵩的声音有些激动。"你根本不值得哥儿几个想念你！王八蛋！"徐克不待王小嵩辩解，一说完便放了电话。

正在索然无味嚼着花生米的韩德宝说："你过了！"

"过了？一点儿不过！"徐克捏起酒盅一饮而尽，"年年想他回来，年年盼他相聚，不找借口骂他一句，觉得亏！"这时韩德宝的妻子从另一间屋走出来。

韩德宝问："韩磊睡了？"

韩德宝的妻子说："睡了。如今的孩子真没治！都上小学三年级了，还得妈守着才能睡着。要不要我再给你们炒几样菜？"

徐克说："不用了，怪麻烦的。"

韩德宝不客气地说："我说，你屁股怎么这么沉啊？你也该走了吧？"

徐克看看表："你撵我干吗？还不到十点呢！"

韩妻不再理，打开电视，坐在沙发上看——电视图像很不稳，不但有"雪花"，还转眼就跑台，使她不得不一会儿拨弄天线，一会儿调频……

她已不如当年那么年轻，更不如当年那么利落了，似乎脾气也变得好些了——从她身上，可以感到，岁月不饶人，生活将各种各样的女人变成庸庸碌碌的家庭妇女，是那么容易，那么天经地义……

韩德宝打电话遭到冷遇，心里不痛快。现在又喝了两口酒，微有醉意：“想当初，相互之间跟兄弟一样，形影不离的。有句比喻怎么说来着？”

徐克说：“合穿一条裤子还嫌肥……”

韩德宝摇头：“不是这句，这句有勾搭连环、狼狈为奸的贬义……”

徐克说：“一日不见，如隔三秋。”

韩德宝点着头：“对，像是这句。几天要是不聚在一块堆儿呢，就都觉得生活不对劲儿了似的。如今，吴振庆瞅个冷子，摇身一变就成了大大的老板。见他和见市长差不多了，得先通过秘书预约。王小嵩呢，十年一消失，十年一出现。等下回再见到他，说不定都该奔六十了。就说张萌吧，也当上大公司老板的助理。有次我到大饭店去抓小偷，见着了一回。对我倒也怪亲热的，问有没有什么事儿需要她帮忙儿。这话听着就别扭，仿佛我成了一个需要人人拉扯一把的家伙。郝梅是最能理解人的了。可又是个哑巴，到她家去只能和她丈夫聊。她呢，心里有话，都对稿纸说了。何况，也不便常去，怕打扰她写作。就你来的次数多，也不管我烦不烦你，自己想来就来了，倒是不必预约……”

徐克说：“我念旧……”

韩德宝嘴一咧：“拉倒吧，我还不知道你。像没家的狗，满城乱钻。到我这儿来的时候，那纯粹是闷得慌了，实在没处可去了。来了就讨酒，就东西南北侃大山。哎，你这位优哉游哉的息爷，倒是要挨到什么时候讨老婆成家啊？”

徐克乜斜着眼：“怎么？你替我着急了？”

韩德宝哼了一声，说：“不是替你着急了，是盼着你早点儿娶了老婆，别再总往我这儿跑。我和你不一样，你不管熬到多晚，第二天可以一觉睡到中午，我成么？照样得早早儿地赶去上班……”

徐克站了起来：“你这么说，我真走了……”

韩妻扯了他一把将他扯坐下去："别听他的，喝几盅二锅头，真真假假的，什么话儿都从肚子里往外抖搂。也不管别人听了心里会怎么想。"

徐克看着韩妻："他这是酒后吐真言哪！"

韩妻并不看他："你还真往心里装啊？"

徐克转过头说："看你面子，那就再坐会儿。"

他又坐了下去，又饮酒，并去夹盘子里的一片肝，最后的一片肝——韩德宝用筷子和他争抢。他争抢了来塞入口中，报复地瞧着韩德宝，嚼得津津有味。

电视图像又花了，韩妻又起身去摆弄天线，一边自言自语："当年我顶烦他恋着你们。如今我倒是习惯了，愿来的就来，愿走的就走。他自己呢，倒感情淡薄了，还动不动就念刚才那套经……"

韩德宝半醉不醉地说："都比我韩德宝混得强啊！"

徐克说："你混得也不赖呀！当上了派出所所长还不满足？还想怎么着？"

韩德宝说："我这样的，想怎么着，又能怎么着呢？也死了往上挣巴那颗心了。连二等文凭都没有，挣巴不上去了。有时候反过来一想，全市往多了算，不过一百多派出所所长，我韩德宝是其中一个，而且是先进的一个，也就心理平衡了……"

韩妻一边看电视，一边听他们说话，这时就插上了一句："听听，就他这种自暴自弃的想法，机会再多，能轮到他头上么，还能有大出息么？"

韩德宝大睁着醉眼："谁说我自暴自弃了？派出所所长那也是副科级！徐克，你说咱们可是什么命？等咱们死乞白赖地入了党，党票又不吃香了，钞票最吃香了。人家都说，派出所所长，想肥也能肥得肥鸭似的。可咱又没那个胆儿，怕事儿，不敢执法犯法。几次别人塞到兜里的钱，怕字当头，又当面儿拍给人家了。咱也没铆着股劲儿想当先进模范啊！可这顶高帽往咱头上一扣，咱就肥不起来了……"

徐克开导他："那就狠斗怕字一闪念呗！"

韩德宝说："你以为斗这个怕字就比斗私容易多少啊？我也想开了，我这号人，憋死牛儿似的明摆着是被憋死了——只留下一条道儿——做个好民警，好所长。为老百姓办点儿小小不言的好事儿。死了的那一天，给老百姓心里，留点儿念想儿……我……不陪你了……我得……去睡了……"

他喝多了，起身时，趔趄了一下。徐克扶住他，他站稳后，摇摇晃晃地踱到另一房间去了。

徐克不放心地看了韩妻一眼——那意思是你不过去关照他一下？

韩妻习以为常地说："他没事儿。"关了电视，又说，"徐克，嫂子倒想求你件事儿……"

徐克说："什么事儿？"

韩妻说："给兑换点美元，你看这破电视，总盼着什么时候降下价来再换，可不但没降下来，反而涨上去了。还想添一台录像机，嫂子如今也没别的喜好了，就爱晚上坐在家里看看港台的什么带子。"

徐克问："多少？"

韩妻说："一千多足够了。用美元买，不是能便宜不少么？"

徐克又问："兑个什么价呢？"

韩妻说："那，嫂子求你，当然是按公价！"

徐克沉吟地说："这……要是少么，我有些，你们拿去花就是了。一千多嘛，看来得找振庆。"

隔壁传来韩德宝一吼："不许！"

韩妻悄悄地说："别听他的。如今当年的几个哥们儿都成气候了，他反倒处处疏远人家。"

徐克也悄悄地说："那，我就替你求王小嵩。振庆那儿有，也毕竟是公家的，咱用不着沾他公司那点儿小便宜。王小嵩肯定带了外汇回来……"

隔壁又传来韩德宝一吼："更不许求什么王小嵩！"

徐克从韩德宝家出来，在寂静无人的马路上踟蹰而行。看得出他并不想回家，可这么晚了，又不知该到哪儿去，去干什么。

他忽然停住，猛转过身，发出一声古怪的喊叫，打了一套似是而非的拳脚。他模仿醉拳，摇摇摆摆，跌跌撞撞地一路向前。

刚下过雨的马路湿漉漉的，树叶和路面，在路灯下反着光。

徐克的影子长长地拖在地上。

徐克摇摇晃晃地步上自家那幢楼的楼梯，站在家门前发现门缝夹着封信。他取下信，开了门，进了屋里。

屋里摆设寥寥无几，已不如当年那么宽绰，但也绝不寒酸。只不过不太像家的样子，介乎办公室和套房之间……

他推开了他父母当初那个房间——墙上，父母的遗像并排挂着；双人床上，两个枕头并摆着；床下，两双拖鞋也并摆着……

床头柜上，还摆有烟和烟灰缸。一支永远也不会有人动的烟卡在烟灰缸上，旁边立着一个看去蛮高级的打火机……

徐克望着父母的遗像——“他们”似乎也在默默地望着他……

徐克轻轻地说：“爸，妈，我回来得……又晚了点儿……爸，妈，你们放心睡吧……”

他又轻轻将门带上。

他在大房间里看信——只一页信纸上，歪七扭八地写着：“大哥，我又回到这座城市里来了。听别人说你没搬走，我今天来看你，你不在。很遗憾（这两个字写成了‘异汗’）。我现在，是个体演员了，正在拍一部电视剧。过几天，有空儿再来看你！”

落款是“小婉”。

徐克自语着：“小婉？……哪儿冒出来这么个小婉呢？”

他回忆不起来，将信扔在沙发上，然后，插上电子游戏机线，盘腿坐在电视机前，玩起电子游戏来。

他玩得那么投入……

郝梅还住在原来的那所房子里。不过，墙壁粉刷过了，门窗框油漆过了，地上铺了塑料地块儿。另外多了一排书架、一个写字台、一套沙发。

除了书架而外，这是一个并不处处显示出什么“文化”的女作家的家，舒适而简朴。

郝梅坐在写字台前创作，橘黄色的台灯照着稿纸。

郝梅停笔，从书架上取下一本自己写的书。那书的扉面上写着——郝梅送给郝梅留念。她从书中翻出一张纸，就是王小嵩写有自己名字让她签名的那半面纸。她正反两面看看，若有所思。

这时，身后一阵响动，她随着声音转过身来，见她的丈夫老潘，端着放有一杯牛奶和几片饼干的小托盘，从内间里走出来。

他将托盘放在桌上，俯身看了看她写的半面字，走到她跟前，说：“写不下去，就放几天再写。睡吧。啊？”

郝梅微笑着点点头。

老潘又说：“先把那杯牛奶喝了。”他端起奶杯递给她。

她喝奶的时候，他又俯身看她写的半页纸，她却将稿纸翻过，不许他看。

丈夫笑了：“好，没写完不许我看，我就不看，等你发表了再拜读。”郝梅点点头。

丈夫起身，走向厨房，顷刻端了刷牙杯进来：“喝完奶，要漱漱口才行。”郝梅像个听话的小女孩儿，也像新婚宴尔的幸福的妻子似的深情地望着丈夫接过了刷牙杯……

八

次日上午，徐克搂着条塑料鳄鱼，似睡非睡，一阵门铃声将他搅醒，他从床头柜上抓起手表看了看，嘟哝着：“妈的，才九点就有人上门……”

门铃声又响。

徐克没好气地问：“谁呀？”

门外一个女人不耐烦得近乎严厉的声音：“查户口！”

徐克自语道：“查户口？”又表示不满地说，“前几天不是刚查过吗？”

女人的声音：“还查！”

徐克嘟嘟哝哝地说：“查就查，还盯上老子了，谁怕查啊。”

他蹬上裤子，光着上身，趿着拖鞋，极不情愿地开了门——门外站着一个二十七八岁的女子，看不出究竟是姑娘还是少妇。她身旁站着一个六七岁的男孩，怀里还抱着一条狮子狗。

她扯着孩子就进了屋，像回自己家一样。

徐克没拦住她，直叫：“哎哎哎……”

那女人毫不客气地说：“哎什么哎？”

徐克说：“你不是说你是查户口的么？”

“不那么说，光按门铃你不起来开门嘛！”她一边打量屋里，一边自语，“变了……不过这样也好……”

徐克越发莫名其妙：“干什么呀？你哪儿的呀？私闯民宅怎么着？”

狮子狗冲徐克汪地叫了一声，龇牙咧嘴，一副凶狠的样子。

“还不让闯啊？”那女人大大方方地在沙发上坐下，将狗放在地上，“跑吧，认认新家。”

徐克一时丈二和尚摸不着头脑，瞠目打量她，打量孩子，打量狗。

她起身去打开冰箱，取出两筒饮料，启开后自己一筒，递给孩子一筒：“喝吧。不喝白不喝。”

狮子狗竟在客厅当地撒了泡尿。

她笑了：“真懂事儿，不撒我身上。”

徐克气急败坏地翻找什么：“哪儿去了哪儿去了。”他一时间什么也没找到，转对她说：“我告诉你，一房无二主！这房子我是按政府手续十年前合理合法买下的！我是有房契为证的。”

她又笑了：“没人想要强占你房子。大哥，真不认识我了？”

徐克又注视她，使劲回忆，仍旧摇了摇头。

她也遗憾地摇头：“你们男人啊，都这德行！个顶个在情意方面是靠不住的。”

她发现了沙发上那封信，拿起朝他晃了晃：“看过了，还想不起来？是真想不起来，还是装傻呢？”

孩子和小狗这屋那屋追着玩起来……

“小俊？……”徐克终于想起来了，“是你呀！你变多了。”

小俊坦然地说：“一晃又十年了么，变漂亮了？还是变丑了？”

徐克连忙说：“当然是变漂亮了，漂亮得……让我都自卑了！”

小俊哧地一笑：“你又不是我老公，你自卑什么？”

“说得倒也是，我自卑个什么劲儿呢！……你先坐着，我去洗把脸！”徐克说着，进了洗漱间。

徐克急急忙忙地刷牙，洗脸，还对着镜子仔细拢头发。

坐在客厅里的小俊，替他规整好刚才找房契翻乱的东西。她又坐在沙发上吸饮料时，听到了电动刮胡刀刮脸的声音，便叫：“得了，别刮脸了，我又不是跟你来谈对象的！”

徐克一听这话，表情有些索然，大声问：“小俊，你……结婚没有哇？”

小俊的声音：“你没见儿子都那么大了么？”

徐克从洗漱间出来，又闪入了卧室。

徐克从卧室回到客厅时，已是衣冠楚楚，还系上了领带——他的目光和小俊相碰，反而显得比刚才局促，比刚才不自然。小俊的目光，偏偏要往他脸上盯，并意味深长地笑着。

徐克吸着烟后，找到了感觉——他不往沙发上坐，却将沙发垫垫在屁股底下，坐在小俊对面地上，一手托着烟灰缸，俨然以一种兄长的口吻说："讲讲吧，一别十年，你怎么混的？"

小俊说："这么说话，太不平等了，显得我高高在上似的！"

她也离开沙发，拿了沙发垫垫着，坐在徐克对面——也点着一支烟；徐克将烟灰缸放在两人之间。

小俊姿势优雅地吸着烟："先是回老家待了两年。当然是种地了。你想像我这样的人儿，整天面朝土垄背朝天的，那不是自己浪费了自己么？"

徐克表示同意地点头。

小俊接着说："两年后就又出来闯了。当了几年保姆，攒了点儿钱。接着去南边儿，在家乡一个姐妹开的小发廊干了几年，又攒了点钱，还学了技术。"

徐克问："技术？什么技术？"

小俊说："按摩呗！光理发，一天能挣多少钱？你别那样瞧着我！如今是开放的时代，女人就不兴开发开发自身的资源啦？"

徐克内疚地说："想想，我觉得自己怪对不起你的。当年，我要不是在买卖上栽了那么大的跟头，你也不至于会沦落到那么一种地步。"

小俊却不以为然："大哥，你甭内疚，甭觉对不起我。还幸亏当年你栽了，我才又多了换种活法儿的机会。要不，混到如今能有啥出息？还不你当你的老板，我听你吩咐？现在，十万八万的，我也拿得出手了！"

徐克问："靠开发自己挣的？"

小俊说："也不全是。不过从开发自己受点儿启发，后来就开发小狗儿了。"

徐克不明白地将目光投向那只小狗。

小俊说："这只出身一般，也不过就值两三千块钱。好的，五六千，甚至上万……一窝能生四五只，养大到断奶就可以出手。现在我洗手不干了，挣到够花就行了呗。再说我也心软，每次卖狗，心理上像是拐卖儿童似的。"

这时，那孩子引着小狗要往徐克父母的房间去。

小俊严厉地喝道："别去那屋！"又问徐克，"大爷哪一年去世的？"

徐克说："当年我出走后，他一气之下回了老家，第二年就在老家去世。你怎么知道的？"

小俊说："这你就别管了。如今，知道你这位息爷大名的人也不少哇！……我……我给两位老人去请个安吧？"

徐克默许。

小俊起身，轻轻推开那一房间的门，敬畏地走进去，虔诚地对两面遗像深深鞠躬。徐克在门外无言地看着。

小俊诚恳地说："大爷，我又上您家门了，您可千万别生气。我大哥当年对我好，我心里一直感念他，既然又回到这座城市了，不能不来看看他……小俊不是个坏女人。"

徐克感慨系之地说："当年，你是女孩儿。又纯洁又什么都不在乎。现在，你自己也说自己是女人了。其实，我父亲当年对你也没什么大成见，只不过，觉得你当年太小，没他希望的那种稳重样儿……和我不大般配。"

小俊离开那间房，抱怨地说："也别什么都往老爷子身上推。当年你也是那么认为我的，生怕我粘上你似的……"说着，往徐克卧室看了一眼，"如今不搂枕头睡，搂那么一个丑东西睡了？那比搂着女人好？"

徐克讪讪苦笑。

二人重新回到客厅，对面盘腿坐下。

徐克看着那孩子，问道："孩子，怎么没一点像你的地方啊？"

小俊狡黠地一笑："谁知道！小东，过来！"

孩子抱着狗乖乖地过来。

小俊说：“叫妈。”

孩子叫：“妈！”

小俊又说：“叫伯伯！”

孩子叫了一声。

徐克夸道：“真乖，你爸……是干什么的？”

小俊对孩子说：“告诉伯伯你爸是干什么的？”

孩子说：“我爸是当电影导演的！”

小俊又问：“妈呢？”

孩子一边和狗玩一边回答：“妈是演员！”

徐克刮目相看地说：“你……是演员了？”

小俊不无自豪地说：“嗯哼。不过是个体的。”

徐克说：“现在哪行都兴个体的，尤其演员。越是个体的越容易红……好，好，两口子，一位是导演，一位是演员，大哥真为你感到幸福啊！”

小俊说：“真的？”

徐克酸溜溜地说：“真的。”

小俊转了个话题：“大哥，你，还没目标吧？”

徐克摇头，自嘲地：“我有资格挑选的那一拨，过去了。隔着代去选呢，年轻的，只要容貌稍微出众点儿的，哪儿能轮到咱。同龄人的阵营里呢，女的差不多都到了大婶儿的年龄了。我这人，又不现实，还偏想找个有模有样的。”

小俊问：“大哥，我这样行不？”

徐克一愣：“别逗了。在你面前，我只有后悔的份儿，你还拿我开心啊？”

小俊郑重地说：“大哥，我是说……眼下有个姐们儿，各方面都跟我差不多，反正我保证，一点儿也不比我逊色就是了。我想介绍给你。”

徐克有点动心：“真的？”

小俊说：“不开玩笑。我今晚上就到外地去拍戏，半个月后回来。你可要耐心等我回来，别自己瞎搭葛，结果明明能摊上个八九分的，倒抓挠了一个刚及格的。”

徐克高兴地说：“好！一言为定！我等你！这期间，就是七仙女下凡，央求于我，我也不动心思！”

小俊笑了。

徐克也笑了。

他们彼此亲昵地瞧着。

门铃声又起。

小俊抢先于徐克起身去开了门——门外是韩德宝。韩德宝一愣。小俊见他一身警服，同样一愣。

韩德宝问：“这……是徐克家吧？”

小俊点点头：“对。”

韩德宝进了屋，摘下警帽拿在手里：“我还以为少上了一层楼呢。”

这时徐克已走出客厅：“我当是谁呢。”

韩德宝又望望小俊，似乎在期待徐克介绍。徐克却不作介绍。

孩子从徐克卧室出来，敬畏地瞧着韩德宝。

小俊对徐克说：“那……我走了。记住我的话，半个月以后见。小东，抱上狗狗，跟妈走吧！”

孩子抱起狗，跟小俊走向门口。小俊在门口转过身，对徐克一扬手说：“拜拜。”

孩子也说：“拜拜。”

门关上后，韩德宝问：“谁？”

徐克说：“一位演员。”

韩德宝重新打量着徐克：“行啊，和演艺圈拉上啦！还‘拜拜’！”

徐克说：“你别往歪处乱想啊！”

韩德宝也说：“你也别多心嘛！我看那女的，可能还算个正经女的！”

徐克不满地说："你这什么话啊！好像到我这儿来的女的，都不正经似的！"

韩德宝说："反正到你这儿来的，据我掌握的情况，不是侃姐儿，就是浪妞儿，今天给我碰见的是个例外……她守寡几年了？"

徐克说："你到底有完没完？人家丈夫还活着，是位导演！"

韩德宝从兜里掏出自己的烟，发现摆在地上的烟比自己的烟好，将自己的烟又揣起来了，去抓徐克的烟。徐克抢先抓住，不给他吸，自己倒吸着了一支。

韩德宝说："生气啦？我是干什么的？我这双眼睛里能藏得住沙子么？她丈夫如果还活着，还是位导演，她看着你那么一往情深的干吗？还都有沙发不坐，面对面坐在地上说话！"

徐克有些恼火地说："胡说！"

韩德宝说："还嘴硬？那烟灰缸还往地上摆干什么？"

徐克说："光我一个坐在地上来着！"

韩德宝说："说你嘴硬你还真够嘴硬的！如果你俩不是面对面地坐着，那烟灰缸里的烟头怎么会对称？"

徐克不耐烦再斗嘴了，问："得啦得啦，你究竟来干什么啊？"

韩德宝有点火："你可以任什么时候，想去我那儿，就去我那儿，我偶尔来一次，你就烦了？"

徐克说："我不是烦，我是说——你以后到我这儿来，别穿着你这身老虎皮好不好？"

韩德宝说："怪我把她吓跑了？我看她是个很见过世面的女人，不至于敬畏警察。"

徐克说："昨天在你家里嘛，你不给我好脸色，还往外撵我！今天一早嘛，又闯到我家来惹我生气！我说德宝！你是不是最近心里窝了股什么火儿，没处撒，只有往我身上撒呀？"

韩德宝扑哧笑了。

徐克说："你笑什么！被我说着了是不是？"

韩德宝说："你呀！恰恰相反，老韩可不是你说的那种人。我老韩要是心里窝了股什么火，宁可找个不显眼的地，把自己闷出烟来，浑身闷着了，烧成灰，也绝不往别人身上撒！更不往自己的老婆孩子和朋友身上撒！我是因为昨天晚上自己在你面前表现不好，前来向你道歉的。"

徐克也笑了："你真会表扬自己！"

韩德宝说："昨天离开我家后，心里没想着再也不理韩德宝了吧？"

徐克说："我能么？"

韩德宝从兜里掏出一个信封递给徐克。

"什么？"

韩德宝说："钱。你嫂子不是求你给兑换点美元么？"

徐克问："想通了？"

韩德宝说："想通了。居家过日子，谁也不能房顶开门屋地打井。需要求人的时候，该舍下脸，就得舍下脸。求别人，欠人情债。求哥们儿，仗义些。有哥们儿交情，却永远不动用，那是死要面子！对不对？"

徐克接过钱："这就对！"

韩德宝说："至于你再去求振庆，还是小嵩，那我可就不管了！"

徐克摆摆手："得，你什么都别管了，给我点自由吧！"

韩德宝说："那我不多坐了，走了！"说着起身，戴上警帽，往外便走。徐克跟着往外走。

韩德宝说："别假惺惺了，留步吧！"

徐克没好气地说："你以为我是送你呀？太自作多情了吧？我是下楼去买点吃的。"

二人下楼时，韩德宝又说："刚才那位，我瞧着还真不错。看得出是个刀子嘴，豆腐心的女人。除了漂亮点儿，没什么毛病。"

徐克不满地说："我就不兴找个漂亮的了？"

韩德宝说："行是行。不过如今的女人，漂亮了，消费要求也就高了。别看你存了点钱，但别忘了你靠利息生活，有出没进的，只怕你养几年，把你的钱折腾光了，人家又扇扇翅膀飞了，哎哎，你不是说她有丈夫么？"

徐克叹了口气："是啊，说这些，也是白说。"

二人说着，已经走出了楼，走到了放自行车的地方。

韩德宝扶着车把，仍然有些不放心似的回过头，叮嘱道："不管你爱听不爱听，我还是要劝你一句——人家要是还没离婚，你就不要扮演第三者。都四十多了，那太费心，犯不着。何况你这样的，连第三者也充当不出多高的水平儿。"

徐克又叹了口气："实话实说了吧，她是当年的小俊！"

"哪个小俊？"

"当年你也见过的。就是那个我当年雇过的小俊。"

韩德宝一边往车棚外推自己的自行车，一边说："是她？变了，半点儿也看不出来了。"

徐克接着说："她还念着我过去对她好，来看望我。"

韩德宝感慨道："如今这样的女人可不多喽。"

徐克仍旧自顾自地说着："人家如今是丈夫孩子三位一体，生活又幸福又美满的，我能当什么第三者么？就算我想插，插得进去么？"

韩德宝说："心里酸溜溜的，是不是？"

徐克说："当着真人不说假话，心里酸得像喝了一瓶子醋……不过，她说半个月后，要把她的一个姐们儿介绍给我，这又使我多少感到了点儿安慰。"

韩德宝站住："噢？"仰起脸思忖片刻，拍拍徐克的肩，细瞧着徐克的脸，高深莫测地说，"都说吉人自有天相。你这三分苦相的脸，我也看不出有什么婚姻福气啊！"

徐克苦笑："四十多岁了仍是光棍一条，我还谈得上那种福气啊？"

韩德宝明察秋毫地说："老弟，我预先恭喜你——最终遂了你现在的心愿！到时候我给你做司仪！"

徐克有些不明白地瞪着他，见他车后夹着钢丝网罩，车把上还吊着工具袋儿，奇怪地问："你干什么去？"

韩德宝说："我能干什么去！一个院里几户人家，因为下水道的问题总闹矛盾，我得去调解。"他蹬上自行车走了，扭回头喊，"我看是柳暗花明啊！"

徐克望着他远去后，摇头自语："柳暗花明？还峰回路转哪！"徐克气狠狠地咬一口才买的油条，上楼去了。

九

韩德宝骑车来到一片平房居民区，在一个大院门前下了车，推车走入院子，将车停稳一旁。他从挂在车把上的大帆布工具袋里先取出一副套袖戴上，然后摘下工具袋，大步向一处下水道口走去。

他蹲在下水道口，取出一应用具，便往外掏起脏物来，仿佛是一名下水道工，来此就是专为疏通下水道的。他趴在地上，将软钢丝疏通器一点一点往下水道里送，刚送了一小截，便送不进去了。他索性摘下警帽挂在车把上，脱了上衣搭在车梁上，将衬衣袖子往上一捋，又趴在地上，整胳膊伸进淤水泥，用手往外抓取脏物……

一户人家的窗子开了——有人出现在窗口望他。

又一户人家的门开了——又有一个人出现在门口望他。

他干得那么专心致志，一点儿也没发现有人在望着他。

一双脚步到他身边，"韩所长。"韩德宝没听见。"小韩……"趴在地上的韩德宝侧着脸朝上一望——是一位大娘。"小韩，缺不缺什么工具啊？"

韩德宝边干边说："您好啊大娘，什么都不缺。我带得全着呢！哦，对了，您动员各户捐献几块用不着的木板吧，一会儿还要做个下水道口的盖。”

大娘过意不去地说：“小韩，这活儿，怎么也轮不到你干。”

韩德宝继续干着：“大娘，这么说，咱们警民之间就见外了。不是正赶上我今天有空儿么！”

大娘转过身去吆喝：“全院都听着啦，韩所长给咱们捅下水道来了。还要给咱们做盖下水道的盖儿！哪家有用不着的木板，舍得一次，往外捐献捐献吧！”

一个孩子抱着一块木板走了过来。

韩德宝起身夸奖：“好孩子，放一边吧！”

他开始摇动疏通器。独自操作，显得有劲儿使不上。一位中年妇女离开家门，过来帮忙。

韩德宝说：“大嫂，您别靠前，看甩您一身脏水。”

中年妇女过意不去地说：“那我也不能站在旁边看啊，脏了再洗呗！”

两人操作，顺利多了。

韩德宝问：“嫂子，今天没上班啊？”

中年妇女叹了口气：“倒休了两天。”

在疏通器的噪音声中，韩德宝继续问道：“厂里效益怎么样啊？”

中年妇女说：“不怎么样。没钱发奖金，光靠那点儿死工资，怎么生活啊？”

在他们共同努力下，淤水流光了。

韩德宝直起腰说：“看，好了。这就不用你帮忙了，我自己再往净了掏掏。”

说着他又趴在地上，用小铁勺掏脏物，一边继续和中年妇女说话：“孩子他爷爷退休之后，不是说总在家闲不住，想摆个菜摊子么？”

中年妇女说：“可不是嘛！听说那套手续可麻烦了，家里也没人去跑哇！”

韩德宝：“要办成，当然就得不怕麻烦啦！”——他用手掏出了一只破皮鞋，扔在一边：“瞧瞧，什么都弄进去了，这还有不堵的？”

他站了起来。

中年妇女说："上个月孩子他爷爷是去跑过的。这支那儿，那支这儿的，把老爷子支得晕头转向。"

韩德宝笑了："这么着吧，让孩子他爷回来写个申请，你们自己办顺利的方面，自己去办。办起来不那么顺利的方面，我替你们办。"

中年妇女感激地说："那太好了！办成了，我们老爷子准天天把好菜给您留着！韩所长，您办是不是也得搭点儿人情啊？"

韩德宝说："如今不搭人情还办得成事儿？您给我预备烟吧！"

中年妇女急忙说："家里就有，我给您拿去！"

韩德宝说："哎，别这么急嘛。"她已一阵风似的卷入家中。

大娘端了杯茶水来——她听到了韩德宝和那中年妇女的对话，轻蔑地说："这女人，用谁都心安理得！用完转眼就忘了人家对她的帮助。"

韩德宝说："嗨，咱们当民警的，大事儿办不成，小事儿再不帮着老百姓办，国家不是白发给咱一身警服啦？大娘您说呢？"

大娘说："都像你这么想，感情是好啦！渴了吧，来，大娘给你端，喝口茶吧……"韩德宝俯身就在大娘手里喝茶。

下水道"工程"终于完成——重砌了台口儿，还有了盖儿，盖儿还刷了绿油漆。

韩德宝又操起扫帚打扫锯末、刨花、碎砖之类，顺便连大半个院子也扫了。女人、老人和孩子在一旁默默看着。

那个求韩德宝办执照的女人，终于忍不住了，夺下他的扫把："哎呀，韩所长，这让我们众人看着多难为情啊，还是我来吧！"

韩德宝说："别难为情啊，怎么着还不是得一个扫，大家看着。"他把垃圾堆成一小堆儿，将扫把还给大娘，拍打拍打裤子，望着众人说，"是不是，还都等我讲两句啊？"

大娘说："小韩啊，你活儿是干得没挑剔的，可也不能就这么走了啊。我看你得给大家开个居民团结的会。"她说完瞥了那女人一眼。

老头儿老太太们也一迭声地说："就是，就是，韩所长得给开个会。"

韩德宝一笑："哎哎哎，长辈们，别说开会，搞得怪正经的。我就有话直说吧！这下水道从老刘家房屋底下过，下水道口又离老刘家门窗最近。这是历史遗留下来的问题。全世界哪儿都存在着些历史遗留下的问题。国家和国家处理不好，就会发兵打仗，大动干戈。今天你朝我发射颗'飞毛腿'，明天我朝你发射一颗'大力神'，就会死人。邻居和邻居之间呢，处理不好，也会抄家伙动刀子，也会死人的。不管怎么说，我总认为，闹到出人命的地步那就惨了。打听打听，没有不后悔的。我给大家交个底儿，我去市有关方面了解过，最多后年，咱们这一片儿穷街破房子，就要推平它，建楼群小区了。到那时，咱们这点儿历史遗留下来的小问题，不就扔还给历史了么？"

众人议论纷纷："哎呀，那可太好啦！""就盼着那一天呢！""韩所长，你了解的情况可靠么？"

韩德宝说："当然可靠！我说的话，是负责任的！不过，这下水道毕竟还要从老刘家房屋底下过两年，一旦堵了，老刘家人，出来进去的，就闻到臭味儿了吧！再赶上个下雨天，管道多年失修，人家屋地就会反潮。设身处地想一想，人家有意见，对往下水道乱倒脏物的人家心里生暗气，甚至当面甩脸子，背地里指桑骂槐，那也是完全可以理解的。"

那中年妇女说："韩所长，还是你公道！"

韩德宝又冲她说："不过你也有不对的地方。对谁家有意见，可以当面婉转地提嘛！背地里指桑骂槐，传到人家耳朵里，人家当然也会生气啊！总之，这些摩擦，是由于下水道引起的。现在，咱们把它属于现实性的那一部分问题解决了。大家彼此之间，就该有个宽厚谅解的态度了，对不对？老刘家的，你对这下水道这么改进一下，觉得还满意吧？"

那个中年妇女，连连点头："满意。"

韩德宝说："这叫我听了就非常高兴，证明一上午我没白忙活啊。今后再有个不痛快，你就替全院儿多担待些吧。不需要你们家再忍到二〇〇〇年，只需要再忍两年。”

中年妇女低下了头：“你放心，行啊。”

韩德宝进一步规劝大家：“大家呢，也要自觉些，虽然安了滤脏物的网子，还是不要什么都随着水往里倒，人和人之间啊，我主张宽容些为好。首先是，不要去冒犯别人。其次，别人冒犯了自己呢？不值得计较的，就不计较；不值得认真的，就不必认真。前几天，一男一女，互相揪着扯着，闹到派出所去了。正巧我在那里，一问，原来是因为——两人在商场挨在柜台前买东西，女的一回头，男的冲她‘的’了一下……”韩德宝用舌尖弹上颌膛，弹出了一声响。他接着说：“那女的可就不干了，说那男的耍流氓。那男的说你血口喷人。女的说，那你冲我‘的’，男的说，我高兴‘的’就‘的’，我从小就有种爱‘的’的习惯！这你干涉得着么！女的说，反正你冲我‘的’，就是心术不良调戏我！男的说，瞅你那德行，值得我调戏么？我有时还冲着垃圾桶‘的’呢！……两人唇来舌往，互不示弱。结果，那女的抓破了那男的脸，那男的扯下了那女的一绺头发……就为一声‘的’。大家说这种事儿能断出多公道的理啊！我对那男的说，你这位同志，虽然从小养下了爱‘的’的习惯，但毕竟不是什么好习惯。尤其在公共场合‘的’，不管你有心无心，起码容易引起他人误会，还是今后加以改正的好。我又对那女的说，你这位女同志，也大可不必小题大做，不过就是别人对你‘的’了一下么，有什么呢？心里讨厌，躲开就是了嘛！……这一男一女呢，还认为我和稀泥，又互相揪着扯着，闹到公安局去了！”

几个孩子，同时用舌头弹出一声响。

韩德宝低头瞅瞅他们，笑了：“你们说，他们值得学习么？”

孩子们异口同声，拖长音调地：“值得！……‘的’！”

韩德宝一愣：“什么？值得？”

众人大笑，韩德宝也笑了，一边笑一边说：“那我走了。”

他蹬上自行车走了。

大娘望着他的背影，感慨地说：“咱们这一片居民，摊上小韩这么一位派出所所长，是大家共同的福气啊！”

那中年妇女也说：“大晌午的，连顿饭也不留下吃，还把扫起来的垃圾替咱们用塑料袋带走了。”

十

徐克送走韩德宝，吃完早饭，整整仪容，就到宾馆找王小嵩去了。

徐克敲敲王小嵩那个房间的门，室内传出王小嵩的声音“请进！”徐克走进去，见王小嵩在打电话。

王小嵩捂住话筒，小声地说：“日本长途。”接着指指沙发，示意徐克坐下。

王小嵩继续打电话：“是，是，明白……我一定尽力从中斡旋……现在还很难说，因为还没有正式接触洽谈议题，吴先生到香港去了，明天就回来……是，是，一定抓紧……”

他接着嗯嗯啊啊了一阵，终于放下电话。

他坐在床上，以亲切的目光望着徐克微笑。

徐克仰起脸不理他。

王小嵩笑着说：“人没太变，脾气倒见长了！你干吗不问明个因由，就在电话里骂我啊？而且声音那么大，让宫本先生都听见了。”

徐克故意没好气地说：“怎么？起了个日本名字，就觉得了不起了？骂不得了？”

王小嵩说：“骂我，又来看我，好没志气。”

徐克打断他：“看你？我只认得一个王小嵩，不认得一个叫什么宫本一雄的家伙！我是来看另一位宫本先生的。”

王小嵩说：“原来如此，另外一位宫本先生出去了，晚上才能回来哪！”

徐克说："我坐这儿等！"

王小嵩说："那，我也要出去了，你就自己坐这儿等吧！"他说着，起身佯装往外走。

徐克喝道："你小子给我站住！"

王小嵩转过身，徐克已从沙发上起身了。

他们仿佛要打架似的互相瞪视着。

王小嵩轻轻吹起了口哨——吹的是当年在广大知青中非常流行的《南京之歌》。

徐克也吹了起来。

良久，他们彼此望着，笑了，扑到了一起——不料徐克并未拥抱王小嵩，而是一弯腰将他扛了起来，摔在床上。

王小嵩叫道："好小子，跟我来这套！"

他也一跃扑向徐克，两人在房间里较量起来。

徐克又将王小嵩压在床上，王小嵩的头咚地撞在墙上。

王小嵩大叫："哎哟！"

徐克说："当年不服我，现在得服了吧？"

王小嵩抱着头，歪在床上呻吟不止。

徐克吓慌了，凑过去，轻轻推着他，不安地问："小嵩，小嵩，别唬我……"

王小嵩呻吟着："我……眼前一片黑，天旋地转的……"

徐克急坏了："这……要我扶你去医务室么？"

王小嵩说："我……怕是站不住了。"

徐克信以为真："怨我怨我！我背你……"

他当真转过身要背王小嵩，王小嵩重重朝他背上一压，将他压倒在地。王小嵩占了便宜似的笑了。

徐克说："你呀！你怎么现在变得一点儿亏都不吃？撞了下头，也值当要阴谋诡计报复一下？"

二人相互援手而起。

王小嵩突然情不自禁地用一条手臂搂住徐克的脖子，和他头抵着头，低声说：“我想你们呵！”

徐克一动不动地说：“这我相信。当年我躲债闯深圳的时候，也很想你们。身边没有知心朋友，没有哥们儿，甚至，在需要帮助的时候，都遇不到一个热心肠的人，遇不到一个值得充分信赖的人，那一种背井离乡的境况，那一种孤独感，简直都能把心理脆弱的人压迫死。何况你又是在国外呢。”

他们彼此注视着。

王小嵩说：“很多同代人羡慕我，可我清楚，美国不是天堂，日本也不是……”

王小嵩将手臂从徐克肩上放下，坐到沙发上。

徐克说：“地上根本就没有天堂，有的只不过是人间。到处的人，其实都是差不多的。”

他也坐到了沙发上。

王小嵩说：“天堂和地狱，都是人类的幻想，只有人间是真实的，介于两种幻想之间。长大了才明白，在真实之间真实地活着，却原来是最难的。”

徐克问：“你是王小嵩，又是宫本一雄，哪一种自我感觉好？”

王小嵩吸烟，苦笑：“我是王小嵩的时候，我觉得我多少还算是自己，我是宫本一雄的时候，我觉得我差不多已经不是我自己了。可我是前者的时候，我在别人眼里是平庸的，我自己也常自卑。我是后者的时候，我在别人眼里是有出息的，我自己也常沾沾自喜……宫本一雄，以前我从来也没料到，有一天我竟会需要一个日本名字，来向别人也向自己证明什么。”

徐克理解地拍拍他的手背：“回来吧，咱不做宫本一雄，咱还做王小嵩。”

王小嵩摇摇头：“我已经回……回不来了。”

徐克：“我不明白……”

王小嵩说：“我们这座城市，并不少一个王小嵩，正像东京并不多一个

年轮插图

王小嵩情不自禁地用一条手臂搂住徐克的脖子：『我想你们呵！』

宫本一雄。”

徐克说：“我还是不明白。”

王小嵩继续解释：“回来将一无所有。一切，都得从头开始，而在日本，我是高级雇员。”

徐克说：“如果你愿意，起码可以在振庆的公司里，也谋到一个相当于高级雇员的职位么！”

王小嵩摇摇头：“比较而言，我倒宁愿我的老板不是我童年到青年时代的朋友。”

徐克说：“在这一点上，我和你的看法恰恰相反。”

王小嵩问：“那你怎么不到他的公司去？”

徐克说：“也不是没产生这种念头，当息爷总不是长久之计。可他那脾气你还不知道？当了老板也没往好了改多少。如果某一天他也对我粗声粗气的，那我能受得了么？”

王小嵩说：“就是他整天对我相敬如宾，我也受不了。朋友有时候体现为一种很矫情的关系啊！”

徐克咳了一声，说：“我们怎么背后议论起振庆来了？不说这些累人的话题了。快中午了，咱俩能不能共进午餐啊？”

他以带点请求意味的目光望着王小嵩。王小嵩略一犹豫，接着爽快地答应：“好哇！”

徐克说：“知道你忙，但是这点儿荣幸应该给我……”他看了下表，又问，“有水么？我想先洗个澡，三天没洗了，浑身发紧。”

王小嵩说：“有，我给你放水去。”

王小嵩放罢水从洗澡间出来，见徐克已脱得只着裤衩了——他发现徐克胸前、肩头有两处刀疤。

王小嵩问：“这又是什么人的手笔？”

徐克满不在乎地说：“当年在深圳，遇到一个喜欢用刀子在别人身上练狂草的哥们儿，后来我俩反成了莫逆之交。我返城后的经历，基本上可以用这么几句话概括——去了一个手指头，多了两处刀疤，存上了几十万元钱，加入了本市的息爷行列。息爷是寄生虫，息爷又是安定的因素。息爷全心全意地拥护改革，怎么改都行，只要别降低银行储蓄利率。息爷坚决反对社会动乱，息爷支持进一步修改宪法。”

王小嵩笑了：“得了，别向我发表你的息爷宣言啦！”他将徐克推入了洗澡间。

徐克在洗澡间大叫：“这就是你给阶级兄弟放的水啦？这么烫！”

王小嵩坐在沙发上，瞅着床上徐克的衣服发呆。

过去有钱常穿新的，现在有钱要穿磨旧的；过去打补丁是朴素，现在打补丁是高级；过去穿件哔叽的，人人羡慕得眼也斜了，如今一千多元买件纯棉布的，才算时髦……时代变得那么天经地义……这些衣服，不就是人的包装？而时代，又将人变成它本身的包装。五百年后的人们，不知道讲究穿什么，怎样穿？五百年后的蜜蜂，必定构造同样的六边形，人和蜜蜂，谁更显得对自身更具有清醒的认识也更自信呢？

徐克洗完澡，穿衣服，看见王小嵩在沉思，说道：“瞅着我衣服发什么呆？我那件上衣可不土，名牌儿。一千多元哪！”朝王小嵩看了一眼，又说，“脱下来，我穿你那件找找感觉。”

王小嵩默默将衣服脱下递给他。

徐克穿上，问：“怎么样？”

王小嵩说：“风度十足。”

徐克说：“承蒙夸奖，我穿你的。”

王小嵩说：“我也只好说，承蒙赏脸了。”

他穿上了徐克的高级夹克衫。两人相互瞧着一笑。

徐克和王小嵩两人换了衣服，一块下楼去餐厅吃饭，结果服务员小姐差点把他们认错了。

两人步入餐厅就座。徐克问："谁埋单？"

王小嵩不懂："什么埋单？埋什么单？"

徐克教训王小嵩："怎么？没洋到哪去，反倒土了？埋单是时下中国新群体的语言——谁结账？"

王小嵩说："当然是你啦！撮中国新兴资产阶级一顿，不撮白不撮。"

徐克不经意地说："那你就是外国资产阶级的忠实帮办啦！"

王小嵩不禁面露愠色。

徐克自知失言，赶紧一笑："开句玩笑，别当真。既然我埋单，你可要从现在起跟着我的感觉哟！"他轻轻哼唱起来，"跟着感觉走，紧拉住埋单的手……"

徐克点了一桌子菜。

王小嵩瞪着眼，问："怎么点了这么多？"

徐克举起了啤酒杯："多乎哉？不多也！慢慢吃，边吃边聊嘛！"又说，"感情深，一口闷，感情铁，喝吐血，忠不忠，看行动！"

他一饮而尽。

王小嵩也一饮而尽。

徐克一杯酒下肚，又开始滔滔不绝地侃起来："我们过去受的教育，是要我们牢记为富不仁。可是现在，我思想上开始背叛了——贫穷才是万恶之源，才是诸种丑陋现象中最丑陋的。人一旦有了钱，不自信也自信了，不漂亮也漂亮了，唱歌不好听也好听了。钱可以维护自尊，钱他妈的还可以赎回罪恶。有一部美国电影叫作《容易的交易》，看过没有？"

王小嵩摇摇头。

"讲的是兄弟俩，一对儿喜欢恶作剧的老头儿，拥有亿万资财。有一天突发奇想，打了一个美元的赌，要将一个一无所有痞里痞气的黑人青年，造就成一位绅士；同时要使一位受过良好教育的、事业上前程似锦、爱情上花好月圆的青年，变成一个丧失了起码羞耻感的家伙。结果，他们轻而易举地成功了。办法很简单，将一个推入一连串的挫折和失败之中。而运用金钱的力量，将幸运一次次抛给那个黑人青年……你觉得很没意思吧？”徐克发现王小嵩似乎有点心不在焉。

王小嵩赶紧说：“不不不，我觉得有意思。”

其实，徐克不知道，王小嵩的母亲和弟弟、妹妹在家里等王小嵩回去吃团圆饭呢。也正在这时，给宫本开车的年轻司机出现，在餐厅门口正用目光寻找王小嵩。

王小嵩看见，对徐克说了声“有人找我”就起身匆匆迎上去。司机对王小嵩说了些什么，王小嵩又匆匆走回来，万分歉意地说：“这顿饭，陪你吃不成了，我有点儿事，得立刻走。”

徐克一脸索然：“非去不可？”

王小嵩说：“非去不可！真的！”王小嵩随司机匆匆走出餐厅，坐进汽车，风驰电掣般开到公园门口。

司机带着王小嵩来到游乐场，发现宫本正骑在木马上向他们招手，王小嵩转问司机：“你不是说他被治安人员扣押了么？”

司机说：“是他叫我这么说的——他说否则没法儿把你骗来。”

旋转木马停住。宫本跃下，得意地走到王小嵩跟前说：“果然不出我所料！除了回家探望老母亲，就是捧着一位不知名的女作家的书看，连一张合影都没跟我拍过。”

王小嵩忽然怒不可遏，狠狠扇了宫本一个耳光：“你浑蛋！”他转对司机怒吼：“马上送我回去！”

回到宾馆餐厅，徐克已经不在。他们刚才坐过的那张桌子已换上了新桌布。王小嵩望着空空的桌子发怔……

第八章

一

一篇开头很美的小说，并不见得结尾也是那样；正如一篇开头很蹩脚的小说，结尾也许相当精彩。海明威说过，他的优秀作品，仿佛是浮在冰海上的一座冰山，三分之二隐没在水面以下。某些人是否也是这样？他们的三分之二的生活欲念，是长久地没在现实的水面以下的，当三分之二由于某种似乎不可抗的外力而浮出的时候，其形态竟是那么令我们困惑和震惊。

十年前曾经教郝梅服装设计的赵老师，曾是那么富于同情心，诲人不倦。谁也想象不到，像他这样一个大好人，会在退休之后的迟暮之年，犯下足以够得上枪毙的贪污大罪。

这个消息，是张萌特意来告诉郝梅的。当年，郝梅找张萌，求她把教她服装设计的那位恩师介绍到张萌的公司。冲郝梅的面子，张萌做主，让赵老师在她的那个部门当上了广告部顾问。赵老师能力很强，慢慢地也受到总经理的器重。大家都想不到，这么一个老实人、大好人，在默默工作的同时，也在默默地贪污。最近事发，一查，竟贪污了近百万元之巨，而且全部挥霍一空。

郝梅听到这个消息，想都没想就找出存折，想替赵老师补上，可听到贪污的具体数目才知道她那两万元存款救不了赵老师的命，彻底绝望了。一个人躲进里屋抹起了眼泪儿。

就在这时候，韩德宝进来了。

韩德宝从那小平房院儿出来，来到一排垃圾桶跟前，把装在塑料袋刚从下水道掏出的污物丢了进去，可巧就碰上了郝梅和老潘的儿子芸芸。

是芸芸硬把韩德宝拽到家里的。韩德宝已好长时间没去郝梅家，也就跟着来了，没料到遇到了这样惊心动魄的事。

韩德宝愣愣地仰起脸，片刻，长长地喟叹了一声，重重地拍了一下膝盖："人啊，人啊，清白了一辈子，正直了一辈子，善良了一辈子，做了一辈子好人，眼看一辈子快熬到头了，却栽这么个大跟头，却要挨一颗枪子儿……都疯了是怎么的？"

张萌说："他当然没疯。从他的交代材料看，他是充分作好了迟早有这么一天的心理准备的。"

韩德宝说："这怎么可能！上百万啊，怎么就能挥霍一光呢？"

老潘说："这年头儿，供人吃喝玩乐的地方多了。不是从前的时代，有钱也没处挥霍。"

韩德宝说："是啊，我岳父在世的时候，常对我讲他接手的第一桩案子是怎么破的。那也是一桩贪污案，邻居揭发，说那家人几乎天天吃炸馒头片儿。就是从这么一个线索突破案情的……"

张萌说："近百万，他不到一年就挥霍光了。问他后悔不？他说不后悔。问他怕死不？他说不怕。他说活到六十岁，才活明白过来。说人唯一命，宁富贵十日，不寒酸百年。还说但求速死，无悔憾。当然，他那种不抽烟不喝酒不会享乐的人，自己怎么也不能在一年之内挥霍掉近百万。大部分钱花在女人身上了。"

韩德宝："不用说，那些女人很漂亮？"

张萌耸耸肩："我怎么知道。我又没见过。他也不肯供出那些女人。到了这一步，他还决心保她们的名誉不受牵连。"

韩德宝感慨着："他是这么个人。"

老潘说："德宝，郝梅伤心半天了。我和张萌也不知该如何劝她。她听你的，你劝劝她吧。"

韩德宝说："那……我就试试吧。"

他起身进了里屋，对芸芸说："芸芸，出去一会儿，让我跟你妈说几句话。"芸芸出去了。

韩德宝坐在小床上，望着坐在大床上的郝梅。

郝梅将泪盈盈的脸转向一旁。

韩德宝安慰她说："郝梅，赵老师当年对你的恩，你也算报答了。赵老师自己也无悔无憾，我们也不必太替他难过了。人就怕他自己自以为明白了，自以为看透了。赵老师不是那种一时犯糊涂的人。我想……他一定是想以这么一种并不可取的方式，弥补他一生的缺陷……我们就只当他是做了一件他自己感到满意的事吧。你是写人的，这一点，你比我应该更善于分析。"

郝梅缓缓转过脸，面向韩德宝，看看他点了点头。

韩德宝试探地说："到外屋坐会吧。"郝梅起身来到了外屋。

老潘忙起身，想把坐处让给她，郝梅轻轻将他按坐下去。

张萌说："郝梅，真对不起你，让你难过了。"

老潘连忙说："别这么说，赵老师是我们介绍给你的，实际上是我们对不起你。这件事，不至于影响你在公司的威信吧？"

张萌说："也不能说完全没影响。好在我是和我们总经理一起创业的人，并没有影响老板对我的信任。"

老潘连连点头："那就好，那就好。"

郝梅站在桌前，在一张纸上写了几个字递给张萌看。

纸上写的是：对你，我感到很内疚。

张萌向她摇摇头，表示没什么。

郝梅又在一张纸上写了几个字递给她。

张萌看了一眼，递给老潘——老潘看后，递给韩德宝——

纸上写的是：我想见赵老师一面。

三人面面相觑……

韩德宝问张萌："难不难？"

张萌说："如果非想见，还能见一面。下午公安局就来押人了。"

韩德宝瞧着老潘说："那，趁张萌还容易帮上忙，就成全了她这个心愿吧。"

老潘同意地点了点头。

郝梅坐张萌的汽车，很快地来到张萌所在的公司。

在一间办公室内，当年的赵老师坐在办公桌后。桌上的一切东西并未收去，仿佛他仍是它们的主人，仍是一位公司的部门顾问似的。

他比当年老了。门开了，他一见进来的是郝梅，大出意外，一下子站了起来。

郝梅注视着他，缓缓走到桌前，坐下仍注视着他。

他恢复了常态，缓缓坐下，微笑地问："小郝儿，怎么有空儿来看我？听说你又出了一本集子？还没送我哪，什么时候送我一本啊？"

郝梅默默从拎兜里取出一本自己的书，双手奉上。

书的扉页上写着："赵老师留念——永远感激您的郝梅。"

他拿着书的手微微颤抖起来。

他压抑着激动，尽可能冷静地说："每次你赠我书，我都像自己当了作家出了新书一样高兴……当年，我也做过作家梦啊！"

他把书放进抽屉，掩饰地掏出烟吸，可是由于手抖，几次也按不着打火机。

郝梅向他伸出了一只手。

他犹豫一下，将打火机放在了郝梅手里。

郝梅替他按着打火机，伸向他。

他赶紧凑着吸着了烟。

郝梅从桌上的笔筒之中取出一支红蓝铅笔，在一张纸上写道：我知道了。

写出的是红字。

她将纸推给他看。

他夹烟的手更加颤抖起来。

他说：“谢谢，谢谢你还来看我……”接着，他一口接一口猛烈地吸烟。

郝梅也摸过烟盒，抽出一支，吸了起来——这是她第一次吸烟。

“我这个人……一辈子没享乐过……也没花过心……那些女人，真是一个个年轻又漂亮。我拿自己没办法……和她们在一块儿的时候，我真希望自己年轻三十岁……也许男人都是越老了越巴不得抓紧岁数享乐享乐，看着些个年轻人活得自在玩得开心爱得随便享乐得潇洒，我这心里常嫉妒得像有只耗子又啃又咬的！”赵老师那张脸，此时似乎变得很老很丑。眼泪从他眼中不停地流出，顺着脸往下淌，淌到嘴角，弄湿了烟。

然而那并不是或仅仅是一种悔过的眼泪，亦包含着对享乐的绝望。

吸着烟，注视着他的郝梅也在默默流泪不止。

郝梅被烟所呛，咳嗽起来。

赵老师欠身从她指间取下烟，按灭，诲人不倦地：“不会吸，就别开始学了。我也是这几天才开始吸的……吸烟总归是种毛病，害多益少……”

他忽然望着门愣住了，不说了。

他站了起来，拉开抽屉，取出书，拿着郝梅赠他的书伸出双手。

两个警察走了进来。一副手铐，在郝梅面前，咔嚓铐在赵老师的手上。

赵老师说：“小郝，我去了。”

郝梅未动，也没抬头看他。

他被公安人员轻轻推向门口。

他在门口站住，扭回头——看得出，他是那么希望郝梅最后回望他一眼，或者反过来说，希望自己能最后望一眼郝梅的脸。

郝梅仍未动，也没向他回过头去。

他被推出了门——门无声地关上，将他向后扭着的脸关在了门外。

烟灰缸里，赵老师留下的半截烟，还在燃着，冒着烟……

郝梅缓缓拿起茶杯，倒了点水，烟头刺的一声，灭了……

二

王小嵩本来决定陪徐克聊会儿，就赶紧回家，和母亲、弟弟妹妹们吃团圆饭，没想到半路杀出了程咬金。宫本达夫为了拍照，把他骗到公园。这么一个荒唐的玩笑，在宫本，仅仅是个玩笑而已；而在王小嵩，使他在友情、亲情上似乎亏欠更多。

王小嵩返回宾馆餐厅，徐克已经走了。懊恼之余，匆匆忙忙往家赶。

王小嵩的心里渴望这次团圆。当他匆匆忙忙地奔回家，已是下午三点多钟了，而全家人一直在等着他，连孩子们都陪着饿到下午。

王小嵩一进屋，立刻被众人簇拥至母亲身旁坐下。

王小嵩内疚地说："都在生我的气吧？"

母亲和颜悦色地说："他们知道你有公务在身，都没怪你。这顿团圆饭，本该安排在晚上的，为了迁就你的时间，才安排在中午。"弟媳领了两个孩子，从另一房间走了过来："快，都叫大爷！"

男孩女孩同声叫道："大爷！"

弟媳教他们："光叫大爷就行了？得问大爷好！"

男孩女孩齐声说："大爷好！"

王小嵩一时竟有点不知所措："好，好。"

妹夫笑道："哥听孩子们叫你大爷，猛不丁一下还不习惯吧？"

王小嵩也笑了："可不是么。"他瞧着两个孩子又说，"大爷回来得仓促，也没顾上从日本给你们带点儿什么礼物。"

语音未落，弟弟的男孩抢着说："你带了，给邻居家的毛毛和秀秀了！"

王小嵩说："那，是因为他们帮忙往家里搬花来着。这样吧，大爷一人给你们十元钱好不好！"

他说着掏出钱包，给了他们每人十美元。

妹妹的女孩奇怪地问："这是什么钱啊？"

妹妹说："小傻帽儿，这是美元，十美元顶人民币七十八元呢。别弄丢了，先给妈，妈替你放着。"她将十美元从孩子手中一把夺去，揣进了兜里。

弟媳也冲着男孩说："瞧姑姑替你小妹保管着了，妈妈也替你保管着吧。"——也一把夺去，揣进了自己的兜。

两个孩子对视着，不悦地努起了嘴。

全家围桌而坐，举起了酒杯。团圆饭总算吃成了。

弟弟和妹夫轮番给大家照相。

妹妹和弟媳不停地往王小嵩饭里夹菜。

吃了一会儿，妹夫开了口："哥，你这次回去以后，能不能把我也办出去啊？"

王小嵩抬起头："你……出国能干什么？"

妹夫说："别的干不了，卖卖块儿，打工还不行啊？"

王小嵩说："你别有这念头。"

妹妹插上来说："其实是我的念头，他厂里效益不好，每个月只开百分之七十的工资了……"

妹夫说："下个月恐怕百分之七十也开不出来了。"

母亲说："小嵩，你要是不为难的话，让他出去闯闯也好。男人，总得挣钱养家糊口啊。"

王小嵩看着母亲说："妈，咱们中国人，在日本，不是那么容易找到工作的。没有一技之长，在国内摆摊卖菜，也比出去受歧视好。"

妹夫说："我不怕歧视。将来，在中国，人穷就不受歧视了？"

王小嵩诚恳地说："即使刷盘子，对外语不过关的中国人，美国、日本等发达国家的盘子，也不是那么好刷的。除非去阿根廷、墨西哥一类的国家才能混……"

妹妹有些不高兴："哥，你就这么瞧不起我家这口子啊？你怎么不说让他到非洲去？"

妹夫说："阿根廷、墨西哥我也去！非洲我也去！"

王小嵩赶紧说："我不过开句玩笑。好，等哥在日本站稳了脚跟，把你们都办出去！"

弟媳也插上了来说："哥你都当上了商务代表，还不算站稳了脚跟呀？"

王小嵩说："什么代表不代表，不过是这一次老板一厢情愿地认为我回来谈合适罢了。"

弟弟说："哥，我也有件小事儿求你帮忙——你这次能不能跟振庆哥说说，让我到他们兴北公司去？每个月能多挣一二百块钱，我就心满意足了。你看看咱这些破家具！"

母亲诧异道："不是搬过来时新买的么？才不到十年的工夫，你们就觉得破了？"

弟媳捅了弟弟一下说："妈，你别听他乱说，家具都新着呢！"

弟弟忙改口："是啊是啊，我乱说，我烧包。"

母亲说："我不是跟你们讲了，你们各自的打算，先不要告诉你们哥哥。他回到家里，就是听你们说这些的么？"

王小嵩说："妈，别责怪他们，他们说了，我心里明白了，也知道自己应该帮助他们些什么。"

母亲严厉地说："再不许聊刚才那些话题了。"

气氛一时有些尴尬。

弟媳一迭声地说："对，对，听妈的，不聊刚才那些话题了，来，都吃菜呀！"

弟弟也凑上来："再举一次杯，再举一次杯。"

一家人纷纷举杯，然而气氛已不如最初那么喜悦。

王小嵩强作欢颜地应付着。

三

天黑了。这个时间，徐克如果不是在外面瞎转悠，或赖在哪个朋友家不走，就是在家玩游戏机。

他又盘腿坐在电视机前，玩赛车。他操纵的那辆车，连连被撞翻。这时，有人敲门。

他定住画面，起身去开了门——门外是一层楼的老太太，带着当年从他家拿走的油画——《伟大的女奴》。

徐克不解地问："大娘，要送给我还是要卖给我啊？"

老太太说："都不是，当年从你家拿走，大娘说要替你保存的嘛！几次想送上来，可你都不在家。今儿个还给你，物归原主啦！"老太太说着带画进了屋——那画已然旧了，灰蒙蒙的。

徐克说："我的？是我的么？"——他是真忘了，不是装的。

老太太说："你忘了？十年前的那一天，来了好多人，气势汹汹，抄家似的。"

徐克终于想了起来："噢，对对，是我的。"

老太太说："要不是大娘当时灵机一动，连这幅画也不知属于谁了。"

徐克说："大娘，你们留着呗！我如今已经不挂这些了，过时了——瞧我墙上现在挂的，都是抽象的，现代的了。"

老太太说："哎，该还的，就得还嘛！"说着将画靠墙放稳。并不走，却坐在沙发上，搭讪地说，"小徐子，告诉大娘个实话儿，现在有了没有？"

徐克莫名其妙："什么啊？大娘。"

老太太启发他："想想你还缺什么？大娘还能问什么？"

徐克恍然大悟地说："老婆啊？这叫我怎么跟你说呢？想有，明天就能领着一个去登记。不登记也有乐意的。想找一个称心如意的呢，又不那么容易了。"

老太太说："既然你还没有，那大娘就跟你挑明了吧。大娘也是借个因由，来给你保媒的。"

徐克笑了："大娘，您太热心了，说我听听。"

老太太说："我们家二姑娘，你见过不止一次了。不能算漂亮，可也不能算丑是不是？又打算离了。当然了，凑合着也能过下去。可如今人们，凡事都不愿凑合了是不是？当年大娘就替她相中了你。你父亲当然也很同意的。可偏赶上你当年栽了那次大跟头，结果一点儿缘就断了。她也是兵团回来的，比你大一岁。你要是觉得你二姐还称你心呢，大娘就支持她立马离了！你二姐早就是工程师了，而且评上了副高职称。你们结了婚，你一并连儿子都有了。你父亲当年可就盼着有个孙子，可喜欢你二姐的孩子了！你和别的女人结婚呢，未见得就准能有儿子。你有存款，你二姐有职称，你们结了婚，不等于是——科学技术与经济基础挂钩、联合，图个共同发展么？现如今不是这么提倡么？楼上楼下住着，大娘替你们照顾孩子，多好呢？你不习惯上班了，就永别上班，在家只管做做饭。你考虑考虑，大娘是不也为你好？"

徐克沉吟。

老太太说："过了这一村，可没有这一店了。你二姐工资也不低，月月三百多呢！而且还得过好几次科研奖。"

徐克支吾："这，她……不知我二姐对我……"

老太太忙不迭地说："她对你是心里早就有意啦！要不她能一次次往我这儿跑么？"

这时又有人敲门。

徐克去开了门——进来的是一三十多岁油头滑脑的年轻人——便是当年带徐克买过画的那个青年。

老太太不得不起身："那我先走了。你寻思寻思，过几天给大娘回个话儿。"

徐克将老太太送出门，回到屋里，望着那姓李的年轻人，并不欢迎地说："有话快说，有屁快放……"

小李瞧着那幅画："我当年带你买的画嘛。"

徐克说："又要带我去买画？"

小李说："不不不，你别误会……"机密地说，"大哥，有个能发一笔财的机会，我来给你报个信息。"

徐克说："这样的机会，你心里还想着我？"

小李说："那当然！机会首先给予大小财神爷们么！有户人家，要卖房子，很便宜，才要几万，那地方不久准动迁。你趁现在买下了，将来动迁，一套新房子就到手了。一转卖，坐享其成的，就能赚个五万六万的。"

徐克问："你从中得到什么好处？"

小李做出一副可怜样儿："我能得什么啊！我这纯粹是学雷锋，做好事，从你们双方收点儿介绍费而已。"

徐克说："我没这方面的兴趣。"

小李说："哟嗬，听这口气，对赚钱都烦啦？"

徐克说："赚了钱又怎么样？"

小李启发地回答："赚了钱，消费和享受水平更上一层楼啊！"

徐克说："我知足了。"

小李摇头："你那几十万，才哪到哪啊？你没听人家说么？十万刚脱贫，二三十万刚起步。你刚在起步的初级阶段啊！几年以后，人民币一贬值，你又变得和穷光蛋差不多少啦！"

徐克说："你是不是因为自己在银行没有存款，才盼着人民币贬值啊？"

小李受了委屈似的说："哪儿的话！我纯粹是替你忧患着啊！"

徐克说："我用不着你忧患。我觉得当个小小的息爷，自我感觉也挺好。你还是替你自己忧患吧！"

小李说："这一点不用大哥教导，我可不整天都替自己忧患么！大哥不瞒你说，有时候我走在马路上，看着十几层的宾馆，心里边就不由得不想——它要是我的多好！它咋就不能是我姓李的呢？看见一个漂亮妞儿，也想，那座大宾馆要是我的，这漂亮妞也是我的了。大哥你说她不是我的还有跑么？经过市银行，也想什么时候它成了我的呢？我就不信我不是当银行家那块料！我要当了银行家，职员都要女的，年轻的，漂亮的，十八岁到二十五岁之间，超过二十五的一概不要！得教她们懂礼仪，见了我得鞠躬，说：'总经理先生您好！'我这人，你知道，是博爱主义者。我会'博爱'她们的。她们呢，对我得有接受我'博爱'的义务。这一点雇用合同上就得写清楚，要作为我对她们的管理宗旨……"

没听他说完，徐克早已盘腿坐在电视机前，继续玩电子游戏。

小李心驰神往继续做着美梦："大哥你知道一亿元是多少钱么？人家给我讲了个故事——说有一个外国阔佬，找了个情妇，嫌他太太整天监视着他，盯他的梢，行动不自由，就给了他太太一百万，叫太太每天花一千，去旅游。他太太照办了。三年后才花光了钱回到他身边。他心里那个烦啊，又给了太太一亿元，叫太太继续去旅游，还是限定每天花一千。结果，他太太三十多年后才回到他身边。大哥你说钱这东西多好哇！多人性啊！"

徐克不耐烦地说："你他妈的有完没完？"

小李看了看手表："哎哟，时候不早了！大哥，别小孩子似的玩起来上瘾了！走吧走吧！看房子去吧！"

他说着替徐克关了电视，拖起徐克就走。

徐克想发作，可见对方嬉皮笑脸的样儿，忍了，冷冷地说："我希望我是最后一次见到你！"

小李并不计较地说："好好好，最后一次，像电影里说的，这次以后，我自觉从你面前消失。”他将徐克拖出了门。

深夜，一条黑暗的街——一面是一个单位带电网的高墙，一面是拆迁后的残垣断壁、废墟……

只有前面的街头，亮着一盏昏黄的路灯。

徐克和小李远远走来……

小李迈着小碎步跟在徐克后边，忙不迭地问：“大哥，你觉得房主那人怎么样？”

徐克说：“不怎么样，虚头巴脑，老奸巨猾。”

小李说：“你怎么会对他有这种印象？其实他那人挺够哥儿们的！”

徐克说：“一路人总说一路人都是好人。”

小李说：“得，那就别管他人好不好了，房价还算公道吧？”

徐克说：“一问到房契，他就支支吾吾的了。”

小李说：“大哥，这他不敢骗你，中间不是还有我担保的吗？”

徐克站住，拍了一下小李的肩膀：“小老弟，别再和别人合伙坑我了。我的钱是十年间辛辛苦苦挣的。你和人合伙坑我也不止一次了，这次就彻底死了心吧。”

小李说：“不，我不死心。我对你有信心。”

徐克听到废墟间有响动，疑心地望过去，并喝问了句：“什么人？”

寂静的废墟。

徐克问小李：“你刚才听到了么？”

小李耸耸肩。

废墟间传来一个女人口被堵住发出的呜呜声。

徐克说：“听……”

小李也听到了：“大哥，快离开这儿，别管闲事儿。”他扯着徐克就走。

“救……”——只一个字，接着又是女人口被堵住发出的呜呜声从他们身后传来。

徐克说："走，跟我去看看……"

小李说："大哥，咱装没听见不行么？"

徐克一把攥住小李的手："跟我过去！"

"你要管闲事儿，你自己管吧，我可不奉陪了。"小李说着，扯脱手，跑了。

徐克骂道："你妈的！"他再次向废墟望去，呜呜声继续传来……

徐克自我说服："也许老子幻听吧？"

他一边朝废墟望，步子一边离开，他也想趁早离开这不祥之地。"救命！"

他站住了。

他奔到了废墟前。

他搜寻着，诈唬着："谁，滚出来！"

突然，从一堵断壁后扑出一个人影——刀光一闪，向他刺来。

他躲过那一刀，和那人扭打起来。

他们在地上翻滚。

徐克的头重重磕在砖堆上。

对方起身，捂着腹部，摇摇晃晃地逃了。

徐克从砖堆上爬起，揉着头。

呜呜之声响在附近。

徐克寻找着——在半扇屋角那儿，有一个披头散发的女人，双手被反捆着，口中塞了东西，裙子被撩在身上……

徐克回到家，一屁股坐在沙发上，迫不及待地吸烟。

他发现自己双手有血，自己衣领上也有血迹。他吃惊起来，自怕起来，赶忙脱得只剩裤衩，上下检查自己身上有无受伤之处。

他又用两面小镜子反照自己身体。

当他确信自己没有受伤之后，长长地松了口气，冲入洗漱间打肥皂洗手。

他从地上拎起西服，将西服泡入浴缸，水顿时变红。

他叼着烟，拿着烟灰缸进了卧室，仰面往床上一倒。

他自言自语地说道:“今天没有做无名英雄的人了吗？老子不就是么……”

四

王小嵩匆匆走过大厅，踏下台阶，坐入一辆出租车，如期赴约去了。

车刚开走，宫本出现在宾馆门口——他也匆匆踏下台阶，招来一辆出租车。

宫本坐入车内，吩咐司机：“看见前面那辆红车了么？跟着就是了。”

两辆车一前一后汇入车流。

出租车司机瞥了宫本一眼；宫本一脸严肃。他从反照镜发现了司机疑惑的一瞥，干咳了一声，不自然地笑：“别误会，不是盯梢……”

司机说：“是不是盯梢不关我的事，您下车拍下钱就行！”

王小嵩的车在他和那小老板约好见面的饭店门前停住。

王小嵩下了车，看一眼手表，走入饭店，用目光寻找，不见那小老板的身影。王小嵩在一张最容易被发现的桌子旁坐下，服务员小姐走过来说：“先生，请点菜。”

王小嵩说：“先来一杯饮料吧，我还在这儿等人。”宫本从窗外望着——王小嵩在缓缓地饮，这时那个小老板出现了。

小老板一进门就发现了王小嵩，大老远伸着手，热情地走过来。“亲爱的战友，你很准时啊！”

“我一向如此。”王小嵩并未伸出手去，而是从西服内衣兜掏出一封信交给他，“钱我如数带来了。我不会少给你一张的，希望你别在这儿点了……”

小老板说：“这怕什么？许多买卖都是这儿成交的。炒地皮的，炒房子的，炒股票的，炒外汇的，拉皮条的，做掮客的，买空卖空的，这儿是咱们社会主义的‘搞活俱乐部’。”

他说着，将钱从信封抽出半截，两根指头抹了点唾沫当着王小嵩的面点起来。

王小嵩皱着眉将脸转向一旁。

小老板点完钱，揣入自己的西服内，举起了王小嵩喝剩下的半杯饮料："借花献佛了，为咱们战友之间初次合作的成功，我意思意思……"他一仰脖子，饮尽。他掏出手绢，很绅士地拭拭嘴，又说，"口是心不非，一次饮半杯。"

王小嵩说："看在我们都曾是兵团战友的分儿上，我郑重地请求你，不要四处传播振庆那点儿隐私了！都是性情中人，谁还没有点儿隐私呢？"

小老板说："对，很对。但是人和人可就不一样了。我的隐私不值钱，他的隐私值大钱。谁叫他是大老板呢？我卖给你的，只不过是那份材料、那儿封信和那些照片，没连舌头也一块儿卖给你。"

王小嵩压着愤怒说："你……你太卑鄙了。"

小老板无耻地一笑："这年头，还有不卑鄙的人么？你就不卑鄙么？你不卑鄙，买那些东西是为了达到什么目的？我卑鄙，可我却公开承认我卑鄙，而且从来就没打算变得高尚过。与那种内心其实同样卑鄙，却非要装出一副不卑鄙的样子的人相比，我其实倒显得不太卑鄙了。"

王小嵩极其厌恶地盯视着他，一时不知再说什么好。

小老板说："你厌恶我？鄙视我？心里瞧不起我，是不是？实话告诉你，我是中国特色的'坑友族'，即不但坑不坑白不坑的一切人，还坑战友，坑朋友，坑一切误认我不可能坑他们的男人和女人。一句话，统统坑啦坑啦地！但相对而言，后一些人容易坑。我笨，只好偏重于坑容易坑的。马无夜草不肥——这年头，人不坑人能富么？你要是手头阔绰，我可以连你刚才郑重请求我的，属于我舌头的那一点儿小小的自由，也一并地再销售给你，出个更合理的价格吧。"

王小嵩似乎意识到自己上当了，然而呆呆地盯着对方，显得憎恶而无奈。"你对我真诚，我对你也得真诚，战友之间，应以诚相待是不是？所以我真诚地告诉你——我来会你之前发现，那些照片的底片还保留在我那儿，还有那几封信的复印件。你买下的是正品。副品，我打算削价处理，感兴趣的人还真不少。”

他站起来，对王小嵩莞尔一笑，扬长而去。

王小嵩瞪着他的背影，突然抓起杯子，欲往地上摔，一服务员小姐拦住他：“哎，先生……”

王小嵩控制住自己说：“请再来一杯……”

宫本始终在窗外注视着……

小老板得意扬扬地一出饭店的门，被两个便衣一左一右挟持住了。

小老板大叫：“哎哎哎，干什么？这么灯火辉煌的地方，敢绑票哇？”

一个便衣说：“我们是公安局的。”

小老板说：“我……我犯什么法了？”

另一便衣用警棍捣了他一下：“别嚷嚷，你自己心里明白。”

他们将他挟持着上了一辆停在暗处的警车。

这一幕也被宫本看在眼里。

王小嵩还在喝酒，一抬头，发现宫本已不知何时坐在对面。

宫本说：“小姐，来一杯啤酒……”

王小嵩掩饰地说：“真巧……”

宫本说：“用你们中国话说，无巧不成书嘛！我借给你的美元，现在又不想借给你了，还给我吧。”

他向王小嵩伸出了一只手。

王小嵩有点不知所措地说：“你……我……我已经用了。”

“拿不出来了？”

“是的。”

“倒给刚才那头猪了？”

“这……没有……”

“我在窗外亲眼看到的……”宫本见服务员送酒来，没再说下去。

服务员走后，宫本接着说：“家父很有眼力，你确有商人头脑——借美元炒外汇，无本生意……”

王小嵩说：“你在侮辱我！……”

宫本喝了一口酒后说：“一比几？一比九？还是一比十？”

王小嵩说：“好吧，我不想解释，就算你说的那样……”

宫本说：“虽然，你改姓了一个受尊敬的日本家族的姓氏，但你，骨子里还是一个丑陋的中国人！我们宫本家族的座右铭是——利之所有，虽千仞之山，无所不上。我们也投机股票，但那是在股票交易所正大光明进行的！你给我记住——我们宫本家族的人，从不曾向流氓猥琐之徒私下里倒过外汇！”

他将杯中酒朝王小嵩脸上泼去，拂袖而去。

周围的人都望着王小嵩。

王小嵩满头满脸湿漉漉地狼狈地呆坐在那里。

五

三天很快便过去了。吴振庆从所谓的“香港”回到了兴北公司，推迟了三天的谈判再度举行，所不同的是，兴北公司会谈室悬挂起一个横幅，上面写着：“天下熙熙，皆为利来；天下攘攘，皆为利往。”

王小嵩、宫本与吴振庆和陪他上次出席会晤的那位顾问角色的人分阵而坐，长条谈判桌的空间里摆着几盆盛开的花——君子兰、马蹄莲和万年红。

小高居中，坐于横幅之下，她负责记录。

吴振庆七分矜持三分亲热地寒暄：“两位朋友，这三天来，玩得还高兴么？”

宫本喧宾夺主地说："有善解人意的高小姐陪同，三天过得太愉快了。"

小高微微一笑。

吴振庆说："谢谢对本公司雇员的夸奖。"接着，他瞧了王小嵩一眼，似乎打趣地说，"全权代表先生的表情未免太严肃些了吧？"

王小嵩有些不自然地笑笑："是么？"他指指横幅，说，"如果我没记错，三天前我们双方第一次坐在这儿的时候，我似乎并没有欣赏到它。"

吴振庆说："这是我刚从香港带回来的，俗白了点儿，但字还算漂亮，起码我觉得是那样。据说，这是《史记》中的一句话。"

王小嵩不露声色地问："吴先生香港之行，收获必定很大吧？"

吴振庆说："这牵涉到本公司商务活动的动向，恕本人无可奉告。"

宫本也望着条幅："我不但欣赏其书法，更欣赏上面的四句话，吴老板数次到日本去，乃为利往，我们此行，乃为利来啊！看来，中国的古人要比中国的现代人实在得多呢！"

他自以为说得机智又不失俏皮，自负地笑着。

顾问开口道："就实在这一点而言，我们当代中国人，自然仍需继承我们老祖宗的民族传统，而日本的朋友们，似乎更有必要向我们实在的中国人学习。"

吴振庆点头赞许："我的同事，说出了我想说的话。"

他瞧瞧王小嵩又说："我看，气氛已经营造得够坦诚的了，我们是不是可以切入正题了？"

王小嵩刚要开口，宫本抢先说："完全同意！"

吴振庆不禁望了望小嵩，那意思是：你们这是怎么了？究竟谁是代表了？

宫本说："我方的条件，预先已用电话传达了过来，想必贵公司已予以考虑了，我们对意向只有一条小小的修正。"

吴振庆说："请讲。"

宫本说："将我方所分利率，由百分之四十降低为百分之三十。"

吴振庆很意外地说:“咦?这可是令我们既受鼓舞又非常感动的修正啊!”

宫本接着说:“相应地,将我方投资八万美元一款,修正为:三年以后,按市场效益,另作投资决定……”

顾问插上来问:“宫本先生,您刚才说,只有一条小小的修正,这不是已经修正了两条了么?”

宫本回答:“不,是修正了一条,因为以上修正内容,归纳为一条了,也就是意向书上的第三款。”

吴振庆看了看他的谈判顾问:“宫本先生的思维方式很有意思是不是?”

顾问板着脸问:“我不认为很有意思,我认为……非常之无理。”

仿佛并没有什么发言权,吸着烟,撩起目光似乎正研究吊灯的王小嵩,此时将目光投向了顾问的脸。

宫本也很不悦,咄咄逼人地说:“你!我可是一直在使用温和的谈判词语!”

吴振庆一笑,向宫本做了一个请勿恼火的手势:“请原谅我的谈判顾问出言太实在了。”他将目光转向了王小嵩,“如果我没有搞错的话,那么贵方的全权代表,是否仍和三天之前一样,还是您王小嵩先生呢?或者应该称您宫本一雄先生才对?”

王小嵩:“我并没有得到崎丸公司总裁宫本健太郎先生免去我全权代表资格的正式通知,在我被认为代表崎丸公司的场合之下,我当然觉得称呼我宫本一雄先生更加符合我的身份。”

吴振庆步步紧逼地:“那么宫本一雄先生,我再请问,您的伙伴刚才修正合作意向条款的发言,是否算正式发言?是否代表崎丸公司或您本人?”

王小嵩点点头:“正是那样。”

顾问逼一句:“正是哪样?”

王小嵩说:“正是……吴先生所理解的那样……”看得出来,他极不情愿正面回答“是”或“否”,而希望吴振庆自己意会。

顾问又问："宫本一雄先生，还是请您明确回答'是'或'否'，请不要用外交辞令。"

吴振庆说："对对，在您没有明确回答之前，我是难以正确理解的。"

王小嵩违心而且不悦地说："那么好，我就像小学生一样回答贵方的疑问。宫本达夫先生刚才就敝公司修正第三条款的发言，代表我本人，也当然代表崎丸公司。"

吴振庆说："如果我的领悟力不很迟钝的话，我可否得出这样的结论——由我方立项，我方总投资，我方负责开拓市场，我方承担宣传义务和具体销售，而贵公司作为合作伙伴，实际上并不承担任何风险，但却要从中分得百分之三十的利润，如果将来确有利润的话……"

宫本接口说道："如果吴先生对我们合作生产条形码收款机将来在中国能否打开市场，能否获得利润尚且心中无数的话，作为一名实业家，为什么还要立项？当初又为什么要到日本去游说我方合作呢？"

吴振庆端起茶杯正要喝，听了宫本达夫的话，脸色一沉，将茶杯重重地往桌上一放，茶水溅了出来。

他的顾问暗中扯了扯他的衣服。

"我这只手最近患了神经麻痹症，连只小小的杯子都端不稳了。"吴振庆瞧着自己的手，煞有介事地做五指伸展的运动。

王小嵩说："我想，吴先生对于条形码收款机将来能否在中国打开市场，是否获得利润，肯定并非像我的伙伴所认为的那样心中无数，恰恰相反，而是胸中有数、充满信心的。"

吴振庆沉下的脸色渐渐缓和，向王小嵩投去心照不宣的一瞥。

王小嵩继续说着："在贵方的意向书中，对条形码收款机作了较为详细的市场调查、市场分析、市场预测。这一切还是做得令我本人十分满意的。我本人同时认为，八千万台数，对于中国这个广大的应用市场而言，绝非是一个夸张的数字。如果我们双方不去开发这一项目，那么不久的将来，别人便会去开发，或者也可以这样说，吴先生便会去寻找另外的合作伙伴的。吴先生，是不是这样？”

吴振庆的脸色不但缓和，而且对王小嵩的话表示满意。他点了点头。

宫本却分明对王小嵩的话心生反感，他开口要说什么，王小嵩连忙阻止住他：“达夫，请表现出一点儿应有的耐性，让我把话说完。我之所以强调以上是我本人的看法，乃是因为，就崎丸公司而言，对八千万台这个数字，和我本人的看法确实存在着差异。崎丸公司，是一个在商务投资活动中以风格稳健著称于世的公司。它一向主张在预测时保守些，在开发时努力些。但是这一点差异，无论体现在我和我所代表的崎丸公司之间，还是体现在崎丸公司和兴北公司之间，并不真正构成我们双方谈判的障碍。八千万台是一个巨大的数字，以一年生产二十万台算，四百年才能满足市场需求量。朋友们，四百年之后，谁知道条形码收款机会不会陈列在什么古旧科技博物馆里……”

吴振庆哈哈大笑：“那时候我可就根本不希望和朋友们谈论什么条形码收款机了！天堂里不再需要金钱了是不是？”

僵局一打破，气氛变得轻松愉快了些。

王小嵩也笑了笑，说：“所以，条形码收款机的市场需求，绝非我们双方所能垄断，也非别人独家或者几家所能垄断。可以说是一个相对无限的市场。如果我们真能达成合作，那也只不过先行一步，争取在将来的市场竞争中闯出信誉来，站稳阵脚，割据一块市场而已。我认为，我们双方谈判的难点，恰恰在于由我方提出的属于第三款的修正上。据我所知，谈判一词，在英语中包含有‘妥协技巧’这一层意思。我主张我们双方都作出些使对方能够欣然接受的让步。”

顾问真诚地望着王小嵩：“我很欣赏宫本一雄先生以上的一番话。尤其欣赏您对‘谈判’一词的独特的理解。”

宫本达夫更加不悦，闷闷地吸烟。

吴振庆爽朗地说：“这三盆花，是我今天早晨特意吩咐一定要摆在我们之间的——君子兰，是我们中国人和日本人共同喜爱的花，它象征着以诚相待的风度。马蹄莲，只开白花，据我们所知，大和民族是个喜爱白色的民族。我们将这盆马蹄莲放在三盆花之间，表示我们十分看重和朋友们的合作关系，也表示，崎丸公司的利益，在我们心目中是有其应有的位置的。而这一盆一品红呢，象征共同的事业红红火火。”

宫本达夫打断了吴振庆：“吴先生，我们坐在这里，并不是为了满足赏花的雅兴吧？”

吴振庆一怔，他的顾问又扯了他的衣服一下，他隐忍地用烟堵住了嘴。

王小嵩也暗中扯了宫本的衣服一下。

宫本生硬地将王小嵩的手打开，不管不顾地说：“吴先生，您刚才说，我们崎丸公司并不承担任何风险，但却要从中分得百分之三十的利润，我认为您这种说法，是对我们崎丸公司形象的损伤。”

吴振庆：“噢？有那么严重么？”

王小嵩又暗中扯宫本的衣服。

宫本又生硬地将他的手打开：“我们崎丸公司并非不承担任何风险。我们将‘崎丸’与‘兴北’两个字联在一起，这本身便等于冒着一种风险。”

“噢？”吴振庆不禁和他的顾问对视一眼，顾问不以为然地甚至是宽宏地一笑。

宫本接着说：“声誉关系着我们崎丸公司的生死存亡，也关系着我们整个宫本家族的兴衰荣辱。”

吴振庆说：“那么，你们是像我们国内某些电影厂家一样，只不过是将厂标卖给我们一用喽？”

宫本肯定地点点头：“同时还将你们中国目前对中外合资企业的税收优惠政策带给你们。”

顾问又问：“这，我们就不知道您的话是从何谈起了。难道，我们中国对中外合资的优惠政策，不是我们中国政府给予我们的，倒是你们崎丸公司给予的了么？”

宫本说：“不管怎么说，享受到这项优惠政策，实际上便是获得了一大笔可观的经济效益，这其实也等于我们崎丸公司的变相投资。”

王小嵩不得不制止他：“达夫，你已经离题万里了！”

宫本不加理会：“别打断我！你们兴北公司是以房地产生意起家的，可你们现在这一条腿，已经偏瘫了，如果你们的另外一条腿不踏向别的市场，你们将是既有远虑也有近忧的。”

吴振庆、顾问及小高的目光，不约而同地投向了王小嵩。

吴振庆的目光是那么恼怒。

王小嵩为缓和骤然又紧张起来的气氛，建议道：“我建议，现在是不是休息几分钟？”

宫本坚决地说：“不，在谈判的关键时刻，休息是一种常见的策略，不休息而一鼓作气，也是一种策略！我认为后一种策略对我们双方都同样适合。”

顾问说：“就算如您所说，我们的一条腿已偏瘫了，那么在我们将另一条腿主动迈向你们的时候，你们只愿做出今天这样子的合作姿态么？”

宫本说：“我们的条件是苛刻了些，但对于山重水复疑无路的你们，接受我们的条件，也许才会柳暗花明又一村。”

吴振庆嘲讽地说：“让我们和你们，联手以假乱真，损害我们中国的利益，而后再分一部分利益给你们？你们‘崎丸’两个字的售价也太高了吧？”

“听我说两句……”王小嵩话刚出口，吴振庆竖掌制止了他，缓缓站起，指着宫本说：“你做白日梦吧！”

宫本也一下站了起来：“我希望你考虑这个梦可能变成现实对你们的利益关系！”

吴振庆终于爆发了：“小日本！你他妈的给我滚！滚！”

王小嵩也霍地站了起来厉声说：“吴先生，我要求你向我的伙伴道歉！”

吴振庆猛地将脸转向王小嵩："如果我不呢？"

王小嵩也毫不退让："那，我将非常遗憾地告诉你，从现在起，我们的身份不再是你们兴北公司的客人了！"

吴振庆哼了一声道："请便！"说罢他悻悻而去。

"宫本达夫先生，我愿代替我们老板，向您郑重道歉！"顾问站起朝宫本鞠了一躬，"请包涵。"

他也走了。

宫本哼一声，愤愤然坐下。

王小嵩抓起一支烟，可是没吸，将烟狠狠夹断，扔在桌上，对宫本发火道："如果你真比我了不起，你父亲就不会派我做全权代表！事实证明，你相当愚蠢！而且，好大喜功！连对你父亲委派的全权代表，都缺乏起码的信任度！"

宫本强词夺理："可你一直在说些暧昧的话！"

王小嵩说："别忘了我比你年长近二十岁，我是中国人！我比你了解吴先生那样的中国人，在这一点上，你的日本脑袋，并不见得就比一个中国人的脑袋大脑沟回多几圈儿！"

他也愤愤地走了。

谈判室里一时只剩下宫本和小高。

小高遗憾而略带同情地望着宫本，轻轻地摇了摇头说："他是对的。"

宫本抬起头："我……今天显得很可笑，是不是？"

小高说："你此时想的，居然还是你的形象和面子；而他，是准备牺牲他的形象和面子，竭尽全力来促成这项并不很容易促成的合作，可惜你今天有意无意地剥夺了他的几次发言权。"

她起身离开原地，坐到了宫本身旁。

宫本灰心丧气地说："你看，还有挽回的余地么？"

小高说："我很难判断，我们老板的个性是很强的。这曾使他成功，但有时也使他受挫。我们老板的心情，此时肯定和你是一样的。"

宫本默默拿起了杯子。小高起身替他往杯里加了些水，坐下后又说：“依我看来，成败并不主要在于双方的谈判风度和个性，而在于双方的现实利益，是否真的具备一加上一等于二的前提。在一进位制算术中一加一等于二；在二进位制中等于十，在逻辑代数中等于一，而在正负相加时，等于〇，也许，我们和你们，太局限于我们各自不同的现实困境，使谈判愿望都抽象化了。”

宫本敏感地问：“你怎么知道我们也面临着实际投不出资的现实困境呢？”

小高淡淡一笑：“那你又是怎么知道，我们房地产开发那一条长足，实际上已经麻痹了呢？”

宫本说：“或许，我们真的互相选错了合作伙伴？”

小高又淡淡一笑：“别想那么多了，谋事在人，成事在天，世界很大，我们双方的机会，不仅仅在这个谈判室里……走，我陪你去逛逛，一块儿吃饭吧。”

说着，两人站起来，一起走了出来。

六

走在路上，宫本说：“我现在感到很孤独。”

小高说：“内心里真正感到孤独的，其实不应该是你。”

宫本站住，疑惑地望着小高。

小高说：“是贵方那位全权代表先生，你能理解他今天中午一个人进餐的心情么？”

宫本说：“那，我们回宾馆去，陪他一起吃饭吧！”

小高摇摇头：“恐怕，他会觉得孤独比与人周旋地交谈还要好些。”

吴振庆一怒之下，回到总经理办公室。他一边背手踱步一边骂：“他妈的，和我们‘兴北’一样，也面临困境的一个公司，一来到我们中国，居然摆出老子天下第一的架势，而且分明是瞧不起我们，句句傲气凌人，以势压人。”

顾问跟在他身边：“那，我们也应该保持冷静，保持应有的谈判风度。”

吴振庆站住说：“可那小日本儿也欺人太甚了！”

顾问说：“但王小嵩的态度毕竟是中肯的。”

吴振庆吼道：“他？别提他！提他我更来气！他哪儿像一位全权代表？整个一个看人家脸色的催奔儿样儿，傀儡！”

顾问说：“我们连王小嵩对谈判怎么想的都不知道，就崩了，而且你最后对他的态度也很不友好。”

吴振庆说：“谁叫他煞有介事地要我当面儿向那小日本道歉！”

顾问说：“如果我是他，我当时也只有那样做。”

吴振庆说：“可他是中国人！”

顾问紧接着说：“可他是一家日本公司的代表啊！你离开后，我已经替你向宫本一雄郑重其事地道歉了。我看，你也应该姿态高一点儿，给王小嵩挂个电话，在电话里先说几句主动的话，毕竟你们从前那么好过。”

吴振庆不置可否地说：“我心里烦，先让我一个人待会儿。”

“那也好，胜败乃兵家常事，咱们把人家邀请来的，咱们起码要做到买卖不成仁义在。”顾问说着走出去。

吴振庆在他办公桌后的大转椅上坐了下去。

他打开抽屉，取出一瓶镇定之类的药吞服了两粒，将水杯放在桌上时，目光落在玻璃板下的一张纸上，纸上写着：

贺老大哥振庆荣任总经理，相聚书言以警策：

必得之事，不足赖也；必诺之言，不足信也……

郝梅

何妨得意，不可忘形……

韩德宝

能干就干，不能干就撤，甭硬撑着……

徐克

吴振庆心想：小嵩，小嵩，就是缺你当时给我的赠言。他将手放在了电话上，可是并未拿起，又缩了回来。

他又抓起了电话，拨号。

仰躺在床上的王小嵩抓起了电话：“喂，说话啊……”

王小嵩的声音：“喂，喂？”

吴振庆缓缓将电话放下了。

宫本回到宾馆。

他在自己房门前站住，并未立刻开门进去，犹豫了一下，去敲王小嵩房间的门。

里面无人应声。

宫本感到奇怪，就去问楼层服务员小姐：“小姐，请问，知不知道我隔壁那位先生到哪里去了？”

小姐问：“那位用日本名字登记的中国人么？”

宫本点点头。

小姐说：“他问我录像室在几层，也许看录像去了吧？”

宫本问：“是这样……什么片子？”

小姐说：“李小龙的片子。”

宫本又问：“痛打日本浪人的？”

小姐说：“今天放的，好像是跟美国人较量的。”

宫本找到录像室，人不多，屏幕上，李小龙已大打出手——不过，并非是和美国人较量的，还是痛打日本人……

宫本用目光寻找王小嵩，发现他后，走过去坐在他身旁。王小嵩盯着屏幕，没注意到他。

他握了一下王小嵩的手，王小嵩才扭头看到他。

宫本低声说："也许，我对你产生了一些误解，所以，才……"

王小嵩也低声回答："不必解释，我早已被人误解惯了。"

宫本也盯着屏幕："你觉得，三十万怎么样？我说的是人民币，是不是太少了点儿？"

王小嵩问："什么意思？"

宫本说："家父不是强调过么，谈判桌上达不到的目的，谈判桌下要继续进行。"

"收买？"王小嵩转过头看着宫本。

宫本说："也不能说是收买。是——为了达到目的所采用的不公开的特殊方式。目的是主要的，方式不过是技术性问题。"

王小嵩转过头去："那么，谁去进行呢？"

宫本说："当然应该是你，你不是曾说，你比我更了解吴先生那样的中国人么？以你们的相互关系而言，有些话更好当面讲透彻。"

王小嵩说："正因为我比你更了解他，所以我不合适。他今天只不过是对我们有些恼火，而当他鄙视我们的时候，我们的身份就不会是兴北公司的客人了。"

宫本说："如果他会因此而鄙视你，也必定会鄙视我。"

王小嵩说："那不一样，一个中国人对另一个中国人的鄙视，是会强烈于对任何一个外国人的鄙视的，这是中国人的普遍共性。"

宫本无奈地说："那……只好是我去了。"

他站起来时，王小嵩盯着屏幕又说："记住我的话，他喜欢开门见山，直来直去，而讨厌拐弯抹角，试试探探，技术性问题尤其要对'品牌'有起码的了解。”

晚上，吴振庆家住的街道，有三五行人往来而过。

一男一女在楼下停住——是宫本和小高。

小高指着一扇窗户说：“住三层，三○一。他的行踪我最有数，现在肯定在家。”又看了一眼手表，“平时七点钟是很难在他家里找到他的，今天是个例外。”

宫本有些担心：“他不会拒不见我吧？”

小高说：“我想，还不至于。你是主动来和他化解矛盾的嘛！别优柔寡断了。”

宫本说：“谢谢你亲自带我来，否则我，真是没足够的勇气……”

小高微微一笑，柔情地望着他。宫本忽然忘情地拥抱住她，欲吻她。一个男孩儿从楼内冲出，撞在宫本身上，使两人吃了一惊……

男孩儿不满地说：“亲嘴儿也不找个不挡道的地方！”

宫本只好放开小高，难为情地摸摸自己脑袋。

小高朝楼洞里轻轻推他：“快去吧！记住，千万别说是我带你来的。”

吴振庆家。

吴振庆又在喂鱼。葛红乜斜着他：“哎，你想往鱼缸里撒多少鱼食啊？要把这几条鱼也撑死啊？”吴振庆朝鱼缸里一瞧，水面上已起了一层鱼食。

葛红说：“你改改这毛病！以后心里有事的时候，别喂鱼，刷碗擦灰什么的行不行？”说着，将他从鱼缸旁推开，拿起小网往外捞鱼食。

这时响起敲门声。

吴振庆去开了门——他看见门外是宫本，意外地一愣。

宫本彬彬有礼地说：“吴先生，我未经邀请而登门打扰，希望不至于引起你的反感……”

吴振庆朗声而笑：“哪里哪里，欢迎之至！欢迎之至！快请进！”

他拉着宫本的手，将宫本引入客厅，向妻子介绍："这是前来我们公司洽谈的日本朋友宫本达夫先生，这是我夫人。"

葛红和宫本点头致礼。

吴振庆叫道："小朋！来认识认识这位日本叔叔！"

葛红说："他出去了。"

吴振庆说："这孩子！天黑了还往外跑！"

宾主落座后，葛红说："你们聊，我去写作了。"

宫本望着她离开后，问："夫人……是位作家？"

吴振庆哈哈一笑："就算……是吧。"

宫本又问："一定发表过不少作品了？"

吴振庆说："这个嘛，我也不知道她具体发表了多少作品。我每天很忙，几乎没时间读她写的东西。"

宫本说："吴先生，我想，开门见山地和您谈谈……"

吴振庆痛快地说："那好哇，我喜欢开门见山。"

宫本试探地问："吴先生，您作为一个大公司的总经理，月薪一定很可观吧？"

吴振庆说："还行，足够花，从我这个家，您也看得出来——我属于先富起来的那一部分中国人。"

宫本接着问："如果有一天，您这总经理当不成了呢？"

吴振庆挠挠腮帮子："这种可能性不是太大，您知道，我这个总经理不是国家任命的。只要我不把公司搞垮，或者自己不愿当了，大约我会一直是总经理。"谈话到此，两人的表情都变得庄重起来。

宫本进一步问："但是兴北公司是属于中国那类产权不十分明确的公司，对不对？"

吴振庆回答："对，很对。如果我没猜错的话，这一点，一定是您向贵公司的全权代表咨询后才明白的吧？"

宫本不置可否地一笑，又说：“吴先生，有没有这样的时候呢——公司的资产越积累越巨大，却不能直接改变您私人存折上的数字。您一方面是大老板，是资产的聚敛者；另一方面，实际上又不是资产的独一无二的拥有者，心理不平衡，甚至影响您创业的积极性……”

吴振庆心生警惕，但脸上的表情仍然很平静：“对，很对，确有这样的可能！”他请宫本吸烟，自己也吸，又说，“我这个人，不怕别人剖析我。但要剖析得准。剖析得准，我就服对方……哎，不对，从您今天谈判桌上那表现，您也没这水平啊！又是贵公司那位全权代表帮您剖析的吧？他怎么不和您一道儿来？生我气了？”

宫本不以为然，平心静气地说：“他没生您气，他身体有些不爽……”

吴振庆怀疑地望着宫本，心里愤愤地想：宫本一雄先生，我倒要看看你葫芦里究竟卖什么药。小嵩，小嵩，宫本健太郎那条老狐狸，想利用你达到他们崎丸公司的目的，我吴振庆就不会利用你了么？如果我们双方的利用目的都达到了，你倒是为我们双方立了一大功呢！

宫本继续说：“吴先生，如果，不但您的月薪是可观的，您私人存折上的数字也是更加可观的，那么，您这位先富起来的中国人就会高枕无忧了是不是？”

吴振庆连连点头：“是啊！”

宫本见谈得入港，说得越发起劲儿了：“您统率公司的热忱也就会更加高涨，是不是？”

吴振庆说：“是啊！”

宫本说：“在这一点上，敝公司极愿意成全您……”

吴振庆接口道：“前提是，我答应你们的谈判条件？”

宫本说：“那当然！五十万可以使您在合同书上签字么？”

吴振庆一脸正经地望着宫本。

宫本：“少了？”猜测着他的表情，“八十万呢？”

吴振庆挠腮帮子。

宫本干脆地说："要多少，您请明说吧！我们可以以日元的等值，代您存在全世界任何一家银行。日元目前坚挺，这您想必也是知道的！如果您更信赖美元或马克什么的，我们将按您的吩咐照办。"

吴振庆说："这，不等于是在收买我么？"

宫本点点头："您说得很正确。即使换一种说法，还是等于在收买您。我知道这有违商界的正派原则，但家祖父曾教导我——要成为一位成功的商人，仅仅是现实主义者是不够的，还必须是一个目的主义者！我相信事在人为……"

吴振庆默默站起来，走了几步，向宫本转过身，一脸严肃地说："宫本先生，您请站起来。"

宫本不知所以地站了起来，惊愕地望着吴振庆。

吴振庆低低地说："请走过来。"

宫本犹豫起来，不知道吴振庆葫芦里卖的什么药。

吴振庆说："这是在我的家里，我绝不会对您无礼的。"

宫本走到了他跟前，一副不成功便成仁的样子。

吴振庆问："您来收买我之前，一定经历了很矛盾的思想斗争吧？"

宫本说："是的。"

"可您，还是来了……"吴振庆将一只手拍在他肩上，"现在，我倒开始喜欢起您来了，我喜欢您的坦率，喜欢您那豁出去的精神。真的，收买别人，也是需要相当大的勇气的……"

宫本喜出望外地笑了。

吴振庆将手从他肩上放下，又说："但是，我不得不遗憾地使您明白，您所得到的，只能是失望。"

宫本脸上的笑渐渐敛去。

吴振庆有些激动地说："钱是好东西。我在侥幸加入了中国先富起来

吴振庆有些激动地说：『钱是好东西。我侥幸加入了中国先富起来的一部分人的行列……』

的一部分人的行列之后，更加认识到钱的作用。钱是唯一能满足人享乐的东西。某些有了钱的中国人，好比被时代倒提着双脚一下扔在了享乐的海绵堆上，那会使人感到很舒服。但享乐的海绵堆也是能吞没人的，所以，我尽量自觉地远离享乐。我的家搞成这样，那实在是需要显示出一点儿中国老板之家的样子，因为常在家里招待国外的商界伙伴儿。而我在本质上并不太欣赏奢侈。我是在穷困的家庭里长大的，是由一个指甲黑乎乎的苦力变成一个老板的，我的野心不是五十万八十万乃至几百万人民币所能满足的。它大得很，它和我们兴北公司的将来焊在一起了。您希望我拿我们公司的利益和您做交易，实际上，等于希望我卖自己的血，或者等于希望我卸下自己的一只胳膊、一条腿，向您预购健康一样，而且……”

宫本肃然地听着。

“我们中国有句话，叫‘要想人不知，除非己莫为’，我的公司里不乏有头脑的人，我和您做了这一笔交易，他们即使抓不到证据，但心里一想，也就明白其中奥秘了。而一旦被他们抓到了什么证明，那时，我也就不要再当什么总经理了。如您所说，这个公司的产权是不明确的。所以，我没有权力，也不敢冒天下之大不韪，和您做您希望做成的交易……请宫本先生谅解，也请您将我的话，转告令尊……”

宫本羞愧地一低头：“完全理解了。”

送走宫本，吴振庆又站在鱼缸前沉思。

葛红走到他身旁担心地说：“你们刚才的谈话我都听见了……你千万可别乱来啊！我们娘儿俩的一生，可仰仗着你哪！你要是哪天忽然被指控是一条大蛀虫……”

吴振庆心烦地说：“去去，用不着你三娘教子似的！”

葛红怏怏离开。

“王小嵩，王小嵩，想不到你……会给别人出这样的主意来对付我！”

吴振庆正想得出神，儿子从外面回到了家里，大声说："爸，我看到你们公司的小高阿姨了，在咱们家楼下。不过她没认出我。"

吴振庆很感意外："你没认错人？"

儿子说："绝对是她。后来楼里出来一个男人，他们一起走的。"

吴振庆突然发作起来："滚开！以后天黑了，再不许出去玩儿！"吼着，他抓起烟灰缸，砸在一幅画上。

玻璃碎了。他抓起了电话。

他要立刻和王小嵩见面。

第九章

一

松花江水滔滔地流着，江上笼罩着一层薄雾。兴北公司那辆高级轿车顺着江畔开来，在江堤阶口猛然刹住。

吴振庆首先下了车，独自迈下江堤。

王小嵩接着下了车，跟在他身后。

他们在台阶的底层站住，吴振庆倏地转向王小嵩："你那位宫本达夫先生到我家用金钱收买我，这件事你知道吧？"

工小嵩从容地回答："知道。"

吴振庆又问："是你给他出的主意，对不对？"

王小嵩摇摇头："不。这是宫本健太郎先生为了达到其目的，交代给我的使命的一部分……"

吴振庆一把揪住他的衣领："那么你这只吃日本食的狗，为什么不亲自到我家去进行收买？啊？！那不是更能证明你的忠心么？！"

王小嵩不说话。

吴振庆松开手，背过身去，双手叉腰，望着江面，愤慨地说："你居然好意思！我问你，是不是你对我们兴北公司的房地产经营状况进行过调查……"

王小嵩仍然非常从容："不错，是我……"

江风很大，吹起他们的头发，将吴振庆的西服吹得飘了起来。

吴振庆继续声讨："也是你，把我像一只蛤蟆一样剖析给宫本达夫看，为了使他收买成功，对不对？"

"我们已经分开十年了，我并不了解你如今变成了怎样的人。我只不过告诉他，你喜欢开门见山、直来直去……"

吴振庆喝道："狡辩！这些还不够么？你为什么要这样……"

王小嵩说："我对崎丸公司有这种义务，我欠宫本家族一份情……"

吴振庆猛地朝王小嵩转过身，一挥手臂，打断他："那么你对我呢？我们当年的友情、当年的义气，换来的就该是今天这些背地里的勾当么？！"

王小嵩真诚地看着他："那么你也要求吧，要求我怎样报答你？我会牢牢记住，会考虑你的要求的。"

"你！……你真是我当年的好兄弟！"

吴振庆几乎是在咬牙切齿地说了，并狠狠扇了王小嵩一记耳光。王小嵩瞪着他愣了许久……许久……

王小嵩将一只手插入西服内，抽出一个大信封，抛在地上，然后，转身走上江堤。

吴振庆捡起信封——抽出其中的东西一看，是兴北公司那份内部保密材料、情书和照片……

吴振庆猛地一愣，脑子里联想起小高的汇报，忽然恍然大悟，拿着信封，追上江堤。

吴振庆终于追上他，倒退着走在他前边："你娇气什么你，你成了半个日本人就了不得啦？一耳光的委屈就承受不了啦！你给老子站住！有些事不谈个一清二楚你休想走！"

王小嵩不得不站住了。

吴振庆说："我知道那些东西是你从什么人那儿得到的。你得到了究竟想干什么？必要的时候要挟我？那为什么又还给我？用不上了？”

王小嵩说：“要谈个一清二楚，咱们之间也得先扯平了再谈，否则这世界上没公理。”

吴振庆问：“怎么扯平？”

王小嵩也狠狠扇了吴振庆一耳光：“现在就算扯平了，还谈不谈？”

吴振庆点点头：“谈！”

王小嵩说：“要谈你自己对着松花江谈吧！我已经觉得，谈什么都没意思了！如果说我从前真的欠你什么，在这个信封里，我塞进了对你的报答……”

他转身独自离开。

吴振庆大声说道：“你要是走，我以后就再也不想见到你了！”

这句话起了作用，王小嵩站住了。

他回头看时，吴振庆已朝相反方向走去。

王小嵩望着吴振庆的背影，追去。

吴振庆走得很自信——仿佛脑后长着一双眼睛，看见王小嵩在跟着他。

吴振庆走到大堤台阶口那儿坐下了。

望着江水的吴振庆，感觉到王小嵩在他身旁坐下了，却瞧也不瞧地说：“我知道你会回来，乖乖地坐在这儿的……”

王小嵩掏出一支烟，却没摸到打火机，说：“火……”

吴振庆按着打火机，仍不看他，只将手伸向王小嵩。

王小嵩吸着烟后，也望着江水说：“我不回来又怎么样？”

吴振庆仍旧望着江水：“你走就走，那也没什么……时间很厉害……”

王小嵩回答：“什么意思？”

吴振庆感伤地说：“时间能抹平许多东西，能使曾海誓山盟过的情人再见时关系平淡，能使亲兄弟般的友爱变得似有似无，能使我们自己的心变得麻麻疤疤的，使我们自己常对自己感到惘然、沮丧……”

王小嵩沉默不语。

吴振庆问："如果我真被收买了，你会对我有何感想？"

王小嵩回答："我会替日本人庆幸，也会有一种轻松感。"

吴振庆又问："因为你自己不辱使命？"

王小嵩回答："是的。"

吴振庆终于扭过头来，看着王小嵩。

王小嵩仍望着江面。

吴振庆难过地说："想不到，你变得对什么事都如此漠然……刚见面我就多少感觉到了这一点，但我还是想说……今晚你回答我的一切话都使我……使我心寒……"

王小嵩说："你被不被收买，那是你自己的选择。我对我的行为，总要有个交代；你对你的行为，也总要有个责任。都是四十多岁的人了，都该自己对自己的行为有主见了。我想，宫本达夫，绝不是第一个想用金钱收买你的人，也不可能是最后一个——收买者一般是在火坑边上进行收买的，而不是在火坑里。掉进火坑的人常是自己跳下去的。我既不曾多么希望你被收买，也不曾为你千万别被收买而祈祷。我只不过冷静地期待接受一个事实……那就是十年后的今天，生活再还给我一个怎样的吴振庆……"

"你现在究竟认为我是怎样的？"

王小嵩看他一眼："我比以前更钦佩你了……老宫本先生本企图在谈判桌下达到目的的特殊方式，不是许多人都能立于不败之地的……"

"这只老狐狸！"

王小嵩觉得这样说有欠公道，就说："中国的狐狸现在也不少，这样达到目的的方式也是司空见惯的事了。老宫本先生精明，唯利是图，不择手段，如果因此而说他是狐狸，那么他有时又是一只非常富有人情味儿的狐狸，就像童话故事里那只叫列那的狐狸，尤其对他所器重和诚心诚意栽培的人，有时候好得几乎像一位有责任感的父亲，将他的一切狡猾、精明、谋事手段、成败经验和教训，都毫无保留地传授给你……"

两人就这样心情复杂地坐在江边，在风中抽着烟，开始了王小嵩回国以来他们之间的第一次，也可能是最后一次心碰心的谈话。

吴振庆问：“你尊敬他？”

王小嵩说：“我感激他的知遇之恩。”

吴振庆说：“你从他那儿学到了不少。”

王小嵩纠正说：“应该说他想使我学到很多。”

吴振庆说：“这有什么区别？”

王小嵩把烟丢到江中：“一切事情，只有人觉得有区别的时候，才有区别——该我问你些什么了——当大老板的自我感觉好么？”

吴振庆说：“我时常觉得，一根联系自己和某种旧东西的韧性很强的脐带是断了。我原是很习惯从那旧东西吸收什么的。尽管它使我贫血，使我营养不良。而它如今什么也不再输给我了。它本身稀释了，淡化了，像冰接近了火，溶成一汪水一样，脐带一断，婴儿落在接生婆血淋淋的双手中，我却感到，自己那一根脐带，不是被剪断的，是被扭扯断的，是被拽断的，是打了个死结之后被磨断的。而我已不是婴儿，是一个男人，一个长成了男人的当代婴儿，一个自由落体。可我还不善于吸收和消化现实提供给我们的种种新品牌的‘代乳品’。我的牙齿习惯于咬碎一切坚硬的东西，而新的‘代乳品’是软的，稠糊糊的，胶似的，粘牙。有时候还令我恶心，使我反胃……可我却必须习惯。因为我必须再重新成长一次……不错，在别人眼里，我是大老板，但我常觉得，我是站在一只手掌上而已。我显得高，是因为那只手掌托着。我们都曾见过，大人们那样子把婴儿举在手掌上，托着他们的小脚……”

王小嵩说：“对时代而言，我们永远都没成熟……我坐得身上有点儿凉了，起来走走吧。”

于是他们站起，逆流而行。

吴振庆说：“如果你待的日子多些，你就会了解到，有那么多人怨我、恨我、诅咒我。我们公司的牌子几次被摘了，不知去向，我们公司的车几次被砸过。那么多人盼着，有一天，以什么正当的理由，发动一场类似‘文革’的运动，将我打翻在地，再踏上他们的脚，使我永世不得翻身……”

王小嵩说：“想不到你得罪了这么多人……”

吴振庆苦笑着说：“我得罪得最多的，是当年的哥们儿。我东山再起的时候，一呼百应，那么多那么多的人，响应在我吴振庆麾下。如今，我将他们一批一批开了。想跟我享荣华富贵的，没享受上，恨我。想当副经理、部门头头的，没当上，恨我。可我这儿是公司，不是巴黎圣母院，不是济贫院。和大学生研究生们比起来，你说我究竟要谁？开谁？如今的小字辈儿，后生可畏。一比，我们这一代的劣势就比出来了。经验可以在两三年内掌握，但知识结构能么？有时我扪心自问，我吴振庆是不是太冷酷无情了？为了使自己良心安稳一点儿，我从公司拨出一笔款，每年救济我们那一代中的困难户。没有人知道是谁救济了他们，他们感谢那个救济他们的人，但由此更加怨我、恨我、骂我、诅咒我。我想这也好——感激和诅咒，统统在我自己这儿抵消了吧！何必将秘密泄露给社会，使自己在公众心目中变成一个二花脸——一半红脸，一半白脸，那不更令人评说了么……”

“别这么悲观，”王小嵩安慰道，“也别这么伤感。生活原本就是这样的。没有一种人生不是残缺不全的。任何人也休想抓住一个符合自己愿望的完整的人生句号。我们只能抓毁它，抓到手一段大弧或小弧，那是句号的残骸。人的生命在胚胎时期更像一个逗号，所以生命的形式便是一个逗号……”

吴振庆感慨地点点头：“是啊，生活有时候就像一个大的振荡器。它白天发动，夜晚停止。人像沙砾，在它震荡的时候，随之跳跃，互相摩擦，在互相摩擦中遍体鳞伤，在它停止的时候随着停止。只有停止下来才真正感到疲惫，甚至晕眩，感到迷惑，感到颓丧。而它又震荡起来的时候，又随之跳跃……”

王小嵩说：“我还是那句话，生活原本就是这样的。”他们一路说着，向汽车走去。

两人坐进车里，继续着他们的谈话。隔膜已经消除，他们都觉得有好多话想告诉对方。

吴振庆说：“有时，我倒真羡慕徐克，也许，做一个息爷并不赖。责任感是一种可怕的东西。而我现在背负起了对一个大公司的责任。它压得我常常想躺倒、趴下……”

王小嵩说：“你不会那样的。你希望世人对你跷大拇指，公众说你的时候，承认你是个了不起的男人……”

吴振庆不禁抓起了他的一只手，握着，热切地说：“小嵩，你回来吧！我需要你！需要你帮助……”

王小嵩说：“这不是我现在所能决定的——而且……”

吴振庆：“而且什么？”

王小嵩说：“你刚才比喻过，我们这两颗沙砾，最好别在一个振荡器上互相碰撞。我身上已经伤痕累累，但没有你造成的。你也是，但没有我造成的。我们都明智地保持这种难得的关系吧！”

吴振庆缓缓地放开了王小嵩的手。他内疚地说：“你身上……有我造成的……一想到你和……”

王小嵩赶紧打断他：“别提她。当年我们都是孩子，你是出于善良。”

吴振庆说：“不，我想说这件事！我真傻，后来你结婚了，可我还没结婚。既然我和张萌成不了，既然我总得和一个女人结婚，郝梅也总得和一个男人结婚，我干吗非要充当她的什么老大哥，而不变成她的丈夫啊！有一天我忽然明白了，急匆匆兴冲冲地就去找她说……她低下头半天没抬起，后来就找出一样东西给我看……”

“什么？”注意听着的王小嵩问。

吴振庆苦笑：“结婚证书，她和别人，也就是现在的丈夫的结婚证书……我充老大哥，别人则打了个穿插，短平快……”

王小嵩也不禁笑了：“你说，我这次是否应该和她见上一面？”

吴振庆说："这，也得看看她的意思……"

王小嵩说："你试探试探吧……我买了一本她的小说集，我发现她的小说大多数是以删节号结束的。不能为过去打上一个句号，她就不会发现，今天有许多更值得一写的现实生活。我想，我们的见面，无论对我还是对她，都是互相希望的。这一种希望一旦实现，彼此今后的生活，都将心安理得。"

吴振庆答应下来："好，我安排，可你什么时候走？"

王小嵩说："我和宫本达夫已经订了后天的机票……"

吴振庆说："我们双方不再谈一次了？"

王小嵩摇摇头："没有必要了。对兴北和崎丸，这都是一次注定了不可能成功的谈判。全世界每天都在进行各方面的谈判，学者统计，成功率不到四分之一。谈判这一词的英文含意，还包含有面对现实的注脚……"

吴振庆："那，也应该争取多住些日子……你回来一次不容易。"

王小嵩说："我何尝不愿意呢，但我得尽早给老宫本一个交代……"

"那，我明天就张罗一次聚会，为你饯行……"

吴振庆发动汽车，开走了。

二

第二天的晚上，在吴振庆家里举行了一次晚宴。

一个小房间里——吴振庆的儿子、韩德宝的女儿、郝梅的儿子，三个孩子围着一张小圆桌聚餐……

吴振庆的儿子，俨然老大哥似的提议："来，为了我们之间的友情，干！"——他们把盛着冷饮的杯子碰在一起。

与此同时，还有九只啤酒杯也碰在一起。

吴氏夫妇、韩氏夫妇、郝氏夫妇，加上徐克、张萌、王小嵩共九人，围坐于一张大圆桌周围。

他们都各自喝光了自己杯中的酒……

郝梅喝得慢了点儿——在她喝到半杯的时候，坐在她身旁的老潘爱护地小声说：“一口气儿喝不完别强喝，对你，吴大哥允许例外……”说着替她喝光剩下的半杯。

韩德宝妻子对韩德宝发出赞扬的啧啧声，并说：“你瞧人家这当丈夫的，多心疼老婆啊！你说你什么时候对我这样过啊？”

徐克对老潘说：“哎哎哎，老潘，别来这个啊！郝梅有没有酒量，我们比你心中有数！”

老潘有些窘。

张萌对吴振庆说：“我也是女的，干吗你在女同胞中还实行不平等政策？”

韩德宝蔫蔫地又往郝梅杯里加了半杯酒。

吴振庆说：“看，看，小嵩说大家都变了。可我觉得都没变——往一块儿凑，都原形毕露啦！”

王小嵩说：“我保持中立——因为我都忘了，郝梅究竟有多大酒量了……”

郝梅笑笑，主动拿起酒瓶，将自己杯中酒加得满满的，先朝张萌举举，后朝王小嵩举举，一饮而尽。

吴振庆竖起了大拇指：“我们郝梅就是争气，多喝了半杯！”

葛红问他：“没醉吧？”

吴振庆：“没有啊！”

葛红说：“那人家老潘坐在这儿，郝梅怎么成了你们的了？你们是谁啊？”

“嫂子问得好！”张萌立刻响应。

吴振庆说：“夫人，别醋心嘛！”

葛红说：“我倒不醋。可你得考虑人家老潘醋不醋哇！老潘，你醋不醋啊？”

老潘厚厚道道地说：“不醋。”

徐克接问一句：“真不醋假不醋？”

老潘相当认真地说："真不醋。"

"可是你自己说的啊！"徐克趁郝梅不备，在郝梅脸上很响地亲了一下，"还醋不醋？还不醋的话，德宝、小嵩、振庆，都学我，接着来！"

老潘急得大叫："醋！醋！我醋行了吧！"

众人齐声大笑。

郝梅看了老潘一眼，也笑了。

王小嵩替他们夫妇感到幸福，矜持地望着他们微笑。

徐克起身给众人倒酒，郝梅趁机挪开了他的椅子——他往下一坐，摔了个仰八叉……

众人又大笑起来。

王小嵩也忍俊不禁地笑了。

徐克起身后，看着王小嵩说："你说得对，都变了。连郝梅这么老实的人，都变坏了……"

王小嵩说："别从我这儿找根据，谁让你先向人家挑衅的？"

徐克口无遮拦地说："嚯，嚯，二十多年了，关键时刻，还偏向啊！"

一句话说得王小嵩颇不自在。郝梅正望着王小嵩的目光垂下了。

徐克自知失言，弥补地说："来来来，都吃菜呀！走的时候总得给嫂子留下评语嘛！"

吴振庆朝老潘暗暗使了个眼色。

老潘领会地举杯站起："小嵩，他们几个，我都很熟了。只你是第一次见面，不过以前常听他们提到你，也常听郝梅提到你——我敬你一杯。祝你万事如意！"

郝梅轻轻扯了他一下，他低下头——郝梅在手掌上写字给他看。

老潘点点头，又补充道："郝梅还让我代表她，祝大娘身体健康，长命百岁！"

老潘说完，一饮而尽。

王小嵩举杯站起，很受感动地说："郝梅，老潘，我……也代表我老母亲，谢谢你们的真诚祝愿……我……我想起了在大学的时候，男同学之间互相传抄的一首诗：比金子更可贵的／是珠宝／比珠宝更可贵的／是钻石／比钻石更可贵的／是一位好妻子！比一位好妻子更可贵的／在这个世界上，还从不曾有过……"

葛红带头鼓掌，众人随之鼓掌。

葛红说："知道我为什么带头鼓掌不？因为今天我才恍然大悟，男人结婚之前，为什么对我们女人那么好……"

众人都望向她，静听下文……

葛红继续阐释她的发现："结婚之前，男人看电影为女人买票，乘车为女人占座，进屋为女人开门，在饭店吃饭为女人埋单，写情书供女人解闷儿，表演'海誓山誓'的连续剧为女人提供观赏，一句话，关注与女人相关的一切事，胜过我们女人自己，因为他们想得到最可贵的……"

徐克怪腔怪调地："不见得吧？据我所知，振庆当年对您就不是这样啊……"

"你这家伙！"葛红拧了徐克耳朵一个，嗔怒似的说，"给我好好听着！"

张萌接上来："嫂子，我替你说吧！可结了婚以后呢——男人都想使我们成为烹饪名家——'那一天在外边吃的一道菜色香味儿俱全，你也得学着做做！'还锻炼我们的生活能力——'怎么连电视机插头也不会修？怎么连保险丝也不会接？怎么连路也不记得？怎么……'还善于培养我们的各种美德，控制我们花钱教我们'节俭'；用'结了婚的女人还臭美什么'，教我们'朴素'；用纠缠别的女人教我们习惯'容忍'；用'别臭美了'这句话教我们学会'谦虚'，结果我们女人什么都学会了，成了臭男人的优秀女仆……"

"好！说得比我还一针见血！"葛红喝彩道。

韩德宝说："怎么？声讨男人啊？我抗议！我的实际遭遇刚好相反……"

韩妻急了："什么什么？再说一遍……"

吴振庆诲人不倦地说："德宝，你永远不要跟女人较真儿！骆驼有时候气冲斗牛，突然发狂，阿拉伯主人就脱下自己的上衣扔给它们，让它们去咬，去践踏，等它把气出完，它便跟主人和好如初，又温温顺顺的了。这个经验值得咱们学习……"

葛红一下子站了起来："老吴，你竟敢把我们女人比作骆驼！姐妹们，是可忍，孰不可忍！该不该罚他们每个男人三大杯？"

王小嵩说："嫂子，我可始终保持着中立啊！"

葛红说："那可不管！你骨子里还是站在男人一边的！郝梅，给你那口子也倒上酒！立场问题是大是大非问题，嫂子对你进行考验的时候到了！"

郝梅笑着给丈夫杯里倒满酒。

韩妻给韩德宝杯里倒满酒趁乱对他悄声耳语："是水，拿出点儿男子汉的样儿……"

张萌给吴振庆倒酒。

葛红给王小嵩倒酒："放开点儿量，图的是热闹嘛，回不去就住在这儿……"

男人们纷纷举杯，起身齐唱："喝了咱的酒，上下通气不咳嗽，喝了咱的酒，一人敢走青杀口，喝了咱的酒，见了皇帝不磕头，一四七，三六九，九九归一跟我走！"

男人们唱完，在女人们的掌声中落座……

葛红站起："诸位兵团战友以及战友的男女家属同志们！"

徐克一指老潘："你是郝梅的家属啊！明白不？"

老潘说："我也是兵团的嘛，不过是内蒙兵团的而已……"

"别他娘的打岔！"葛红指吴振庆，"我们这口子，认识的人有一个团。可论到知心哥们儿姐们儿，也就是你们几位了。我知道他总念念不忘你们，总说找机会请大伙儿来聚一聚，可他忙。你们也忙。今天小嵩给咱们创造了这个机会，嫂子高兴，趁着酒劲儿，撒一把欢儿，给诸位表演个节目助兴……"

众人鼓掌……

吴振庆说：“你别出洋相了！”

“你管呢？”葛红说着离开座位，又说，“是本人当年在连队宣传队表演过的保留节目……嗯，嗯——”清了清嗓音，唱起了河南梆子：

那边厢，急匆匆，走来了，人一个。

（白）——谁呀？

却是那，姓弗拉，基米尔，的列宁同志。

瓦西里，眼望见，迎将上去……

（白）——列宁同志，有什么吩咐

那列宁，站住了，他就言道，这一包香烟我不要……

徐克：“什么烟？”

葛红说：“三五的。列宁才不抽帝国主义的烟呢！”

徐克：“给我，我抽！”

“给你？美得你！”

葛红接着唱：“契卡的工作很辛劳，请马上送给，捷尔任斯基……”

她亦庄亦谐，又唱又舞，再加上徐克的插科打诨，将众人逗得前仰后合……

韩德宝的女儿抱着小狗走过来：“阿姨，您看，他俩把贝贝给染了！”

那只白色的小狗变得七彩斑斓的……

葛红：“哎呀，我的妈呀，这不成花大姐了么！……”

众人又笑成一团。

饭后是合影留念。照完相，王小嵩跟老潘握过手后，对众人说：“你们继续玩儿吧，我和徐克还有件事要办，先走一步。”

王小嵩和徐克来到一个不大不小的舞厅。

台上——那个被徐克和宫本救过的格鲁吉亚姑娘正在演唱苏联流行歌曲……茶座听客中，有一人是太阳岛冷饮部的小老板，他淫荡的目光望着台上。忽然，两只手同时按在他左右肩上。他左边朝上仰头一看，是王小嵩，右边朝上仰头一看，是徐克……

他想站起，被两只手牢牢抓住，动不得。

他忐忑不安地说："那笔钱在公安局，我一张都没来得及花……"

王小嵩说："不光是为钱来的，我还要你记住，从现在开始，你那张臭嘴里，不许再说出'吴振庆'三个字……"

他讷讷地："行、行……"

"如果你记性不好，你会后悔的……"

徐克说："我也要你记住一点，那姑娘是我介绍到这儿来的，以后不许你他妈的出现在这儿！"

由于没有灯光，再加上歌声、乐声响，王小嵩和徐克又是压着声音说的，所以他们并未引起别人的注意。

徐克说完，将塑料袋儿里的东西，往小老板头上一倒，还用塑料袋垫着手，揉了揉。王小嵩说："五分钟内，不许离开。不然，在门口打断你的腿！"

王小嵩说完，和徐克从容离去。

台上的格鲁吉亚姑娘仍在唱歌。

台下，听客中出现一阵微小的骚动："什么味儿呀？"

"怎么像臭豆腐味儿？"

坐小老板附近的听客起身离开他。

小老板呆坐不动——臭豆腐汤儿从他头上往下流……

三

翌日，在兴北公司，总经理办公室，吴振庆正失落地看几张图样——“条形码收款机产品”说明书、销售宣传计划、预购单……他将它们一张张撕碎，扔进纸篓里。

小高轻轻推开门，走到他的办公桌前，模样期期艾艾的，似乎要说什么难以启齿的事，而又没有足够的勇气。

吴振庆抬起头：“有话就说，装出这副样子干什么？”

小高小声说：“不是装的，是有点怕你……”

吴振庆说：“怕我？你什么时候真怕过我？我是专制魔王？”

小高说：“那倒不是……老板，我……我想……”

吴振庆有点着急：“说呀！我就讨厌吞吞吐吐的！”

小高说：“我想辞职。”

“跳槽？谁他妈的挖墙脚，居然挖到我兴北公司门槛里来了？”

小高期期艾艾地解释道：“不是别人想挖走我……是我自己……想换个活法……”

吴振庆火了：“换到哪去？！给你的工资高到多少？你说出来，我也给你加到那个数！别人用得起你，我也留得起你！”

小高说：“不是钱不钱的问题，我要到日本去……我决心已定，任何情况也不会使我改变了……”

吴振庆愣愣地盯着他，许久才说：“我明白了……难怪你会把宫本达夫送到我家门口去……”

他的语气，他的表情，看似平静，然而他的目光告诉小高，他内心其实受到了很大挫伤……

小高生怕他误会，急急地辩解：“老板，在这次谈判中，我一直要求自己细心完成您交给我的工作，绝没有做一件哪怕是很小的对不起公司或您的事情……”

吴振庆说：“不要解释，我同意。从现在起，你可以随便到任何你想跟别人去的地方！”

小高说：“老板，我知道您不愿放我走……”

吴振庆拍了下桌子打断了她：“胡说！”又克制地，“对不起，你已经不是本公司的雇员了，我没资格对你发火，请原谅，请离开吧，我要办公了……”

他不再理她，一会儿站起，一会儿坐下，放下这个，拿起那个，似乎真要办公，其实心烦透顶，并不知道自己究竟要做什么，只是一些没有意义的机械的动作而已。

他不再看小高一眼。

小高低着头，摆弄着手指，不走。

他突然喊道：“走！走哇！难道还等着我笑脸相送吗？”

小高默默转身，缓缓朝外走去……

吴振庆吼道：“你给我站住！”

小高站住。

吴振庆：“过来……”

小高转过身——她已满眼是泪，默默地缓缓地又走到了他的办公桌前……

吴振庆在一张便笺上唰唰写了几行字，仍梗着脖子扭着头，并不看她：“拿去，到会计室开结到年底的工资！”

小高说：“不，我不需要……”

吴振庆叫道：“叫你拿去你就拿去！怎么，人还没到日本，就瞧不起人民币啦？你老爸老妈还在中国，还需要花人民币！”

小高拿起了那便笺：“老板，我知道，您格外器重我……”

吴振庆又是一声断喝：“胡说！别自作多情，以为我舍不得放你走！中国就是不缺中国人！”

小高忽然隔着桌子，伸出双臂揽住他脖子，在他脸上亲了一口，抹着眼泪跑出了办公室……

吴振庆将身子往椅背一靠，头朝后一仰，用两根食指揉自己两边的太阳穴……忽然，他想起了什么，他抓起了电话：“小张，我是老板，近期筹备个欢送会，欢送小高去日本……别打听这么多，由她自己去！还有，提醒她……下午她也应该到机场去送送我们的朋友，就说我希望她去……”

在机场验票口，吴振庆、小高等为王小嵩和宫本达夫送行。

吴振庆和宫本握手……

他和王小嵩握手之后互相拥抱了一下，王小嵩趁机将一封信塞在他兜里，悄声说：“回去再看……”

王小嵩和宫本进入了验票口。

王小嵩的弟弟妹妹一左一右扶着母亲，和小高向王小嵩和宫本挥手……

在他们身后，吴振庆、徐克、韩德宝、张萌和郝梅也在挥手，他们显然是与王小嵩告别。

回家的路上，吴振庆坐在车里，掏出王小嵩临行前塞给他的信，飞快地读了一遍：“停！”

车靠路边停住……

吴振庆命令道：“掉头，往回开！”

车停在机场附近的一条路。

吴振庆下了车，朝机场跑去。

飞机从他头顶上飞过。

吴振庆仰望着……

王小嵩的声音犹如在他耳畔：

“振庆，这两天里，我已电话同美SP公司联系过，他们对与兴北公司合作开发条形码收款机项目极感兴趣，地址我抄得很清楚，望你亲自去美国一趟，他们表示欢迎并急切盼望你去……至于我，在国外经历了许多，心里完全明白，即使我拥有全世界各个国家的国籍，起了一打外国名字，死在国外、埋在国外，外国人还会指着我的坟墓说——这里葬着一个中国人，这叫人的物质不灭。我是会回来的，但不是现在，而是当我能为我们中国多做一些有益的事情的时候……"

吴振庆从兜里掏出墨镜戴上，继续仰望着。

飞机消失在蓝天……

吴振庆的脸——墨镜后面，淌下了一行泪水。

四

徐克盘腿坐在自家的地毯上，正一张张往相册内插照片——全是他和朋友们昨天在吴振庆家照的。

他一边插一边吹口哨。

门铃响了起来。

架子上的鹦鹉叫道："来客了，开门去！来客了，开门去！"

徐克问："谁？"

门外无人应声。

徐克说声："讨厌！"继续插照片。

鹦鹉也说声"讨厌！"

门铃声又响。

鹦鹉叫："来客了，开门去！来客了，开门去！"

徐克不得不起身去开门，见门外是小李，二话不说，将他从门前推开，欲关上门。小李却像只黄鼠狼似的，死皮赖脸地挤进了门。

徐克板着脸，冷言冷语地说："你他妈怎么说话不算话啊？不是保证过要自觉从我眼前消失吗？”

小李说：“大哥，现在不是我在你眼前消失不消失的问题了，而是你在我眼前消失不消失的问题！”小李一边说，一边大摇大摆地进了客厅。

徐克说：“你小子别不要脸地在这儿犯贫，趁早给老子滚。否则别怪我不客气！”

小李大模大样地往沙发上一坐：“大哥，说话别那么难听，你满脸晦气，天庭如有乌云笼罩，分明是大祸即将临头，自己尚且全然不知，我好心好意前来为您排忧解难，你却往外撵我，是何道理？”

徐克说：“刚跟公园里冒牌的相士学了几句，就跑这儿来练舌头是不是？三个数以内就给老子滚！一、二……”

小李换上一副正经的样子：“大哥，我不跟你开玩笑，你杀了人啦！”

徐克火了：“你到底滚不滚？”

小李说：“大哥，那小子死啦！”

徐克见他很认真，很郑重，愣了一愣，不禁问：“哪小子？和我有什么相干？”

小李：“就是我陪你去买房子那天晚上……现在事情已经传遍全市，街谈巷议啊！我也是刚刚听说，立刻就来给你报个信儿……”

“他……他怎么死的？”

小李一笑：“大哥，别装糊涂了。不是死在你手里，难道还会是死在别人手里么？”

徐克自语道：“难怪，我那天回到家里，衣服上全是血……”

他双腿一软，跌坐在沙发上。

小李从茶几上抄起他的烟，优哉游哉地吸了起来，一边对他察言观色。

徐克还在喃喃自语：“我……我真的杀了人？”

小李说：“那还有假么？不过，大哥你也别紧张。天知、地知、你知、我知——只要我不说出去，除了咱俩，鬼都不知道！”

徐克忐忑不安地看他……

小李："大哥，我可不是那种出卖朋友的小人。只要大哥你肯用钱堵住我的嘴……"

徐克："……"

小李："大哥，我不敲你。五万，怎么样？知情不举，我担着风险呢，五万不能算多吧？"

徐克说："你……你让我想想……"

小李："你想，你想，慢慢想，好好想，我有足够的耐心等你……大哥，现如今有点儿经济基础的人，都不吸洋烟了，洋烟掉价了，人家都改吸正宗云烟了……"

徐克像尊佛似的，一动不动坐在那儿，目滞神呆……

小李："打'奔驰'的，泡外国'蜜'，吸红塔山，喝威士忌，穿名牌装，得艾滋病，大哥，进入了这种档次，才算是真正脱贫了吧……"

徐克缓缓起身，收起相册和照片，穿上西服。

小李："大哥，想好了？"

徐克："嗯……"

小李："给现金？还是赐一个存折？"

徐克一声不吭，打开柜门，拿出整整一条烟，夹在腋下。

小李："我等在这儿，还是和你一块儿去银行？"

徐克："我去公安局自首……"

小李一下子蹦起来："自首？哎哎哎，大哥，你这又是何苦呢？"

徐克一把攥住他腕子："我是见义勇为、合理自卫！你得跟我去作证！"

小李一反往日的卑躬："作证？哎哟！作证也得给钱！"

徐克狠狠地说："我给你一大耳刮子！"

小李："不给？不给你完蛋去？孙子去作证！"

鹦鹉也学着叫起来："完蛋去，完蛋去。孙子才作证。"

门铃声又响起来。

徐克放开了小李，两人对视。

鹦鹉："来客了，开门去，来客了，开门去。"

徐克指着小李："你小子要是昧着良心血口喷人，我饶不了你！"

他心中有"鬼"地去开门。

小李骂道："哼，他妈的守财奴！狗咬吕洞宾，不识好人心！"

徐克开了门——门外站的是下层楼那老太太。

徐克说："大娘，我正要出门，有事儿以后再说行不行？"

老太太固执地说："大娘只耽误你几分钟。"

徐克无奈，只好让她进来。"哟，有客啊？"她见小李在客厅时，又从客厅退了出来，在门厅低声问徐克，"大娘前几天跟你说的那事儿，你究竟考虑得怎么样了？"

徐克心不在焉地说："什么事啊大娘？"

老太太不满地说："你怎么忘了呢！你二姐和你的事儿呗！她那头儿等着你的回话儿呢！"

徐克说："噢，噢，这个嘛……我还没考虑好呢。"

"这还需要考虑多长时间啊？你二姐还让我转给你一封信呢！我看，以后也别我老从中替你们传话儿了，你们之间各有什么考虑，各有什么条件，你们自己约个会。在我那儿、在你这儿都行，当面儿一谈就近乎了嘛。"

小李从客厅里踱了出来，故作严肃地说："老太太，快走吧！拉纤儿说媒也不选个吉利日子，我们还有正事儿要谈呢！"

老太太不解："今儿怎么了？今儿有什么不吉利的？我们这儿谈的就不是正事了？"她一边说，一边从兜里掏出信，要塞给徐克。

徐克拒绝地往后退了一步："大娘，大娘别这样儿，我没考虑好，这信我不能收下。"

小李将老太太往旁边一扯："你啰唆什么你！实话告诉你！他杀了人！

监狱的大门正等着为他打开呢！地包区那起人命案听说没有？那人就是他杀的！”

老太太瞅瞅小李，瞅瞅徐克：“真的？”

徐克狠狠地瞪了小李一眼：“真的大娘……我……我抱歉得很……”

老太太瞧着他愣了半天寻思过味儿来：“那，算我没说，算我没说，你干脆将这事儿忘了吧！徐克，徐克，你小子可差一点坑人不浅啊！”

老太太一转身走了。

小李得意地说：“怎么样？吓跑了吧？关键时刻，还不是得我帮你解围么？我想了想，自首也好。你坦白，我作证，我也不必担着份儿知情不举的风险了。作证只是义气，你就象征性地付我点儿义气费吧，三万怎么样？”

徐克一脚将他踢倒在地，打开门，拖死狗似的，将他拖了出去，又一脚，几乎将他踢得滚下楼梯……

小李爬起，恼羞成怒：“姓徐的，我不给你作证，你跳进黄河也洗不清！”

徐克砰地关上了门——他回到客厅，坐在沙发上狠劲儿吸烟。

门外小李在叫嚷：“左邻右舍听着啦！姓徐的小子杀人啦！地包区那起人命案他就是杀人不眨眼的凶手！”

徐克捂住了耳朵……

徐克拎着鹦鹉离开家，一级级走下楼梯——他在三层老太太家门口驻足，犹豫着，最终还是敲了门。

老太太开了门，愣了愣，低声说：“我再说一遍，你和你二姐那事儿，就当我没提过。听大娘的，法网恢恢，逃可不是回事儿，赶快去自首吧啊？”

徐克说：“我没想逃，我是要去自首的。大娘，这鹦鹉，拜托您，给收养了吧！”

老太怕粘什么包似的：“这……这我可没养过，养不好哇。再说，你也不知道自己什么时候才能回来，万一我哪天忘了喂它，给饿死了……”

鹦鹉在一边儿学徐克说话：“收养了吧，收养了吧……”

老太太又说:“你这只鹦鹉嘴太贫了,没教养的东西,你还是拜托别人吧。”

徐克失望地转身离开了。

老太太望着他消失的背影，自言自语：“谁知你真是去自首，还是打算畏罪潜逃哇？”

徐克拎着鹦鹉走在街上，来到韩德宝家门时，敲门。

韩妻开了门：“你呀？怎么还把鹦鹉拎来啊？”她将徐克让进了屋，韩德宝正在往一旅行袋里放衣物。

徐克问：“要出差？”

韩德宝一边放东西一边答：“嗯，不是快‘十一’了么，我那片有几个服劳改的，代表他们家属去看看他们。”

徐克一见地上还有两个大旅行袋，都塞得鼓鼓的，又问：“都是他们家属托你给他们带的吧？”

韩德宝点点头：“嗯。”

徐克：“拿得了么？”

韩德宝说：“没问题，忘了咱们下乡的时候探家啦，哪一次不是大包小包的？”

徐克感叹着：“还是有个家好哇。”

鹦鹉立刻跟上“有家好，有家好”。韩妻笑。

韩德宝这才看见那鹦鹉，十分好奇:“咦，我还没发现你把它拎来了……你是不是也打算出门啊？”

徐克说：“是啊，可能还是出趟远门儿。”

韩妻走进来，在围裙上擦着湿手说：“你呀，我看你并不需要家，更不需要老婆，你就跟这只贫嘴呱舌的鹦鹉结婚得啦！”

韩德宝的女儿也拿着铅笔从另一小屋出来，用铅笔逗弄鹦鹉，喜欢地看着徐克：“它真漂亮！徐叔叔，让我养几天吧？”

徐克感叹着：『还是有个家好哇。』鹦鹉立刻跟上『有家好，有家好』。

“叔叔拎来，就是要让你替叔叔养着的，可千万别亏待了它啊？”徐克自言自语，“再也没有比人不公平的了。一只鹦鹉，要是不会说话么，那一定被认为是一只蠢鹦鹉。像我养这一只，太会说了，又是贫嘴呱舌。”

韩妻笑道：“别那么护着它，我们小心替你养着就是了！”

韩德宝装好旅行袋，坐下，问：“去哪儿？”

徐克漫不经心地说：“还没想好去哪儿，反正是烦闷了，打算到个风景好的地方去散散心。”

韩妻说：“看人家，活得多潇洒！像你，操心受累的命！”

徐克装作无意地问：“哎，听说地包区那儿，出了桩人命案？”

韩德宝点点头：“嗯。究竟是情杀，是仇杀，还没什么线索，反正是他杀无疑了。”

韩妻说：“你们聊，我洗衣机里还转着衣服哪。”说着，她转身离开了。

韩德宝女儿也将鹦鹉拎到小屋去了。

徐克问：“你说，他要是个歹徒，正在作案，比如拦路抢劫什么的，别人见义勇为，失手将他杀了，会怎么样？”

韩德宝说：“那，要具体情况具体分析了。我在局里的时候，参与处理过这么一桩案子——两人打架，一个挥着棒子去打另一个，有个见义勇为的，从旁一铁锨，将那个挥着棒子的打死了，结果自己也被判了三年徒刑。如今的法律是越来越细了，好人由于正义冲动被判刑，也不是什么新鲜事儿，你问这个干吗？”

徐克笑：“好奇呗，增加点儿法律常识。”

韩德宝说：“小嵩临走，把美元给我了，我叫你把我那些人民币给小嵩的母亲，你给了没有？”

徐克说：“给了。”

韩德宝感叹地说：“算下来，一比五还不到，我占了他一千元的便宜。”

“唉，他一走，我一时还觉得心里空落落的。人家忙，咱们挑理！人家一时犯难，咱们怄气，到走，他也不解释……这一走，不知哪一天还能见着……”徐克说着，有些伤感。

韩德宝点点头：“是啊……我看他为人处世一点儿没变，还是从前那样，能容忍……”

徐克看看表，起身道：“我得走了，再不走，你又该嫌我屁股沉了。小嵩如果有信来，你回信时替我带好儿。”

韩德宝问：“你就不能自己给他写信啊？”

“我那笔字儿，他总笑话。再说，我不是要出门了么。你别送，明天还得上路，早点儿休息吧，这条烟你路上带着吧。”

徐克从西服内掏出那条烟放下，立刻走了。

徐克缓缓地走在街上了。

他在一个小商亭又买了两条烟，用塑料袋儿拎着离开。

他徘徊在人行道，望着马路对面。

马路对面是公安局，红灯在夜里很醒目。

终于他跨过马路，朝公安局走去。

他在公安局的高台阶下驻足，趑趄不前，坐在最低一层台阶吸烟……

良久，他将烟扔掉，踏上台阶。

他上到最上一层台阶时转过身，望着繁华的夜景和远处闪烁的霓虹灯，又猛一转身进入了公安局。

五

当时代从压抑的岁月里挣扎出来，它挣扎的痕迹便留在了一代人身上。就大多数人而言，我们这一代已是太定型的一代人，我们从本质上改变自己的可能性已经很小。而时代维护住自己从前形象的可能性也已经很小。时代的烙印像种在我们身上的牛痘，我们像时代种在它自己身上的牛痘。时代剜不掉我们，我们甩不开时代。本质上难变的我们，与各方面迅速转变着的时代之间，将弥漫开怎样的云翳呢？时代之所以延续痕迹，乃由于只能在一代人的内心里结束。而历史告诉我们，这个过程比葡萄晒成干儿的过程要长得多……在这个宁寂的夜晚，我仿佛看到——时代和时代的转折之间，夹扁了那么多活的标本，是我的同龄人们的身躯。他们不是吴振庆那样的大老板，不是王小嵩那样的外国人的白领雇员，不是徐克那样的活得优哉游哉的息爷，不是张萌那样的潇洒的女独身主义者，甚至也不像韩德宝那样的希望以自我完成的好人形象来默默地中介这个社会的冲突的人。他们好比鱼儿，被时代的潮汐冲置在沙滩上，开翕着腮口，喘息着，折腾着落下一沙滩鳞片……"被耽误了的一代人"这句老生常谈，今天细细想来，竟是那么令人怆然！他们将会像我曾非常熟悉的某些同龄人的父母辈一样，为了他们的儿女，重新背负起我们共和国的种种债务么？……我要到生活中去，我要去寻找他们，我的笔，应该属于他们……

——这是郝梅的《当代人赋》开头。

窗外，天色已亮。

老潘醒了，发现身旁被子是空的，十分奇怪。

他起床，穿好衣服，轻轻走到了外间——桌上，台灯还亮着，稿子已用回形针别好，寄出的信封也已写好。

郝梅蜷在沙发上，枕着手臂，一只手里还拿着笔，正睡着。

他体贴地望着她。

他从里间抱出被子和枕头，将枕头放在她头下，将被子给她盖上——她居然没醒。

他蹲下，端详着她的睡态，情不自禁地轻吻她的脸。

她仍未醒……

他进了里间，悄声叫醒儿子："儿子，儿子该起床了……"

儿子醒后，他将手指压在自己唇上，发出"嘘"声："别出声儿，妈妈昨天夜里又写了一夜，咱俩不心疼她，就没有人心疼她了……"

儿子漱口，洗脸——举动轻轻的。

老潘在做早饭——举动也轻轻的。

父子二人吃饭。

老潘说："妈妈昨天嘱咐你的话，记住了么？"

儿子点头。

老潘又说："妈妈要去深入生活，又有点儿放心不下咱俩，怕把家里弄得一团糟。咱俩要以实际行动支持她，使她对咱俩放心，是不？"

儿子点头。

老潘说："每天中午，我会抽空儿回家给你做午饭。"

儿子说："爸，其实你会比我想妈妈的，是不？"

老潘默认地笑了。

吃过饭，送儿子上了学，老潘才轻轻叫醒郝梅。待郝梅也吃毕早饭，老潘拎上前一天就已收拾好的简单的行李，送郝梅到公共汽车站。

郝梅见车站只有他们二人，欲亲丈夫一下。

老潘连忙四下里看看："别，大马路边儿上，老夫老妻的，让人看见多笑话……"

公共汽车开来，郝梅趁丈夫递给她手提包之际，还是搂住丈夫的脖子，亲了他一下，登上了汽车。

公共汽车开走。

老潘目送着公共汽车，心里想：其实幸福是那么简单，许多人想了一辈子都没想明白，寻找了一辈子都没找到……

六

电视机开着——在播中央台《经济半小时》节目。

张萌在给单位打电话："替我向经理请个假，我最多休息两三天，胃病好点儿就上班……哪儿来什么男朋友，老了，明日黄花了。高不成低不就的，自暴自弃……"笑，"得了，别开玩笑了……谢谢，上班见……"

她放下电话，服药，然后坐在沙发上看电视。

她按遥控器换了一个台——"下面是本市《午间新闻》节目——本市个体商业，近来迅猛发展，据不完全统计，截至本月……"

她走入洗漱间刷牙洗脸，电视机开始播社会新闻："数日前发生在地包区的凶杀案，线索有了新的突破——一个自称徐克的男人，昨晚到公安局自首，声称死者系他所杀……"

张萌一怔，带着满脸香皂沫离开洗漱间，侧耳聆听。

播音仍在继续："徐克无正当职业，是本市'息爷'行列中的一员，他自称见义勇为、正当防卫误伤人命，却无证人可举，也说不清被他所救的女性，究竟是哪一单位哪一行业中人……"

张萌不禁走向沙发，坐下听。

电视上出现了徐克受审的情形——审讯者严肃地问他什么，他一会儿点头，一会儿摇头，一种又着急又解释不清的样子。

皂沫"杀"了张萌的眼睛，她捂着眼睛跑入了洗漱室……

等她急急地洗去脸上的皂沫，拿着毛巾一边擦脸一边出来，本市《午间新闻》已经播完，变成了别的节目。

张萌拿起遥控器不停地按，可再也看不到刚才的画面了。

她将电视关上了，可手中仍拿着遥控器发愣。"奇怪，难道是同名同姓？难道我看花眼了？"

她扔掉毛巾，翻出通讯本儿，查找徐克的电话，拨电话。

电话无人接听。

张萌决定亲自去徐克家一趟。

张萌飞快地蹬着自行车行驶在马路上。

张萌在徐克家楼前下车，锁了车，转身就往楼里跑。自行车倒了，她回头看了一眼，顾不上扶，消失在楼道里。

她气喘吁吁地在徐克家门前驻足，敲门，使劲拍门，喊：“徐克！徐克你在家吗？我是张萌啊！”

房间里无人应声。

她缓缓地走下楼来。

下一层楼的老太太从自家门内探出头：“找上边那屋姓徐的小子？”

张萌着急地问：“大娘，您知道他哪去了么？”

老太太说：“姑娘，再别来找他了，他犯事了，人命关天的大事啦！在公安局哪，刚才《午间新闻》都广播了，还编什么见义勇为的瞎话儿！我可了解他，整日游手好闲的，让人看着就是早晚有一天会杀人的德行！姑娘，找对象儿可要当心点儿，别只盯着有钱的，我这可是金玉良言啊！”

张萌不待她说完，转身奔下楼去。

张萌从徐家出来，骑车直奔吴振庆的办公室。

坐在大办公桌后的吴振庆，很花哨地在一份什么打印材料上签下了自己的名字，放入文件夹，然后双肘撑在桌上，十指交叉，研究地瞧着站在他办公桌前的张萌：“站着干什么？坐啊！”

张萌坐到沙发上，期待地瞧着他，也不无研究的意味。

吴振庆问：“你刚才说了些什么？”

张萌有些不高兴：“你什么都没往耳朵里进？我说徐克上电视了！我在《午间新闻》节目中看到他了！”

“学雷锋做好事，还是捐款赞助哪方面？”听得出来，吴振庆分明在揶揄……

张萌说："他杀人了！现在已在公安局！我清清楚楚从电视里看到他了，不相信自己的眼睛，蹬上自行车到他家去了一趟，从他邻居那儿证实了这一点！"

听得出来，张萌对吴振庆的心不在焉很是不满。

吴振庆仍是不以为然："张萌，你活得寂寞了，找个男人陪你跳跳舞，谈谈恋爱吧。或者，向你老板请一段长假，到哪儿旅游一次。我当然是很乐意在你感到百无聊赖的时候陪陪你的。可是我如今没精力了，也没那种浪漫情调了，真的。再说，你嫂子那种富于想象力的女人，知道了会吃醋的，真的。她的脾气你又不是不了解，她吃起醋来，你我都是担待不起的……"

张萌霍地从沙发上立起："你他妈的够了！我告诉你徐克的事，你跟我扯你老婆干什么？"

吴振庆也嚷起来："可你他妈的怎么能叫我相信你不是在开玩笑？他前天还和咱们在一起，在我家里聚会来着！他昨天上午还和咱们一块儿去机场送王小嵩来着！"

张萌急得嗓子都快冒烟了："我……我骗你干什么？！我活得再寂寞，也不至于无聊到上你这儿寻开心的地步！编这个瞎话有什么开心的！"

吴振庆这才引起重视："真的？"

张萌说："我骗你我是……我是……你他妈的到底相不相信？！你不相信我这就走！不在你这儿浪费时间！"

"别走！我相信！"

吴振庆站了起来，一时发愣，忽然一指张萌："你说他现在在公安局里，是不？"

张萌说："对！"

吴振庆又一指张萌："你说他杀了一个人？是不？"

张萌："对！"

吴振庆抓起电话，目光仍盯着张萌，拨号："市局吧？请转姚副局长的办公室……姚副局长，我是兴北的老吴，我打听一下，是有个叫徐克的人，与地包区那桩人命案有牵涉，昨天晚上到市局去自首了么？……供认不讳？嗯，嗯，没什么……是我公司里一名员工的表哥……请看我的面子，千万关照一声，他性格不太好，冲撞了哪位，别跟他一般见识……"

他缓缓放下电话，呆立片刻，徐徐坐下。

张萌看着他："真相信了？"

吴振庆怔瞪着她，无言……

张萌说："新闻里说，他自述是见义勇为、正当防卫……"

吴振庆说："他自述……他自述不过是自述，他提供的一个旁证，人家说根本就没和他在一起！到现在还没有一个女人给公安局打电话，承认自己是被他救的！"

张萌盯着他问："那么你肯定地认为，他是出于什么罪恶目的杀人了？"

吴振庆说："我肯定不肯定有什么用？我早就劝他到我公司来，他在我眼皮底下，我也好经常调教调教他。可他不来！我也劝过他开个什么小店，总算有个营生干，他不听！说当息爷的感觉最好！一年才聚会一两次，凑一块儿也是互相包涵着，碍着情面谁也不往深里说谁！如今究竟骨子里变成了个什么人，你我有几分把握可以肯定……"

张萌冲动地说："可是我敢肯定他绝不会出于什么罪恶的目的杀人！敢肯定他骨子里和从前的他没什么两样！一个敏感的女人的直觉是可靠的！"

吴振庆不屑地说："别跟我扯什么女人的直觉，在法律面前女人的直觉算什么东西！"

张萌火了："你！我急急忙忙来告诉你，你反倒……"

吴振庆不耐烦地说："你来告诉我干什么？谁叫你来告诉我的？！我已经定好了机票，明天要去美国你知道不知道？"

张萌喊了起来："我不知道！韩德宝出差了你知道不知道！郝梅去深入

生活了你知道不知道！我不来告诉你去告诉谁？难道我从电视里听到了，看到了，却应该毫无反应，根本不当一回事儿？”

吴振庆拍了一下桌子：“告诉我又有什么用？他是未满十八周岁的失足少年？！我是他家长？！谁交代给我的这种责任？！我要对他负责到什么时候？二〇〇〇年？二〇二〇年？有个头儿没有？老子够了！老子烦了！老子管不了那么多了！法律是我制定的么？我所能做到的，我刚才在电话里已经关照过了！还要我做什么？我还能做什么……”

张萌反而显得冷静了：“你推迟到美国去。我们得在他最需要我们关心他的时候，起码让他知道我们确实都在关心他，何况我们俩对他这件事的看法有区别……”

吴振庆又拍了一下桌子，猛地一站：“滚！我不需要任何人来教导我！”

张萌站了起来，更加冷静地：“我明白了，原来所谓友情也会成为一个人的负担，也会使人厌倦，使人嫌弃，谢谢你使我明白了这一点，打扰了……”

她一转身走了。

吴振庆呆愣了瞬间，喊：“小高！”

一个姓张的职员应声而现：“老板，小高已经不上班了……”

吴振庆说：“那么是你！去把刚刚离开的那位女士请回来！”

小张问：“如果……她不愿意回来呢？”

吴振庆说：“把她拖回来！拽回来！抱回来！扛回来！总之要把她弄回来！快去！”

小张无信心地匆匆离去。

吴振庆用拳头连连擂桌子，咬牙切齿：“妈的！”

在兴北公司门外，小张拦住了张萌：“我们老板请你回去。”

张萌怒气冲冲地说：“请我回去？我和他已经没什么好谈的了。”

小张说：“如果您不回去，我们老板让我把您拖回去，拽回去……”

张萌一瞪眼：“你敢！”她朝自己的自行车走去……

小张跟随着："您不回去，我不知道对他怎么说……"

张萌："那是你的事。他是你的老板，不是我的……"

吴振庆站在办公室窗前，看见张萌抹了下眼泪，骑上车走了。

片刻，小张进来回话："老板，她说……和你已经没什么好谈的了……"

吴振庆说："活该！……把我那张去美国的机票退了吧！"

张萌在说服一位女记者，请求着，最后几乎是强行将对方从办公室扯走……

她们蹬着自行车出现在马路上……

在警员的监视下：记者陪着张萌坐在徐克对面……

为了解真相，张萌找到一位晚报女记者，请求对方，最后几乎是强迫对方跟张萌一起去调查这件可能构成的冤案。她们想办法见了徐克一面……

二人几经周折，查到了被救姑娘的住址以及电话。

调查完这一切，张萌又来到吴振庆的办公室，她有些饿，找到一盒方便面，坐在吴振庆的大转椅上，吃起来……

吴振庆从外面回来了。

他们互相看了一眼，都没说什么。

吴振庆也从柜里找出一盒方便面，冲好，坐在沙发上吃起来……

张萌吃完，掏出手绢擦擦手，像吴振庆往常一样，双肘横放在桌上，十指交叉，研究地瞧着吴振庆。

吴振庆吃完，将纸盒投入纸篓，看着张萌问："坐在我的位置上，吃着我的方便面，仿佛你是这儿的主人，我是不受欢迎的客人似的瞪着我，你也太压迫人了！那是高级方便面，一盒三元五！"

张萌从钱包里用两根指头夹出十元钱，朝桌角一拍。

接着，她打开吴振庆的抽屉，找出一盒烟，按着吴振庆桌上的工艺型打火机，深深地吸了一口，往椅背上一靠，并将椅子一转，背对吴振庆。

吴振庆摇头一笑："方便面算我请你了，把打的的票据也拍在桌上吧！"

张萌回过头来："我打得起'的'，就花得起钱，不劳你给我报销！"

吴振庆讨好似的："给我个将功补过的表现机会嘛。"

张萌缓缓将椅子转向了他。

吴振庆说："我也去看过他了……你的判断是对的。公安局也初步接受了他的自述。那个姓李的小痞子，最后也不得不作了证。但毕竟没有亲眼目睹当时的情形,所以证言只有参考价值。关键是要找到被他救的那个姑娘……"

张萌说："是个三流歌星，经常出入咖啡厅卖唱。"

吴振庆很惊讶："噢？你行啊！存心要抢办案人员的功啊？"

张萌说："我想让徐克早出来一天是一天。尽管你们他妈的从小就一块儿欺负我！"

吴振庆笑笑："别记仇。奇怪，那姑娘怎么不到公安局去作证啊？"

张萌说："兴许没看电视……"

吴振庆说："那，报纸也出来了，公安局的人说报上也登了，希望那姑娘尽快到公安局去作证……"

张萌又猜："兴许人家根本不看报，或者，到外地'走穴'去了。"

吴振庆问："你还了解那姑娘些什么？"

张萌说："家庭住址，电话号码，全在上边儿……"她递给他一张字条。

吴振庆接过看后，抓起了电话："不管究竟是不是她，总之值得与公安局通个气儿。"

徐克走入审讯室，见他那晚救的姑娘坐在椅子上。

审讯员说："好吧，你们当面对质一下吧。"

徐克说："是她！我就是为了救她！"

姑娘冷冷地："你认错人了吧？"

徐克肯定地说："我怎么会认错人呢！你当时身上就是这个挎包儿，我还怕你的钱包被抢去了，没钱打的，把我的鳄鱼皮钱包给了你。”

姑娘冷笑道：“越说越荒唐可笑！”

徐克很惊讶：“你……你不能这样啊！”

姑娘火了：“你说我应该怎样？承认自己被歹徒劫持？向全社会承认自己差点被强奸？甘心情愿给各种小报增添花边儿新闻？没发生在我身上的事儿能承认么？岂有此理！”

她将目光转向了审讯员：“我郑重提出抗议！我是有私人律师的！这是有损我人格的！我的人格形象就是我艺术生命的保障！”

徐克目瞪口呆……

女审讯员看着这一切，耐心地说：“姑娘，作证是我们每一个公民的法律义务，你可得诚实啊！”

姑娘口气很硬：“我打小就诚实得很！”

审讯员说：“请把你的挎包交过来……”

姑娘很不满：“干什么？”

审讯员严厉地说：“交过来！”姑娘怯怯地将挎包交过去。

徐克忽然大笑，笑罢，噙着泪说：“你别费心了，是我认错人了。我没救过她……我……我他妈的只不过救了一个鬼魂……”

审讯员从挎包里翻出一个鳄鱼皮钱包，问徐克：“这是不是你的？”

姑娘抢先叫起来：“那怎么会是他的？！那是我男朋友从广州给我买的。真鳄鱼皮的，他买得起么？”

徐克酸楚地笑着：“她说得对，那怎么会是我的？我哪买得起？那一定是她男朋友给她买的无疑了！”

审讯员对徐克的态度很不满意：“听着，这不仅是你对自己负不负责的问题，也是对法律、对司法人员的态度问题……”

姑娘不屑地哼了一声，这时，门外传入声音——“放开我！让我进去！我非进去不可！”

审讯员、徐克、那姑娘都朝室门望去。

公安人员进入，急走到审讯员身旁，附耳悄说了几句。审讯员说：“让她进来。”

那公安人员开了门，进来的是小俊。

小俊一见徐克就激动地大叫：“是我被他救了！是我被歹徒劫持了！是我被歹徒强奸了！是我！就是我！大哥你说是我啊！”

小俊哭了。

“怎么样？真的假不了，假的真不了，还是他自己认错人了吧？……没我什么事儿，我不奉陪了！”那姑娘从审讯桌上扯去自己的挎包，并将那鳄鱼皮钱包也装了进去，打算心安理得地离开。

审讯员厉喝：“站住！”又对那个公安人员说，“她涉嫌本案，先给我收容起来！”

姑娘急了，叫道：“哎哎哎，你们讲理不讲理？我要给我的律师打电话！”

公安人员将她不客气地推了出去。

徐克对小俊摇了摇头：“你何苦呢？你这不是更搅得说不清扯不明了么？”

审讯员瞪着小俊：“是啊，你这不是更搅得说不清道不明了么？哭什么？说要枪毙他了么？说要他把牢底坐穿了么？回去买点儿好吃的好烟给他送来……”——望着徐克又说，“我们心里已经基本有数了。委屈你再多坐几天，免收你的床板费，公平吧！也不是每个人都能受到这种待遇的！”

小俊破涕为笑，但那笑转瞬即逝，跺了下脚，恨恨地又说：“大哥，我受骗了！他们原先让我演女一号，后来又让我演壁橱里的女尸……再后来，我才发现，那摄像机不过是个空壳子！有天早晨我一起来，他们连账都没结，全溜了！”

徐克急切地：“只被骗了钱，没受其他——什么人身损失吧？”

小俊领会地说：“那倒没有，我处处防着哪！”

徐克放心地笑了。

审讯员说："这社会，真精彩，真来劲儿！"

数日后，在公安局同志的努力之下，徐克见义勇为的事迹被证实，他被公安局释放。

三辆小车并排停在公安局门前。

一辆吴振庆的老板车，两辆出租车。

一位公安干部陪同徐克出现在台阶上——与徐克握手。

徐克走下台阶，三辆车的门几乎同时打开，下来的是吴振庆、张萌、小俊。他们都微笑地望着徐克，徐克也微笑地望着他们，一时犹豫着，不知该走向哪一辆车。他的犹豫使小俊有些生气，她示威似的转过了身。徐克的手搭在她肩上，她回眸自得地笑了。徐克像位检阅士兵的将军似的，举起手臂，朝左右两边的吴振庆和张萌示意一下，搂着小俊的肩钻入车内。

车开走……

吴振庆和张萌对望——张萌耸耸肩……

吴振庆说："你看，这小子连句感激的话都没有，你说咱俩是何苦的呢？"

张萌说："你是应该的，我才是何苦的呢！"说着她欲钻进车……

吴振庆叫："哎！"张萌回头看他，吴振庆说，"我说他那些话，你可别告诉他！"

张萌一笑："你请求得晚了点儿，我来看他那天就如实地告诉他了！"——看得出，她成心气他。

张萌坐的出租车也开走了。

吴振庆低头看手——手里一沓出租车票据。

他嘟哝："好人全她做了，我却要给她报销车票……"

小俊和徐克坐的出租汽车里。

小俊展开一张报纸："死者已验明正身，是一越狱逃犯，徐克见义勇为的事迹，将受到有关方面嘉奖！奖金据悉一万元之巨。大哥，你要是一个月有这么一次机会，收入也行啊！”

徐克说：“一万元不算‘之巨’啊！喝果茶中奖还好几万哪！”

两个人各用一只手，抻着报纸，挡住了他们的脸。

报纸上醒目的黑体字——歹徒行凶自食恶果，歌女获救善无善报——司机说：“给二位制造点儿气氛，来段曲子吧？”

小俊学四川口音的声音：“要得！”

于是车内响起了歌声——《爱，要怎么说》。

爱上了什么样的我
你应该知道
当你流泪的时候恨不恨我
爱上了什么样的我
你应该想过
当我离去的时候不要难过……

司机打趣他们：“一次普通的热吻大约消耗九个卡路里，亲三百八十五次嘴儿可以减肥半公斤，二位可都不算胖，悠着点儿，别下车的时候都变成迎风倒啦！”

出租车在歌声中驶上立交桥。

七

徐克决定和小俊结婚。韩德宝做司仪，另外还请了张萌、老潘等。仪式虽然俭朴，但不失庄重。

徐克上下簇新，皮鞋锃亮，领带色彩鲜艳，西服没扣上扣子，内穿西服坎肩——他瞧了一眼手表，嘟哝：“小子，怎么还不来？”

门铃响了。

他离开客厅，欲去开门——厨房里已抢先闪出老潘，腰间系着围裙，手里攥着菜刀，替他开了门。

走入的是韩德宝。

老潘说：“就差你了，徐克都等着急了。”

徐克责问他：“你还来啊？这都几点了！”

韩德宝说：“答应了你的事，赴汤蹈火也得来啊。最多晚一小时呗！”

他一边换拖鞋，一边将鹦鹉笼子递向徐克：“物归原主，难怪人不愿代你养，嘴太贫了。三教九流的话，什么都说！再不还给你，我女儿都跟它学贫了！”

徐克接过后问：“小玲舍得啊？”

韩德宝说：“舍不得也得还！哪能由她，玩物丧志，耽误学习。我没上过大学，还指望女儿将来给我争气哪。”

他说着，进入客厅，剥了瓣橘子放进嘴里。

张萌推着小俊从卧室走入客厅：“看看吧，新娘子漂亮不漂亮？”

徐克说：“嗯，还行……”

张萌眼睛瞪起来：“什么叫‘还行’啊？我花了半个多小时的时间，又是给她化妆，又是给她改发型的，就落这么一句评语啊？”

小俊说：“别听他的！我自己觉得更漂亮了就成！”

徐克说：“你怎么听不明白呢？我说还行，那意思就是——强调的是你的基础条件好，施工的技术成就是次要的……”

小俊嗔道：“我打你！”

韩德宝招呼道：“小俊，还没叫我呢！忘了我是谁了吧？”

小俊含羞地一笑：“韩大哥呗！我哪敢忘啊，你今天还要给我们主持婚礼哪！”

韩德宝说：“没忘就好，我要吸烟。”徐克赶紧抓起烟盒。

韩德宝挡住了他的胳膊：“轮不到你，不懂规矩！”

徐克只好将烟盒交给小俊，自己退后一步。

小俊毕恭毕敬地说：“韩大哥，您请吸烟……”接着按打火机，替他燃烟……

鹦鹉在旁说：“德行！”四人都笑了起来。

“别这么没礼貌。哪儿都插一嘴！”徐克将鹦鹉拎到阳台上去了。

张萌瞧着徐克说：“别动，一根白头发……”——她替他拽下来，又有所发现，“还有一根……呀，不少哪，你头发染过吧？”

徐克看了小俊一眼，违心地承认：“就染一次，好久了……”

张萌说：“难怪黑白分明的！得，不是一根两根的，我也爱莫能助了……”

小俊笑道：“敢情我嫁了一个老头儿！”

韩德宝指着徐克说：“假冒伪劣，露馅了吧。”

老潘拿着一个切过了几刀的“心儿里美”萝卜走入，一瓣一瓣分给大家：“这萝卜脆极了！”

众人吃萝卜。

徐克说：“人多矫情啊！咱们小的时候，见着馒头，吃不到口就直淌哈喇子！现在呢，人们要花比细粮还贵的高价去买粗粮，蔬菜不凭票了，敞开卖了，又都喜欢吃野菜了。香蕉、苹果、橘子、梨，摆在眼前，不吃，萝卜倒都接着。”

小俊说：“是不是每一代人，都要对下一代人忆苦思甜啊？”

张萌说：“差不多吧，这是人类的遗传。”

老潘说：“不承认不行，下一代的生活，就是普遍比我们幸福嘛！”

韩德宝说：“是啊，就像我们的父辈对我们忆苦思甜一样，我们也开始整天对我们的下一代唠叨我们受过的那点儿时代的委屈了，好像唠叨唠叨，心里才能平衡一点儿似的。这证明了太多的什么，主要证明——我们确确实实都快老了。”

小俊说：“将来我俩有了孩子，我就不许他整天对我们的孩子唠叨这些。干吗？嫉妒咋的？”

韩德宝望望她，望望徐克，认真地问：“你俩，没代沟吧？”

“就是有那玩意儿，他也得主动填平，跨到我身边儿来！”小俊看着徐克，“是不孩子他爸？”

张萌拍了小俊的背一下，笑道：“你叫得也太超前了！”

小俊说：“步子要快一点嘛！没见他头发都白了？”

高压锅喷气声。老潘抽身而去。

韩德宝问：“哎，那个……那个……那小家伙呢？”

徐克说：“我拎到阳台上去了，省得它贫起来没完。”

韩德宝看着小俊说：“我说的不是鹦鹉……上次，我不还见你领着个……”

小俊含羞而笑：“那是剧组的孩子，我演他妈，他演我儿子，我叫他儿子，他叫我妈，叫得都顺口了，又不让我演他妈了，让我演壁橱里的一具女尸了……”

徐克说：“还有脸说呢，记着，以后也不许做什么明星梦！老婆当好了，也能出名！”

韩德宝也笑了：“那，关于你那位当什么导演的丈夫，也是剧情中的事儿吧？”

小俊不好意思起来。

老潘在厨房叫：“张萌，来帮把手儿……”

张萌站起来，走到厨房。

韩德宝瞅着徐克：“怎么样？我没判断错吧？”——瞅着小俊又说，“在你离开那段日子，他还有另一手儿打算哪！这得感谢公安部门。要不是他很快就进去了，今天这新娘，八成就是别人啦！”

徐克笑了。

小俊说："哼，我那也是考验考验他，丢给他个机会，没想到他还真有这份福气！"饭菜摆上了桌，小俊叫着，"诸位，都请就座吧！"

在徐克父母的房间，五个人围桌而坐。

徐克父母的遗像，从墙上望着他们。

韩德宝说："给我找件别的衣服换上，穿着警服主持婚礼不大对劲儿，好像他们二位是被改造好似的。"

徐克刚欲起身，老潘按住了他，从椅背上取下自己的工作服递给韩德宝："换上我的吧！"

韩德宝换衣服的时候，徐克对张萌说："不贴喜字，不放鞭炮，不张张扬扬的，都是替楼下考虑，那老太太替她二女儿可后悔死了！咱做事，不能往人家眼里滴眼药是不？"

小俊说："就你考虑得周到，显得偷偷摸摸的，好像几位地下工作者的秘密聚会似的！"

张萌说："他考虑得也对，楼上楼下地住着，低头不见抬头见的，尽量别让人家心里醋得慌……"

小俊说："那我说到饭店去办，他也不同意，办不起呀？"

徐克说："你看你，我不是跟你说过了么！我的名字一见报，那也是新闻人物啦！一些个记者正愁没什么正经事儿可写呢。捕风捉影的，又给你来一篇花边儿。咱们又不想扬名四海，只求平平静静地过小日子，不需要他们报道。"

一直在拌凉菜、倒啤酒的老潘表示同意："对，对，还是这样好！德宝你说是不？"

韩德宝瞅着徐克，表扬似的："看不出，看不出，你还真变得懂事儿了。我为什么预先就嘱咐，把桌子摆在这小屋呢？因为在这儿等于和两位老人在一起。”——他扭头望墙上的遗像，“是两位好老人啊！人好，命不好。对咱们的父母辈，咱们都欠得太多。有的还有机会尽点儿孝心，有的连尽孝心的机会也没有了。咱们不能在另一个屋里说说笑笑，把两位老人家冷清在这儿。现在，几位都请站起来。”

大家肃然站起。

“徐克、小俊，你俩站到老人像前来。”韩德宝严肃地说。

二人离开桌子，站到了像前。

韩德宝站在他们身旁，望着遗像：“大爷、大娘，今天，我替徐克兄弟和小俊主持婚礼。这是你们早就盼着的一天了。其实我了解，他对他个人的这件终身大事，也是暗暗着过急的。只不过他想找个他称心的，现在他找到了。你们二老，在九泉之下该替他高兴了。一会儿我们如果多喝了两盅，在你们二老面前放肆了，你们就念在今天是个高兴的日子，多多地原谅我们做晚辈的吧！徐克、小俊，给两位老人鞠躬吧。”

徐克说：“不，我得给我老爸老妈磕头。”

他跪下就磕起头来。

小俊犹豫了一下，也跪下磕起头来……

他们磕完头站起来后，小俊问：“大哥，我能对两位老人家说句心里话么？”

韩德宝点点头。

小俊说：“妈，我虽然没见过你的面，可常听徐克说，您早早地就瘫痪了，他又早早地就下乡了，等他返城，您已经不在了。可他对您，是怀着一颗孝心的。我小俊正是冲他这一点，认准他是个好人……大爷，对您呢，我什么多余的话也不说了，我小俊会用实际行动证明，我能是一个好妻子，能是一个好媳妇，能是一个好母亲，我们一定向您二老保证，抚养和教育咱们的第三代，让孩子考上大学，还当博士。”

徐克向小俊投去满意的一瞥。

韩德宝做了个手势，大家重新就座。

韩德宝说："这么着，咱们吃着喝着，该说该笑，我心里就安生了。要不，我这个主持人，心里怪不安生。来，为新娘新郎一辈子过得和和美美，白头到老，干！"

于是大家碰杯。

老潘说："这是我的手艺。这是张萌的拿手好菜——她自己说的啊，好不好，大家吃了才知道！"——一边说，一边往客人碗里夹。

徐克连说："好吃，好吃。"

小俊问："张姐，这菜怎么叫哇？"

张萌说："龙井三鲜，你要诚心学的话，我就诚心收你这个徒弟，哪天来教你！"韩德宝说："小俊，你郝梅姐到大庆体验生活去了。你振庆大哥呢，现在在美国，小嵩大哥在日本，我们几个，也代表他们，今天将徐克移交给你。你今天也算当面验收了。这叫货一出手，概不负责，今后他变成怎样个人，那就看你调教得如何了。"

小俊斜视徐克："听见没有？叫我要好好调教你！"

张萌："我们可不实行三包啊！"

大家皆笑。

桌上菜已减少——添了水果拼盘。

徐克在唱："我们年轻人，有颗火热心……"——他将一杯啤酒传给身旁的张萌。

张萌接过杯子："心中的太阳，暖又暖……"杯又传给身旁的韩德宝。

韩德宝："暖……暖……不上来。"

众人叫："喝！喝！"

张萌说："其实我本想唱——新盖的房，雪白的墙，屋里挂着毛主席的像……"

韩德宝说："那你为什么不唱？我不就可以接——向前向前向前，我们的队伍向太阳了么？”

张萌说：“就是成心让你接不上来么！”

韩德宝把酒一饮而尽，又倒满一杯，唱道：“妹妹你大胆地往前走……”——将酒杯传给老潘。

老潘唱：“走上这高高的兴安岭……”又将杯传给小俊。

小俊：“岭……”也“岭”不上来了。

老潘说：“看在你是新娘的分上，我垫你一句——我望南方……”

小俊绞尽脑汁地翻起眼睛：“方……”

老潘说：“也太难为你了。那就再垫你几句——山下是茫茫的草原，那是我可爱的家乡……”

小俊获救似的唱了起来：“乡亲们啊，乡亲们……”

徐克挠腮帮子……想不出“们”该接什么。

小俊赶紧接着唱：“黄家逼债，打死我爹爹！”

徐克唱：“天大地大……”

众人大叫：“喝！喝！”

小俊瞪他一眼：“真笨！你倒是接爹亲娘亲啊！”

徐克说：“想是那么想的，可舌头一打弯儿……”

夜深了，韩德宝等陆续离去。

徐克夫妻二人躺在床上，悄言悄语地谈心。

小俊说：“你不在乎我以前和别的男人……有过的事儿吧？”

徐克摇摇头。

小俊不大相信：“你真的……这么解放？”

徐克抚摸着她的肩膀：“不是解放不解放，我也闯荡过，那好比人在江湖，有时候什么事儿都得认、都得忍，没法子，何况你又是女的。”

小俊说：“可我发誓。这次和那帮假冒摄制组的骗子，我绝对没有！……

徐克夫妻二人躺在床上，悄言悄语地谈心。

我想我起码也得为你……在乎一次啊！你不信？”

“我信……”

徐克说着流下了眼泪。

小俊有点着急：“你怎么了？你还是……在乎……和我结婚，还是怪委屈的，是不？”

徐克说：“不、不是……这十年当中，我也用钱买过男人那点儿需要……有一个，从始至终，一句话都没对我开口说，我问她什么，不是摇头，就是点头，凭我怎么摆布她，就是一声不吭。小俊，我虽然有一颗孝心，可并不像你想的……那么好。我……我忘不了她当时那种眼神儿，和她那种表情……强装笑颜的表情下，有一种对我这种有了点儿钱的男人……的憎恨……”

小俊将他的头搂抱在怀里，像宽慰一个忏悔的孩子似的说：“别太和自己较真儿了，也别太和自己过不去了，今后就好了，今后，你有我了……我要好好爱你，让你觉得，你的老婆是一流的。”

她捧起他的脸，深情地吻他……

八

韩德宝从徐克家出来，天已经傍晚。铅灰色的云密密地布满天空，好像要下雪，韩德宝身上热乎乎的，徐克如愿以偿，他这个做大哥的，似乎比徐克本人还高兴。

回到家中，打好一盆水，韩德宝把脚泡进去，非常舒适地拿起一张报纸看起来。

韩妻照例一边织毛衣，一边看什么港台言情录像带，电视屏幕上正放映到煽情情节，韩妻泪流满面，显然受到很深的感动。

她一边被感动着，一边骂：“你们男人都不是好东西，都一个德行，吃不着葡萄就说是酸的！”

韩德宝头也不抬地说：“你这话又是从何说起？”

韩妻恨恨地：“从那个忘恩负义的男主角说起呗！”

韩德宝说：“那你就说他不是个好东西，别打击面儿那么宽！”

“打击面儿宽？那不叫典型么？不是从生活中来的么？”韩妻掏出手绢儿，很响地擦鼻涕，擦眼泪，又说，“你也给我看看啊，好好受受教育！”

女儿从小房间走进来，拿着书，走到韩德宝跟前，问：“爸，九棵树，栽十行，每行三棵。怎么栽？”

韩德宝想了想，肯定地说：“没法儿栽。别动这些用不着的脑筋，先把作业完成了。”

女儿说：“作业完成了。这是一道思考题，做出来了加十分呢！”

“唔？你们小学生的书上就有这种题啦？”

韩德宝接过书看了看，还给女儿说：“那就先睡吧，明天不是还小考么？爸爸笨，一时也答不上来。得想想，明天早晨告诉你行么？”女儿听话地去了。

电视关了，韩妻也睡了。

韩德宝坐在桌前，在台灯下，一会儿这样一会儿那样地摆着九颗围棋棋子。

张萌从徐克家一回到自己家，就坐在桌前，给郝梅写信……

“郝梅，你好。”她写道，“今天，在德宝的主持下，徐克和一个叫小俊的姑娘结婚了。我和老潘也参加了他们的婚礼，算证婚人的角色吧。总共才我们五人，徐克不愿大办，这在我真没想到。简直可以说是一次悄悄举行的婚礼，连喜字都没贴。那姑娘挺好，我喜欢她的性格。相信你以后和她接触，也会喜欢上她的……

“你一定觉得奇怪——为什么在返城的最初几年，我有意疏远大家。尽量避免和大家来往、联络。而这几年，又变得主动了？怎么说呢，人谁不需要友情啊！尤其像你我这样，已在世上没了血缘至亲的女人。尤其像我这样，至今还是独身的女人。这几年，我的社会接触面儿宽，认识的人多了，结交的人多了，可是，却越发感觉到友情的难寻和可贵了。潇洒的是外表的活法，孤独的是自己的内心。我每天都看到那么多互相利用的人际关系，在亲亲热热的背后，有时甚至不过只是赤裸裸的金钱关系、物质关系。友情正在我们的中间逸去，像严重的水土流失一样。生活变得很精彩，生活也正变得很无奈，我像一头想要寻找到某种温馨的小群体的孤鹿，没有友情感觉，也常常会像赤贫一样威胁着人……

"我知道你们都很关心我的个人问题，碍于我的自尊心，不便当面问我罢了。我首先向你透露这个秘密，我已经有了未婚夫，是我们老板的堂弟，一位副教授……你看，女人就是这么怪，个人秘密无人透露都会觉得失落……"

而老潘从徐克家回来，收到了郝梅深入工厂以后写来的第一封信。

老潘迫不及待地打开，郝梅那娟秀的字迹映入眼帘：

我一切都很好。工人们对我非常欢迎，愿意和我交朋友，有什么话都愿意对我说。尽管我只能用笔和纸与他们交谈……我有点儿挂心的是儿子，怕你放松了对他学习上的督促和管教。最近我常常反省，是不是我们由于先前那个芸芸的不幸夭折，对我们现在的芸芸有点儿太宠爱了呢？是不是由于我们自身经历的坎坷和时命乖张，滋生了一种想从我们下一代的身上补偿回什么的心理呢？我可不希望培养出一个从小无忧无虑，似乎什么满足都是理所当然的事儿，而长大了却认为这世界什么都没为他们准备齐全，因而只会抱怨乃至憎恶人生的人……小姐少爷型的一代，是对任何一个国家一个民族的最大的报应，而对一个穷国、一个在觉醒的民族，简直无异于是报复……

读完信，老潘照例检查儿子的功课。一边检查，一边就发现了一个又一个的问题。

老潘教训儿子："你看看，这么好的纸，你每张上画一两笔，就作废了，这不等于是糟蹋么！"

儿子嘟囔："也不是花钱买的，是妈妈的朋友送的！"

"可妈妈的朋友为什么送给你呢？还不是因为你爱画画？如果哪位阿姨知道了你这么不珍惜，才不会送给你呢！你知道这叫什么纸？这叫复印纸！很高级的，很贵的！一角多钱一张哪！而爸爸小的时候从来没见过一张这么好的纸。爸爸小时候读的课本，用的作业本，都是'马粪纸'印的！当年咱们国家的孩子用的都是'马粪纸'。一流大学里的教授的讲义，也是印在'马粪纸'上的！"老潘说着，他打开儿子的铅笔盒，倒出许多支笔，"你看你，不管什么笔，到你手里，几天就坏一支！"

儿子辩解道："都是妈妈开会发的。"

老潘说："那也得爱惜！"儿子没说话，但心里显然并不服。

老潘又翻阅他的作业本："好嘛，连 3 分都出现了！你妈妈不在家才一个来月，你学习就这么退步，她回来我怎么和她交代？"

儿子说："我们全班都退步了！"

"你！……我问你，你们学校做校服退回来的十元钱，为什么不交我？"老潘继续质问。

儿子从兜里掏出一毛钱放在桌上。

老潘简直不相信自己的眼睛："就花剩一毛了？怎么花的？"

儿子委委屈屈地说："都买雪糕了。"

老潘问："一天吃一支雪糕？"

儿子反驳着："我们同学还有一天吃好几支的呢！"

老潘隐忍地说："你给我耐心听着，爸爸从小学一年级到六年级总共吃了不到三四十支冰棍儿！是冰棍儿，不是雪糕。三分一支，明白吗？舍不得吃五分一支的，更不敢奢望一毛一支的！"

儿子反问："现在哪有卖三分一支的冰棍！"

老潘教育儿子："不是非叫你吃三分一支的冰棍，是叫你明白，一支雪糕九毛多，可吃可不吃的时候，就忍一忍馋不要吃！反正不能养成每天至少吃一支雪糕的臭毛病！爸爸是工人，妈妈虽然是作家，可并不是一个大作家！现在出一本书难得很！书出了还得自己去书店签名销售！一本书不过才几千元稿费！你妈妈两三年才能出一本书。你也看到了，她每天夜里写得多么苦！还得了神经衰弱、骨质增生、颈椎病。"

儿子毫不示弱："那是你们混得不好！吴振庆叔叔怎么能当上大经理？徐叔叔怎么就不用每天上班、每天爬格子？人家吴振庆叔叔的儿子有电子游戏机，我有吗？人家吴振庆叔叔和徐叔叔的家是什么样儿的？咱们的家又是什么样的？连件像样的家具都没有！你们就让我从小生活在这样的家里，你们还有理啦？你们对得起我么？"

"你！"老潘举起了手，但是终于极力忍住了，没打下去，"你怎么不跟韩叔叔家的小玲比？人家已经连续三年是三好学生了！你给我那边反省去！"

儿子不满地站到了墙边去。

老潘朝墙上的照片望去："你姐姐要是活着，绝不会像你一样！"

儿子不服而且委屈地叫起来："我早知道你们不爱我！你们就爱死去的小姐姐，还给我起她的名字！你们不喜欢我，为什么还要生我！"

老潘的巴掌终于忍无可忍地落在了儿子的脸上。

九

静静的夜，雪静静地下着。韩德宝几乎绞尽脑汁，终于解决了女儿的疑难问题。

第二天早晨。

女儿已穿好衣服，趴在窗前大叫：“哇！好大的一场雪呀！”

韩妻说：“今年雪也下得太早了点儿，刚十一月嘛！”

韩德宝将早饭用托盘端入：“小玲，今天穿棉鞋吧，别冻了脚。”

女儿听话地说：“嗯……”坐到他跟前去吃饭，边问，“爸，昨天我们书上那道思考题，你想出来了么？”

韩德宝说：“想出来了，你来看。”

桌上有九颗围棋棋子摆成的图形。

韩德宝将棋子都拿在手中一边重摆一边讲：“一个等腰三角形，是由三条边组成的，可每条边又都是由两点构成的线段，这两点可以看成是两棵树，要求是每行三棵,那么,我们再在每条边的中点上,加上一棵树,现在几行了？”

女儿回答：“三行了。”

韩德宝说：“如果我们再在它的高上加一棵树，现在几行了？”

女儿说：“四行了。”

“于是我们知道，一个等腰三角形，如果我们在它的三条边和高上各加一个点，它可以构成四条线段，每条线段都是由三个点组成。这样的一个三角形，我们用去了几颗棋子呢？”

“七颗……”

“我们还剩几颗棋子？”

“两颗……”

韩德宝说：“我们再用两颗棋子，另外组成一个三角形的话，显然是不能够的。所以，我们只有借助已经组成的这个三角形的条件，看看把我们剩下的两颗棋子，摆放在什么地方，能从另外一个角度看，也成为一个三角形……”女儿从他手中拿过两颗棋子，想了想，摆放在正确的地方——

韩德宝说：“数数，几行？”

女儿脆生生地答道：“还行！爸，你总说你笨，其实一点儿也不笨！”

韩妻说：“你爸昨晚摆了一夜，才摆出那么三行来！”

“爸爸是笨，从小学习也不太好。是为了辅导你，都四十多岁了，还要重新去翻小学五六年级的课本儿。等你上了初中，爸爸想辅导你也辅导不了啦，好女儿……”韩德宝摸了摸女儿的头，“到那时，就全靠你自己了，你可要为自己、为爸爸争口气哟……”

女儿懂事地说：“爸，你放心吧。上了初中，我要更努力学习。”

韩德宝又吃了几口饭，放下碗筷，穿上衣服，戴上帽子，对妻子说：“今天我得早点儿去，说不定交通部门要求组织街道居民义务扫雪……”

他一出门——见门口蜷缩着一个人。

他奇怪地弯腰拍那人的肩：“哎，同志，你是哪儿的？怎么蜷在这儿？”

那人缓缓抬起头——是一个十七八岁的姑娘。

韩德宝很纳闷：“姑娘，你是哪儿的？遇到了什么困难？”

姑娘缓缓站起，袖着双手，凄楚地说：“我是你女儿……”

韩德宝一愣：“姑娘，你搞错了吧？”

姑娘说：“我没搞错，我也是你们的女儿……”

“看你冻的，有什么话进屋来说清楚吧！”韩德宝开门，让那姑娘进门。

韩妻和女儿以困惑的目光打量那姑娘。

韩德宝问：“你昨晚，蜷在我们门外过了一夜？”

姑娘点点头，目光望向桌上的早饭。

韩德宝见状，将她按坐在椅子上：“那吃了饭再说……小玲，给这位小姐姐盛碗热粥……”

女儿默默去厨房给姑娘端来一碗热粥：“小姐姐，你喝吧！”

韩德宝对女儿说：“小玲，你还不上学去！”

女儿临出家门，又困惑地回头看了姑娘一眼。

韩妻将韩德宝扯到小房间内，并关上门，审问他：“德宝，你没什么个人经历……瞒了我这么多年吧？”

韩德宝：“你看你这个人，遇到件小事儿，就沉不住气……”

姑娘已吃罢饭。

韩德宝问她："吃饱了么？"

姑娘点点头。

韩德宝坐下，拉开谈话的架势："那么，现在咱俩谈谈吧，你从哪儿来？"

姑娘："我从郊区农村来。"

"可我，并没有你这么一个大女儿啊？"

"所以我又说，我'也'是你们的女儿嘛……"

"你这话，我也不明白是什么意思啊！"

"我爸爸妈妈，当年也是去北大荒的本市知青……"

韩德宝："后来呢？"

姑娘："后来，他们图离城市近，搬到郊区农村，变成了插队知青……"

韩德宝："再后来呢？"

姑娘："他们把我寄养在一户老乡家，搬回城里来了。起初，他们还一块儿去看过我几次。后来，就只有我妈妈去看我了……再后来，连我妈妈也不去看我了。我就明白，他们是不要我了……"

韩德宝怜悯地望着她，认真地听着……

韩妻也坐在一旁听。分明地，不听明白就不能放心地去上班。

姑娘继续讲述着："我来城里找我父母，我是知青的女儿，我本来也应该是这座城市的人。我知道你也是知青，所以我说我也是你们的女儿，没说错。"

韩德宝不禁笑了："是啊，当然，也是可以这么说的。不过，两者还是有区别的，对不？要不听你解释，我还被你闹蒙了。"他瞅瞅妻子，"你也别再坐着听了，该去上班了！"

韩妻起身，使眼色暗示韩德宝跟出，在门口悄声叮嘱："你别把家随便扔给这姑娘，这年头儿……"

"得了得了，这年头又怎么了？我心里知道该怎么处理……"韩德宝回到室内，坐下又问，“谁……给你出主意，让你来找我的？”

姑娘从兜里掏出一张旧报：“这张报纸，这上面登的，你们成立了一个知青联谊会，这上面还登了你的名字，你是会长。你在报上说，凡是知青们的困难，联谊会都要伸出友爱之手，给予热情帮助。我当年就保留了这张报纸，心想我有一天，一定要上门找到你，现在我来了。”

韩德宝接过报纸看看：“这都是六七年前的事了。现在大家早忘了我是什么会长了，连我自己也彻底忘了。其实，对哪一个返城知青的实际困难，我们都没帮助过。想帮也帮不了，只不过体现了一种愿望……”

姑娘说：“可我没忘。我靠这张报纸打听了不下一百个人，最后才有一个人告诉我，你已经当上派出所所长了。你得帮我找到我父母……”

韩德宝说：“这个嘛……你对我的要求不过分……可你，有没有什么关于父母的线索啊？”

姑娘从衣兜里掏出一个破旧的夹子，实际上是塑料笔记本的外皮儿，从中取出一张照片，交给韩德宝：“就这……除了这……我也没别的线索。”

韩德宝接过一看，一时呆呆地发愣——他抬起头凝视着姑娘。

姑娘看着他的神态，问：“叔叔，你认识我爸爸妈妈？”

韩德宝连忙说：“不，不……全市几十万返城知青，我认识的，还不到一百人……为了让我帮你找到你爸爸妈妈，这张照片可以放我这儿么？”

姑娘信赖地点点头。

韩德宝急着上班，只好把那姑娘托付给常年赋闲在家享清福的葛红。葛红痛快地答应了。她让姑娘洗了澡，又换了一身行头。现在，她正在给那姑娘吹头。那姑娘坐在圆凳上，穿一件色彩鲜丽的宽松的蝙蝠式毛衣。

“洗个澡，身上舒服多了吧？”

“连心里边儿……都觉得舒服了——”

“今天变天了，不给你吹干，会着凉的。”葛红说着收起了吹发器。

那姑娘起身，去到了一面大镜子前——只见她下穿牛仔裤、皮靴，长发披肩，完全变成了另一副样子，俨然一位大城市的摩登女郎。

她欣赏着镜子里的自己。

葛红也望着她，欣赏地说：“你很漂亮呢！”

姑娘缓缓转过身：“阿姨，你家……真豪华！”

葛红笑了：“哪儿谈得上豪华！不过——还可以吧！你叔叔当总经理，免不了经常在家里招待国外商客，太寒酸了影响事业。说句冠冕堂皇的话，就算工作需要吧！”

姑娘说：“阿姨，我就长期留在你家吧！”

“那怎么行！”葛红坐在沙发上，拿起了烟……

姑娘赶快拿起打火机，替她点烟。

姑娘说：“那有什么不行？我认你干妈！”

葛红说：“你不找你亲生父母了？”

姑娘说：“其实我主要也不是为了找到他们。他们当年忍心不要我了，我对他们还能保留什么感情？我是想回到城里来，我本来就是城里人的女儿嘛！不重新做城里人我心里委屈。连我们那疙瘩的人，背地里都认为我这么俊个女孩子，窝在农村瞎了！”

葛红持烟站起来，走到这儿走到那儿地说：“孩子，你对我说的，倒也是实情话儿。不过呢，最好还是要找到亲生父母。兴许，他们也想找到你呢。”

姑娘哼了一声说：“想找个屁！我就在那个村子里长到这么大，十好几年了，他们想找我，不早回去把我弄到城市里来了？”

葛红不禁看了她一眼。

她手里托着烟灰缸，很会来事地说：“干妈，烟灰长了，点点吧，看落在地毯上……”

葛红点了点灰：“甭拿着，放下吧！”

姑娘放下烟灰缸后说：“干妈，你经常一个人在家里，不闷得慌啊？”

葛红说："习惯了，但有时候也闷，闷了就练着写小说儿。"

"干妈，要是有我在你身边陪着你，你就不会闷得慌了。我练练字，将来还可以帮你抄稿子呢！"

葛红笑了："你这孩子，真会哄人！我要是有你这么个体体面面的大女儿，那敢情好了！还不把你当成掌上明珠哇。"

姑娘趁势撒娇地往她身上一偎："干妈，那我从今天起就认定您了！以后您打我骂我我都不带后悔的！"

葛红被哄得晕头转向起来。

她掐灭烟，从指上摘下了戒指："好，我就认下你这个干女儿！来，这给你，纯金的，算是干妈的见面礼吧！"

她将戒指戴在姑娘手指上。

姑娘受宠若惊地说："谢谢干妈！"

葛红说："都干妈干女儿的关系了，还谢什么！不过，你刚才说你生身父母那番话，干妈听着可有点儿不对味儿，他们当年肯定有他们的难处，后来肯定有他们后来的原因。父母哪有不爱自己骨肉的呢？心里再别那么去想了啊？"

姑娘低下了头……

葛红牵着她手走到衣柜前："打开……"

姑娘打开了柜门——内中许多衣服和鞋，令姑娘艳羡不已。

葛红说："这边的，是我喜欢的；这边的，是我穿着不合身了的，凡是这边儿的，你都可以穿。啊？"

姑娘扑在她身上，双臂搂住了她脖子："干妈，你真好！"

葛红爱抚地摸着她的头，说："苦命的孩子！你说得不错，你也是我们的女儿嘛！你首先找到了你德宝叔叔，真是找对了人。他那人，心眼儿善良得没比，责任感又强，他一定会帮助你寻找到你生身父母的。"

十

韩德宝在组织街道居民们义务劳动，和人们一道儿铲雪、扫雪。

韩德宝一边扶着一位老人，一边领着一个孩子过马路……

韩德宝持着手提话筒在宣传:“骑自行车的公民们,请当心缓骑,免得摔倒,引发交通事故，造成个人和他人的不幸！过马路的老人和儿童，请你们左右看好车辆。雪后路滑，请一定走人行道，千万不要与机动车辆抢行！公民们，司机同志们，我们目前正在义务清除马路雪层，希望大家配合。如果给您的行走或行驶暂时带来了什么不便，请多多包涵。谢谢了！”

一队少先队员从马路对面走来——他们在人行道上列成了一队，向韩德宝敬礼：“警察叔叔，你辛苦了！”

韩德宝笑了，摸摸其中一个男孩子的脸蛋，脸蛋冻得冰冰凉：“冷不冷啊？”

孩子说：“不冷，我喜欢冬天！可以滑冰，打爬犁！”

韩德宝说：“可不许在马路上啊！”

孩子说：“我向您保证不在马路上！”

韩德宝：“好孩子！”他目送少先队员们远去——拿起铁锨，又开始铲起雪来。

铲完雪，韩德宝惦着那姑娘，骑车去吴振庆家。刚走了一小段路，被一群人挡住了。

——是两个男人在吵架，路旁倒着两辆自行车。

韩德宝下了车，将倒着的两辆自行车扶起，每辆都查看了一番。两个男人还在不依不饶地吵着。

男人甲：“可我愿意摔倒么？”

男人乙：“你不愿意摔倒，你也摔倒了！正由于你在前边摔倒了，才使我在后边也跟着摔倒了。”

男人甲：“你怎么不讲道理啊？”

男人乙：“你才不讲道理哪，你得赔偿我的损失！”

韩德宝分开众人，向两个男人分别敬礼。说：“两位公民，我已经查看了一下你们的自行车，其实都没摔坏……”

男人乙说：“我那是前几天才买的新车，磕掉了一块漆……”

韩德宝说：“对，对，我注意到了，不过才磕掉了小指甲大的一块漆……”——又面对男人甲说：“他那是辆新车，虽然不过掉了小指甲大的一块漆，当然也不免心疼，您就向他道个歉吧！”

男人甲不听：“我向他道歉？谁向我道歉！”

韩德宝说：“是啊，谁向您道歉呢？应该是这条马路，可马路又不会开口说话。这么着吧，算我请求您，向他道个歉。毕竟，他因您而摔了一跤，受了一点儿小小的损失。您看，再吵也吵不出天上地下的理，聚了这么些人，妨碍交通，多不好。”

男人甲悻悻地说：“好，看在这位民警同志的面上，我向您道歉——对不起，行了吧？”

男人乙得理不让人地说：“那不行，光道歉不行，得赔我损失。”

男人甲又火了：“你这不成心讹人么！”

围观者中有人嘟哝：“这人，太矫情了！”

“一小块漆，值当的么。这不成心制造混乱嘛！”

男人乙恼羞成怒地：“我就成心，又怎么了？”

韩德宝又向他们敬礼：“两位公民，不是看在我的什么面子上，而是看在生活的面子上，都别发火儿。大家活得都不轻松，再因为一点儿小事儿就窝一肚子火，不是等于咱们中国人自己虐待自己么？重要的是，心里真发火了，就会带到别处去发，还能带到国外去？还不是又发在咱们自己同胞的身上么？别人因为我们再窝一肚子火，肯定又要发在另外一些人身上，而那另外一些人，兴许就是我们亲爱的人、同事、朋友，大家说对不对？这位公民，您已经给过咱们的生活一点儿面子，向他道过歉了，那就请您彻底忘掉今天这件不愉快的事儿，走吧，剩下的问题我来处理。”

男人甲内疚地看了韩德宝一眼，走了。

“而这位公民，您提出赔偿损失，也自有您一定的道理——您若让我现在就把这辆自行车买了，我身上没带那么多钱。那一小块漆，究竟应该赔偿您多少我也拿不准，估计您也拿不准……”

韩德宝从兜里掏出钱包，打开：“这么着吧，这个月到我发薪还有十来天，你看着拿，给我留点儿过日子的钱就行……”

男人乙大惭：“您看您这位民警同志，我不过说的气话，您倒认真起来了！您这不是当众砢碜我么！”

韩德宝笑了：“那么，您也打算给生活一点儿面子了？”

男人乙说：“给！我给！您快把钱包收起来吧！任谁的面子都不买，还能不买生活的面子么！”

在人们的哂笑声中，男人乙也推上自行车走了。

韩德宝冲他的背影摇头一笑，又对众人郑重地说：“诸位公民，没什么热闹可看了，大家也散了吧！见有人吵架，估摸自己能劝好，就劝劝；估摸自己不能劝好，也别围观。谁也不是大闲人，多耽误自己工夫？没人围观，吵架的人往往也会觉得没情绪，就不至于为些小小不言的冲撞互相吵起来没完了。”

围观者也不无愧色，个个寻思着他的话，走了。

韩德宝刚要骑上自行车，被人叫住了：“同志，你等等……”

他回头一看，见是一个老者。

老者问：“你是……咱们市的模范民警韩德宝同志吧？”

韩德宝说：“模范谈不上，敬业而已。大爷，您有什么需要我帮忙的么？”

老者说：“不不不，我没什么麻烦你的。我在报上见过你的照片，读过你的事迹……能不能，给我签个名啊？”

韩德宝不禁乐了：“大爷，我又不是歌星影星，我看，免了吧。”

老者说：“我也不是歌迷影迷，就是他们主动要给我签名，我还懒得往外掏本儿呢。”说着，从兜里掏出了笔和小本儿。

韩德宝却之不恭地接过，签上了自己的姓名。

老者说：“谢谢。我懂一点儿相术，您可能不信，那就听个高兴吧！您这人，鼻端唇厚，慈眉善目，面呈三分佛相，一生虽与荣华富贵无缘，但命该高寿，无厄运有善终。”

韩德宝说：“大爷，谢您的吉言……”

老者说：“甭谢。忧烦的时候，想着我的话，心里不就愉快些了？”

韩德宝感激地望着老者离去的背影。

韩德宝来到吴振庆家，按响门铃。

葛红正在伏案写作，听到门铃声，起身去开门。

葛红看着湿了半截裤腿的韩德宝，一愣：“怎么搞的，裤腿儿袖子都湿了？”

韩德宝说：“组织街道居民清雪来着。”进了门就换鞋。

葛红说：“别换了别换了，我准知道，你这个大忙人儿，坐不下一会儿又得走。”

韩德宝一边换一边说：“不但得换鞋，还得换袜子哪，全湿了。我这双腿可娇贵，一受凉，关节炎准犯。”换好鞋，韩德宝跟着葛红走进客厅。

葛红说：“要不你干脆泡个热水澡吧？”

韩德宝坐下：“这建议不错，我已经两个礼拜没洗了。”

葛红：“喝茶？喝咖啡？”

韩德宝：“来杯咖啡吧。”

葛红冲了一杯咖啡放在他面前：“你喝着，我给你放水去。”

韩德宝又犹豫起来：“算了吧，不在你这儿洗了。”

葛红不耐烦地说："瞧你这人！我这儿怎么了？你还见外啊？"

韩德宝说："不是见外。今天还有许多事儿呢，坐一会儿就得走。给我找双振庆的袜子来，要厚一点的。干脆再给我找双他的鞋来吧！要比较新的啊！我可不穿他的旧鞋，他脚臭！"

他一边说，一边脱下了湿袜子，并用湿袜子擦脚。

葛红起身去找来了鞋和袜子。

韩德宝欲将湿袜子揣入兜里，葛红一把夺了过去："别往兜儿揣，说不定会当手绢儿就掏出来！"

韩德宝说："那么，麻烦你给我洗了吧！下次来我连鞋一块儿带走。"

葛红看了看手中的袜子："别装一副穷相，至于的嘛！都露脚指头了，还洗个什么劲儿！一双袜子，都像雷锋当年似的——新三年，旧三年，缝缝补补再三年，让全中国袜厂的工人喝西北风去啊！"

韩德宝笑了——他已穿上了吴振庆的袜子和鞋，站起来试了试，满意地说："脚上暖和多了！……哎，不跟你瞎胡扯了——我早晨领来那姑娘呢？"

"洗过了澡，睡了。还跟我认了干妈干女儿。"葛红低声说，也站起身，引韩德宝走至一间小卧室，轻轻推开了门……

床上，姑娘面朝他们，睡得正香。

葛红关上门——二人归回沙发那儿，重新坐下。

韩德宝说："我还不知她叫什么名字哪……"

葛红说："小玥——月亮的月，加一个斜王，宝石的意思。"

韩德宝说："小玥——这名字好听。"

葛红有些感慨："不管是谁的女儿，反正，看着咱们这一代知青出身的人，已经有这么十八九的女儿了，而且出落得这么标标致致的，我这心里就觉着添了一种喜兴……"

韩德宝说："是啊！我们这一代人中，有这么大儿女的不多。'文革''下乡'，好像昨天的事儿，可下一代都长到了和我们当年一样的岁数……徐克刚结婚，安排到他那儿去住不太妥。我和郝梅家呢，住得又不宽敞，想来想去，只好把她先送到你这儿住下。住一段时间，没什么为难的吧？”

葛红说：“放心！你帮她找到她生身父母之前，就住在我这儿好啦！何况我已经认了她这个干女儿。”

韩德宝问：“她已经跟你聊了一些什么吧？”

葛红说：“这孩子，也真挺让人同情的。三岁那一年，父母双双调到了近郊农村。五岁那一年，父母双双返城，将她寄养在老乡家里。起初，父母还经常一块儿去看她，后来就只有她母亲一个人去看她了，再后来连她母亲也不去看她了。怎么能不想爸爸妈妈呢？哭、闹，渐渐地也就死了心了，绝望了。老乡家无儿无女，对她还算好。但是后来养父被村里的一头疯牛顶死了，养母带着她改嫁了。养母改嫁的男人，自己有两个儿子，视她为外人，这倒不是最糟的，最糟的是那个男人屡屡对她动手动脚，居心不良。那男人的两个儿子，年龄跟她差不多，是一对儿坏小子，对待她，也像两只狼崽子觊觎一只小羊羔似的，一次次挑逗她调戏她。而她的养母又天性懦弱，一点儿也庇护不了她。现在她养母也患癌症死了，临死前才告诉她，父母早已都不要她了。当年她母亲给了养父母三千元钱，希望养父母能视她为骨肉。养母临终前叮嘱她，一定要想办法寻找到生身父母，早一天跳出火坑，要不，就喂了大小三只公狼啦。”

韩德宝默默地吸烟。

葛红讲完，问韩德宝：“你觉得，她父母好不好找哇？”

韩德宝说：“也好找……也……不那么好找。”

葛红说：“她给了你一张父母的照片是不是？”

韩德宝说：“对，给了一张……我总得多少掌握点线索啊，要不怎么找？”

葛红说：“我看你也别投入太大精力了，在报上登个寻人启事，配上照片，找到找不到，算是尽了心了，听天由命吧！”

韩德宝摇头：“不能那么做……”

“要不，把那张照片复印几百张，见着当年的知青就发一张，百传千，千传万，只要仍在本市，还愁找不到？”

韩德宝：“也不能那么做……”

葛红急了：“这么做也不行，那么做也不行，你究竟打算怎么找啊？”

韩德宝做一个噤声的手势，朝小卧室指了指，低声地：“不能只对小玥一个人负责，还要对她的父母亲负责任啊！登报、印发照片，那成干什么了？那不等于是变相地把人家的一点儿隐私公之于世么？”

葛红明白过来：“倒也是……”

韩德宝说：“我希望，这件事悄悄地进行，悄悄地结束。”

“你说，如果她父母……”葛红更压低了声音，“不认她可怎么办？”

“事在人为啊！”韩德宝看了一眼手表，“哎呀，我女儿都放学了，家里还没现成的饭呢！”

他站起来，又走到小卧室那儿，轻轻推开门看了小玥一眼，往门口走……

“德宝，你等等……”葛红进了厨房，用塑料袋拎出一包东西，“拿着，主食副食都有，回去就不用现做了……”

韩德宝不客气地接了过去。

葛红说：“德宝，我看，你别当那小小派出所所长，也别图那什么模范的荣誉了，干脆到振庆的公司去干吧。他也早有心动员你去，当个副经理什么的。至少，每月还不得给你开个一千多啊？再说，还有那么多福利！”

韩德宝一笑：“今天有个老头儿，给我相了一面，说我还是认命吧！一天忙忙碌碌的，我也习惯了。”

他走了。

葛红站在门口愣了一愣，蹑足进入小卧室，替小玥盖上了毯子。

第十章

一

身着便装的韩德宝，出现在张萌公司的走廊里。

他问迎面走来的一个姑娘："同志，请问你们的公关部主任在哪间办公室？"

姑娘指了指："喏，就是我刚才出来的那间。"

韩德宝走过去，敲门。

张萌的声音："请进。"

韩德宝进入——张萌正在向一青年交代："这项活动方案可以，我看你们就开始操作吧！"——她抬头看了韩德宝一眼，有点意外，笑着说："是你呀，大驾光临，有失远迎！"

青年说："主任，您还没签字哪……"

张萌飞快地签过字，青年离去——她便将挂在门内把手上的"请勿打扰"字牌挂到了外边，亦庄亦谐地说："亲爱的战友，请坐。"

韩德宝四下里看看："什么时候，我要有这么一间单独的办公室就好了。"

张萌说："有了，恐怕你也不是个习惯坐办公室的人！"

韩德宝点头："那倒也是。"

张萌问："怎么换了身便服？"

韩德宝说："因为是到你这儿，特意换的。穿警服太惹眼，出现在哪儿，找谁，都会给对方带来猜疑的目光。"

张萌笑了："你总是那么心细，说吧，需要我帮什么忙？"

韩德宝也一笑。

张萌说："你笑什么？我知道你心里又怎么想的！可我却是另外一种想法——这些年，好歹总算挣巴出来一点小小的权力，为不少人帮了些忙儿。但是就没为你们几个帮过什么忙，你们几个的自尊心都大大的。需要帮忙的时候，宁肯求别人，也不求我。我真就那么不好求哇？所以呢，我早就期待着这么个机会了。如果能帮上你们几个什么忙儿，尤其是帮上你和郝梅什么忙儿，那是我的一份儿高兴。帮别人，没这份儿高兴。"

韩德宝说："那好，我就直话直说——求你的第一点，把下午的时间给我，咱们找个不受干扰的地方，我要跟你谈件事儿。"

"什么事儿不能在这儿谈？"张萌感到纳闷儿。

韩德宝说："真是不能在这儿谈的事儿。这儿太不方便了……你下午离不开？"

张萌说："倒也没什么重要的事儿。"

韩德宝说："那就跟我走吧，越快越好。"

张萌站起来："德宝，我可有点儿被你搞得莫名其妙了！"

韩德宝："你别心里犯嘀咕，走吧走吧。"他起身推开了门，催促着。

张萌笑了："我一不贪污，二不受贿，老板信任我，同事尊重我，对工作认真负责，清清白白地拿我每月一千多元的工资，心里有什么犯嘀咕的啊？我只不过觉得你今天有点儿怪罢了……"

韩德宝说："唉，求人么，对我来说，总不是件很自然的事儿。带上自行车钥匙。"

二人下楼，韩德宝急急地走在前面，弄得张萌落下一截。"你急什么，没见我穿着高跟鞋嘛！"张萌嗔道。

韩德宝转身搀扶着她。

韩德宝把张萌带到郝梅家。张萌越来越奇怪，越发丈二和尚摸不着头脑了。

她一边进屋，一边四处打量："你猜我一到这儿，想起谁来了？"

"谁？"

张萌看着韩德宝说："赵老师……已经判了……"

"死刑？"

张萌点点头："还没告诉郝梅呢。"

韩德宝说："那就别告诉她了！"他掏出烟来递给张萌。

"你怎么吸起女士们吸的烟来了？"张萌看着那细长的烟卷，奇怪地问。

韩德宝说："特意为你买了一盒。"——他一时显得拘谨起来。

张萌吸着烟，坐在沙发上，抬头望着他："说吧。"

韩德宝说："其实，我没什么求你的事儿。"

张萌缓缓站了起来，目光和表情都很疑惑。

韩德宝说："坐，坐，咱俩有言在先的——你今天下午的时间归我。"

张萌又缓缓坐下了，庄重地说："德宝，我可一向……是敬重你的啊！你别哪根神经出了毛病，忽然想入非非的，要学着搞点儿什么所谓浪漫的小勾当。"

韩德宝更加拘谨，一笑："瞧你把我想到哪儿去了！年纪轻的时候都没浪漫过，四十多岁，还扯那套干什么！"

张萌说："那可不一定。三十如狼，四十如虎嘛！"说罢她也笑了，"快说吧，没正经事儿，我可走了！"

韩德宝说："好，我说！第一，咱俩从没那方面的感情基础，我再怎么想入非非，也不至于自作多情。"

张萌说："你明白这一点我就放心了！"

韩德宝说："什么话！听明白了，我要谈的这件事，和你，可能有重大的关系。我问你什么，你必须如实地回答我什么。不许模棱两可，不许含糊其辞，更不许拒绝回答。我可是诚心诚意地为了你好！”韩德宝越说越严肃。

张萌说：“你这不成审讯了么？”

韩德宝说：“不这么谈不行啊！”

张萌矜持而严肃：“那，你开始问吧！”

韩德宝将沙发移到她对面，坐下，盯着她问：“当年，你离开我们的老连队，与我们几个分开之后，第三年，就办到市郊农村插队了，对不对？”

张萌：“对。”

韩德宝：“两年后，你曲线返城了，对不对？”

张萌：“对。”

韩德宝说：“你能这么坦率地回答我，很好。再接着回答，你办到市郊农村插队那一年，结婚了没有？”

张萌脸上渐呈愠色。

韩德宝严肃地说：“张萌，你别生气。我再强调一遍，我可是为你好。我也知道，我是没有权利问你这些往事的，可我又不得不问。”

张萌将脸转向了一旁：“结婚了。”

韩德宝进一步追问：“有孩子没有？”

张萌缓缓将脸转向他，望着，内心非常矛盾，然而终于否定地说：“没有。”

韩德宝摇头：“你开始骗我了……”

张萌：“我为什么要骗你……”

韩德宝说：“你们当年有一个女儿，返城后，你们把她寄养在老乡家里了。后来，你给了老乡三千元钱，再就没去看过你的女儿……她现在，已经十八岁了……”

张萌又缓缓站了起来，冷冷地，一字一句地：“韩德宝，你，满口，胡言，乱语……”

韩德宝仰起脸望着她：“你女儿，现在的处境很令人同情。她现在已经找到城里来了。”

张萌一愣："我不信！"

韩德宝说："你终于承认，你有那样一个女儿了吧？"

张萌："你！你找我……就是要当面揭我的伤疤？"

韩德宝也站了起来："不是，你怎么能这样误会我呢？不错，小的时候，我们几个都孤立过你，都成心和你作过对。可是越长大，我们越同情你了，像曾经同情郝梅是一样的。"

张萌："住口！我讨厌同情！我不需要同情！我活得很好。"

韩德宝诚恳地说："那好，我就收回'同情'这个词。张萌，我是诚心诚意地想帮你啊！"

"不听不听不听！"张萌烦躁地捂上了耳朵……

韩德宝也嚷了起来："你他妈的不听不行！因为你女儿恰恰首先找到了我头上，指望我帮她找到生身父母！"

张萌将双手从耳上放下了，呆瞪着韩德宝。

韩德宝喘口气说："小玥她现在在振庆家里住着！"

张萌又缓缓坐下了："小玥……小玥……我说你干吗纠缠我？非逼着我承认一个从乡下跑到城里来的姑娘是我女儿？！"

"你！……岂有此理！你女儿她有证据！你自己看看！"

韩德宝掏出小本，翻出夹在其中的照片，拍在茶几上。

张萌拿起了照片——照片上，张萌和她当年的丈夫呆照如偶。

她怀里抱着小时候的小玥。

张萌低低地说："不，这不是我。"

韩德宝非常清楚地说："那是你！"

张萌摇头："不，不是，不是……"

"你不认自己的女儿，这对么？这说得过去么！？我们不能让我们的后代，再经历由我们造成的不幸了！"

韩德宝边说边气呼呼地在屋里走着，一回头，见张萌已将照片撕碎了。

韩德宝："你！……你太让我失望了！"

张萌分明是不经心地就把照片撕碎了，听韩德宝这么一说，才意识到自己干了什么……

张萌不知所措地说："我……对不起，我不是成心的……"

韩德宝说："张萌，我也知道，这么多年的事，现在突然发生变化，让你接受一个十七八岁的没有户口、没有工作，也没受过多少文化教育的女儿，你一定太没心理准备了，可小玥已经找到城里来了，咱们就不能不面对这个现实。天大的难处，还有我……"

张萌："你？"

韩德宝说："对，还有振庆，还有徐克，还有郝梅……小玥和我的儿子，和振庆的儿子，和郝梅的儿子是一样的，都是我们的孩子！她也是我们大家的女儿呀！"

张萌慢慢地说："也许……我将又一次被毁了……而这一次毁我的人，就是你……"她猛然站起，冲出了房间。

韩德宝始料不及。

张萌的身影从窗前一闪而逝。

葛红觉得家里骤然冒出个小玥，生活似乎一下子充实起来。小玥漂漂亮亮的，看着就舒心；又是知青的孩子，更多了几分亲切；再加上小玥让人同情的身世，这又怜、又爱、又疼几种感情加起来，在短短几天的相处中，使葛红对小玥关怀备至，宠信有加。不仅把金戒指送她做见面礼，连金项链、金耳环也一并送给她了。

这天，葛红把小玥打扮得漂漂亮亮的：蓝短大衣，内穿黑高绒衣，下穿黑牛仔裤，黑半高腰皮靴，马尾发式烫了大卷，越发显得身材修长，面孔白皙。她自己则穿上一件貂尾大衣，戴上一串白色的珍珠项链，然后领着小玥出了家门，先到新华书店买了许多文化基础知识自学参考书，然后领着小玥到歌舞餐厅吃点心，歌星在一吟三叹地唱着，小玥瞪眼看得非常出神。

“小玥！”葛红叫她。小玥看得太专注了，没有反应。

“小玥！”葛红又叫了一声，小玥这次听到了，转过头来对葛红说：“干妈，城市真好！”

葛红说：“小玥，从今天起，要老老实实给我在家里补上文化！只有小学三年级文化程度，将来连工作都没法儿安排！听明白了么？”

小玥连连点头：“干妈，我明白。”

等葛红和小玥从街上回来，吴振庆居然也在家，正在沙发上看报。“哟，你回来啦？”葛红很感意外。

吴振庆说：“那你还希望我永远别回来？”

葛红说：“也不事先来个电话！想搞突然袭击呀？”

吴振庆说：“你在家，我放心。男人们是由于我才来咱们家，而不是由于……”

葛红在他腮上亲了一口：“你在外，我也放心。因为这世界上觉得你还多少有点风度的女人只有一个，那就是我——那就是我……”最后四个字她是唱出来的，唱完转身喊，“小玥，小玥！你不进来，站在门口干什么？”

小玥迟疑地说：“我……我怕……”

“怕？……”葛红瞧着吴振庆对小玥说，“甭怕，这是你干爸！虽然他很丑，但是他很温柔……”

小玥怯怯地叫了声：“干爸——”吴振庆没有答应，将充满疑问的目光投向葛红。

小玥拎着书快步走入安排给她住的那个小房间。

吴振庆起身将葛红扯入他们的卧室。

吴振庆厉声问道：“怎么回事？”

葛红说：“咱们这代人的一个女儿。当年被父母遗弃了，现在到城市里来寻找生身父母，找到了德宝头上，德宝让我们先收留她住着。”

吴振庆：“这个韩德宝！总想扮演普度众生的角色！”

葛红：“你这么说不好吧？找到了他头上，他能拒之门外么？”

吴振庆：“我倒也不是说他这一点不好……”

葛红：“得啦得啦，甭解释了——你这次的事办得怎么样？”

吴振庆：“还真是感激小嵩，一切顺利……”

葛红：“晚上我给你做好吃的，犒劳犒劳你！对小玥你可得亲热点儿，别让孩子感到拘束。”

吴振庆：“这还用你嘱咐么！将来她如果愿意的话，可以到公司里干点什么。她外语怎么样？”

葛红叹口气：“还外语呢，才小学三年级文化水平。三句半文明话过后，脏字儿就一串串地带出来了，得像改造一个狼孩儿似的好好改造一番才能参加工作呢。”

吴振庆也叹了口气：“必要的话，给她请位家庭教师吧。”

二

张萌仰躺在床上，瞪着双眼沉思——她的家与十年前比较，多了彩电、电话，家具也已更新；但仍简洁无奢，典型的一切都有条不紊的单身女性的家。

敲门声。

张萌起身去开门——门外是韩德宝、徐克、郝梅。

韩德宝抱歉地说：“我……不得不……”

张萌默默让进他们，望着韩德宝，竭力平静地说：“德宝，别解释了。你是好心，我不怪你多事。也不必搬来这两位援兵继续说服我了。小玥是我的女儿，我不能不认她，我也并不是想不认她，我……我今晚就去跟你们认她。”

徐克接上来："这就对喽。要不，我们就准备替小玥打抱不平啦！"

张萌没有搭话，转身扑入了卧室。

郝梅责备地瞪了徐克一眼，紧跟进了卧室。

张萌扑在床上哭泣。

郝梅坐在床边无言地抚慰着她。

张萌起身，泪眼涟涟地望着郝梅："我不是禽兽不如的女人，你相信我不是么？"

郝梅握着她双手，点头……

张萌："可这太突然了！我没心理准备！我原先想的，一切本不应该是这么发生的……"

她抱住了郝梅，边哭边说："我想等我的生活真的稳定下来，一切都有了头绪，再把女儿找回到我的生活里，可现在一切又得变了，不知道又会改变成什么样子！我……我已经被变得受不了啦……"

郝梅无言地抚慰着她……

郝梅双手捧着她的脸，注视着。

郝梅掏出手绢，替她拭去脸上的泪。

郝梅自指心窝，然后指指张萌心窝，一时不知如何才能表达清楚自己的意思，她忽然从腕上撸下自己的手表，摔在地上，又拿起床上的一只枕头，也摔在地上，并踏了几脚。

张萌一时愕然。

韩德宝和徐克不知所以，见状也不安地走入卧室。

郝梅向他们表示要纸。

张萌找出纸和笔给她。

郝梅伏在小床头柜上飞快地写起来，写罢递给张萌看。

纸上写的是："人生好比这只手表或这只枕头，设计得越精密便越容易损坏。人生原本应该是简单的。简单了，一切也就顺其自然了，顺其自然也就一切欣然了！”

徐克首先夺过去看，韩德宝自然跟着看。

徐克看完，将纸递给张萌。

张萌看罢，默坐良久……

韩德宝语重心长地说：“张萌，郝梅的话对啊！有几个人能按照自己的设计去生活啊？再变，生活还能把我们变成原始人么？”

徐克说：“我倒希望被变成原始人。如果能够，把我们当代人的生活拍成纪实片，放给住在洞穴里、围着火堆唱歌跳舞吃烤肉的原始人看，他们要是还愿意进化才怪呢！”

韩德宝朝徐克的肩胛窝擂了一拳，将徐克捣得坐到了床上。

韩德宝说：“不会说话的不是郝梅，是你就好了！”

张萌站了起来：“你们就在这儿等我十分钟，十分钟后我跟你们去认小……认我的女儿。”

张萌说罢离去。

三人互相望着。

徐克问：“郝梅，她不会……做什么蠢事吧？”

韩德宝望着郝梅：“我去看看她……究竟在干什么”

他转身寻去，郝梅扯住了他，反对地摇摇头。

三人的目光不约地同望向床头柜上的小表。

小表嚓嚓地走着。

张萌在门口出现了——她拢过了头发，淡淡地化了妆，穿着一身优雅而适体的衣服。

韩德宝等三个都笑了。

张萌在前，韩德宝、徐克、郝梅依次坐在出租车的后座。

徐克用胳膊撞撞韩德宝：“哎，我还在想你刚才说的话，如果郝梅不哑，多好啊！那我就天天找她聊天儿！”

张萌回头问韩德宝："我女儿，快长得跟我一般高了吧？"

韩德宝："我看差不多，挺漂亮的。"。

徐克说："从今往后，我不是多了个漂亮的外甥女么！"

张萌回过头去，自语："我也不知梦见过她多少次了，像梦见当年的我自己一样……"

吴振庆一家的这顿晚饭，既是为吴振庆接风洗尘，也是为欢迎小玥这个新认的干女儿。

吴振庆举起了杯，对儿子说："来，让咱们全家衷心祝愿小玥姐姐早日寻找到生身父母。"

四人举杯一碰——小玥一饮而尽，很响地咂了一下嘴："真他妈的凉！"

吴振庆一家三口见状闻言，不禁发怔。

吴振庆试探地问"小玥你……是不是挺有酒量啊？"

小玥自豪地说："白酒也能对付个半斤八两的！我养父爱喝酒，从小我也就跟着学喝酒，越喝瘾越大。我养母改嫁后，那王八蛋男人也爱喝酒，还经常支使我去给他打酒。半路我就偷着喝，剩得太少了，就往酒瓶子里加点儿水，那王八蛋男人硬是喝不出来。"

她觉得自己说得好笑似的，笑了，自己往杯里倒满酒，又一饮而尽，又很响地咂了一下嘴："真他娘的过把瘾！干爸、干妈，你们放心，我醉不了。这啤酒，凉水似的，转眼撒泡尿，啥事儿也没有了。"

葛红说："小玥，以后说话，要克服掉那些不文明的字眼儿啊？女孩子嘛，语言美尤其是要讲的。"

有人敲门。

葛红说："儿子，开门去。"

韩德宝等走了进来。

吴振庆全家和小玥都不免意外。

张萌的目光，直勾勾地望着小玥，看得出，她内心里的激动是难以抑制的。

韩德宝指张萌："小玥，这就是你妈妈呀！"

小玥怔坐未动。

吴振庆一家三口的目光，也随小玥望向张萌。

张萌："小玥！妈……以前对不起你……妈接你来了！"

吴振庆望着张萌："这……"愣了片刻，转望小玥，"还不站起来！"

小玥站了起来。

葛红："还不叫妈？"

小玥说："我怎么知道她究竟是不是我妈？"

韩德宝说："小玥，她是你妈妈！你那么信赖韩叔叔，韩叔叔能带个不相干的女人来骗你么？"

葛红说："小玥，你韩叔叔说是，那就一定是！"

徐克也说："没错儿，我可以作证！"

小玥横了他一眼："你算老几？"

徐克被噎得一时不知再说什么好，明智地退到沙发那儿，坐下吸起烟来。

吴振庆呵斥地："小玥不许这么没礼貌！那也是你的一位好叔叔！"

小玥哼了一声说："好叔叔？我受苦受难的时候，他在哪儿？现在倒冒出来充好叔叔了！"

吴振庆喝道："放肆！"

他也退到沙发那儿，和徐克对着一支烟，瞪着小玥吸起来。

张萌柔声说："小玥我真是你妈妈啊！你从小烫伤过一次，左臂上留下了半月形的疤，那是炉盖子烫的。"

小玥卷起袖子，臂上显现出了那块疤。

张萌落泪了："孩子，妈知道，自己在你面前是有罪过的……妈返城后的经历，慢慢会对你讲的，你……可要宽恕妈妈啊！"

葛红："怎么搞的？本来应该高兴的事儿，怎么变成请罪的节目了？还

小玥望着张萌说：『我怎么知道她究竟是不是我妈？』

不叫妈！还不扑你妈妈怀里去！”

她将小玥朝张萌一推。

张萌顺势搂抱住了小玥：“小玥，没想到你都长这么高了……”

小玥呆呆地一动不动地被张萌搂抱了一会儿，终于推开了她：“有完没完啊，都搂得我快喘不过气儿了！”

韩德宝说：“小玥，你到城市里来，不就是为了要找到妈妈么？现在母女相见了，怎么能这么对待妈妈呢？”

小玥说：“你这位叔叔，不愧是爱民模范，办事的效率可真高！”

徐克猛地往起一站。

吴振庆低声说：“坐下！这会儿显不着你！”

徐克忍怒未起。

小玥说：“这么说，我非离开这儿不可啦？”她拿起桌上别人的杯子，又接连饮了两杯。

众人都看得目瞪口呆……

当她拿起第三杯的时候，韩德宝拦住了她：“小玥，既然你妈妈已经接你了，就跟妈妈回自己家吧，听话啊？”

小玥说：“好，我听话。干妈，再见，改日我来玩儿。我的亲妈，咱们走吧！”

她环视着吴振庆家一切考究的客厅，显得依依不舍。

张萌母女坐在出租车的后排。

小玥有意无意地与张萌保持了间距——张萌望着前方，而小玥望着自己那一边的窗外。

从出租车阻隔网看去，母女二人仿佛是在同一个笼子里一样。

张萌缓缓转过头，侧目瞧着女儿。

由于小玥的脸朝向车窗外，她瞧见的只能是女儿的后脑，长发几乎将小玥的脸全部遮住。

小玥的一只手，五指微曲着，手背朝下，放在车座上——那只手有两个指头缠着胶布，是劳动造成的创伤。

张萌的手怯怯地，仿佛不敢冒犯似的，带有试探性地移向女儿的手……

女儿的手指敏感地往回缩了一下……

张萌的手又移向前，抚摸着女儿的手——女儿的手微微动了一下，但这一次毕竟没有往回缩。

张萌的手终于握住了女儿的手。

母亲的手似乎在向女儿诉说着千言万语——本能的母爱充满每根手指的指尖。

而女儿的手如同是橡皮的一般，没有任何反应。

女儿的手还是从张萌的握持之中抽回去，插到另一手臂的腋下去了……

张萌的手失落地收了回去，放在了自己膝上。

张萌也将脸缓缓转向了车窗外……

城市的夜景一一闪过……

夜景变模糊了……

张萌眼中充满泪水……

母女二人回到了家里。

母亲说："小玥，妈给你热点儿水，好好洗洗吧。"

女儿冷冷地："我在我干妈家洗过澡了。"

她打量着房间——走入卧室——张萌那张床睡一个人有余，睡两个人嫌窄。

张萌拿着牙膏和牙刷请求似的："那，刷刷牙吧？牙刷上已挤好了牙膏。"小玥冷冷地说："你是妈，我是女儿，这么殷勤干什么？"

张萌尴尬一笑："听话，你今天肯定够累了。刷了牙，早点儿上床，睡个好觉。"

小玥："我在我干妈家睡过了，那床比你这床高级多了。"

张萌瞧着女儿发怔。

她将牙膏放在桌上，默默坐在沙发上。

小玥走出来，在柜镜前照自己，又打开柜门看。

张萌站起，走到她跟前："妈的衣服，估计你穿着都合身，你想穿哪套就穿哪套。"

小玥："我干妈已经给了我好多衣服……"

张萌又是一阵默然……

小玥："我睡哪儿？"

张萌："当然睡床上了……"

小玥："你把我当成三岁小孩儿啊？那么窄的床，半夜谁把谁挤到地上，都不是个事儿！"

张萌："那，妈睡沙发上……"她走入卧室，将枕头被子抱出，放在沙发上，接着，打开壁橱，抱出另一床被子和另一个枕头放在床上，摆好枕头，展开被子。

小玥默默地瞧着。

张萌说："你要一时还不想睡，咱母女俩聊聊？"

小玥："不，我想睡……"她装模作样地展双臂打了个大哈欠。

张萌："那，妈已经给你弄好床了，新被子新枕头，就去睡吧……"她轻轻往卧室推女儿。

小玥一扭身子赌气似的："我睡沙发。"

张萌哄着："好女儿，你睡床，听话。"

小玥得了理似的说："行，就给你一次表示忏悔的机会。"

她走入了卧室。

张萌缓缓坐在沙发上发起呆来。

"我爸爸呢？"小玥的声音从卧室传出。

张萌说："我们……早就离婚了，他先是去了香港，后来去了新加坡，再后来听说去了澳大利亚……现在在哪一个国家，我也不知道。”

小玥在卧室骂道：“看来也是个王八蛋男人！”

卧室的灯关了。

黑暗中传出小玥的声音：“你当年为了达到返城的目的，连自己亲生女儿都抛弃了，要是如今也像我干爸似的，当上了大老板，还算值得。可我看你也没混到什么了不起的地步啊！不过才住上一大一小两间屋，连厨房和厕所都加上，还没我干爸家的客厅大呢！”

张萌猛地往起一站，望着卧室：“住口！”

卧室的门砰地关上了。

客厅的灯也熄了。

张萌蜷在沙发上，被子将她从头至脚蒙得严严实实，一半儿掉在地上。

被子耸动着，张萌竭力压抑自己的哭声……

三

早晨，一束阳光透过未挡严的窗帘照在小玥脸上，她醒了，发现一条赤裸的手臂搂在自己身上。

她微微欠起身，侧头而视，见母亲不知何时还是睡在了自己身旁。

她一动不动，凝视着母亲的脸。

张萌似乎睡得挺香。她那一侧床边，并摆着三张折叠椅。实际上她只是上身睡在床上，而下身在椅子上。

小玥轻轻将母亲的手臂从身上移开，下了床，她见床头柜上有一杯果汁，还盖着另一种瓷杯的盖，端起一口气喝干了。

她找不到自己的衬衣，后来，终于在门后找到，不过已泡在盆里了，转了一圈儿，她发现自己的枕旁叠放着一件新的衬衣。

她拿起了衬衣，不过并没有马上穿，面向窗子，背向母亲，坐在床边发呆。

她想：昨天我吐了？……一定是吐了。

她缓缓转身，又凝视母亲，心里对自己说：这就是母亲，这就是妈妈……我的……她觉得对不起我……她还要我……她还爱我……从今以后，我有亲妈了……还怪年轻的……还怪漂亮的……

她情不自禁地伏下身，不但继续凝视母亲的脸，而且缓缓伸出手，抚弄着母亲的头发。

张萌眼中流出了泪水。

小玥伸出手去擦张萌脸上的泪，张萌睁开了眼睛，母女二人四目对视；小玥显得很不自然，想欠身离开母亲，张萌抓住了她的一只手臂，小玥的嘴张了几张，迸出一个字：“妈……”

张萌一下搂抱住了女儿，搂抱得那么紧那么紧。

小玥哭了，并用拳轻擂母亲的肩胛：“妈妈，我恨你！我想得你好苦好苦！”

阳台上，雪片如絮，漫天飘舞。

室内，母女二人在交谈。

张萌说：“你姥爷刚刚从被打倒的干部中解放出来，你姥姥就病了。我虽然是独生女，但当时已经下乡了，就很难重新办回城里来了……”

小玥问：“姥爷就不管你了？”

“当然很想管。可是他不敢。你姥爷这个人，对上级唯命是从，一生胆小怕事，也正因为如此，平步青云，官运亨通，从秘书而科长而处长而区委书记。如果丢了官，他就会觉得，活着没有任何意义了。刚被解放，使他受宠若惊。为了显示他的革命性，他多次在公开场合宣言——他将义不容辞地教育他的女儿，扎根边疆一辈子，生做边疆人，死做边疆鬼。可他给我写的信里，讲的就是另外一些内容了……”

“讲些什么？”

“说他唯一的遗憾，就是我已下乡这件事了。说在这件事上，完全是我自己走错了一步。说如果我的承受能力强一些，不迈出这一步，在城里坚持泡到他解放后，留城就是顺理成章的了。他鼓励我自学高中课程，说中国总还是需要大学生的，说这是我唯一自救的途径了。我听了他的话，每天晚上，打着手电在被窝里偷偷自学，结果受到了点名批判，批判我人在边疆、心在城市……第一批工农兵学员只看政治表现，文化考试的成绩只是参考，我连边儿都没沾上。一百三十多名知青，无记名投票，我只得了一票……那一票还是我壮着胆子，冒天下之大不韪，自己投了自己一票……”

小玥同情地望着母亲。张萌接着说：“我企图通过正当竞争途径返城的希望，彻底破灭了。那时你姥姥已确诊为癌症，来日不多了。我白天想她，夜里也想她，就像你曾经想我一样……”

小玥又有些哽咽了：“妈妈，别说了，我不再恨你了……”

张萌摇摇头说:“不,我要讲给你听。我从没对任何一个人讲过这些,现在,我终于可以对我自己的女儿讲了。对你讲了，妈妈也获得了一份儿解脱啊！”

小玥将头偎在了母亲胸前。

张萌爱抚着她的头发，继续说：“团机关的知青中，有一个小伙子是东北军高级将领的后代。虽然是在‘文革’时期，但统战还是要讲的。所以对他网开一面，允许他曲线返城，先从兵团知青变成插队知青，然后再将户口从市郊农村迁办到城市。用今天的说法，是二次到位。他平时对我挺有好感,所以有一天我偷偷把他邀到荒僻的地方,跪在他面前,乞求他把我也带走。往他面前一跪那一时刻，我觉得我自己将自己的自尊心和羞耻感撕碎了，践踏在自己的脚下。他说不行，他说除非我是他的妻子，否则怎么行呢？否则统战政策怎么能照顾到我的头上呢？我说，我跟你结婚，我跟你结婚，我跟你结婚……”

小玥仰起脸，张萌的泪水滴在女儿头上。小玥用手替母亲擦去腮上的泪。

张萌继续说：“这句话，我一连说了好几遍……他还是一个劲儿摇头。

他说，我们都未满二十五岁，按照当年兵团对知青的婚姻政策，未满二十五岁，是绝不可能发给我们结婚证的。我急了。我当时什么也不顾了。我说如果你还不讨厌我，那就让我事实上变成你的妻子吧！那样你就可以证明，我已怀上你的孩子，想甩也没法儿把我甩掉了！他愣愣地瞪着我，似乎一点儿也不明白我的意思。而我，就脱下大衣，铺在一尺多厚的雪地上。接着，脱去了棉袄……在那个干冷的夜里，在那个月亮很大很圆的夜里，在一个远离连队的荒僻的地方，为了返城，为了回到你姥姥身边一尽独生女的孝心……我把我自己……给了他……”

小玥也流泪了：“妈妈，别讲了，我听不下去了，我太替你伤心了……”

“是啊，一个母亲，按理说是不该对女儿讲这些的。何况你还是个女孩子。可是，你不会因为听了这些就学坏，就替妈妈感到可耻，是吗？”

小玥噙泪摇着头。

张萌接着讲下去：“过后，他问我后悔不？我说不。他就说，那我一定对你负责到底。他说如不能把我带走，他也不走了。”

小玥插了一句：“这么说，他不坏？”

张萌苦笑着摇头说：“他迟早是要出国去继承大宗遗产的。这一点已经有关统战部门批准了。他不可能再把我带到国外去，因为他国外的亲戚，是绝不答应他有一个大陆妻子的。当他声明，要离开兵团的不只是他一个人，是我和他两个人的时候，全团大哗，像发生了十二级地震。当年还真做得出来，勒令我到团医院接受检查——结果是我并没怀孕。后来我就被看管起来了，不许我再和他接触。有些人甚至怀疑我想返城想疯了。幸而有一个看管我的北京女知青非常怜悯我，几次夜里偷偷将我放出来，去和他幽会。我们那时像跟谁赌气似的，每一次幽会之后，我们都双双跪在雪地上，对天祈祷。女儿，你就是在我们的祈祷中，终于降临的……”

小玥仰望着母亲笑了，张萌也笑了。

张萌继续讲：“他不止一次到团卫生院去闹，非说第一次化验不可靠。

人家没辙，只好为妈妈进行第二次化验，结果使化验师们百思不得其解。”

小玥说：“妈妈，想不到我还没出生，就卷到这么好玩儿的故事里了……”

“女儿，你今天听了，只觉得好玩儿，可当年对于妈妈，却一点儿也不好玩啊！我们双双离开兵团那一天，没有一个人送我们……我的被子、大衣、棉袄甚至帽子和手套上，在头一天夜里，我睡着了的时候，都被偷偷用墨汁写上了‘可耻’‘逃兵’‘不要脸’‘知青败类’等字句……妈妈终于达到了目的，可你姥姥不久也去了。那一年的年底你出生了，你三个月的时候，我和你爸爸办了离婚手续，这是我们先前的约定。他出国前问我，怨不怨恨他？我说我感激他，我说的是真心话。他说，既然我感激他，那么就要记住他的话，他不曾有过我这样一个妻子，也不曾有过一个女儿。永远不要对人提起我们曾有过的夫妻关系，永远不要打听他在这世界上的下落。我对天发誓，我会信守诺言的。你姥姥的去世，我为了回到她身边而付出的代价，对你姥爷的感情和心理造成很大的冲击，不久他也忧忧郁郁地病了。几个月后一病不起，半年后也去世了。从此我在这世界上举目无亲，只有你这个女儿。在兵团，妈妈每月还有工资，而到了市郊农村，就变成了挣工分，几乎完全没有机械化的农活儿，比在兵团的时候可累多了。”

在张萌讲述的过程中，小玥跑到阳台抓起雪，攥成一个个雪团，向四面投抛。

张萌像意识到什么似的缄口了。

小玥说：“讲啊。”

张萌说：“不讲了，我看我女儿也听得够有耐心的了！”

她望向远处，雪仍在纷纷扬扬地下着，远处楼顶、屋顶一片洁白，树木仿佛一丛丛银色的珊瑚。

张萌去叠被子，收拾床，小玥站在一旁瞧着，她忽然问：“你把我给了老乡，你当年究竟是怎么想的？”

张萌停了手，看女儿一眼，诚实地说：“我想，我为返城付出了那么多，结果落到了比兵团还不如的地步，太令人不甘心！再说，今后永远靠我挣工分养活你的话，不但把我这一辈子耽误了，也把你的一辈子耽误了。不达目的，我誓不为人。”

小玥又问：“就这么简单？”

“就这么简单。”

“听来好像也有点儿为我着想的成分似的……”

“是的。当然有为你着想的成分……”

“听我干妈讲，那个叫郝梅的大婶儿，返城时带着个没爸爸的女儿？”

张萌问：“你叫她什么？”

“大婶儿啊！怎么了？叫得不对？我们村儿里都管四十多岁的女人叫大婶儿……”

“是啊，是到了该被你们这一代叫大婶的年龄了。不过，你今后别这么叫她，还是叫阿姨吧！”

小玥说：“你还没回答我问你的话呢！”

张萌愣了愣，低声说：“她是带着个没爸的女儿。”

“你为什么不能？”

张萌不禁又看着女儿。

小玥紧逼着问：“那你为什么不能当年也带着我？”

张萌缓缓地说：“在这一点上，妈妈承认，自己不如你郝梅阿姨。她那个人，看起来似乎挺软弱，实际上有很刚强的一面儿。妈妈看起来似乎给人的印象很刚强，办事很有主见、很果断，实际上却有软弱的一面儿。再说，我的户口在农村，你姥爷一去世，户口上没人了，房子就归公了，连个住的地方都没有。又没户口，又没住处，再带着个孩子，那就连挣口饭吃的活儿都找不着了。”

她收拾好床，轻轻向卧室外推着女儿，像对待一个还不能自理的孩子似的说：“来，洗脸刷牙。”

小玥一扭身子说："那，你有了工作，又有了房子之后，为什么不去接我？"

张萌说："其实，妈妈一直在城里混到大批知青都返城后，才随着机会落上户口，户口落上半年多以后，才有了正式工作。又过了一年，才有了这套房。"

"可你还是不接我……"

张萌略一思索，问："你逃过学么？"

小玥说："逃过，常逃学。要不能念到小学三年级就不念了么？"

"逃学有什么感想？"

"像犯了罪。再见到老师，像见了法官。第一天逃学，第二天不敢进校门，第三天就不想进校门了，希望最好能忘了自己是个学生。"

"那就是妈妈经常想去接你，而每次都没有去的原因……"

"你也希望过，最好能忘了自己结过婚，当过妈，还有过一个女儿？"

张萌沉默片刻，点了点头。

小玥说："你的态度倒挺老实的。那就算了吧，我也不再审问你了，就给你个宽大处理吧！"

张萌走到女儿跟前，双手捧起了女儿的脸："在尽母亲的责任和义务这方面，妈妈承认，妈妈是个逃学生，妈妈太对不起你了……"

小玥将母亲的手从脸上拿下来说："得啦，你也别认起错没完了。我心软，我不是说过了么，宽大你了。你今后就好好用实际行动将功补过吧！"

张萌笑了，亲了女儿的脸一下。

电话铃响。张萌去接电话，小玥去洗脸刷牙。

张萌对着电话说："是我……这……我没忘……嗯……好吧……我……没发生什么事儿……好……"

她放下电话，一时站在桌旁发愣。

小玥从洗脸间探出抹了肥皂的头说："妈，你没给我预定下个后爸？"

张萌转过脸，怔怔地望着女儿。

小玥又问：“说呀！”

张萌掩饰地一笑说：“没，没有……”

“那我就放心了！我再也不想和一个后爸生活在一起了！”

母女二人在饭桌上吃饭时，张萌说：“女儿，吃完了饭，我给你徐叔叔打个电话，让他陪你去买张床来。”

小玥说：“妈，咱俩一块儿去吧……”

张萌有点为难地说：“妈妈不去了，妈妈……今天公司里还有许多事……”

小玥同意地点点头。

张萌去上班之后，徐克陪小玥到家具商店去选购床。

徐克：“买张小的就行了吧？”

小玥说：“不，买张大的。”

徐克不解地看着她，她说：“兴许我有时想和妈妈睡在一张床上。”

徐克说：“这么大了，还想和妈妈睡在一张床上，羞不羞啊？”

“那有什么可羞的！兴许我妈妈有时还想和我睡在一张床上呢。多少年来，我总梦想那样的情形，和妈妈睡在一张床上，一边和妈妈聊着话儿，一边渐渐地就睡了……”

徐克指着一张床问：“这张怎么样？”

小玥摇头说：“样式不好。”

徐克说：“嗬，小乡巴佬进城，还嫌城里的床样式不好了！可惜没卖火炕的，有我一定替你买火炕！”

小玥打了他一拳说：“去你的！”

张萌来到吴振庆家，与葛红长谈了一场，葛红听完后情绪大受影响，她望着张萌，同情地说：“你的事，当年我也耳闻过一些，可不十分清楚，半信半疑的……今天听你讲来，我……张萌，我们都以为你是我们中的侥幸者，我和振庆没结婚前，尤其是他坦坦率率地向我承认他爱过你，我心里还暗暗把你嫉妒得要命，诅咒老天太不公平……”

张萌苦笑着，指了指电话……

葛红抓起电话，拨通：“喂什么喂！我是你老婆！赶快回家，我知道你刚到公司！不管多忙你也得赶快回来！当然是急事！又急又重要！”

吴振庆的小车停在一座漂亮的新楼前，他下了车，瞧瞧写有地址的字条，望望楼号。司机说：“老板，没错儿，就是这幢楼！”

住的全是有高级职称的人。

吴振庆向楼上走去，在一扇防盗门外驻足，按了按门铃；开门的是个四十六七的男人，戴眼镜，斯斯文文，隔着防盗门问：“找谁？”

吴振庆问：“吴先生住在这儿吧？”

对方说：“不知道！”说完关上了门。

吴振庆奇怪地瞧着手中的字条。

他正要下楼，门又开了。

门里人说：“呃，我忘了，我也姓吴，你找哪位吴先生？”

吴振庆说：“社会伦理学副教授吴世炎先生。”

那人说：“正是敝人……你哪儿的？”

吴振庆从防盗门缝递上名片。

对方认真看过，问：“什么事儿？”

吴振庆说：“是张萌委托我来的。”

“唔？……你们……什么关系？”

“朋友，很亲密的朋友。”

“唔？”

吴振庆指了指门说：“顺便说一句，我没有和拜访者隔着防盗门交谈的习惯。”

吴世炎开了防盗门，连说：“对不起，既是萌萌的朋友，那么请进吧。”

吴振庆进门后，吴世炎说："请换鞋，刚铺的地毯……"

吴振庆说："这个不劳提醒，这习惯我倒有。"

对方引他进入客厅后说："我们就要结婚了。我指的当然是我和萌萌。"

吴振庆四顾了一番，室内布置相当舒适，相当优雅，墙上悬着放大的照片——照片上，张萌和吴世炎都朝吴振庆微笑。

吴世炎幸福地望了一眼照片说："我叫她萌萌，你不至于还糊涂我说的是谁吧？"

吴振庆说："不至于。"

吴世炎说："请坐。"

吴振庆坐下了，吴世炎坐在他一侧，喋喋不休地说："我喜欢叫她萌萌。从接受心理学来讲，萌萌比小萌或者萌，听着更加亲昵。女人像小猫小狗，她们往往会对爱称作出特别敏感的反应。您同意吗？"

"大体上……同意……"

"一个小时之前，我给她打过电话，让她来看看我们的新家，布置得满意不满意……"

吴振庆面无表情地说："我想，她会非常满意的。"

"您这么说我太高兴了。我们将共同拥有它……"

吴振庆问："谁？"

吴世炎忙说："您误解了，我指的是这个家。萌萌当然是我一个人拥有。她虽然四十多岁了，可气质不俗，仍显得很秀丽是不是？"

"是的。"

"我们会很幸福的。您不这样认为吗？"

吴振庆一笑："我对这一点，并不持有怎样的异议。我来拜访您，正是因为，她委托我，和您谈一些与你们今后的幸福有关的事情。"

"唔？"吴世炎一副洗耳恭听的样子。

吴振庆说："她曾向您暗示过，她是一个结过婚的女人，是吗？""这个嘛……这类话她是说过的，是在我们最亲密的时候，所以嘛，我没法儿认定那是暗示。而认为，那不过是像她那样的女子，为了讨男人喜欢，或者说是为了考验男人，而表现出的小狡猾、小伎俩，说的些个戏言罢了。”

吴振庆接着说：“她也曾向您暗示过，她有一个女儿，是吗？”“不，不是那样……”

“不是哪样？”

“她说是说过的，但我认为，我认为……”

吴振庆说：“您认为同样是女人的小狡猾、小伎俩，说的些个戏言罢了？”

“对。”

吴振庆说：“看来，她错了。在这一点上她的确不应该含含糊糊，而应该明明白白地告诉您……”

吴世炎不禁瞧着吴振庆，也缓缓站了起来。

吴振庆望着他说：“您还是坐下的好，我不习惯和一个我必须仰视的人说话。尤其当这个人和我一样，也是男人的时候。”

吴世炎又缓缓坐下了，但目光仍瞧着吴振庆。

吴振庆说：“看来，您也错了。您是心理学副教授，对女人琢磨得又似乎挺深，不该一再将她的话当成戏言。”

吴世炎说：“您是来……”

“我受她的委托，前来告诉您，她真的是一个结过婚的女子，真的有一个女儿。而且，她女儿今年十八岁了。从前一直寄养在市郊一户农民家里，现在，更确切地说，是昨天，忽然出现在她面前，她再也不愿和女儿分开了。她要开始对女儿尽一位母亲过去一直没有尽到的责任。”

吴世炎的目光呆呆望向墙上的照片。

吴振庆掏出了烟问：“吸一支？”

“我不会，我不会……”吴世炎嘴里说着，手却接过了烟。

吴振庆替他和自己燃着烟。他们一时间都默默吸烟，望着照片。

吴振庆又说："她还一定要我如实告诉你——她的女儿没有城市户口，只有小学三年级文化，教养也不太够……"

吴世炎打断了他的话，急急地说："现在告诉我，让我怎么办？"

吴振庆盯了他一会儿，问："你真爱她吗？"

"真爱……"

"很爱？"

"很爱……"

吴振庆说了下去："她也很爱您。她并不是让我来向您声明，她不想做您的妻子了。恰恰相反，她非常希望仍然做您的妻子，甚至，也不强求您在这个家里容纳她的女儿。您知道的，她自己也有房子。我和我的妻子，已经认了她的女儿是干女儿，我也会对那孩子尽一份责任和义务的。她只希望您能面对她有一个十八岁的女儿这样的事实，更希望您能接受这样的事实。"

吴世炎深深地吸烟。

吴振庆叹息地说："她认为，您多少会有些心理准备的，我很遗憾，原来您毫无心理准备。"

吴世炎忽然拍了下茶几："我从没那样信过，怎么会有这份儿心理准备！"

吴振庆忙说："别冲动。是啊，你一直将她的话，当成一个女人考验一个男人的小狡猾、小伎俩，和在同男人亲昵时刻的戏言了。"

吴世炎又沉默，吸烟不止。

吴振庆说："我告辞了，你考虑考虑，如果还愿意她成为你的妻子，当然最好去找她面谈，如果……相反，可以给我打电话。"

吴世炎沉默，瞪着照片。

吴振庆站起身，看他一眼，向外走去。

吴世炎忽然叫道："等等！"他也站起来，"这没有什么可考虑的！事关爱情这个神圣的词和夫妻生活的幸福，还有什么可考虑的！爱，是不对任何事情让步的……"

吴振庆望着对方，渐渐笑了，拍拍对方的肩："说得好。我姓吴，你也姓吴，一笔写不出两个吴，姓吴的男人，应该是这样的！"

吴世炎却去拽下了相框，要将照片取出。

吴振庆奇怪地问："你……那是干什么？"

吴世炎终于发泄地说："岂有此理！都准备结婚了，突然变成了一个二手货！还有一个十八岁的女儿！还没户口！还只有小学三年级的文化，还缺少教养！拉他妈的倒吧！这世界上只剩下她一个女人是怎么着？你转告她，要不了多久，我这儿定会有位比她年轻漂亮的女主人！"

他笨手笨脚，不知该怎么将照片从框中取出。

吴振庆恍然大悟，他一步跨过去，夺过相框，双手持其一端，啪地朝桌面上平拍下去。

吴世炎吃惊地后退一步，目瞪口呆。

吴振庆从相框中取出照片，一撕两半，将一半抛在桌上，瞪着对方，压制着心头陡然而起的怒火说："这不是很简单么？你真他妈的笨！"

吴世炎心疼起相框来，拿起失神地看着："你把它搞坏了，这是很贵的！"

吴振庆从衣内兜里掏出一张一百元的钞票，轻蔑地朝桌上一拍："还我。"

吴世炎看着钱，说："什么？我什么都不欠你！也不欠她的！"

吴振庆一字一句地说："把我的名片还给我！"

对方摸衣兜，没翻出名片，发现在茶几上，指道："在那儿，拿去吧。"

吴振庆恼火地说："我用双手给你的，现在我要你用双手还给我！"

对方拿起名片，一副好汉不吃眼前亏的忍让姿态，果然双手还给他。

吴振庆当着对方的面，将名片重新放进精致的名片盒，又改换了一副恭而敬之的表情和口吻说："教授，不，心理学副教授先生，谢谢你对我说的那些，关于女人和爱的心得体会，打扰了……"

他一转身扬长而去。

在吴振庆家，葛红正在劝慰张萌。她说："别急，就耐心在我这儿等吧。这样的事儿，跟谈判差不多，且得费口舌呢！"

门砰的一声响，吴振庆回来了。葛红和张萌期待地望着他，吴振庆闷闷坐在沙发上，不看她们，可目光又不知望着何处。葛红走到他跟前，问："去过了？"

吴振庆"嗯"了一声。

葛红又问："怎么这么快就回来了？"

吴振庆没好气地说："人家很快就有态度了么！"

张萌一切都已明白，垂下了目光，垂下了头，气氛一时凝重起来。

葛红望望张萌，望望吴振庆，起身默然退出，在门口转身，朝吴振庆指指张萌。

她悄悄离开了家。

吴振庆和张萌各坐室内一方，他注视着她，目光渐渐变得十分温柔。

张萌扭身，伏于沙发靠背，低声哭了。

吴振庆起身走过去，坐在她身旁，一只手轻轻在她肩上拍了一下，轻声说："别哭。我觉得，他也不太配得上你。"

他向前俯着身子，两肘撑在膝上，交叉着十指，自言自语般地只管说下去："不管我们信不信，男人和女人，仿佛是有缘分的。当年我是那么喜欢你，暗暗地喜欢。整天害单相思，表面还要装出厌恶你的样子，那才是真正的单相思呢！返城之后，我对你贼心不死，直到有一天，我突然悟明白，我俩没缘分。没缘分，那就一点辙儿也没有了。明白了这一点，我再也不难为你了。那小子怎么能比我更爱你？可你却为他哭得那么伤心。不公平，太不公平了！萌萌，对不起，也让我这么叫你一次吧！跟那小子学的。你经历了很多，那是在多大年龄、在什么情况之下经历的啊！你不都挺过来了吗？比起来，我、小嵩、徐克、德宝当年的经历，都不能与你和郝梅挺过来的经历相比。冲这一点，我承认，女人比男人坚强。你和郝梅，比我们四个坚强。我佩服郝梅，也佩服你。而你一哭，就太跌份了。世界上又不是只剩下了他一个男人，根本不值得伤心嘛！”

他似乎觉着不对劲儿，打住话，侧转脸朝张萌看去，她早已不哭了。她在削梨，将竹编小篮里的十来个梨削了，码在托盘里，码成了一座多层的“塔”，每一层还镶进了橘瓣儿。

吴振庆说：“你不哭了啊？”

张萌已平静了，说：“我也不能哭起来没完啊！”

吴振庆指了指那座“梨塔”，问：“这是哪门子爱好？”

张萌说：“这爱好对身体有好处，有益于微循环。”

“是吗？”吴振庆起身离开了一会儿，拎回一小篮苹果，往张萌跟前一放，“没梨了，苹果也凑合吧？你都削了吧，我们吃的时候倒省事儿了！”

他拿起一个削好的梨咬了一口退回到原来的座位，从远距离望着张萌削苹果。

张萌一边削苹果，一边也望着他。

二人忽然忍俊不禁，都笑了。

葛红下了楼，来回徘徊着。心里有些不安，又无别的地方可去，恰好有一位少女从楼里出来，被她叫住：“小玲，干什么去？”

小玲：“到街口给我爸打个电话去！”

葛红说：“甭多跑腿了，还兴许碰上别人占用着，到我家去打吧！”

“总打你家电话，怪不好意思的！”

“邻里邻居的，多打几次电话，有什么不好意思的？”葛红说着，掏出钥匙，塞在少女手里。

小玲问：“阿姨你不回家呀？”

“我在这儿凉快凉快！这雪下得多美啊！”

小玲接过钥匙，困惑地看着葛红。葛红又小声说：“捎着替阿姨看看，你叔叔在家干吗呢，淘什么气没有？”

小玲疑疑惑惑地又进了楼门。

葛红拍打着身上的雪，感到冷了，竖起衣领，跺脚，抬腕看看表。

雪地上已被她跺出一个圈儿。有十多分钟后，小玲出来了，还了她钥匙说：“阿姨。打过了，谢谢！”

葛红问：“你叔在家干吗呢？”

小玲说：“在门外边就听见他在笑，进了屋，倒也没见他淘什么气。他还在笑，有一位阿姨也在笑。”

“笑？”葛红又问。

“嗯啊，还吃梨，一个坐这边儿，一个坐那边儿，笑得都挺开心的。”

小玲走了。葛红自语：“笑得都挺开心的，还吃梨……那我何苦傻站在这儿继续挨冻呢？”

她跑进楼。

葛红进了屋，果见张萌在沙发上笑作一团，她问吴振庆：“你讲什么可乐的事儿了，逗咱姐们儿笑成这样？”

她说着，坐在张萌身旁，也拿起一片削好的梨吃。

吴振庆说．“我正给她讲，我小学写作文，不但尽写错别字，丢字落字，还专爱乱形容。有一次，我形容我们的音乐老师，一双水灵灵的大眼睛，在两鬓下闪闪发光。语文老师的批语是，那不是咱们美丽的音乐老师，是一匹马。在一篇描写节日盛况的作文中，我写了一句话，游行队伍中走来了穿衣服的妇女们，观看者的情绪达到了高潮，后边加了三个感叹号，老师的批语是，人们会因为妇女们穿衣服而激动万分吗？其实我要写的是穿花衣服，少写了一个‘花’字……”

张萌又搂着葛红的肩笑了起来。

葛红说：“就你信他的，还赏给他笑！”

不料张萌搂着她的肩笑着笑着，竟又抽泣起来。

吴振庆对葛红说：“你看你，你一回来，局面就变了。”

葛红忙劝：“好姐们儿，别哭别哭。哎呀，这些梨和苹果你削得真有水平儿，好像自来就是没长皮儿的……”——白了吴振庆一眼，嘟囔道，“你知道外边多冷啊，今天零下二十七八度呢！”

吴振庆也嘟囔：“那你不会多穿点儿吗？回来这么早干什么！”

晚上，张萌回到家里，她仰躺在新买来的床上，点燃了一支细长的女士烟。

看着缭绕的一缕青烟，她的思绪又回到了北大荒……

冬季的黎明，天边寒星依稀可见。马车离开连队，离开仿佛无人的村落。

车上，穿着棉大衣的张萌袖手跪坐，背上写有“逃兵”两个黑色大字。她戴着兵团帽，捂着大口罩，整个脸部只见一双眼睛，呆呆地望着远方。

坐在她身旁的男青年说：“把大衣翻过来穿吧！”张萌倔强地说：“不。”

男青年小声问：“你这究竟是在跟谁犯犟劲儿啊？跟我？还是跟你自己？”

张萌说：“里面儿也写上了。”

男青年无奈地说：“如果我也有大衣，我就跟你换着穿了，我的大衣送给老职工了。”

张萌说：“即使你穿着大衣，我也不会接受你的好意。”

男青年说：“你穿着这样的大衣，怎么能出现在长途汽车站？”

张萌说：“怎么不能？”

男青年不再说什么，沉默片刻，又请求车老板：“张大爷，能不能把车赶快点儿？我们怕误了今天的长途汽车。”

车老板说：“唉，我也想快啊！可饲养班长偏偏给我套的是这匹老马。它跑不动了啊！”

男青年愤愤地说：“妈的，知青怎么能对知青这样！”

张萌的目光起了变化，前方是一处缓坡，缓坡的雪上呈现着两个巨大的黑字——“可耻”。那是写在白纸上的，又泼了水，亮晶晶地冻了一层冰，与缓坡的雪结成一体。

男青年也发现了那两个字，对张萌说：“你就当自己眼睛瞎了吧！”

张萌说：“我正是这样。”

车老板也说：“不像话！跑出这么远来造这种景致，何苦呢！”

男青年说：“他们返不了城，他们对我们有气。”

马车的一个轮子突然陷入坑中，那坑显然是人为的，经过了伪装，雪下戳出些树枝柳条。

车老板、张萌和男青年先后跳下车，查看车轮的情况。

男青年骂了起来：“太他妈的过分了！”

车老板说：“哼！是那些知青坏小子干的，我回去一定找他们算账！”

说完，他挥鞭催马，男青年和张萌从后拼力推。车轮终于滚出了陷坑，车轮从“可耻”二字碾过。冰雪上留下清晰的轮迹。

长途公共汽车站在望，车老板喝住马，脱下光板皮袄，转身递给张萌说：“姑娘，大爷看上你的这件大衣了，跟大爷换了吧！”

张萌睁大了眼睛，颇感意外地看着车老板，车老板又说：“你这一去，是开弓没有回头箭了。连个念想儿都不想给大爷留下？快脱啊！”

张萌感动得热泪盈眶……

身边扑通一声，打断了她的回忆；小玥抱着被子枕头，蹦到了张萌的床上。

她问小玥：“怎么又过来和妈睡了？”

“一个人睡不着！”

“那，不嫌我挤你了？”

“这床不是宽多了么！”

小玥说完，她也从床头柜上抓起烟盒，吸起烟来。

张萌诧异地说："你学会吸烟了？"

小玥满不在乎地说："什么事儿不得学啊。"

张萌张张嘴，似欲批评，却未说出口。

小玥喷出一口烟，说："妈，我想知道他长得什么样儿。"

"谁？"

"还有谁，我亲爸呗！"

张萌说："这，我都不知他目前在这世界上哪个国家里，怎么办得到？"

"我就不相信你没有保留着他的照片！"

张萌犹豫了一下说："衣柜底层，有个小相册。"

小玥蹦下床，找到了相册，又蹦回床上，交给张萌。

张萌没有接，她说："这一本相册里，都是他的照片，你自己翻着看吧！"

小玥翻着："小伙儿长得还挺帅气呢！"张萌说："不是什么小伙儿，是你的亲父亲……"

小玥突然火了："他娘的！"

张萌愕然地看着她。小玥将相册往衣柜那儿一抛，朝枕上一倒，怏怏地问："要是我姥爷活着，能当上市里的头头吧？"

张萌说："也许吧，不过那也早该退了。"

小玥愤愤地说："那也是当过！我的命太他妈不好了！我本来应该是共产党的正宗高干的外孙女，是外国大资本家的女儿！这两样得意本来全该属于我的，如今却一样都和我不沾边儿！"

张萌问："沾边儿又怎么样？"

"又怎么样？反正不会是现在这样！哎，妈，你说，会不会有一天，从国外来了一位财大气粗的小姐，找到我头上，说是我同父异母的妹妹，按照我们父亲的遗嘱，要把我接到国外去享福。并且，还分一半儿财产给我，咱们就估计是一亿两亿的吧，就像有些电影里那样儿……"

张萌说："你最好别做这种梦……"

“为什么？从今往后我要天天做这种梦！”

张萌说：“当然，你要是愿意，存在这样的梦想也无妨。”

小玥问：“妈，你干吗非要把我的情绪搞坏呢？”

张萌猛地拉灭了灯：“睡觉！别跟我说话了！”

深夜，穿着睡衣的张萌伫立窗前，在月光下翻看那本相册，而小玥在床上似乎睡得很熟。

张萌的手指抚着照片，她无声地久久吻“他”……

张萌第二天又很精神地来到公司上班，还没进入自己的办公室，一个女同事过来说：“张主任，经理刚才找过你。”

张萌说：“谢谢！”朝经理办公室走去。

五十多岁的经理看到她进来，叫道：“小张，你来得正好，我有话要和你谈！”

他一边说，一边将一册什么书放回书架，转身见张萌仍站着，又说：“坐呀，站着干什么？”

张萌这才坐下，她显得有几分惴惴不安。

经理归坐到办公桌后，望着她说：“小张，你知道，我一向对你很器重，很信任。对你的工作能力和才干，也很赏识。可是，你却有一点儿……对不起我……”

张萌平静地说：“经理，你炒我的鱿鱼吧！”

经理说：“这是什么话？怎么能那样做？不错，你和我堂弟的事，我已经知道了。千不该，万不该，你的某些事，不该瞒着我。我是你们的介绍人啊！不但你们的关系没有了恢复的可能性，搞得他对我也很恼火哪！”

张萌低下了头。

“不过，我细想了想，也就从内心里原谅你了。”经理接着说，“你们这一代中的许多人，都有坎坷的经历。某些经历，是伤口，还没完全愈合，一碰就会流血。所以，我要对你说的是，这件事过去就过去了吧！我不会因此对你有什么不良的看法的，丝毫也不至于影响我对你的器重、信任和赏识。”

张萌抬起头，眼中充满感激的泪。

经理又说：“前不久，你自己聘的顾问出了那么大的经济问题，公司上下，难免会对你产生一些猜疑和背后议论。现在，大家都在期待着喝你喜酒的时候，你的婚事又化为泡影，大家难免会问个为什么。中国人都有种坏毛病，专爱打听别人的隐私，当他们要打听清楚的时候，就一定能打听清楚，你信不？”

张萌点头。

“真要打听得清清楚楚，那还算好了。”经理说，“最怕捕风捉影，道听途说，弄得心理承受能力很强的人也心烦意乱。所以，我决定委派你到外地去工作一段时间，避避言论。说实话，某些言论，也开始弄得我心烦意乱了。”

张萌问：“哪儿？”

经理说：“海南。咱们在那儿有个子公司，我委派你去任经理，将那儿的经理撤回来，接替你的工作。我再强调一下，我这可纯粹是为你好。而咱们海南的子公司业务开展状况并不令人满意，甚至可以说是令人很不满意。让你去，希望你去振兴一下。”

张萌表情愣怔地听着。经理仍在说着什么，可她却听不到他的话了，她只见他的嘴在动着。后来，他拍拍她的肩，将她送出了办公室。

张萌木然地走在公司的楼道里。

她走到自己办公室的门口，看着门上的牌子，却未开门进去，而缓缓走下了楼梯。

张萌走在街上，街上正大雪纷飞，雪花落在她身上，她越走越远，在雪地上留下了一行脚印。

纷飞的雪花渐渐隐没了她的背影……

四

在一条谈不上繁华可也不算冷清的街道上，有一家“俊客美发廊”在这条街上占据了不大不小的门面，装修新潮，看得出主人是花了一大笔钱的，一串串彩灯闪闪烁烁，营造出一派生意红火的气氛。

下班了。小俊正在发廊内扫地上的落发；徐克在点钱。

小俊问：“多少？”

徐克说：“才一百多……”

“不少……”

“还多呀？”

小俊说：“今天刚开张，就我一人儿嘛！”她环视着，又说，“两个椅子将来肯定是不够的！再安装两个椅子也挺宽敞的，那就得招两位徒弟。”

小俊一边说，一边将扫在一起的落发收入一塑料袋。

徐克问：“你那是干什么？还要带回家去做菜呀？”

小俊说：“这也是钱！有人专收，二十几元一斤哪！”

徐克笑了：“行！讨你这么个老婆能不刺激我挣钱么！”

小俊说：“就是要刺激你挣钱！当息爷，只花不挣，而且大手大脚，银行里存着一百万也不够你消费！再说，也把人变得游手好闲的！”

店门一开，韩德宝来了。

徐克学上海人腔调：“打烊了，打烊了，侬这脑袋，容阿拉留一晚，明朝再打好勿好？”

韩德宝说：“你以为我管不着你这一段儿？可是能管着你这一段儿的人，我都认识！暗示一句，天天都有找你麻烦的！”

他说着，大模大样往椅上一坐。

徐克对小俊说：“听到没有？还算是个大好人！你说那不好的，如今该变得有多坏呢？”

小俊笑了，给韩德宝罩上白布，问：“光理理？”

韩德宝笑着说：“什么话！光理理行嘛！得系列服务！”

徐克说：“有言在先，别嫌贵啊！”

韩德宝答道：“放心！掏得起腰包！”

小俊一边用香波之类给韩德宝洗头，一边问：“大哥，白天开张的时候，怎么不来给我们撑撑面子？”

韩德宝说：“心里倒没忘你们这事儿，刚要动身来，我们那片儿有人报警；三个中学生，拎一书包炸药，在一个小储蓄所里诈诈唬唬要抢钱！”

徐克放下报纸，颇感兴趣地问：“抢成没有？”

小俊说：“瞧他，一听这些事儿，就精神抖擞的！”

韩德宝说：“那还能让他们得逞吗！我带着人赶去的时候，都已经被治得服服帖帖的了。三个半大小子，一把鼻涕一把泪的，都说不想抢太多，千儿八百的就满足了。问他们要钱干啥，却又都说不上来。审来审去，背后真没什么人教唆或者指使。一个需要钱玩电子游戏，一个需要钱去赌老虎机，最后一个想买一双三百多元的耐克鞋。”

徐克问：“可他们哪儿来的炸药哇？”

韩德宝说：“什么炸药，一书包沙子！”

徐克晃晃脑袋，说：“后生可畏呀！”

小俊指了指徐克，说：“大哥，他要是年轻二十多岁，他也什么都干得出来！”

徐克说：“别诬蔑，‘造反有理’那年月，咱们也是比较老实的。要说我对现在的中学生们多少有点嫉妒，那倒也是真的，不过我只嫉妒他们早恋。如今我明白了，咱们哥几个的关系当年那么好，那是因为社会不允许咱们放心大胆地跟女同学好，逼得咱们不得不朝同性恋方面发展。”

小俊一边给韩德宝洗头，一边说：“大哥你还不反驳他呀？你们当年是那么回事吗？”

韩德宝慢条斯理地说：“他的话么，不全对，可也不能说一点儿道理也没有。当年我们上学的时候，男生和男生怎么都行，可跟女生稍微近乎点儿就是思想意识问题了。在兵团最初几年更不用说了，一个饭盒吃饭，一块儿得肝炎，没事儿。多看了哪个女知青几眼，别人还没当件事，自己心里就先觉得罪过了。如今夫妻双方都是中意人的不多。要是提起当年的同性伙伴，真跟提起老情人似的。恋爱季节没正常地恋过爱，如今用四十多岁的男人和四十多岁的女人之间那种说不清道不明的友情去补偿。”

“哎，德宝，小嵩走了几个月了？”徐克忽然问。

韩德宝说：“两个多月吧？”

“没给你来过信吧？”

“没有。”

徐克说：“也没给我来过信。这小子，一走，就把咱们全忘了！”

小俊一边操剪刀，一边白了他一眼说：“说你胖，你还喘起来了！我也离开过你十年，就没把你给忘了！”

徐克说：“你别总往里边掺和，两码事儿！张萌到海南去也快一个月了吧？”

韩德宝说：“快了。”

徐克问：“小玥每天一个人在家？”

韩德宝说：“大家都忙，谁也不能整天像看护一个孩子似的看护她，只郝梅抽空儿去看看她。”

徐克说：“郝梅说不了话呀！”

韩德宝说：“所以张萌才把小玥重点托给郝梅呀，小玥想说话就得动笔，一动笔就等于练字儿学字儿。十七八的大姑娘，自己的名字写得歪歪扭扭的，连张留言条都写不明白，那将来怎么成！有次我碰见郝梅，说她进步还挺快。”

徐克说：“毕竟是张萌的女儿，遗传基因是一等的嘛！”

郝梅正在张萌家给小玥辅导功课，小玥接到了电话说老潘病了。郝梅赶紧骑车回家。

她迈入家门，直奔卧室，老潘仰躺在床上，儿子不安地守在一旁。对郝梅说："爸爸刚才疼得满头是汗。"

老潘勉强一笑："没事儿。不过胃病又犯了，疼劲儿已经过去了。我不让儿子给你打电话的，他偏打。"

儿子说："爸爸还吐血了呢。"

"瞎说！"老潘有意把话岔开，"哦，对了，下午出版社的一位编辑来了，说由于经济效益方面的考虑，那部散文集的稿件，只好先给咱们。儿子，取来让妈妈查看一下，看少没少。"

儿子去将装在大文件袋儿里的书稿取来了，郝梅接过，看也不看，掏出笔匆匆在文袋上写什么话。

老潘说："其实，给退回来，恰恰证明人家对咱们的稿子很重视，很负责任。要是继续压在出版社，万一丢了怎么办？还是保存在家里放心。今年出不了，咱们寄希望于明年；明年出不了，咱们寄希望于后年；后年还出不了，咱们寄希望于二〇〇〇年，甚至二〇二〇年，那时候说不定稿费已翻了几十倍，变成了留给儿子的一笔存款。"

郝梅已写完字，她将手按在丈夫的嘴上，制止他再说下去，并举着文件袋给他看。

上面写的是：听话，咱们现在就到医院去看病！我再也不能依着你了，再也不能轻视你的病了！

郝梅的表情十分坚决。

郝梅蹬着三轮脚踏车，坐在后座的是老潘。

老潘说："你不必担心，我没事儿，真的。四肢强壮，丹田气足，不信我唱歌给你听。"

郝梅蹬着三轮脚踏车，坐在后座的是老潘。

他真的大声唱起来，唱着唱着，咳嗽了……

郝梅刹住车，跳下，扶住他，用手绢捂住他的嘴，替他拍背，水银灯清冷的灯光下，白手绢上出现了血迹。

郝梅惊惶地哭了。

老潘说：“哭什么，我说没事儿就没事儿，谁一辈子还没咳过点血。”

五

小玥来到一家卡拉 OK 歌舞厅。这个歌舞厅正是徐克和王小嵩警告过吴振庆手下那小老板的地方。小玥身穿黑皮夹克，腿上套着黑皮裤，脚蹬一双红皮靴，头戴红围巾，一张脸抹得像唱戏的。

她用目光寻找着什么人。

歌台上，女歌星正在声嘶力竭，拼命似的唱着。

吴振庆教训过的那“知青战友”，和几个不三不四的年轻人，占据了两张圆桌。

其中一个捅了捅小老板说：“瞧，上次和咱在这儿主动搭讪过的那小妞又来了！”

小老板扭头看去，对小哥们耳语了几句。

那小哥儿起身迎着小玥走去，和小玥说了几句什么，朝小老板指指。

小玥挺高兴地跟了过来，立刻有人替她拖过一把椅子，请她在小老板身旁落座。

小老板问：“怎么好久不来了？”

小玥说：“我妈的一个知青姐们儿，对我太负责任，整天把我看在家里，逼着我认字儿写字儿！”

小老板问：“来点什么？”

小玥说："什么都行。"

一个小哥们说："看你上次挺爱喝桦树汁饮料的。"

小老板挥挥手说："别来那个，那是小女孩喝的！给她要白兰地吧！"

那小哥们儿受命而去。

小玥问："你们都不把我当小女孩儿？"

小老板说："十七大八了，从哪方面讲，都成熟了。我们把你当成个有魅力的女人，高兴不？"

"那我高兴！……啥叫魅力呀？"

小老板说："魅力嘛，就是女人能迷倒一大片男人的那么一股子女人劲儿！明白了？"

小玥似懂非懂地点点头。

小哥们儿将半杯白兰地递给小玥。

小玥说："就给我要半杯啊！你们不是总夸你们有多大方么？"

小哥们儿说："这你就犯土了！这种酒不兴斟满的。"

小玥说："那多麻烦啊！"说罢，吱的一声饮了个干净。

小老板们面面相觑，但那种惊讶之中，怀有居心不良的窃喜。

小老板吩咐那小哥们儿："去，拎一瓶来摆这儿吧！"

过了会儿，小老板和小玥在舞池跳迪斯科。小老板说："上次你跳得还不行，这次进步多啦！"

小玥得意地说："这有什么难学的！"

一曲终了，二人归座，众小哥们儿向他们鼓掌。

"你和我们交上朋友，你的生活里可就只有快乐，不会有什么烦恼了。"小老板说，"我们这些主儿，那都是烟必'万宝路'，酒必'人头马'，身着'威猛'，足蹬'耐克'，打'奔驰'的，嗅文艺'蜜'的人！"

小玥说："这都是哪国话？我听不懂！"

一个小哥们儿说："不懂？这些也不懂，这真没法儿解释了！"

小玥挺认真地说："我不是从小打农村长大的么？"

小老板和他的同伙又面面相觑。

小玥冲他们说："你们甭交换眼神！"

小老板说："我们交换什么眼神儿！"

"交换瞧不起我的眼神儿呗，当我看不出来呀！"小玥饮了一口酒，又说，"实话告诉你们，我可不是一般的女孩儿！"

小老板问："又承认自己是女孩儿了？"

小玥已经喝多了，她说："我可不是一般的女人！我妈在海南当经理哪！我爸在国外，产业那大着去啦！我还有几位叔叔阿姨，有的是作家，有的是息爷！顶没出息的也是位派出所所长！要是提起我干爸，全世界不知道他的人不多！"

一个小哥们惊讶地问："全世界？"

小玥结结巴巴地说："我……说秃噜嘴了，全……市……"

"你干爸是哪位？市长……"

"市长……算老几？……我干爸的专车……比市长的……还……还高……级……叫吴……吴振庆！你们都……听说……过吧？"

众小哥们说："听说过，听说过！鼎鼎大名的兴北公司的经理嘛！"

小玥说个不停："和我认识，是……你们的……运气！谁……谁再……陪我跳……"

一个小哥们儿站出来了，说："我愿效劳！"

小老板望着他们在舞池中扭，对另一小哥们儿耳语："彻底把这小妞灌醉！"

小哥们儿说："哪用咱们灌哪！她自己就成心想醉！"

小老板咬牙切齿地说："姓吴的，是我不共戴天的仇人。她妈，我也听说过，而且见过，是姓吴的小子当年爱过的……今天晚上，我要在这小妞儿身上得到报复的快感！"

小哥们儿怕事，赶紧劝：“大哥，别惹麻烦啊！先甭说姓吴的小子不是好惹的。你没听她说，她还有一位是派出所所长的叔叔！”

小老板冷笑着说：“没有证人，我死不认账，谁能把我怎么样？再说，我看这小妞，其实自己打骨子里就有一种巴望堕落的欲念——如果她变成一只兔儿，那将是我很高兴看到的事！”

小玥跳完了舞，又喝了一杯酒，之后稀里糊涂跟小老板出来，他们上了一辆出租车。

小老板和小玥坐在车后座，小玥将头靠在他肩上，闭目自语道：“玩得……真……痛快……”

小老板说：“以后你想痛痛快快地玩一场的时候，就去刚才那地方找我。”

小玥说：“我妈嘱咐我，刚从乡下到城里，对那些上赶着和我套近乎的城里男人，要存点儿戒心……”

“对，对，你妈嘱咐得很对，这是做母亲的责任嘛！不过话又说回来，对我这样的男人，那是不必要的。我和你爸爸妈妈们，和你干爸干妈们，和你那个当作家的阿姨，和你那个当派出所所长的叔叔，那都是战友关系啊！这么一种……这么一种那个……特殊的关系，说了你们这一代也不会理解的。”

小玥说：“我……理解……一提起知……青两个字，……你们就……变得像……兄弟……姐妹了……”

“对，对。”小老板说，“你捕捉到我们之间那一种……无比可贵的感觉了。那是亲如手足的……那就像一奶同胞，互相之间从不记仇，宽大为怀，谁也不对谁使坏……”

“你们，都好……人人都像……你们之间一样，就……更好了……”小玥口齿不清了。

小老板说：“是呵！那这世界，就充满爱了。比如在我看来，你，就像我自己的女儿一样，看着，也不知怎么就是那么亲。”

“你们，都像哥哥、姐姐、爸爸、妈妈……我妈妈不多给我钱……花……”小玥咕噜着。

“别说话了，伏我腿上眯一会儿吧……”小老板说。

他并未在车内急不可耐地趁机轻薄伏在他膝上的小玥。他吸着一支烟，望着车窗外。

他心里想：只要被老子的准星瞄住了，哪怕是上帝的女儿，老子也是不放过的。人人有个原则，这就是老子的原则。

出租车在张萌家住的那幢楼前停住。小老板给了司机一张大票：“甭找了！”

他扶着小玥下了车，扶架着小玥上了楼。

小玥开门时，几次不能将钥匙插入锁孔，小老板夺过钥匙替她开了门，将她扶进屋，关上门，并落了暗锁。

小玥说：“替我……开……开……灯。”

小老板说：“我找不着开关啊。”

他将小玥扶进卧室，扶她躺在床上。

小玥说：“替我……拉……拉上窗帘……”

小老板拉上窗帘，转身盯着床上的小玥。

小玥说：“叔叔，你……你走……吧……我……没事儿……”

小老板一步步走向床，狞笑着：“你是没事儿，可我有事了！”

他扑在小玥身上，捂住小玥的嘴，小玥挣扎，口中发出呜呜之声，他朝她头上打了一拳，小玥不再挣扎了，口中也不发声音了……

天亮时分，小老板离开张萌家。如果说报复了，这个夜晚他报复了个痛快，不但凌辱了小玥，还翻看了一遍相册，他恶狠狠地用烟头烫照片上的人，走之前，还捏死了鱼缸里的四条小金鱼。

天已大亮后，小玥醒了过来，她头发凌乱，用被子挡着胸部，呆坐在床上，有点儿不清不楚。

她的目光望向床边的地上，从被子里伸出一条手臂，用手指挑起了自己的乳罩。她慢慢穿好衣服，那边电话响了。

小玥不情愿地去接电话，对着电话说："你好干妈……我能照顾自己……潘叔叔住院了？……那你们多关心他吧……替我跟郝阿姨说，她给我留的作业，我写得很认真……我不会像野羊似的满市乱窜的……我向你们保证。"

她放下电话，望向鱼缸，那惨状令她吃了一惊，她呆呆瞧着，瞧着。

她又发现了相册，捡起来翻看；合上相册，突然用手狠狠打自己的头。

她扔掉相册，扑在沙发上痛哭起来。

不知过了多久，她不哭了，把屋子收拾了一番，室内变得整洁了；她坐在桌前用方格本练字。她写的是："伯伯、叔叔、阿姨、吴振庆、葛红、徐克、韩德宝……"

电话又响了。

她抓起电话，表现变了。

她说："我去。你们等着！我才不怕和你们再玩个痛快！"

她放下电话，望着自己写的字，拿起方格本，撕了。

她对着镜子化妆自己的脸，化得很浓。

小玥如约来到一家大饭店，她款款而入，望见小老板他们，从容走过去大大方方地落座，之后叼上了一支烟。

一个小哥们儿立刻按打火机帮她燃烟，她吐了一缕烟，乜斜着小老板说："要陪我玩儿个痛快，你们身上都得多带点儿钱。"

小老板笑着说："今天我把埋单的机会让给我们这位小老弟了，他不是个小气的人。"

那小哥们解开一颗西服扣，向小玥翻翻西服领，使她看到内衣袋露出的一大沓钱。

小玥拿起了菜谱。

另一个小哥们说：“那上边的字认识的不多吧？要不要我念给你听？”

小老板快意地笑了。

小玥合上了菜谱说：“我要吃燕窝、鱼翅、熊掌，要喝你们昨天说的那种‘人头马’，临走还要带一瓶，再加一条‘万宝路’。”

对方不禁面面相觑。

那显阔的小哥们儿苦着脸一笑：“好，好，没想到你饮食档次这么高，没问题。”

不一会儿酒菜上来，小玥自斟自饮，旁若无人，她招呼服务员：“再上燕窝鱼翅。”

服务员问：“一碗？”

小玥说：“不，一人一碗，要不我吃着，他们瞧着，我怪不好意思的。”

那小哥们儿一副有苦说不出来的可怜样儿，捅了捅小老板。

小老板给他丢了个眼色，两人站了起来，小老板说：“我俩去方便方便。”

他们走到餐厅外，小哥们儿求助地说：“大哥，我身上带的钱恐怕不够哇！”

小老板骂着：“他妈的这小妮，舍不得孩子套不住狼！”

他掏出了一大沓钱往小哥们儿衣兜一塞：“听好了，这可是借你的！”

小哥儿忙说：“可是大哥，是你叫我约她出来的呀！”

小老板狠狠瞪了他一眼：“可是她今天要陪你上床，而不是我！”

他们回到餐厅之后，桌上已撤下了酒菜，摆上了水果。

小老板一边剔牙，一边问：“你们说，今天味道最好的一道菜是什么？”

众小哥们说：“燕窝鱼翅！”“熊掌！”“犴鼻！”

小玥冷笑地说：“不对，是我。”

众人一时发愣。

服务员将一个塑料袋儿送来说：“一瓶‘人头马’，一条‘万宝路’，都在里边了。”

小玥朝那个摆阔的小哥们儿吩咐："你替我拎着。"

她一一扫视他们，心里默念着：从今天起，我要经常吃你们，喝你们，花费你们，玩弄你们！你们觉得值，我就觉得值！

转动的球形七彩灯下，小玥和那个摆阔的小哥们儿在对扭。

入夜，那小哥们儿和小玥站在饭店门前拦车，他替她拎着塑料袋儿。

一辆出租汽车停下。

小玥不屑地说："我不坐这辆车，我要打你们说的'奔驰'。"

挑剔来挑剔去，他们乘着一辆高级出租车来到了张萌家。那小哥们儿一进屋就如狼似虎地搂抱住了小玥……

小玥说："你急什么！大白天的，总得拉上窗帘吧！"她推开他，将窗帘拉上了。

小玥躺到了床上，抻着被子，只露头和双手，瞪着他说："项链儿、腕链儿、戒指、金表，都给我摘下来。昨天你们那大哥戴着满身金玩意儿上床，刮破我身子了……"

那小哥们儿果然照小玥说的做了，将那些金玩意儿放在了床头柜上。

天亮了，小玥穿好了衣服，扯开了窗帘，阳光射入，晃得床上的小子用手挡眼，他骂着："你他妈别拉窗帘儿！"

小玥说："你当我这是旅店，容你睡上一觉哇？我还要开开窗，散散你们这些臭男人带来的臭气哪！"

她打开一扇窗，冷风扑入，对方缩入了被子，小玥从他身上扯下了被子："快滚！一会儿我那几位叔叔阿姨要来看我，我得把床弄好！"

他不得不抓起衣服忙不迭地往身上穿，穿好衣服之后，问："我的金表什么的呢？"

小玥叠被子，装傻："你带着来吗？我怎么没看见？"

他扑向她，抓住她双肩猛摇："你藏起来了！刚才你离开过这屋！"

小玥一笑说："不错，是我藏起来了。"

他东翻西找，损失惨重的样子。

小玥说："一个女人藏起来的东西，一百个男人也找不到！"

那小子说："你不交出来，我宰了你！"

小玥很从容地说："厨房有刀，长的、短的、宽的、窄的，哪件儿杀人顺手，你去操哪件儿！"

她轻蔑地转过身，伏在窗口望外边，并喊："嗨，大爷您好！"

电话铃响。

她进屋接电话："韩叔叔你好，放心吧，我不是坏女孩儿……我给妈妈写过信了……"

她放下电话，瞪着对方喝道："还不快滚啊！"

他咬牙切齿地："算你行，走着瞧！"

他摔门而去。

小玥走到厨房里，她推开抽烟机换灯泡那地方的塑料板，伸入手去，取出了那些金玩意。

她欣赏着，掂了掂，放回原处。

她回到客厅里，坐在沙发上，按着遥控器选看电视节目，觉得没什么可看的。关了电视，抛了遥控器。

她百无聊赖地坐在桌前，双手托腮，呆望窗外。

她的目光落在玻璃板下，一张纸上写着张萌嘱咐她的话：

女儿：

你为妈妈受了许多委屈，妈妈也为自己的妈妈承受过许多，而现在妈妈和你再也不会分开。妈妈此次暂时离开你，实是出于万般无奈。希望你在家里专心学习文化知识。记住，关心你的不只是妈妈，还有伯伯、叔叔、阿姨们。今天的城市，已非昨天的城市，你可千万不要做任何对不起自己的事啊。如果春节妈妈不能及时赶回，可到干妈家去过！

妈妈行前嘱言

小玥心里说道：妈妈，你总说你们那一茬人好，干妈、干爸、叔叔、阿姨们都这么说，可你们为什么都没告诉过我，你们中也有很坏的人？对待坏人我不知道该用什么别的办法，只学会一个办法——那就是比坏人更坏，这个办法是我后来那个很坏的继父和他的两个王八蛋儿子使我明白的。

老潘住院了，郝梅来到了吴振庆家，葛红和她坐在一起，吴振庆、徐克、韩德宝分别而坐，他们同情地望着郝梅。

郝梅指指自己心，指指自己嘴，指指韩德宝，指指吴振庆。

大家不解地望着韩德宝。

韩德宝说："振庆，郝梅让我跟你说，又占用你的时间了，她很过意不去。"

吴振庆挥了下手："说这些干什么？"

韩德宝说："其实她不说，我也想说——我和徐克都是时间上比较灵活的人，你不同，你每天重要的事儿很多。"

徐克也说："是啊。你整天分心，公司那方面不会耽误什么生意吧？"

吴振庆生气地说："你俩别一唱一和了，吸烟行不行？"

他将烟盒扔给他们。

待他们吸着烟，他望着郝梅说："我看这样决定吧！动手术，还是保守治疗，听医生方面的安排，我们毕竟不是医生。如果非动手术不可，也一定要请全市手术水平最高的医生，否则我们对不起老潘。现在不是讲高酬服务么？这一切我安排。如果不一定非要动手术，那，住一段时间医院，就接老潘回家。他这人我知道，和你和儿子分开的时间长了点儿，他就不行。再说他又特别敏感，一旦知道自己患的是癌症，生前身后，就要为你和儿子考虑许多，反而加重他的思想负担，现在还是要瞒住他好。你知道公司的电话号码，我安排一辆专车供你们用，除了看病，访亲访友也可。”

郝梅噙泪点头，忍不住伏在葛红肩上哭了。

葛红说：“访什么亲访什么友啊？你明明知道他们两口子除了咱们几个，就没别的亲近人了，还这么说！”

吴振庆说：“批评得对，我接受。芸芸也快放假了，老潘的病情稳定一点儿后，我们几家一块儿陪着你们全家到南方去玩玩。老潘爱旅游，平时又没机会，到南方去玩玩，心情会好些。”

电话响了。

吴振庆抓起电话:“对，我是，嗯？嗯？嗯！嗯！明白，明白，太感谢了！”

他放下电话，指指徐克，指指韩德宝，将他俩带进了小屋。

他又从小屋探出头对郝梅：“郝梅，和老潘的病无关！绝对无关！你们可千万别起疑，是我们男人之间的一点小事。”

门关上了。

进了小屋，吴振庆说：“电话是张萌家邻居打来的——说有几天晚上，小玥浓妆艳抹地出去，半夜才回家，而昨天和今天，还往家里带过陌生的男人。张萌临走时把我的电话留给邻居了，嘱咐人家，如果发现女儿什么不好的行迹，打电话告诉我，人家还真是挺负责任的。”

韩德宝说：“小玥她……不至于的吧？……郝梅昨天还去过她家啊！”

徐克说道：“难说。郝梅又不住在她家，白天守着她，晚上不成了她放风的时间。”

韩德宝说：“那，我现在就去看看她。”

吴振庆说：“不，我去。我的车在下边，二十几分钟就到。我干脆把她接来住，她和她干妈还挺合得来。”

吴振庆驱车来到张萌家。他站在张萌家门外敲门，没有敲开，犹豫了一下，他又转而敲邻居家的门。

邻居开了门，他对邻居说了几句话，邻居将他让进门，对他说着什么，他蹙眉而听。

晚上，徐克和韩德宝也结伴向张萌家走来。又下雪了，是入冬以来最大的一场雪，雪花如蝶，纷飞漫舞。

徐克说："我没想到，郝梅表现得那么镇定。从医院到振庆家，一滴眼泪都没掉。"

韩德宝说："经历了许多，她再也不是当年那个爱哭鼻子的小女孩儿了。可是咱们都无法想象她内心里有多难受，她和老潘也可以说是患难夫妻了，两个人感情那么好，孩子又小。"

徐克叹道："怎么厄运好像成心地盯上咱们这一代了似的。"

他抬头看看张萌家窗子，见虽拉着窗帘却有光透出，又说："瞎说，小玥这不在家么？"

韩德宝也说："这么大的雪，她又能上哪儿去？"

徐克却说："要是偏不学好，下刀子也有地方去！"

他们二人站在张萌家门外敲门，久敲不开。

徐克说："这孩子，明明在家嘛！"他用拳擂门，边擂边叫，"小玥，我们真是徐叔叔和韩叔叔，快开门！"

小玥的声音："我知道！可我钻被窝了，睡了！"

韩德宝看看手表说："九点多了，也许真睡了！"

徐克说："我才不信她会睡得这么早！"他又擂门。

邻居家的门开了，邻居招手，将他们招到门口，悄悄地说："又带回家一个男人……"

韩德宝和徐克不禁对视一眼。

韩德宝怒冲冲地擂门："小玥，开门！你再不开门，我可把门撞开了！"

门终于开了，门内，小玥披着被子，穿着拖鞋。

韩德宝闯入门内，直奔卧室，无人。

小玥说：“干吗呀韩叔叔？和我玩抓特务呀！”

徐克一脸严肃地说：“床上待着去，要贫嘴我扇你！”

小玥上了床，披被而坐。

韩、徐二人，目光四处搜寻：厕所、厨房、壁橱、衣柜，所搜之处，皆不见人。

小玥默默望着他们。

徐克问：“人呢？”

小玥说：“谁呀？”

徐克说：“我怎么知道是谁？”

小玥反问：“那我又怎么知道是谁？”

韩德宝发现地上有条领带，捡起，用指挑着，厉声问：“这是什么？”

小玥说：“领带。”

韩德宝：“谁的？”

小玥：“我的。”

韩德宝：“你系男人的领带？”

小玥：“领带还分男女呀？”

突然，一个人影从阳台上跑过客厅，冲到外面去了。

徐克转身追了出去。

韩德宝瞪着小玥，狠狠扇了她一记耳光。

小玥捂脸瞪着他……

徐克回来了，他说：“没追上。”

小玥突然发泄地嚷道：“你们是谁？你们和我有什么相干？我用不着你们管！用不着你们关心！用不着你们来教育！我不姓你们的姓！我不是你们大家的女儿！我讨厌你们都上赶着做我的家长！滚！你们滚！”

分明地，韩德宝火透了，他朝小玥冲过去，看样子要狠狠教训她一顿；徐克挡住他，往外推他：“德宝，德宝，别发火，千万别发火！”

徐克将韩德宝推到了客厅里。

小玥却跃下床，追到了客厅里，她身上穿得极少，裸着胳膊裸着腿，赤着双脚，手里还拿着枕头，她用枕头劈头盖脸地打他们，他们躲入卧室，她疯了似的追入卧室；他们又从卧室躲到客厅，她不肯罢休，追打到客厅，他们只好逃出门外，或者说是被打出了门外，邻居闻声开门窥望，正巧见他们被打出的情形。

张萌家的门重重地关上了。

韩德宝气得浑身发抖，徐克歉意地对邻居说："对不起，惊扰了！"

邻居说："没什么，没什么……"

邻居家的门也关上了。

二人望着张萌家的门发了半天呆。徐克说："我看，咱们还是走吧。明天，让振庆两口子来和她谈吧，也许，她能给干妈干爸点儿面子。"

徐克将不甘心离去的韩德宝扯下了楼梯。

纷纷扬扬的硕大雪花中，他们默默地走在街上。

他们脚下发出吱吱的踩雪声，两人各自想着心事。

韩德宝站住，抬头望着夜空说："今晚怎么没有月亮？"

徐克说："因为今晚下雪。下大雪的夜晚是没有月亮的。"

韩德宝怀疑似的看他一眼说："不是这么回事儿吧？"

徐克说："是这么回事儿。"

韩德宝说："那，我怎么好像记得，有过那样的夜晚。大雪纷飞，然而有月亮，又大，又圆，又明净！好像用雪擦过的一面镜子，被谁悬挂在天上……"

徐克说："那肯定是你的梦。"

韩德宝又仰起了脸，却不是在天空中寻找月亮，而是闭着双眼，用他的脸去接雪花……

雪花落在他脸上，融化在他脸上，他眼角淌下泪，和着雪花融成的小水珠，挂在他脸上。

徐克扯了他一下："走吧。"

韩德宝说："走，回家……回到家，就睡觉。"

他们又向前走去。

突然黑暗中驶出一辆摩托，前后座上两个人，都戴头盔。

摩托向他们冲来，他们来不及躲避，摩托后座上的人，伸出手臂捣了韩德宝一下。

摩托瞬间驶远，消失了，甩下句怪声怪调的歌唱：

只有那篱笆墙，
影子咋那么长……

韩德宝站住，回头朝摩托驶去的方向看，徐克说："撞一下撞一下吧，别跟他们一般见识。"

韩德宝一手捂着肘下，两腿一软，身子往下瘫。

徐克急扶住他，不安地问："怎么了？"

韩德宝说："挨了一刀……"

他一条腿跪在地上，将一只手伸在面前看，手掌全黑了，那是血。

韩德宝骂道："他妈的……"

他另一条腿也跪在地上。

一辆小车开过来，徐克跑上去拦。

司机喊："眼瞎了？这又不是出租！"

徐克大叫："师傅，有人受伤了，帮帮忙……"

车放慢了速度，那司机从容地说："对不起，我不得不提高警惕，谁知道你们是好人坏人。"

徐克说："师傅，您要不信，下车看看。"

司机却呼的一声将车从他身边开过去了，徐克怒吼一声："你王八蛋！

狗！”

他跑回到韩德宝身旁，韩德宝已仰面躺在雪地上，身上落了一层雪，雪地上也黑了一片，那也是血……

徐克在他身旁跪下了，扶起他上身，使他的头担在自己臂弯里。

徐克哭了：“德宝，你没事儿吧？你别吓唬我，你可不能死啊！”

韩德宝一笑，嘴里发出很轻的声音：“哪至于的……给我……支烟……”

徐克说：“你撑着点儿……你要先站起来，我送你去医院……”

韩德宝固执地说：“我想吸支烟。”

徐克只好掏出烟，塞一支让他叼住，按打火机替他燃着。

韩德宝叼着烟，艰难地说：“给张萌……写信……不，拍电报……就说，咱们，盼她回来……春节一块儿，热闹热闹……如果，小玥改好了，小事……别告诉张萌……”

徐克哭泣着点头。

韩德宝说：“小玥……是……是咱们的……小……”

徐克说：“对……她是咱们的小玥……”

烟从韩德宝嘴里掉下，掉在雪地上了，徐克又取出一支烟，想塞向韩德宝口中。

韩德宝断断续续地说：“这烟……肯定是……冒牌货……味儿……不对……”

徐克抽泣着说：“不……不是冒牌的……”

“我……看见月亮了……又大、又圆……还有许多星星……”

韩德宝轻轻说。

徐克抬头，望望夜空，自然没有月亮，也没有星星。

“送我……回家……我……又困……又累……”韩德宝的声音已经很微弱了。

徐克低头看时，韩德宝的头已朝后垂下了。

徐克搂抱住他失声痛哭："德宝！德宝！德宝你可不能死呀！"

他忍住哭，将韩德宝平放在雪地上，脸贴在韩德宝胸口倾听了一会儿，他的头缓缓离开韩德宝的胸，摸了一下脸，摸了一手血。

他将染血的手往雪地上擦着，他跪着，双手拍着雪地，又像个孩子似的，绝望地痛哭起来："德宝！德宝！怎么会是这样啊！"

六

吴振庆家，电话铃骤响。

葛红首先惊醒，拉亮台灯，看闹钟，嘟哝着："谁这么讨厌，半夜三更的还往人家家里打电话！你接！"

吴振庆翻了个身："行行好，你替我接吧。"

葛红抓起了电话："你谁啊？是夜猫子呀？知道现在是几点么……"

她拿着电话静听了片刻，困惑而不安地推醒吴振庆："哎，你醒醒，像是徐克，光哭，不说话……"

"唔？"吴振庆诧异地接过了电话，"徐克吗？我是振庆。有话快说！半夜三更的你哭什么？我没工夫哄你！唔？什么时候？你等在医院，哪儿也别去！我马上到！"

他放下电话，抓过衣服裤子，慌忙地穿着。

葛红更加不安了："什么事儿？"

吴振庆边穿边说："德宝被人用刀捅了！"

葛红不禁坐了起来，一时愣怔地瞪着他。

吴振庆穿着的一条线裤显得那么别扭……

葛红："穿错了！那是我的。"

吴振庆顾不上说话，脱下，重新穿上自己的裤子，从衣架上扯下上衣往

徐克绝望地痛哭起来：『德宝！德宝！怎么会是这样啊！』

外便走。

葛红叮咛他："别慌慌张张的，开车小心点儿！"

吴振庆不搭话，冲出门去。

他们的儿子，只穿短裤走了过来。

葛红说："你过来干什么？回你屋睡觉去！"

儿子走到她跟前，揉着眼睛问："爸爸干什么去？"问罢上了床，钻入了吴振庆的被窝。

葛红说："睡觉！"

儿子纠缠她："你还没回答我呢！"

"你韩叔叔被流氓用刀子捅了，你爸爸到医院看他去了……"

儿子说："又不是需要爸爸输血，天亮了再去还不行啊？"

"那可不一定。"葛红摸摸儿子，问，"要是你韩叔叔需要输血，而且恰恰需要输你的血，儿子你肯不肯？"

儿子不吭声……

葛红："得，没良心的，你韩叔叔平常白喜欢你了！"

儿子说："喜欢归喜欢！那也不能谁喜欢我，我就应该愿意把自己的血输给谁呀！人血又不是自来水儿，除了爸爸妈妈，我长大了不给任何人输血。"

"住嘴！"葛红用手指指着儿子的额头，"你跟谁学得这么不仁义？这话要是让你爸爸听到了，不扇你一巴掌才怪呢！"

儿子说："那国家号召献血的时候，爸爸公司的人，包括爸爸为什么都不献，花钱雇别人替他们献血？"

葛红说："你！……这话出去不要乱说，说了影响你爸爸公司的声誉。"

儿子说："哼！那还教训我！"说着转过身去。

葛红说："你爸爸不带头献血，那是因为他下乡的时候生过肝炎。他公司里的人不愿献血，他也不能强迫他们。至于事情关系到你韩叔叔的生命，如果情况真那么严重的话，就不一样了。虽然，你爸爸认识的人很多，认识你爸爸的人更多更多，但是谈到关系特殊的人，也就是可以叫作亲朋好友的人，无非就是你韩叔叔、你徐叔叔、你王叔叔、你郝梅阿姨。用你爸爸的话说，好比一个窝里长大的狗，凭着过去熟悉的气味儿，那在一块儿觉着亲。再就是加上个你张萌阿姨，那关系可就又有所不同了，那叫藕断丝连的关系。藕断丝连这个词你们学过没有？就是咱们吃的藕，一掰，断了，可那藕丝呢？还丝丝拉拉地连着。总之这些个人加起来，再加上妈和你，你爷爷和你奶奶，是你爸的一笔‘不动产’。‘不动产’你懂不懂，就是任什么时间，也不能用了去投资、去赚钱的财富。这样的财富，人是不能完全没有的，完全没有，人活着就会觉得没意思了……”

她一直自言自语地说着，见儿子毫无反应，俯身看看，儿子已睡着了。

她拉灭灯，也躺下了。

寂静的雪夜，一辆小车疾驶而来，疾驰而去，那是吴振庆的车。

吴振庆的车开到医院门前停住，他下了车，匆匆跑入医院大楼。

楼内静悄悄无人。

吴振庆旋转着身子四面看看，奔到楼上。

走廊尽头，显得很长很长的走廊的尽头，一个人一动不动地坐在急救室外的长椅上。

吴振庆看出那是徐克，他跑了过去。

呆坐不动的徐克望着他跑向自己——他的棉袄不知哪儿去了，衣服上到处是血迹，脸上和手上也是。

吴振庆到了徐克跟前。

吴振庆的一颗衣扣扣错了，下襟一长一短。

二人互相望着。

徐克的样子仿佛在向吴振庆预示着什么。

吴振庆问：“危险不？”

徐克木讷地："不知道……"

"进去多久了？"

"不知道……"

"需要输血不？"

"不知道……"

吴振庆生气地说："你怎么一问三不知？"

他在徐克身旁坐下。

吴振庆问："怎么回事？"

徐克望着他，默默流泪，张张嘴，却什么也没说出来——分明地，他受到了太大的刺激。

吴振庆更加生气地叫："说呀！"

徐克忽然扑在他身上，将头埋在他肩下，哭了。

静静的走廊里，响着徐克——一个四十多岁的男人的，竭力抑制着的古怪的哭声……

吴振庆家。

葛红又一次拉亮了台灯。

她又一次拿起闹钟看了看，才后半夜三点多。

她拿起了烟盒，抽出一支烟，按着打火机，刚想吸，看了看儿子，忍住了。

她下了床，穿着睡衣和拖鞋，离开卧室，来到了客厅里。

她坐在客厅里的电话旁，刚拨了两下，又放下了。

她一手托着烟灰缸，吸着烟，在客厅里来回走动。

客厅的一面墙上，贴着一张几乎占满了整面墙的放大后的照片，那上面是王小嵩回来时，在吴振庆家里聚会时的情形，几个人神态各有其趣，尤其是韩德宝，瞪着眼，咧着嘴，手指指着自己的鼻头，样子十分可笑。

她在照片前站住，望着韩德宝出神。

她忽然一转身，走回到沙发那儿，放下烟灰缸，按灭烟，又拨起电话来。“郝梅啊，我是振庆那口子，这时候给你打电话别见怪。可是我怎么也睡不着了。明知道给你打电话，你也不能和我聊，却……反正我说你听着就是了！一点多钟的时候，徐克突然从医院里打来了一个电话，我先接的，他光哭不说话。后来振庆接过去了。振庆告诉我，德宝被人用刀捅了！危险不危险我也不知道，在哪个医院抢救我也不知道。振庆慌里慌张地穿上衣服就去了。这半夜三更的，也不好支使司机呀！我看振庆走时那副慌里慌张的样子，真怕他开车再出点儿事儿。又替德宝担着一份儿心，咱们几个兄弟姐妹里头，数德宝为人最厚道最老诚了，你说他要有个三长两短的撇下老婆孩子可咋办？我一闭上眼睛，就见德宝浑身是血站在我面前，对我说：‘好人自有好报，信不信由你……’我心里这个乱劲的，吃了安眠药也不顶事儿……”

郝梅正在听电话，卧室传出老潘的咳嗽声，接着是儿子的惊叫声：“妈，妈，快来呀！爸爸又咳嗽出血来了！”

郝梅急忙放下电话，奔入卧室。

老潘将捂在嘴上的手帕掖在枕下。

老潘对儿子嗔怪地说：“这孩子！一惊一乍的！不过是咳嗽两声嘛，是个人还有不咳嗽的？”

郝梅坐在床边，用手在丈夫的胸口轻轻抚着。

儿子将手帕从枕下取出给她看：“妈，我不是吓唬你……”

郝梅见手帕上果有血迹，不禁伏在丈夫身上抽泣起来。

老潘爱抚着她，安慰她：“别哭，别哭，没什么大不了的。我这身板儿，病几场是放不倒的……”

他又咳嗽起来……

郝梅急忙扶起他，轻轻拍着他背。

她手中的手帕上，又染上了新的血迹。

郝梅将丈夫的头搂在胸前，像搂着一个孩子似的。

儿子说："爸，你再要咳嗽的时候，忍着点儿吧。你一咳血，妈妈就哭，我心里就发毛……"

儿子也哭了……

郝梅潸然泪下，将儿子搂在了自己胸前。

吴振庆家。

葛红还拿着电话："喂，郝梅，我不唠叨了，你快去睡吧……"

话筒里传出哭声和说话声："妈你别哭了！爸你别咳嗽了！爸！爸爸！"

葛红愣愣地瞅着话筒。

葛红对着话筒骇问："喂，郝梅！郝梅！老潘怎么了？芸芸！芸芸！芸芸你来接电话，你爸怎么了……"

话筒里只隐隐传来郝梅的哭声，儿子的哭声……

愣愣地瞅着话筒的葛红。

她自己的儿子不知何时站在了她跟前："妈，我潘叔叔怎么了？你快到郝梅阿姨家去看看吧！"

葛红猛省："对，对！我得去看看！立刻就去！"她放下了电话，倏地站起，奔入卧室穿衣服，一边穿一边自言自语："这是怎么了！怎么让人不安的事儿都赶到一块儿了？"

她穿好衣服，嘱咐儿子："乖孩子，你爸爸到医院去了，妈妈这又得到你郝梅阿姨家去，家里可就剩你自己了。你再到床上去睡一会儿。厨房里有吃的，醒了自己吃点儿上学去，上学时要把门锁好……"

儿子懂事地点头，葛红匆匆离开了家门。

偌大的客厅里一时只剩下了那孩子——他望着墙上叔叔阿姨的照片，似乎若有所思。

他一时又感到了孤独，感到了有些害怕，抱起小狗跑入卧室，一跃到床上，用被子将自己和小狗都蒙了起来。

天已微微见明。

葛红在寂静无人的马路上飞快地蹬着自行车……

七

医院里。

徐克坐在长凳上，吴振庆在他面前来回走动。

吴振庆看了一眼手表："你把他送到医院里来的时候，他是昏迷着，还是清醒着……"

徐克头也不抬："路上昏迷着，到医院后又清醒了一会儿。"

吴振庆像是安慰徐克也像是在安慰自己地说："别吓成那样，德宝命大着呢！记得去年别人介绍我认识了一个神秘的算命先生，说是看照片也能算出一个人的命运。我当然就把我们几个的照片找出来给他看，也请他替你们几个各自算了一命。你猜那算命先生端详着德宝的照片怎么说？他说——这个人虽然其貌不扬，可是细细一看，面带三分佛相。如果不是投胎投错了，肯定能修成 活佛，或者高僧。即使投胎投错了，污染了七分俗命，也必定是一个长寿之人。说德宝起码能活到九十岁以上，获得善终，说这是由德宝随遇而安的性情决定了的。"

徐克不动，没有反应。

吴振庆："你抬起头来……"

徐克抬起头……

吴振庆："看着我……"

徐克缓缓转脸看着他……

"这几个月里，我别的事不怕，就怕到医院里来，就怕我的亲人们被推进急救室。我的亲人，除了老爸老妈，老婆孩子，还能有谁？还不就是你们几个么？有一天我在公司里，秘书忽然慌慌地来告诉我，说是我母亲心肌梗塞，被送到医院抢救了。我当时一听，两腿就软了，软得都站不起来。好容易站了起来，眼前一阵发黑，一头就栽到了沙发上。秘书报告错了，被送到医院去抢救的不是我母亲，是公司副经理的母亲。我那才缓过一口长气来。可是我们的副经理却挺镇静的，说他母亲假死过好几回了，这一次也未见得是真死。人和人真是不一样啊！老潘得了癌症，别看我在你们面前表现得最有主见，其实我心里最发毛。觉得有种种人生的情感打击，仿佛从四面八方朝我们这拨四十多岁的人悄悄包围了过来。先俘虏了老潘，谁知道接下来是我们中的哪一个？小嵩成了他妈的半个日本人，想他也是白想，关心他也关心不上。如果德宝真有个三长两短……我总对自己说，都是四十多岁的人了，我这老大哥的角色，早该卸下行头了。可是你们他妈的仍把我看成老大哥，让我没办法。可是谁来当我的老大哥呀！我也愿意有一个老大哥，遇到了什么危险，替我吴振庆……”

他说时，徐克望着他，一直似听非听的……

抢救室的门悄无声息地开了。

徐克不由得站了起来，和吴振庆一起瞪着走出来的医生。

医生低沉地说：“很遗憾，我们已经尽了最大努力……你俩来一个跟我取单子吧……”

徐克和吴振庆仿佛没有听懂医生的话，木呆呆地站在那儿。

徐克茫然地：“什……什么单……”

“死亡通知单。”医生说完转身便走。

吴振庆追上医生，拦在医生前面，一边退走一边急急地说：“医生、医生，请您站一下，请您听我说……”

医生只好站住。

“我是兴北公司的总经理，我们公司有两亿资产，花多少钱都行！真的，一会儿我就可以打发人送一张支票来……”

他掏出一张名片……

医生皱眉："你以为，用钱就能使一个人起死回生么？"

医生撇下他，又往前走了。

名片从他手上落到地上。

他一转身奔向抢救室。

徐克却仍呆立原地，仿佛变成了石头一样。

吴振庆在抢救室门口遭到两名护士的阻拦。

一名护士说："不行，不能进去！现在人还在手术台上呢，手术台还没处理完呢！"

"别拦我！让我进去！我要看见他！德宝！德宝……"他变得像一头发狂的狮子。

两名护士哪拦得住他，只好由他进去了。韩德宝仰躺在手术台上，一只手垂在手术台下，罩在身体上的白单子满是血迹。

吴振庆不顾一切地扑在韩德宝身上，抱住了韩德宝的身体："德宝！德宝你睁开眼睛！我是振庆啊！"

韩德宝毫无反应。

吴振庆哭了，孩子似的咧着大嘴哭了。

一个护士要将他拉开。

另一个护士推动手术车。

韩德宝垂在手术台下的手臂似乎动了一下……

"他动了！他没死！他不会死的！我替他算过命！你们还要抢救他！你们快去找医生呀！医生！医生快来呀……"

吴振庆声嘶力竭，推开了拦他的护士。

护士们只好默默地闪在一旁，无奈而冷静地望着他。

吴振庆终于明白了他的哭声和喊声都是没有任何意义的了。

他又俯向韩德宝，呜呜咽咽地："德宝，怎么会这样，怎么会是这样啊！"

他两腿一软，坐在地上，双手紧握着韩德宝那只松垂下的手臂："德宝，咱们不是商量好了，过几天都带着老婆孩子，一块儿到外地去玩几天么？"

徐克挽着吴振庆沿走廊往楼梯口走着。

他们的表情都悲伤得近于呆痴了。

在楼梯口，吴振庆说："不行，我腿实在发软……"

他在第一级台阶上坐下了。

徐克呆呆地站着。

吴振庆问："今天几号？"

"不知道……"

"我们……都是在做梦吧？"

"不知道……"

"给我看看……那个单子……"

"什么……单子……"

"就是……医生开给你的那个……"

显然，他极不愿从自己口中说出"死亡通知单"五个字，仍不愿承认韩德宝死了这一个事实。

徐克从兜里掏出单子给他看……

他看着，喃喃着："看来，不是梦……"又抹了一把眼泪。

吴振庆说："在你、小嵩和德宝三个人中间，从前，我一向偏向你们两个，而觉得德宝他，是一个收编的异姓兄弟。在许多事上，我并不是一碗水端平。德宝他心里也知道，可是他一向装傻瓜。换了你和小嵩，哪个也不行，早跟我不知吵翻过多少次了……"

徐克又往起扶他……

他们走出医院大楼，天已经大亮了。

徐克挽着吴振庆走向汽车。

二人坐入汽车，吴振庆说：“我头晕，我得歇一会儿。”

他说完趴在方向盘上。

徐克从车前台上拿起烟盒，吸烟，继而拿出死亡通知单看，泪水滴在死亡通知单上。

徐克问：“怎么告诉……德宝他爱人……”

吴振庆答：“不知道……”

徐克：“是由小玥引起的，报案的时候，说不说？说了，小玥就有关系了……张萌回来了，又怎么向她交代？”

吴振庆说：“不知道……”

徐克说：“不说，德宝爱人以后知道了，会怎么看我们？说了，德宝爱人会不会恨小玥也恨死张萌了？”

吴振庆一言不发，缓缓抬起头，发动了汽车。

汽车像一个醉汉，摇摇晃晃地行驶……

汽车又靠向了路边。汽车里，吴振庆说：“不行，我开不了啦，传呼我的司机——620818……”

徐克拿起了车里的话机。

八

郝梅家。

葛红在看着芸芸吃饭。

芸芸懂事地说：“阿姨，你也吃点儿吧！”

葛红摸了芸芸的头一下：“阿姨不饿，学习怎样？”

芸芸说：“还行……”

葛红问：“还行？还行是什么意思？”

芸芸说："就是中上等吧……"

葛红说："要好好学习。听你吴大爷讲，你妈当年学习可好了，从小学到中学，在班里始终是尖子。"

芸芸懂事地点了点头。

葛红从桌旁起身，进入卧室。

老潘靠墙坐在床上，郝梅正在一勺勺地喂他喝汤药，那情形，像母亲对一个懂事的大孩子似的。

葛红颇受感动地望着他们。

郝梅喂完了药，葛红接过了碗。

郝梅深情地用手替老潘理着额上的头发。

老潘抓住她那只手，也深情地说："我不住院。在家里，有你照顾我，我的病，会很快好起来的。"

郝梅点了点头，用脸依偎着他的手。

葛红说："老潘啊，你放心好了。只要你不愿住院，谁也不强迫你。我今天亲眼看见你老婆对你这么好，这么疼你爱你，告诉振庆他们几个，他们也就放心了。"

老潘吃力地说："我的老婆，天下一流……我最多只能离开她三天，时间长了不行，时间长了就会想得心慌慌的，真的……"

郝梅这时起身去绞了毛巾，给老潘擦脸。

葛红说："你这话，别人不信，我信。因为我亲眼看见了么！不过，咱们可得约法三章，第一，说哪天看病，哪天检查，就得哪天去，拖一天也不行。振庆不是说了么，指定一辆车专门为你服务。第二，医生说吃什么药，打什么针，那就得吃什么药，打什么针，烦了不行。你老婆伺候你都不烦，还有你烦的份儿么？第三，归根结底咱们都得听医生的，如果哪一天按医生的意思，还是得住院的话……"

芸芸背着书包走进来："妈，有个阿姨在咱家门前转来转去的……"

郝梅和葛红互相对视了一眼，同时离开卧室，来到大房间，朝窗外望……

葛红说："是小俊！徐克那口子！芸芸，快出去请那阿姨进来！"

芸芸走出，小俊走入。

小俊望着葛红说："我到你家去你家没人，我就奔郝梅这儿来了，没想到你在这儿。大姐，徐克一晚上没回家，我可就一晚上没睡，自打我们结婚他还没在外边过过夜哪，他从前那种游手好闲的单身汉日子，是不是他还没有过够啊？"

小俊说着落泪了，不请自坐，掏出手绢拭泪……

葛红和郝梅不禁对视。

葛红说："小俊，你这么说人家可不对啊！人家从前单身汉的时候，也不是那种游手好闲的人！"

小俊哭道："那他昨天晚上到哪儿鬼混去了？"

葛红说："昨晚他和德宝在一块儿来着……他们……他们是出了点意外的事儿……"

小俊着急起来："他又惹是生非了吧？出了什么事？他究竟怎么了？大姐你快告诉我！"

里屋传来老潘的声音："郝梅，我鞋哪儿去了？我怎么找不见鞋子呢？"

郝梅闻声进入卧室。

葛红说："小俊，你别急，徐克现在在医院里，你振庆大哥半夜也去了。具体怎么回事我也不太清楚……"

小俊反而更急了，埋怨道："都在医院里了，你还让我别急！昨天夜里发生的事儿，你们也不当时就打电话告诉我！我家里又不是没电话！"

她又哭泣起来……

葛红有些恼火："你哭什么嘛！你那口子没怎么，是人家德宝出事了！德宝昨天夜里被人捅了一刀。"

小俊一听，立刻止住了哭泣。虽然明白自己替丈夫担的那份心没有必要的了，但毕竟事情关系到德宝，脸上还是显出了震惊之色。

郝梅扶着老潘从卧室里走了出来。

老潘问："伤势重不重？德宝爱人知道不知道呢？"

葛红说："我也不清楚啊！连在哪个医院都不清楚。"又对小俊说，"跟我走吧，到我家去等信儿吧！老潘这儿病着，你还一大早就跑来哭哭啼啼的，真不懂事儿！不就是丈夫一夜没回家么？还能被外星人劫持到月球上去呀？神经劲儿的！"

小俊难为情地笑了，站起来对郝梅和老潘说："郝姐，大哥，别笑话我啊！"

葛红往外扯她："走吧走吧，别在这儿啰唆了！你来这么一闹腾，我这心里又不安了。"

"等等！"老潘对郝梅说，"你也跟去吧！连我心里都不安生了。你去了，也好把情况弄清楚，回来跟我说说。按说德宝那么好的人，不至于结下什么仇人啊。"

郝梅将老潘扶着坐下，想跟出去。

葛红连忙阻止她："得了得了，你别跟去了，往顶坏处猜，不就是流点儿血，缝几针，住几天医院嘛！你在家照顾老潘吧！"

郝梅望着老潘，老潘挥手道："你们别拦她，让她去吧。不去她和我感情上通不过嘛！"

葛红笑了："有老潘这话，德宝一受感动，该住十天院，五天伤口就准愈合了！"

马路上。

三姐妹在骑自行车的人流中，并肩蹬着自行车。

一水果摊前，葛红率先刹住了自行车。

葛红问："失血的人，吃水果没事儿吧？"

小俊说："我想是可以吃水果的。"

郝梅已掏出了钱包。

葛红说:“干什么干什么,我是先富起来的一部分中国人,谁也甭跟我争。”

郝梅见附近还有一个副食店，一转身向那里走去。

小俊望了望她，也跟了去。

吴振庆家楼前。三姐妹下了车，各自从车把上拎下买的东西。

葛红说：“看，我那口子车在那儿，他准和徐克在家里。”

小俊一边上楼一边说：“两位大姐，咱们找个机会，一块儿劝劝德宝，别穿那身警服了！还不如跟我们两口子干个体哪！”

葛红说：“劝他没用，他要是听，我家老吴早把他拉到公司里，当个副经理什么的了。”

说着，葛红开了门，三人进入——见吴振庆和徐克，并坐在沙发上，表情都显得木木呆呆。

吴振庆问：“你哪儿去了？”

葛红说：“你还问！你走后，我就失眠了。给郝梅打电话，电话里听到老潘咳嗽，芸芸在哭。我不放心，到郝梅家去了。”瞧着徐克又说，“你小子昨晚没回家，你老婆以为你到什么荒唐的地方鬼混去了，一大清早找到了郝梅家。”

在她说话的时候，郝梅和小俊已落座。

小俊瞧着徐克忽然吃惊地叫起来：“这么多血！都是德宝一个人身上流的呀？”

正转身往衣架上挂衣服的葛红，不由得回头望向徐克。

小俊不安地凑近徐克，检查他衣服上有没有刀捅的痕迹：“你倒是说话呀！”

徐克一下子将她推得坐在地上。

葛红急切地问吴振庆：“德宝他究竟怎么样了？”

吴振庆低下头不吱声。

郝梅不禁扭头去望墙上那幅大照片上的韩德宝，继而不安地望着吴振庆和徐克。

葛红对吴振庆嚷："你哑巴啦？"又对徐克说，"他不开口你开口！快说，德宝他究竟怎么样了？"

徐克："他……他留在医院了。"

葛红说："这还用你说么！我问你，是只伤了皮肉，还是伤了什么内脏！"

徐克忽然双手抱头，哭着说："别问我，你问振庆……"

吴振庆低声地："德宝死了……"

葛红缓缓在吴振庆跟前蹲下，仰望着他："振庆，你在开玩笑吧？不是真的，是吧？你俩商量好了，装模作样的，成心吓唬我们三个女同胞，是吧？"

吴振庆摇头，从兜里掏出死亡通知单递给她。

葛红接在手里一看，不禁跌坐在地上……

郝梅起身扑过来，从葛红手中夺过了死亡通知单。

郝梅看着，手抖了，用死亡通知单捂住了嘴，无声地哭了。

小俊从郝梅手里将死亡通知单抽了过去，看后，呆呆地瞪着徐克。

吴振庆说："德宝爱人，还不知道……"

小俊忽然扑向徐克，撕打他，叫着："肯定是因为你！肯定是因为你！你把韩大哥牵累死了，你怎么对韩嫂子交代啊！你惹是生非！我跟你离婚！我不跟你过了！"

徐克抱着头，缩着身，任其打骂……

葛红和郝梅一动不动，各自默默流泪。

吴振庆突然大吼一声："够了！"

小俊安静了。

吴振庆说："德宝的死，跟徐克无关，是因为小玥……大概因为他管教小玥，惹坏人恨了。小玥参与了没有，目前还不清楚……"

葛红咬牙切齿地说："这个狼崽子！她妈对不起她，我们有什么对不起她的！德宝又有什么对不起她的！不是德宝，她能那么顺利就找到她妈么！"

她倏地站起，气呼呼地往外便走。

吴振庆喝道：“站住！”

葛红站住了。

吴振庆：“哪去？”

葛红：“我找那小崽子去！我非把她撕成几片不可！德宝为了这么个小狼崽子……死得多冤啊！”

她又哭了……

吴振庆吼道：“你哭有什么用？哭就能哭活德宝了？你坐我的车，去把德宝爱人和孩子接来……我们要在一起，告诉德宝的爱人……”

葛红说：“可……大人在上班，孩子在学校。”

吴振庆吼到：“那就到班上去接，到学校去接！”

葛红犹犹豫豫地走了。

吴振庆又对郝梅说：“郝梅，你们都给我把脸上的眼泪擦干净……”

郝梅点头，擦泪，跟葛红出去。

吴振庆望着墙上韩德宝的照片。

吴振庆儿子的屋里。

吴振庆的儿子将集邮册捧送给韩德宝的女儿：“小妹，这送给你吧。”

“什么？”

“集邮册。”

韩德宝的女儿接过，打开：“真漂亮！”

吴振庆的儿子：“喜欢吗？”

“喜欢……可我妈不让我随便要别人的东西……”

“我不是别人，我是你小哥。”

他又翻出了一架望远镜，放在小床上：“这个也给你了……”

韩德宝的女儿困惑地问：“为什么？”

吴振庆的儿子又将电子游戏机也放在小床上："还有这个。"

"为什么？"

"这屋里，你喜欢什么，什么就归你……"

韩德宝的女儿眼望着床上的东西："那些，你自己都不喜欢了么？"

"喜欢……"

"那为什么都愿意给我呢？"

"我告诉了你原因，你可别哭。"

韩德宝的女儿点点头……

"因为，因为……"

"说呀……"

"因为，我韩叔叔，也就是你爸爸，死了。我爸妈说，往后我应该拿你当亲妹妹一样对待。"

韩德宝的女儿生气地说："瞎说！你编这种瞎话，我要是告诉你爸爸，你爸爸不揍你才怪哪！"

韩德宝的女儿捂上了耳朵："不听不听不听！不听小哥瞎说。"

她发现了一个漂亮的布娃娃，眼睛一亮："小哥，我喜欢那个布娃娃……"

吴振庆的儿子取下布娃娃，送给她。

"别的我都不要，把这个布娃娃给我行吗？"

"行。"

她笑了："谢谢小哥！那我也得问问我妈，让不让我要……"

她抱着布娃娃跑出了房间。

客厅里的情形使她愣住了——韩妻躺在长沙发上，葛红、郝梅和小俊在围着她手忙脚乱……

小俊哭叫着："秀姐你醒醒，秀姐你醒醒……"

葛红见吴振庆和徐克傻站着，命令道："快去端盆凉水来，还要毛巾……"

两个男人同时奔向洗漱间。

布娃娃从韩德宝的女儿手中掉在地上。

郝梅发现了她，轻轻走到她跟前，蹲下，将她紧紧搂在怀里……

她闭上的两眼中，溢出了泪……

九

歌舞厅。

小玥在台上宣泄地扭动着，宣泄地唱着，甚至可以说是在号叫着……

台下有人喝彩："好！来劲儿！"

"小妞，扭得再刺激点儿嘛！"

葛红出现。盯着台上的小玥，贴墙走过去。

震耳的音乐戛然而止。

小玥随之停止扭动，睁开眼睛，她看到葛红站在她跟前，怒视着她。

小玥惊讶地："干妈……"

葛红冷冷地说："把我送给你的耳环还给我。"

众目睽睽之下，小玥默默从两耳上摘下了耳环，有些怯怯地还给了葛红。

"还有项链。"

小玥默默地取下项链。

"还有戒指。"

小玥默默地退下戒指。

歌舞厅里一时极其安静。

"还有这件外衣……"

小玥怯怯地说："干妈，我……我不明白……"

葛红发怒地打断他："住口！你不配叫我干妈……"

小玥一颗颗解开衣扣，脱下外衣还给了葛红。

“连这毛衣也是我给你的，脱下来！”

“干妈，别叫我在这儿出……”

葛红怒不可遏地叫：“脱！”

歌舞厅经理走上了台：“我是这儿经理！您不能这样，您这样干扰我们营业。”

葛红不理对方，仍瞪着小玥喊道：“脱啊！你这狼崽子！你从哪儿来？你究竟是谁？你怎么可能是我们的女儿！你给我脱下来！你还知道什么叫作‘羞耻’二字么！”

小玥被激怒了，当真脱下毛衣，摔在台上。

小玥叫喊着：“这件衬衣也是你给我买的！还有胸罩！你要不要？你说一个要字，我就当场脱下来还给你！”

台下响起了口哨声。

有人起哄：“要！要！”

“脱！脱呀！不脱白不脱！”

经理大叫起来:“我抗议！我抗议！我对你们两个都提出最强烈的抗议！”

葛红怒视着起哄者们，忽然一扬手将手中的金项链什么的朝他们抛过去。

他们争抢起来。

葛红看了看手中的衣服，也朝他们抛去。

小玥和葛红，互相瞪着。

葛红一个字一个字地说：“你给我听着，你韩叔叔就因为替你母亲管教你，昨天晚上叫人给杀了！你母亲回来后，也不会再认你这个女儿的！”

她一转身离开了。

小玥呆愣愣地站在台上，眼里慢慢地流出泪水。

在吴振庆办公室，徐克望着在打电话的吴振庆。“那么小姐，能告诉我您的尊姓大名么？我肯定认识您？我应该听出您的声音？你是小高？这么说，是你接替了王小嵩在崎丸公司的职务？好了，你不必解释了，现在你给我们听明白了，我们兴北公司与崎丸公司毕竟是曾有过合作关系的经济伙伴，根据这一点，我要求你，好吧，就算我请求你——帮我搞清楚，王小嵩究竟又去了哪一个国家，在哪一座城市，并替我转告他，希望他在三五天内赶回国来！谢谢！再见！”

吴振庆放下电话。

徐克有点儿惊讶：“怎么，小嵩已经不在原先那家日本公司了？”

吴振庆说：“不但不在崎丸公司了，而且也不在日本了。”

他站起身，拨动了一下地球仪。“小嵩，小嵩，你在哪儿呀？德宝的丧礼，不应该缺了你啊！”

徐克问：“对方接电话的是谁？”

吴振庆说：“你也认识，我原先的秘书小高——她目前已经接替了小嵩在崎丸公司的职务，成了那家日本公司对外合作部的部长。跟我说话，已经是一副春风得意的腔调了。”

徐克愤愤地说：“他妈的！小嵩准是被她挤走的！那个小宫本来的时候，我看他俩就对上眼了……”

吴振庆说：“话，也不能这么说。小高日语好，人又精明，办事周到，滴水不漏，哪个老板都会重用她的。何况，我认为小嵩肯定是自己主动提出辞职的。他回日本之前，我就预料到了他会这么做的。”

徐克说：“那，他也是由于成全了你，心里反而觉得对不起他的日本老板。”

吴振庆深深地叹了口气，没有回答。

徐克说：“你再给张萌打电话吧！”

吴振庆摇摇头：“你打吧……”

徐克抓起电话后又犹豫起来：“还是你打吧……”

吴振庆挥了挥手；他此时多么盼望王小嵩回来啊。“小嵩，小嵩，回来吧！

你能听到我在呼唤你吗！德宝就这么咔嚓一声，说走就走了。而我的心脏病，其实也很严重。只不过瞒着一切的人，包括瞒着老婆。如果哪一天也咔嚓一声走了，我多希望由你来把兴北公司这副担子替我接过去啊！毕竟是我十多年苦心经营的事业啊！我们这一代人，能抓住一点儿事业多么不容易呵！拱手奉送给别人，我不情愿，也不放心。唯有交托给你，我才又情愿，又放心，小嵩，回来吧，回来吧……”吴振庆在心里默默地呼唤着。

徐克拨通电话：“喂，小姐，请找你们经理张萌说话。我叫徐克……”

他突然发起脾气，声音拔高了：“不管她在谈什么重要的事，请替我把她找来！什么，她交代任何电话都不接，你一说我的名字，她准接！”

他看了吴振庆一眼：“你们这种人，原来有人味儿的，一旦有秘书，人味儿也会减少一半。”

吴振庆将头朝沙发后背一靠，没什么反应。

徐克：“张萌啊？我是徐克。我在振庆办公室给你打电话，听着，德宝他已经不在了……这话你还不明白么？该怎么办？你自己决定吧！”

他说完，仍握了一会儿电话。

吴振庆按了下开关——传来张萌放大了的声音：“徐克，徐克，喂喂，你怎么不说话了？让振庆接我的电话……”

徐克将电话交给了吴振庆，吴振庆说：“我是振庆……”

张萌的声音：“徐克的话你听到了么？我不信他的话！”

吴振庆说：“是他说的那样。我想，我们得送送德宝。当然，如果你的事务忙，也不勉强你。”

张萌那端沉默了。

吴振庆关了开关，放下电话。

秘书走了进来：“经理，韩德宝的岳父和他的母亲来了。”吴振庆和徐克对视一眼，同时站起，迎向门口。

秘书抢先开了门，搀住韩德宝的岳父，引他们坐下。

韩德宝的岳父说："你跟我谈的那件事情，我跟德宝单位的同志们说了，他们很能理解。他们同意，就由你们几个他从小到大的朋友，送他人生路上……这最后一程吧！就是要给你们添麻烦了。"

吴振庆说："大叔，别这么说。"

韩德宝的岳父拍了拍吴振庆的手，又朝韩母抬了抬手说："德宝的母亲，还有话跟你们说。"

吴振庆和徐克都恭敬地望着韩母。

徐克说："大娘您有什么话就说吧，我和振庆一定照您的话去做……"

韩德宝的母亲说："德宝是从小和你们一块儿长大的，你们都了解他的脾气。他长大了以后，变得不像小时候那么爱热闹了，是不是？所以呢，我想，就让德宝悄悄地去吧，人已经死了，也用不着搞出些动静了。"

晚上，吴振庆和徐克来到医院。他们来到太平间外，对值班的老头乞求着。

徐克说："求求您了，大爷……"

吴振庆也跟着说："大爷，您就让我们再见他最后一面吧。您看，我们都找过院长了，院长都同意了……"

他掏出一张纸展开给老头看。

老头说："既然院长都同意了，我还挡什么横呢！"说完，放他们进去了。

吴振庆和徐克与德宝进行了短暂的诀别，之后出来；他们走在人行道上，半天没话。走出好远，吴振庆才说："德宝平时喜欢吸什么牌子的烟？"

徐克说："高乐。"

吴振庆又问："绿盒的还是红盒的？"

徐克答："绿盒的。"

吴振庆说："你记着，别忘了给德宝带上几条绿盒的高乐，德宝活着的时候，好几次半开玩笑半认真地说，想坐坐我那辆车，我却一次也没让他坐过。倒也不是因为别的，只不过没把他的话当成回事儿。"

一双急急蹬楼的脚……

张萌出现在自己家门前——她望着家门，定了定神。本欲举手拍门，一时又犹豫起来，举起的手缓缓放下。

她改变了主意，掏出钥匙，轻轻插入锁孔，轻轻扭动。

她猛地推开了门，那情形使我们联想到公安人员侦破案件时希望人赃俱获的样子。

然而她看到的却并非她想象之中的那种情形，室内很规整，一切有条不紊。

小玥正在擦窗子，门突然开了使她吓了一跳，吃惊地扭回头，一时愣住了。

张萌走入室内。

小玥从窗台上轻轻跃下，怯怯地说："妈，你回来了……"

张萌无言地瞪着她，小玥低下了头。张萌转身进入卧室。

小玥抬起头，跟了进去，说："妈，我猜到你这几天肯定要回来的，我……把被子已经拆洗过了……"

床上，被子叠得四四方方。

张萌还瞪着她，冷冷地说："别叫我妈，你叫我妈，我心里像被用盐搓一样。我下飞机就到你干……就到我的战友家里去过了。你不用想你能用什么假话和假象把我欺骗了，我回到这里来，就是想取走一些我需要的东西。"

她说完，不再理小玥，抽下床单，叠了一下，铺在床上做包袱皮，就开始这里那里寻找她想带走的东西放在床单上。而她找出的，无非是兵团时期的一些东西：战士帽、大头鞋、棉手套、语录本、日记本，还有印着"扎根边疆"字样的瓷水杯之类……

小玥跪下了。

张萌拿起影集，翻了一下，发现了里面被烟头烫过的几页，问小玥："你为什么要这样干？你心里真的对我仍有那么大的仇恨？那你为什么还要找到我身边？"

小玥说："不，不是我……"

张萌说："那么就是你引到家里来的那些人渣干的了？"

小玥无言以对。

张萌将影集也放在床单上，扎起来，提着往外就走。

小玥抱住了她的腿，仰起脸来，哀求她："妈！妈我知错了，原谅我吧！"

张萌低头看了她一眼，靠在门框上，一时泪如泉涌。

小玥也流泪了，她哭着说："我不放你走！我……要给韩叔叔披麻戴孝……"

张萌紧抿嘴唇，拭去眼泪，低头冷视着她："你配么？你另外那些叔叔阿姨，能容忍你再出现在他们面前么？你……你把我也推到了没有勇气出现在他们面前的地步。我相信，他们中有的人，恨不得生吃了你。你的所作所为，究竟是为了报复谁？报复我，你也不必用这样的方式。人死不能复活，要我原谅你，除非死人重新站起来说话。你知道我现在看着你竟是什么感觉吗？我看着你，不像看着我的骨肉，像看着我身上生的癌……"

小玥搂着她腿的双手，不禁渐渐放松。

张萌说："我再也不会回来。这套房子，这里的一切，都是你的了。另外，我还在抽屉里留了一个存折，我全部的存款也留给你了。"

小玥仰望着她的头，渐渐垂下了。

张萌说："我能给你的，都给你了。作为一个母亲，我的确曾欠过你许多。可作为一个女儿，你害死了我的一个战友，一个朋友，一个好人。咱俩是两清了，谁也不欠下谁的了。可你却从此欠下了一个妻子和一个女儿一条命！你不必再耍什么小聪明登报找妈妈了，你就是再找到我，我也绝不会认你的。"

当小玥抬起头时，张萌已经不在了。

卧室里乱七八糟。

小玥慌乱地站起，扑向窗口，朝外望，窗上薄薄的霜花挡住了她的视线。她又冲到了阳台，向下张望，路上行人匆匆，不见张萌的身影。

天微明了，雪花在空中飞舞，兴北公司门前，台阶上，几位老母亲伫立一处——韩德宝的母亲、王小嵩的母亲、吴振庆母亲——韩德宝的母亲居中，王小嵩的母亲和吴振庆的母亲一边一个，搀扶着她。

几位年轻的母亲站在一起——郝梅、韩德宝的妻子、葛红，韩德宝的妻子居中。郝梅和葛红一边一个，搀扶着她。

三个男人——吴振庆、徐克、老潘站在一起，吴振庆摘下自己的围脖，替老潘围上……

小俊和张萌，以及吴振庆和韩德宝的儿子女儿在一起，小俊和张萌，分别将手臂搂在两个孩子肩上。

三代人站在几层台阶上。

车一辆接一辆开过来，吴振庆的专车作为灵车开过后，最先停下的是一辆卧车，吴振庆和徐克踏下台阶，打开车门，将三位老母亲扶入车内。

车开走后，又接上一辆小卧车，韩妻等三人踏下台阶，吴振庆和徐克照例替她们打开车门。

最后一辆面包车，小俊、张萌和两个孩子上了车后，吴振庆和徐克也上了车。

四辆车组成车队缓缓驶在黎明时分城市的马路上……

雪花漫天飞舞……

对于韩德宝、吴振庆、王小嵩、徐克、郝梅、张萌这代人来说，也许，只有友情是时代馈赠给他们的一份遗产，无论它在今后的日子里，对他们每个人有什么特殊的意义，而一个事实是——他们的这一代大多数人，正是依傍着这么一种友情，走到了今天，走入了他们四十多岁的年轮，它已经结晶在他们的年轮里。

在肃穆的气氛中，车队缓慢地行驶着……

在一个路口，一辆出租车停住，车上下来了王小嵩；他臂上戴着黑纱，肃立路旁，望着远远驶来的车队。

王小嵩眼中渐渐流下了泪……

车队停住了，吴振庆率先下了车，接着徐克、郝梅、张萌、吴妻、老潘、小俊也各自下了车。

他望着他们。

他们也望着他……

吴振庆迎着他走来……

十

吴振庆家。

葛红刚刚劝说过张萌什么……

张萌说："不，你别说了，这不可能。我心里现在一片悲凉，我再也不愿见到她了……"

她缓缓转头，望着韩德宝的像……

葛红说："小玥虽然可恨，但毕竟还算个孩子……"

吴振庆说："你就让她安静一会儿吧，先别唠叨了，这会儿她怎么可能听得进去。"

他拿起烟盒，吸着一支烟，看看张萌，抽出一支烟递给张萌，按着打火机，替张萌燃烟。

张萌连连深吸着。

吴振庆说："你不要再住什么招待所，就先把我这儿当成家吧，愿住多久住多久……"

电话响了起来。

吴振庆抓起电话："对，是我……唔？是这样……我们还都以为……好，她就在我这儿，我马上告诉她……”

他放下电话，望着张萌。

张萌也望着他，按灭了烟。

葛红：“谁？什么事？”

吴振庆说：“公安局的人，事情和我们猜想的很不一样，已经逮捕了一个，招供了。”

张萌一惊：“小玥？”

“逮捕的不是小玥，看来德宝的死，和小玥这孩子并没有什么关系，被德宝四年前送去劳教的三个小子逃回来了，他们早就盯上他了。”

他说的时候，张萌已经缓缓站了起来……

葛红也站了起来：“这……我可能就大错特错了。”

吴振庆和张萌将目光转向了她。

“张萌回来之前，在歌舞厅里，我当众把小玥一顿臭损……”

张萌愣了片刻，转身往外便走。

吴振庆问：“张萌，你哪去？”

张萌说：“我回家！我得立刻回家……”

吴振庆说：“我开车送你！”

吴振庆的车在张萌家楼前停下。

吴振庆和张萌急急走入楼里。

两人在张萌家门前站住……

张萌急急拍门：“小玥，小玥开门！我是妈妈……”

张萌急急掏钥匙开锁，开不开。

张萌说：“不是这把钥匙……”又一掏，“钥匙呢？我怎么把钥匙也弄丢了……”

吴振庆轻轻将她拉开。

门撞开了，二人进到了屋里。

张萌迫不及待地叫：“小玥，小玥！”

室内收拾得干干净净，不见小玥的影子。

张萌打开壁橱，衣柜……

张萌说：“她连句话也没说，连件衣服也没带……”

她坐在床边发愣。

吴振庆：“别急，你别急。”

他安慰地把手搭在她肩上。

张萌一下抱住他哭了：“你可千万……再帮我把女儿找回来啊！”

……

又是兴北公司的台阶上。

徐克和小俊守在一辆大轿车前，将韩德宝的母亲、王小嵩的母亲、吴振庆的母亲、韩德宝的女儿、郝梅一家三口和吴振庆的儿子依次扶上车。

吴振庆和王小嵩在台阶上话别。

吴振庆说：“公司上上下下我已交代过了，都会服从你的。”

王小嵩问：“你估计什么时候回来？”

吴振庆说：“难说，也许很快就会跟大家一块儿回来，也许徐克两口子和大家先回来，而我自己，要各处再转转。我实在是太累了，早就盼着能有这么一天了。”

王小嵩说：“也好，一切你就都放心吧。”

吴振庆说：“有你替我撑着，我没什么不放心……”

王小嵩说：“老老少少几家子人，你一路可要费心了。”

吴振庆说：“这倒没什么，有徐克两口子，我其实费不了什么心。哦，对了——你如果看账，会发现有一笔内部股票，是以我的名字买的，那是替德宝的爱人和孩子买的。”

王小嵩说：“我心里也这么想过……”

吴振庆说："还有，你嫂子不去，是为了留下帮着张萌找回小玥，你也要多尽尽义务啊！"

王小嵩说："张萌和嫂子来了。"

他们踏下台阶，迎向骑自行车赶来的张萌和葛红。

王小嵩对张萌说："听说，你因为擅离职守，被老板炒了？"

张萌苦笑。

葛红说："张萌，找到小玥后，你就到公司里来吧！"

张萌看吴振庆。

吴振庆看王小嵩。

王小嵩真挚地向张萌伸出了手。

两只手握在一起。

吴振庆说："我该上车了。"他踏下台阶，后退几步，仰视着公司的大楼。他心里说：小嵩，张萌，接下来看你们的了……

他也上了汽车。

张萌和葛红向孩子们招手。

车开走。

车上车下人们互相招手。

王小嵩在心里想：生活，小时候，你没把我们怎么样，今天，你还是也不能把我们怎么样，随你变得多么快，随你变得多么令人寒心……

王小嵩对远去的汽车扬起了手……

张萌和葛红靠拢在他身旁……

（京）新登字083号

图书在版编目（CIP）数据

年轮／梁晓声著；王燕民绘. —北京：中国青年出版社，2016.1
（梁晓声知青小说精品系列：水墨插图版）
ISBN 978-7-5153-3999-3
Ⅰ.①年… Ⅱ.①梁…②王… Ⅲ.①长篇小说—中国—当代 Ⅳ. ①I247.5

中国版本图书馆CIP 数据核字（2015）第296748号

策　　划：李师东
责任编辑：叶施水　秦婷婷
书籍设计：瞿中华

出版发行：中国青年出版社
社　　址：北京东四12条21号
邮政编码：100708
网　　址：www.cyp.com.cn
营 销 部：010-57350364
媒体运营：010-57350395
编 辑 部：010-57350406
雄狮书店：010-57350370
印　　刷：北京科信印刷有限公司
经　　销：新华书店
开　　本：700 × 1000　1/16
印　　张：45.5
图　　幅：20
字　　数：600千字
版　　次：2016年1月北京第1版
印　　次：2020年11月北京第4次印刷
印　　数：13001—18000
定　　价：66.00元

梁晓声

原名梁绍生，1949 年生于哈尔滨市建筑工人家庭，祖籍山东荣成——父亲少年时跟随乡亲们“闯关东”，后来在哈尔滨市成家。

梁晓声初中毕业于哈尔滨市二十九中学，适逢“文革”，不能继续升学也不能就业；两年后又逢“上山下乡”运动，成为黑龙江生产建设兵团的一名“兵团知青”，先后做过知青班长、连队小学老师、团报道员、木材加工厂抬木工。

1974 年，梁晓声被木材加工厂推荐，成为复旦大学中文系学生；1977 年，梁晓声从复旦大学毕业，分配到北京电影制片厂，先后任剧本编辑、编剧；1988 年，梁晓声调入当年的中国儿童电影制片厂任艺术委员会副主任；2002 年，梁晓声调入北京语言大学，任中文系教授至今。

到目前为止，梁晓声创作各种题材的文学作品 2300 多万字，由青岛出版社结集为 50 卷的《梁晓声文集》——现已出版长篇部分 20 卷。

梁晓声在短篇、中篇、长篇小说创作方面获奖多多，不少作品被改编为电影或电视剧，并有不少作品被译成外文；梁晓声亦发表了大量散文、杂文、随笔、社会时评，同样在国内外引起了广泛关注与反响。

梁晓声是中国当代作家中当之无愧的多面手，“常青树”。自上世纪 80 年代初始，他的许多作品非但没有被边缘化，反而更加以其鲜明的人文性和对时代的思考性越来越成为无法被忘却的文学经典……

王燕民

1958 年生于北京，中央电视台美术指导，国家一级美术师，书画家，擅水墨人物画。曾参与主创《唐明皇》《香港的故事》《长征》《荣誉》等影视剧。